Zu diesem Buch

In der englischen Kriminalliteratur haben die Damen immer eine große Rolle gespielt. Was wäre der klassische englische Krimi ohne Agatha Christie, Dorothy Sayers und Margery Allingham. In ihren Geschichten fließt vielleicht nicht soviel Blut wie bei den männlichen Autoren, die Hauptpersonen trinken eher Tee als literweise Whisky und es geht nicht sosehr um die Verbrechen der Mafia, sondern um die düsteren Geheimnisse einer geachteten Familie. Ruth Rendell und Sheila Radley setzen diese Tradition auf moderne Art fort: Aber was die Bösartigkeit, die Raffinesse und den Blick in die menschlichen Abgründe angeht, da sind Ruth Rendell und Sheila Radley einsame Spitzenklasse. Bei ihnen lauert hinter harmlos und bieder aussehenden Fassaden das Entsetzen. Wir wollen es uns im Wohnzimmer des Landpfarrers gemütlich machen und entdecken «Das Unheil in Person», wir treffen bei Ruth Rendell eine sympathische junge Frau mit Kind und geraten mit ihr in einen Strudel von Kidnapping und Mord.

Zwei große englische Crime Ladies in Bestform.

Ruth Rendell

Die Masken der Mütter

Sheila Radley

Das Unheil in Person

Rowohlt

rororo thriller
Herausgegeben von Bernd Jost

Neuausgabe
Veröffentlicht im Rowohlt Taschenbuch Verlag GmbH,
Reinbek bei Hamburg, Juli 1997
Copyright © 1997 by Rowohlt Taschenbuch Verlag GmbH,
Reinbek bei Hamburg
«Die Masken der Mütter»
Copyright © 1985 by Rowohlt Taschenbuch Verlag GmbH,
Reinbek bei Hamburg
Die Originalausgabe erschien unter dem Titel
«The Tree of Hands» bei Hutchinson Publishing Group, London
Copyright © Kingsmarkham Enterprises, 1984
«Das Unheil in Person»
Copyright © 1993 by Rowohlt Taschenbuch Verlag GmbH,
Reinbek bei Hamburg
Die Originalausgabe erschien unter dem Titel
«A Talent for Destruction» bei Constable & Company Ltd., London
Copyright © Sheila Radley, 1982
Umschlaggestaltung Walter Hellmann
(Foto: Fred Dott)
Gesamtherstellung Clausen & Bosse, Leck
1200-ISBN 3 499 43272 2

Ruth Rendell

Die Masken der Mütter

Deutsch von
Edith Walter

Zu diesem Buch

Benet Archdales Kindheit verlief nicht ohne beklemmende Erlebnisse. Besonders das Verhältnis zu ihrer Mutter Mopsa wurde nachhaltig gestört, als Mopsa in einem Anfall paranoider Hysterie Benet mit dem Tranchiermesser erstechen wollte. Erst lange Zeit später kann Benet verstehen, daß ihre Mutter auf vielfältige Weise geistig krank ist. Aber auch diese rationale Erkenntnis hilft der Tochter nicht, ihre Vorurteile abzubauen. Ihre Abneigung wird noch verstärkt, als sie ein uneheliches Kind bekommt, James, und sich kurz vor der Geburt von dem Vater trennt. Diese Tatsache können die Eltern nie akzeptieren – für sie bedeutet James ein Makel auf der Familienehre.

Aber zwei Jahre nach der Geburt von James ist Benet fähig, ihr eigenes Leben zu führen. Sie schreibt einen Weltbestseller, der ihr finanzielle Sicherheit garantiert und ihr die Freiheit gibt, sich ganz der Erziehung von James zu widmen. Zu zweit ziehen sie in eine «bessere» Umgebung Londons, und Benet ist dabei, sich ihr eigenes Heim einzurichten.

In diese Idylle bricht Mopsa ein, die sich in einer renommierten Londoner Klinik psychiatrischen Tests unterziehen soll. Benets Selbstsicherheit ist dahin – die Vergangenheit hat sie eingeholt. Mopsas krankhaft egoistisches Verhalten läßt alte Wunden aufbrechen, und Benet kann ihre verdrängte Wut, ihren Haß nur schwer unterdrücken. Zu allem verschärft eine schwere Erkältung von James die Situation. Mopsa fordert alle Aufmerksamkeit für sich und ignoriert James. Benets Haßgefühle weichen ohnmächtiger Wut: sie will sich als Mutter um ihr Kind kümmern – was Mopsa nie getan hat! Doch James' Gesundheitszustand verschlechtert sich stündlich, und schließlich muß er in ein Krankenhaus eingeliefert werden. Benet will die Nacht bei ihrem Sohn wachen, aber Mopsa macht ihr eine Szene: sie fürchte sich allein in dem großen Haus, und schließlich sei es doch nur eine Erkältung...

Benet gibt nach, doch als bei James Komplikationen auftreten, verbringt sie die nächste Nacht im Krankenhaus. Aber am nächsten Morgen ist Mopsa verschwunden.

Doch da passiert etwas noch viel Schrecklicheres...

Ruth Rendells erster Kriminalroman «Alles Liebe vom Tod» erschien 1964. Inzwischen hat sie über dreißig Romane und mehrere Kurzgeschichtenbände veröffentlicht. Sie hat alle wichtigen Preise, die an Kriminalromanautoren vergeben werden, erhalten, unter anderem dreimal den *Edgar* und kürzlich den *Diamond Dagger,* mit dem in besonderer Weise ihr gesamtes Werk gewürdigt wird. Übersetzungen ihrer Bücher erschienen in vielen Ländern. Die Fernsehserie mit Chief Inspector Wexford erreichte nicht nur in England höchste Einschaltquoten.

Für mein Patenkind Francesca
in Liebe

Erstes Buch

I

Einmal – Benet war damals ungefähr vierzehn, und sie saßen allein in einem Zugabteil – hatte Mopsa sie mit einem Tranchiermesser erstechen wollen. Möglicherweise auch nur bedroht. Benet hatte sich schon gewundert, daß ihre Mutter eine so große Handtasche mitgenommen hatte, eine rote, die nicht zu den Sachen paßte, die sie trug. Mopsa hatte geschrien und gelacht und wildes Zeug geredet und dann das Messer in die Tasche zurückgesteckt. Benet hatte große Angst gehabt. Sie hatte den Kopf verloren und die Notbremse gezogen, die Mopsa die «Notleine» nannte. Der Zug hatte angehalten, und sie hatten Schwierigkeiten bekommen. Benets Vater war sehr ärgerlich und auf grimmige Art traurig gewesen.

Benet hatte diesen Zwischenfall mehr oder weniger vergessen. Doch als sie in Heathrow auf Mopsa wartete, kehrte die Erinnerung plötzlich sehr lebhaft zurück. Obwohl sie Mopsa seither oft gesehen, mit ihr unter demselben Dach gewohnt und erlebt hatte, wie sie sich verändern konnte, hielt Benet Ausschau nach einer in flatternde Tücher und Schals gehüllten Gestalt mit kurzen struppigen Haaren, als sie inmitten von Reiseleitern mit Schildern, ängstlichen Indern und Ehefrauen von Geschäftsleuten hinter der Barriere stand. James wollte aus seiner Kinderkarre heraus, er konnte dort unten nichts sehen und fühlte sich nicht wohl. Benet hob ihn hoch, setzte ihn seitlich auf ihre Hüfte und schlang einen Arm um ihn.

Hier zu warten, hätte eigentlich aufregend sein müssen. Als die ersten Leute hinter der Wand auftauchten, hinter der sich die Zollkontrolle verbarg, hatte der Augenblick etwas Dramatisches an sich, fast so, als seien sie in die Freiheit entronnen. Benet fiel ein, daß sie einmal hier auf Edward gewartet hatte, und wie wunderbar es gewesen war, als sie ihn plötzlich sah. All die unbekannten Leute, die Fremden, und dann Edward, so eindeutig und unverkennbar Edward, als sei er in Farbe und alles andere nur schwarz und weiß.

Auf Mopsa zu warten war nicht so. Auf Edward zu warten, wenn das überhaupt vorstellbar war, wäre heute auch nicht mehr so. In ihrer Welt gab es außer James niemanden mehr, auf den sie noch *so* warten konnte, und für eine Trennung von James gab es nicht den geringsten Grund. Nicht auf viele, viele Jahre hinaus. Sie grub in ihrer Handtasche nach einem Tempotaschentuch und putzte ihm die Nase. Armer James. Aber er war ein schöner Junge. Er war immer schön, auch wenn sein Gesicht blaß und spitz und seine Nase rot war.

Ein Paar kam heraus. Die beiden schoben je einen karierten Koffer auf Rädern vor sich her. Die Frau hinter ihnen trug einen kleinen Koffer in der einen und eine Reisetasche in der anderen Hand. Schwierig zu sagen, welches Stück Handgepäck war und welches die Zollkontrolle durchlaufen hatte. Koffer und Reisetasche paßten zusammen, waren aus einem beigefarbenen Material, dem man nicht ansah, ob es Leder oder Kunststoff war. Die Frau wirkte farblos und verbraucht. Die blassen, rastlos schweifenden Augen blieben auf Benet haften und erkannten sie. Das Erkennen ging von ihr aus – Benet hätte nicht gewußt, wer sie war.

Aber es war Mopsa. Es war ihre wahnsinnige Mutter, die sie küßte, lächelte und mit der Hand abwinkte, als James das Gesicht an Benets Schulter vergrub, anstatt Mopsa zu begrüßen. Sie trug ein schlecht sitzendes graues Kostüm, eine rosafarbene Seidenbluse mit einer goldenen Nadel am Kragen. Das Haar, lieblos abgeschnitten, war zu stumpfem Silbergrau ausgebleicht.

Benet legte das Gepäck auf die Kinderkarre. Sie behielt James auf dem Arm, der schniefte und aus großen runden Augen die unbekannte Großmutter anstarrte. Mopsa hatte sich einen energischen und federnden Gang angewöhnt. Sie hatte eine aufrechte Haltung und trug den Kopf hoch. Früher war sie oft gebückt gegangen, manchmal hatte sie getanzt und sich in ihren Isadora Duncan-Stimmungen schwebend gewiegt, aber sie war nie ausgeschritten wie eine normale Frau. Oder vielleicht hat sie's getan, als ich noch sehr klein war, dachte Benet und bemühte sich, sich zu erinnern, wie ihre Mutter vor vierundzwanzig Jahren gewesen war. Es war zu lange her. Sie wußte nur, daß sie sich immer danach gesehnt hatte, eine normale Mutter zu haben wie andere Mädchen, für die das etwas Selbstverständliches war. Jetzt schien auch ihre Mutter normal zu sein, doch Benet war inzwischen achtundzwanzig, und es hatte keinerlei Bedeutung mehr für sie. Sie fragte nach dem Vater.

«Es geht ihm gut, und er läßt dich grüßen.»

«Und es gefällt dir tatsächlich, in Spanien zu leben?»

«Ich möchte nicht behaupten, daß es keine Nachteile hat, aber Dad spürt seit drei Jahren überhaupt nichts mehr von seinem Asthma. Und ich bleibe auch fit.» Mopsa lächelte, als sei ihre Krankheit auch nichts anderes als eine Form von Asthma. Sie redete genauso wie eine der Nachbarinnen in Edgware geredet hatte. Wie Mrs. Fenton, dachte Benet, wie eine ganz durchschnittliche Hausfrau mittleren Alters. «Ich komme mir wie eine Betrügerin vor, weil ich eigens hergeflogen bin, um mich untersuchen zu lassen», sagte Mopsa. «Ich bin wieder ganz in Ordnung. ‹Mir fehlt nichts mehr›, habe ich gesagt, aber sie meinten, es werde mir nicht schaden, und warum sollte ich nicht ein paar Tage Urlaub machen? Na ja, aber eigentlich bin ich doch ständig im Urlaub, oder? Fahren wir mit der U-Bahn? Es muß schon sieben oder acht Jahre her sein, seit ich das letzte Mal U-Bahn gefahren bin.»

«Ich bin mit dem Wagen hier», sagte Benet.

Als junges Mädchen hatte sie sich immer wieder vorgesagt: Ich darf meine Mutter nicht hassen. Die Selbstbeschwörung hatte nicht immer geholfen, und dann hatte sie sich gesagt: Aber sie ist krank, sie kann nichts dafür, sie ist wahnsinnig . . . Sie hatte verstanden und vergeben, aber sie hatte nicht mit ihrer Mutter zusammensein wollen. Als sie auf die Universität gegangen war, hatte sie beschlossen, nie wieder zurückzukehren, und das hatte sie, von ein paar kurzen Ferientagen abgesehen, auch eingehalten. Ihr Vater hatte sich zur Ruhe gesetzt, und dann hatten sich die Eltern ein kleines Haus in der Nähe von Marbella gekauft. Mopsas Gesicht und Handrücken waren von der Sonne Südspaniens gebräunt. Benet setzte James auf ihre andere Hüfte, und er klammerte sich schniefend an sie.

«Er hat eine scheußliche Erkältung», sagte Mopsa. «Ob es richtig war, daß du ihn mitgenommen hast?»

«Ich habe niemanden, der ihn mir abnimmt. Du weißt doch, daß ich gerade umgezogen bin.»

Auf dem Rücksitz des Wagens war ein Kindersitz angebracht, in dem James sonst zufrieden saß. Benet gurtete ihn an und verstaute Mopsas Gepäck im Kofferraum. Sie wäre dankbar gewesen, wenn die Mutter ihr angeboten hätte, sich zu James in den Fond zu setzen, doch sie hatte sich schon auf den Beifahrersitz geschoben, den Sicherheitsgurt angelegt und die Hände in den plumpen schwarzen Lederhandschuhen im Schoß gefaltet. Sie schien auch nicht auf den Gedanken zu kommen, mit James zu sprechen. Er fühlte sich unglücklich, nieste manchmal und quengelte leise vor sich hin. Benet redete mit ihm, während sie fuhr, zeigte ihm Leute, Hunde und Gebäude, alles, was ihn möglicherweise interessieren konnte. Bald jedoch merkte sie, daß Mopsa beleidigt war. Mopsa wollte über ihre Sorgen und Hoffnungen sprechen, über Spanien und ihr Haus und darüber, was sie in London unternehmen wollte. Benet kam ein Gedanke, den sie bisher noch nie verfolgt hatte: irgendwie setzte man immer voraus, daß ein von einer Geisteskrankheit geheilter Mensch nur noch nett war, selbstlos, rücksichtsvoll, angenehm und vernünftig. Doch das war natürlich nicht der Fall. Wieso denn auch? Unter der Psychose lagen genauso wie beim gesunden Menschen Niedertracht und Anständigkeit verborgen, ganz normale Eigenschaften also. Natürlich war Mopsa nicht gemein oder niederträchtig, durchaus nicht. Aber vielleicht, überlegte Benet, erwies sich ihre Mutter, die so lange geisteskrank gewesen war, nach ihrer Heilung als hochgradige Solipsistin – als ein Mensch, der glaubte, die Welt drehe sich nur um ihn.

Das Haus in Hampstead, im Vale of Peace, war Benet immer noch fremd. Sie war erst vor drei Tagen eingezogen. Sie bog in den schmalen Weg zwischen den hohen Böschungen ein, der in das Dörfchen am Rand der Heide führte. Ihr halbes Leben – genau seit jenem Tag, an dem sie mit Freunden auf dem Jahrmarkt gewesen war, der an Feiertagen in der Nähe der Spaniards Road abgehalten wird – hatte sie davon geträumt, einmal hier zu wohnen. Als der Wunsch schließlich nicht mehr nur Traum bleiben mußte, als sie sich ihn erfüllen konnte, hatte er sich in einen handfesten Plan verwandelt. Mopsa schien jedoch noch nie etwas von dieser berühmten Enklave gehört zu haben, die sich unter die hohen Wipfel von Kastanienbäumen, Sykomoren und Montereytannen duckte, wo blaue Gedenktafeln an längst dahingegangene Poeten erinnerten, an einen Maler, an einen oder zwei Impresarios. Daß Shelley auf dem Teich Papierschiffchen segeln ließ und Coleridge, auf dem Dorfanger auf einem Holzklotz sitzend, ein magisches, unvollendet gebliebenes Epos begonnen hatte, waren Überlieferungen aus der Welt der Literatur, die nie bis zu Mopsa durchgedrungen waren. Sie stieg aus dem Wagen und beäugte Benets hohe, schmale viktorianische Villa mit einer Miene, die Enttäuschung verriet. Was hatte sie erwartet? Einen Art Deco-Palast in der Bishop's Avenue?

«Tja, wahrscheinlich wolltest du nichts allzu Pompöses, einfach nur ein Haus für dich und das Baby allein.»

Also ein Baby ist James eigentlich nicht mehr, dachte Benet, während sie die Haustür aufschloß. Er war ein Jahr und neun Monate, konnte schon ziemlich viele Wörter sprechen und noch mehr verstehen. Er kletterte die Stufen zur Haustür hinauf, wurde munterer, weil er wieder zu Hause war, vermutlich weil er sich an die Schätze erinnerte, die ihn erwarteten – seine Spielsachen, mit denen der Fußboden der großen Küche im Hochparterre übersät war, denn sie diente zugleich als Spielzimmer. Mopsa stieg über ihn hinweg, um zur Tür zu gelangen. Benet fragte sich, wie lange es wohl dauern werde, bis sie auf seine Vaterlosigkeit zu sprechen kam. Oder war sie, trotz ihres unvergleichlich viel besseren Zustands, doch keine konventionelle, spießige Vorstadthausfrau mittleren Alters, die sich an solchen Dingen stieß? War es nicht und würde es nie sein? Benet hatte kaum erwartet, ohne eine Anspielung auf Edward, die Nachteile der Unehelichkeit und die Gefahren davonzukommen, die einem Jungen drohten, der nur von seiner Mutter erzogen wurde. Sie sollte froh sein, daß es Mopsa war, die sie besuchte, und nicht ihr Vater. Er reagierte noch immer mit ungläubiger Betroffenheit auf James' bloßes Vorhandensein.

Im Haus herrschte noch wüstes Durcheinander. Schachteln und Kisten mit unausgepackten Kleinigkeiten, Küchenutensilien, Porzellan und Glas standen im Flur herum. Außerdem stapelten sich Hunderte und aber Hunderte von Büchern auf dem Fußboden. Bevor sie zum Flugplatz mußte, hatte Benet in dem Zimmer, das ihr Arbeitsraum werden sollte, Bücher in die Einbauregale geräumt und die Arbeit unterbrechen müssen. Sie hatte sich vorgenommen, ein gewisses System hineinzubringen, was ihr bisher nie gelungen war. Auf dem Boden ausgebreitet lagen auch alle sechzehn ausländischen Ausgaben ihres Bestsellers. Er war die Quelle des Überflusses, dem sie das Haus zu verdanken hatte: *Die vertrackte Ehe*. Benet machte die Tür zu, um James daran zu hindern, zwischen den Bergen von Paperbacks zu wüten.

Obwohl James jetzt noch viel weniger als im Auto geneigt schien, irgendwo zu wüten. Er hatte sich nicht, wie Benet es eigentlich erwartete, auf sein neuestes Spielzeug gestürzt, ein Xylophon, dessen über eine Oktave reichende Stäbe in allen Farben des Spektrums glänzten, wozu noch ein goldener kam. Er verzog sich still in sein Korbsesselchen und lutschte am Daumen. Seine Nase lief wieder, und Benet nahm ihn auf, so daß sie den Atem hörte, der seine kleine Brust hob und senkte. Es war kein Pfeifen, nur ein Atemgeräusch, wo eigentlich nichts zu hören sein sollte. In dem großen Raum im Hochsouterrain war es warm und gemütlich und an einem so sonnigen Tag auch hell genug. Benet hatte Küchenelemente aus Massiveiche einbauen und den Boden mit einem florentinerroten Spannteppich auslegen lassen. Außerdem stand hier noch der große Schrank mit James' Spielsachen.

Mopsa deponierte Koffer und Reisetasche auf dem Bett des Zimmers, das Benet für sie bestimmt hatte, kam munter wieder herunter und verkündete: «So, und jetzt gehen wir alle miteinander essen. Ich lade euch ein.»

«Ich glaube, ich sollte heute lieber nicht mehr mit ihm an die Luft. Es scheint ihm nicht gutzugehen. Wir können hier essen. Ich habe alles für den Lunch vorbereitet.»

Mopsa war ungehalten und zeigte es offen. «Es ist nicht kalt, nicht einmal nach meinen spanischen Maßstäben.» Ihr Lachen klang metallisch und irgendwie geborsten, nicht unähnlich dem tiefsten Ton von James' Xylophon. «Du mußt eine sehr aufopfernde Mutter sein.»

Benet antwortete nicht. Sie war selbst erstaunt, daß sie eine so aufopfernde Mutter geworden war. Es war natürlich auch ihre Absicht gewesen. Als sie sich ganz bewußt dazu entschlossen hatte, als unverheiratete Frau ein Kind zu bekommen, als James geboren wurde, hatte sie sich fest vorgenommen, eine aufopfernde Mutter zu sein, hatte eine ideale Kindheit für ihn geplant, ihm alle nur erdenkliche Liebe und das Beste an materiellen Dingen zu geben. Sie hatte nicht geahnt, daß weder Vorsätze noch Pläne nötig gewesen wären, weil sie ihm vom Augenblick seiner Geburt an völlig verfallen war.

Sie bereitete den Lunch zu – Suppe, Vollkornbrot, Entenpastete und Salat für sie und Mopsa, Rührerei, Toast und Schokoladeeis für James. Am anderen Ende des Raumes, auf dem Fenstersitz mit Ausblick auf den kleinen Steingarten und die Steinmauer dahinter, saß Mopsa und las das Taschenbuch, das sie aus Spanien mitgebracht hatte. Sie hatte nicht versucht, James auf den Schoß zu nehmen. Benet unterdrückte ihre Empörung, verbot sich sogar, sie zu empfinden. James aß nur ein paar Bissen, nicht einmal sein Lieblingsessen konnte seinen Appetit anregen.

«Er muß sich richtig ausschlafen», sagte Mopsa.

Wahrscheinlich hatte sie recht. Obwohl Benet der Meinung war, sie habe es nicht gesagt, weil sie sich um ihn sorgte, sondern eher weil sie ihn loswerden wollte. James' Zimmer war das einzige im Haus, in dem schon mustergültige Ordnung herrschte und keine unausgepackte Kiste mehr herumstand. Benet gab ihm sein Lieblingsspielzeug, ein knautschiges Tigerjunges mit baumelnden Pfoten, in die Hand und legte ihn liebevoll in sein Kinderbett. James ließ sich am Tag nur höchst unwillig ins Bett bringen, setzte sich normalerweise sofort wieder bolzengerade auf und streckte hartnäckig die Arme in die Höhe. Heute blieb er, seinen Tiger umklammernd, reglos liegen. Sein Gesicht war gerötet, als bekäme er tatsächlich die seit langem erwarteten hinteren Backenzähne. Es kann nichts Schlimmes sein, dachte Benet. Sie hatte ihn gegen jede nur denkbare Krankheit impfen lassen. Gegen Erkältungen war er seit jeher anfällig gewesen, und er hatte sehr empfindliche Bronchien. Es rasselte jetzt in seiner Brust, wenn er einatmete. Sie blieb fünf Minuten bei ihm sitzen, bis er eingeschlafen war.

«Ich hätte nicht geglaubt, daß du zu so mütterlichen Gefühlen fähig bist», sagte Mopsa. Sie war ins Wohnzimmer hinaufgegangen, in dem es noch chaotisch aussah, hatte ein paar Flaschen entdeckt, die Benet noch nicht weggeräumt hatte, und schenkte sich einen Brandy ein. Sie hatte nie viel getrunken, war nie in Gefahr gewesen, Alkoholikerin zu werden, aber sie nahm ab und zu recht gern einen Drink, und manchmal hatte er eine merkwürdige Wirkung auf sie. Benet erinnerte sich noch sehr gut, daß ihr Vater und sie sich vor Jahren immer bemüht hatten, Mopsa von der Sherryflasche fernzuhalten. Mit halb geöffneten, zitternden Lippen lächelte Mopsa sie auf eine vage, alberne Art an. «Es ist oft so, daß man sie nicht will und sie doch liebt, wenn sie erst mal da sind.»

«Ich wollte James», antwortete Benet und schnitt, um sie abzulenken, das Thema an, auf das die Mutter – wie sie wußte – mit größtem Vergnügen einging. «Erzähl mir von den Tests, die man mit dir machen will.»

«In Spanien haben sie nicht die notwendigen medizinischen Apparate dazu. Ich hab ja schon immer behauptet, daß mir ein Enzym oder so was Ähnliches fehlt, und jetzt sieht es so aus, als kämen sie langsam zu derselben Überzeugung.» Mopsa hatte seit Jahren geleugnet, daß sie überhaupt krank war. Immer waren es die andern, die krank oder boshaft waren oder kein Verständnis für sie hatten. Doch wenn sie der Erkenntnis, daß sie nicht normal war, nicht mehr ausweichen konnte, wenn sie sich in den Perioden geistiger Klarheit an Alpträume erinnerte, schrieb sie nicht ihrer Psychose die Schuld zu, sondern einem Defekt in ihrem chemischen Körperhaushalt.

«Nehmt doch einmal den Fall George III.», pflegte sie zu sagen. «Man hat ihn jahrelang für verrückt gehalten. Man unterwarf ihn höllischen Torturen. Jetzt weiß man, daß er Porphyrie hatte und er wieder normal geworden wäre, wenn man ihm gegeben hätte, was seinem Körper fehlte.»

Vielleicht hatte sie recht. Doch welche Körpersubstanz ihr auch gefehlt haben mochte, es sah ganz so aus, als sei der Mangel in letzter Zeit auf natürliche Weise ausgeglichen worden. Während Mopsa völlig klar und sehr intelligent über die Einzelheiten der Tests und der späteren sehr komplizierten Auswertung sprach, hatte Benet den Eindruck, sie sei geistig gesünder, als sie sie seit ihrer Kindheit je erlebt hatte. Sogar der Schleier, der ihre grünblauen Augen getrübt hatte, schien verschwunden. An seine Stelle war ein normaleres, von innen her kommendes Licht getreten.

Mopsa sah sich im Zimmer um. «Wo ist dein Fernseher?»

«Ich habe keinen.»

«Was? Du hast wirklich keinen Fernseher? Ohne Fernsehen wäre ich verloren, obwohl das Programm in Spanien nicht sehr gut ist. Ich habe mich auf das englische Fernsehen gefreut. Warum hast du denn keinen Apparat? Es ist doch unmöglich, daß du ihn dir nicht leisten kannst?»

«Ich schreibe, wenn James schläft, also hauptsächlich am Abend. Ein Fernseher wäre wenig sinnvoll für mich.»

«Er schläft jetzt. Möchtest du vielleicht ein bißchen schreiben? Nimm bloß keine Rücksicht auf mich! Ich bin mucksmäuschenstill und lese mein Buch.»

Benet schüttelte den Kopf. Sie war nicht imstande, einem Außenstehenden die besonderen Voraussetzungen zu erklären, die sie brauchte, um schreiben zu können – eine gewisse Abgeschiedenheit, eine nachdenkliche Atmosphäre, eine gewisse geistig-seelische Einstimmung. Und mit Mopsa konnte sie schon gar nicht darüber sprechen. Außerdem war sie in der höchst ungewöhnlichen Situation einer Frau, die ein paar Erinnerungen und Beobachtungen niedergeschrieben hatte – in ihrem Fall über Edward, sich selbst und ihre gemeinsame Zeit in Indien –, die Notizen und Fragmente später nur zum eigenen Vergnügen zu einem Roman verarbeitete und plötzlich feststellen mußte, daß sie einen Bestseller geschaffen hatte. Ein Buch, das sofort an die Spitze jeder Bestsellerliste stürmte. Jetzt mußte sie etwas Neues schreiben, das neben *Die vertrackte Ehe* zumindest bestehen konnte. Sie war die Autorin eines Buches, das möglicherweise ihr einziges bleiben würde, und stand vor der Hürde, ein zweites produzieren zu müssen. Das Schreiben fiel ihr nicht leicht, auch nicht, wenn sie in Stimmung war und James schlief.

Dabei fiel ihr ein, daß er jetzt schon fast zwei Stunden schlief. Sie ging hinauf und sah nach ihm. Er war noch nicht wach. Sein Gesicht war hochrot, und sein Atem ging rasselnd. Sie konnte Edward in seinem Gesicht sehen, besonders im Schwung seiner Lippen und der gut modellierten Stirn. Eines Tages, wenn er erwachsen war, würde er das Aussehen eines «englischen Gentleman» haben, wie Edward. Flachsblondes Haar, ruhige blaue Augen, ein kräftiges Kinn – und vielleicht würde bei James noch etwas dazukommen, etwas, das sein Vater nicht hatte.

Während sie darauf wartete, daß er wach wurde, stand sie am Fenster und beobachtete die untergehende Sonne. Der Himmel färbte sich erst rot, nachdem sie hinter dem Horizont verschwunden war. Jetzt war er aus dunklem Gold, von grauen Streifen durchzogen, und auf dem Wasser des Vale of Peace-Teichs funkelten winzige Lichter. Eine Reihe Montereytannen am anderen Ufer hob sich schwarz vom gelb und grau marmorierten Hintergrund ab. Hier ließ es sich leben, hier sollte James aufwachsen, es war der richtige Ort für ihn. Sie hatte gut gewählt.

War es irgendein Teil der Aussicht – die Tannen vielleicht und der Sonnenuntergang – oder waren es ihre Gedanken über die Kindheit und die richtige Umgebung für ein Kind, die in ihrer Erinnerung jenen furchtbaren Nachmittag mit Mopsa heraufbeschwor? Sie hatte seit Jahren nicht mehr daran gedacht. Jetzt erinnerte sie sich sehr deutlich daran, obwohl es neunzehn oder zwanzig Jahre her war. Aber erinnerte sie sich wirklich an das, was tatsächlich geschehen war? Es war der erste Ausbruch von Mopsas Wahnsinn, ihrer paranoiden Schizophrenie, den Benet miterlebte. Sie war acht und ihre Kusine, die bei ihnen war, erst drei oder vier. Mopsa hatte sie ins Eßzimmer des Hauses mitgenommen, das sie in Colindale gemietet hatten, verschloß und verriegelte die Tür und rief dann Benets Vater in der Arbeit an, um ihm zu sagen, sie werde die Kinder und sich selbst umbringen. Oder hatte Mopsa nur gedroht, mit den Kindern so lange eingeschlossen zu bleiben, bis sie etwas Bestimmtes erreicht hatte? Die richtige Version lag vermutlich irgendwo zwischen diesen beiden. Wozu hatte eine Eßzimmertür eigentlich einen Riegel? Aber Benet erinnerte sich sehr deutlich daran, daß Mopsa Messer aus einer Schublade genommen und die kleine Kusine geschrien hatte wie am Spieß. Dann hatte Mopsa schwere Möbelstücke, eine Anrichte und irgendeinen anderen Schrank, vor die Terrassentür geschoben. Am lebhaftesten erinnerte sich Benet noch an das Krachen der aus den Angeln gerissenen Tür, an das Splittern von Holz und das laute Poltern, mit dem zuerst ihr Onkel, dann ihr Vater ins Zimmer stürmten. Sie waren allein, hatten keine fremde Hilfe mitgebracht. Zweifellos hatten Scham und die Angst vor den Konsequenzen sie daran gehindert. Sie waren alle unverletzt geblieben, und Mopsa war danach ganz ruhig geworden. Niemand hätte vermutet, daß etwas mit ihr nicht stimmte. Bis sie angefangen hatte, zwanghaft zu stehlen. Das war das nächste Symptom gewesen. Unmöglich zu sagen, daß man sich etwas wünschte – etwas innerhalb vernünftiger Grenzen natürlich –, ohne daß Mopsa hinging und es stahl. Benet erinnerte sich, daß ihr Vater eine Platte bewunderte, die er bei irgend jemand gehört hatte, ein populäres, schon fast abgedroschenes Stück, Händels *Wassermusik* vermutlich. Mopsa gab sich unendliche Mühe, dieselbe Aufnahme zu finden, und als sie sie endlich in einem Laden entdeckte, stahl sie die Platte, die sie ohne weiteres hätte kaufen können, denn Geld hatte sie genug. Sie stahl, um den Menschen, die sie liebte, etwas zu schenken; und das Risiko erhöhte, wie ein Psychiater gesagt hatte, in ihren Augen den Wert des Geschenks. Von da an traten die Symptome ihrer Krankheit immer häufiger und in unterschiedlichster Form auf – sporadische Gewalttätigkeit, Wahnvorstellungen, kleinere «Verrücktheiten» ...

James drehte sich um, setzte sich auf, stieß einen zornigen Schrei aus und rieb sich die Augen mit den Fäusten. Aus dem Schreien wurde Husten, und in seiner Brust rasselte es stärker. Benet nahm ihn auf und drückte ihn an sich. Seine Brust war wie ein Resonanzkörper, in dem fast musikalische Töne widerhallten. Die Idee, am Abend ein paar Leute auf einen Drink einzuladen – eine Möglichkeit, den Abend hinzubringen, und eine gute Möglichkeit dazu, da Mopsa sich so vernünftig benahm –, mußte sie jetzt wohl fallenlassen. James war schwer erkältet und würde sie ganz für sich beanspruchen.

Im Haus war es sehr warm. Benet hatte vor ihrem Einzug die Zentralheizung überholen lassen und war jetzt froh darüber.

Mopsa, die bei geöffneter Tür ihren Koffer auspackte, sah wie der Inbegriff einer vernünftigen, ziemlich durchschnittlichen Hausfrau aus. Zweifellos war das eine Rolle, die sie spielte, vielleicht schon seit Jahren. Früher hatte sie die verschiedensten Rollen gespielt, und sie alle schienen in dieser einen verschmolzen. Oder war das die echte Mopsa, die endlich die vielschichtige psychotische Persönlichkeit abgeschüttelt hatte?

Jetzt hätte sogar der einfache Name Margaret, auf den sie getauft war, besser zu ihr gepaßt als jener andere, der einen Beiklang von Wildheit und Hexenkunst, uralten Überlieferungen, Tauchstuhl, Auge des Wassermolchs und Froschschenkel hatte. Der Name stammte jedoch nicht aus *Macbeth*, sondern aus *Ein Wintermärchen*, und Benets Mutter nannte sich so, seit sie mit fünfzehn Jahren bei einer Schulaufführung die Rolle der Mopsa gespielt hatte. Obwohl er Benet als Name ihrer Mutter vertraut war wie anderen Kindern Mary oder Elizabeth, empfand sie ihn plötzlich als etwas Unrealistisches, Unpassendes. Er hätte zugleich mit der wallenden blonden Mähne verschwinden sollen. Mopsas Gesicht, ein mageres, spitzes Gesicht, das seit jeher etwas Hexenhaftes gehabt hatte – obwohl es in Benets Kindheit das einer schönen Hexe gewesen war –, wirkte irgendwie verschwommen, was vielleicht an einem gewissen Alterungsprozeß lag. Die Kinnlinie war nicht mehr fest und schwungvoll, die Lippen ein wenig schlaff. Der schlechte Haarschnitt ließ sie eher bemitleidenswert aussehen, doch auch nicht mehr als andere Frauen ihres Alters, deren Leben keinen besonderen Sinn mehr hatte und die weder besonders geliebt noch gebraucht wurden.

Benet war überrascht, als sie in die Küche kam und sah, daß Mopsa sich selbst Tee aufbrühte. Gewöhnlich erwartete sie, daß man sie bediente, gleichgültig, wo sie war. Sobald es James besser-geht, dachte Benet, gehen wir zu dritt aus. James war bald alt ge-nug, um an interessante Orte mitgenommen zu werden, zumindest konnte man jetzt schon damit anfangen. Nachdem Mopsa aus dem Krankenhaus zurück war, würden sie irgendwo nett essen, und wenn das Wetter so schön war wie heute, konnten sie nach Hamp-ton Court fahren. Kleine Kinder wurden schnell einmal krank, aber ebensoschnell wieder gesund, das hatte Benet schon gelernt. Der heutige Abend würde nicht leicht werden, vielleicht war sie in ein oder zwei Tagen so weit, daß sie es für unerläßlich hielt, einen Fern-seher zu mieten.

«Wann muß er ins Bett?» fragte Mopsa.

«Gewöhnlich um halb sieben, aber heute wird es ganz offensicht-lich später werden.»

«Du verwöhnst ihn.»

Benet antwortete nicht, und Mopsa begann einen langen Mono-log über die Schwierigkeiten, zu dem Krankenhaus zu gelangen, in dem die ersten Tests gemacht werden sollten. Der Weg war so weit, und mit der Untergrundbahn fand sie sich bestimmt nicht zurecht, weil sich «alles geändert» hatte, seit sie nicht mehr in London lebte. Sie studierte eine Karte des U-Bahn-Netzes und eine Straßenkarte. Benet sagte, sie bringe sie selbstverständlich mit dem Wagen hin, und wenn James noch zu krank sei, um mitgenommen zu werden, trieb sie schon jemanden auf, der bei ihm blieb.

Als sie noch in der Wohnung in Tufnell Park wohnte, war es nicht schwierig gewesen, einen Babysitter zu bekommen. Im Nebenhaus gab es junge Mädchen in Hülle und Fülle, die alle darauf brannten, ein bißchen Geld zu verdienen. Hier war es anders. Sie kannte nie-manden. Sie hatte nicht einmal Freunde mit kleinen Kindern, abge-sehen von Chloe, die ständig im Urlaub und verreist war.

Mopsa, der es nicht an einer gewissen Intuition mangelte, schien zu ahnen, um was sich Benets Gedanken drehten. «Könntest du nicht jetzt jemanden finden? Ich möchte mit dir essen gehen.»

«Ich kann ihn heute keiner Fremden überlassen.»

Benet beschloß, Mopsas mürrische Miene zu ignorieren. Es ging jetzt ohnehin nicht mehr darum, ob sie bei James bleiben sollte oder nicht, sondern darum, irgend etwas für ihn zu tun. Seine Stirn war heiß und feucht. Er atmete mühsam, und manchmal hustete er qualvoll. Er war zu seinem Xylophon getrabt und hatte zu spielen versucht, war aber bald wiedergekommen und auf Benets Schoß gekrochen. Da ihm das Atmen so schwerfiel, weinte er immer wieder jämmerlich und erstickt auf.

«Ich muß den Arzt anrufen.»

«Es ist sieben Uhr. Willst du den armen, überarbeiteten Mann jetzt wirklich noch belästigen, weil das Baby erkältet ist?»

«Es ist eine Frau», sagte Benet, aber mehr auch nicht. Sie wußte noch von früher, daß es sinnlos war, auf Mopsa böse zu sein, und noch sinnloser, die Beherrschung zu verlieren. Sie geriet sofort in verzweifelte, rasende Panik. Das war zwar Jahre her, aber alte Gewohnheiten sterben schwer. Benet griff nach dem Telefon, das im selben Moment zu klingeln begann.

«Das wird dein Vater sein.»

Er war es. Mopsa sah sehr selbstzufrieden aus. Über Beweise der Fürsorge und Aufmerksamkeit freute sie sich ganz unverhältnismäßig.

«Hallo, Dad, wie geht's?» Benet mußte die Sprechmuschel höher halten, weil James laut und kläglich schrie. «Tut mir leid, das ist mein armer James. Er ist erkältet.»

Obwohl es keine dramatischen Szenen gegeben hatte und sie nie aus dem Schoß der Familie ausgestoßen worden war, obwohl es auch nie offene Vorwürfe gehagelt hatte, war ihr Vater über ihre Schwangerschaft und James' Geburt schockiert und empört gewesen. Die Situation war um so schlimmer, weil sie, eine gebildete und jetzt auch wohlhabende Frau, in einer Gesellschaft lebte, in der man die Geburt eines außerehelichen Kindes mit mancherlei Mitteln verhindern konnte. Er hatte James noch nicht ein einziges Mal bei seinem Namen genannt. Wenn James, was kürzlich geschehen war, sich für das Telefon interessierte und mit dem jeweiligen Gesprächspartner seiner Mutter reden wollte, war sein Großvater verlegen, bellte barsch ein paarmal «Hallo» und «auf Wiedersehen» in den Hörer und schien höchst ungeduldig zu sein, wieder Benet an den Apparat zu bekommen. Als sie ihm jetzt erklärte, daß James erkältet war, sagte er nur: «Ach ja?» Es folgte eine fast peinliche Pause. Dann: «Wie geht es deiner Mutter? Sie ist doch gut angekommen, nicht wahr?»

«Es geht ihr gut. Willst du mit ihr sprechen?»

Die Pause war diesmal kürzer, aber sie war da. Zweifellos hatte John Archdale seine Frau früher einmal geliebt. Seit damals hatte er viel durchgemacht, viel ertragen. Es war nicht ihre Schuld, sie mußte einem leid tun, sie war genauso hilflos und krank, als leide sie an multipler Sklerose, aber was er jetzt empfand, war nicht Liebe, sondern Pflichtbewußtsein. Er trug ein Kreuz, das von Jahr zu Jahr schwerer wurde. Im Augenblick genoß er eine kleine, wohlverdiente Atempause, spielte mit seinen ebenfalls in Spanien lebenden Landsleuten und Freunden eine Partie Bridge oder trank ein Glas in der Bar des *Miramar-Hotels*. Jetzt ihre Stimme zu hören, würde ihm den angenehmen Abend zwar nicht gerade verderben, aber ... Benet konnte jedoch nichts tun, um es zu verhindern.

«Nur ein paar Worte», sagte er.

Früher hatte Benet von Zeit zu Zeit erlebt, wie die Mutter ihn mit unglaublich wüsten Schimpfwörtern belegte, von denen «Scheißkerl» und «dreckiger Mörder» ungefähr die mildesten waren. Jetzt nahm Mopsa den Hörer und sprach in der Rolle der vernünftigen Hausfrau mit ihm.

«Hallo, mein Lieber.»

Sie wechselten ein paar Worte, und Benet war entrüstet, weil James' Name nicht ein einziges Mal erwähnt wurde. Er war jetzt still – das heißt, er hatte zwar aufgehört zu weinen, lehnte sich aber schwer an sie, und sein Atem ging keuchender und rasselnder als zuvor.

«Ja, ein recht angenehmer Flug. Ein Gutes hat die Fliegerei, es dauert nie lange, es ist bald vorbei. O ja, ich wurde abgeholt und ganz vornehm nach Hause gefahren. Ja, morgen früh, um zehn. Am besten, du rufst morgen wieder an, meinst du nicht auch? Also dann auf Wiedersehen.»

Sie legte auf, blieb stehen und musterte Benet forschend, die James unwillkürlich fester in die Arme schloß. Dieser bebende Ausdruck, als werde sie gleich in Tränen ausbrechen, kündigte – wie Benet von früher wußte – immer einen Stimmungswechsel an. Plötzlich begann Mopsa zu sprechen, hoch und schnell, aber mit völlig normaler Stimme.

«Ich war dir keine gute Mutter, Brigitte. Das weiß ich. Ich habe dich vernachlässigt – dich auf jeden Fall zuwenig beachtet. Ich war krank, weißt du, ich war schon lange krank, bevor ihr es gemerkt habt, du und Dad. Es war dieses Hormon, oder was immer mir fehlt – vielmehr damals fehlte –, es machte mich krank. Ich war keine gute Mutter, ich war eine verlorene Seele, weißt du? Kannst du mir verzeihen?»

Gefühlsausbrüche von Mopsa waren Benet immer peinlich. Sie wurde verlegen und scheu, unter anderem auch deshalb, weil die Mutter sie immer wieder, besonders wenn sie unter einer inneren Spannung litt, bei ihrem Taufnamen nannte, den sie haßte und den sie, zur Abwechslung einmal Mopsas Fußstapfen folgend, sofort abgelegt hatte, als sie von zu Hause fortgegangen war. Benet war ziemlich eckig, langbeinig, hatte ein spitzes Gesicht und glattes, dunkles Haar. Wie hätte sie, in einem neuen Freundeskreis, wieder das unvermeidliche spöttische Erstaunen ertragen sollen, weil ausgerechnet sie nach der Bardot benannt worden war?

Sie war verlegen, doch sie mußte um der armen, rührenden Mopsa willen ihre Verlegenheit unterdrücken. Und Mopsa stand wartend da, hungrig nach Liebe und nach Trost, und atmete beinahe so schnell und flach wie James.

«Kannst du mir verzeihen, Brigitte?»

«Da gibt es nichts zu verzeihen. Du warst krank. Außerdem warst du keine schlechte Mutter.» James festhaltend und an ihre Schulter drückend, zwang sich Benet, aufzustehen und den anderen Arm um die Mutter zu legen. Mopsa zitterte, bebte wie ein nervöses Tier. Benet hielt James und ihre Mutter mit den Armen umschlungen. Sie küßte Mopsa auf die Wange. Die Haut war heiß und trocken und pulsierte leicht. Aber Mopsas wasserblaue Augen hatten einen klaren, festen Blick. «Ich habe nichts zu verzeihen, glaub mir», sagte Benet. «Und jetzt vergessen wir's einfach, ja?»

«Ich würde alles für dich tun, einfach alles, um dich glücklich zu machen.»

«Das weiß ich.»

Benet setzte sich wieder ans Telefon, rückte James auf ihrem Schoß zurecht und wählte die Nummer der Ärztin.

2

«Er hat Krupp.»

Das Wort war reinste Lautmalerei und klang ungefähr wie das Geräusch, das James beim Atmen machte. Am Ausmaß ihrer Erleichterung – sie hätte Dr. McNeil vor Freude umarmen können – merkte Benet, wie groß ihre Angst gewesen war.

«Ich dachte, das sei eine Krankheit, die nur viktorianische Kinder hatten.»

«Das stimmt. Aber die Kinder bekommen sie auch noch heute. Nur können wir heute mehr für sie tun.» Benets Erleichterung verwandelte sich in eine bleischwere Last, als die Ärztin fortfuhr: «Ich möchte ihn ins Krankenhaus einweisen.»

«Ist das unbedingt nötig?»

«Nur für alle Fälle. Dort ist alles Nötige vorhanden. Ich glaube nicht, daß Sie hier einen Raum mit Dampf füllen können, oder?»

Dr. McNeil war sechzig und wollte in ein oder zwei Wochen in den Ruhestand gehen. Ist sie altmodisch? fragte sich Benet. Einen Raum mit Dampf füllen? Sie stellte sich ein Bad mit voll aufgedrehter Dusche vor, aus der fast kochendes Wasser in die Wanne prasselte, wobei Fenster und Tür des Badezimmers hermetisch verschlossen waren. Aber in einem der beiden Bäder war keine Dusche, und die im zweiten Bad war hoffnungslos verkalkt und mußte erneuert werden.

«Was ist Krupp eigentlich genau?»

«Wenn Sie's hätten, würden wir es Kehlkopfkatarrh nennen.»

Benet überließ es der Ärztin, die nötigen Telefongespräche zu führen. Sie brachte James in die Küche hinunter, wo Mopsa, sehr hausfraulich praktisch in Schürze und Gummihandschuhen, Tassen und Untertassen spülte. Die Erleichterung war zurückgekehrt. Krupp war nur ein Kehlkopfkatarrh.

«Ich begleite dich», sagte Mopsa.

Benet wäre es lieber gewesen, wenn die Mutter zu Hause geblieben wäre, doch sie wußte nicht, wie sie es ihr sagen sollte. Und vielleicht sollte man Mopsa nicht allein lassen, vor allem nicht abends und in einem fremden Haus. Es war ein unglückliches Zusammentreffen, daß Mopsa ausgerechnet jetzt hier war. Benet konnte sich des Gedankens nicht erwehren, daß die Menschen, die behaupteten, sie würden alles für den anderen tun, nie bereit waren, sich im Hintergrund zu halten, nicht einzumischen und auf kleine Bitten einzugehen.

Doch wenigstens setzte Mopsa sich diesmal auf den Rücksitz und nahm James auf den Schoß. Die Nacht war klar, aber mondlos. Benet fiel plötzlich ein, daß Hallowe'en war. Sie trug den in eine flauschige Decke eingepackten James in die große, gotisch gewölbte Vorhalle des Krankenhauses und wurde mit dem Lift in die zuständige Abteilung geschickt.

Mit Krankenhäusern nicht sehr vertraut – sie selbst hatte nur einmal in einem gelegen, und zwar, als James geboren worden war –, hatte Benet einen großen Krankensaal mit zwei Reihen eng beieinanderstehender Betten erwartet. Doch die Edgar Stamford-Abteilung bestand aus lauter kleinen Zimmern, die an einem breiten Korridor lagen. Das Gebäude war früher angeblich das Arbeitshaus gewesen, hatte Benet gehört, doch mußte dieser Teil von Grund auf saniert worden sein, denn außer den kleinscheibigen Spitzbogenfenstern erinnerte hier nichts mehr an das 19. Jahrhundert. In James' Zimmer erwartete ihn ein Kinderbett mit einem darüber angebrachten Zelt, in das Dampf gepumpt wurde. Die Schwester nannte es ein Kruppzelt. Zuerst weinte er, dann wurde er still und umklammerte Benets Hand. Der Arzt kam ungefähr nach zehn Minuten. Vor der Tür des Krankenzimmers zog er sein weißes Jackett aus und legte es auf den Schreibtisch der Schwester.

«Sie bekommen Angst vor weißer Kleidung, wenn wir das nicht tun», erklärte er. «Sie gehen dann nicht mal mehr zum Metzger mit Ihnen.» Er lächelte. «Ich heiße Ian Raeburn und gehöre zum Ärztestab des Krankenhauses.»

Außer dem Kinderbett stand noch ein großes Bett im Zimmer. Benet saß darauf. Ihr war aufgefallen, daß es frisch bezogen und die Decke zurückgeschlagen war.

«Kann ich denn bei ihm bleiben?»

«Selbstverständlich, wenn Sie wollen. Dafür sind die Betten da. Nebenan ist ein Bad. Wir sind ziemlich stolz darauf, daß wir die Eltern hierbehalten können. Es ist heute anders als in der bösen alten Zeit.»

«Ich möchte gern bleiben.»

«Und was wird aus mir?» sagte Mopsa leise und verloren.

«Das können Sie entscheiden», sagte Dr. Raeburn. «Sie werden sehen, daß James bald leichter atmen wird.»

Die kleinen Finger umklammerten ihren Finger noch immer ganz fest. «Du kannst mit dem Taxi zurückfahren, Mutter. Ich geh mit dir hinunter und bestell dir ein Taxi. Du kommst schon zurecht.»

Mopsas Gesicht war erschlafft, sah plötzlich wächsern aus, ihre Lippen zitterten. Das Zimmer war nur schwach erleuchtet, eine einzige Glühbirne brannte über dem Waschbecken, und in diesem Dämmerlicht wirkten Mopsas Augen wieder verschleiert. Seit ihrer Ankunft hatten sie zum erstenmal diesen Ausdruck.

«Ich bin nie allein. Es war schlimm genug, allein im Flugzeug zu sein, ich meine, ohne einen Menschen, den ich kenne. Ich kann in einem wildfremden Haus nicht allein bleiben.»

«Es ist doch nur für eine Nacht.»

«Warum mußt du denn bei ihm bleiben? Er schläft, er weiß nicht, ob du hier bist oder nicht. Früher sind die Eltern nie bei den Kindern im Krankenhaus geblieben, das Personal hätte es nicht geduldet.»

«Die Zeiten haben sich geändert.»

«Ja, und zum Schlimmeren. Dein Vater hätte mir nie erlaubt zu kommen, wenn er gewußt hätte, daß du mich allein lassen würdest, Brigitte. Ich werde krank, wenn du mich allein läßt.»

Vorsichtig entzog Benet James ihren Finger. Er rührte sich nicht. Heftige Abneigung gegen Mopsa erfüllte sie, ein Gefühl, das an Haß grenzte. Wenn ihre Mutter so normal wirkte wie jetzt und dabei alle Symptome eines übersteigerten Solipsismus entwickelte – Gleichgültigkeit gegen die Wünsche anderer und unglaubliche Selbstsucht –, hatte man das Gefühl, daß ihr Wahnsinn nur Theater war, das sie spielte, um Aufmerksamkeit zu erregen. Selbstverständlich war es nicht so, die Krankheit war so real wie eine körperliche Lähmung. Und war es, wenn sie Theater spielte, nicht an sich schon ein Zeichen des Wahnsinns, daß sie es so weit trieb – und über eine so lange Zeit hinweg?

Ich darf meine Mutter nicht hassen ...

«Es passiert dir nichts. Die unteren Fenster haben Gitter, und in jedem Stockwerk ist ein Telefon. Und es ist ja auch keine verrufene Gegend, oder?»

«Ich gehe nicht ohne dich, Brigitte. Du kannst mich nicht zwingen. Ich kann hier im Sessel schlafen. Oder auf dem Boden.»

«Das ist nicht erlaubt», sagte Benet. «Nur Eltern dürfen hierbleiben. Hör zu, ich bring dich nach Hause, dann fahre ich wieder hierher. Und morgen früh komme ich ganz bald zurück.»

«Morgen früh muß ich ganz bald zu meinen Tests.»

Mopsas Gesicht war eigensinnig verkniffen. Die scharfen Züge hatten wieder etwas Hexenhaftes. Ihre verschleierten Augen waren nicht auf Benet, sondern auf einen Punkt am anderen Ende des Raums geheftet. Benet sah James an. Er schlief, und der Apparat pufffte leise und regelmäßig Dampf in das Zelt. Sie nahm ihren Mantel vom Bett. Als sie der Stationsschwester sagte, sie bleibe nicht über Nacht, glaubte sie Überraschung, ja, sogar leichtes Befremden in ihren Augen aufblitzen zu sehen. Mopsa, die einen großen Teil ihres Lebens in Krankenhäusern verbracht hatte, fühlte sich hier nicht wohl. Als sie zum Lift gingen, schaute sie wachsam von einer Seite auf die andere. Vor dem Schild, das zur psychiatrischen Abteilung zeigte, schrak sie förmlich zurück.

Trotz der Kisten, die noch unausgepackt herumstanden, schien das Haus sie willkommen zu heißen. Es war warm und hell und gemütlich. Dennoch verbrachte Benet die Nacht fast schlaflos. Sie sah ständig James vor sich, der in dem dampfenden Treibhaus aufwachte und merkte, daß sie nicht mehr da war – es war die reinste Zwangsvorstellung. Was nützte sie denn ihrer Mutter? Mopsa hatte sofort, nachdem sie heimgekommen waren, eine Schlaftablette genommen, war zehn Minuten später eingeschlafen und schlief seither fest. Als Benet um sechs Uhr morgens in die Küche ging, um sich eine Kanne Tee aufzubrühen, kam sie an Mopsas Zimmer vorbei und hörte sie leise schnarchen.

Benet rief das Krankenhaus an, wurde mit der Stationsschwester der Edgar Stamford-Abteilung verbunden und erfuhr, daß James eine unruhige Nacht gehabt hatte und sein Zustand unverändert war. Die Schwester sagte nicht, ob er geweint oder nach Benet gerufen hatte, und Benet brachte es nicht über sich zu fragen. Er hatte es bestimmt getan, das wußte sie. Er war noch nie von ihr getrennt gewesen. Wenn Mopsa zu ihren Tests nur in dasselbe Krankenhaus müßte! Statt dessen mußte Benet sie meilenweit durch die weit auseinandergezogenen nördlichen Vorstädte Londons kutschieren und sich auf der Rückfahrt durch den Verkehr kämpfen, bevor sie James sehen konnte. Zum erstenmal hatte sie James gegenüber ein schlechtes Gewissen, hatte sie das Gefühl, ihn im Stich gelassen zu haben.

Mopsa erschien um acht Uhr. Sie trug den grauen Kostümrock, einen glockenblumenblauen Angorapullover dazu und als einzigen Schmuck eine einreihige Perlenkette. Heute morgen war sie weniger vernünftige Haus-, sondern eher elegante Geschäftsfrau. Sogar ihr Haar wirkte nicht mehr so lieblos abgesäbelt. Diskretes Make-up, rosig und malvenfarben, machte sie jünger. Sie fragte nicht nach James, und Benet sagte ihr nicht, daß sie im Krankenhaus angerufen hatte. Mopsa lebte nur noch in Erwartung ihrer Tests. Sah sie gut aus? Sollte sie den blauen Regenmantel, die graue Kostümjacke oder beides anziehen?

James hätte genausogut nicht existieren können. Benet fühlte einen sehr realen körperlichen Schmerz, weil er so vernachlässigt wurde. Sie konnte nicht essen, glaubte an dem Groll gegen Mopsa und an ihrer Liebe zu James zu ersticken. Am liebsten hätte sie Mopsa gepackt, geschüttelt und ihr ins Gesicht geschrien: Es ist mein Kind, mein Sohn, ist dir das denn nicht klar? Es wäre sinnlos, es wäre grausam und völlig sinnlos gewesen.

Ich darf meine Mutter nicht hassen ...

Als sie im Wagen saßen und die Hampstead Lane entlangfuhren, hatte sie sich so weit gefaßt, daß sie sachlich und ruhig sprechen konnte.

«Ich lasse dich im Royal Eastern Hospital und fahre zu James. Du mußt dir ein Taxi nehmen und dich entweder nach Hause oder zu James' Krankenhaus fahren lassen. Es ist ganz einfach, und du schaffst es bestimmt. Ich habe dir beide Adressen aufgeschrieben.»

Sie wartete auf den Proteststurm, doch er kam nicht. Mopsa war in euphorischer Stimmung, eifrig darauf bedacht zu gefallen, großmütig bereit, nicht selbstsüchtig zu sein. Selbstverständlich nahm sie ein Taxi, selbstverständlich schaffte sie es. Es tat ihr leid, daß sie am Abend vorher von Benet verlangt hatte, mit ihr nach Hause zu fahren, aber am Abend empfand man alles eben ganz anders, nicht wahr? An einem so hellen Morgen wie heute konnte man kaum noch verstehen, wie schlecht man sich gefühlt hatte, wie unsicher, wie allein und wie sehr man sich gefürchtet hatte.

Benet nahm auf dem Rückweg dieselbe Route, dieselbe Abkürzung durch Seitenstraßen, die sie benutzt hatte, um Mopsa ins Royal Eastern Hospital in Tottenham zu bringen. Der Verkehr staute sich, als sie darauf wartete, aus den Rudyard Gardens in die Lordship Avenue abbiegen zu können – an der Kreuzung behinderte eine Baustelle den Strom der Fahrzeuge. Sie mußte sich in die schleichende Schlange einreihen und konnte sich daher ein wenig in dem Viertel umsehen, in dem sie früher einmal gewohnt hatte.

Es hatte sich sehr verändert. Die Bäume in den Rudyard Gardens waren gekappt worden, und die Straße sah jetzt aus wie eine Allee geköpfter Stämme. Die Häuserreihen waren nicht mehr bewohnt, Türen und Fenster mit Wellblech verschlagen. Mopsa hätte kategorisch erklärt, es sei ein Slum. Am entgegengesetzten Ende der

Lordship Avenue schien die Sonne aus einem grellblauen Himmel auf die Wohnblocks, Reihenhäuser und den einzelnen Hochhausturm einer Wohnsiedlung, die Winterside Down hieß. Als Benet, Mary und Antonia gemeinsam eine Mansardenwohnung in der Winterside Road bewohnt hatten, hatte es die Siedlung noch nicht gegeben. Nur ihre Straße war dagewesen, die in ein Stück Ödland mündete, das vom Gaswerk bis zum Kanal reichte.

Benets Wagen und die drei Wagen vor ihr krochen langsam auf die Kreuzung zu. Ein schwarzer Dobermann trottete gemächlich über den Zebrastreifen. Als er die andere Seite der Straße erreicht hatte, begann der Verkehr wieder zu fließen. Genau an dieser Stelle, erinnerte sich Benet, hatte sie immer den Bus genommen, der sie in die City und zur Redaktion des Magazins brachte, in der sie gearbeitet hatte. Wäre es nicht James' wegen gewesen, hätte sie es nicht so eilig gehabt, zu ihm zu kommen, wäre sie in die Winterside Road abgebogen und hätte dort den Wagen geparkt, weil sie, genau in dem Moment, in dem der Verkehrsstrom wieder in Bewegung geriet, jemanden entdeckte, den sie kannte. Groß, schwer gebaut, blond, jetzt wahrscheinlich auf die Vierzig zugehend – wie hieß er doch gleich? Tom Sowieso. Tom Woodhouse. Ihm gehörte die Autowerkstatt neben dem Haus, in dem sie gewohnt hatte, und ein- oder zweimal hatte sie sich bei ihm einen Wagen gemietet. Benet kurbelte die Scheibe herunter, rief seinen Namen und winkte, aber ihre Stimme ging im Verkehrslärm unter. Sie beobachtete durch den Rückspiegel, wie er den Zebrastreifen überquerte und in die Fahrerkabine eines Lieferwagens einstieg.

James lag nicht unter dem Kruppzelt, er war nicht einmal in seinem Zimmer, sondern im Spielzimmer und malte mit Kreide auf eine Tafel. Als Benet hereinkam, rannte er nicht auf sie zu und streckte auch nicht die Arme nach ihr aus, sondern lächelte nur strahlend und irgendwie geheimnisvoll, als gehörten sie einer gemeinsamen Verschwörung an.

«Das ist meine Mami», sagte er zu einem kleinen Mädchen.

«Wir möchten, daß er wenigstens eine Nacht ruhig durchschläft, bevor wir ihn nach Hause entlassen», sagte die Oberschwester.

Mopsa kam um zwölf. Sie schien sehr mit sich zufrieden, war beinahe munter. Sie hatten im Royal Eastern Hospital keine Tests durchgeführt, hatten sie nur untersucht, Fragen gestellt und ihr einen neuen Termin gegeben.

«In drei Tagen soll ich wiederkommen. Und ich will versuchen, heute nacht allein zu Hause zu bleiben.»

«Wenn du das könntest, wäre es eine große Hilfe für mich.» Benet war geradezu lächerlich dankbar. «Das ist sehr tapfer von dir.»

Plötzlich war Mopsa zur vernünftigen Frau geworden, die keine Mätzchen kannte und auch nachts allein in einem fremden Haus blieb. «Ich nehme eine Tablette und werde bis morgen früh nichts sehen und hören.»

James war den ganzen Tag auf den Beinen und spielte. Um sechs Uhr schlief er, ziemlich blaß, schwer atmend, erschöpft. Wenn er ruhig durchschlief, durfte er morgen nach Hause.

«Ich sollte jetzt dort sein», sagte Mopsa, auf die Uhr sehend. «Dein Vater hat wahrscheinlich angerufen. Er wird sich wundern, daß ich nicht da war.»

«Ich gehe mit dir hinunter und helfe dir, ein Taxi zu finden.»

«Ich dachte, ich könnte vielleicht deinen Wagen nehmen.»

Es war dunkel. Die Straßen hier waren eng und verstopft. Mopsa hatte zwar seit dreißig Jahren einen Führerschein, war aber seit fünfzehn Jahren nicht mehr gefahren.

«Mir wäre lieber, wenn du zuerst bei Tageslicht übtest», sagte Benet.

Mopsa machte Einwände, während sie sich den Mantel anzog, machte weitere Einwände im Lift, gab jedoch überraschenderweise klein bei, als Benet sagte, sie habe den Wagenschlüssel oben im Zimmer gelassen und der Reserveschlüssel sei zu Hause. Der Abend war schwarz und feucht, und in der Luft hing der Geruch von Schießpulver. Kinder hatten als Vorgeschmack auf den Guy Fawkes-Tag Feuerwerkskörper losgelassen. Mopsa winkte aus dem Taxifenster, sie lehnte sich heraus und winkte, als gehe sie für immer fort.

Ungefähr drei Stunden später wurde Benet wach, weil James weinte. Sie hatte von Edward geträumt, zum erstenmal seit Monaten. Sie hatte ihm gesagt, sie erwarte ein Kind von ihm, und nein, sie wolle nicht abtreiben, sie wolle das Kind, aber sie werde ihn nicht heiraten, wolle nicht einmal mehr mit ihm zusammen sein ... Ganz ähnlich hatte es sich in Wirklichkeit abgespielt. Aufzuwachen war ein Schock, weil sie geglaubt hatte, der Traum sei

Wirklichkeit. James saß weinend und schluchzend unter dem Kruppzelt.

Benet nahm ihn auf die Arme, hielt ihn fest, und er hörte auf zu weinen, obwohl sein Atem wieder rasselte. Sie fragte sich, ob diese Nacht jetzt nicht mehr als «ruhige Nacht» galt? Der nächste Arzt oder die nächste Schwester, die ins Zimmer schauten, würden sie wahrscheinlich fragen, und sie konnte sie nicht belügen, würde es um James' willen nicht wagen. Das Zimmer war nicht ganz dunkel, die schwache Lampe über dem Waschbecken brannte noch. Für ein Krankenhaus war es sehr ruhig, still, abgesehen von einem weit entfernten metallischen Klappern. Benet dachte über Mopsa nach. Ihr war klar, daß es falsch war, sich um diese Stunde den Ängsten zu überlassen, doch sie waren ungerufen gekommen und ließen sich nicht vertreiben. Hatte sie nicht richtig gehandelt, als sie Mopsa allein wegfahren ließ? Angenommen, sie hatte den Schlüssel für die Haustür nicht gefunden? Wie, wenn es einen Kurzschluß gegeben hatte? Benet war überzeugt, ihr Vater hätte es nie zugelassen, daß Mopsa allein blieb. Und angenommen, er hatte erst angerufen, als Mopsa wieder zu Hause war – lag dann auch er schlaflos da? Weit weg, im Süden Spaniens, sorgte sich um seine Frau, war wütend auf seine Tochter und dachte an tausend Dinge, die passieren konnten?

James war an ihrer Schulter eingeschlafen. Sie legte ihn ins Bettchen und unter das Zelt zurück und schob die Hand durch eine Öffnung im Reißverschluß, damit er sie festhalten konnte. Als die Schwester um vier Uhr kam, schlief er noch, und Benet verschwieg, daß er vor zwei Stunden aufgewacht war und geweint hatte. Sie schlief auch wieder ein. Diesmal träumte sie nicht. Als sie das nächste Mal wach wurde, wurde es im Zimmer allmählich hell, das graue Licht des Morgens sickerte durch die Schlitze der Jalousie ins Zimmer. Eine Sirene hatte sie geweckt, und als sie, im Bett kniend, aus dem Fenster sah, fuhr ein Krankenwagen mit rotierendem Blaulicht vorüber.

Kurz vor acht wollte Benet zu Hause im Vale of Peace anrufen. Jetzt war es noch nicht einmal sieben Uhr dreißig. Mopsa war keine Langschläferin, um acht war sie schon immer auf und fertig angezogen. James lag in dem mit Dampf gefüllten Zelt auf dem Rücken und schlief. Der Verdampfapparat arbeitete unermüdlich. Wahrscheinlich wurde James noch vor dem Lunch entlassen. Dann zwei

Wochen der Erholung, und nachdem Mopsa wieder abgereist war, sprach nichts dagegen, daß sie mit James in Urlaub fuhr. Warum auch nicht? Sie konnte es sich jetzt leisten. Sie konnte sich jetzt so viele Urlaube leisten, wie sie wollte – oder steuerabzugsfähige Studienreisen, wie ihr Steuerberater das nannte.

«Sie machen nie mehr Urlaub, Miss Archdale ...»

Sie konnten irgendwohin fahren, wo es warm war, nach Afrika oder auf die Kanarischen Inseln. Dort würde James keinen Krupp bekommen. Ihr amerikanischer Verleger wollte, daß sie in Kalifornien selbst für ihr Buch warb. Dann konnte sie auch die Universal Studios besuchen, wo man eben angefangen hatte, *Die vertrackte Ehe* zu drehen ...

James rieb sich die Augen mit den Fäusten und drehte den Kopf hin und her. Der Tiger mit den schlaffen Pfoten lag neben ihm auf dem Kissen. Benet schlug auf den bunten Stäben des Xylophons mit dem Holzklöppel die Tonleiter an – do-re-mi-fa-so-la-si-do. Gewöhnlich wurde er dabei munter, griff nach dem Klöppel und wollte die Noten selbst spielen. Sie öffnete den Reißverschluß des Zeltes. Er streckte die Arme nach ihr aus, sagte «Mami», hob aber nicht den Kopf vom Kissen.

Benet nahm ihn auf den Schoß. Seine Stirn war heiß, und er atmete genauso wie an dem Abend, an dem sie ihn ins Krankenhaus gebracht hatte. Er war offensichtlich noch nicht über den Berg. Es ging ihm schlechter als am Tag vorher.

«Du bist ein armes Lämmchen. Dieser Husten macht dir wirklich arg zu schaffen.»

Die Schwester kam mit dem Fieberthermometer herein. Benet übergab ihr James, ging hinaus und zum Münztelefon am Ende des Korridors. Es war Punkt acht. Im Haus war in jedem Stockwerk ein Nebenanschluß, man mußte nicht treppauf oder treppab rennen, wenn das Telefon klingelte. Benet wählte ihre Nummer und fragte sich, wie heftig der Sturm sein würde, der über sie hereinbrach, wenn sie Mopsa erzählte, daß James noch nicht nach Hause durfte und sie bei ihm im Krankenhaus blieb.

Das Telefon begann zu klingeln. Es klingelte und klingelte. Benet legte auf und versuchte es noch einmal, falls sie sich verwählt haben sollte. Mopsa meldete sich noch immer nicht. Doch es war noch früh, und möglicherweise schlief Mopsa ausnahmsweise noch.

Das Frühstück wurde gebracht. Cornflakes, ein gekochtes Ei,

Brot und Marmelade für Benet, Milch, Kinderbrei und eine Orange für James. Er wollte nicht essen. Er drückte sich an sie und umklammerte ihren Nacken, während sie versuchte, Cornflakes zu essen. Die Tagesschwester kam herein und sagte, James müsse wieder unters Zelt, und Benet möge bitte dafür sorgen, daß er drin blieb. Dr. Raeburn werde etwa in einer Stunde nach ihm sehen.

James stieß die Milch mit dem Arm weg und schüttete sie Benet über die Jeans. Unterm Zelt blieb er nur liegen, wenn auch sie den halben Oberkörper hineinschob. Der Apparat zischte und dampfte unermüdlich.

«Er hat ein bißchen Fieber», sagte die Schwester und trug den neuen Wert auf der Fieberkurve ein. «Es wäre gut, wenn er jetzt wieder schlafen könnte.»

Er schlief dann auch ein, und Benet wanderte wieder zum Telefon. Sie wählte ihre Nummer, und es begann zu klingeln. Sie fühlte, wie die Angst in ihr sich zu einem festen Knoten verhärtete. Sie ließ es zehn- oder fünfzehnmal klingeln, dann legte sie auf, wählte aber nicht noch einmal, weil eine Frau im Morgenmantel telefonieren wollte. Benet wollte sie nicht warten lassen, weil sie ein verbundenes Bein hatte.

Benet erinnerte sich, daß Mopsa schon einmal plötzlich verschwunden war und zwei Tage später in Northumberland (in einem ärmellosen Kleid) aufgegriffen wurde. Sie hatte offenbar das Gedächtnis verloren. Sie erfuhren nie, wie sie dorthin gekommen war, oder woher sie das Kleid hatte, das nicht ihr gehörte. Benet war damals ungefähr dreizehn gewesen.

Vielleicht war Mopsa gestern abend gar nicht ins Vale of Peace zurückgefahren. Vielleicht hatte sie dem Fahrer, sobald sie außer Sicht waren, ein anderes Fahrtziel genannt. Benet fragte sich, ob sie die Polizei anrufen solle, fand dann aber, daß es übereilt und übertrieben wäre. Irgendwann im Lauf des Tages, wenn James wieder mit den anderen Kindern spielte wie gestern, wollte sie die Gelegenheit wahrnehmen und schnell nach Hause fahren, um dort nach dem rechten zu sehen.

Mopsa war ihr so normal, so geistig gesund, so vernünftig vorgekommen. Aber vielleicht hatte sie immer kurz vor einem Schub ihrer Krankheit einen besonders gesunden Eindruck gemacht, war vielleicht auch besonders gesund gewesen. Aber wohin konnte sie gegangen sein, wenn sie nicht im Vale of Peace war? Sie kannte in

London niemanden, außer vielleicht diese alten Nachbarn, die Fentons, und wahrscheinlich waren auch sie längst aus der Gegend fortgezogen.

Die Frau mit dem verbundenen Bein beendete ihr Gespräch, und Benet wählte noch einmal. Es meldete sich niemand. Benet konnte sich nicht vorstellen, daß ihre Mutter spazierenging oder mit dem Taxi ins Krankenhaus kam, aber wie gut kannte sie Mopsa überhaupt? Sicher wußte Benet nur, daß sie völlig unberechenbar war. Einmal hatte Mrs. Fenton sie mit aufgeschnittener Pulsader in der Badewanne gefunden. Das Wasser hatte sich schon rötlich verfärbt ...

Es war für Benet gar nicht so leicht, den Band F–K des Londoner Telefonbuchs aufzutreiben, aber endlich bekam sie ihn und fand auch die Nummer der Fentons. Sie wohnten noch immer Harper Lane 55. Zumindest Mrs. Fenton wohnte noch da. Die Nummer war unter dem Namen Mrs. Constance Fenton eingetragen. Vielleicht war ihr Mann inzwischen gestorben. Benet wählte noch einmal ihre Nummer, und als wieder niemand abhob, die von Mrs. Fenton. Es meldete sich die Stimme einer jungen Frau.

«Das war meine Tochter», sagte Constance Fenton, als sie an den Apparat kam. «Meine Tochter, mein Schwiegersohn und mein Enkel wohnen bei mir, bis ihr Haus fertig ist.» Sie war eine Frau mit der liebenswürdigen Eigenschaft, so mit einem zu reden, als hätte man sich erst gestern das letzte Mal mit ihr unterhalten und nicht vor zehn Jahren.

Benet fragte sehr zurückhaltend und taktvoll, ob zufällig ihre Mutter bei Mrs. Fenton sei.

«Ihre Mutter?»

Da wußte Benet sofort, daß Mopsa nicht dort war und auch nicht dort gewesen war. Constance Fenton erkundigte sich lebhaft nach ihr, wollte alles über sie wissen. «Seit wann ist sie in London? Wann kommt sie mich besuchen?» Es sei, sagte sie, eine wirklich nette Überraschung, und sie freue sich sehr, Mopsa wiederzusehen.

«Sie meldet sich bestimmt bald bei Ihnen, das weiß ich», sagte Benet und legte auf. Ihr wurde allmählich übel vor Sorge. Mopsa konnte überall sein, eine Gefahr für sich selbst und für andere.

3

Die Chinesische Brücke, die den Kanal überspannte, begann bei der
Winterside Road. Sie endete am anderen Ufer bei dem Pfad, der die
grünen Rasenflächen durchquerte und in die Siedlung mündete.
Barry hatte sich gefragt, warum sie «Chinesische Brücke» hieß, bis
er bei Iris auf einem alten Weidenmusterteller genau dieselbe gesehen hatte. Winterside Down war eine kleine Welt, in der es alles
gab, was man sich wünschte, und viel, was man sich nicht
wünschte. Die Straßen waren nach Leuten aus der Vergangenheit
der Labour Party benannt. In der Mitte gab es einen Bevan Square
mit einer Einkaufsstraße, ein Nebenpostamt, einen supermodernen
Haarstylisten, ein Video-Center und ein türkisches Lokal, das fertige Gerichte zum Mitnehmen verkaufte. Die meisten Bewohner
stammten aus Griechenland, Irland oder von den Westindischen Inseln, aber auch ein paar Inder wohnten da. Alles war ziemlich neu,
die ältesten Häuser erst sechs Jahre alt, und noch niemand war so
richtig seßhaft geworden. Man hatte einen Hochhausturm erbaut
und schien dann die Erkenntnis gewonnen zu haben, daß die Leute
keine Hochhäuser mochten, daß sie Angst hatten, darin zu wohnen, so daß jetzt dieser einzelne Turm im Zentrum von Winterside
Down wie ein riesiger Leuchtturm in die Höhe ragte, umgeben von
Häuserpygmäen, in denen die Menschen gern wohnten.

Die Isadoros bewohnten zwei Häuser, sie waren eine so große
Familie. Die Baufirma hatte die Dielen durch einen Bogengang verbunden, so daß man jetzt aus einem Haus ins andere gehen konnte,
ohne ins Freie zu müssen. Carols Haus war ein ganz gewöhnliches
Einfamilien-Reihenhaus und gehörte zu den ältesten. Wenn man
über die Chinesische Brücke nach Winterside Down kam, sah man
als erstes die Hinterfronten dieser Reihenhäuser, und wenn Carol zu
Hause war, konnte man das Licht in ihren Fenstern sehen. Es passierte nur selten, daß Barry später nach Hause kam als Carol. Aber
wenn er später dran war oder glaubte, er wäre es, hielt er, auf dem
höchsten Punkt des Brückenbogens angelangt, Ausschau nach ihren Fenstern. Ihr Haus war das achte von da aus, wo der Pfad in die
Summerskill Road mündete. Barry zählte immer zwei, vier, sechs,
acht, und wenn bei ihr Licht brannte, wallte Freude in ihm auf,
machte sein Herz einen Sprung.

Meistens war er früher da als sie. Seit sechs Monaten war hier sein

Zuhause, nicht etwa, weil es ihm so besonders gut gefiel, sondern weil Carol hier war. Wenn sie abends an der Wein-Bar arbeitete, ging er nicht über die Chinesische Brücke, sondern nahm von der Lordship Avenue aus die Abzweigung. Manchmal kümmerten sich die Isadoros tagsüber um Jason, manchmal seine Großmutter Iris und manchmal, aber seltener, seine Tante Maureen. Barry ging auf dem Heimweg bei Iris vorbei, doch Jason war vor dem Fernseher eingeschlafen, und Iris hatte ihn ins Bett gelegt. Sollte er doch über Nacht bei ihr bleiben, warum auch nicht? Morgen früh käme er ja doch wieder.

Barry ging über den Bevan Square nach Hause. Er hielt sich kurz im Tabakladen auf, der bis acht geöffnet hatte, und kaufte eine Schachtel Marlboro. Er hatte früher nie geraucht, aber seit er soviel mit Carol und ihrer Familie zusammen war, paffte er bis zu zwanzig Stück am Tag. Der Platz war mit hellroten Platten gepflastert, von niedrigen Ziegelmäuerchen eingefriedete Blumenbeete lockerten ihn auf, und in der Mitte stand eine Skulptur, die aussah wie ein Stück von einer Autokarosserie, die jemand auf dem Müll gefunden hatte. Sie stammte jedoch von einem ziemlich berühmten Bildhauer und hieß «Der Fortschritt der Menschheit». In der Nähe des türkischen Imbißlokals roch es nach Knoblauch und Fett. Das älteste Isadoro-Mädchen und ein Junge, den Barry nicht kannte, saßen auf dem Mäuerchen eines Blumenbeets und aßen Kebab und Pommes frites aus Papiertüten.

Es war dunkel. Der Platz lag im bräunlich-gelben Licht der Straßenlampen, die auf Peitschenmasten über Winterside Down schwebten. Das gelbliche Licht färbte alles khaki, gelb und schwarz. Von den Jungen, die auf ihren Motorrädern um die Statue herumlungerten, hatte einer gelbes und rotes Haar und einen Schnitt, der aussah wie der Kamm eines Wiedehopfs, und ein anderer hatte es sich blau gefärbt, doch das Licht verwandelte alles in einheitliches Gelbbraun und glitzerte auf den schwarzen Lederdressen wie Goldfunken. Diese Jungen waren nicht viel jünger als Barry, waren fast gleichaltrig mit ihm, doch er kam sich viel älter vor, als es der Abstand zwischen seinen zwanzig zu ihren siebzehn oder achtzehn Jahren rechtfertigte. Als er sich mit Carol zusammentat und sozusagen Vater einer bereits vorhandenen Familie wurde, hatte er ein halbes Dutzend Jahre übersprungen.

Das Foto ihres Mannes, in einem Plastikrahmen von Woolworth, stand im Wohnzimmer auf dem Wandbord über dem Heizkörper. Es war das einzige Foto im Haus. Dave. Er war tot, ums Leben gekommen, als sein Fernlaster in Jugoslawien einen Berghang hinunterstürzte. Dave war ein großer, magerer, dunkelhaariger Mann mit blauen Augen und einem irischen Mund gewesen. Barry sah ihm nicht ähnlich, aber sie gehörten zum selben Typ, Carols Typ. Bald nachdem sie sich kennengelernt hatten und er sie nach Hause begleitete, hatte Carol ihm gesagt, er sei ihr Typ. Und sie hatte ihm das Foto von Dave gezeigt.

Barry staubte das Bild ab. Er staubte auch die paar Nippes, das Telefon und die Rückseite des Fernsehers ab. Dann holte er den Staubsauger heraus und saugte den kleinen Teppich, der Iris gehört hatte, bevor sie überschnappte – wie sie es ausdrückte – und sich das Zimmer ganz mit Teppich auslegen ließ. Er hielt das Haus für Carol sauber, das war das wenigste, das er tun konnte. Bevor er eingezogen war, hatte es wie eine Rumpelkammer ausgesehen, aber wenn jemand drei Kinder und zwei Jobs hatte, konnte man kaum etwas anderes erwarten.

Für Barry war es weder entwürdigend noch unmännlich, ein Haus sauberzumachen. Seine Mutter hätte es höhnisch Weiberarbeit genannt – wenn sie es gewußt hätte. Doch Barry gehörte einer Generation an, in der sich die Mädchen gegen sogenannte untergeordnete Arbeiten noch mehr auflehnten als die Jungen. Für Barry mochte es selbstverständlich sein, daß seine Mutter putzte, wusch und polierte, nicht aber die Frau, mit der er zusammen lebte. Wieso denn auch? Sie arbeitete genauso hart wie er.

Er putzte auch die Diele, zog das Bett ab und wechselte die Laken. Die einzigen hübschen Möbel, die es im ganzen Haus gab, standen in diesem Schlafzimmer – Carols Schlafzimmer, das jetzt auch das seine war. Der Schrank, den Dave eingebaut hatte, als Carol und er hier einzogen und das Haus neu war, hatte Spiegeltüren. Er stand dem Bett gegenüber an der Wand. Carol setzte sich morgens oft auf und betrachtete sich. Es machte ihr eine kindliche Freude, sich in Spiegeln anzusehen – eine Freude, bei der es Barry warm ums Herz wurde.

Barry steckte Kissenbezüge und Laken zusammen mit einem Berg übelriechender Windeln von Jason in einen Plastiksack und ging damit in den Waschsalon auf dem Bevan Square. Blauhaar und Wiedehopf und die übrigen waren noch da, drängten sich jetzt aber um einen alten amerikanischen Wagen, einen Studebaker, der am Straßenrand parkte. Die Wagenfenster waren offen, und das Radio spielte laute Rockmusik. Barry kam sich alt vor, war aber in gewisser Weise auch stolz auf sein Verantwortungsbewußtsein. Er und Carol hatten sich in einem Waschsalon kennengelernt, wenn auch nicht in diesem. Die Waschmaschine seiner Mutter war kaputtgegangen, und er hatte ein paar Jeans waschen wollen. Carol war mit zwei Ladungen Wäsche hereingekommen. Ryan und Tanya verbrachten das Wochenende zu Hause, und in Four Winds sah man es nicht gern, wenn die Kinder mit einem Haufen schmutziger Sachen zurückkamen.

Diese beiden großen Kinder – Barry hatte geglaubt, es seien ihre Geschwister. Er hatte gedacht, sie sei so alt wie er oder jünger. Es war völlig unmöglich, daß sie schon achtundzwanzig war. Maureen sagte, Carol habe ein Gesicht wie eine Puppe, und in gewisser Weise stimmte das auch, aber eigentlich mußte man es andersrum sehen: Puppengesichter wurden doch schönen Kindergesichtern nachgeformt, nicht wahr? Carol hatte ein rundes Gesicht mit sehr kurzer Oberlippe, ihre Haut war wie rosa und weißes Porzellan, und ihr blondes Haar ringelte sich um Stirn und Schläfen. Goldene Ringellöckchen, Babylöckchen, die auch immer feucht aussahen wie bei einem Kind. Ihre meerblauen Augen waren den seinen begegnet, und sie hatte gelächelt.

Ich habe mich in sie verliebt, dachte er später oft, noch bevor ich ein Wort mit ihr gewechselt hatte. Später hatte sie ihn gefragt, ob er Kleingeld für ihre zweite Maschine habe. Hatte er nicht – wer hatte in einem Waschsalon genug Kleingeld? Doch er hatte ihr gesagt, wie sie zu Kleingeld kommen könne.

«Schicken Sie Ihre kleine Schwester in das Papiergeschäft, zwei Häuser weiter. Dort haben sie immer genug Kleingeld.»

Sie hatte ihn von der Seite her angesehen und dann die langen, dunklen aufgebogenen Wimpern gesenkt. Er war bezaubert gewesen.

«Sie können es mit Schmeichelei noch weit bringen, wissen Sie das?» sagte sie.

Barry wußte nicht, was sie meinte, und als sie es ihm erklärte, konnte er's nicht glauben. Es fiel ihm auch schwer zu glauben, daß er das Glück gehabt hatte, Carol kennenzulernen, und sie ihn mochte. Zwei Tage später war er in ihrem Haus und fragte, wer der Mann auf dem Foto sei.

«Sie sind im Grunde derselbe Typ», hatte sie geantwortet. «Ich sage immer, das ist *mein* Typ.»

Er rollte die sauberen Laken zusammen, stopfte sie in den Wäschesack und machte sich auf den Heimweg, um auf Carol zu warten. Nach sechs Monaten war er noch immer ganz aufgeregt, wenn er sich nur vorstellte, daß sie nach Hause kam, und er darauf wartete, ihren Schlüssel im Schloß zu hören. Immer noch? Er war jetzt aufgeregter als am Anfang. Das Beste von allem aber war, am Abend über die Chinesische Brücke nach Hause zu gehen – in deren hölzernes Geländer er sich neben anderen Graffitikünstlern verewigt hatte (mit der Spraydose hatte er «Barry liebt Carol» daraufgesprüht) –, die Häuser zu zählen und im achten Haus die Lichter zu sehen und zu wissen, daß sie dort war und sich so nach ihm sehnte wie er nach ihr.

Kurz vor halb zwölf glaubte er, vor dem Haus einen Wagen zu hören, doch er mußte sich geirrt haben, denn Carol nahm nie ein Taxi oder ein Mini-Car, sie konnten es sich nicht leisten. Es war Zufall, mehr nicht, daß er eine oder zwei Minuten später Carol die Tür aufschließen hörte. Er hatte vor dem Fernseher gesessen, schaltete ihn aber aus, als sie hereinkam.

Sie hatte ziemlich viel getrunken. Doch wer würde nichts trinken, wenn er sechs Stunden in einer Wein-Bar arbeitete? So war die menschliche Natur nun mal. Ihre Wangen waren hochrot, die grünblauen Augen funkelten. Sie trat ein paar Schritte ins Zimmer, nahm eine übertrieben gekünstelte Pose an, hob die Arme und drehte sich langsam um sich selbst, so daß der Rock ihres schwarz und weiß zickzackgestreiften Kleides über ihren roten Stiefeln aufwirbelte.

«Das ist neu», sagte Barry. «Woher hast du es?»

Carol begann zu lachen. «Geklaut. Wie wär's damit?» Sie zog ihn in einen Lehnsessel und setzte sich ihm auf die Knie. «Mrs. Fylemon ging mit ihrer Mami zum Lunch, also fuhrwerkte ich schnell ein bißchen mit dem Staubsauger herum, war um zwei Uhr fertig und fuhr mit dem Bus ins ‹Einkaufsparadies›. Dort ist eine neue Boutique, die mir ins Auge stach. Man darf nur zwei Sachen in die Probierkabine mitnehmen. Die Verkäuferin fragte mich, wieviel ich drin hätte, und ich sagte zwei, hatte in Wirklichkeit aber drei. Ich hatte ein schwarzes Kleid über das hier auf einen Bügel gehängt. Ich schlüpfte hinein, zog meinen Rock und meinen Pulli drüber und trödelte nicht lange rum. Ich brachte die beiden anderen Sachen zurück, sagte, die sind leider zu groß, und segelte einfach hinaus, während ich mich innerlich kringelte vor Lachen.»

«Das war schlau», sagte Barry bewundernd. «Ich möchte aber nicht, daß sie dich erwischen, Schatz.»

Carol streichelte ihm übers Haar und rieb ihre Nase an der seinen. «Mich erwischen sie nicht, ich bin zu vorsichtig.» Ihre Finger glitten über seinen Nacken. «Dennis Gordon war bei Kostas. Er hat ununterbrochen über mein Kleid gequatscht und mich gefragt, ob ich schon mal als Modell gearbeitet hätte. ‹Als Modell gearbeitet?› hab ich gesagt. ‹Was soll das heißen?›»

«Du magst ihn nicht, nicht wahr, Carol?»

«Er ist okay. Ich steh nicht auf ihn, wenn du das meinst. Er war ein Kumpel von Dave. Er erinnert mich ein bißchen an Dave, weil er ja auch Fernfahrer ist. Er hat Kostas erzählt, daß er mit den Transporten in die Türkei so viel verdient, daß er es sich nicht leisten kann, hier zu leben, und eigentlich in ein Steuerparadies umziehen müßte. Wie findest du das?»

«Ich wünschte, er wäre schon dort. Ich wünschte, er würde nach Jersey oder Irland oder sonstwohin umziehen.»

«Du bist wohl eifersüchtig, was, Barry Mahon!»

«Stimmt. Wärst du nicht auch auf mich eifersüchtig?»

Sie schmiegte sich fest an ihn, und ihre Lippen berührten sein Ohr. «Ich glaub schon. Komm ins Bett, Liebling.»

«Dazu sage ich bestimmt nicht nein», antwortete er rauh.

Auf der Treppe erinnerte sie sich an Jason.

«Er ist bei deiner Mutter geblieben», sagte Barry.

Das war eine Erleichterung für sie. Sie tanzte ins Schlafzimmer und zog das neue Kleid über den Kopf. Darunter hatte sie nur eine dünne Strumpfhose an. Sie trug selten einen BH, sie hatte es nicht nötig, ihre Brüste waren so fest wie die Knospen großer weißer Blumen.

«Du wirst mich doch heiraten, nicht wahr, Carol?» sagte er, hielt sie fest, berührte das warme, feuchte, cremefarbene Fleisch. Die Nachttischlampe brannte, die sauberen Laken waren zurückgeschlagen.

«Vielleicht», erwiderte Carol neckend. «Ich schätze schon. Eines Tages. Du siehst toll aus und bist unheimlich scharf.»

«Aber du liebst mich doch?»

«Hab ich das nicht eben gesagt?»

Barry hatte vor Carol eine ganze Menge Mädchen gehabt, doch er konnte ehrlich behaupten, daß er, bevor er mit ihr schlief, keine Ahnung gehabt hatte, was körperliche Liebe bedeutete. Mit ihr war alles ganz anders, nie hätte er gedacht, daß es so sein konnte. Doch das hatte auch eine erschreckende Seite, denn die Leidenschaft, die er empfand, und ihre Erfüllung lösten eher Furcht als Befriedigung in ihm aus. Er verlor sich in Carol und fand etwas, dem er keinen Namen geben konnte. Es war für ihn eine Art mystischer Erfahrung; es war ihm, als nehme er Drogen. Doch diese Droge hatte keinerlei Nebenwirkungen, außer daß seine Liebe noch größer wurde.

Später kuschelte sich Carol zusammengerollt an ihn und hielt seine Hand zwischen ihren Brüsten fest. Er war unvorstellbar glücklich, glücklicher als je vorher.

4

Wieder hatte Benet versucht, Mopsa anzurufen, und wieder hatte sich niemand gemeldet. Bedrückt ging sie in James' Zimmer zurück und fand Ian Raeburn bei ihm. Auch heute hatte er den weißen Kittel ausgezogen, damit James keine Angst vor ihm bekam. Er hielt das Stethoskop an die sich rasch hebende und senkende kleine Brust.

«Er scheint eine Sekundärinfektion zu haben», sagte er, als er zwischen den schimmernden Falten des Kruppzeltes auftauchte. «Sie spricht auf Antibiotika nicht an. Tut mir leid, Sie enttäuschen zu müssen, aber Sie werden ihn noch eine ganze Weile zu Hause entbehren müssen.»

Benet hatte es gewußt, aber als er es ihr bestätigte, wirkte es wie ein Schlag auf sie. Sie setzte sich aufs Bett und preßte eine Hand an die Stirn.

«Machen Sie sich etwa Sorgen?» fragte er.

«Oh, nicht wegen James, nein. Ich weiß, daß er hier sehr gut aufgehoben ist. Es handelt sich um meine Mutter. Sie ist bei mir zu Besuch, und sie ist nicht ganz gesund. Sie sollte nicht allein bleiben.»

Aber sie hatte sie allein gelassen, und wo war sie jetzt? Ian Raeburn fragte nicht nach Mopsa. Vielleicht war ihm bereits klar, daß sie von einer seelischen Labilität sprach.

«Könnte nicht jemand anders bei Ihrer Mutter bleiben, damit Ihnen diese Belastung abgenommen wird?»

Die Fentons? Konnte sie Constance Fenton anrufen und sie bitten, Mopsa ein paar Tage bei sich aufzunehmen? Sie müßten es so einrichten, daß Mopsa nicht dahinterkam, daß es eine abgekartete Sache war. Doch was hatte es für einen Sinn, solche Überlegungen anzustellen, wenn sie nicht einmal wußte, wo Mopsa war? Ian Raeburn sah sie an, es war jedoch nicht der Blick, mit dem ein Arzt gewöhnlich die Mutter eines kleinen Patienten anschaute. Benet glaubte in diesem Blick Interesse für sie als Frau zu erkennen. Zweieinhalb Jahre lang hatte kein Mann sie so angesehen. Es hatte sich keine Gelegenheit dazu ergeben, und sie hatte auch nicht den Wunsch danach verspürt. Er war ein recht gutaussehender Mann, was ihr bisher noch nicht aufgefallen war – groß, dünn, mit einem Gesicht, das ein wenig zur Schärfe neigte, das Haar rötlich-blond. Benet fragte sich, was er jetzt wohl sagen werde.

«Sie sind *die* Benet Archdale, nicht wahr?»

«Ich glaub schon. Ja, ich bin es.»

Soweit also sein Interesse für sie als Frau. Fast hätte sie laut aufgelacht.

«Ihr Buch hat mir sehr gut gefallen. Es muß der schlimmste Gemeinplatz sein, den ein Autor zu hören bekommt, wenn die Leute behaupten, sie hätten keine Zeit zu lesen. Ich habe mir die Zeit genommen, und ich hoffe, meine Patienten haben nicht darunter gelitten.»

Was er sagte, war so herzerwärmend und angenehm, daß es sie für einen Moment ihre Sorgen um James und Mopsa vergessen ließ. Es war genauso schön wie die erste gute Kritik, die sie bekommen hatte. Sie lächelte vor Freude. Wie hatte sie nur so albern, so auf die schlimmste Weise typisch weiblich reagieren und sich einbilden können, ihr wäre sexuelles Interesse lieber gewesen?

«Woher wissen Sie so viel über Indien?»

«Ich war sechs Monate mit James' Vater dort. Er plante eine Artikelserie über einen indischen Mystiker.» Sie begann ihm von Acharya, dem Weisen, und seiner Wanderung über vierzigtausend Meilen zu erzählen.

Eine Schwester kam und sagte, er werde gebraucht. Ob er sofort kommen könne? Benet hatte vergessen, ihn zu fragen, ob sie für eine Stunde nach Hause fahren könne, um nach Mopsa zu sehen. Doch jetzt sah sie, daß das auf keinen Fall möglich war. Sie konnte James nicht allein lassen. Er lag auf dem Rücken und hielt apathisch seinen kleinen Tiger fest. Seine Augen waren weit offen, starr vor Qual über die flachen, rasselnden Atemzüge, zu denen er gezwungen war. Gestern um diese Zeit war Benet mit ihm im Spielzimmer gewesen, und er hatte einen Schubkarren voller Bausteine umhergeschoben und auf der Tafel gemalt.

Jetzt hieß es, er habe eine Virusinfektion. Es gab ein Medikament zur Behandlung, doch war es noch sehr neu und wurde bisher nur in einigen Lehrkrankenhäusern angewandt. Es konnte sechsunddreißig Stunden dauern, bis James auf die Behandlung ansprach. Nach einer Weile begann er zu weinen und wollte aus dem Zelt genommen werden. Benet legte sich auf das Bett, drückte ihn an sich und wiegte ihn sanft. Es war falsch, ihn aus dem Zelt herauszunehmen. Sie mußte dafür sorgen, daß er drinblieb, auch wenn er raus wollte, denn um so früher wurde er gesund. Und er mußte bald gesund werden, mußte schon morgen aufstehen, umherlaufen und spielen können, damit sie nicht länger ans Krankenhaus gefesselt war und sich um Mopsa kümmern konnte, wie es ihre Pflicht war. Eines Tages würde er genauso denken, würde einen Teil der Last auf sich nehmen, die seine Mutter und sein Großvater trugen. Sie stellte sich ihn als Teenager vor, der allmählich Verantwortungsgefühl bekam, stellte sich vor, wie sie mit ihm über seine Großmutter sprach, damit er sie verstehen lernte.

Falls Mopsa noch lebte, wenn James ein Teenager war. Falls sie jetzt noch lebte ... An Benet geschmiegt, schlief er ein, und sie legte ihn behutsam unters Zelt. Sie haßte das rasselnde Geräusch seines Atems, litt körperlich darunter. Aber James schlief, und der Dampfapparat arbeitete zuverlässig. Auch das Medikament begann allmählich zu wirken. Sie ließ James allein und ging wieder zum Telefon.

Eine junge Frau mit einem Kind auf dem Schoß telefonierte. Die Tür des Spielzimmers stand offen. Benet ging hinein und setzte sich auf eines der niedrigen Kinderstühlchen, die um den Tisch herum standen. Im Spielzimmer gab es ein Puppenhaus, einen Schrank voller Bücher, Kisten mit Spielsachen, einen Käfig mit zwei Rennmäusen und an den Wänden unzählige bunte Poster, Zeichnungen und Collagen. Aus Papier ausgeschnittene Hexen, die auf ebenfalls papierenen roten Besenstielen über die Fensterscheiben ritten, erinnerten Benet an Mopsa, obwohl sie nicht eigens erinnert zu werden brauchte. Auf der Innenseite der Tür waren unter der Überschrift «Man hat uns die Mandeln herausgenommen» ungefähr ein Dutzend Namen von Kindern verewigt. Das dominierende Bild war eine bizarre Mischung aus Gemälde und Collage, offensichtlich das Produkt eines Lehrers mit künstlerischer Ader.

Als Benet es am Vortag zum erstenmal sah, hatte sie es spontan «Der Händebaum» betitelt. Gestern hatte es ihr gefallen, und sie hatte sogar darüber gelächelt. Heute kam es ihr unheimlich vor. In der Manier von Dalí gemalt, wie eine Erscheinung aus einem Alptraum. Ein aufrechter brauner Baumstamm auf einen riesigen Bogen weißer Pappe gemalt, ein Baum mit Ästen und Zweigen, und auf dem ganzen Baum, auf den Ästen und Zweigen hängend und wie Schwämme aus dem Stamm ragend, unzählige Papierhände. Alle hatten genau die gleiche Form und waren vermutlich nach der Schablone einer offenen Hand mit leicht gespreizten Fingern von verschiedenen Kindern ausgeschnitten worden. Offensichtlich hatten die Kinder die Hände ausschmücken dürfen, wie sie wollten, denn manche trugen Handschuhe, andere waren tätowiert, ein paar Damenhände hatten rot lackierte Fingernägel und trugen Ringe, eine steckte in einem Box- und wieder eine andere in einem Kettenhandschuh. Die meisten waren weiß, doch es gab auch schwarze und braune. Und eine war die Knochenhand eines Skeletts. Plötzlich kam es Benet so vor, als streckten sich all diese Hände um Gnade flehend nach oben. Sie griffen aus dem Baum heraus und baten um Erleichterung, Freiheit oder vielleicht um Erlösung. Sie waren entsetzlich. Wahnsinn sprach aus ihnen. Benet merkte plötzlich, daß sie von dem niedrigen Stühlchen aufgestanden, ganz dicht an den «Händebaum» herangegangen war und ihn jetzt fasziniert und zugleich angeekelt anstarrte. Als ihr klar wurde, wie hypnotisiert sie war, riß sie sich los und ging wieder zum Telefon, das jetzt frei war.

Das wiederholte hohle Klingeln war ein dumpfes, sinnloses Geräusch. Benet lauschte und ließ es immer weiterklingeln. Ihr war der Gedanke gekommen, daß Mopsa sich vielleicht entschlossen hatte, einfach nicht ans Telefon zu gehen, doch wenn es lange genug klingelte, würde sie abheben, um den Quälgeist loszuwerden. Benet ließ es vierzig-, fünfzigmal klingeln, bis es ihr absurd vorkam, noch weiterzumachen.

Das beste, das Mopsa hätte passieren können, dachte Benet, daß die neue Umgebung, die veränderten Umstände und die Tatsache, daß sie allein und auf sich selbst gestellt war, sie so überfordert hätten, daß sie einfach losgewandert wäre wie damals bei der Northampton-Eskapade. Mit einem Blick auf den Himmel, der von klarem, kaltem Blau war, und die vom Wind geschüttelten Bäume konnte sie nur hoffen, daß Mopsa nicht gerade im Nachthemd aufgebrochen war. Aber dennoch wäre es das beste. Es gab andere Möglichkeiten. Die Überdosis Schlaftabletten und den Rest des Brandys oder die Schlaftablette zehn Minuten, bevor sie ein Bad nahm. Sie konnte sich auch mit Paraffin und einer Schachtel Streichhölzer in einem Zimmer verbarrikadiert haben.

Wenn Benet die Polizei anrief, würde man sie aufs Revier bitten, um ein Formular auszufüllen – eine Vermißtenmeldung. Sie konnte natürlich auch fragen, ob ein Beamter ins Krankenhaus kommen, den Hausschlüssel abholen und selbst im Vale of Peace nach dem Rechten sehen könnte. Aber würde die Polizei sich dazu bereitfinden? Es kam auf den Versuch an. Sobald Dr. Drew, der Hals-Nasen-Ohren-Spezialist, James untersucht hatte, wollte sie die Polizei anrufen.

Er kam um zwei, begleitet von Ian Raeburn und zwei weiteren Krankenhausärzten. Dr. Drew war klein und untersetzt. Er trug einen braunen Tweedanzug und eine goldgefaßte Brille. James begann zu weinen, als er die weißen Kittel der beiden Krankenhausärzte sah, die vergessen hatten, sie auszuziehen. Wenn er weinte, klang es, als ob er ersticke.

Drew war ein Arzt der alten Schule und sagte dem Patienten oder den nächsten Verwandten nie, wie es stand – wenn er nicht unbedingt mußte. Und wenn sie etwas sagen müssen, tun sie so, als seien ihre Gesprächspartner schwachsinnig oder aus dem letzten Dorf, dachte Benet. Er würdigte sie keines Wortes, und mit Ian Raeburn sprach er in einem vielsilbigen Fachchinesisch, während er der kleinen Prozession voranschritt. James streckte die Arme aus und wollte von der Schwester auf den Arm genommen werden, doch sie sagte, er müsse im Kruppzelt bleiben. Das hektische Rot war von seinen Wangen verschwunden, und er war wieder sehr blaß. Sein Puls wurde kontrolliert, und Benet fragte, was ihm eigentlich fehle.

Hatte es je eine Krankenschwester gegeben, die diese Frage beantwortet hätte? «Wir sind ein ziemlich kranker kleiner Junge, nicht wahr, Schätzchen?»

Als sie wieder allein waren, schob Benet die Hand unter das Zelt, damit er sie festhalten konnte. Ihre Hand interessierte ihn nicht, doch er ließ es zu, daß sie die seine nahm, duldete ihre Berührung. Seine ganze Kraft, sein ganzer Wille schienen sich darauf zu konzentrieren, daß er weiteratmen konnte. Benet hielt seine Hand und war so nahe bei ihm, wie es nur ging. Ihn allein zu lassen und die Polizei anzurufen, ihn auch nur diese paar Minuten allein zu lassen, kam nicht in Frage. Wenn Mopsa umherwanderte, würde man sie finden, und wenn sie tot war – nun ja, dann war sie tot, und es war zu spät. Benet fühlte James den Puls und begann mit Blick auf ihre Uhr zu zählen. Einhundert, hundertzehn, -zwanzig, -vierzig, -sechzig, -achtzig ... Er konnte doch in der Minute nicht hundertachtzig Puls haben! Wahrscheinlich hatte sie sich verzählt. Seine Stirn war kühl und trocken, seine Temperatur normal.

Vielleicht war er überhaupt nicht so schwer krank. Die erste Infektion hatte er so schnell überwunden, vielleicht ging die zweite genauso schnell vorbei. Wenn er nur nicht so schrecklich atmen würde! Es klang wie leises, schwaches, fiebriges, ängstliches Gebell. Noch nie hatte sie einen Menschen so atmen gehört. Die Tür ging auf und die von Dr. Drew angeführte Prozession kam zurück.

«Das ist James, nicht wahr? Und Sie sind die Mutter? Ich werde an James eine kleine Operation vornehmen müssen, um ihm das Atmen zu erleichtern.»

Benet stand auf. Sie hatte das Gefühl, als rolle ein schwerer Stein, der schon länger in ihrer Kehle gesteckt hatte, langsam durch ihren Körper.

«Eine Operation?»

«Nichts allzu Ernstes. Nur um ihm das Atmen zu erleichtern. Er wird ein paar Tage durch eine Kanüle im Hals atmen, anstatt durch Nase und Mund.»

Der Stein fiel aus ihr heraus, und sie fühlte sich krank, ausgelaugt, innerlich wund. «Meinen Sie eine Tracheotomie?»

Dr. Drew sah sie an, als habe sie nicht das Recht, das Wort zu kennen, geschweige denn, es auszusprechen. Ian Raeburn antwortete schnell:

«Eine Tracheotomie, ja. Die Luftröhre bei einem Kind in James' Alter ist sehr eng, hat nur einen Durchmesser von ungefähr vier Millimetern. Wenn es dann zu einer Schwellung von anderthalb Millimetern auf der einen und zu einer gleich großen auf der anderen Seite kommt, bleibt für die Atemluft kaum noch ein freier Raum. James' Luftröhre schließt sich allmählich und spricht auf die herkömmliche Behandlung mit dem Ventilator nicht an.»

Eine Schwester legte Benet ein Formular vor – die Einwilligung zu dem vorgesehenen Eingriff. Benet zitterte die Hand, als sie unterschrieb.

«Dr. Drew ist ein sehr erfahrener Arzt», sagte Ian Raeburn. «Erst vor einer Woche hat er bei einem an Diphterie erkrankten Kind eine Tracheotomie vorgenommen, er ist also nicht aus der Übung.»

«Darf ich mit James in den Operationssaal?»

«Er bekommt eine Vollnarkose, wird also nicht merken, ob Sie da sind oder nicht. Dr. Drew würde sagen, er habe mit einem Patienten genug zu tun.»

Benet verstand nicht sofort, was er meinte. «Ach so, Sie denken, mir könnte übel werden oder ich könnte in Ohnmacht fallen.» Sie versuchte zu lächeln. «Durchaus möglich. Woher soll man das wissen?»

Er nahm ihre Hand und hielt sie fest. Er hielt sie sehr fest. «Sie können direkt vor der Tür warten. Es dauert nicht lange.»

Die Schwester öffnete den Reißverschluß des Zeltes und hob James heraus. Benet streckte die Arme nach ihm aus und wollte eben sagen, sie wolle ihn selbst tragen, als die Tür aufschwang und Mopsa hereinspazierte. Benet starrte sie wie betäubt an. Sie sah heiter und glücklich aus, um Jahre jünger. Das Haar hatte sie unter einem rosafarbenen und roten Schal versteckt, und sie trug einen schicken, leuchtend roten Mantel.

«Ich habe versucht dich anzurufen», sagte Benet. «Seit Stunden hab ich's immer wieder versucht.»

«Ach, tatsächlich? Als ich aufwachte, habe ich das Telefon klingeln gehört, aber ich dachte nicht, daß du es sein könntest. Ich habe geglaubt, du bist viel zu sehr mit ihm beschäftigt, um dich um mich zu kümmern. Na ja, und da hielt ich es für eine recht gute Idee, mir den Ersatzschlüssel deines Wagens zu nehmen, herzukommen, deinen Wagen zu holen und mich ein bißchen im Fahren zu üben. Und das habe ich dann auch getan. Ich bin den ganzen Vormittag umhergefahren, und es ging ausgezeichnet.»

Benet sagte nichts. Es war besser so. Es war immer am besten gewesen, wenn man sich Mopsa gegenüber beherrschte. Sie wandte sich ab, doch erst nachdem sie sich ein Lächeln abgerungen hatte. Ihr Mund war strohtrocken, und ein dumpfer Schmerz drückte ihr auf die Stirn. James, dessen Haut sich inzwischen bläulich verfärbt hatte, atmete jetzt nur noch ungefähr einmal pro Sekunde. Für die Dauer eines Herzschlags stellte sich Benet den winzigen, engen Durchgang vor, nicht dicker als eine Stopfnadel, ein Faden, der Stengel eines Gänseblümchens, durch den die gesamte Luft mußte, die James' Lungen, Gehirn und Herz mit Sauerstoff versorgte, dann schob sie den Gedanken so energisch beiseite, daß sie dabei einen leisen Laut ausstieß, ein ersticktes «Ah!» Mopsa sah sie an. Sie fuhren alle mit dem Lift zum Operationssaal hinauf.

«Krupp? Weil er Krupp hat, muß er operiert werden?» Mopsa schüttelte ungläubig den Kopf. «Das kann ich nicht glauben. Sie verschweigen dir etwas.»

«Es ist ja nichts Kompliziertes, nur ein Luftröhrenschnitt», sagte Ian Raeburn.

Benet fiel auf, daß seine Stimme schroff, ja fast abgehackt klang, ganz anders als sonst. Ging ihm Mopsa auch so auf die Nerven wie ihr? Er verschwand durch die Doppeltür im Operationssaal, und die Schwester folgte ihm mit James auf dem Arm. Dr. Drew war schon vorausgegangen. Benet fragte sich, ob es falsch war, daß sie nicht darauf bestand, James zu begleiten? Doch jetzt gab man ihm wahrscheinlich schon die Narkose, und bald war es vorbei ... Das Wartezimmer, das zum Operationssaal gehörte, war so ungemütlich wie alle Wartezimmer, mit harten, unbequemen Sesseln und ungelesenen Zeitschriften. Vier Stockwerke höher als die Kinderabteilung, hatte man von hier oben einen Rundblick über Dächer und Türme. Den Horizont bildeten die Hügel von Hampstead Heath, die so grün waren, daß es den Augen weh tat. Der Sonnenschein sah warm aus, weil es im Krankenhaus so warm war, und diese reglose, konstante Wärme duftete leicht nach Zitronen.

«Er wird doch wieder gesund?» sagte Mopsa. «Ich meine, es besteht doch keine Gefahr?»

In Benet stieg Übelkeit auf. «Soviel ich weiß, ist das nur Routine. Im Grunde bin ich auch nicht besser informiert als du.»

«Der Schwester von Mrs. Fenton haben sie auch so eine Trach-Dingsda gemacht. Sie hatte Kehlkopfkrebs.»

Ich darf meine Mutter nicht hassen ...

«Dein Vater hat gestern abend noch angerufen. Er machte sich große Sorgen um mich, hatte schon den ganzen Abend versucht, mich zu erreichen. Ich habe ihm nichts von James gesagt, dachte, es sei besser so.»

Sinnlos, dagegen etwas einzuwenden. Vergeudete Zeit sogar der Versuch zu erfahren, warum Mopsa dachte, es sei besser so. Benet nahm eine Zeitschrift in die Hand, doch der Druck war nur ein schwarzweißes Muster, die Bilder sinnlose Aneinanderreihungen von Farben. Der «Händebaum» fiel ihr ein, all die flehend und betend erhobenen Hände.

Die Doppeltür ging auf, und Ian Raeburn kam aus dem OP. Er blieb einen Augenblick stehen. Die Zeitung noch in der Hand, sprang Benet auf. Ohne daß sie es merkte, bohrten sich ihre Fingernägel durch das Hochglanzpapier. Ian Raeburns Gesicht war so grau wie das von James gewesen war. Er machte einen Schritt auf sie zu und räusperte sich, um seine Stimme wiederzufinden, und begann sich zu entschuldigen, sagte, es tue ihm leid, es tue ihnen allen leid, über alle Maßen leid. Er unterbrach sich, schluckte und sagte ihr, daß James tot sei.

Der Fußboden hob sich, bewegte sich auf sie zu, und sie brach ohnmächtig zusammen.

5

An jedem zweiten Samstag durften Ryan und Tanya nach Hause, und manchmal blieben sie über Nacht. Gewöhnlich war es Barry, der zum Alexandra Park fuhr und die Kinder aus Four Winds abholte. Carol blieb am Samstag gern lange im Bett. Zwar badete sie jeden Morgen, das gehörte zu ihren festen Lebensregeln, doch am Samstag wurde das Bad zu einem besonderen Ritual. Sie schüttete Avocado- und Buchweizenhefe-Badeschaum ins Wasser und rieb sich hinterher von Kopf bis Fuß mit Körperlotion ein. Carols Körper war makellos, nirgends auch nur die geringste Spur davon, daß sie drei Kinder geboren hatte. Er war weiß und fest, mit straffen Muskeln. Die einzige Narbe, die Carol hatte, war eine merkwürdige sichelförmige Vertiefung auf dem Rücken, direkt unter dem Schulterblatt. Sie hatte Barry erzählt, woher die Narbe stammte.

«Das hat mein Vater getan, als ich noch ein Kind war. Er hat Maureen und mich immer mit seinem Gürtel verprügelt. Wahrscheinlich haben wir's verdient, Kinder können ja richtig biestig sein. Aber damals ist er ein bißchen zu weit gegangen, nicht wahr? Die Verletzung stammt von der Gürtelschnalle. Sie hat Haut und Fleisch glatt bis zum Knochen durchgeschnitten.»

Barry war entsetzt und hätte sich Knapwell gern vorgenommen, egal, wo er steckte – er hatte die Familie im Stich gelassen, als Carol zehn Jahre alt war –, und hätte ihm mit Vergnügen eine Gürtelschnalle aus Metall über den Rücken gezogen, bis sie ihm das Fleisch bis auf den Knochen durchschnitt. Barry liebte Carol um so mehr, weil sie so großmütig war und verzeihen konnte. Er begriff nur nicht, wie sie sagen konnte, Kinder verdienten Prügel. Allerdings hatte sie für Kinder nicht viel übrig, das mußte er zugeben. Es war wirklich Pech für sie, daß sie drei eigene hatte, und manchmal fürchtete Barry, sie könnte keine Kinder mehr haben wollen, wenn sie beide verheiratet waren.

Die Isadoros behielten Jason über das ganze Wochenende, und vielleicht durfte er auch noch am Montag bleiben. Beatie, Isadoros jüngstes Kind, war ungefähr im selben Alter wie er, ein dickes Mädchen mit gelblichbrauner Haut und verfilzten roten Haaren. Beatie war eine Irin aus der Grafschaft Mayo, aber ihr Mann stammte aus Jamaika, und sie hatten bei ihren sieben Kindern ein paar interessante Farbnuancen zustande gebracht. Weil sie in ihren beiden aneinandergrenzenden Häusern viel Platz hatten, betrieb Beatie so etwas wie eine inoffizielle Kindertagesstätte, und die älteren Mädchen mußten ihr helfen, wenn sie nicht in der Schule waren. Beatie war beim Jugendamt nicht als Pflegemutter registriert, aber das hatte den Vorteil, daß sie auch nicht soviel verlangte wie eine reguläre Betreuerin. Barry hatte immer den Eindruck, daß wenigstens zwanzig oder dreißig Kinder durch die beiden Häuser tobten, obwohl es wahrscheinlich nicht so viele waren. Er bezahlte sechs Pfund für die beiden Tage, was ihm exorbitant vorkam. Aber Carol sagte, es sei preiswert.

Karen, Stephanie und Nathan Isadoro sahen sich einen Videofilm an. *Das Kettensäge-Massaker von Texas.* Barry war angeekelt und schaute nicht hin. Ein kleiner blonder Junge saß festgeschnallt auf einem Kinderstühlchen und schrie sich die Seele aus dem Leib. Kein Mensch beachtete ihn, und die videosüchtigen Kinder sahen sich nicht ein einziges Mal nach ihm um. Im Haus der Isadoros roch es immer merkwürdig nach einer Mischung aus Piment, Babywindeln und heißer Schokolade.

Barry holte Tanya und Ryan ab und brachte sie in die Summerskill Road. Carol war inzwischen fertig. Sie trug die Tweedhose, die Mrs. Fylemon ihr geschenkt hatte, und dazu einen cremefarbenen Wollpullover mit Polokragen, der sehr figurbetont war. Sie hatte sich so geschickt geschminkt, daß sie zwar strahlend schön aussah, man aber das Make-up kaum merkte. Ihr von Natur aus goldglänzendes Haar schmiegte sich in weichen Locken an den Kopf. Barry wußte ganz sicher, daß sie es nicht färbte. Sie fuhren alle nach Brent Cross zum Einkaufen, gingen zum Lunch in ein Hamburger-Lokal und sahen sich dann im Kino einen Fantasy-Film an, der im Weltraum spielte. Carol hatte ihm erzählt, bevor er zu ihr gezogen sei, habe sie sich nur selten die Mühe gemacht, mit den Kindern etwas zu unternehmen. Es war ihr einfach zuviel geworden, sie hatte es nicht geschafft. Er hatte sich der Kinder mehr oder weniger angenommen, soweit es eben nötig war, daß man sich ihrer annahm. Er glaubte, daß sie ihn mochten.

Als sie auf den Bus warteten, um nach Hause zu fahren, hoffte Barry, die Leute würden Carol für seine Frau, Ryan und Tanya für seine Kinder halten. Er war noch jung genug, das zu hoffen. Carol sah sich flüchtig in einem Schaufenster und verzog das Gesicht, weil Ryan ihr schon fast bis an die Schulter reichte. «Ich muß nicht ganz bei Trost gewesen sein, ihn so jung zu bekommen. Ist dir klar, daß ich mit Ende Dreißig schon Großmutter sein kann?»

Barry mußte lachen, wenn er sich Carol als Großmutter vorstellte. Er legte den Arm um sie, begann sie mitten auf der Straße zu küssen und vergaß ganz, daß ihnen die Kinder zusahen.

Am nächsten Tag mußten sie nach Four Winds zurück. Tanya wehrte sich immer dagegen. Sie schrie und stampfte und klammerte sich manchmal so fest an Carol, daß man sie mit Gewalt losreißen mußte. Barry fragte sich, warum sie in einem Heim leben mußten, wenn sie zu Hause und bei ihrer Mutter so glücklich waren.

«Man kann das Jugendamt bitten, die Kinder in ein Heim zu geben, weißt du», sagte Carol. «Sie werden einem nicht immer weggenommen. Ich kam nach Daves Tod einfach nicht klar und mußte wegen der Kinder etwas tun. Ich war verzweifelt.»

Nicht ganz zwei Jahre nach Daves Tod war Jason zur Welt gekommen. Barry hatte sie nie nach den näheren Umständen gefragt, er wollte sie nicht wissen. Wahrscheinlich hätte er sich sogar einreden können, Jason sei das Kind von Dave. Aber als Carol ihn eines Tages ausgeschimpft und einen kleinen Bastard genannt hatte, sagte Iris: «So solltest du ihn wirklich nicht nennen, Carol. Es wäre was anderes, wenn er keiner wäre, aber er ist es nun mal, nicht wahr?»

Sobald wir verheiratet sind, können wir beantragen, daß die Kinder aus dem Heim entlassen werden, dachte Barry. Carol konnte dann auch aufhören zu arbeiten oder wenigstens die Arbeit in der Wein-Bar aufgeben. Barry war ehrgeizig. Er hatte einen guten Job als Möbelschreiner und Zimmermann in einem Zwei-Mann-Betrieb auf der Delphi Road. Oder es würde ein guter Job sein, sobald die Rezession zu Ende war und die Wirtschaft wieder besser florierte. Dann konnten sie aus der Summerskill Road wegziehen, sich irgendwo etwas Eigenes kaufen und eine richtige Familie sein. Manchmal hatte Barry einen Traum, der eigentlich schon eine Vision war, so klar umrissen sah er alles vor sich: Er sah ein Zimmer ihres künftigen Hauses, in dem sie alle um einen Tisch herum saßen und das Weihnachtsdinner aßen. Alle glücklich, alle lachend, mit Papierhüten auf dem Kopf und Carol in einem meerblauen Kleid mit ihrem gemeinsamen Kind auf dem Schoß.

Barry wußte, daß sie nicht immer auf Rosen gebettet sein würden. Da waren erstens die Kinder, die nicht die seinen waren und nie sein konnten, und das konnte man nicht einfach beiseite schieben. Zweitens war da Dave, war immer da, immer aus seinem Plastikrahmen lächelnd. Und Carol mochte zwar aussehen wie siebzehn, aber sie war es nicht mehr, sie war acht Jahre älter als Barry und um ebenso viele Jahre erfahrener. Und dann gab es noch etwas, das ihm manchmal Sorgen machte.

Er war ein sanfter Mensch, vielleicht sogar ein bißchen zu weich, wie er manchmal dachte. Er konnte nicht dabeistehen und zusehen, wenn einem Kind weh getan wurde. Man mußte sie strafen, wenn sie über die Stränge schlugen, das war ihm klar. Doch wenn man sie schon schlagen mußte, dann nie zu hart und immer nur auf die

Beine oder auf den Po. Als er daher eines Tages beobachtete, wie Carol Tanya mit dem Handrücken ins Gesicht und auf den Kopf schlug, wobei sie die ganze Kraft ihres Arms in den Schlag legte, immer und immer wieder auf das kleine Mädchen einschlug und den Arm schwang wie ein Tennisspieler, sah er rot, zerrte Carol von Tanya weg und schlug sie auch, damit sie sich beruhigte. Er tat es wirklich nur, um sie zu beruhigen, da ihm irgend jemand erzählt hatte, es sei die einzige Möglichkeit, mit hysterischen Menschen fertig zu werden. Er tat es ungern, leidenschaftslos und nicht, weil er die Beherrschung verlor oder zu Gewalttätigkeit neigte.

Es war Carols Reaktion, die ihm Sorgen bereitete. Sie hörte auf, das Kind anzuschreien, sie wurde ruhig, und das war gut. Und auch wieder nicht. Sie zuckte zwar zusammen, aber sie legte die Hand nicht auf die Wange, die noch von seinem Schlag brennen mußte. Er hatte das sonderbare Gefühl – und er hatte keine Ahnung, woher er es wußte, hatte er doch keinen schlüssigen Beweis dafür –, daß sie darauf wartete, von ihm noch einmal geschlagen zu werden, geschlagen werden wollte. Sie stand vor ihm, verletzlich, schutzlos, mit schlaff herunterhängenden Armen, die offenen Hände ein wenig vom Körper entfernt. Sie atmete flach. Die Lippen geöffnet, Schweißtropfen auf der Haut, wartete sie auf weitere Schläge.

Selbstverständlich hatte er sie nicht noch einmal geschlagen. Er hatte ihr gesagt, es tue ihm leid, er liebe sie, er habe ihr nicht weh tun wollen, es aber tun müssen, da sie die Kontrolle über sich verloren hatte.

«Es hat mir nichts ausgemacht», sagte sie und warf ihm einen seltsamen Seitenblick zu, einen listigen und auch leicht gereizten Blick.

Als sie sich in dieser Nacht liebten, wollte sie ihn dazu bringen, sie zu schlagen. Es dauerte einige Zeit, bis er begriff. Er wußte nicht, was sie tat. Sie provozierte ihn mit Zähnen und Fingernägeln, sprang aus dem Bett, rannte durchs Zimmer, blieb an die Wand gepreßt stehen und bedeckte mit gekreuzten Armen ihren Körper. Als er näher kam, trat sie nach ihm, zischte ihn an, warf den Kopf hin und her wie eine Schlange. Sie mußte ihm sagen, was sie wollte, weil er nicht verstand.

«Schlag mich, Liebling! Schlag mich so fest du kannst.»

Er konnte nicht. Er zwang sich, ihr das Gesicht zu tätscheln, die Finger ein bißchen fester in die Schultern zu bohren. Doch das war es nicht, was sie wollte, sie wollte Schläge, sie wollte Schmerz. Warum? Wie konnte sie nur? Hatte sie unter den Schlägen ihres Vaters nicht genug gelitten? Barry schlug sie. Er schlug sie hart, aber nur mit den Händen. Es war ihm verhaßt. Er mußte sich einreden, daß es nicht Carol war, sondern jemand, den er haßte. Und er mußte die Augen zumachen, um es tun zu können.

Sie bat ihn nie wieder um etwas Ähnliches. Er versuchte es zu vergessen, die Erinnerung daran zu verdrängen, und es gelang ihm beinahe. Manchmal dachte er, er habe nur geträumt, daß er Carol geschlagen hatte – genauso wie er nur geträumt hatte, daß sie Tanya schlug. Trotzdem waren ihre Umarmungen seither heftiger, wilder geworden. Barry hatte nichts dagegen, denn es war eine Abwechslung, mit einer Frau zu schlafen, die nicht passiv war. Aber Carol war eben nicht wie andere Frauen. Sie war eine unter Millionen, sie war einzigartig ...

Nachdem er die Kinder ins Heim zurückgebracht hatte, waren sie allein. Sie gingen ins Bett. Das taten sie immer, wenn sie Gelegenheit dazu hatten. Wenn Leute bei ihnen waren, die bald aufbrechen wollten, oder die Kinder bald ins Heim mußten, hatte Barry immer ein Gefühl wachsender Erregung, und wenn er Carol ansah, wußte er, daß es ihr genauso ging. Sie konnten es kaum erwarten, bis die Tür hinter den anderen zufiel. Manchmal genoß er die Vorfreude so, daß er hoffte, die Gäste würden sich beim Abschied Zeit lassen, der Aufbruch der Kinder würde sich verzögern, so daß er noch länger auf diesem Gipfel atemloser Erwartung verweilen konnte.

Sobald sie allein waren, fielen sie sich in die Arme, außer sich vor Begierde, küßten, leckten und bissen, klammerten sich aneinander und lachten völlig grundlos, es sei denn über ihre Besessenheit. In dem großen Bett mit Carol existierte niemand auf der ganzen Welt für ihn, nichts und niemand außerhalb der unsichtbaren Kuppel, die sich über dem Bett zu wölben schien. Carol sagte ihm, sie habe sich und ihn ein- oder zweimal in dem großen Spiegel beobachtet, und es habe sie noch mehr erregt. Doch er hatte es nie getan. Seine Liebe fand jetzt und hier statt, nicht in einer wenn auch noch so geringen Entfernung.

Sie schliefen. Als sie erwachten, war es dunkel. Sie hielten sich noch immer umarmt, feucht und kühl vom eigenen und vom

Schweiß des anderen. Carol stand zuerst auf, wusch sich und zog das schwarzweiße Zickzackkleid an. Sie bemalte sich das Gesicht mit Pinseln, großen für die Grundierung und das Rouge und kleinen, feinen für die Augenlider, die Brauen und die Konturen der Lippen. Sie kämmte sich und rollte kleine Löckchen um ihre Finger. Sie wollten mit Iris und Jerry etwas trinken gehen.

Es war Vollmond. Er schien hell wie ein Scheinwerfer und schien sich mit dem harten Gelb messen zu wollen, das über Winterside Down hing. Sie gingen über die Chinesische Brücke, wo Barrys Graffiti noch immer von seiner Liebe kündete und wo es hell genug war, daß sich ihre Gesichter in dem ruhigen, glitzernden Wasser des Kanals spiegelten. Es warf ihre Gesichter zurück wie ein Spiegel in einem Raum, der zwar dunkel ist, aber von einem durch die Tür fallenden Lichtschein schwach erhellt wird. Carol ließ ihren Zigarettenstummel ins Wasser fallen. Er zerstörte die glatte Oberfläche und damit auch die Spiegelbilder ihrer Gesichter, die sich für einen Sekundenbruchteil so gräßlich verzerrten, daß Barry zurücktrat und damit sein Gesicht aus dem Wasser nahm. Er hatte Carols schöne Züge erschauern, zerbrechen und schmelzen sehen, bis sie einer Gummimaske glichen, einer abscheulichen Karikatur, gierig, wollüstig und grob, während die seinen sich zur Fratze eines Wasserspeiers mit wulstigen Lippen und rollenden Schielaugen verzerrten.

Er legte den Arm um Carol, rieb seine Wange an der ihren und küßte sie auf die Lippen. Carol trug immer einen Festiger auf, so daß er sie hundertmal küssen konnte und der Lippenstift nicht abging. Hand in Hand gingen sie durch Winterside Down, vorbei an Maureens Haus mit den Vorhängen, die wie Zierschürzchen aus weißer Spitze aussahen, und dem auf Hochglanz polierten Wagen vor der Tür. Iris und Jerry waren schon im *Old Bulldog*, waren vermutlich schon da, seit er geöffnet hatte. Jerry war ein kleiner rotgesichtiger Mann, ein schwerer Trinker, dem man jedoch nicht anmerkte, daß er trank. Er war nie betrunken. Seine Augen sahen aus wie in Lauge gekocht, wirkten immer feucht und gleichzeitig eingeschrumpft. Seine Kleider rochen, als habe man sie in Gin gespült. Seine zweitliebste Freizeitbeschäftigung war, mit einem Glas Gin mit Wasser vor dem Fernseher zu sitzen.

Die Leute sagten, Iris sei früher einmal sogar hübscher gewesen als Carol. Es fiel Barry schwer, das zu glauben. Sie war fünfzig, mager wie ein Skelett und hatte lange, knochige Beine. Das gelb gefärbte Haar trug sie schulterlang, um jünger auszusehen, und hatte sommers wie winters Slingpumps mit sehr hohen Absätzen an, um ihren eleganten Spann und die schlanken Fesseln zu betonen. Barry vermutete, daß ihr Leben mit dem brutalen Knapwell die reinste Hölle gewesen sein mußte. Und doch war sie immer fröhlich, sorglos und holte aus allem das Beste heraus. Sie rauchte vierzig oder fünfzig Zigaretten am Tag und litt an einem Husten, bei dem sich ihr Gesicht vor Anstrengung blaurot verfärbte. Aber ohne Zigarette war Iris zu nichts fähig.

«Laß mich nur schnell 'nen Glimmstengel anstecken», sagte sie gewöhnlich. Oder: «Vorher muß ich aber eine rauchen.»

Seit Knapwells Verschwinden hatte es – laut Carol – einen Mann namens Billy und einen namens Nobby gegeben, aber sie hatten sich nicht lange gehalten. Jerry war seit Jahren mit Iris zusammen. Ein mysteriöser Mann, der selten sprach, keinerlei Gefühle zeigte, keine Familie zu haben schien und allem – vom Gin und vom Fernsehen abgesehen – eine geradezu majestätische Gleichgültigkeit entgegenbrachte. Sogar sein eigener Name war ein Geheimnis, denn als er ungefähr ein Jahr mit Iris zusammen lebte, hatte er angefangen, sich Knapwell zu nennen. Er arbeitete für Thames Water, worüber Barry immer wieder lachen mußte, wenn er an Jerrys Trinkfreudigkeit dachte. Iris hatte einen Job in einer kleinen Kleiderfabrik, die im ehemaligen Prado Kino untergebracht war.

Barry trank ein Bier, Carol einen Gin Tonic. Sie sprach mit Iris darüber, wie Jason in der nächsten Woche versorgt werden sollte. Vielleicht könne Maureen ihn einen Tag übernehmen, meinte sie.

«Machst du Witze?» sagte Iris. «Maureen malt ihr Wohnzimmer. Sie hat heute den ganzen Tag die alte Farbe abgekratzt.»

«Dann werde ich eben noch einen Abend bei Kostas übernehmen müssen, das ist alles», sagte Carol. «Der Junge kostet mich ein Vermögen.»

Jerry stand auf. «Du trinkst doch noch die andere Hälfte?» sagte er zu Barry, als käme sein Bier aus der Flasche oder aus dem Krug und wäre nicht der ganze Inhalt einer Büchse. Da er wußte, was sie wollten, verschwendete er kein Wort an die Frauen.

«Ich muß mir mal 'nen Glimmstengel anstecken», sagte Iris. Sie rauchte und schwieg nachdenklich. Carol sprach davon, noch mehr Arbeit anzunehmen. Das beunruhigte Barry, der glücklich und zufrieden gewesen war. Er wünschte sich, mehr zu verdienen, viel Geld zu verdienen, damit Carol, anstatt länger zu arbeiten, ganz damit aufhören und bei den Kindern zu Hause bleiben konnte. «Das Jugendamt ist ja auch noch da», sagte Iris plötzlich. «Du könntest es mal dort versuchen und sehen, was sie dir vorzuschlagen haben.»

Barry verstand zuerst nicht, was sie damit meinte, sah jedoch, daß Carol es genau wußte. Sie nahm eine Zigarette aus der Packung ihrer Mutter und zündete sie an ihrer Zigarette an.

«Es könnte darauf hinauslaufen. Ja, du hast recht.»

«Ich würde ja sehr gern mehr tun», sagte Iris. «Du weißt, ich würde mich rückwärts überschlagen, um dir zu helfen. Doch wenn ich dazu kündigen müßte, muß ich einen Punkt machen. Ich könnte Mr. Karim nicht im Stich lassen. Ich bin jetzt sieben Jahre bei ihm – das heißt, Anfang nächsten Jahres sind es sieben Jahre –, und er verläßt sich irgendwie auf mich, stimmt doch, Jerry, oder?» Sie wartete nicht einmal auf seine Bestätigung, weil sie wußte, daß sie ohnehin nicht kam. «Du mußt eben nach dem Gehör spielen, schätze ich», sagte sie munter. «Einfach von einem Tag auf den anderen sehen, was sich ergibt.»

«Ich hab's damals nicht geschafft, und wenn ich's diesmal wieder nicht schaffe, werden sie einspringen müssen.»

Jetzt begriff Barry endlich. «Dazu wird es nicht kommen», sagte er. Er fühlte, daß seine Stimme fest klang, autoritär, männlich, genau die energische Stimme war, auf die die Frauen warteten. «Wir schaffen es schon. Ich schaffe es.»

Carol hatte seine Hand gehalten. Sie legte den anderen Arm um ihn, legte ihn über seine Brust und hielt seine Schulter fest. Dann lehnte sie den Kopf an seine Brust. «Du bist wunderbar», sagte sie. «Du bist so stark. Ist er nicht wunderbar, Mutter? Er erinnert mich an Dave. Erinnert er dich nicht auch an Dave?»

«O ja, ein bißchen», sagte Iris.

Barry wußte, daß es ein höheres Lob nicht gab. Er fühlte Carols weiche Wärme, und leichte Erregung prickelte durch seinen Körper. Er begann sich auf das Ende dieses Abends zu freuen, auf den Abschied von Iris und Jerry draußen auf dem Gehsteig, unter dem weißen Mond, und darauf, daß Carol und er wieder miteinander allein sein würden.

6

Die Tage flossen ineinander, ohne gegeneinander abgegrenzt zu sein, ohne Datum, ohne Wetter, fast ohne Licht und Dunkelheit. Sie lag und saß später in ihrem Schlafzimmer, dem großen Raum im obersten Stockwerk des Hauses im Vale of Peace. Mopsa brachte ihr das Essen herauf, doch als sie sah, daß Benet nichts essen wollte, nichts essen konnte, ersetzte sie die Speisen ohne zu zögern durch Tee, Pulverkaffee und am Abend, ohne vorher gefragt zu haben, mit Brandy und Wasser.

Das Leben war stehengeblieben. Zuerst, weil man nicht glauben konnte, was geschehen war, weil es nicht geschehen sein konnte – in den achtziger Jahren sterben keine kleinen Kinder –, und daher blieb nur der Schock zurück, der betäubte und gefühllos machte. Während eines großen Teils dieser Phase der Betäubung und der Benommenheit hatte man Benet im Krankenhaus behalten. In demselben Zustand, ausgerüstet mit Schlaftabletten und Tranquilizern, war sie heimgeschickt worden, in ihr chaotisches Haus und zu Mopsa. Dort begann sich der Schock allmählich zu lösen. Es war, wie wenn nach einem Besuch beim Zahnarzt die Spritze ihre Wirkung verliert und der Schmerz zu toben beginnt. Nur war kein körperlicher Schmerz, den Benet kannte, so schlimm wie dieser. Sogar als sie James zur Welt gebracht und geschrien hatte, waren ihre Schreie nicht nur Qual gewesen, sondern eine Mischung aus Mühsal und Zielstrebigkeit, Freude und Schmerz. Jetzt mußte sie beide Hände auf den Mund pressen, um ihr Leid nicht hinauszuschreien. Sie saß meistens im Zimmer oder ging rastlos hin und her, denn wenn sie sich hinlegte, wälzte sie sich von einer Seite auf die andere und grub sich die Fingernägel in den Leib. Es gelang ihr einfach nicht, sich zurückzuhalten. Eines Nachmittags stach sie sich eine Nadel in den Arm, um eine andere Art von Schmerz zu fühlen.

Weil ihr Zeit kein Begriff mehr war, weil sie nicht merkte, wie die Zeit verging, kam es ihr so vor, als sei sie schon ein Jahr in diesem Zimmer im obersten Stockwerk, werde schon ein Jahr von Mopsa gepflegt, von Mopsa, die jede Stunde an die Tür kam. Vielleicht waren es nicht mehr als zwei Tage gewesen. Sie nahm Unmengen von Barbituraten und ebensoviel Valium. Die Schlaftabletten warf sie in die Toilette und spülte sie hinunter. Das Vergessen, das sie brachten, war das furchtbare Erwachen nicht wert – die Freude am morgendlichen Licht, das Warten auf die ersten morgendlichen Geräusche von James, der im Nebenzimmer schlief, und das Begreifen, daß sie kein morgendliches Geräusch von ihm hören würde, nie wieder etwas hören würde. Nie, nie, nie, nie.

Das Valium hielt sie davon ab, zu schreien oder die Hand auf den Mund zu pressen, um ihre Schreie zu unterdrücken. Es brachte sie dazu, während sie still und stumm dasaß, auf verworrene Weise an verschiedene Methoden des Selbstmords zu denken. Sie warf auch diese Pillen weg. Sie stand am Fenster, hoch über dem Vale of Peace, und betrachtete einen großen weißen Mond, der wie eine schimmernde Perle aussah. Vor zwei Jahren hatte es James noch nicht gegeben, doch sie war noch derselbe Mensch wie damals, nicht viel älter, unverändert im Aussehen. Sie blickte in den Spiegel und sah dieselben vertrauten, regelmäßigen Züge, die mandelförmigen dunklen Augen, hohen Wangenknochen, vollen Lippen. Das dunkelbraune, ziemlich lange, sehr glatte Haar und dieselbe klare, helle Haut. Wenn sie schon so aussah wie vor James' Geburt, warum konnte sie dann nicht auch so empfinden, so sein wie damals, bevor er in ihrem Leben eine Rolle spielte? Das war doch noch gar nicht so lange her. Wie konnte sie in nicht ganz zwei Jahren von einem anderen Menschen so unvorstellbar beeinflußt und verändert worden sein – und noch dazu von einem Menschen, der kaum sprechen konnte?

Sie wollte an ihn nicht als Person denken, als eigenständiges Wesen, und nicht an Dinge, die er getan oder gesagt hatte. Das war das Schlimmste. Dort lauerte unerträgliche Panik, jene Panik, die einem deutlich sagt, noch einen Schritt weiter in dieser Richtung, und du verlierst den Verstand. Benet ging hinunter, stieg die lange Wendeltreppe hinunter, die sich durch die Mitte des Hauses schraubte, betrat den Raum im Souterrain, setzte sich ans Fenster und blickte auf die Gartenmauer und die Straße hinauf. Sie hatte das Gefühl, sie werde nie wieder dort hinausgehen. Es war unmöglich, sich vorzustellen, ins Freie zu gehen, auszuschreiten, anderen Menschen zu begegnen.

Mopsa hielt sich in der Küchenhälfte des Raumes auf und buk offensichtlich einen Kuchen. Wozu eigentlich? Wer sollte ihn essen? Sie trug eine Schürze, die Benet noch nie an ihr gesehen hatte, rosa und weiß karierte Baumwolle mit Bändern, die sich auf dem Rücken kreuzten. Sie hatte alles weggeräumt, was James gehört hatte. Die Türen des Spielschranks waren geschlossen. Das hohe Stühlchen war verschwunden. Oben hatte Benet die Augen zugemacht, wenn sie auf dem Weg ins Bad an James' Zimmer vorüberging. Sie hatte Angst gehabt, die Tür könnte offen sein. Jetzt wußte sie, daß es nicht notwendig gewesen war, die Augen zu schließen. Mopsa hatte sich um diese Dinge gekümmert. Unklar hatte sie in dieser zeitlosen Zeit dort oben wahrgenommen, daß Mopsa sich um diese Dinge kümmerte, sich um alles kümmerte.

Um die Dinge, denen sie nicht einmal in Gedanken einen Namen zu geben vermochte. Um die Eintragung ins Sterberegister. Das Beerdigungsinstitut. Die Beerdigung. Mit einem Euphemismus, den sie früher verachtet hatte, bezeichnete sie diese Dinge vor sich selbst mit einem inneren Frösteln als «die Formalitäten». Die arme verrückte Mopsa, die nicht mehr verrückt war, die diesen furchtbaren Anforderungen besser gewachsen gewesen war als die normalste Frau, hatte sie erledigt – die Formalitäten. Vage hatte Benet dort oben in dem hochliegenden Zimmer, dem dunklen Turm, mitbekommen, daß Mopsa wegging, sie hatte den Wagen starten gehört, hatte Türenklappen und Mopsa zurückkommen und geschäftig hantieren gehört, aufgehend in ihrer Rolle als allgegenwärtiger helfender Engel. Und jetzt rührte sie, nachdem sie sich zu ihrer Tochter umgedreht und ihr traurig und jämmerlich zugelächelt hatte, einen Kuchenteig an, schlug in einer Glasschüssel Eier mit dem Schneebesen schaumig.

Mopsa war – wundervoll gewesen. Das war das Wort, mit dem man immer jemanden auszeichnete, der tat, was sie in dieser Situation getan hatte – wundervoll. Das Telefon hatte oft geklingelt. Mopsa hatte die Anrufe entgegengenommen, wenn Benet auch nie gehört hatte, was gesprochen wurde. Das Telefon klingelte auch jetzt. Mopsa lehnte den Schneebesen an den Rand der Schüssel, ging an den Apparat und nahm ab. Sie sprach mit Antonia, als seien sie alte Freunde, obwohl sie sich – soviel Benet wußte – nie begegnet waren. Ihre Stimme klang lebhaft, freundlich und überhaupt nicht tragisch. Benet werde Antonia ganz sicher anrufen, sagte Mopsa. Sobald sie sich gesund genug fühle, werde sie sie anrufen. Natürlich werde Mopsa es ihr ausrichten.

Benet wandte sich mit einer Frage an ihre Mutter. Es war die erste, die sie seit ihrer Rückkehr aus dem Krankenhaus stellte. Ihre Stimme, die so lange geschwiegen hatte, kam ihr fremd vor. Benet ging zu Mopsa hinüber, und ihre Beine waren so schwach wie bei einer Rekonvaleszentin.

«Sind viele Anrufe gekommen?»

Mopsa siebte Mehl auf den Eierschaum. Sie arbeitete sehr sauber, verstreute kein Stäubchen. «Ein halbes Dutzend. Ziemlich viele. Ich habe sie nicht gezählt.»

«Was hast du den Leuten gesagt?»

«Ich habe ihnen gesagt, es geht dir nicht gut, und du kannst mit niemandem reden. Ich habe ihnen gesagt, daß du im Bett bleiben mußt und man nicht von dir verlangen kann, dich zu unterhalten.»

Es war die korrekte Antwort, es war die vorgegebene, ideale, gnädige Methode, anders konnte ein Mensch in Mopsas Lage sich nicht verhalten. Benet, die wieder in das riesige, kalte Meer ihres Jammers eintauchte, empfand einen Anflug von Unbehagen. Sie ignorierte ihn. Es war nicht wichtig. Unbehagen war nicht mehr wichtig, würde nie wieder wichtig sein.

«Hast du mit Vater gesprochen?»

«Er hat mich fast jeden Abend angerufen.» Das selbstgefällige Lächeln umspielte Mopsas Mundwinkel. «Er läßt dich grüßen.»

Die arme Mopsa, die labil, die krank war, nicht wie andere Frauen, nicht wie die Mütter anderer Leute. Eine Verszeile fiel Benet ein – *Und dennoch, irgendwo in meinem Herzen trau're ich um dich ...*

«Es muß sehr schlimm für dich gewesen sein, es ihm sagen zu müssen.»

Der halbflüssige Teig wurde in die Backform geschüttet. Mopsa runzelte die Stirn, so sehr konzentrierte sie sich auf ihre Arbeit. Als sie fertig war, atmete sie pustend aus. Sie glich einem Schulmädchen, das einen Kuchen für ein hauswirtschaftliches Examen backen mußte. Oder wie jemand, der zum erstenmal einen Kuchen buk. Vielleicht hatte sie es auch noch nie getan. Benet konnte sich nicht erinnern, daß es während Mopsas Krankheit bei ihnen Kuchen gegeben hätte. Mopsa stellte die Backform ins Rohr und knallte die Tür zu, als wollte sie sie nie wieder öffnen, als schließe sie die Tür eines Hauses, in das sie nie mehr zurückkehren wollte.

Dann wandte sie sich Benet zu und wischte sich die Hände an der Schürze ab.

«Oh, ich hab's ihm gar nicht gesagt, Brigitte. Ich konnte es ihm nicht sagen. Es ist ein peinliches Thema für ihn. Unter anderen Umständen wäre er vielleicht herübergekommen. Doch da er nicht fragt, halte ich es für überflüssig, es ihm zu sagen.»

«Einmal wird er's erfahren müssen.»

Mopsa sagte nichts. Sie sah Benet sehr direkt in die Augen. In diesem Augenblick, mit Schürze, einem Mehlfleck auf der Wange, goldglänzende Nadeln im Haar, war sie ganz so wie anderer Leute Mütter.

«Hast du es irgend jemandem gesagt?» fragte Benet.

Mopsa hob die Hand, berührte den Mehlfleck, rieb daran herum. Ihr Blick ließ Benet los und wanderte zum Lichtschalter an der Wand.

«Du hast es überhaupt niemandem gesagt, nicht wahr?»

Mopsa begann vor sich hinzumurmeln. «Ich konnte nicht, Brigitte», sagte sie dann. «Ich wollte mich nicht aufregen. Es ist schlecht für mich, wenn ich mich aufrege.»

«Und wer, glaubst du, wird deinen verdammten Kuchen essen!» brüllte Benet sie an.

Sie stürmte aus dem Zimmer und die Treppe hinauf. Hinter ihr begann Mopsa zu schluchzen und zu weinen. Benet ging nicht zurück. Sie stieg weiter die Treppe hinauf, einen starken Druck im Kopf, ein Pochen hinter den Augen. Sie ging an der offenen Tür von Mopsas Schlafzimmer vorbei, und ihr Blick fiel auf ein Foto auf Mopsas Nachttisch. Es war ein Foto von Edward. Was machte Mopsa mit einem Foto von Edward? Benet hatte nicht einmal gewußt, daß sie eins besaß. Es war eine Porträtaufnahme, ziemlich unscharf, von einem Schnappschuß vergrößert.

Sie stieg die letzte Treppe hinauf und betrat James' Zimmer. Das Kinderbett war noch da und darin die nackte Matratze. Davon abgesehen, gab es nicht den geringsten Hinweis darauf, daß in diesem Zimmer je ein Kind gewohnt hatte. Von diesem Fenster aus sah man die Tannenreihe hinter dem Teich, die grüne Fläche der Heide und darüber einen großen, weißen, leeren Himmel. Sie schloß sich in ihrem Zimmer ein. Mußte Edward das von James erfahren, sollte sie es ihm mitteilen? Hatte das einen Sinn? Er hatte James nur einmal gesehen, und damals war James zwei Tage alt gewesen. Edward war ins Krankenhaus gekommen, um James und Benet zu sehen, und hatte nicht gewußt, was er sagen sollte.

«Du hast mich furchtbar gedemütigt», hatte er schließlich gesagt, hatte einen Blick auf das Kind geworfen und wieder wegge-schaut.

«Es wäre besser gewesen, du wärst nicht gekommen, Edward. Du hättest nicht kommen sollen.»

Für sie war alles genauso schlimm wie für ihn, allerdings aus anderen Gründen. Es war falsch gewesen, ihn zu benutzen, es war unrecht gewesen, von ihm ein Kind «nach Plan» zu empfangen, obwohl sie ihn weder heiraten noch weiterhin mit ihm leben wollte. Doch das hatte sie damals nicht so gesehen, es schien ihr das einzig Richtige, schien ihr sogar streng moralisch zu sein. Obwohl sie diese Entscheidung getroffen hatte und das Baby im Arm hielt, war es ihr unmöglich gewesen, Edwards Schönheit zu ignorieren, eine Schönheit, die sie stark berührte. Warum genügt sie mir nicht? hatte sie gedacht. Warum kann sie mir nicht genügen, wenn ich auch weiß, daß sonst nichts da ist, fast überhaupt nichts? Die Welt war voller Männer, die sich an Frauen gebunden hatten, weil sie schön waren. Warum konnte man – warum konnte sie den Spieß nicht umdrehen?

Er setzte sich auf die Bettkante und bat sie wieder, ihn zu heiraten. Sie sagte nein, sie könne nicht, er solle sie bitte nicht noch einmal darum bitten, sie würden beide unglücklich werden, alle drei würden sie unglücklich werden. Er war aufgestanden und gegangen, und sie hatte ihn nie wiedergesehen.

Aus irgendeiner geheimnisvollen Quelle hatte Mopsa sich ein Foto von ihm besorgt, hatte es rahmen lassen und an ihr Bett gestellt. Als ob er ihr Sohn wäre. War es eigentlich wichtig, warum sie es getan hatte? War es überhaupt wichtig, daß Mopsa niemandem etwas von James' Tod gesagt hatte? War noch irgend etwas wichtig?

Seltsamerweise erinnerte sie sich jetzt an Träume, die sie, während sie träumte, nicht als solche erkannt, sondern für die Wirklichkeit gehalten hatte. Angenommen, sie träumte auch jetzt und würde bald aufwachen und begreifen, daß sie den schrecklichsten Alptraum ihres Lebens gehabt hatte, aber eben nur einen Alptraum, würde feststellen, daß es Morgen war und James im Nebenzimmer aufwachte ...

Sie ging hinüber und betrachtete die aufgeräumte Wüste, in die Mopsa das Zimmer verwandelt hatte. Gram erfüllt das Zimmer meines Kindes, das nicht mehr hier ist, liegt in seinem Bett, geht mit mir hin und her, immer an meiner Seite ...

Am nächsten Vormittag fand Benet auf dem Dielentisch eine Nachricht von Mopsa. *Bin mit Constance Fenton zum Lunch gegangen und gegen vier wieder da.* Bisher hatte sie sich nie die Mühe gemacht, eine Nachricht zu hinterlassen. Oder doch? Unter dem Tisch stand ein kleiner Papierkorb. Er war voller zusammengeknüllter Zettel. Benet begann einen nach dem anderen glattzustreichen. Es waren tatsächlich Notizen von Mopsa. Notizen von jedem Tag. *Ich bin ins Krankenhaus gefahren. Ich bin auf dem Standesamt. Ich bin bei Sims & Wainwright.* Benet wollte gar nicht wissen, wer Sims & Wainwright waren. Sie war gerührt, sie hatte ein schlechtes Gewissen, weil Mopsa so viele Zettel geschrieben hatte und unermüdlich weiterschrieb, obwohl sie sah, daß sie keine Beachtung fanden. Sie hatte sie wieder eingesammelt, weggeworfen und den nächsten geschrieben.

Benet öffnete die Tür des Zimmers, das ihr Arbeitsraum werden sollte, und das Mopsa selbstverständlich das «Studierzimmer» nannte. Doch wie sollte sie es schließlich sonst nennen? Als Benet das letzte Mal hier drin gewesen war, hatten die Bücher in unordentlichen Haufen auf dem Boden gelegen. Mopsa hatte sie aufgeräumt. Sie hatte sie ganz durcheinander in die Regale gestellt – manche standen sogar auf dem Kopf. Und in die Schreibmaschine hatte sie ein frisches Blatt eingespannt, als wolle sie Benet einladen, wieder mit der Arbeit anzufangen. Benet fragte sich, ob sie je wieder arbeiten werde. Der Gedanke schien ihr grotesk. Wie konnte sie, auf dem absolut tiefsten Punkt ihres bisherigen Lebens angelangt, je hoffen, die Gefühle anderer zu Papier bringen zu können?

Sie setzte sich ins Souterrainzimmer ans Fenster. Eine Frau ging vorbei. Dann ein Kind, das einen Hund an der Leine führte. Um irgend etwas zu tun, machte sich Benet eine Tasse Tee und trank sie, nur um sich die Zeit zu vertreiben. Die Zeit bis wann? Sie fragte sich, was mit dem Rest ihres Lebens geschehen sollte? Wie konnte sie überhaupt darüber nachdenken, was sie eventuell damit anfangen würde? Eine Weile später zog sie einen Mantel an, verließ das Haus und ging in die Heide. Die Luft war so klar, als sei sie hier an einem unversehrten Ort am Rand der Welt, wohin Luftverschmutzung, Nebel und verseuchte Atmosphäre nie gelangten. Klar wie ein Hinterglasbild lagen weite Flächen von Londoner Dächern, Türmchen und Türmen unter ihr. Nur am fernen Horizont mischte sich ein wenig Blau ins Bild. Über Highgate und dem Norden hingen Wolken, türmten sich, ballten sich, mit Regen gefüllt. Benet ging wieder nach Hause.

Das Telefon klingelte drei- oder viermal. Sie ging nicht an den Apparat. Sie aß ein sehr kleines Stück Butterbrot und einen halben Apfel. Sie fürchtete, daß ihr übel wurde, wenn sie mehr aß. Dann setzte sie sich wieder ans Fenster und wünschte, sie hätte Ian Raeburns Schlaftabletten nicht weggeworfen. Sie saß da und dachte an James, weil es nichts und niemand gab, an den sie sonst hätte denken können. Sie hatte ein Buch geschrieben und ein Kind gehabt. Jetzt war das Kind tot, und sie würde nie wieder schreiben. Es kam ihr so vor, als könne das nicht ihr – als müsse es jemand anders widerfahren sein, weil es so schlimm war, zu schrecklich, um ihr geschehen zu können. Und doch geschah es ihr. Der andere war sie selbst, und sie ganz allein mußte es ertragen ...

Über ihr, hinter dem Fenster, hielt ihr Wagen am Straßenrand. Sie kannte den Klang seines Motors. Mopsa war wieder da. Es war erst kurz nach drei.

Sie sah nicht nach. Es war nur Mopsa. Die Haustür wurde geöffnet, und Benet hörte Schritte im Flur über sich. Noch vor einer Minute hätte Benet gesagt, sie könne sich nie wieder etwas leidenschaftlich wünschen, doch jetzt wünschte sie sich leidenschaftlich, Mopsa wäre nicht bei ihr, Mopsa ginge nach Hause, zurück nach Spanien, damit sie allein sein konnte. Es war nett von Mopsa, es war mütterlich, sie tat nur, was Mütter taten – aber es wäre besser gewesen, sie wäre abgereist. Und wenn nicht besser, dann irgendwie weniger zermürbend und qualvoll schrecklich.

Mopsa kam herein. Sie hielt ein Kind an der Hand, einen kleinen Jungen. «Hast du geschlafen, Brigitte?» fragte sie einfältig. «Habe ich dich geweckt?»

Benet hatte nur Augen für das Kind. Außer dem Mädchen, das seinen Hund spazierenführte, war es das erste Kind, das sie seit James' Tod sah.

«Wer ist das?» Es war ihre Stimme, sie klang jedoch, als gehöre sie jemand anders, komme aus einem anderen Teil des Zimmers.

«Gefällt er dir?» fragte Mopsa.

Das schien Benet eine der absurdesten Bemerkungen, die sie je gehört hatte. Sie war sinnlos, so etwas fragte man im Zusammenhang mit einem Kind einfach nicht. Wenn es um einen Hund ging vielleicht . . .

«Wer ist das?»

Mopsa sah auf einmal erschrocken und verängstigt aus. Ihr Gesicht hatte wieder den Ausdruck eines wachsamen, lauernden Tieres. Der kleine Junge hielt noch immer fügsam ihre Hand. Er schien ungefähr zwei Jahre alt zu sein, vielleicht ein bißchen jünger, war ungefähr in James' Alter, aber groß und kräftig. Unter einer schmutzigen roten Steppjacke mit schmutzigem weißen Nylonfutter trug er eine blaue Hose aus grobem Leinen, grün und braun gestreifte Socken und rote Plastiksandalen. Er hatte einen blonden, fast weißen, sehr dichten Schopf, leuchtend rote Wangen und derbe Züge. Man konnte in diesen Zügen jetzt schon den Mann sehen, der er einmal sein würde, in der kräftigen Nase und den wulstigen, entzündet aussehenden Lippen. Benet fand, er sei das häßlichste Kind, das sie je gesehen hatte.

«Das ist der Kleine von Barbara Lloyd», sagte Mopsa unsicher.

«Ich kenne keine Barbara Lloyd.»

«O doch, du kennst sie, Brigitte. Du wirst dich gleich wieder an sie erinnern. Sie hat früher Barbara Fenton geheißen, und sie ist Constances Tochter. Sie hat einen Mann namens Lloyd geheiratet, der etwas mit Computern zu tun hat, und sie wohnen bei Constance, bis ihr Haus fertig ist.»

Jetzt erinnerte sich Benet. Weniger an Barbara Fenton, die sie früher vom Sehen gekannt haben mußte, wenn sie nicht sogar mit ihr gesprochen hatte, sondern eigentlich nur an das Telefongespräch, das sie mit Constance geführt hatte, vor tausend Jahren, als alles in Ordnung, als sie noch glücklich, James noch am Leben und sie dumm genug gewesen war, sich um Mopsa zu sorgen. Constance hatte ihr erzählt, daß Tochter, Schwiegersohn und Enkel zur Zeit bei ihr wohnten.

«Und was macht er hier bei uns?»

«Ich habe versprochen, ihn eine Weile zu hüten. Sie waren ganz verzweifelt.»

Der kleine Junge hatte sich von Mopsa losgerissen. Er machte ein paar zögernde Schritte, sah sich in der fremden Umgebung um, sah dann Benet und wieder Mopsa an. In seinem Gesicht begann es zu arbeiten, offen, unkontrolliert, wie es kleinen Kindern eigen ist. Er verzog den Mund und begann zu weinen.

«Ach Gott, ach Gott, ach Gott», sagte Mopsa. Sie sagte es zu sich selbst, nicht zu ihm. Sie bückte sich und hob ihn auf. Er wehrte sich und brüllte lauthals.

Benet ging in ihr Schlafzimmer hinauf.

Als sie wieder herunterkam, war es schon dunkel. Sie hatte den Wagen nicht wegfahren gehört. Sie schaute hinaus, und er war tatsächlich noch da. Auch der Junge war noch da, und er saß in James' hohem Kinderstuhl. Mopsa hatte ihm ein Rührei und in breite Streifen geschnittenes Brot gegeben, und er benutzte nicht nur den Löffel, sondern auch die Finger zum Essen. Mopsa saß neben ihm am Tisch und hatte eine Tasse Tee vor sich stehen.

«Höchste Zeit, daß du ihn nach Hause bringst», sagte Benet.

Sie fühlte, daß Mopsa, die vor Nervosität ganz verkrampft wirkte, irgend etwas verbarg.

«Warum hast übrigens ausgerechnet du ihn nehmen müssen?»

«Jemand mußte sich doch um ihn kümmern. Die Dame, bei der er bleiben sollte, seine Taufpatin, ist gestürzt und hat sich das Bein gebrochen.»

«Er hat Eltern und eine Großmutter, oder?»

«Sie hatten doch diesen Urlaub gebucht. Hatten ihn schon seit Wochen gebucht.»

Benet begann zu frieren. «Was für einen Urlaub, Mutter? Wovon redest du eigentlich?» Ihr fiel etwas ein, das Mopsa gesagt hatte. «Die Dame, bei der er bleiben sollte . . . Was hast du damit gemeint, Mutter?»

«Nun ja, daß er eben bei seiner Taufpatin bleiben sollte.»

«Das hast du gesagt, ja. Soll das heißen, daß er jetzt hierbleiben soll?»

Mopsa biß sich auf die Unterlippe und lächelte dabei wie ein ungezogenes Kind. Sie warf Benet einen listigen Seitenblick zu. Der Junge aß mit Hingabe Rührei und Brot. Offenbar schmeckte ihm das Essen.

«Wohin fährt man im November auf Urlaub?»

«Auf die Kanarischen Inseln», sagte Mopsa.

Benet schloß die Augen und umklammerte die Armlehnen ihres Sessels. Sie zählte bis zehn. Dann schlug sie die Augen auf und sagte: «Heißt das, sie sind auf die Kanarischen Inseln geflogen, und du hast versprochen, das Kind zu hüten, während sie weg sind? Du hast es ihnen tatsächlich angeboten? Für wie lange? Für eine Woche? Vierzehn Tage?»

Eine sehr schwache Stimme kam zwischen Mopsas zitternden Lippen hervor. «Eine Woche.»

Benet sah Mopsa verständnislos an. Es war einfach nicht möglich. Wie konnte ein Mensch nur so sein wie Mopsa? Sie würde sich nie an sie gewöhnen, sie nie akzeptieren, sie nie verstehen. Wie konnte sie tun, was sie getan hatte, sich um alles kümmern, umsichtig und verantwortungsvoll handeln und gleichzeitig so brutal gefühllos, gedankenlos und grausam sein? Das Kind herzubringen, nachdem ihre Tochter ein Kind gleichen Alters verloren hatte, und noch dazu auch einen Jungen. Wie konnte sie nur? Wie konnte das überhaupt jemand tun?

Ich darf meine Mutter nicht hassen ...

Mopsa hatte dem Jungen eine Serviette als Lätzchen umgebunden. Sie schüttete Milch in einen Becher, und er streckte die Hand danach aus, wobei er, wie Benet fand, idiotische Laute ausstieß. Sprechen konnte er anscheinend noch nicht. Er war genau das Kind, das zu dem schweren Brocken Barbara Fenton paßte. Benet glaubte sogar eine Ähnlichkeit mit Barbaras groben Zügen zu erkennen. Plötzlich begann Mopsa zu sprechen, schilderte in allen Einzelheiten das Dilemma, in dem Constance Fenton und die Lloyds gesteckt hatten. Als sie bei ihnen eingetroffen war, hatten sie sich eben schweren Herzens entschlossen, auf den Urlaub zu verzichten. Damit verloren sie natürlich auch die Anzahlung auf den verbilligten Flug, die sie schon geleistet hatten. Barbara hatte geweint. Es hätte der erste Urlaub nach fünf Jahren sein sollen. Was war Mopsa übriggeblieben? Sie hatte es nicht tun wollen, allein der Gedanke war ihr schrecklich gewesen, doch sie war es Constance schuldig. Constance sei «damals» so gut zu ihr gewesen. Und sie hatte nicht gedankenlos gehandelt, sie hatte gewußt, was Brigitte empfinden würde. Aber Brigitte halte sich ohnehin hauptsächlich in ihrem Zimmer auf, nicht wahr? Und das Haus sei groß. Sie brauche ihn nicht zu sehen, wenn sie nicht wolle. Mopsa werde ihn ganz allein versorgen, er werde in ihrem Zimmer schlafen, und sie werde mit ihm spazierengehen ...

Benet stand auf. Sie blätterte im Telefonbuch E–K. Mrs. Constance Fenton, Harper Lane 55, NW9.

«Was machst du, Brigitte?»

«Ich rufe Mrs. Fenton an und sage ihr, es tue uns leid, aber wir sind kein Kinderheim, nehmen keine Kinder in Pflege und bringen ihren Enkel in einer halben Stunde zurück.» Sie wählte die erste Zahl, die Wählscheibe drehte sich.

«Es wird niemand da sein, sie sind schon abgereist.»

«Ich glaube dir nicht, Mutter.»

Sie hörte das Freizeichen und ließ es klingeln. Allmählich wurde sie zornig. Wenigstens war sie fähig, auch noch etwas anderes zu fühlen als Trauer. Es klingelte und klingelte. Es meldete sich niemand. Mopsa hatte recht gehabt, sie waren abgereist.

Der Junge war von dem hohen Kinderstuhl heruntergeklettert, das Gesicht noch mit Speiseresten verklebt. Er ging umher, suchte eine Beschäftigung. Er fand keine. Es gab keine Spielsachen, keine Bücher, Buntstifte, keinen Fernseher. Er tappte in die Küchenecke und öffnete eine Schranktür. Dann hielt er inne, schaute über die Schulter zurück, ob man ihm vielleicht verbieten würde, was er vorhatte, und als er merkte, daß er nicht mit einem Verbot zu rechnen brauchte, begann er das Geschirr aus dem Schrank auf den Boden zu räumen: eine Kasserolle, eine zweite, ein Sieb, einen Seiher . . .

«Ich geh weg», sagte Benet. «Spazieren. In die Heide.»

«Es ist stockdunkel, Brigitte. Es ist bestimmt gefährlich.»

«Na und? Vielleicht bringt mich einer um.»

Normalerweise hätte sie bereut, etwas gesagt zu haben, das bei Mopsa eine solche Veränderung hervorrief. Ihr Gesicht verzog sich, fing an zu beben, sie preßte die Hände auf den schlaffen Mund. Jetzt war es Benet egal. Sie ging in die klare, kalte Nacht hinaus und unter einem Mond dahin, der noch beinahe voll war.

7

Sie fragte erst am nächsten Tag nach seinem Namen. Er war ein Kind, er war in ihrem Haus, doch weder das eine noch das andere war seine Schuld. Sie würde ihn sehen müssen und ab und zu – wenn auch so selten wie möglich – mit ihm zusammensein. Sie mußte wissen, wie er hieß.

Mopsa sah sie einfältig an. Es war nicht ihr Hexengesicht noch das des erschrockenen Kaninchens, sie sah einfach aus wie ein Dorfidiot und lächelte verschlagen.

«Ich weiß es nicht.»

Mopsa und der Junge waren weggewesen, sie hatte ihn im Wagen mitgenommen. Benet kam der Gedanke, daß er im Fond in James' Kindersitz gesessen haben mußte. Wenigstens hatte sie es nicht ansehen müssen. Sie hatte beschlossen, bei Tag nicht mehr auszugehen. Im Dunkeln, ja, aber nicht mehr bei Tag. Sie waren einkaufen gewesen, und ihre Einkäufe steckten in Tragtüten von «Mutter und Kind» und «Marks & Spencers». Der Junge, dessen Namen Mopsa angeblich nicht wußte, zog seine schmutzige rote Jacke aus und versuchte die Riemen seiner Sandalen zu lösen.

«Doch, du weißt ihn», sagte Benet. Sie fand, daß ihre Stimme wie die einer Krankenschwester auf einer psychiatrischen Abteilung klang. «Natürlich weißt du seinen Namen.»

Mopsa kauerte sich nieder, um ihm mit den Sandalen zu helfen. Unter halb gesenkten Lidern hervor sah sie listig und verschlagen zu Benet auf. Sie legte den Kopf schief, als wolle sie abschätzen, wie Benet auf die Antwort reagieren würde. Benet fragte sich, was diese Constance Fenton und ihre Tochter für Menschen sein mußten, daß sie das Kind Mopsa anvertrauen konnten. Sie war verrückt. Sahen sie das denn nicht? Sie war unfähig, ein Kind zu versorgen. Constance Fenton wußte doch Bescheid, sie kannte Mopsas Vergangenheit. Durfte Benet ihr unter den gegebenen Umständen die Verantwortung für das Kind überlassen. Über diese Frage und alles, was sie nach sich zog, mußte sie noch gründlich nachdenken.

«Komm schon, Mutter. Wie heißt er?»

«James.»

Benet sagte nichts mehr. Sie ging hinauf. Sie weinte nicht. Sie hatte nicht mehr geweint, seit man ihr gesagt hatte, daß James tot war. Tränen schienen so unzulänglich, nicht groß genug für einen großen Schmerz.

Sie hatten es ihr zweimal sagen müssen. Ian Raeburn hatte es ihr gesagt, und sie war ohnmächtig geworden. Als sie wieder zu sich kam, bemühte er sich mit einer Schwester um sie, und sie mußten es ihr beide noch einmal sagen. James hatte aufgehört zu atmen, bevor der Anästhesist bei ihm gewesen war. Sein Luftweg hatte sich geschlossen. Hätte Dr. Drew diese Notmaßnahme – eine sehr, sehr seltene Notmaßnahme bei einem Kind – eine halbe Stunde früher ergriffen, hätten sie vorhersehen können, daß die Behandlung im Kruppzelt nicht anschlagen würde, hätten – hätten – hätten . . .

«Du müßtest gegen sie vorgehen», hatte Mopsa gesagt. «Sie wegen Fahrlässigkeit verklagen.»

Aber es war keine Fahrlässigkeit gewesen, nur eine Fehleinschätzung, menschliches Versagen, ein Irrtum in der Wahl des Zeitpunkts. Und was erreichte sie denn mit einer Klage? Man würde sie für den Verlust entschädigen, den sie erlitten hatte. Eine Entschädigung für James? Sie war nicht arm, sie wollte weder Geld noch Trost, noch Rache. Sie wollte James wiederhaben, und ihn konnte ihr niemand geben.

Sie legte sich auf ihr Bett und dachte an das, was Mopsa gesagt hatte, an den Strom unsensibler, empörender Dinge, der ihrem verschlagen lächelnden, bebenden Mund entwichen war, sie sagte sich, sie dürfe ihre Mutter nicht hassen, müsse Geduld mit ihr haben, versuchen sie zu verstehen. Aber wie kann ein geistig Gesunder Wahnsinn verstehen? Sie wunderte sich jetzt, daß sie am ersten Tag geglaubt hatte, Mopsa sei «geheilt», oder es gehe ihr zumindest besser.

Nach einer Weile setzte sich Benet auf, griff zum Telefon und wählte Constance Fentons Nummer, die sie inzwischen auswendig kannte, so oft hatte sie sie schon gewählt. Es widerstrebte ihr, alles zu glauben, was Mopsa ihr gesagt hatte. Mopsa log, wenn sie nur die geringste Unannehmlichkeit für sich selbst befürchtete. Lügen machten das Leben glatt und einfach, also log sie hemmungslos. Benet wußte, daß die Geschichte von der Reise der Fentons ein Phantasieprodukt ihrer Mutter sein konnte. Und sollten sie wirklich verreist sein, dann wahrscheinlich nicht auf die Kanarischen Inseln, sondern für drei Tage nach Blackpool. Vielleicht waren sie aber auch keinen Tag lang weggewesen. Das Telefon klingelte und klingelte. Vielleicht waren sie abgereist, aber nicht – und das war die schlimmste Möglichkeit – für eine Woche, sondern für vierzehn Tage. Das Telefon klingelte weiter. Benet legte auf.

Sie begann zu überlegen, daß es vielleicht falsch war, das Kind in Mopsas Obhut zu lassen. Als sie begriffen hatte, daß der Junge bleiben – eine Woche bleiben sollte, hatte sie erwogen, in ein Hotel zu ziehen. Sie dachte noch immer daran, aber nicht mehr ernsthaft. Es wäre verantwortungslos, das zu tun. Sie konnte Mopsa nicht allein lassen, und sie wagte nicht, ein Kind mit Mopsa allein zu lassen. So sehr seine Anwesenheit sie auch peinigte, sie konnte Mopsa nicht ihm und ihn nicht Mopsa überlassen. Zu nah, zu schrecklich war noch die Erinnerung an den Nachmittag, den sie und ihre Kusine in dem verschlossenen, verbarrikadierten Speisezimmer zubringen mußten, die Erinnerung an die Messer ...

Mopsa hatte dem Jungen neue Sachen angezogen. Oder ihn zumindest frisch angezogen, obwohl die Sachen neu aussahen. Benet war verblüfft, als sie sah, daß er in seinem Alter noch nicht sauber war. Die dicke Windel zeichnete sich ganz deutlich unter der Latzhose aus blauem Samt ab. Er saß in dem kleinen Korbsessel, der James gehört hatte, und den Mopsa genau wie den hohen Kinderstuhl gestern aus seinem Versteck geholt haben mußte. Was kam als nächstes? Benet fand sich plötzlich für einen Augenblick in der Situation des kühlen, unbeteiligten Zuschauers. James' Spielsachen? Vielleicht sogar seine Kleider? Was kam als nächstes?

«Jay», sagte er. «Jay. Jay will trinken.»

Er konnte also sprechen, und er hieß James. Nun, es war ein beliebter und ein häufiger Name. Mopsa brachte ihm Apfelsaft in einer Babyflasche mit Sauger. Sie hatte wenigstens nicht James gehört, Mopsa mußte sie gekauft haben. James hatte nie aus einer Babyflasche getrunken. Derselbe überhebliche Snobismus, mit dem Benet festgestellt hatte, daß er noch Windeln brauchte, regte sich jetzt in ihr, als sie sah, daß dieses große Kind, dieser sehr maskulin aussehende, derbe Junge, an einem Schnuller saugte.

Als er die Flasche geleert hatte, kehrte er zu seiner Lieblingsbeschäftigung zurück und begann einen weiteren Küchenschrank auszuräumen. Er arbeitete sehr konzentriert, runzelte die Stirn und preßte die Lippen fest aufeinander, als er Töpfe, Pfannen, Schüsseln und Näpfe herausholte, prüfend betrachtete und stapelte. Er kam an einen Schneeschläger, drehte an der Kurbel, und die Schaumbesen begannen rasselnd zu arbeiten. Mit einem breiten, zufriedenen Grinsen sah er zu Mopsa auf.

«Gibst du mir eine von deinen Schlaftabletten?» sagte Benet zu Mopsa. «Ich hab meine weggeworfen.»

Mopsa antwortete, sie lägen in ihrem Zimmer auf dem Nachttisch, und Brigitte solle sich nehmen, was sie brauche. Benet fand die Flasche Soneryl neben einer Dose Mogadon und dem unvermeidlichen Valium hinter Edwards Fotografie. Sie sah ihm ins Gesicht, und er blickte entschlossen an ihr vorbei in die Ferne. Das Gesicht war nicht nur hübsch, es war auch intelligent und empfindsam. Man hatte den Eindruck, ein Mensch mit einem solchen Gesicht müsse wunderbare Sachen sagen, denken und fühlen. Es schien von Geheimnissen umgeben, wie alle stille und wortlose Schönheit. Ungewöhnlich war nur, daß sich so wenig unter dieser Schönheit verbarg. Und was da war, war so ungeheuer alltäglich und banal. Es tat ihr weh, das denken zu müssen und sich daran zu erinnern, daß sie drei Jahre gebraucht hatte, ehe sie dahintergekommen war.

Sie nahm das Soneryl ziemlich früh und schlief gut und lange. Wo der Junge schlief, fragte sie nicht. Im Haus gab es fünf Schlafzimmer, und außerdem stand in Mopsas Zimmer ein zweites Bett. Mopsa ging mit ihm an die Luft, und dazu benutzte sie zweifellos James' Kinderkarre. Am nächsten Tag mußte Mopsa zu weiteren Tests ins Royal Eastern Hospital und bat Benet, sich um den Jungen zu kümmern. Nur drei Stunden. Benet sagte, das habe sie kommen sehen. Sie habe gewußt, daß genau das früher oder später passieren mußte.

«Mir bleibt kaum etwas anderes übrig, nicht wahr?» sagte sie.

Mopsa sah müde aus. Sie hatte dunkle Tränensäcke unter den Augen, und ihre Wangen waren eingefallen. Ein zweijähriges Kind zu versorgen, war zu anstrengend für sie. Benet fragte sich, ob sie nachts mit dem Jungen wach gewesen war, ob er in den Nächten aufwachte und nach seiner Mutter weinte und Mopsa ihn trösten mußte? Sie hatte kein Mitleid mit ihr, der einzige Mensch, mit dem sie Mitleid hatte, war sie selbst.

Der Junge hatte heute wieder die grobe Leinenhose und die roten Plastiksandalen an. Benet fand, sie habe nur selten bei einem Kind häßlichere Schuhe gesehen. Sie wunderte sich wieder einmal über Barbara Lloyd. Der Junge kletterte die Treppe hinauf und hinunter. Bei dieser Beschäftigung schien er ihr ganz gut aufgehoben. Er kletterte auf allen vieren hinauf und rutschte auf dem Po herunter. Er sprach sehr wenig und nie aus Freude darüber, sich verständlich machen zu können. Wenn er etwas wollte, dringend wollte, sprach er von sich in der dritten Person und nannte sich Jay. Nie James oder Jim oder Jem, immer Jay. Er war ungewöhnlich eigenständig und machte manchmal den Eindruck, ganz auf sich selbst gestellt zu sein. Benet, die im Souterrainzimmer in ihrem Sessel kauerte, mußte zugeben, daß er kein schwieriges Kind war.

Sie hatte ihn seit einer halben Stunde nicht mehr gesehen und zwang sich daher, höchst widerwillig, aufzustehen, hinaufzugehen und festzustellen, was er trieb. Er hatte sich Zugang zu ihrem Arbeitszimmer verschafft. Dort hatte er eine halbleere Schachtel Schreibmaschinenpapier entdeckt, sich ungefähr ein Dutzend Blätter angeeignet und bemalte sie jetzt mit einem blauen Filzstift. Er saß auf dem Boden, hatte die Blätter vor sich ausgebreitet und benutzte Benets gebundenen Terminkalender als Unterlage. Ob das Zufall oder Absicht war, konnte sie nicht sagen, auf jeden Fall schien es ihr sehr vernünftig. Und obwohl seine Hände, die Hose, die Arme und der Terminkalender unzählige blaue Tintenspuren aufwiesen, war das, was der Junge malte, kein sinnloses Gekritzel, sondern deutlich erkennbare Zeichnungen von Dingen, einem Mann, einer Frau, einem Haus und etwas, das wie eine Brücke aussah.

Benet hob eins von den Bildern auf und betrachtete es genau. Sie war erstaunt. Was der Junge da fertiggebracht hatte, erwartete man eher von einem Sechsjährigen, und sie erinnerte sich an die Zeichnungen an der Wand des Spielzimmers, in dem das Händebaum-Poster hing. Der Schmerz, den diese Erinnerung in ihr auslöste, war so heftig, daß sie die Zeichnung fallen ließ und sich mit geballten Händen abwandte.

«Jay will trinken», sagte der Junge. Er versuchte die Verschlußkappe wieder auf den Filzstift zu stecken.

Benet tat es für ihn. Sie nahm ihn auf, um ihn nach oben zu tragen, tat es gedankenlos, fast automatisch. Im nächsten Moment ließ sie, jäh zurückschreckend, auch ihn beinahe wieder fallen. Aber das durfte sie nicht. Er war ein Mensch, er hatte Gefühle, und nichts war seine Schuld. Sie trug ihn hinauf und gab ihm eine Babyflasche mit Apfelsaft.

Als Mopsa zurückkam, schlug Benet vor, einen Fernseher zu mieten. Der Junge sei es offenbar gewohnt, viel fernzusehen. Als Mopsa ihn brachte, hatte er sich genauso suchend im Zimmer umgesehen wie sie am ersten Abend. «Du hättest es dann leichter mit ihm», sagte Benet.

Mopsa war von der Idee nicht besonders begeistert. Warum eigentlich nicht? Benet hatte Freude und Entzücken erwartet, sogar den Vorschlag, sie sollten jetzt gleich zu dritt mit dem Wagen wegfahren und einen Apparat besorgen. Doch irgendwie machte Mopsa seit ihrer Rückkehr einen erschöpften Eindruck, wirkte fast verängstigt oder bedrückt, als habe sie unterwegs etwas gesehen oder gehört, was sie tief beunruhigte. Die Untersuchungen im Royal Eastern Hospital seien reine Routine, einfach und die Ergebnisse zufriedenstellend gewesen, berichtete sie Benet, und Benet glaubte ihr. Sie verzog das Gesicht und spitzte die Lippen.

«Aber du magst doch kein Fernsehen.»

«Ich will das Gerät ja auch nicht für mich. Es kommt ins Wohnzimmer hinauf, dort habt ihr es ganz für euch allein, du und dein kleiner Schützling.»

Noch immer keine Begeisterung, und Benet erwähnte die Sache nicht mehr. Mopsa schien sich aber zu Herzen genommen zu haben, was sie gesagt hatte, denn ein Fernsehapparat kam ins Haus, wurde von einem Verleih-Center in Kilburn geliefert und im Wohnzimmer aufgestellt. Sein großes, graues pupillenloses Auge starrte aus der Ecke auf die noch unausgepackten Kisten.

Um halb fünf machten Mopsa und der Junge es sich auf dem Zweisitzer bequem, den Mopsa vor den Apparat gerückt hatte. Mopsa mit einer Tasse Tee, der Junge mit Apfelsaft, diesmal in einer Tasse. Benet ging an der offenen Tür vorbei und sah zu ihnen hinüber, betrat das Zimmer aber nicht.

Später begann sie ihre Zeitrechnung mit dem Tag, an dem der gemietete Fernseher gebracht worden war. Er schien die Demarkationslinie zwischen der Vorhölle, in der sie gelebt hatte, und allem, was danach kam – eine Zeit der Erkenntnis, der Bestürzung, der Furcht. Doch in den ersten beiden Tagen geschah noch nicht viel, und alles andere wäre ohnehin geschehen, ob der Fernseher nun dagewesen wäre oder nicht.

Lange Zeit, wie eine Kamee in ihr Gedächtnis eingeprägt, behielt sie das Bild der mageren, hexenähnlichen, zappligen Mopsa in Erinnerung, die auf der vordersten Kante des Sofas saß, gespannt und scheinbar sprungbereit wie immer – und neben ihr der kleine Junge, der sich in einem Stretchvelouranzug so wohl zu fühlen schien wie ein junger Hund in seinem Fell, einen Daumen im Mund, mit der anderen Hand einen dicken blauen Keramikbecher umklammernd. Dieses Bild schien Benet später das letzte in einer

Periode der Verzweiflung gewesen zu sein oder eins, das am Anfang der Angst gestanden hatte.

An diesem Abend nahm sie kein Soneryl. Sie träumte vom Händebaum. James und sie gingen auf der Heide spazieren. Sie schob die leere Kinderkarre, und James ging neben ihr und hielt ihre Hand fest. In Wirklichkeit waren sie nie zusammen auf der Heide gewesen, doch das war ein Traum. Auf einem sandigen Weg überquerten sie eine Lichtung und kamen wieder in ein Waldstück. Die Sonne schien, es war Hochsommer, die Bäume waren dicht belaubt bis auf einen, der in der Mitte des Wäldchens stand und keine Blätter, sondern Hände trug, Hände mit rotlackierten Nägeln, Hände in Handschuhen, Knochenhände und gepanzerte Hände.

James war entzückt, als er den Baum sah. Er lief darauf zu und umarmte den Stamm. Er streckte seine Hände aus, um die an den niedrigsten Zweigen hängenden Hände zu berühren. Benet wollte eine Hand für ihn pflücken, eine gepflegte weiße Frauenhand mit einem Brillantring, als sein Schreien in ihren Traum eindrang, ihn zerbrach, so daß der Baum allmählich verschwand, die Sonne verblaßte ... Benet war wach, nicht mehr im Bett, sie ging zu James.

Noch bevor sie das leere Zimmer sah, erinnerte sie sich. Ihr Körper krümmte und spannte sich. Sie schloß einen Moment die Augen, raffte die nötige Kraft zusammen und stieg die Treppe hinunter, denn das Schreien kam aus dem kleinen Zimmer neben dem von Mopsa. Der Raum war dunkel. Der Junge hörte auf zu weinen, als sie Licht machte und ihn aus dem Bett nahm. War er es gewohnt, daß in seinem Zimmer Licht brannte? War vielleicht das Licht einer Straßenlampe durch das Fenster gefallen?

Sie knipste die Nachttischlampe an und deckte den Schirm mit einer zusammengefalteten Decke zu. Daumen lutschend schlief er ein. Benet blieb stehen und betrachtete ihn. Sie fand jetzt, als sie sich ihn zum erstenmal wirklich richtig ansah, daß sein Gesicht sie an jemanden erinnerte. An wen – das wußte sie allerdings nicht. Aber dieser Junge sah einem Erwachsenen sehr ähnlich, den sie kannte oder gekannt hatte. Ganz allgemein gesagt, je «hübscher» ein Kind, um so weniger ähnelt es einem Erwachsenen. Ein hübsches Gesicht oder gar Schönheit bei sehr kleinen Kindern hat nichts mit individuellem Aussehen zu tun, sondern mit einer vorgefaßten Meinung über das Aussehen von Babies – einer Mischung aus raphaelitischem Cherub, Peter Pan und Reklamebaby für Kindernahrung.

Der schlafende Junge war das genaue Gegenteil dieses Ideals. Er hatte eine kecke, gerade Nase, ein langes Kinn, einen vollen, gleichmäßig gerundeten Mund, und der spätere kühne Schwung seiner Brauen war zumindest schon als Andeutung vorhanden. Man konnte jetzt schon vorhersagen, wie er als Erwachsener aussehen würde. Ein blonder Mann mit unregelmäßigen Zügen, groß und derbknochig, häßlich – bis er lächelte. Irgendein Mann, den Benet kannte, mußte so aussehen – oder eine Frau mit dicken Lippen und blondem Haar. Nicht Constance Fenton. Barbara Lloyd? Sie glaubte es eigentlich nicht. Sie hatte vergessen, wie Barbara Lloyd aussah, doch jetzt erinnerte sie sich plötzlich deutlich daran. Ein Mondgesicht mit einer aufgeworfenen Nase. Wahrscheinlich glich er seinem Vater, den Benet nie gesehen hatte. Doch irgend etwas stimmte nicht an dieser Schlußfolgerung. Er erinnerte sie an jemanden, den sie gesehen hatte, an jemanden, den sie kannte.

Sie wußte, daß es mit dem Schlaf für heute nacht vorbei war. Im Morgenmantel, in eine Decke gewickelt, saß sie im Arbeitszimmer inmitten ihrer Bücher, die bemerkenswerten Zeichnungen des Jungen auf dem Schoß, und wollte den Morgen herbeizwingen. Gegen fünf machte sie sich eine Tasse Tee.

Erst nach halb acht wurde es allmählich hell. Kaltes Zwielicht schien aus dem wolkenverhangenen Himmel, der grünen Heide, dem Teich das Vale of Peace zu überfluten. Seit Tagen schon hatte die Sonne sich nicht mehr blicken lassen. Ein Junge mit einer Segeltuchtasche am Lenker seines Fahrrads brachte die Zeitungen. Benet beobachtete ihn, und ihr fiel ein, daß sie seit Wochen keine Zeitung mehr gelesen hatte.

Der Junge sollte am Mittwoch wieder nach Hause gehen, und heute war Sonntag. Benet verließ das Haus und ging zu Fuß nach South End Green. Die Welt war grün, grau und frostig, in der Luft hing etwas wie November-Hoffnungslosigkeit, gleichzeitig schien jedoch alles unwirklich zu sein, von ihr entfernt und sie in einer Glaskapsel gefangen. Sie entdeckte einen Zeitungsstand, der geöffnet hatte, kaufte eine Sonntagszeitung, las sie jedoch nicht. Sie nahm sie nach Hause mit und legte sie im Souterrainzimmer auf den Tisch, las sie aber immer noch nicht. Später konnte sie sie nicht mehr finden. Mopsa mußte sie in ihr Zimmer mitgenommen haben.

Mopsa und der Junge saßen vor dem Fernseher. Benet setzte sich zu ihnen. Sie suchte sich mit Dingen zu beschäftigen, die sie mit James nie getan hatte, über die Heide spazieren, im Arbeitszimmer sitzen, fernsehen. Mopsa schien sich nicht wohl zu fühlen, seit Benet da war. Vielleicht beunruhigte es sie, daß Benet so inkonsequent war. Schließlich hatte sie erklärt, sie sehe nie fern, und jetzt tat sie es doch. Nach den Nachrichten schien Mopsa sich jedoch zu entspannen.

Breschnew, das sowjetische Staatsoberhaupt war gestorben, und es hatte einen ausführlichen Bericht über die Beerdigung gegeben. Benet blieb ungefähr zehn Minuten sitzen. Der Junge umklammerte ein weißes Kaninchen, das Mopsa ihm gekauft haben mußte. Mit leicht gespreizten Knien saß er da und hielt das Kaninchen fest, nachdem er es geistesabwesend aus dem Mund genommen hatte wie ein Mann seine Zigarre. Er preßte die Lippen zusammen, die Augen fest auf den Bildschirm geheftet. Benet stand auf und ging hinauf in sein Zimmer, in dem nichts anderes stand als das Bett, in dem er schlief, und eine kleine Kommode. Sie schaute in die Schubladen, doch die waren genauso leer wie vor einem Jahr, als sie die Kommode gekauft hatte. Man hatte ihm keinen Koffer mitgegeben, keine einzige Tragtüte oder Reisetasche mit Kleidern, Spielsachen und den anderen Utensilien, die für Kinder unentbehrlich sind, wenn sie auch nur für einen Tag von zu Hause fortgehen, egal wohin. Auf der Kommode lagen die Tüten von «Mutter und Kind» und «Marks & Spencers», die Mopsa mitgebracht hatte. Die Sachen, die sie enthalten hatten, waren also neu gewesen. Mopsa hatte sie gekauft. Eine Tüte enthielt noch eine ungetragene braune Velourshose.

Vielleicht waren seine Sachen in Mopsas Zimmer. Benet warf einen Blick hinein, konnte aber nirgends Kinderkleidung entdekken. Die *Sunday Times*, die sie heute morgen gekauft hatte, war zwischen den Kissen von Mopsas Bett versteckt. Sie hätte sie gar nicht gesehen, hätte sie nicht die Nachttischschublade geöffnet und dabei ein wenig die Bettdecke verzogen.

Mit der Zeitung in der Hand, ging sie langsam die Treppe wieder hinunter. Die Schreie des Jungen zerschnitten die Stille. Sie klangen, als kämen sie von jemandem, dem furchtbar weh getan wurde. Benet flog die restlichen Stufen hinunter. Sie sah Mopsas Augen vor sich, erinnerte sich an das verbarrikadierte Zimmer, die Messer. Sie riß die Wohnzimmertür auf. Der Fernseher lief nicht mehr, und der

Junge stand davor, schrie verzweifelt, weinte bittere Tränen und bearbeitete den Bildschirm mit den Fäusten.

«Was gibt es, um Himmels willen?»

«Er wollte nicht, daß ich abschalte.»

«Und warum hast du's getan?» Benet mußte laut schreien, um das Weinen zu übertönen. Sie hob ihn auf und versuchte ihn zu beruhigen. Er trommelte mit der Faust auf ihre Schulter und schluchzte.

Mopsa antwortete nicht. Sie hatte ihre trotzige, unbekümmerte Miene aufgesetzt, die zu sagen schien: Ist doch alles nicht wichtig.

«Was für eine alberne Heulerei», sagte sie zu dem Jungen. Sie stand auf und schaltete den Fernseher wieder ein, wechselte aber den Kanal, wie Benet bemerkte. Das Bild kam, ein Gespann sehr schwerer Zugpferde, die einen Pflug durch eine Wiese zogen.

Der Junge strampelte und wollte hinunter. Benet stellte ihn auf den Boden. Er ging zum Fernseher und tat etwas sehr Merkwürdiges. Er legte die Finger auf den Bildschirm und tastete dann den Rand ab, als versuche er, den Apparat aufzumachen, um hineinzukommen oder etwas zu finden, das hinter der flimmernden Scheibe steckte.

Diesen Eindruck machte es jedenfalls auf Benet. Nach einer Weile gab er den Versuch auf, und sein sonderbar erwachsenes Gesicht, dieses Gesicht eines kleinen Mannes, sah traurig und resigniert aus. Er setzte sich wieder, nicht auf das Sofa neben Mopsa, sondern auf den Fußboden, dicht vor dem Fernseher, und ließ ihn nicht aus den Augen.

Benet nahm die Zeitung nach unten mit. Es stand eine Menge über Leonid Breschnew drin. Sie war mehr an den Lokalnachrichten interessiert, fand jedoch nur ein paar und entdeckte auch bald warum. Die Seiten drei und vier fehlten. Jemand – Mopsa – hatte sie herausgeschnitten.

Hätte Benet sie gefragt, warum, hätte sie nur geleugnet. Und obwohl Benet wußte, daß nur Mopsa es getan haben konnte, konnte sie es nicht beweisen. Es hätte auch beim Zeitungshändler passiert sein können, eine ganz entfernte Möglichkeit bestand natürlich. Das Telefon begann zu klingeln. Sie mußte sich wohl endlich wieder aufraffen, an den Apparat zu gehen, obwohl sie es seit zwei Wochen nicht mehr getan hatte. Ja, einmal mußte sie sich wieder dazu aufraffen. Und sie mußte sich aufraffen zu erklären, was

Mopsa verschwiegen hatte, weil sie sich fürchtete, es auszusprechen.

Es war ihr Vater. Wie es ihr denn gehe? Grippe überwunden? Wie gehe es Mopsa?

«Es geht ihr gut», antwortete Benet und fügte mit einer Bosheit, die sie sofort wieder bereute, hinzu: «Sie kommt jetzt bald nach Hause.»

Er hatte nicht nach James gefragt. Und was hätte sie gesagt, wenn er es getan hätte? Feindseligkeit gegen ihn stieg in ihr auf, weil er nicht nach James fragte – Feindseligkeit, obwohl James tot war, obwohl sie nicht imstande gewesen wäre zu antworten. Er hätte dennoch fragen müssen, es war grausam von ihm, es nicht zu tun, grausamer als er ahnte. Sie ging hinauf und holte Mopsa an den Apparat. Der Junge saß noch auf dem Fußboden und starrte auf den Bildschirm, obwohl die Pferde längst verschwunden waren und ein Mann mit Ziermünzen an den Kleidern mit dem Mikrofon Tango tanzte.

Die Mutter sprach am Telefon wie ein junges Mädchen aus vergangener Zeit, aus den zwanziger Jahren vielleicht, das von einem Untergebenen oder Subalternen angerufen wurde, den es bei einer Tennispartie kennengelernt hatte. Sie sprach geziert, schmollend, flirtend. Mit diesem Mann, mit dem sie seit dreißig Jahren verheiratet war, kokettierte sie herausfordernd. Sie kicherte und stieß vor Entzücken kleine, spitze Schreie aus. Benet zog den Mantel an, band sich ein Kopftuch um und ging hinaus. Sie ging den Hügel hinauf, die Heath Street hinunter und betrachtete das Schaufenster der High Hill-Buchhandlung, in der die Taschenbuchausgabe von *Eine vertrackte Ehe* ausgestellt war. In der Mitte prangte ihre Fotografie, aufgenommen während ihrer Schwangerschaft, von der man allerdings nichts merkte, weil die Falten des losen, dunklen Kleides, das sie trug, ihre Figur gut kaschierten.

Geh zweieinhalb Jahre zurück, sagte sie sich. Geh zurück in jene Zeit, bevor er gezeugt wurde. Geh so weit zurück. Er wurde nie gezeugt, es ist nie geschehen. Du hast nie zu Edward gesagt: «Ich bekomme ein Baby, doch das ändert nichts zwischen uns, es ginge trotzdem nicht. Leb wohl, Edward, es ist vorbei, das ist das Ende.» Nie hast du das gesagt, es gab kein Baby, hatte nie eins gegeben. Hatte Edward nicht selbst behauptet, das könne nicht sein?

«Ich glaube dir nicht, Benet. Du lügst. Das würdest du nicht tun, nicht einmal du würdest so etwas tun . . .»

Sie kaufte sich eine Tasse Kaffee und ein Sandwich, setzte sich in eine Ecke und beobachtete die Leute, die alle zu zweit oder zu mehreren waren. Es ist schon merkwürdig, dachte sie, daß man auf dem Foto ihre Schwangerschaft nicht sah. James war drei Monate später geboren, aber man sah nicht, daß sie schwanger war. Es war fast wie ein Omen.

Als Benet zurückkkam, schliefen beide. Sie suchte die fehlenden Seiten der *Sunday Times*, konnte sie aber nicht finden. Wahrscheinlich waren auch sie in Mopsas Zimmer, vielleicht unter der Matratze.

Mopsa mußte noch zweimal ins Royal Eastern, einmal am Montag und dann noch am Freitag. Sie ließ den Jungen bei Benet und fuhr um halb zehn los. Benet setzte ihn im Souterrainzimmer auf den Boden, legte ihm ein paar Blatt Papier und drei Filzstifte in verschiedenen Farben zurecht. Er trug die braune Velourhose, einen gelben Pullover, und sein hellblondes Haar bauschte sich, frisch gewaschen, locker um seinen Kopf. Nach einer Weile wollte er etwas zu trinken und nannte sich wieder Jay, aber eigentlich klang es mehr nach Jye. Wenn er überhaupt etwas sagte, dann in einem unverkennbaren Cockney. Barbara Lloyd sprach wahrscheinlich Cockney. Ist ja auch schon mit sechzehn von der Schule abgegangen, dachte Benet unfair. Und wer weiß, woher ihr Mann kam, was für eine Herkunft er hatte. Benet wußte, daß es billig und snobistisch war, so zu denken, doch sie konnte nicht anders. Hoffnungslosigkeit und Verzweiflung waren in der Nacht zurückgekehrt und klebten an ihr wie ein schweres, nasses Kleid.

Als das Telefon klingelte, dachte sie daran, es klingeln zu lassen. Um diese Zeit war es bestimmt nicht ihr Vater. Es war vermutlich Antonia, Chloe, Mary oder Amyas Ireland oder jemand, dem sie die Wahrheit sagen mußte.

Der Junge drehte sich zu ihr um und sagte: «Telefon klingelt.»

«Ich weiß, ich höre es.»

«Kling kling», sagte er und machte «brrr-brrr-brrr». Offensichtlich wollte er die Telefonklingel nachahmen.

Benet wappnete sich und nahm den Hörer von der Gabel.

«Sind Sie das, Benet? Hier spricht Constance Fenton. Geht es Ihrer Mutter gut?»

«Ja. Ja, ich denke schon. Sie ist ganz in Ordnung. Im Moment ist sie nicht zu Hause.»

«Na ja, sie hatte mir so halb und halb versprochen, uns gestern zu besuchen, und als sie nicht kam und mich auch nicht anrief, haben wir uns ein bißchen gewundert. Es ist meistens jemand hier, der ans Telefon geht. Ich bin natürlich in der Arbeit, aber Barbara mit Christopher war den ganzen Tag ...»

Benet unterbrach sie. Ihr Hals war plötzlich strohtrocken, und ihre Stimme klang dünn. «Ich dachte, Ihr Enkel heißt James.»

«Aber nein, meine Liebe. Christopher. Christopher John nach seinem Vater.»

«Meine Mutter war also noch gar nicht bei Ihnen?»

«Wir haben miteinander telefoniert, das ist alles. Aber wir würden sie wirklich gern sehen. Sie möchte uns bitte anrufen, sobald sie Zeit hat ...»

Benet sagte alles, was man von ihr erwartete. Sie fühlte sich merkwürdig schwach und entkräftet. Der Junge auf dem Boden malte eifrig mit dem roten Filzstift. Sogar aus dieser Entfernung erkannte man eine Frau, einen Hund, einen Baum. Sie sagte auf Wiedersehen zu Mrs. Fenton, legte auf, blieb mit geschlossenen Augen sitzen, fuhr sich mit den Fingern durch das Haar.

Ein wenig später stand sie auf, ging hinauf und durchsuchte Mopsas Zimmer. Die fehlenden Zeitungsseiten steckten wahrscheinlich in Mopsas Handtasche. Im Zimmer des Jungen fand Benet seine rote Steppjacke. Mopsa hatte sie gewaschen. Auf halber Treppe kam Benet ein seltsamer Gedanke – eine alles andere als rationale Idee. Sollte er die Jacke nicht tragen, weil er darin auffiel, man ihn sofort erkannte? Egal, wer er war. Sie ging noch einmal ganz hinauf und zwang sich, den Schrank zu öffnen, in dem James' Kleider hingen. Sie hatte ihm einen braunen Dufflecoat aus Tweed gekauft, den er noch nie getragen hatte. Er war ein bißchen zu groß gewesen, und er hätte noch hineinwachsen müssen. Sie zwang sich, nicht zu denken, einfach zu handeln. Sie nahm den Mantel vom Bügel, trug ihn hinunter und zog ihn dem Jungen an. Sie mußte sich eine Zeitung besorgen. Sie wußte nicht, wie es sein würde, mit einem Kind in der Kinderkarre durch die Straßen zu gehen, mit einem Jungen in James' Alter. Aber es würde sie nicht umbringen, das stand fest, es würde sie nicht umbringen, und sie mußte Bescheid wissen.

Sie kamen gleichzeitig nach Hause, sie und der Junge und Mopsa. Während sie den Hügel hinaufging, hatte sie schon den kurzen Artikel im Innern des Blattes gelesen. Vergangenen Donnerstag, dachte sie, war es bestimmt nicht nur ein kurzer Artikel, da war es die Schlagzeile auf der ersten Seite gewesen.

Mopsa sah die Zeitung unter Benets Arm. Sie ging lauernd den Gartenpfad und die Stufen hinauf, tastete sich vorwärts, zuckte fast zusammen, als gehe sie über heißen Sand und nicht über kalten Beton. Benet hielt ihr die Tür offen und schloß sie dann rasch. Noch hatte sie nicht versucht, den Jungen mit seinem richtigen Namen anzusprechen.

«Jason», rief sie, «laß dir den Mantel ausziehen, Jason.»

Mopsa stieß einen kurzen, scharfen Laut aus und preßte die Hand auf den Mund. Der Junge sah Benet mit einem strahlenden Lächeln an. Ich bin Jason, schien das Lächeln zu sagen. Endlich wußten sie's, endlich hatten sie's kapiert.

Benet brachte ihn ins Wohnzimmer. Mopsa würde nachkommen, dessen war sie sicher. Sie schlug die Zeitung auf und las laut:

«Sechs Tage nach dem Verschwinden des kleinen Jason Stratford, ein Jahr und elf Monate alt, aus einer Straße in Tottenham im Londoner Norden, sagte heute ein Polizeisprecher, daß es nur noch eine sehr geringe Hoffnung gebe, das Kind lebend aufzufinden. Jason war zuletzt in einer Straße mit zum Abbruch bestimmten Häusern in der Nähe des Nordostkanals in Winterside Down gesehen worden, wo er mit seiner Mutter Mrs. Carol Stratford, 28, und Barry Mahon, 20, einem Schreiner, wohnt.

Mrs. Stratford hat gestern abend nach den Nachrichten über den Fernsehsender des BBC 1 einen Appell verlesen und gebeten, Jason zurückzubringen. ‹Er wäre nie freiwillig mit jemandem mitgegangen›, sagte sie. ‹Er ist Fremden gegenüber sehr scheu.›»

«Die Straße war Rudyard Gardens», sagte Benet zu Mopsa. Ihr wurde fast übel bei dem Gedanken, daß sie selbst Mopsa in diese Straße geführt hatte. «Als du vergangenen Mittwoch aus dem Krankenhaus zurückgefahren bist, hast du vermutlich dieselbe

Route genommen wie ich. Wo hast du ihn gefunden? In einem Garten? Vor einem Laden?»

«Er hat auf einer Mauer gesessen», sagte Mopsa und brachte es fertig, ihre Stimme vor Pathos beben zu lassen. Sie schob ihr Gesicht ganz dicht an das von Benet heran. Ihre Lippen zuckten. «Ganz allein. Auf einer Mauer zurückgelassen. Keiner wollte ihn. Dann kam ein Hund, ein schwarzer Dobermann, und schnupperte an ihm herum. Er hatte solche Angst. Er hatte solche Angst, daß er von der Mauer fiel. Ich hob ihn auf. Niemand beobachtete mich. Niemand hat mich gesehen.»

«Das ist ja wohl offensichtlich.»

Mopsa legte Benet ihre zitternden Hände auf die Arme.

«Ich hab's für dich getan, Brigitte. Ich habe doch gesagt, ich würde alles für dich tun. Du hast deinen Jungen verloren, also habe ich dir einen anderen gebracht. Ich habe dir einen anderen Jungen besorgt, um dich für James zu entschädigen.»

8

Jason war schon vierundzwanzig Stunden verschwunden, sogar noch länger, bevor es jemand merkte. Das war für Barry fast das Schlimmste, daß der Junge auf diese Weise verlorengehen konnte, weil jeder glaubte, er sei beim anderen, und der andere dachte, er sei zu Hause bei Carol. Am schwierigsten war es, das der Polizei zu erklären. Barry hatte es eben zum x-ten erklärt. Er saß in einem Zimmer des Polizeireviers und beobachtete, wie Detective Superintendent Treddick und Detective Inspector Leatham ihre Papiere zusammenschoben und vom Tisch aufstanden, um ihn eine halbe Stunde allein zu lassen, damit er sich alles noch einmal gründlich überlegen und nachdenken konnte, ob er dem, was er gesagt hatte, nicht doch noch etwas hinzufügen wollte.

Es gab einiges, was er gern hinzugefügt hätte, doch er war natürlich schlau genug, es nicht zu tun. Er wußte, was sie daraus konstruieren würden.

«Sie kommen mit dem Jungen gut zurecht, nicht wahr?» hatten sie ihn ganz ungezwungen gefragt, fast leichthin und beiläufig – nur war natürlich nichts, was sie sagten, beiläufig.

«Klar komme ich gut mit ihm aus», hatte Barry geantwortet. «Sehr gut.»

Und das stimmte. Aber es stimmte auch, daß er ihn gern losgewesen wäre, nicht für immer und nicht auf diese Weise. Doch er wäre gern mit Carol allein gewesen. Er erinnerte sich jetzt, wie erleichtert er immer war, wenn Iris gesagt hatte, er solle Jason über Nacht bei ihr lassen. Und daß Beatie Isadoro ein Kind mehr oder weniger im Haus nichts ausmachte, hatte er nicht weniger begrüßt. Wobei es bei Beatie natürlich sehr darauf ankam, daß sie pünktlich bezahlt wurde. Er wollte Carol für sich allein haben, ohne daß im Nebenzimmer jemand weinte oder nach ihr rief. Nur aus diesem einzigen Grund war er damit einverstanden gewesen, daß Carol so komplizierte Vorkehrungen für die Unterbringung ihres jüngsten Sohnes traf. Manchmal hatte er freilich auch ein schlechtes Gewissen gehabt, doch so schlecht, daß er etwas geändert hätte, war es auch nicht. An dem Tag zum Beispiel, an dem Karen Isadoro oder ihre Mutter oder Iris oder wer immer Jason verloren hatte, war sein Gewissen aufgerüttelt worden und hatte ihm gesagt, er müsse etwas tun. Er hatte es mit Gewalt beschwichtigt. Bedeutete das, daß wirklich er allein für Jasons Verschwinden verantwortlich war? Hoffentlich nicht, daran wollte er nicht einmal denken. Er erinnerte sich sehr deutlich an diesen Tag. An den vergangenen Mittwoch.

Ken Thompson und er stellten in einer Wohnung in der Nähe von Page Green im Schlafzimmer Einbaumöbel auf. Wenn man sich die Umgebung und den baufälligen Zustand des Hauses betrachtete, schien sich das gar nicht zu lohnen. Doch was ging es sie an? Die Kasse stimmte. Heutzutage wurden solche Aufträge immer seltener, die Abstände zwischen ihnen immer größer. Es gab zu viele Heimwerker-Märkte und zu viele Zeitschriften für den «tüchtigen Heimwerker». Do it yourself war Trumpf. Kurz nach eins waren sie fertig, bis auf den Spiegel, der noch im Laden in Crouch End war, weil er zu einer besonderen Form zugeschnitten werden mußte. Ken sagte, sie machten jetzt Schluß, und er komme gegen vier noch einmal, um den Spiegel einzupassen.

Da er vorhergesehen hatte, daß er nur am Vormittag zu tun haben würde, hatte sich Barry, während er noch ein bißchen an den Möbeln herumpolierte, überlegt, daß er am Nachmittag mit Jason etwas unternehmen konnte. Aus einer Telefonzelle rief er bei den Isadoros an. Dylan, der zweite oder dritte Sohn, kam an den Apparat. Seine Mutter und Karen, sagte er, seien eben mit Jason in der Kinderkarre weggefahren. Barry sagte «okay» und «besten Dank», und sie kämen ihn gegen sechs abholen. In ihm war jenes vertraute Gefühl, eine Mischung aus Schuldbewußtsein und Erleichterung, das wir alle kennen und das uns befällt, wenn wir einer lästigen Pflicht ledig sind. Natürlich hätte er darauf bestehen, hätte sagen können, er komme Jason sofort abholen, um mit ihm in den Park oder zum Schaukeln oder sonstwohin zu gehen, aber er hatte es nicht gesagt. Er hatte sich überlegt, daß es für Jason besser war, mit den Kindern zu spielen, als mit ihm in der Kälte umherzulaufen. Es war kalt. Es war ein düsterer grauer Novembertag. Der Wind wirbelte welkes Laub durch die Luft, und das Laub, das schon auf dem Boden lag, war naß.

Vor Barry dehnte sich ein freier Nachmittag. Carol arbeitete mittwochs nicht in der Wein-Bar. Sie war den ganzen Tag bei Mrs. Fylemon und hatte um fünf Uhr frei. Er beschloß, sie abzuholen. Nicht vom Haus selbst, aber er wollte am Fitzroy Park auf sie warten. Bis dahin hatte er allerdings noch mehr als drei Stunden Zeit. Er überquerte Green Lanes, ging durch die Delphi Road und durch die Passage zwischen den Rudyard Gardens und Zimber Road zur Lordship Avenue. Er kam an der großen Kreuzung heraus, an der die ABC-Lichtspiele lagen. ABC zeigte *Der dunkle Kristall*, und die erste Vorstellung begann in ein paar Minuten. Barry liebte Horrorfilme, bei denen das Publikum aufschrie und zusammenzuckte. Er überlegte einen Moment, betrat dann das Kino, kaufte sich unterwegs noch eine Packung Marlboro und nahm seinen Platz auf der Raucherseite des Kinosaales ein.

Während er im Kino saß, mußte Karen Isadoro, die von ihrer Mutter zum Bäcker geschickt worden war, um ein großes Brot zu kaufen, Jason in seiner Kinderkarre über den Zebrastreifen in der Lordship Avenue geschoben haben. Der einzige Bäcker, der Mittwoch nachmittags geöffnet hatte, war in den Rudyard Gardens. Und eine halbe Stunde später war Karen mit Jason, den Laib Brot in einer Tragetasche aus Plastik, denselben Weg zurückgekommen und hatte in der Brownswood Common Lane bei Iris geklingelt, aber es war niemand zu Hause gewesen. Das hatten sie Stunden später – zu viele Stunden später – von Karen erfahren, als sie mit

Leatham und dem Sergeant zu ihr in die Schule gegangen waren, um sie zu befragen. Barry hatte um die Zeit, in der sich das alles zutrug, natürlich nichts davon gewußt.

Ungefähr in der Mitte des Films hatte Karen in der Lordship Avenue ihre Freundin Debbie getroffen. Der Mittwoch war der letzte Tag ihrer Trimesterferien gewesen. Debbie hatte Karen gebeten, sie zu begleiten und ihr beim Aussuchen einer lustigen Geburtstagskarte für ihre Mutter zu helfen. Jason wollten sie nicht mitnehmen. Außerdem hatte Karens Mutter gesagt, Mrs. Knapwell werde ihn nehmen, Mrs. Knapwell habe es versprochen. Sie habe schließlich selbst genug zu tun, auch ohne Carol Stratfords Jungen tagein, tagaus zu betreuen. Sie riefen bei Iris an, das heißt, eigentlich riefen sie bei der Dame an, die im ersten Stock des Hauses wohnte, einer Mrs. Love, weil Iris kein Telefon hatte. Iris war noch nicht zu Hause.

Sie nahmen Jason zu einem Zeitungshändler mit. Um diese Zeit, so hatte Barry es sich ausgerechnet, mußte er sich im Kino die vierte Zigarette angezündet haben. Sie nahmen Jason auch in einen Süßwarenladen mit, in dem man ebenfalls Ansichtskarten bekam. Er begann zu weinen, weil er etwas Süßes wollte, und brüllte lauthals, als sie ihm sagten, für Süßigkeiten hätten sie kein Geld. Debbie meinte, sie wolle es noch unten in der Halepike Lane versuchen, dort gebe es ein Geschäft, das Juxkarten verkaufte, und sie gehe gleich. Karen könne ja mitkommen, wenn sie wolle, aber zuerst müsse sie sich den Bengel vom Hals schaffen.

Es blieb Barry unklar, was dann passiert war. Aber wem war das schon klar? Von da an gab es mehrere stark voneinander abweichende Versionen der Geschichte, weil jeder sich im besten Licht hinstellen wollte, um sein Gesicht zu wahren. Karen sagte, sie habe Jason aus der Kinderkarre genommen und in den Rudyard Gardens auf eine Mauer gesetzt, während sie in eine Telefonzelle ging, um Iris anzurufen. Sie habe ihn aus der Karre herausgenommen, weil der Dobermann des Gemüsehändlers herumschnüffelte und Jason sich vor ihm fürchtete. Auf der Mauer war Jason vor dem Hund sicher. Leider hatten Rowdies das Telefon demoliert, und es funktionierte nicht. Also ließ Karen den Jungen auf der Mauer sitzen und lief um die Ecke, nur ein ganz kleines Stückchen um die Ecke und rief Iris aus der Telefonzelle vor der Gemüsehandlung an. Sie hatte nur zehn Pence – nein, eigentlich zwei Fünf-Pence-Stücke –, und

Mrs. Love brauchte unendlich lange, bevor sie begriff, was sie Iris ausrichten sollte ...

Iris hatte die Nachricht nie bekommen. Zumindest nicht diese Nachricht. O ja, Mrs. Love hatte ihr etwas ausgerichtet, das stand fest. Sie hatte gesagt, Karen Isadoro sei mit Jason unterwegs. Iris war mit Mrs. Love hinaufgegangen, um mit Karen zu sprechen, aber Karen hatte inzwischen aufgelegt, Iris nur noch den Wählton zu hören bekommen.

«Ich habe eine Nachricht hinterlassen», erklärte Karen dem Inspector. «Ich sagte der Dame von oben, sie soll Jasons Oma ausrichten, daß Jason in den Rudyard Gardens auf einer Mauer sitzt und sie ihn dort abholen soll.»

«Hast du das wirklich gesagt?» fragte Leatham. «Hast du das der Dame wirklich und wahrhaftig gesagt?»

Karen blieb noch eine oder zwei Minuten bei ihrer Behauptung und fing dann an zu weinen. «Ich wollte es sagen», murmelte sie.

«Du wolltest. Aber was hast du wirklich getan?»

«Ich hatte kein Geld mehr, und die Zeit war zu Ende ...»

Sie war erst acht. Was erwarteten sie von ihr? Was hatte er erwartet? Barry hatte nicht viel darüber nachgedacht. Und als er im Kino saß, seine sechste Zigarette rauchte und außerirdische Reptilien ihn in Angst und Schrecken versetzten, dachte er begreiflicherweise überhaupt nicht an Jason.

Kurz nach vier war der Film zu Ende. Barry nahm den Bus nach Muswell Hill und stieg in einen anderen um, der die Archway Road hinunterfuhr. Inzwischen war es fünf vor fünf, also ging er so schnell er konnte – lief sogar ein Stück – die steil ansteigende Straße nach Highgate Village und über den Pond Square zur georgianischen Pracht von The Grove. Am Eingang des Fitzroy Parks, in der Toreinfahrt, an der die Privatstraße beginnt, wartete er auf Carol. Er zündete sich eine Zigarette an. Der Weg, der sich zwischen hohen Hecken und unter überhängenden Bäumen hinzog, machte weiter vorn eine leichte Biegung. Dort mußte Carol auftauchen. Barry wußte, wenn sie erschien, würde ihm die Kehle eng werden, würde er dasselbe Herzklopfen, dieselbe Atemlosigkeit fühlen, die ihn immer überfielen, wenn sie ihm entgegenkam, oder er beim Überqueren der Chinesischen Brücke Licht in den Fenstern ihres Hauses sah. Es war fast wie eine Krankheit, eine wohltuende Pein. Das war ihm neu, bevor er sie kannte, hatte er nie ähnliches empfunden, doch er erkannte darin ein Symptom der Liebe – genauso wie ein Mann, der schon mehrere Herzanfälle hatte, genau weiß, was es zu bedeuten hat, wenn er Schmerzen im Arm bekommt und eine eiserne Faust seine Brust zusammenpreßt.

Er hatte ungefähr zehn Minuten dagestanden, als er sie am Ende des Baumtunnels erblickte. Sein Herz geriet in Unruhe, schien sich umzudrehen und fand dann mit einem kleinen Sprung wieder zu seinem Rhythmus zurück. Sie sah ihn und winkte. Er ging auf sie zu. Als sie voreinander standen, legte er ihr die Arme auf die Schultern und sah sie an. Ihr Porzellanpuppengesicht hatte einen mürrischen Ausdruck und wirkte müde. Die goldenen Löckchen klebten ihr an der Stirn, ihr Make-up war verschmiert. Er nahm ihr die große Tasche ab. Er sah sie nicht gern damit. Seine Mutter sagte, man könne eine Frau, die putzen gehe, immer an der großen Tasche erkennen, in der sie Overall und Gummihandschuhe transportierte.

«Ich bin erledigt», sagte Carol. «Der *Prince of Wales* macht gleich auf. Ich sterbe, wenn ich keinen Drink bekomme.»

«Aber nur einen auf die Schnelle. Wir müssen Jason abholen. Beatie war heute ein bißchen komisch, weil wir ihn so oft zu ihr bringen.»

Carol ging immer gleich in die Luft. Kritik konnte sie nicht vertragen. Aber da ist sie nicht die einzige, dachte Barry.

«Sie kann mir den Buckel runterrutschen. Schließlich wird sie dafür bezahlt, oder? Und verdammt gut bezahlt. Wir brauchen uns um Jason aber nicht zu kümmern. Ich habe Madame Isadoro von Mrs. F. aus angerufen, und sie hat gesagt, der Junge sei seit drei Uhr bei meiner Mutter, also können wir einen draufmachen, mein Schatz.» Sie nahm seinen Arm und schmiegte sich an ihn. «Mrs. F. ist für zwei Wochen nach Tunesien geflogen und hat mich im voraus bezahlt, fünfzig Piepen und eine Zulage, weil ich ihre Pflanzen gießen muß. Wie findest du das?» Sie hielt ihm eine Fünfzig-Pfund-Note unter die Nase.

«Ich habe Geld», sagte Barry steif. «Ich will nicht, daß du dein Geld ausgibst.»

«Sie hat ein paar von ihren Sachen aussortiert und mir ein Kleid von Zandra Rhodes geschenkt. Ich habe es in der Tasche. Merkwürdig, daß eine Frau in ihrem Alter glaubt, sie könne Zandra Rhodes-Modelle tragen.»

Ohne Zweifel war Beatie Isadoro wirklich der Meinung gewesen, Jason sei bei Iris, sei seit drei Uhr bei Iris gut aufgehoben. Karen glaubte es auch. Sie hatte Jason nicht zum erstenmal an einem vereinbarten Ort auf der Straße abgestellt, damit seine Großmutter ihn abholen konnte. Und Iris? Sie hatte überhaupt nicht an Jason gedacht. Warum sollte sie auch? Soweit sie wußte, brauchte sie sich an diesem Nachmittag nicht um ihren Enkelsohn zu kümmern. Jason war bei Karen, bei Karens Familie in dem überfüllten Doppelhaus gut aufgehoben, und sie hatte überraschend einen freien Nachmittag, konnte die Füße aus den hochhackigen Sandalen befreien, sich einen Glimmstengel anstecken, fernsehen und in Frieden warten, bis Jerry nach Hause kam und mit ihr in den *Bulldog* ging.

Barry und Carol tranken ein Glas im *Prince of Wales* und auch noch ein zweites, dann zogen sie weiter ins *Flask*. Carol sagte, Dennis Gordon habe ihr von einem neuen Club in Camden Lock namens *Tenerife* erzählt – einem Club mit Disco, in dem man auch trinken konnte. Man zahle am Eingang nur zwei Pfund Mitgliedsbeitrag, und sie hätte nichts dagegen, ihn mal auszuprobieren. Sie gingen in ein Steakhouse zum Essen, und Carol verschwand in der Damentoilette, um sich umzuziehen. Das Kleid, das sie von Mrs. F. geerbt hatte, war gelb, rot und golden, hatte einen kurzen Rock, riesige Ballonärmel und eine goldfarbene Schärpe. Carol trug ihre roten Stiefel, die sehr gut dazu paßten. Sie sah hinreißend aus.

«Du siehst phantastisch aus», sagte Barry. «Ich wünschte, ich hätte daran gedacht, mich auch umzuziehen, ich komme mir richtig schmuddlig vor.»

«Du bist ganz okay», sagte Carol gleichgültig. Ganz offen in sich selbst verliebt, betrachtete sie in dem Spiegel, der an der Wand des Restaurants hing, ihre glänzende und funkelnde Erscheinung.

Barry schlug vor, sie sollten die Dame über Iris anrufen und Bescheid sagen, wo sie waren, und daß sie spät nach Hause kommen würden. Jetzt war er froh, daß er diesen Vorschlag gemacht, doch es tat ihm auch leid, daß er nicht darauf bestanden hatte. Carol hatte es ihm ausgeredet, und er hatte es sich schnell ausreden lassen. Er konnte es kaum noch erwarten, mit ihr zu tanzen. Ihre Körper zwischen anderen jungen, heißen Körpern dicht aneinandergepreßt, im Taumel zuckender blauer, violetter und roter Lichter, die Musik ein aufpeitschend rhythmisch pulsierender Sound.

Was hätte es genutzt, wenn er Iris angerufen, ja, mit Iris selbst gesprochen hätte? Um diese Zeit war Jason schon verschwunden, seit mehr als drei Stunden fort. Und Iris wäre wahrscheinlich ohnehin nicht zu Hause gewesen, und er hätte sie nicht zum erstenmal verdächtigt, Jason einen Tropfen Whisky in die Flasche getan und ihn dann ins Bett gebracht zu haben, damit sie mit Jerry ins Pub gehen konnte. Allerdings hatte Barry bisher nie versucht, diesem Verdacht ernsthaft nachzugehen.

Es wurde spät. Als Carol und er nach Hause kamen, war es fast zwei. Sie hatten ein Taxi nehmen müssen. Winterside Down war um die Zeit tot, obwohl die gelben Lampen auf ihren Stelzen ihr kränkliches Licht, in dem alles zur Farblosigkeit einer Mondlandschaft verblaßte, über die geraden Straßen, die U-förmigen Straßen, den einsam dastehenden Turm und den träge dahinfließenden Kanal warfen. Das Taxi schlängelte sich durch das kahle, trostlose Viertel, in dem es keinen einzigen Baum gab. Zwar hatte man versucht, Bäume in Winterside Down anzupflanzen, doch sie waren entweder sehr schnell eines natürlichen Todes gestorben oder von Halbwüchsigen ausgerissen, geknickt oder anderweitig verstümmelt worden. Der Himmel war von rötlich rauchigem Ocker, gleichförmig und ohne Sterne. In Camden Lock hatte der Mond geschienen, jetzt war er verschwunden. Ecke Summerskill und Dalton Road lungerten noch zwei von den Motorrad-Freaks herum, aber jetzt ohne ihre Maschinen. Barry fragte sich, ob sie je ins Bett gingen, und manchmal fragte er sich, ob sie überhaupt echt waren. Ihr buntes Gefieder war durch die Lampen farblos geworden, doch er erkannte sie an ihrer Haltung und ihrer Figur. Es waren Blauhaar und Wiedehopf. Sie starrten das Taxi an. Sie standen reglos und schweigend da, warteten ganz offensichtlich auf etwas, und das gab ihnen etwas Drohendes und Unheimliches.

Carol hatte viel getrunken. Sie wollte nicht einmal warten, bis sie im Schlafzimmer waren. Im von den Straßenlaternen erhellten, halbdunklen Wohnzimmer schlüpfte sie, ohne vorher die Vorhänge zu schließen, aus dem Zandra Rhodes-Kleid, warf Strumpfhosen und BH weg. Ihr Körper, der sehr weiß war, schimmerte wie Marmor. Sie legte sich auf die kleine Couch, zog Barry auf sich und in sich, und ihre Schenkel und Hüften waren jetzt nicht mehr wie Marmor, sondern weich und feucht wie Sahne. Schweißperlen standen auf ihrer Oberlippe. Carol hatte die Gewohnheit, leise zu stöhnen und dann wieder zu kichern, wenn sie sich liebten. Barry verschloß ihr den Mund mit den Lippen, damit das leise, gurgelnde Lachen aufhörte.

Sie schlief ein. Er hatte zwei Zigaretten angezündet, aber sie schlief. Er hob sie auf, trug sie ins Bett und ging dann wieder hinunter, um das Kleid zu holen und auf einen Bügel zu hängen.

Als die Polizei Barry zum erstenmal richtig verhörte, als sie ihn zum erstenmal aufs Revier mitnahm, hatten sie ihn gefragt, warum er am nächsten Morgen, am Donnerstagmorgen, nicht sofort zu Iris gegangen war und Jason abgeholt hatte? Carol arbeitete am Donnerstagmorgen nicht, sie fing erst um elf in der Wein-Bar an. Warum hatte er Jason nicht abgeholt? Warum hatte er, bevor er zur Arbeit ging, nicht einmal versucht, Jason bei Iris abzuholen, um ihn nach Hause zu seiner Mutter zu bringen? Das habe er früher doch häufig getan. Als Inspector Leatham ihm das erste Mal diese Frage stellte, antwortete er einfach, er wisse nicht warum, es sei schon spät gewesen, er habe es Carol überlassen. Diesmal, vor etwa einer halben Stunde, hatte er zugegeben, den schlimmsten Kater seines Lebens gehabt zu haben. In seinem Kopf habe es gehämmert, sein Mund sei strohtrocken gewesen. Kaum fähig, aufrecht zu gehen, sei er hinuntergetaumelt und habe Wasser aus der Leitung getrunken. Wenn er es pünktlich bis zu dem Haus in Alexandra Park schaffen wollte, wo Ken und er um neun anfangen sollten, eine Bücherwand aufzustellen, mußte er Winterside Down um acht Uhr zwanzig hinter sich haben. Und er hatte es hinter sich gehabt, war grimmig mit hängenden Schultern losmarschiert, die schmerzenden Augen zum Schutz vor der Kälte zusammengekniffen. Wo Jason steckte oder wer sich heute um ihn kümmern sollte, interessierte ihn um diese Zeit herzlich wenig. Er dachte nicht an Jason, er hatte ihn vergessen.

Auf dem Heimweg erinnerte er sich an ihn. Er dachte an ihn, weil es seine Gewohnheit war, ihn um diese Zeit von Iris oder Beatie abzuholen. Am Donnerstag arbeitete Carol je zweimal eine halbe Schicht in der Wein-Bar, von elf bis drei und von fünf bis elf, lange, schreckliche Stunden. Für Barry, der sie am liebsten in Watte gepackt hätte, ein fast unerträglicher Gedanke.

«Wie lange hatten Sie den Jungen nicht mehr gesehen?» fragte Superintendent Treddick. «Einen Tag, eine Nacht und wieder einen halben Tag? Seit Mittwoch früh um acht nicht mehr, oder?»

«Wir wußten ja, wo er war.» Das war eine dumme Antwort, Barry erkannte es sofort, nachdem sie ausgesprochen war.

«Aber genau das wußten Sie eben nicht.»

Iris wohnte im unteren Drittel eines sehr heruntergekommenen gelben Backsteinhauses aus der Zeit der Königin Victoria. Die Wohnung bestand aus drei Zimmern und Küche mit Badewanne, die meist mit einem Brett abgedeckt war und als Eßtheke diente. Carol und Maureen waren dort geboren und aufgewachsen. Dort waren sie geschlagen, getreten und mit Gürtelschnallen verletzt worden, und Maureen, die als Kind viel weinte, hatte einen gebrochenen Arm davongetragen. Barry fragte sich manchmal, was Iris getan hatte, während das alles passierte. Wahrscheinlich vor dem Fernseher gesessen, geraucht, sich überlegt, daß es nicht ewig so weitergehen konnte, und dankbar aufgeatmet, weil Knapwells Gewalttätigkeit sich nicht gegen sie richtete ...

Jerry war an die Tür gekommen.

«Jason?» sagte er, als habe er den Namen nie gehört, als sei es ein ausländischer Name, den er möglicherweise nicht richtig aussprechen konnte.

«Wer ist an der Tür, Jerry?» kreischte Iris von irgendwoher. Sie kam aus der Küche und wischte sich die Hände an einem Geschirrtuch ab. «O nein, Barry, da hast du dich geirrt. Du bist im falschen Laden. Die Schwarzen haben ihn. Ich habe ihn weder gesehen noch gehört seit – seit wann denn? Ach ja, seit Montag. Wir wissen gar nicht, wie uns geschieht, so still ist es bei uns, nicht wahr, Jerry?»

Bevor Barry zu den Isadoros kam, erinnerte er sich, daß er am Abend vorher in Highgate gewesen war, und Carol gesagt hatte, sie habe Beatie angerufen, und Beatie habe ihr gesagt, Jason sei bei Iris. Trotzdem ging er zu dem Doppelhaus. Vielleicht hatte Carol ihn angeschwindelt, damit er Ruhe gab. Sie war nicht unehrlich, aber hin und wieder griff sie schon zu einer kleinen Notlüge, um ihm nicht den Abend zu verderben. Er dachte voller Zuneigung an sie, die kleinen menschlichen Schwächen machten sie um so liebenswerter.

«Jason ist bei seiner Oma.» Beatie höchstselbst war schwerfällig an die Tür gekommen, das Baby Kelly rittlings auf der schwammigen Hüfte. «Karen hat ihn seiner Oma gestern um halb drei übergeben.»

In diesem Moment war in Barry zum erstenmal Furcht aufgestiegen. «Sie hat ihn nicht. Ich war eben dort.»

«Dann ist er bestimmt bei seiner Tante Maureen. Möglicherweise hat Karen gesagt, daß sie ihn zu seiner Tante Maureen gebracht hat.»

Jason war noch nie über Nacht bei Maureen geblieben. Maureen mochte keine Kinder. Sie liebte ihre Wohnung und wahrscheinlich auch ihren Mann Ivan, mit dem sie, obwohl erst sechsundzwanzig, schon neun Jahre verheiratet war. Während dieser neun Jahre hatte sie ihr zweistöckiges Reihenhaus in der Winterside Road in einen kleinen Palast verwandelt. Sie und Carol waren sich nicht ähnlich, dennoch sah man, daß sie Schwestern waren. Sie hatten beide runde Gesichter, und an den Schläfen einen ähnlichen Haaransatz. Aber Maureens Haar war glatt und mausbraun, außerdem war sie flachbrüstig und hausbacken. Sie erinnerte Barry an eine Wüstenmaus, die er einmal in einem Kinderzoo gesehen hatte, wohin er an irgendeinem Wochenende mit Tanya und Ryan gegangen war.

«Carol sollte keine Kinder haben, wenn sie nicht auf sie aufpassen kann, verdammt noch mal», sagte Maureen. Sie hatte gebügelt, und das ganze Haus roch nach Sprühstärke, die einem den Atem nahm, weil sie zu stark duftete. «Es sind immer Kinder wie die ihren, die ermordet werden, das bringen sie ständig im Fernsehen.»

«Um Himmels willen ...»

«Jemand muß ihn haben, das steht fest. Jay hat sich wohl kaum irgendwo ein Zimmer gemietet.»

Danach hatte er Carol in der Wein-Bar angerufen.

«Ich kann den Bullen doch nicht sagen, daß ich ihn seit gestern früh nicht mehr gesehen habe. Das kann ich nicht, Barry! Wie werden die mich behandeln? Du weißt, was für Arschlöcher das sind. Ich kann mich nicht selbst in Schwierigkeiten bringen. Was werden die mit mir machen?»

«Ich weiß nicht», antwortete Barry, der sich jung und unnütz vorkam.

«O Dave, Dave, warum hast du auch sterben müssen!» schrie Carol. «Warum hast du mich ganz allein gelassen? Warum bist du nicht hier und kümmerst dich um mich?»

Barry legte die Arme um sie. «Ich bin ja da», sagte er.

Dennis Gordon, der Mann, der mit seinen Lastzügen quer durch Europa fuhr, hatte sie nach Hause gebracht. Wenn er nicht in Jugoslawien oder der Türkei oder sonst irgendwo und auch nicht in dem großen Haus war, das er in der Nähe von Mill Hill hatte, hielt er sich gewöhnlich in der Wein-Bar auf. Barry erhaschte einen Blick auf seinen Wagen, einen metallicblauen Rolls, ein erstaunliches Fahrzeug. Ins Haus gekommen war Dennis Gordon nicht. Carol war sehr blaß. Sie leckte sich unaufhörlich die Lippen, bis sie sich fast den ganzen Lippenstift abgeleckt hatte. Er brauchte eine ganze Weile, um sie zu überzeugen, daß sie zur Polizei gehen mußten – sie mußten hingehen, was sonst? –, doch am Ende war sie einverstanden, wenn sie auch das Gesicht verzog und die Hände ballte. Sie ging hinauf, um sich umzuziehen, und kam in einem grauen Flanellrock, schwarzem Pullover und rehbraunem Regenmantel, den Barry noch nie gesehen hatte, wieder herunter. Sie sah darin älter und mehr wie Maureens Schwester aus.

Er hoffte, sie werde der Polizei sagen, er sei ihr Verlobter, statt dessen sagte sie, wie zu den Nachbarn in Winterside Down, er habe ihr Gästezimmer gemietet. Barry ließ sich davon nicht kränken. Es war nur natürlich, daß Carol, die ein schweres Leben gehabt hatte und immer kämpfen mußte, respektabel erscheinen wollte. Es glaubt ihr sowieso keiner, dachte Barry zärtlich. Welcher Mann, der Carol ansah, konnte glauben, daß sie keinen Liebhaber habe?

Die Suche nach Jason hatte noch am selben Abend begonnen. Er war selbst mit dem Suchtrupp gegangen. Die Polizei hatte sie alle vernommen – ihn, Carol, Iris, Beatie, Karen und alle anderen Kinder, jeden in der Siedlung, wie ihm schien. Und irgendwann am Freitag vormittag gegen elf hatten Carol und er, Inspector Leatham und ein junger Constable und noch ein paar andere in der Nähe der Lordship Avenue in den Rudyard Gardens gestanden, und man hatte ihnen etwas gezeigt, das in einem langen, schmalen Vorgarten hinter einer niedrigen Mauer zwischen Geröll, Abfall und Gerümpel gefunden worden war. Barry erkannte es sofort. Er hatte es in der vergangenen Woche selbst gewaschen, nachdem Maureen es in Jasons Hand gesehen und naserümpfend gesagt hatte: «Dieses Tier ist eine Schande, Carol, egal, was es ist. Du solltest es ganz einfach wegwerfen, finde ich.»

Ein Wollämmchen, aber aus Nylon. Ein Weihnachtsgeschenk

von Kostas' Frau Alkmini. Carol sah das formlose graue Spielzeug und begann zu schreien.

«Sein Lamm! Das ist Jasons Lamm! Er wäre ohne sein Lamm nie allein weggelaufen!»

Da hatten sie es dann gewußt. Ganz sicher gewußt.

Superintendent Treddick kam nicht wieder und Inspector Leatham ebensowenig. Sie schickten einen Sergeant. Der Sergeant sagte zu Barry, er könne jetzt gehen, wenn er wolle, und Barry ging zu Fuß nach Hause. Weder er noch Carol waren seither zur Arbeit gegangen. Sie waren auch kaum miteinander allein gewesen. Iris und Jerry waren fast das ganze Wochenende geblieben, dann waren Maureen und Ivan und eine Nachbarin nach der anderen gekommen. Carol hatte sich mit den Spicers von nebenan nie vertragen, den Leuten mit dem Stall altenglischer Kaninchen im Garten, die sich Jason durch den Zaun so gern ansah, aber Kath Spicer war auch gekommen, und Carol hatte an ihrer Schulter geweint.

Als Barry in die Summerskill Road einbog, parkte Dennis Gordons Rolls vor dem Haus, von einem guten halben Dutzend Kindern umringt, von denen eins, ein Kupar, kein Isadoro, einen spitzen Nagel zückte. Sie starrten Barry schweigend an, als erwarteten sie, daß er sie ausschimpfte, aber er sagte nichts. Es ging ihn nichts an, wenn Dennis Gordon so dämlich war, seine Prunkkarosse unbewacht in dieser Gegend abzustellen.

Dennis Gordon war bei Carol, und Kostas saß auch da. Gordon hatte Carol einen Armvoll roter Rosen in Cellophan mit silberner Schleife mitgebracht. Kostas war mit zwei Flaschen Riesling gekommen. Obwohl er nicht älter war als Vierzig, hatte Kostas ein Gesicht wie ein alter brauner Lederbeutel. Sein Haar war lackschwarz, er hatte einen Schnurrbart wie Errol Flynn und trug immer sehr helle Anzüge. Heute war es ein blaßgelber mit einem schwarzen Hemd. Dennis Gordon, von dem Barry schon viel gehört, den er aber noch nie gesehen hatte, war ein großer dunkler Mann mit einem sehr langen Kinn und tiefliegenden Augen. Er trug einen Siegelring, der aussah wie aus einem Silbernugget herausgehauen – aber wahrscheinlich Platin oder Weißgold war. Es war der reinste Schlagring, eine stets bereite Waffe, und Barry erinnerte sich, daß Carol sich bewundernd über Gordons Gewalttätigkeit ausgelassen hatte. Er sah aus wie ein Ganove, ein Gangster. Man erzählte sich, er habe auf seine erste Frau geschossen, die, zum Glück für ihn, an der Verletzung nicht starb, sich aber scheiden ließ.

Als Kostas Barry erblickte, begrüßte er ihn, indem er seine schmutzig aussehende Hand ein paar Zentimeter vom Knie hob. Dennis Gordon drehte sich um und sah wieder weg. Er fragte Carol, ob er ihr irgendwie helfen könne, denn er wolle alles in seiner Macht Stehende für sie tun, sie brauche ihm nur zu sagen, was sie wolle. Es breche ihm das Herz, wenn er sich vorstelle, daß sie ganz allein sei.

Carol hatte ihm wahrscheinlich das Märchen von ihrem Untermieter erzählt. «Sie ist nicht allein», sagte Barry. «Sie hat mich.»

Dennis Gordon hielt sich die Faust vor den Mund und biß auf den großen Platinklumpen. Seine Zähne knirschten ein bißchen.

«Ich hab dich im Fernsehen gesehen», sagte er zu Carol. «Du warst echt Klasse.»

«Ach, wirklich?» fragte Carol und sah geschmeichelt aus.

«Du bist einfach toll fotogen. Die sollten dir einen Job im Studio geben.»

Barry verschwand in die Küche, um sich nach etwas Eßbarem umzusehen. Er machte sich eine Tasse Tee, ging damit aber nicht ins Wohnzimmer. Er konnte sich nicht vorstellen, daß die beiden irgendwann Tee tranken. Dennis Gordon sah aus wie die Typen, die sich praktisch von unverdünntem Brandy ernährten. Als Barry wieder ins Wohnzimmer ging, waren die beiden fort, und Iris war gekommen. Auch Iris trank nie Tee. Sie machten den Riesling auf.

«Sie suchen den Kanal mit Schleppnetzen ab, hab ich eben gesehen», sagte Iris.

Carol sah sie aus großen Augen an und preßte die Hand auf den Mund. Barry hätte Iris am liebsten umgebracht.

«Das ist reine Routine», sagte er. «Sie haben mir gesagt, es sei reine Routine.»

Iris zündete sich eine Zigarette an. Sie hatte nikotingelbe Finger und zeigte ihre gelben Zähne, als sie die Zungenspitze herausstreckte, um einen Tabakkrümel loszuwerden. «Manchmal sind Schwäne auf dem Kanal. Er war ein kleines Äffchen und wollte immer zu den Schwänen hinunter.»

Sie sprach, als sei Jason nicht mehr am Leben. Barry fragte sich manchmal, ob sie überhaupt Gefühle hatte, ob es überhaupt jemanden gab, dem sie Zuneigung oder Interesse entgegenbrachte, um den sie sich sorgte, ängstigte. Vielleicht waren ihr diese Empfindungen während ihrer Ehe verlorengegangen. Carol nahm sich eine Zigarette aus der Packung ihrer Mutter, zündete sie an, und ein wenig Farbe kam in ihre Wangen zurück. Sie hatte sich nicht die Mühe gemacht, Make-up aufzulegen, und Barry wußte, daß das ein verläßliches Zeichen für ihren Zustand war. Ihre Angst um Jason hatte sie von Barry entfernt, und sie hatten sich seit Mittwoch nicht mehr geliebt. In Jeans und dem grauen Pullover, den er nicht mochte, kauerte sie, die Arme um die hochgezogenen Knie geschlungen, in einem Sessel und sah ungefähr wie fünfzehn aus. Sie hatten kein einziges Foto von Jason, das sie der Polizei geben konnten. Carol hatte Leatham sehr direkt angesehen und gesagt: «Ich habe kein Geld für Fotoapparate», aber die Zeitungen hatten das wieder wettgemacht, indem sie die Fotos abdruckten, die sie von ihr schossen. In einigen Zeitungen war sie sogar auf der Titelseite erschienen und hatte genauso ausgesehen wie jetzt – jung, unglücklich und schön. Barry hatte die beiden Titelseiten wegen der Fotos aufgehoben. Nie werde ich sie wegwerfen, dachte er.

Vielleicht klang das gefühllos, doch die Wahrheit sah so aus, daß er Jasons wegen zwar beunruhigt war, seine Angst und seine Sorge jedoch Carol galten. Er konnte nicht ehrlich behaupten, daß er Jason liebte, und er litt nicht so, wie wenn er Jasons Vater gewesen wäre. Ihm war nur um Carols willen darum zu tun, daß der Junge wieder heil nach Hause kam. Er blickte von Iris zu Carol und betrachtete dann den lächelnden David in seinem Rahmen auf dem Bord über dem Heizkörper und dachte zum erstenmal über Jasons Vater nach. Er mußte einen Vater haben, irgend jemand mußte sein Vater sein, schließlich war er nicht von einem unbekannten Spender in einer Retorte gezeugt und später Carol in die Gebärmutter eingepflanzt worden.

Als Jason noch bei ihnen gewesen war, hatte Barry nie darüber nachgedacht, wer sein Vater sein mochte, doch nun, da der Junge fort war, belastete ihn der Gedanke. Irgendwie schien jetzt die Identität von Jasons Vater an Bedeutung gewonnen zu haben. Früher oder später – und wahrscheinlich früher – würde dieser Mann, wer immer er war, in Carols Leben zurückkehren, weil Jason verschwunden war. Schließlich war Jason nicht nur Carols Sohn, sondern auch der seine.

Barry faßte den Entschluß, Carol ohne Umschweife zu fragen, wer dieser Vater war. Hoffentlich ging Iris bald, damit er mit Carol allein sein konnte.

9

Mopsa war stolz auf sich. «Ich habe auch seine Kinderkarre mitgenommen. Ich habe sie zusammengelegt und im Kofferraum verstaut.»

«Wo ist sie jetzt?»

«Du meine Güte, sie liegt noch drin!»

«Du hast wirklich geglaubt, jedes Kind wäre gut genug für mich. Ich habe mein Kind verloren, also wäre jedes andere ein vollwertiger Ersatz. Man mußte mir nur ein neues besorgen. Als ob ein Hund stirbt und man sich einen neuen Welpen kauft.»

«Es war nicht irgendein Kind», protestierte Mopsa. «Ich habe einen Jungen für dich gefunden. Ich habe einen kleinen blonden Jungen für dich gefunden.»

«Einen Welpen von derselben Rasse», sagte Benet mit schwacher, erstickt klingender Stimme.

Jason kam zu ihr, damit sie ihm den Mantel auszog. James' Mantel. Zwei Jungen, beinahe gleich groß, beinahe vom selben Typ. Zwei angelsächsische Jungen. Sie dachte an das geflügelte Wort von Gregory – keine Angeln, sondern Engel. Mopsa hatte ihn im Vorbeifahren auf einer Mauer entdeckt ...

Sie nahm Jason bei der Hand und ging hinunter. Mopsa schlich hinter ihnen her. Sie schlich wirklich, trat leise und verstohlen auf, als könne eine falsche Bewegung, ein lautes Geräusch Benets Zorn wecken. Auf Zehenspitzen ging sie durch die Küche und beobachtete Benet aus den Augenwinkeln. Ihr Gesicht wirkte heute merkwürdig schief, als leide sie an einer Fazialisparese oder spanne die Benet zugewandte Wange absichtlich an. Jason fand seine Zeichenstifte und ein sauberes Blatt Papier.

Die Polizei des ganzen Landes sucht ihn, dachte Benet, man vermutet das Schlimmste, man glaubt, er sei entführt, verletzt, ermordet worden. Und dabei war er die ganze Zeit hier, zeichnet, geht spazieren, sieht fern – sieht seine Mutter im Fernsehen und bemüht sich dann verzweifelt, sie aus dem Apparat herauszuholen.

Eine schüchterne Hand legte sich ihr auf den Arm. Mopsa drehte den Kopf herum, bis er ihre Schulter berührte, und sah zu Benet auf. Es war die groteske Parodie eines um Verzeihung bettelnden Kindes. Mopsas Augen waren getrübt, der Blick völlig verschwommen.

«Ich hab's für dich getan, Brigitte.»

«Ich weiß. Das hast du schon einmal gesagt.» Benet bemühte sich, freundlich und ruhig zu sprechen. Ich darf meine Mutter nicht hassen ... «Die Frage ist nur, ob ich die Polizei anrufen und ihn abholen lassen oder ob ich ihn in den Wagen setzen und selbst mit ihm zum Polizeirevier in Rosslyn Hill fahren soll. Vermutlich letzteres. Es wäre wohl schwierig, die Sache am Telefon zu erklären.»

«Das darfst du nicht tun», sagte Mopsa. «Das tust du doch nicht, oder?»

«Was? Nicht anrufen oder nicht hinfahren?»

«Du darfst ihn überhaupt nicht zurückgeben. Du weißt, was sie sagen werden.» Ein unbeschreiblich listiger Ausdruck breitete sich auf Mopsas Gesicht aus. Wenn sie ihre Züge so anspannte, blähten sich ihre Nasenflügel und wurden ganz weiß. Sie ging zu Jason hinüber, der auf dem Boden saß und zeichnete, und stürzte sich auf ihn. Sie riß ihn mit Zeichenpapier und Buntstift in die Arme, und er zuckte zusammen, als erwarte er einen Schlag. Mopsa umklammerte ihn, setzte sich ihn aufs Knie und hielt ihn fest, als sei er ein Requisit, das sie für ihre Rolle brauchte. «Du weißt, was sie sagen werden, nicht wahr? Sie werden sagen, du hättest ihn gestohlen, weil du deinen Jungen verloren hast. Das ist nichts Neues, das tun Frauen oft, denen ein Kind gestorben ist. In der Presse liest man immer wieder von einem solchen Fall. Und du bist berühmt – nun, zumindest bekannt, und viele Leute haben schon von dir gehört. Es wird in allen Zeitungen stehen, daß du ihn entführt hast.»

Jason wollte von Mopsas Schoß herunter. Er schaffte es, ihr zu entkommen, ging zur Tür und begann dann die Treppe hinaufzusteigen. Zurück zum Fernseher und einem neuen Versuch, seine Mutter zu finden, wie Benet vermutete.

«Aber ich habe ihn nicht entführt», sagte sie. «Du hast es getan.»

«Das wird niemand glauben.»

«Selbstverständlich werden sie es glauben. Ich werde es ihnen sagen. Es tut mir leid, aber ich habe keine andere Wahl. Ich werde ihnen sagen müssen, daß – daß du früher zeitweise geistig gestört warst und ihn mitgenommen hast.»

Zum Glück war Jason nicht im Zimmer und sah daher nicht, was als nächstes passierte. Obwohl er Mopsas Schreie hören mußte, war er wenigstens nicht dabei. Mopsa öffnete einfach den Mund so weit wie möglich und stieß Schreie von entsetzlicher Lautstärke aus. Sie stand da und schrie Benet ins Gesicht. Benet hatte so etwas noch nie gesehen oder gehört, und im ersten Augenblick blieb sie wie gelähmt stehen und konnte nichts anderes tun, als die Hände an die Ohren pressen. Sie wußte, daß man jemanden, der einen hysterischen Anfall hatte, kräftig ins Gesicht schlagen mußte, doch sie brachte es nicht fertig. Ihr Arm war so schwach wie der eines Menschen, der im Traum versucht zuzuschlagen.

«Mutter, hör auf. Bitte hör auf . . .»

Mopsa schrie weiter. Sie fiel auf die Knie, schlang die Arme um Benets Beine, drückte sie fest an sich und schrie, jetzt schon schwer atmend und heiser vor Erschöpfung. Sie kauerte auf dem Boden und scharrte an Benets Schuhen herum.

«Mutter, ich halte das nicht aus. Hör bitte auf.»

Einen Herzschlag lang hatte sie sich gefürchtet. Im Nacken hatte ihr die Haut geprickelt, und sie hatte gefühlt, wie sich ihr buchstäblich die Nackenhaare aufstellten. Sie hatte sich vor der bemitleidenswerten, halb verrückten Mopsa gefürchtet. Sie bückte sich, packte Mopsa an den Schultern und schüttelte sie, jedoch ohne Erfolg. Mopsa riß sich von ihr los, trommelte mit den Fäusten auf den Boden und schrie: «Sie werden mich in eine Anstalt stecken, sie werden dich dazu bringen, daß du mich in eine Anstalt bringst, man wird mich für geisteskrank erklären, und dann komm ich nie wieder raus, ich werde dort sterben.»

«Aber nein, Mutter, das lasse ich nicht zu.»

«Wenn du es ihnen sagst, kannst du es nicht verhindern. Das Gericht wird mich einweisen. Man wird mir den Prozeß machen, und das Gericht wird verfügen, daß ich in einer Anstalt untergebracht werde, und dann komme ich nie wieder raus.»

Sie fing wieder an zu schreien. Und sie hatte ja recht. Sie wußte sehr gut Bescheid. Welcher Idiot hatte behauptet, die Geisteskranken wüßten nicht, daß sie verrückt sind? Mopsa wußte es sehr gut, und sie wußte auch, was passieren konnte. Wenn sie wegen der

Entführung von Jason Stratford verurteilt wurde, konnte das Gericht sie zur psychiatrischen Behandlung in eine Klinik einweisen und ihre spätere Entlassung verhindern.

«Bitte hör auf zu schreien, Mutter.»

Wieder versuchte Benet, sie aufzuheben. Jason öffnete die Tür und spähte furchtsam herein. Es schien Benet plötzlich unverzeihlich, daß er hier festgehalten und überdies einer solchen Szene ausgesetzt wurde. Sie hob ihn auf und sagte ihm, es sei alles in Ordnung, er brauche sich nicht zu fürchten, obwohl sie nicht hundertprozentig überzeugt war, daß das wirklich zutraf. Sie war gar nicht so sicher, ob es nicht das beste wäre, Mopsa einzusperren, damit sie keinen Schaden mehr anrichten und kein Chaos mehr verursachen konnte. Mopsa schluchzte jetzt, kroch zu einem Stuhl und versuchte sich daran aufzurichten. Sie ist meine Mutter, dachte Benet, ich kann meine eigene Mutter doch nicht in ein Irrenhaus stecken. Ein Gefühl der Hilflosigkeit überkam sie, das Bewußtsein, daß sie der Situation nicht gewachsen war, in die Mopsa sie gebracht hatte. Und Jason, der sich an sie kuschelte wie früher ihr Kind, auf dem Arm zu halten, war ihr plötzlich so widerwärtig, daß sie ihn am liebsten fallen gelassen hätte.

Natürlich tat sie es nicht. Sie stellte ihn auf den Boden, so sanft sie konnte. Das Verlangen, das sie überkommen hatte, als Mopsa ihn brachte, überkam sie jetzt stärker und drängender von neuem. Warum sollte sie nicht fortgehen, in ein Hotel gehen, irgendwohin verschwinden, vielleicht sogar ins Ausland, und die beiden hier zurücklassen? Sollte Mopsa sehen, wie sie mit der Sache allein fertig wurde. Und sollte sie, bevor sie abflog, vom Flugplatz aus die Polizei anrufen und sagen, wo Jason Stratford war?

Aufrecht auf dem Stuhl sitzend, schlang Mopsa ihre Füße um die Stuhlbeine. Sie rang die Hände und zerrte mit den Fingern an den Daumen.

«Ich habe keinen Führerschein.»

«Was soll das heißen?»

«Er ist abgelaufen, bevor wir nach Spanien umzogen. Ich habe ihn nie erneuern lassen. Dein Vater hat gesagt, es sei zu gefährlich, mich ans Steuer zu lassen.» Mopsas Benehmen war jetzt das eines boshaften kleinen Mädchens. «Sie werden wissen, daß ich keinen Führerschein habe. Ich sage ihnen auch, daß ich gar nicht fahren kann. Und außerdem merken sie ja, daß ich nicht kräftig genug bin, um einen so großen Jungen zu tragen.» Weil Benet nicht antwortete, begann Mopsa mit den Absätzen zu trommeln. «Warum sollte ich ihn auch nehmen? Ich mag keine Kinder. Ich habe ihn nicht genommen, ich hab's nicht getan, und du kannst mich nicht zwingen zu sagen, daß ich es war. Wie kannst du es wagen zu behaupten, ich sei es gewesen!»

Jetzt, zu spät, erkannte Benet, daß es ein Fehler gewesen war, Mopsa zu sagen, sie wolle zur Polizei gehen. Sie hätte es einfach tun sollen. Sie hätte Jason in die Kinderkarre setzen und sagen sollen, sie gehe einkaufen. Mit Mopsa energisch zu sprechen, nur einen energischen Satz zu ihr zu sagen, hatte diese schreckliche Wirkung. Man hatte es Benet gesagt, selbst erlebt hatte sie es noch nie.

«Ich habe ihn nicht genommen, Brigitte. Ich hab's nicht getan.»

«Nein, du hast ihn nicht genommen.»

«Du hast es getan und versuchst mir die Schuld in die Schuhe zu schieben.»

«In Ordnung», sagte Benet. «Wie du willst, ganz wie du meinst.»

Ich darf meine Mutter nicht hassen ...

Sie holte zwei Valium für Mopsa und machte ihr eine Tasse Kaffee. Jason würde Hunger haben, und auch wenn Mopsa und sie keinen Appetit hatten, er wollte bestimmt seinen Lunch. Sie machte das Backrohr auf. Auf dem Rost stand eine Kuchenform mit Teig. Eine Welle der Hysterie packte sie, als sie die Kuchenform sah. Mopsa hatte den Kuchen vergangene Woche ins Rohr gestellt, aber den Herd nicht eingeschaltet. Kleine blaßgrüne Schimmelflecke bedeckten die vertrocknete Kruste der Backmischung. Benet drehte den Kaltwasserhahn auf und klatschte sich Wasser ins Gesicht. Es gelang ihr, sich zu beherrschen, nur ein leichter Kopfschmerz blieb zurück. Sie hatte keine Ahnung, was sie tun sollte, und verdrängte jeden Gedanken daran, sie konzentrierte sich auf den Lunch und darauf, daß Mopsa ruhig blieb und der Junge zufrieden war.

Jason schlief, und dann machten sie alle einen langen Spaziergang über die Heide. Seit Benet wußte, wer er war, erwartete sie stündlich, daß die Polizei anrief oder ins Haus kam, und als sie draußen war, glaubte sie, hinter jedem Gebüsch Polizisten lauern zu sehen. Zehn Minuten nachdem sie nach Hause gekommen waren, klingelte es an der Haustür, und sie wußte, daß es zwei Kriminalbeamte waren, ein älterer und ein jüngerer, und einer der beiden würde einen Haussuchungsbefehl zücken und einen Fuß in die Tür stellen. Sie wappnete sich, zögerte einen Moment und öffnete dann. Es war eine Zeugin Jehovas, eine sympathische junge Frau mit einem Kind, das nicht viel älter war als Jason.

Mopsa war von den Ereignissen des Tages erschöpft. Sie schlief vor dem Fernseher ein. Im letzten Bericht in den Nachrichten wurde gezeigt, wie die Polizei den Kanal in Winterside Down mit Schleppnetzen absuchte. Im Hintergrund erkannte Benet die Rückseiten der Häuser in der Winterside Road, wo sie mit Mary und Antonia gewohnt hatte und Tom Woodhouse ihr nächster Nachbar gewesen war. Sie schienen Jason nichts zu sagen. Falls er die Chinesische Brücke, die grünen Rasen und den Turm erkannte, ließ es ihn im Moment kalt. Die schlafende Mopsa schien ihn viel mehr zu interessieren. Ihr Mund war leicht geöffnet, und hin und wieder stieß sie einen leisen Schnarchlaut aus. Jason wartete gespannt auf das nächste Schnarchen, und wenn es kam, wandte er sich Benet zu und lachte.

Seine Schlafenszeit war gekommen. Vermutlich mußte sie ihn jetzt baden. Warum nicht? Morgen früh wollte sie ihn zur Polizei bringen, ohne Mopsa etwas zu sagen. Sie wollte ihn zur Polizei bringen und dort so vernünftig wie möglich erklären, wie es um Mopsa stand. Und gleichgültig, wie die Konsequenzen aussehen würden, sie mußten sie beide auf sich nehmen. Wahrscheinlich hatte sie auch schon etwas Schreckliches getan, weil sie Jason einen Tag länger als nötig seiner Mutter vorenthalten hatte. Sie dachte an James und daran, was sie empfunden haben würde.

Im Bad setzte sie sich Jason auf den Schoß und begann ihn auszuziehen. Er war ungeduldig, wollte ins Wasser. Sie zog sein Unterhemd aus, der Atem stockte ihr, und sie schrie unterdrückt auf.

Alte blaue Flecke, inzwischen gelb verfärbt, bedeckten die linke Seite seines Rückens, die Körperseite und die Innenseite seines Arms. Am Arm hatte er außerdem eine jetzt verschorfte Abschürfung. Auf dem Rücken, rechts neben der Wirbelsäule, war eine große Narbe, die, noch nicht verblaßt, so aussah, als stamme sie von einem Metallgegenstand mit scharfen Kanten, und darüber, fast zu sehen, wenn man den Kragen eines Hemdes oder Pullovers ein Stückchen wegzog, war die tiefe Narbe einer kleinen, kreisrunden Brandwunde. Als sie in der Winterside Road wohnte, hatte ein

Mann, von dem es hieß, er nehme harte Drogen, auf seinem Handrücken eine brennende Zigarette ausgedrückt, ohne zu merken, was er tat. Die Wunde hatte genauso ausgesehen.

Benet hob Jason ins Wasser. Sie konnte den Anblick seines Rückens nicht ertragen und wandte das Gesicht ab. Zu ihrem Erstaunen – denn was sie gesehen hatte, hatte sie zuerst geschockt und dann mit blindem Zorn erfüllt – traten ihr Tränen in die Augen und liefen ihr über die Wangen. Eine heftige Gemütsbewegung, die nichts mit ihrem Kummer zu tun hatte, hatte sie zum Weinen gebracht. Endlich weinte sie um James. Sie legte die Arme auf den Rand des Waschbeckens, vergrub das Gesicht in den Händen und weinte.

Jason stand auf, schlug mit den Fäusten auf das Wasser und schrie: «Nein, nein, nein, nein!»

Er wollte nicht, daß sie weinte. Sie rieb sich das Gesicht mit einem Handtuch trocken und holte ein paarmal tief Atem. Er beobachtete sie sehr genau, wartete, bis sie wieder ruhig war, nahm dann die Seife aus der Seifenschüssel, reichte sie ihr feierlich und gab ihr zu verstehen, daß sie ihn waschen sollte. Sein so ungewöhnlich reif wirkendes Gesicht war sehr ernst.

Oben im anderen Bad lagen noch James' Badetiere. Während sie Jason wusch und seine Verletzungen dabei sehr vorsichtig behandelte, dachte sie, daß es ihm vielleicht Spaß gemacht hätte, damit zu spielen. Doch ihr hätte es – gelinde, sehr gelinde ausgedrückt – keinen Spaß gemacht, ihn damit spielen zu sehen. Trotz der blauen Flecke und des vernarbten Rückens kehrte ihre Abneigung gegen ihn zurück. Er hatte ihr so viele Schwierigkeiten gebracht, es würde eine Erleichterung sein, ihn loszuwerden, ihn der Polizei zu übergeben. Die Konsequenzen waren ihr völlig egal.

Ganz früh am Morgen, als Mopsa und Jason, wie sie vermutete, noch schliefen, fuhr sie zur Hampstead Station und kaufte sich eine Zeitung. Die Story über den vermißten Jungen wurde in einem Dreispalter auf einer inneren Seite fortgesetzt. Darin hieß es, Jasons Mutter habe noch zwei Kinder, die in einem städtischen Heim untergebracht seien. Sie sei seit fast vier Jahren Witwe und lebe seit sechs Monaten mit einem um acht Jahre jüngeren Mann zusammen. In dem Artikel stand nichts davon, daß man die Möglichkeit eines Mordes in Betracht zog oder daß jemandem eine solche Tat zur Last gelegt wurde oder zur Last gelegt werden würde.

Benet fand ein Café, das schon geöffnet hatte, setzte sich hinein, bestellte einen Kaffee, las die Zeitung und versuchte einen Toast hinunterzuwürgen. Es erinnerte sie an jene längst vergangenen Tage in der Winterside Road, als sie – bevor sie Edward kennenlernte und nicht einmal im Traum an James dachte – freischaffende Journalistin gewesen war. In Cafés herumzusitzen, war ein fester Bestandteil ihres ungeregelten Lebens gewesen, gehörte zum Ablauf jener Tage, in denen Zeit und Zeitdruck für sie unbekannte Größen waren. Aber sie war nicht in jene Zeit zurückgekehrt, sie konnte James nicht ungeschehen machen, und wenn sie ihre Vorstellungskraft noch so sehr bemühte.

Als der High Hill Bookshop öffnete, ging sie hinein und fand in der Abteilung für Soziologie zwei Paperbacks. Das eine hatte den Titel *Das Syndrom des mißhandelten Kindes* und *Die endlose Kette: Einige Aspekte der Kindesmißhandlung.* Das Gefühl, daß die Polizei auf sie wartete, sie beobachtete, sie vielleicht sogar beschattete, war verschwunden. Sie fühlte sich ganz anders als gestern, die Welt sah ganz anders aus. Sie hatte einen entsetzlichen Traum gehabt, den sie vergessen wollte: Sadistische Polizisten wollten Mopsa zu einem Geständnis bringen, indem sie sie mit brennenden Zigaretten folterten.

Im Vale of Peace saß Jason auf dem Boden des Souterrainzimmers und zeichnete etwas, das entfernt an eine Frau mit lockigem Haar erinnerte. Mopsa bearbeitete die Möbel mit einem Politurspray und einem Tuch und summte vor sich hin. Sie unterbrach sich und sagte völlig ruhig, sie und Jason hätten sich schon gefragt, wo Benet sein könnte. Sie hätten sich Sorgen gemacht, weil sie sich nicht vorstellen konnten, wohin sie gegangen war.

Was soll ich nur tun? dachte Benet. Ich brauche Zeit zum Nachdenken. Man wird meine Mutter vor Gericht bringen, und in allen Zeitungen wird stehen, daß sie meine Mutter ist. Soll ich zusehen, wie man sie in eine Anstalt bringt? Das stehe ich nicht durch. Sie setzte sich in den Sessel am Fenster und begann *Das Syndrom des mißhandelten Kindes* zu lesen. Die geschilderten Fälle waren entsetzlich und furchtbar bedrückend. In einem der längsten und sehr ins Detail gehenden Berichte hatte der Autor, um die Identität des Kindes nicht preiszugeben, dem Jungen den schließlich ziemlich häufig vorkommenden Namen James gegeben. Mopsa zog ihren blauen Regenmantel an, band sich ein Tuch um den Kopf und ging mit Jason spazieren.

Das Telefon klingelte zweimal, aber Benet meldete sich nicht. Im Moment war es ihr unmöglich, mit einem Außenstehenden zu sprechen, mit jemandem, der nichts mit Jason und Mopsa zu tun hatte. Oder mit jemandem – und das waren alle –, die nicht wußten, was mit James geschehen war.

«Wann denkst du daran, nach Hause zu fahren?»

Mopsa machte ein gekränktes Gesicht. «Du willst mich wohl loswerden?»

«Mußt du noch einmal ins Krankenhaus?»

«Am Freitag vormittag.»

«Dann wäre es am besten, wenn du Samstag fährst. Ich möchte nicht unfreundlich sein, und ich will dich auch nicht loswerden, Mutter. Aber wir müssen etwas wegen dieses Kindes unternehmen. Ich dachte mir, daß ich deinetwegen warte, bis du in der Maschine sitzt, und ihn dann der Polizei übergebe. Ich werde damit warten, bis du fort bist. Und wenn es dich tröstet, kann ich dir versichern, daß wir mit Spanien wahrscheinlich kein Auslieferungsabkommen haben. Sie können dich nicht zurückholen.»

«Aber ich habe schon das Ticket für den Rückflug – und zwar für nächsten Mittwoch.»

«Ich kaufe dir eins für eine Maschine, die am Samstag geht.»

«Komisch, daß du so viel Geld hast, ein Flugticket kaufen zu können wie andere Leute einen Busfahrschein», sagte Mopsa.

Benet antwortete nicht. Sie wunderte sich über ihr Verhalten. Noch gestern morgen hatte sie nicht im entferntesten daran gezweifelt, daß Jason sofort zu seiner Familie zurückgebracht werden mußte, während sie jetzt ganz gelassen den Entschluß gefaßt hatte, ihn noch vier Tage zu behalten. Um Mopsas willen? Ja, zum Teil. Mopsa der Demütigung und den Schrecken eines Prozesses auszusetzen, hätte keinen sinnvollen Nutzen, weder einen gesellschaftlichen noch einen moralischen. Es konnte nur dazu führen – und sogar hier hatte Benet erhebliche Zweifel –, daß Mopsa zur Behandlung in eine Anstalt eingewiesen wurde. Doch sie wurde schon behandelt, zumindest wurden Pläne zu ihrer Behandlung entwikkelt. Dazu dienten ja die Tests im Royal Eastern Hospital. Aber sie hatte noch einen anderen Grund, Jason nicht sofort und übereilt zurückzubringen.

Während sie gestern versucht hatte, Mopsa zur Vernunft zu bringen und zu beruhigen, hatte sie ununterbrochen an Jasons Mutter denken müssen, an diese Frau, die genauso alt war wie sie, und im Fernsehen einen ergreifenden Appell an einen eventuellen Entführer gerichtet hatte, ihr das Kind gesund zurückzubringen. Es war unrecht von ihr, unglaublich grausam, diese Frau auch nur eine Stunde, einen einzigen Moment länger im ungewissen zu lassen. Dann hatte sie Jason gebadet und seine Narben gesehen. Sie hatte die Bücher gelesen. Sollte sie ihn wirklich dorthin zurückschicken?

Sie dachte dabei weniger an Carol Stratford, sondern ausschließlich an den zwanzigjährigen Barry Mahon, ihren Freund. In vielen dieser Fälle war von jungen Stiefvätern oder jungen Freunden der Mutter die Rede. Benet hatte sich ein Bild von diesem Barry Mahon gemacht. Sie stellte sich ihn als großen, grobschlächtigen, gutaussehenden und wahrscheinlich des Lesens und Schreibens unkundigen Klotz vor. Ungeduldig mit Kindern. Gewalttätig. Vielleicht ein Trinker. Sie sagte sich, sie habe nicht den geringsten Grund, so von ihm zu denken – aber hatte sie den wirklich nicht? Hatte sie nicht die Brandnarbe von einer Zigarette und die von einem Metallgegenstand herrührende große Narbe gesehen?

Sie brauchte Zeit, sie mußte nachdenken. In diesen vier Tagen konnte sie sich überlegen, wie sie Jasons Rückkehr in die Wege leiten sollte. Irgend jemand mußte darauf aufmerksam gemacht werden, daß Jason mißhandelt wurde. Sie würde zwar in keiner sonderlich starken Position sein, doch irgendwie mußte sie es schaffen, damit der Junge nie wieder dahin zurückgeschickt wurde.

Sie hatte ihr Herz gegen Carol Stratford verhärtet. Ihre Sorge mußte Mopsa, sich selbst und Jason gelten, der ein hilfloses Opfer gewesen war, nicht aber Carol Stratford, der man schon zwei Kinder weggenommen hatte – und das mit Recht.

10

Jason wurde seit einer Woche vermißt. Es war wieder Mittwoch, und er war seit einer ganzen Woche fort. Barry mußte wieder zur Arbeit gehen. Es wäre vielleicht etwas anderes gewesen, wenn Jason sein Kind oder er mit Carol verheiratet wäre. Doch wie die Dinge lagen, hatte er keine wirkliche Entschuldigung dafür, daß er Ken im Stich ließ. Außerdem würde er so schnell keinen neuen Job bekommen. Zwar glaubte er nicht, daß Ken sich Ersatz für ihn suchen würde, doch es war durchaus möglich, daß er zu dem Schluß kam, er brauche überhaupt keinen Mitarbeiter.

Barry bat Carol, ihn zu heiraten. Es war nicht das erste, eher das vierte oder fünfte Mal. Sie hatten sich voneinander entfernt, er fühlte es. Er hatte den Eindruck, daß sie ihm, seit Jason verschwunden war, immer weiter entglitt. So hatten sie sich zum Beispiel seither nicht mehr geliebt. Er wollte sie nicht berühren, es schien ihm unrecht, solange sie ihm nicht deutlich zu erkennen gab, daß sie es wollte. Der Arzt hatte ihr Schlaftabletten gegeben, und sie schlief manchmal schon, bevor er ins Bett kam. Oft saß er einfach da und sah sie an, saß eine ganze Stunde da, beobachtete sie und fragte sich, was für Erfahrungen sich während des Schlafs in das Gehirn unter den weichen blonden Babylöckchen einprägten. Wenn er so dachte, fühlte er einen Abstand zwischen sich und ihr, fühlte sich wie ein Fremder, als könne sie jeden Moment aufwachen und ihn fragen, wer er sei und was er in ihrem Schlafzimmer tue.

Als er am ersten Abend nach Jasons Verschwinden nach Hause gekommen war, war sie wieder schick angezogen, frisiert und geschminkt gewesen. Sie sah wie die Carol aus, die er von Anfang an gekannt hatte. Jetzt hinderte sie ja auch nichts mehr daran, abends auszugehen. Er dachte es, sprach es aber nicht aus und war entsetzt, daß er es fast gesagt hätte. Sie aßen, was er aus der türkischen Imbißstube mitgebracht, und tranken den Wein, den er unterwegs besorgt hatte.

«Laß uns heiraten, Carol», sagte er. «Wenn wir uns jetzt entschließen, können wir in drei Wochen verheiratet sein.»

Sie antwortete nicht, hob nur langsam die Schultern und ließ sie wieder fallen.

«Wenn ich dein Mann wäre, könnte ich besser für dich sorgen, könnte dir ein bißchen von deiner Last abnehmen.»

«Ich begreife nicht, was das ändern sollte», sagte sie.

Er versuchte sie zu überreden. Nach einer Weile sagte sie ein bißchen unlogisch und unfair: «Es ist ja nicht dein Kind, das vermißt wird, das wahrscheinlich ermordet wurde.»

Sie hatte ihn verletzt. Sie konnte ihn viel leichter verletzen als sonst jemand. Doch er hatte nicht nachgegeben. «Aber so gut wie», sagte er. «Wenn wir verheiratet wären, wäre es so gut wie meins.»

Sie gab ihm eine vernichtende Antwort, die ihm den Mund verschloß.

«Ein Baby ist ein Teil von seiner Mutter und ein Teil von seinem Vater, das ist alles. Und daran läßt sich nichts ändern.»

Am nächsten Tag hielt er es ihr vor. Es war früher Abend, und sie kamen vom Arzt. Der Arzt hatte gesagt, sie solle in einer Woche wiederkommen. Er hatte Carol Tranquilizer verschrieben. Sie klammerte sich an Barrys Arm, als sie nach Winterside Down kamen. Zum erstenmal seit einer Woche hatte sie ihn von sich aus berührt, und er schämte sich, weil es ihn so glücklich machte.

«Ist das, was du gestern abend über die Kinder gesagt hast, deine ehrliche Meinung?» fragte er. «Fühlst du wirklich, daß sie ein Teil von ihrem Vater sind? Nun ja, ich verstehe natürlich, daß du bei Dave so empfindest. Irgendwie siehst du Dave in Ryan und Tanya . . .»

«Und warum sollte ich in Jason nicht seinen Vater sehen?»

Warum hatte er nur gefragt? Warum es überhaupt erwähnt? Bevor Barry Carol begegnet war, hatte er nicht gewußt, daß ein paar gleichgültig geäußerte Worte Glück, Frieden und Zufriedenheit zerstören konnten. Aber ich habe kein Recht, glücklich zu sein, dachte er, und das ist nur meine gerechte Strafe.

Plötzlich umklammerte ihre Hand seinen Arm noch fester, und er glaubte, sie wolle ihn trösten, vielleicht sogar sagen, es tue ihr leid. Er wandte ihr das Gesicht zu. Sie sah jedoch starr geradeaus. Beatie Isadoro mit Kelly im Kinderwagen und Karen und Dylan an der Seite kam ihnen entgegen.

Carol hatte Beatie nicht mehr gesehen, seit Jason verschwunden war. Beaties riesige Gestalt in einem pinkfarbenen Regenmantel über einem grünen Kittel, den sie wiederum über einem braungestreiften Kleid oder Rock trug, nahm fast den ganzen Gehsteig ein.

«Geh mir aus dem Weg, du fette Kuh», sagte Carol.

Beatie starrte sie an. «Die Polizei war heute bei mir, und ich habe ihr einiges über die schlimmen Narben erzählt, die ich an dem armen kleinen Baby gesehen hatte, das du so vernachlässigt hast.»

Barry wußte nicht, was sie meinte. Seine Eltern hatten sich in die Mittelschicht hinaufgearbeitet, und zu dem sozial angepaßten Verhalten dieser Schicht gehörte die Furcht vor öffentlichen Szenen. Selbstverständlich litt auch Barry unter dieser Furcht, doch noch bevor er Carol wegziehen konnte, hatte sie sich auf Beatie gestürzt, schlug mit den Fäusten auf sie ein, kratzte und riß sie an den Haaren. Karen schrie. Barry packte Carol und zerrte sie weg. Ihre langen Fingernägel hatten aber schon drei tiefe, blutende Kratzer auf Beaties schwartiger Wange hinterlassen, und Beatie hatte ihr einen Tritt gegen das Schienbein versetzt. Carol schluchzte in Barrys Armen. In Vorgärten und auf Haustürschwellen standen Leute und sahen zu, stumm, gleichgültig, neugierig. Die meisten waren nicht in England geboren, aber wie Schwämme hatten sie unbewußt englische Verhaltensweisen aufgesogen. Sie beobachteten die Szene mit vager, kalter Neugier. Barry brachte Carol nach Hause. Er legte den Arm um sie und führte sie fürsorglich, als sei sie krank. An der Ecke von Shinwell Close standen die Motorrad-Freaks, Wiedehopf, Blauhaar und der Jamaikaner, den sie, wie Barry gehört hatte, Schwarze Schönheit nannten. Ohne sich umzuschauen, fühlte Barry, daß sie Carol und ihm nachsahen.

Ein Glück, daß sie die Tranquilizer hatten. Sie beruhigten Carol. Sie telefonierte mit Alkmini in der Wein-Bar, als Iris und Maureen kamen. Sie hatten eine Abendzeitung mit einem Artikel über alle in den letzten fünf Jahren in London vermißten Kinder mitgebracht, die nie wieder gefunden worden waren. Jasons Verschwinden war der Anlaß zu dieser Chronik des Schreckens. Jasons Name war auch der erste, der erwähnt wurde.

Maureen fühlte sich nur in ihrem eigenen Heim wohl. Sie zog den Mantel nicht aus. Es war derselbe von oben bis unten zugeknöpfte, gerade geschnittene rehfarbene Regenmantel, den sie fast immer trug. Sie hatte flache braune Schuhe an, und der Mantel reichte ihr bis zu den Waden. Ihr Haar, dachte Barry, sieht aus, als ob sie den Kopf unter den Wasserhahn hält, das Haar dann mit einem Gummi so straff wie nur irgend möglich nach hinten zerrt und es so trocknen läßt. Obwohl sie kein rastloser Mensch, sondern in ihren Bewegungen ziemlich langsam und bedächtig war, schien sie nicht imstande, sich zu entspannen, sondern wanderte im Zimmer umher und nahm dies und das in die Hand, als wolle sie kontrollieren, ob darunter Staub lag. Sie nahm Daves Foto auf und betrachtete es. Man hätte denken können, sie habe es noch nie gesehen.

Ihre Stimme war ohne Modulation, leise und leblos.

«Warum hast du nicht abtreiben lassen?» sagte sie zu Carol.

Carol sah sie an und fragte, was sie damit meine – in jenem schleppenden, gefährlich klingenden Ton, den sie, wie Barry sehr hoffte, nie bei ihm anwenden würde.

«Als David noch lebte, hast du mir gesagt, daß du keine Kinder mehr willst. Du hättest abtreiben lassen können.»

«Sie hatte Angst», sagte Iris mit der Miene eines Menschen, der eine sehr vernünftige Erklärung vorbringt, gleichzeitig jedoch weiß, daß sie nicht wahr ist. «Man braucht sich ja nicht unbedingt eine Narkose geben zu lassen.»

Es liegt einzig und allein an den Tranquilizern, daß Carol jetzt nicht auf Maureen losgeht, dachte Barry. Sie hatte unlustig in der Zeitung geblättert und legte sie jetzt aus der Hand.

«Morgen gehe ich wieder arbeiten», sagte sie. «Irgendwann muß ich ja anfangen. Es hat keinen Sinn, hier herumzuhängen und Trübsal zu blasen.»

«Da hast du ganz recht», sagte Iris. «Das bringt Jason auch nicht zurück.»

In einem dunklen Winkel seines Bewußtseins fürchtete Barry, daß Jason nicht mehr lebte, und er wußte, daß Carol dasselbe empfand, aber Iris sprach, als gebe es keinen Zweifel mehr an seinem Tod. Sie schien ihn sogar mit fröhlicher Sachlichkeit als gegeben hinzunehmen. Sie zündete sich eine Zigarette an.

«Die Arbeit wird mich ablenken», sagte Carol.

Für Barry war es ein Schock. Irgendwie hatte er sich eingebildet, sie werde nie wieder arbeiten gehen. Man würde Jason finden, tot oder lebendig, und sie würde entweder zu Hause bleiben müssen, um darüber hinwegzukommen, oder um ihn zu versorgen. Ihm kam der schreckliche, durch nichts begründete, völlig irrationale Gedanke, daß sie Jason vielleicht überhaupt nicht finden würden.

Er wollte nicht, daß Carol in die Wein-Bar zu all den Männern zurückging. Aber er war nicht ihr Mann und hatte keine Rechte, hatte nicht einmal das Recht, eine Meinung zu äußern. Wie kamen andere, ältere Männer mit diesen Dingen zurecht, wie kamen sie mit der Eifersucht zurecht? Carol gefiel ihm besser, wenn sie geschminkt war, die Nägel lackiert hatte und das gestohlene schwarzweiße Kleid trug, aber dann gefiel sie auch den anderen besser. In dem alten grauen Pullover war sie weniger gefährdet, gehörte mehr ihm.

Nachdem Iris und Maureen gegangen waren, saßen sie nebeneinander auf der Couch und sahen fern. Er nahm ihre Hand, und sie ließ es zu, daß er sie festhielt. Das Programm war nicht besonders interessant, und seine Gedanken schweiften zu Jason. Er dachte sehr viel an Jason, wo er sein und was mit ihm geschehen sein mochte. Maureens Frage hatte ihn geschockt, obwohl er schon selbst manchmal darüber nachgedacht hatte. Warum hatte Carol keinen Schwangerschaftsabbruch vornehmen lassen? Hatte sie Jasons Vater geliebt?

Barry und Ken arbeiteten in dem neuen Bürogebäude in der Nähe der Finchley Road. Es war reines Glück, daß der Direktor ein mit afrikanischem Mahagoni getäfeltes Büro haben wollte, und ein noch größeres Glück, daß Ken den Auftrag bekommen hatte. Sie arbeiteten höchstens eine halbe Stunde, als die Polizei Barry holen kam. Nicht Treddick diesmal, sondern Detective Inspector Leatham und ein Mann, den Leatham Sergeant Dowson nannte. Ken sagte nichts, als sie erklärten, sie wollten Barry mitnehmen, weil er ihnen bei ihren Ermittlungen helfen müsse, aber er machte ein ungläubiges Gesicht.

Im Wagen schwiegen sie. Barry merkte, daß der Fahrer den Weg durch die Delphi Road und Rudyard Gardens zum Revier nahm, und er dachte, sie wären schneller dagewesen, wenn sie direkt durch die Lordship Avenue gefahren wären. Barry selbst ging nie durch die Rudyard Gardens. Es war eine erbärmliche Straße, Häuserreihe um Häuserreihe, Türen und Fenster mit Wellblech verschlagen – eine vernünftige und sichere Methode, Stadtstreicher, Methylalkoholtrinker und Klebstoffschnüffler fernzuhalten, aber trotzdem ein düsterer Anblick. Doch Jason oder Jasons Leiche war in keinem dieser Häuser zu finden. Am vergangenen Wochenende war jedes einzelne geöffnet worden, hatte man die Metallplatten von den Hintereingängen abgenommen wie Deckel von Büchsen und die kleinen, feuchten, dumpf riechenden Räume durchsucht.

Die Straße war abschnittweise gesperrt worden, damit die Suche ungestört verlief, und Barry, der in der Lordship Avenue für Carol eingekauft hatte, hatte sich unter die Zuschauer gemischt.

«Was meinen Sie dazu, Barry», begann Dowson, als sie in einem der Vernehmungszimmer saßen, «wenn ich Ihnen sage, daß man am vergangenen Mittwoch nachmittag einen jungen Mann in den Rudyard Gardens beobachtet hat, den man uns so beschrieben hat, daß man glauben könnte, Sie sind's gewesen?»

Es war das erste Mal, daß sie ihn beim Vornamen nannten. Doch möglicherweise war das einfach Dowsons Verhörtechnik. Barry war über die Frage erstaunt. Wer hatte ihn gesehen?

«Das war ich nicht. Ich gehe nie durch Rudyard Gardens. Eben bin ich mit Ihrem Wagen zum erstenmal durchgefahren, seit ich hier wohne.»

«Aber Sie wissen, welche Straße es ist?» mischte sich Leatham ein.

Selbstverständlich wußte er es. Bog man nicht direkt gegenüber von Winterside Down aus der Lordship Avenue in die Rudyard Gardens ab? Schließlich war er mit Carol dort gewesen, als die Polizei Jasons Lamm gefunden hatte.

«Was stimmt nicht mit der Straße, daß Sie sie nie benutzen? Es wäre für Sie doch der kürzeste Weg in die Green Lanes.»

Barry wußte, warum er nie durch Rudyard Gardens ging – die leerstehenden, verkommenen Häuser bedrückten ihn. Delphi Road oder das Kanalufer, obwohl es dort auch nicht viel mehr gab als Fabriken, Lagerhäuser und Speicher, wirkten irgendwie fröhlicher. Doch Barry wußte nicht, wie man so etwas Männern wie Leatham und Dowson erklärte. Sie betrachteten ihn beide mit gleichgültigem Interesse. Wie sollte er ihnen erklären, daß Rudyard Gardens für ihn eine tote Straße war, von Häuserleichen mit blinden Augen gesäumt? Sie werden glauben, daß ich mir im Fernsehen zu viele Horrorfilme ansehe, dachte Barry.

«Es ist dort so bedrückend», sagte er. «Kein Mensch unterwegs, nichts zu sehen. Ich mag ein bißchen Leben um mich herum.»

«Ein bißchen Leben?» Aus Leathams Mund klang der Satz nach Sünde und Laster. Barry zuckte unter seinem Blick verlegen zusammen, obwohl er keinen Grund hatte, verlegen zu werden oder ein schlechtes Gewissen zu haben.

«Na ja, ich möchte eben, daß ein bißchen was los ist», korrigierte er sich und hatte das Gefühl, alles noch schlimmer gemacht zu haben.

Sie wollten es nicht dabei belassen. Sie weigerten sich, ihn zu verstehen. Barrys Mutter hatte ihn vor Jahren «viel zu sensibel» genannt, und er wußte, daß er viel Phantasie und ein Gespür für Atmosphäre hatte. Er wußte aber auch, daß man bei einem gewöhnlichen Arbeiter keine Sensibilität erwartete. Das war etwas für die Mittelschichten oder für Frauen. Sie fragten ihn immer wieder nach den Rudyard Gardens. Woher wußte er, daß die Straße bedrückend war, wenn er sie nie benutzte? Hatte er es vielleicht einmal versucht? Ein- oder zweimal? Es wurde Mittag, und er dachte, sie würden ihn gehen lassen, aber sie brachten ihn nur in ein anderes Verhörzimmer, wo sie ihn bei einem Detective Constable ließen, der am Schreibtisch saß, Formulare ausfüllte und kein Wort mit ihm sprach. Nach einer halben Stunde brachte ihm jemand auf einem Tablett etwas zu essen – eine Cornwall-Fleisch-Pastete, ein paar Biskuits, ein bißchen Käse in einer Frischhaltepackung und eine Plastiktasse Kaffee.

Leatham und Dowson kamen wieder, als Barry eben genug Mut gefaßt hatte, um dem Detective Constable zu sagen, er gehe jetzt, er könne es sich nicht leisten, den ganzen Tag hier zu vertrödeln.

«Sie haben erklärt», sagte Leatham, als habe es keine Gesprächspause gegeben und als seien inzwischen nicht zwei Stunden vergangen, «daß Sie es mögen, wenn ein bißchen was los ist. Aber das Leben mit Mrs. Stratford und dem kleinen Kind im Haus kann nicht besonders aufregend gewesen sein.»

«Er ist ein braver Junge», sagte Barry. «Man hat keine große Mühe mit ihm.»

«Aber, aber, Barry! Ein Kind von noch nicht zwei Jahren und keine große Mühe? Ich habe selber einen Sohn in diesem Alter und weiß daher sehr genau, wieviel Mühe sie machen. Und ich bin daran gewöhnt.»

«Wir hätten abends ohnehin nicht ausgehen können», sagte Barry. «Carol – Mrs. Stratford arbeitet am Abend.»

«Da hat sie wohl gedacht, sie holt sich ein nettes, kleines unbezahltes Kindermädchen ins Haus, als sie Sie auflas, wie?»

Barry fühlte, wie er feuerrot wurde. Er faßte sich an die brennende Wange. Leatham schien keine Antwort zu erwarten. Er war vollauf damit zufrieden, daß Barry rot geworden war, lehnte sich zurück und kreuzte die Arme.

«Ich lege jetzt meine Karten auf den Tisch, Barry», sagte Dowson.

«Wir versuchen nicht, Sie hereinzulegen. Ehrlichkeit ist immer die beste Politik, finden Sie nicht?»

Genau an diesem Punkt fiel bei Barry der Groschen – er vergaß es nie. In diesem Augenblick begriff er zum erstenmal, daß sie glaubten, er habe Jason ermordet. All diese Fragen und die Fragen, die sie ihm bei früheren Vernehmungen gestellt hatten, sollten nicht dazu dienen, etwas über Jason oder darüber zu erfahren, wohin er gegangen sein mochte. Sie waren einzig und allein auf ein Ziel gerichtet: Er, Barry Mahon, sollte gestehen, Carols Kind ermordet zu haben. Er begann am ganzen Körper zu schwitzen, und der Schweiß wurde eiskalt auf seiner Haut. Er fürchtete sich nicht, er war nur schwer erschüttert und empört. Er ertappte sich dabei, daß er den Tischrand vor sich umklammerte, als habe er die Absicht, den Tisch umzukippen.

Sie glaubten, daß er Jason ermordet hatte. Stumm und wie betäubt starrte er die Polizisten an.

«Wir haben Jasons Leiche nicht gefunden», sagte Dowson. «Vielleicht finden wir sie nie. Und wenn wir sie finden, wird es vielleicht zu – nun, sprechen wir es aus – wird es zu spät sein, um festzustellen, was auf dieser Leiche zu finden ist, wie wir wissen: Brandmale, Barry, blaue Flecke, Narben.»

Beatie Isadoro. Hatte sie das gemeint, als er und Carol sie auf der Straße getroffen hatten?

«Mr. Leatham hat Sie eben Kindermädchen genannt, und ich habe nicht die Absicht, es ihm gleichzutun, weil ich nicht darauf aus bin, Sie irgendwie herabzusetzen. Aber weil das Wort nun mal so praktisch ist, wollen wir mal sagen, Sie waren in den letzten fünf oder sechs Monaten das Kindermädchen des kleinen Jason. Kindermädchen werden manchmal böse, nicht wahr? Es wird ihnen einfach zuviel, schließlich sind sie auch nur Menschen, und dann schlagen sie schon mal zu.»

«Ich habe ihn nie angerührt», sagte Barry. «Nie.» Und auch sonst hatte es niemand getan. Er dachte daran, wie Carol unter Knapwells Mißhandlungen gelitten hatte. Als ob sie, nachdem sie das erlebt hatte, auch nur im Traum daran gedacht hätte ... «Er ist oft hingefallen und hat sich weh getan», sagte er. «Er stolperte immer über irgendwas oder fiel irgendwo runter. Im Sommer hat er sich ein blaues Auge geschlagen, weil er in einen Schlüssel rannte, der in einer Tür steckte.» Carol hatte es ihm erzählt. Er erinnerte sich noch sehr deutlich an die näheren Umstände. Sie hatten alle unter der Hitzewelle gelitten, die damals herrschte, und er und Carol wollten zum Schwimmen gehen. Er war Milch, Beefburger und Brötchen einkaufen gegangen, die sie zum Lunch mitnehmen wollten, und als er zurückkam, war Jasons Auge zugeschwollen und fing an, sich blau zu verfärben.

«Komisch, daß manche Kinder so unfallgefährdet sind und andere nicht», sagte Leatham. «Sehr komisch. Und die unfallgefährdeten sind immer diejenigen, die das Jugendamt später in ein Heim oder in Pflege geben muß, sie sind diejenigen, die mit Wunden, Narben und blauen Flecken übersät sind, von den gebrochenen Gliedern ganz zu schweigen. Also ich glaube nicht, daß einer von meinen Jungen auch nur den kleinsten Unfall hatte. Komisch, nicht wahr? Da kann man schon nachdenklich werden.»

Barry wurde nicht nachdenklich. Er hatte keine Ahnung, worauf Leatham hinauswollte. Er litt furchtbar unter dem unausgesprochenen Verdacht gegen ihn. Dowson begann ihn wieder zu fragen, was er am Mittwoch nachmittag getan hatte, und Barry schilderte ihm noch einmal – jetzt allerdings widerspenstig und schroff –, daß er im Kino gewesen war und sich *Der dunkle Kristall* angesehen hatte. Er war darauf vorbereitet, ihnen die Handlung des Films zu erzählen, doch sie wollten sie gar nicht hören, sie sagten, er hätte sich den Film ja einen Tag früher oder einen Tag später ansehen können. Hatte er die abgerissene Kinokarte aufgehoben?

«Nein, hab ich nicht. Warum denn?»

«Das müssen schon Sie uns sagen, Barry. Es wäre gut für Sie, wenn Sie sie noch hätten.»

Barry antwortete nicht.

«Wie die Dinge liegen», sagte Leatham, «sieht es ganz so aus, als seien Sie nicht einmal in der Nähe dieses Kinos gewesen. Sie gingen durch die Rudyard Gardens nach Hause und fanden Jason, der dort auf der Mauer saß. Er war nicht zum erstenmal allein auf der Straße abgestellt worden, nicht wahr? Auf gut Glück abgestellt, irgend jemand würde ihn schon abholen – oder auch nicht. Es sieht so aus, als hätten Sie ihn gefunden, in seine Karre gesetzt und irgendwohin gefahren. Vielleicht nach Hause. Oder vielleicht in den Lordship Park oder hinaus in die Marschen. Was hat er getan, Barry? Ist er zu weit gegangen? Hat er Sie zu sehr geärgert? Hat er angefangen zu schreien und wollte nicht still sein? Haben Sie ihn zum Schweigen gebracht und sind dabei zu weit gegangen, Barry?»

Er hatte sie nie gefürchtet – nie. In seiner völligen Arglosigkeit war er überzeugt, daß sie ihm nichts tun konnten. Aber er war gekränkt. Er zog sich in ein verbittertes, beleidigtes Schweigen zurück, das sie vielleicht als Schuldbewußtsein interpretierten. Um halb sechs ließen sie ihn gehen. Um diese Zeit hatten sie zweifellos selbst genug und wollten auch nach Hause. Er wäre gern zu Fuß nach Winterside Down gegangen, doch sie bestanden darauf, ihn mit dem Wagen hinzubringen. Auf dem Bevan Square lungerten wie üblich Wiedehopf und Schwarze Schönheit und der Junge mit dem Nasenring herum, ihre Maschinen waren bei der Skulptur abgestellt, die den Fortschritt der Menschheit verkörperte. Sie sahen dem Polizeiauto nach, in dem Barry saß. Spicer, der sich in den Marschen einen Sack voller Kaninchenfutter geholt hatte, öffnete gerade seine Gartentür. In ihrem weißen Witwensari wusch Lila Kupar, mit der niemand sprach und die nie mit jemandem sprach, ihre Fenstersimse, schaute von ihrer Arbeit auf und starrte. In Winterside Down war es nie ganz dunkel. Die hohen Lampen bescherten ihm ein düsteres, fast unheimliches, endloses Tageslicht.

Aber aus den Zeitungen, die am nächsten Tag erschienen, hätten sie ohnehin zwei und zwei zusammenzählen können. Auf der Titelseite prangte eine kleine Meldung, in der stand, die Polizei habe einen Mann, der ihr bei ihren Ermittlungen helfe, den ganzen Tag festgehalten. Das allein hätte nicht genügt, doch die Reporter ließen dieser Meldung einen langen Bericht über die beklagenswerte Mrs. Carol Stratford folgen, die Tag für Tag, von Ungewißheit gepeinigt, in ihrem Heim warte, das sie mit dem zwanzigjährigen Barry Mahon teile. Dann hieß es, der Mann, der bei den Ermittlungen helfe, sei zwanzig, wohne in Winterside Down und sei im Baugewerbe tätig. Barry zuckte zusammen. Er kaufte die Zeitung im Papiergeschäft auf dem Bevan Square und spürte genau, daß Mr. Mahmud, der Zeitungshändler, und seine hübsche Tochter mit dem langen schwarzen Zopf ihn mit größerem Interesse musterten als sonst.

Am nächsten Tag holte die Polizei ihn schon wieder. Es war Samstag, daher war er zu Hause. Auf dem Revier bombardierten sie ihn mit Fragen, wie gehabt: Waren viele Leute im Kino? War es nur halb voll? Waren noch weniger Leute da? Wie viele Leute? Hatte er geraucht? Auf welcher Seite hatte er gesessen, um rauchen zu dürfen? Barry antwortete ruhig, er brauchte nichts zu erfinden, und wenn er sich nicht mehr erinnern konnte, gab er es offen zu.

Sie fragten ihn, ob er jähzornig war? Was er von körperlicher Züchtigung hielt? Hielt er es für möglich, daß man ein Kind erziehen konnte, ohne es zu schlagen? Barry antwortete mechanisch. Er fragte sich, wieso er der einzige Mann war, den man dieser Inquisition aussetzte. Doch vielleicht war er es gar nicht. Vielleicht hatten sie auch Ivan, Maureens Mann, zum Verhör aufs Revier geholt. Vielleicht hatten sie Jerry und Louis Isadoro vernommen. Aber über sie hatten die Zeitungen nicht berichtet, daß sie der Polizei bei den Ermittlungen halfen ...

Es gab in Jasons Leben noch einen Mann. Hatten sie sich nach ihm erkundigt? Hatten sie Carol gefragt, wer er war? Jason hat einen Vater! hätte Barry sie am liebsten angeschrien. Fast hätte er es auch getan. Doch am Ende brachte er aus Loyalität und Respekt gegen Carol nicht fertig. Er ließ ihre Fragen über sich ergehen, antwortete ja oder nein und manchmal überhaupt nicht. Auf eine seltsame Weise hatte er das Interesse verloren, genauso wie ihm am Tag vorher die Angst abhanden gekommen war.

Diesmal ging er zu Fuß nach Hause. Carol war ausgegangen. Sie hatte ihm aber einen Zettel hingelegt, mit zwei Kreuzchen darauf, die Küsse bedeuteten, also durfte er nicht böse sein. Er versuchte sich auf das Spiel Arsenal-Ipswich zu konzentrieren, das im Fernsehen übertragen wurde, doch es gelang ihm nicht, er konnte nur an eins denken. Ein Zusammengehörigkeitsgefühl mit Dave – etwas, das er bisher noch nie empfunden hatte – ließ ihn nach der gerahmten Fotografie greifen. Er sah sie sich sehr genau an. Dave sah so glücklich aus, lächelte so sorglos. Einen Monat, nachdem das Bild aufgenommen worden war, war er tot, sein Körper irgendwo in den kroatischen Bergen im Wrack seines Lasters zerquetscht. Barry fiel es schwer, sich ihn, Carol, Tanya und Ryan als ganz durchschnittliche glückliche Familie vorzustellen. Er wußte nicht warum, aber er konnte es sich nicht vorstellen, konnte Carol nicht als Teil dieser Familie sehen. Und doch sagte sie, genauso sei es gewesen. Und hinterher? Wie war sie hinterher mit ihrem Leben umgegangen?

Die Kinder waren ins Heim gekommen, und sie war allein gewesen. Nur war Carol viel zu schön, um lange allein zu bleiben. Wer hatte Daves Platz eingenommen? Barry wußte kaum, was ihm lieber wäre – hundert oder nur einer. Er fragte sich, was in ihr vorging, wenn sie allein war, was für Gedanken ihr jetzt durch den Kopf gingen, wenn sie zum Beispiel einen Schaufensterbummel machte oder mit Iris und Jerry im Pub saß. Wenn schon er so viel an Jason dachte, mußte sie sich doch die ganze Zeit mit ihm beschäftigen – mit Jason, wie er vor einer Woche gewesen war, mit Jason als Baby, sie mußte an seine Geburt und an die Monate vor seiner Geburt denken. Es konnte gar nicht anders sein. Wenn er eine Frau wäre, wenn er Carol wäre, würde er so denken, das wußte Barry. Und wie sollte er das Denken anderer beurteilen, wenn nicht danach, wie er selbst dachte? Sie mußte an die Zeit denken, in der ihr klar geworden war, daß sie ein Kind bekam, und an die Umarmungen, die dazu geführt hatten. Vielleicht waren sie sich nicht mehr so nahe wie früher, weil sie sich mit diesen Dingen beschäftigte.

Aus einem Impuls heraus beschloß er, dafür zu sorgen, daß sie einen besonders schönen Abend miteinander verleben sollten. Ihre Gedanken sollten sich wieder ihm zuwenden. Wein, dachte er, und ein Brathuhn ... Ein Huhn braten konnte er, und er wollte zur Abwechslung einmal richtig kochen. Als er Winterside Down durch den Haupteingang verließ, sah er niemanden, den er kannte. Es wurde schon sehr früh dunkel, besonders wenn der Himmel bewölkt war wie heute den ganzen Tag. Die Leute kamen von ihren letzten Wocheneinkäufen zurück und schleppten schwer an ihren Taschen. Als er mit seinen Einkäufen zurückkam, brannten die gelben Lichter schon.

Die verschwommene Idee, mit Maureen zu sprechen, führte ihn auf dem Rückweg durch die Winterside Road zum Kanal und über die Chinesische Brücke. Er ging an Maureens Haus vorbei, blieb nicht einmal an der Gartentür stehen. Sie würde ihm nichts sagen, wahrscheinlich wußte sie es selbst nicht, und außerdem war Samstag und Ivan zu Hause. Auf der Brücke gab es ein frisches Grafitti, mit roter Farbe aufgesprüht – *Chicken Rules*. Eigentlich müßte ich wissen, was das bedeutet, dachte Barry, jung genug wäre ich ja. Aber wahrscheinlich war er eben doch zu alt geworden.

Die Motorrad-Freaks hatten sich am Winterside Down-Ende der Brücke versammelt. Eigentlich durften sie mit ihren Maschinen den Weg nicht benutzen und noch viel weniger die Rasenflächen. Doch wer sollte sie daran hindern? Durch den Rasen zogen sich kreuz und quer tiefe Reifenspuren. Der Wiedehopf trug neues eisvogelblaues Lederzeug.

Einer der Burschen – Barry glaubte, daß es der Nasenring war – rief ihm etwas hinterher, als er an ihnen vorbei war. Das war alles. Er kam über die Brücke, und sie versuchten nicht, ihn aufzuhalten, sie belästigten ihn überhaupt nicht, aber als er vorbei war, rief der Nasenring etwas hinter ihm her, das er nicht verstand. Das war ihm zum erstenmal passiert. Er wußte, daß sie den Mädchen dreckige Bemerkungen und den alten Leuten andere Dinge nachriefen. Er hatte Blauhaar zu Mrs. Spicer, die in engen Hosen umherstolzierte, sagen hören: «Für ’ne alte Tante hast du aber einen knackigen Arsch.»

Doch daß sie auch über ihn herzogen, obwohl er ein Mann war und zur selben Generation gehörte wie sie, ärgerte ihn fast genauso wie die Tatsache, daß die Polizei es auf ihn abgesehen hatte. Er hatte nicht mitbekommen, was Nasenring ihm zugerufen hatte, und er wollte es auch nicht wissen. Aber er fühlte ihre Blicke im Rücken, als er den Weg zwischen den grünen Rasenflächen entlangging. Ihre Blicke, die ihn früher gleichgültig oder mit einer gewissen Toleranz gestreift hatten, verfolgten ihn jetzt mit derselben Verachtung, die sie, wie er bemerkt hatte, anderen entgegenbrachten. Doch harte Blicke und harte Worte taten nicht weh. Die Lichter an den Hinterfronten der Häuser in der Summerskill Road tauchten auf. Er zählte die Häuser vom Ende der Reihe an, und auch im achten – in Carols Haus – brannte Licht. Sie war zu Hause. Er ging rascher.

Hinter ihm heulten die Motoren auf, und dann fuhren die Maschinen, eine nach der anderen, ganz langsam und ganz dicht an ihm vorbei, sechs schwere Maschinen brummten mit voller Absicht langsam und fast auf Tuchfühlung vorüber.

Im Haus gab es viele Spiegel. Carol stand vor dem Dielenspiegel und hantierte an ihrem Haar herum. Dazu benutzte sie etwas, das Barry bei sich «irgendsoein Friseur-Dings» nannte, und das sie an die Steckdose über der Fußleiste angeschlossen hatte.

«Was ist denn das?» fragte Barry, blieb hinter ihr stehen und legte ihr die Hände auf die Taille.

«Ein elektrischer Frisierstab. Ich hab ihn in einem dieser Neppläden in Brent Cross mitgehen lassen.»

Sie lächelte ihm durch den Spiegel zu. Sie war wieder normal, war ganz wie früher. So wie sie sich anfühlte, und der prickelnden Elektrizität nach zu schließen, die von ihr ausging, wußte er, daß sie heute nacht miteinander schlafen würden – vielleicht sogar schon früher. Lächelnd rollte sie eine Haarsträhne nach der anderen auf den Stab und ließ sich weich gegen Barry zurückfallen.

«Ich habe ein Huhn und zwei Flaschen Wein besorgt», sagte er. «Oder wolltest du ausgehen?»

«Was dir lieber ist», sagte sie verträumt.

Er brachte die Einkaufstüte in die Küche. Er mußte lächeln, weil sie es nicht hatte erwarten können, ihre neueste Errungenschaft auszuprobieren, die um so kostbarer war, weil sie nicht dafür bezahlt hatte. Das war typisch für Carol, die alte Carol, ins Haus zu stürzen und den Mantel auf den Boden zu werfen, weil sie nicht warten konnte. Er hob den Mantel, die Handtasche, die Handschuhe und einen Plastikbeutel auf und trug die Sachen ins Schlafzimmer hinauf. Aus dem Bündel, ob aus der Manteltasche, der halb offenen Handtasche oder dem Plastikbeutel wußte er nicht, fiel ein Kassenzettel von Boots. Auf der Rückseite stand: Terry, Spring Close 5, Hampstead. Es war nicht Carols, es war eine Männerhandschrift. Sie hatte also einen Mann wiedergesehen, den sie von früher her kannte, und er war umgezogen, seit sie sich das letzte Mal gesemen hatten. Das war Barry völlig klar. Er wußte jetzt, warum sie erregt und liebevoll und so wie früher war.

Dieser Mann hätte ihr nicht seine Adresse aufgeschrieben, und sie hätte sie nicht genommen, wenn sie nicht die Absicht hätte, ihn wiederzusehen. Barry beschloß, sie danach zu fragen, ebenso wie er sie fragen wollte, wer Jasons Vater war. Ihm kam der ihm äußerst unangenehme Gedanke, daß dieser Terry und Jasons Vater vielleicht ein- und derselbe waren.

Aber er wollte sie erst später fragen, nachdem sie sich geliebt hatten. Er steckte den Zettel mit der Adresse in ihre Handtasche und machte sie zu.

Zweites Buch

11

Bis zum letzten Augenblick hatte er geglaubt, Freda werde nicht ohne ihn reisen. Es war höchst unwahrscheinlich, und seine eigenen Erfahrungen sprachen ebenfalls dagegen. Eine Vierundfünfzigjährige, die das Glück hatte, sich einen Zweiunddreißigjährigen zu angeln, fuhr nicht auf unbestimmte Zeit allein in die Karibik, wenn sie es sich ohne weiteres leisten konnte, ihn mitzunehmen. Und sie war nicht einmal eine gut erhaltene Vierundfünfzigjährige und konnte nie besonders attraktiv gewesen sein. Sogar die Erinnerung daran war jetzt demütigend, aber am letzten Tag, am Tag bevor sie reiste, hatte er fest damit gerechnet, daß sie ihn mit einem Flugticket überraschen würde.

Sie waren beim Essen gewesen, zu Fredas Haus in Spring Close zurückgefahren, und sie fing an, ihren Handkoffer zu packen.

«Ich glaube, ich sollte jetzt wohl auch packen», sagte er. Er hatte sich nie ganz daran gewöhnen können, die Dinge im Haus so selbstverständlich zu benutzen, als gehörten sie ihm. «Kann ich einen von den braunen Koffern nehmen?»

Sie lächelte. Irgend etwas machte sie sehr glücklich. «Schäfchen», sagte sie, «das haben wir doch vorige Woche alles besprochen, ich dachte, die Sache sei ausgestanden. Ich fahre allein, und du bleibst hier und paßt auf das Haus auf. Ich weiß, du glaubst, daß ich dich gern überrasche, und das habe ich bisher ja schon ein paarmal getan, aber nicht diesmal. Tut mir leid, Schäfchen.»

«Nenn mich nicht so!»

«Entschuldige, Terence. Vor einem Monat habe ich dir gesagt, daß ich nach Martinique fliege und du hierbleibst und dich um das Haus kümmerst. Und du warst einverstanden. Hast du wirklich gedacht, daß ich nur rumspiele?»

«Du brauchtest nicht so verdammt glücklich auszusehen.»

«Ich freue mich auf die Sonne und auf das Meer, Terence. Ich

121

freue mich darauf, alte Freunde wiederzusehen. Warum sollte ich nicht glücklich sein?»

Die Aussicht, als eine Art Hausmeister hier allein zu bleiben, bedrückte ihn schon jetzt. Als sie herunterkam, versuchte er noch einmal, sie umzustimmen. Sie hörte ihm nicht einmal zu. Es war, als sei sie schon fort. Ihr Körper mochte noch hier sein, doch ihr Herz und ihre Seele waren schon in der Boeing 747 und flogen gen Westen.

Sie schliefen in dieser Nacht in verschiedenen Zimmern. Er auf der unteren Ebene des ersten Stockwerks. Das Haus hatte lauter versetzte Ebenen und war die Verwirklichung eines abenteuerlichen Architektentraums mit Teakholz, Fußböden aus Schieferplatten, italienischen Keramiken und getöntem Glas. Die Fenster hatten keine Vorhänge, sondern nur Jalousien, überall lagen schwarze langflorige Teppiche, die Sitzmöbel waren aus purpurfarbenem Leder und Chrom. In den beiden Bädern waren die Wannen in den Boden versenkt, und das eine war zu einer Marmorgrotte ausgebaut. Am Fuß der Treppe stand auf der Säule des Treppengeländers eine schwarze weibliche Marmorstatue, die statt eines Gesichts ein Loch im Kopf hatte. Und am Rand der steinernen Einfassung des Wintergartens in der Halle balancierte ein einbeiniger Mann, der sich anschickte, eine Art Teller zu schleudern.

Fünf weitere Häuser, Arbeiten desselben Architekten, bildeten die Enklave von Christchurch Hill. Das einzige, was Terence bisher daran gefiel – sein Geschmack waren Landhäuser aus dem 18. Jahrhundert –, war die Aussicht aus dem «Spielzimmer» im Penthouse. Von dort aus konnte man fast ganz Hampstead Village, East Heath, die Teiche, die Wälder und das Vale of Peace überblicken.

Diese Aussicht bewunderte Terence nicht um ihrer Schönheit willen, und er war auch unempfindlich gegen das Wunder, daß so viele alte Gebäude und unberührte Landschaft erhalten geblieben waren. Für ihn war das, was er sah, nur ein Äquivalent für Reichtum. Für ihn war es eine «reiche» Aussicht, vermutlich die reichste auf den Britischen Inseln. Wenn er darauf hinuntersah, konnte er sich zwar noch nicht sagen, daß er am Ziel, aber daß er ganz gewiß auf dem Weg dorthin war. Welten trennten ihn von der Sozialwohnung seiner Mutter in der Brownswood Common Lane, seinem Zimmer in Holloway, dem möblierten Holzhaus in Rockhampton, in dem er mit vier anderen Typen gewohnt hatte, als er für die Eisenbahn in Queensland gearbeitet hatte. Hier war das Geld zu Hause, alles quoll von Geld über.

«Dir läuft der Speichel aus dem Mund, Lämmchen», hatte Freda vor noch nicht allzulanger Zeit gesagt.

«Was?»

«Du weißt, was das heißt, Lämmchen. Dir läuft das Wasser im Mund zusammen. Immer wenn ich von Geld spreche, fließt dir ein Tropfen Speichel aus dem Mundwinkel. Ehrlich. Ich scherze nicht.»

Hatte sie es deshalb abgelehnt, ihn zu heiraten? Weil er nicht verbergen konnte, wie gern er das Geld hatte? Er konnte nicht anders, er hatte sein Leben lang zu den Benachteiligten gehört. Was wußte sie denn, eine Witwe, die nie gearbeitet und die von ihrem Mann alles bekommen hatte, was er sich wünschte?

Am nächsten Morgen begleitete er sie bis zur Heath Street, um ihr das Taxi zum Flugplatz zu holen. Zu streiten, hatte jetzt wohl keinen Sinn mehr. Er durfte in dem gräßlichen Haus wohnen, und er wollte das Beste daraus machen. Er küßte sie sogar, allerdings nicht auf den Mund, denn den hatte sie sich reichlich mit glänzendem Fuchsienrot geschminkt, das genau auf ihr Reisekostüm abgestimmt war.

Genauso wie er am Abend vorher bis zum letzten Augenblick erwartet hatte, daß sie ihm ein Flugticket überreichte, erwartete er jetzt das nötige Kleingeld, von dem er bis zu ihrer Rückkehr leben konnte. Sie konnte das nicht über einen Anwalt erledigt haben, dann hätte er irgend etwas unterschreiben oder vielleicht mit ihr zur Bank gehen müssen. Aber ein Barscheck, vielleicht sogar Bargeld . . .

«Bekommst du noch Arbeitslosengeld, Lämmchen?»

«Nenn mich nicht so, Freda. Nein, Arbeitslosengeld bekomme ich nicht mehr, nur noch Arbeitslosenhilfe. Dreiundzwanzig Pfund fünfzig wöchentlich, wenn du's genau wissen willst.»

«Ach, tatsächlich?» sagte sie. «So viel? Für die Arbeitslosen wird in diesem Land wirklich gut gesorgt, nicht wahr? Ich glaube, die Leute wissen das gar nicht zu schätzen.»

Er sah sie an, sah ihre dunkelrot bemalten Lippen auf- und zuklappen. Dieses Gerede war wirklich unglaublich. Es machte einen total fertig. Was sollte man dazu sagen?

«Ich habe dich nach dem Arbeitslosengeld gefragt, weil ich dir kein Geld gebe», sagte sie. «Die Steuern sind für sechs Monate im voraus bezahlt, Gas, Strom und Telefon werden von meinem Konto abgebucht. Du darfst das Telefon benutzen, soviel du willst, Terence, und du darfst auf keinen Fall frieren, also immer schön einheizen, ja?»

Mit leeren Händen ging er ins Haus zurück. Er hatte sich geirrt, als er es für selbstverständlich hielt, daß sie ihn heiraten werde, weil er zweiundzwanzig Jahre jünger war. Zum Teufel damit, die Aussicht war ohnehin nicht verlockend, das Geld natürlich um so verlockender. Als einmal aus irgendeinem Grund vom nächsten Jahr die Rede gewesen war, hatte er wie nebenbei erwähnt, daß sie dann wahrscheinlich längst verheiratet sein würden. Sie hatte ihm einen sehr merkwürdigen langen Blick zugeworfen, und er hätte schwören können, daß ihr die Tränen in die Augen traten. Er hatte erwartet, daß sie ihm in die Arme fliegen würde. Als sie das nicht tat und nur langsam den Kopf schüttelte, hatte er eine ihrer witzigen Bemerkungen erwartet, die er so unerträglich fand. Doch alles, was sie gesagt hatte, war: «Nein, Schäfchen, das glaube ich nicht. Das wird wohl nie möglich sein.»

Er fühlte sich verraten und verkauft. Kam sich wie ein Fisch auf dem Trockenen vor, der idiotisch nach Luft schnappte. Er hatte zwar das Haus auf dem Hals, aber keine Mittel, um etwas damit anzufangen. Er konnte es sich nicht einmal leisten, eine Party zu geben. Sie bestrafte ihn, das war ihm klar, strafte ihn in ihrer leichten, halb lachenden Art dafür, weil es ihn amüsiert hatte, wenn die Leute sie für seine Mutter hielten, bestrafte ihn für die Stunden, in denen er sie allein gelassen hatte, um mit einem Mädchen herumzuziehen, bestrafte ihn für seine Ungeduld, wenn sie es nicht aushielt, bis drei Uhr morgens wachzubleiben, und bestrafte ihn schließlich dafür, daß er die Brauen hochzog, wenn sie eine Hitzewallung bekam.

Allein im Haus, beschloß er, keine Zeit zu vergeuden. Er beabsichtigte, alles mitgehen zu lassen, was er finden konnte und was ihm brauchbar erschien – jeden Penny, der irgendwo herumlag, jeden Gegenstand, den er verkaufen konnte. Er begann damit, daß er über den schwarzen Teppich – der lockig und glänzend war wie das Fell eines Cocker Spaniels – zu den Bücherregalen hinüberging, die am Ende der oberen Ebene eine ganze Wand einnahmen. Hier bot ein Panoramafenster Ausblick auf einen gepflasterten Platz mit erhabenen Blumenbeeten und großen Steinkrügen, um den die sechs Häuser herumgebaut waren. Terence drehte an dem patronenförmigen Knauf am Ende der Jalousienschnur, bis die Lamellen halb geschlossen waren und er nicht mehr gesehen werden konnte.

Freda kaufte jeden neuen Roman, der irgendwie Aufsehen erregte. Zwischen *Die vertrackte Ehe* von Benet Archdale und dem neuesten Dick Francis stand ein Morris L. West in einem wunderbaren Einband. Terence wußte, daß der Einband tatsächlich ein französisches Wörterbuch enthielt, aus dem in der Mitte der Seiten ein würfelförmiges Loch ausgeschnitten war, ungefähr von *devoir* – Aufgabe – bis zu *mille* – tausend. Es war Fredas Geheimkasse für Notfälle. Als sie einmal nicht gemerkt hatte, daß er sie beobachtete, hatte sie eine Fünfzigpfundnote herausgeholt. Aber als er das Buch jetzt aufschlug, war das Versteck leer. Vergeblich schüttelte er jede einzelne Seite aus.

Er stieg die Stufe hinunter, ging über den Teppich und auf der anderen Seite die Stufe wieder hinauf in die Wohneinheit, wo rotlackierte Balken die spitz zulaufende Decke stützten. Die Fenster waren so schmal, daß sie den Schlitzen glichen, durch die man in alten Schlössern Pfeile abgeschossen hatte. Gegenüber dem auf roten Ziegeln aufgeschütteten Zimmerbeet mit Rizinuspflanzen und Farnen stand Fredas Schreibtisch. Er war bestimmt abgeschlossen und der Schlüssel irgendwo versteckt. Terence machte sich auf die Suche nach dem Schlüssel. Er sah in glänzenden, schwarzen rhombenförmigen Vasen nach, grub in der Erde um die Rizinusölpflanzen und schaute unter dem Teppich nach, der nur bis an die polierte Holzstufe reichte. Ein einziges Mal bisher, während er mit Fredas Vorgängerin zusammenlebte – als Generalprobe für Freda, sozusagen –, hatte er eine Kreditkarte besessen. Sie war jetzt wahrscheinlich abgelaufen. Da Freda seine Rechnungen nicht bezahlen wollte, war die Kreditkarte auch nie erneuert worden. Er hatte sie behalten, weil er gelesen hatte, man könne mit einer Kreditkarte einfache Schlösser öffnen. Schließlich entdeckte er in Fredas Schlafzimmer eine alte Kreditkarte von ihr.

Er durchsuchte ihren Schrank, den Toilettentisch und die Kommodenschubladen, bevor er wieder hinunterging. Er fand kein Geld, und ihr Schmuck lag irgendwo in einem Safe. Würde er den Mut haben, die silbernen Bürsten mit den Schildpattrücken zu verkaufen, die zweifellos dem verschiedenen John Howard Phipps gehört hatten. Darüber wollte er nachdenken, nachdem er ihren Schreibtisch durchsucht hatte.

Es war sehr schwierig, ihn zu öffnen. Der Trick mit der Kreditkarte gelang ihm nicht. Am Ende benutzte er Hammer und Meißel und schlug so lange unbarmherzig auf das Schloß ein, bis er es splittern hörte. Die Rolltür fiel klappernd hinunter. Von Anfang an war er überzeugt, daß er kein Geld finden werde. Er durchsuchte die vier Schubladen und die beiden Fächer. Er fand einzig und allein einen Briefumschlag mit ein paar Münzen, zwei amerikanische Vierteldollar und einen Nickel, 350 Lire und 10 Schweizer Franken. Außerdem lag in der Schublade noch ein Sparbuch, das einmal ein Guthaben von 5000 Pfund ausgewiesen hatte, aber aufgelöst worden war, bevor er Freda kennengelernt hatte. Damals hatte ihr Mann noch gelebt.

Unter dem Sparbuch lag ein Sparbon-Buch der Nationalbank mit einem grünen Pappdeckelumschlag. Es enthielt zwei Sparbons mit je hundert Einheiten, beide vor fünf Jahren für 500 Pfund gekauft und heute, dem Kleingedruckten darauf zufolge, insgesamt 1400 Pfund wert. Der Name des Inhabers stand auf der Rückseite, und daneben lag die Kundenkarte des Inhabers, die seine Unterschrift trug. Der Inhaber war Fredas verstorbener Mann.

Terence hatte noch nie etwas wirklich Kriminelles getan. Er hatte nicht die Nerven, es zum Beispiel mit Ladendiebstählen zu versuchen. Als er Carol Stratford vor ein paar Tagen oben in Brent Cross beobachtet hatte, wie sie den Frisierstab klaute, hatte er ihren Mut und ihre kühle Selbstsicherheit bewundert. Sie hatte das Ding aus dem Regal genommen, in ihren Plastikbeutel gesteckt und war fröhlich aus dem Laden marschiert. Er hatte im Flur auf sie gewartet und geriet in Versuchung, ihr die Hand auf die Schulter zu legen und zu sagen: «Entschuldigen Sie, Madam, aber . . .» Doch er hatte nicht das Herz. Er hatte Carol immer gern gehabt, und sie hatte jetzt ohnehin ihr Päckchen zu tragen. Diese Geschichte mit ihrem Jungen . . .

Also hatten sie nur bei einer Tasse Kaffee ein bißchen miteinander geschwatzt, weil die Pubs erst eine Stunde später öffneten. Er hatte ihr seine Adresse aufgeschrieben, obwohl er geglaubt hatte, er werde nicht mehr lange hier zu erreichen sein. Damals hatte er noch gedacht, Freda werde ihn mitnehmen. Carol war recht vergnügt. Sie sagte, sie sei anfangs ganz erledigt gewesen, doch jetzt habe sie das Gefühl, daß es Jason gutgehe und er bald wiederkomme.

«Auf einmal wird er wieder da sein wie ein Bumerang», sagte sie.

Carol war es gewesen, die ihm vor zwei oder drei Jahren den Coup in Golders Green vorgeschlagen hatte. Sie war damals schon Witwe, obwohl nicht älter als fünfundzwanzig. Ein paar Wochen bevor Terence sie nach langer Zeit wiedergesehen hatte, war ihr Mann bei einem Verkehrsunfall ums Leben gekommen und hatte sie mit zwei Kindern zurückgelassen.

Carol hatte schon eine Menge leichter krimineller Delikte auf dem Kerbholz. Sie war eine gute Ladendiebin und war nie erwischt worden. Einmal hatte sie es sogar geschafft, unter ihrem Mädchennamen Arbeitslosengeld zu beziehen, und zugleich unter dem Namen ihres Mannes zwei Jobs auf einmal zu haben. Sie hatte immer Ideen, wie sie zu Geld kommen konnte, ohne zu arbeiten, oder irgendein Ding zu drehen, doch die meisten dieser Ideen waren zu phantastisch, um ernst genommen zu werden. Aber diese Sache war anders gewesen. Sie würde sie ja am liebsten selber machen, hatte sie gesagt, nur habe sie leider nicht das richtige Geschlecht.

Er hatte nichts anderes zu tun, als jeden Tag beim Krematorium in Golders Green herumzustehen und die Trauergäste der einzelnen Beerdigungen im Auge zu behalten. Wenn er einen dunklen Anzug trug, würde man ihn auch für einen Trauernden halten. Er mußte sich die Witwen ansehen, bis er eine entdeckte, die seinen Anforderungen entsprach. Sie mußte wohlhabend, nicht zu alt und am besten kinderlos sein. Carol hatte gesagt, er werde schnell begreifen, und sie hatte recht gehabt. Terence trieb sich bei zehn Beerdigungen von Männern herum, und dann fand er seine Beute. Wieder hatte Carol recht gehabt, als sie sagte, daß die Männer fast immer jünger starben als Frauen. Zufällig war er auch zweimal dabei gewesen, als Frauen beerdigt wurden, doch sie waren beide über achtzig gewesen.

Zu dieser Zeit hatte er schon ein gewisses Geschick darin entwickelt, Reichtum zu erkennen, und Jessica Mason aufs Korn genommen. Sie trug bei der Beerdigung ihres Mannes einen Zobelmantel. Terence stellte sich ihr nach der Feier vor, als sie die Blumenspenden bewunderten. Er sagte, ihr Mann und sein Vater seien früher einmal enge Freunde gewesen. Es waren nur vier andere Leute anwesend, anscheinend war der verschiedene Roy Mason nicht besonders beliebt gewesen. Terence fand heraus, wo Jessica wohnte, und war von der Adresse tief beeindruckt. Eine Woche später rief er an. Ungefähr einen Monat nach Roy Masons Tod lebte Terence schon bei der Witwe in dem nachempfundenen Tudorhaus an der Grenze zwischen Cricklewood und Golders Green.

Mit Jessica war alles in Ordnung. Sie war erst fünfundvierzig und hatte keine Kinder. Sie besaß sogar noch viel mehr Geld, als er vermutete, doch sie war die herrschsüchtigste und anspruchsvollste Frau, die er je gekannt hatte. Als sie erfuhr, daß er sich noch manchmal mit Carol traf, ging sie mit einem Küchenmesser auf ihn los. Sie wollte ihn und dann sich selbst töten. Terence traf sich nicht mehr mit Carol und blieb noch ein paar Monate bei Jessica. In dieser Zeit nutzte er die Barclay-Kreditkarte weidlich aus, die Jessica ihm besorgt hatte, und übte sich nebenbei darin, ihre Unterschrift zu fälschen. Er wurde ein wahrer Experte darin, hatte jedoch nie den Mut, einen Scheck von Jessica mit der gefälschten Unterschrift zu versehen, und sich auf diese Weise Geld zu beschaffen.

Während sie eines Nachmittags die Mutter einer Freundin im Krankenhaus besuchte, verschwand Terence. Er ging einfach und nahm in einem Koffer, der ihr gehörte, alle Kleider mit, die sie ihm gekauft hatte. Auf der Schwelle zögerte er kurz und dachte daran, zurückzugehen und ein paar von ihren Schmuckstücken und auch sonst noch einige Kleinigkeiten mitgehen zu lassen. Wieder ließen ihn seine Nerven im Stich. Er war nicht sehr mutig, und das wußte er. Wann immer er so etwas tat – als er Jessica zum Beispiel die Brieftasche aus der Handtasche geklaut und ihr eingeredet hatte, sie müsse sie in dem Trubel der Untergrundbahnstation am Oxford Circus verloren haben –, war ihm zum Sterben übel und er wachte nachts in kalten Schweiß gebadet auf. Wie alle Briten huldigte Terence der nationalen Überzeugung, daß Entschlossenheit durch blasse Gedanken angekränkelt werden kann. Er ließ Schmuck und die anderen Kleinigkeiten, wo sie waren, und begab sich in sein neues Heim nach Spring Close. Denn inzwischen hatte er, im Zuge neuerlicher Erkundungstätigkeit in Golders Green Freda Phipps kennengelernt, sich bei ihr eingeschmeichelt und auch schon mit ihr geschlafen.

Als er jetzt das Sparbuch ihres verstorbenen Mannes betrachtete, überkam ihn Bitterkeit. Freda hätte die Sparbons sofort einlösen können, nachdem das Testament rechtskräftig geworden war – vermutlich auch schon früher, da es außer ihr keine Erben gab. Es war ihr jedoch nicht der Mühe wert gewesen, sie hatte auch ohne diese 1400 Pfund genug.

Wenn er schon dabei war, konnte er gleich auch die anderen Papiere in den beiden Fächern durchsehen. Im oberen lagen nur Protokolle von Firmenkonferenzen. Warum hatte sie denn die aufgehoben? Im unteren entdeckte er eine Abschrift von John Howards Testament, seine Geburtsurkunde und den Totenschein. Fredas Geburtsurkunde und der Trauschein lagen ebenfalls da, zusammen mit mehreren Versicherungspolicen für Haus und Auto und anderen Dokumenten. Unbrauchbar. Für ihn genauso unnütz wie die Firmenprotokolle.

Er suchte sich ein Blatt Papier und begann John Howard Phipps' Unterschrift zu üben. Er schrieb ein dutzendmal John H. Phipps und versuchte es dann schneller und mit einem feinen Schnörkel. Die Schwierigkeit lag darin, daß er die Unterschrift vor den Augen eines Postbeamten leisten mußte.

Viel später im Lauf dieses Tages setzte er sich, nachdem er im *King of Bohemia* ein Glas getrunken, zum Lunch eine Dose gebackene Bohnen aufgemacht, ein Spiegelei gebraten und über einen weiteren Versuch in Golders Green nachgedacht hatte, wieder mit der Feder in der Hand an den Schreibtisch. Er mußte diese 1400 Pfund kassieren, es war seine einzige Chance, denn die Idee, Jessica anzurufen und zu ihr zurückzukehren, erschien ihm höchst unrealistisch.

Wie alt war John Phipps gewesen? Freda hatte das Alter ihres verstorbenen Mannes nie erwähnt. In dem grünen Sparbuch war keine Eintragung, die auf das Alter des Inhabers schließen ließ, es sei denn, daß es irgendwo einen codierten Hinweis gab. Es wäre wohl kaum günstig, das Buch bei einem Postamt vorzulegen und zu erfahren, daß der Inhaber fünfundsechzig war. Ihm war klar, daß ihn seine Nerven wieder einmal im Stich ließen.

«Der Jammer mit dir ist, Terence Wand», hatte Carol einmal zu ihm gesagt, «daß du ein weitverbreitetes Leiden hast – keine Courage.»

Aber unter den Papieren hatte er doch irgendwo die Geburtsurkunde des Mannes gesehen. Er zog einen braunen Umschlag heraus, in dem seiner Meinung nach der Geburtsschein stecken mußte, sah jedoch, daß er den falschen erwischt hatte. Er war mit *Eigentumsurkunde über das Haus Spring Close 5, Hampstead* beschriftet.

Terence betrachtete den Umschlag, dann nahm er das Dokument heraus. Die Urkunde, dickes, liniertes pergamentähnliches Papier nannte für dieses Haus, das vor fünf Jahren gekauft worden war, nur einen Eigentümer. Die Urkunde hätte es auch als gemeinsames Eigentum von John Howard und Freda Phipps ausweisen, oder Freda hätte es nach dem Tod ihres Mannes auf ihren Namen ins Grundbuch eintragen lassen können. Nichts von alldem war der Fall. John Howard, obwohl schon gestorben, war noch immer der einzige rechtmäßige Eigentümer.

Die geradezu abenteuerliche Idee, die Terence kam, das ungeheuer Verbrecherische daran, machte ihn krank vor Angst. Winzige Schweißtropfen traten ihm auf die Stirn. Fremde Sparbons zu kassieren, war nichts im Vergleich dazu. Es war unmöglich, er konnte nicht einmal im Traum daran denken, so etwas zu tun – oder doch?

12

Jason saß im Fond des Wagens in James' Kindersitz und drückte das weiße Stoffkaninchen an sich, das Mopsa ihm gekauft hatte. Benet stellte Mopsas Gepäck in den Kofferraum, zu Jasons alter Kinderkarre, die dort lag, seit Mopsa den Jungen gestohlen hatte. Er sah gut und gesund aus, seine Gesichtsfarbe war nicht mehr so rot und sein Gesichtsausdruck lebhafter. Bilde ich es mir nur ein, dachte sie, oder sieht er tatsächlich hübscher aus? Wenn Mopsa fort war, die in ein oder zwei Stunden abflog, und sie auslöffeln mußte, was Mopsa ihr eingebrockt hatte, konnte wenigstens niemand sagen, Jason habe in ihrer Obhut gelitten. Sie konnten ihn nur beglückwünschen, weil er sich so erholt hatte.

«Diesen Tag wird Daddy sich im Kalender rot anstreichen», sagte Mopsa. «So lange waren wir nämlich noch nie getrennt.»

Sie hatte die langen Perioden vergessen, die sie in psychiatrischen Kliniken verbringen mußte. An diesem Morgen war sie ein Musterbeispiel sachlicher Vernunft in ihrem grauen Kostüm, einem roten Schiffonschal um den Hals und vorsichtig aufgetragenem Lippenstift im gleichen Farbton, weil sie nicht zu auffallend aussehen wollte. Benet bezweifelte jedoch, daß ihr Vater über Mopsas verfrühte Rückkehr so erfreut war wie sie sich einbildete. Am Telefon hatte er ziemlich vorwurfsvoll zu Benet gesagt:

«Du hättest deine Mutter doch wirklich einen ganzen Monat bei dir behalten können, wie es ausgemacht war!»

Und Mopsa selbst hatte alles noch schlimmer gemacht, als sie Benet den Hörer aus der Hand genommen und jammernd erklärt hatte, daß es in London nichts gab, was sie hielt, nachdem alle Tests negativ ausgefallen waren. Sie wolle, hatte sie gesagt, nicht so lange bleiben, bis sie nicht mehr gern gesehen sei.

John Archdales Stimme hatte sein ganzes unausgesprochenes Elend verraten. Du hast sie drei Wochen gehabt, hatte er Benet zu verstehen gegeben, ich habe sie ein Leben lang. Ich beklage mich nicht, ich nehme es auf mich, und alles, worum ich gebeten hatte, waren vier kurze Wochen. Mopsa, dachte Benet, wäre unter den gegebenen Umständen kein Stein aus der Krone gefallen, wenn sie dem armen Mann gesagt hätte, sie freue sich darauf, nach Hause zu kommen.

Jetzt, im Wagen, wurde es offensichtlich, daß sie sich wirklich freute. Erstens des Klimas wegen. Die Temperaturen waren in Spanien mindestens zwanzig Grad höher als in England. Die Sonne würde scheinen, und sie würde wieder in ihrem kleinen, gemütlichen Heim schalten und walten, das Benet nur einmal gesehen hatte und anscheinend nicht wiedersehen wollte. Sie schwatzte über die Vorzüge Südspaniens im Winter, wenn die meisten Touristen abgereist waren, über das Ehepaar aus High Wycombe, das sich ebenfalls dort niedergelassen hatte, und mit dem sie Bridge spielten, und über den Strand. Jason hatte sie offenbar vergessen. Seit Tagen hatte sie ihn buchstäblich ignoriert und es Benet überlassen, für ihn zu sorgen. Einmal hatte sie ihn James genannt.

«Sollte James nicht schon längst im Bett sein?»

Die Spitze, immer gezückt, um Benet bei jeder Gelegenheit mit Erinnerungen zu quälen, hatte voll getroffen. Aber Mopsa hatte es nicht mit Absicht gesagt. James als eigenständiger Mensch hatte sie nie interessiert und Jason noch viel weniger. Für sie schienen die beiden ineinander übergegangen, eins geworden zu sein, kleine Jungen, die nie mehr gewesen waren als Geschöpfe eines Stammes mit einer Gruppenseele. Nur noch einmal hatte Benet versucht

Mopsa zu erklären, was sie Jasons wegen unternehmen wollte, aber Mopsa hatte nur mit den Schultern gezuckt.

«Ich bin dann nicht mehr hier. Wozu erzählst du mir das?»

Am Bücher- und Zeitungskiosk in Heathrow stand eine Pyramide von *Die vertrackte Ehe* im Schaufenster. Der Anblick des glänzenden Schutzumschlags mit dem Bild einer Frau, die einen juwelenbesetzten Kopfschmuck trug, erinnerte Benet an das, was sie erwartete, wenn sie Jason zurückbrachte. Mopsa war niemand. Mopsa wäre nur für kurze Zeit – vielleicht einen einzigen Tag lang – ins Licht der Öffentlichkeit gerückt. Aber sie war Benet Archdale, Bestsellerautorin, ein berühmter Name, wenn auch kein berühmtes Gesicht, so doch eine Persönlichkeit. Was immer sie in Zukunft schreiben, tun, erreichen würde, daß sie einmal ein Kind entführt hatte, würde nie in Vergessenheit geraten. Sollte eines Tages jemand ihre Biographie schreiben, würde es auch darin enthalten sein. Man würde dem Fall ein ganzes Kapitel widmen. Die geistige Labilität ihrer Mutter würde ebenso angeführt werden wie die Tatsache, daß Benet Archdale ein Kind gehabt hatte, das mit zwei Jahren gestorben war. Aber sie brauchte gar nicht abzuwarten, bis jemand in ferner Zukunft ihre Biographie schrieb. Ende der Woche schon würde alles in den Zeitungen breitgetreten werden.

Sie kaufte eine Zeitung. Der Fall Jason machte wieder Schlagzeilen auf der Titelseite. Der Artikel am unteren Ende der Seite war zweispaltig: ein weiteres Interview mit Carol Stratford ...

«Du hast Geburtstag!» rief sie Jason zu. «O Jay, du bist heute zwei Jahre alt geworden.»

Sie hatte es sich angewöhnt, ihn Jay zu nennen. Schließlich nannte er sich selbst so. Sie nahm ihn auf den Arm und sah ihm ins Gesicht.

«Wie schrecklich, du hast Geburtstag, und wir lassen ihn sang- und klanglos vorübergehen.»

«Er weiß es nicht», sagte Mopsa. «Er ist noch zu klein, um zu wissen, was ein Geburtstag ist.»

«Ich wünsche dir alles, alles Gute, Jay.»

«Ich habe nächste Woche Geburtstag, und mir ist nicht aufgefallen, daß du deshalb aus dem Häuschen gerätst.»

Mopsa war mürrisch und schmollte. Sie fürchtete sich jetzt vor dem Flug und schluckte Valium mit schwarzem Kaffee. Jason bekam ein Eis, weil er Geburtstag hatte. Benet, die ihn beobachtete, wunderte sich, wie ihre Abneigung gegen ihn allmählich verblaßt war. Aber wie konnte man überhaupt Abneigung gegen ein kleines Kind empfinden, das nicht viel älter war als ein Baby? Würde man ihr vielleicht erlauben, ihn ab und zu zu besuchen, um zu sehen, wie er sich entwickelte? Vielleicht, wenn es ihr gelang, ihnen begreiflich zu machen, wie alles gekommen war, wenn sie nicht zu grob mit ihr umsprangen ...

Der Flug nach Malaga wurde aufgerufen. Obwohl Mopsa nur widerwillig ein Flugzeug bestieg, machte sie sich schon beim ersten Aufruf bereit. Die Maschine flog sonst vielleicht ohne sie ab. Vielleicht bekam sie Schwierigkeiten, weil sie sich verspätet hatte. Schließlich war ihr Ticket erst vor vier Tagen gekauft worden.

Benet begleitete sie so weit sie konnte. Sie verabschiedeten sich an der Paßkontrolle. Mopsa, die sie während der letzten Tag kalt behandelt und ständig herumgenörgelt hatte, umarmte Benet und küßte sie heftig.

«Du weißt gar nicht, wie sehr du mir fehlst, Brigitte. Du bist mein einziges Kind, und es ist bitter, Hunderte von Meilen von dir getrennt zu sein.»

Benet versprach, anzurufen und zu schreiben. Sie erinnerte Mopsa nicht daran, daß sie an der Trennung schuld war, daß sie es war, die unbedingt in Spanien leben wollte. Von Jason verabschiedete sich Mopsa nicht. Sie nahm keine Notiz von ihm. Benet war überrascht, wie sehr sie sich darüber ärgerte, wieviel Verbitterung es in ihr zurückließ. Es ist nur deshalb, weil ich weiß, daß sie James genauso behandelt hätte, dachte sie.

Ich darf meine Mutter nicht hassen ...

Mopsa betrat den Korridor. Das letzte, das Benet von ihr sah, war die Geste, mit der sie ihre Handtasche auf das Förderband des Durchleuchtungsapparates warf.

Da sie wußte, daß Jason Geburtstag hatte – Carol Stratford hatte es der Zeitung mitgeteilt und tief bedauert, daß sie keine Party für ihn geben konnte –, fühlte Benet sich verpflichtet, ihm ein Geschenk zu kaufen. Auch wenn er heute wahrscheinlich den letzten Tag bei ihr war, wollte sie ihm etwas schenken. Er würde es wohl behalten dürfen. Warum auch nicht?

Jason schien keinen besonderen Wunsch zu haben, doch am liebsten hätte er den ganzen Spielwarenladen mitgenommen. Benet erinnerte der Laden lebhaft an das Spielzimmer im Krankenhaus. Ein Teil der Spielsachen dort stammte offenbar von hier. Sie sah sich wieder auf einem niedrigen Kinderstuhl sitzen und darauf warten, daß das Telefon frei wurde und sie Mopsa anrufen konnte. Vor ihr, die ganze Wand einnehmend, der Händebaum … Damals lebte James noch, und die unzähligen erhobenen Hände schienen um etwas zu flehen, aber um was? Um was?

Sie kaufte ein Schaukelpferd. Es war groß und schön, ein Apfelschimmel. Es sollte am nächsten Morgen ins Vale of Peace geliefert werden, aber Benet wollte nicht, daß Jason darauf warten mußte. Ihr Wagen parkte in der Nähe, und sie nahm es gleich mit. Mit dem in braunes Papier eingeschlagenen Schaukelpferd beladen, überquerte Benet mit Jason die Straße. Sie waren ungefähr in der Mitte des Zebrastreifens, als Benet auf der anderen Straßenseite Ian Raeburn entdeckte. Bei seinem Anblick überkam sie ein sonderbares Gefühl.

Ihr war auf einmal, als habe sie ihn schon immer gekannt – nein, es war mehr als das –, es war, als sei er ein enger Freund oder Verwandter und das unerwartete Wiedersehen mit ihm eine freudige Überraschung. Ihr war, als gehöre er zu den wenigen Menschen, die sie liebten, so daß seine Augen aufleuchten würden, sobald er den Kopf wandte und sie sah. Dieses Gefühl dauerte nicht länger als ein paar Sekunden. Es überkam sie blitzartig und war ein Moment reinen Glücks. Der erste, den sie seit James' Tod erlebte. Und er wurde sofort von Furcht verdrängt. Die einzige Möglichkeit, die ihr blieb, war die, rasch vorüberzugehen und zu hoffen, daß er sie nicht gesehen hatte. Tiefes Bedauern überkam sie. Sie griff nach Jasons Hand und half ihm auf den Gehsteig hinauf.

Ian Raeburn kaufte Obst. Zwei Kiwis und eine Tüte Orangen. Er nahm sein Wechselgeld entgegen, drehte sich um, begegnete ihrem Blick und erkannte sie sofort. Er wundert sich bestimmt, daß ich mit einem Kind an der Hand vor ihm stehe, dachte sie. Ich, die ich mein Kind verloren habe. Die Erklärung, die Mopsa ihr gegeben hatte und die eine Zeitlang glaubwürdig gewesen war, lag sehr nahe.

«Eine Freundin hat ihn mir anvertraut», sagte sie. «Ich habe ihr versprochen, mich um ihn zu kümmern, solange sie verreist ist.»

«Darf ich Ihnen das abnehmen?» fragte er.

Sie überließ ihm das Schaukelpferd, dessen bemalte Hufe aus der Verpackung herausschauten.

«Hilft es Ihnen?» fragte er ruhig.

Er meinte, daß sie Jason versorgen mußte, er meinte, ob es ihr half, einen Jungen um sich zu haben, der etwa im selben Alter war wie James.

«Ich weiß nicht.» Sie überraschte sich mit dieser rückhaltlos ehrlichen Antwort selbst. «Ich weiß es wirklich nicht.» Noch vor einer Woche hätte sie nur «nein, nein, nie!» schreien können.

«Ich habe ein paarmal angerufen, um mich zu erkundigen, wie es Ihnen geht. Ich nehme an, Ihre Mutter hat es Ihnen ausgerichtet.»

Mopsa hatte es nicht ausgerichtet. Doch wenn sie es getan hätte, hätte das auch nichts geändert.

«Meine Mutter ist heute abgereist.»

«Macht es Ihnen nichts aus, allein zu bleiben?»

Sie schüttelte den Kopf. Er hob den Kofferraumdeckel und legte das Schaukelpferd neben die gestohlene Kinderkarre.

Gleich würde er sie fragen, ob er sie wiedersehen dürfe, sie wußte es, sie fühlte es in der Spannung, die zwischen ihnen hing. Aber das war unmöglich, sie hatte keine Zukunft, ihr blieb nichts, nachdem sie Jason zurückgebracht haben würde. Dann würde Ian Raeburn nichts mehr mit ihr zu tun haben wollen. Denn dann war sie verloren, viele Leute würden sie für verrückt halten, so verrückt wie Mopsa.

Sie bückte sich und nahm Jason auf den Arm. Er liebte Abschiede und hatte schon angefangen zu winken und auf Wiedersehen zu sagen.

«Ein großzügiges Geschenk für das Kind einer Freundin», sagte Ian Raeburn und schlug den Kofferraumdeckel zu. «Ist er Ihr Patenkind?»

«Es ist nicht für Weihnachten. Er hat heute Geburtstag.»

Daß sie das gesagt hatte, bereute sie sofort. Es war ihr einfach herausgerutscht. Denn angenommen, auch er hatte den Artikel auf der Titelseite der Zeitung gelesen?

Er sah sie an, in seinem Blick lagen Güte und Verstehen. Und dennoch verstand er nicht. Wie sollte er auch? Er glaubte nur zu verstehen. Man verachtet diejenigen, die behaupten, einen zu verstehen, obwohl ihre Vermutungen weit am Ziel vorbeigehen. Sie verachtete Ian nicht, aber sie wollte fort von ihm. Schroff sagte sie auf Wiedersehen und stieg in den Wagen.

Das Telefon klingelte, als sie das Haus betrat. Es war Antonia, die sie zum Abendessen einlud. Sei es eigentlich schwierig, da, wo sie jetzt wohne, einen Babysitter für James zu bekommen?

Einen Augenblick brachte Benet kein Wort heraus. Dank Mopsas Lügen würden die Leute so mit ihr reden, als sei James noch am Leben. Sie war jedoch nicht imstande, Antonia die Wahrheit zu sagen. Ihre eigene Stimme klang ihr schwach und fremd in den Ohren, als sie erwiderte, nein, sie könne nicht ausgehen, sie kenne hier noch niemanden und habe keine Ahnung, woher man einen Babysitter bekommen könne. Jason kam zu ihr, zog sie am Ärmel und wollte, daß sie das Pferd auspackte. Sie legte auf.

Er kletterte auf das Pferd und begann zu schaukeln. Sie mußte über seinen Gesichtsausdruck lächeln, der großes Entzücken, Staunen und eine Art Lust verriet. Sie begann sich das Gespräch auszumalen, das sich zwischen ihr und dem Polizisten oder mehreren Polizisten entwickeln würde, wenn sie Jason ablieferte. Jede Erklärung, die sie für Mopsas und ihr daraus resultierendes Verhalten geben konnte, kam ihr jetzt verrückt, irrwitzig und – das vor allem – unglaubwürdig vor. Warum hatte sie Jason nicht sofort zurückgebracht, als ihr klar wurde, wer er war? Das würde man sie fragen. Das war eine der Fragen, mit denen sie immer und immer wieder auf sie einhämmern würden. Und sie konnte nur antworten, sie habe so und nicht anders gehandelt, damit Mopsa aufhörte zu schreien. Wenn sie jetzt zurückblickte, verstand sie sich selbst nicht mehr. Vielleicht war nicht nur Mopsa geistig verwirrt gewesen ...

Es gelang ihr nicht, einen einzigen Dialog zwischen ihr und der Polizei zu konstruieren, der nicht damit endete, daß man sie beschuldigte, Jason entführt zu haben. Die Tatsachen, die Beweise sprachen alle gegen sie. Sie kannte das Stadtgebiet, sie hatte früher in Winterside gewohnt. Der Wagen, in dem das Kind entführt worden war, gehörte ihr. Sie hatte vor kurzem ihr Kind verloren. Und mehr als das: Sie hatte – so mußte es wenigstens aussehen – den Tod ihres Kindes allen Freunden und Bekannten verheimlicht.

Benet gab Jason sein Abendessen. Es war ein besonders gutes Essen, weil er ja Geburtstag hatte. Sie setzte sich ihn auf den Schoß und las ihm *Peter Rabbit* von Helen Beatrix Potter vor, obwohl er noch zu klein war, um die Geschichte zu verstehen. Er liebte Bilder.

Schien sie mehr und mit größerer Begeisterung zu lieben als andere Kinder seines Alters. Wenn ich seine Mutter wäre, dachte sie, würde ich glauben, daß er einmal Maler wird – Kunstmaler natürlich.

Seine Mutter ... Diese hübsche, kleine blonde Frau, diese lebendige Puppe. Und der brutale Junge, kaum den Teenagerschuhen entwachsen, mit dem sie lebte. Sie mußten Jason zurückbekommen. Daran gab es keinen Zweifel. Es stand Benet nicht zu, über sie zu Gericht zu sitzen und ein Urteil zu sprechen. Sie konnte nur versuchen dafür zu sorgen, daß Jason nicht mehr geschlagen wurde, wenn sie ihn wiederhatten.

Die blauen Flecke waren fast verschwunden, wie sie feststellte, als sie Jason in die Wanne hob. Nur die Haut, die sich fest über die untersten Rippen spannte, war noch gelblich verfärbt. Das Brandloch würde natürlich nie verschwinden, es würde noch da sein, wenn er ein alter Mann war. Aber sie konnte nicht beweisen, daß es von einer Zigarette stammte. Und die Polizei wird es nicht glauben wollen, dachte sie. Sie wird den zusätzlichen Scherereien aus dem Weg gehen. Denn zusätzliche Scherereien wären unvermeidlich, wenn sie ihr glaubten.

Sie brachte Jason ins Bett und deckte ihn zu. Das weiße Kaninchen war verschwunden, und sie hatten es im ganzen Haus gesucht. Hatte Mopsa es vielleicht aus Versehen eingepackt und nach Spanien mitgenommen. Sie überlegte, biß die Zähne zusammen, öffnete James' Spielschrank, holte James' Tiger heraus und gab ihn Jason. Ihn damit zu sehen, tat weh, aber der Schmerz war zu ertragen. Glücklich und widerspruchslos akzeptierte Jason den Ersatz für sein Kaninchen, steckte sich eines der runden goldbraunen Ohren des kleinen Tigers in den Mund und schlief ein.

Um diese Zeit hätte Jason schon nicht mehr bei ihr sein sollen. Am Tag vorher hatte sie den festen Entschluß gefaßt, ihn um drei Uhr zur Polizei zu bringen. Sie hatte sich sogar eingeredet, sie freue sich darauf. Es würde eine Erleichterung für sie sein, die Sache hinter sich zu bringen, von ihm frei zu sein. Wieder allein zu sein und nur für sich selbst verantwortlich. Sie mußte sich selbst überzeugt haben, daß sie ihre Geschichte akzeptieren, daß sie ihr glauben würden, wenn sie ihnen schilderte, welche Rolle Mopsa dabei gespielt hatte und daß sie fast die Alleinschuldige war. Jetzt mußte aber noch eine Nacht vergehen, bevor sie Jason zurückbringen konnte, und die Tatsache, daß sie es nicht sofort nach Mopsas Abreise getan hatte, sprach sehr stark gegen sie.

Sie stieg die Treppe hinunter, ging im Souterrainzimmer auf und ab, zum erstenmal allein, seit James gestorben war, und wußte plötzlich, daß sie Jason nicht zur Polizei bringen würde. Allein der Gedanke daran – ganz realistisch und ohne Winkelzüge betrachtet – machte sie krank und jagte ihr entsetzliche Angst ein. Es nutzte nichts, sich Gespräche auszudenken und zu überlegen, auf welche Weise sie die Polizei überzeugen konnte. So war die Polizei nicht. Sie ließ sich nicht überzeugen, sie würde ihr nicht glauben. Nach drei Minuten auf dem Polizeirevier, würde man sie zur geisteskranken Kriminellen abgestempelt haben. Und am nächsten Tag würde alles in den Zeitungen stehen, und sie würde, schwarz auf weiß gedruckt, mit der Tatsache von James' Tod konfrontiert.

Sie würde es nicht tun.

Nachdem sie sich zu diesem Entschluß durchgerungen hatte, war sie erleichtert. So erleichtert, daß sie sich ganz schwach und schlapp fühlte. Nein, sie würde Jason nicht zur Polizei bringen. Es würde keine Ausreden, Geständnisse, Erklärungen geben, die arme Mopsa nicht in die Sache hineingezogen werden.

Das bedeutete nicht, daß Jason bei ihr bleiben sollte. Natürlich mußte er seiner Mutter und seiner Familie zurückgegeben werden, und das so bald wie möglich. Benet ging hinauf zum Barschrank und schenkte sich einen doppelten Whisky pur ein – etwas, das bei ihr nur sehr selten vorkam. Seit sie sich von Edward getrennt hatte, war das ihr erstes Glas. Sie setzte sich mit ihrem Drink in den Sessel am Fenster und begann zu überlegen, wie sie Jason am besten zurückbringen konnte. Es mußte eine narrensichere Methode sein, ungefährlich für sie und geheim.

13

Die Fotografien in den Fenstern des Immobilienmaklers zeigten Häuser in jeder erdenklichen Bauart – vom erstklassig erhaltenen georgianischen Haus bis zu modernen Studiohäusern, in denen es keine Türen gab und ein Raum in den anderen überging. Terence sah sich die Bilder und den Begleittext mit Beschreibung und Preisangabe an. Er hatte nicht geahnt, wie teuer die Häuser in Hampstead waren, und ihm wurde ein wenig schwindlig. Aber es war kein unangenehmes Gefühl.

Jetzt mußte er nur noch einen Makler in der Heath Street aufsuchen. Terence schlenderte bis an die Ecke der Church Row und blieb vor dem Schaufenster stehen. Er hatte nicht die Absicht, hineinzugehen. Es war besser, diese Dinge telefonisch zu erledigen. Es war ein aufschlußreicher Vormittag gewesen, doch als er den Hügel wieder hinaufstieg, fragte er sich, ob er sich die Mühe nicht deshalb gemacht hatte, weil sie notwendig war, sondern um den ersten schicksalhaften Schritt noch weiter hinauszuschieben.

Fast eine Woche war verstrichen, seit er den Kaufvertrag und die anderen Urkunden für das Haus Spring Close 5 gefunden hatte. Seither hatte er kaum an etwas anderes gedacht, als an seinen Plan, und falls Freda nicht plötzlich nach Hause kam oder ein Agent oder Anwalt John Phipps zufällig persönlich kannte – oder wußte, daß er tot war – oder die Nachbarn etwas erfuhren – wie sollten sie? – konnte eigentlich nichts schiefgehen. Aber er war innerlich ganz starr vor Angst. Er hatte Angst, weil alles so einfach schien, ein Kinderspiel, sobald es in die Wege geleitet war. Doch so einfach konnte es nicht sein, irgendwo mußte der Haken stecken. Es war unmöglich, daß er so leicht zu – wieviel? – 100000 oder 150000 Pfund kommen konnte.

Jessica und Freda nahmen beide regelmäßig Valium. Jessica nahm jeden Morgen eine, um den Tag überhaupt beginnen zu können. Terence hatte, als er ging, eine Hunderterpackung in eine Mülltonne geworfen.

«Sie sind billiger als Alkohol», pflegte Freda zu sagen. Sie hatte ihm fast zweihundert dagelassen. Er war reichlich versorgt, und trotz allem, was die Ärzte und Apotheker behaupteten, schienen sie nicht abhängig zu machen. Er nahm zwei mit einem Glas Wasser und fügte, nachdem er kurz überlegt hatte, einen Schuß von Fredas Chivas Regal hinzu. Er schüttelte sich, als er ihn trank, denn er hatte sich noch nie viel aus Alkohol gemacht.

Der Immobilienmakler, den er ausgesucht hatte, meldete sich sofort, als er anrief, und er wurde an einen Mr. Sawyer weitergereicht. Mr. Sawyers Akzent ähnelte stark dem seinen. In Nord-London geboren und in die Schule gegangen, äfften sie, wenn sie daran dachten, die Ausdrucksweise der Fernsehsprecher nach. Terence hatte sich den ersten Satz immer wieder laut vorgesagt. Er hatte sich sogar dabei ertappt, daß er ihn im Schlaf murmelte. Jetzt war es soweit, jetzt mußte er die Feuerprobe bestehen.

«Ich möchte gern mein Haus verkaufen», sagte er.

Die Summe, die Sawyer ihm als Verhandlungsbasis nannte, waren 140000 Pfund, oder im Jargon der Immobilienmakler 139995.

«Wann würde es Ihnen passen, daß wir zum Ausmessen kommen, Mr. Phipps?»

«Zum Ausmessen?»

«Ja. Wir messen die Räume aus, um in unseren Verkaufsinformationen genaue Angaben machen zu können. Und ein Foto hätten wir auch gern. Ich kenne das Objekt natürlich. Ein sehr schöner Besitz.»

«Wie wär's, wenn Sie gleich heute nachmittag kämen?»

«Wunderbar. Um drei? Halb vier?»

Sie einigten sich auf drei Uhr. Bring es so schnell wie möglich hinter dich, dachte Terence. Er hatte über Fredas Nachbarn noch nie viel nachgedacht. Wenn er zum Beispiel um zwei Uhr morgens Fredas Wagen in die Garage fuhr und den Motor noch einmal laut aufheulen ließ, wenn er ausstieg und die Tür zuknallte, schienen die Nachbarn für ihn nicht zu existieren. Er blickte aus dem mittleren der schießschartenähnlichen Fenster hinaus. Eine magere, verbraucht aussehende Frau pflanzte etwas um den Stamm des Trompetenbaums herum, der in der Mitte des Hofes stand. Sie schien eine von der neugierigen Sorte zu sein, aber was sollte er dagegen tun? Angenommen, sie oder jemand anders sah, daß Sawyer das Haus fotografierte. Und immer vorausgesetzt, daß sie wußten, wer Sawyer war, würde die- oder derjenige einfach annehmen, daß Freda das Haus verkaufen wollte. Vielleicht wußten die Leute nicht einmal, daß sie verreist war.

Die einzige Gefahr lag darin, daß jemand hörte, wie Sawyer ihn Phipps nannte. Das durfte nicht passieren, darauf mußte er achten. Nachdem der erste Schritt getan war, war er längst nicht mehr so nervös. Was hatte er schließlich schon getan? Er hatte sich zu nichts verpflichtet, er konnte sich noch immer zurückziehen, es sich anders überlegen. Und falls doch jemand hörte, daß Sawyer ihn Phipps nannte – er konnte ja ohne weiteres ein Kusin des verstorbenen John Howard sein. Ein viel jüngerer Kusin. John Howard war mit einundfünfzig Jahren gestorben, wie Terence dem Totenschein entnommen hatte.

Sawyer kam pünktlich, sogar zwei Minuten zu früh. Bevor er vor der Haustür noch ein großes Trara machen und lauthals verkünden konnte, wie bezaubernd und geschmackvoll die kleine Enklave doch sei, holte Terence ihn schnell ins Haus, indem er sagte, Sawyer solle bitte schnell die Tür schließen, da er glaube, er habe sich erkältet.

«Der Markt», sagte Sawyer, mit dem Maßband auf den Knien liegend, «ist sozusagen moribund.»

Es klang wie ein Wort, das er eben erst gelernt hatte. Terence glaubte, es heiße, die Geschäfte gingen gut oder etwas ähnliches. Der Nachmittag kam ihm irgendwie unwirklich vor.

«Stadthäuser», fuhr Sawyer fort, «sind im Augenblick nur schwer zu verkaufen, aber ein Besitz wie dieser unterliegt natürlich eigenen Gesetzen. Ihn als Stadthaus zu beschreiben, würde auch einen völlig falschen Eindruck vermitteln. Der Verkauf muß sehr sorgfältig in die Wege geleitet werden. Ich werde mir da etwas überlegen müssen. Darf ich fragen, ob Sie schon etwas anderes haben?»

«Wie bitte?»

«Ich meine, ob Sie dabei sind, sich etwas Neues zu kaufen?»

«Darüber brauchen Sie sich keine Sorgen zu machen. Ich gehe ins Ausland. Und ich möchte, daß es schnell geht mit dem Verkauf. Ich habe keine Lust, noch lange hier herumzusitzen.»

Er fragte Sawyer, ob er etwas dagegen habe, allein hinauszugehen, lief dann in den ersten Stock hinauf und beobachtete ihn beim Fotografieren. Soweit er es beurteilen konnte, sah außer ihm selbst niemand zu. Sawyer steckte die Kamera ein und schlenderte unter dem Torbogen hindurch, der in die älteren kopfsteingepflasterten Regionen von Hampstead führte.

Terence erwartete nicht, daß sich in den nächsten Wochen etwas tun würde. Doch als er zwei Tage später Mut faßte, um in die Heath Row zu gehen und festzustellen, ob das Foto schon im Fenster von Steiner & Wildwood auslag und was er empfand, wenn es tatsächlich da war, rief Sawyer an und sagte, Mr. und Mrs. Pym würden sich das Haus gern ansehen. Sei es Mr. Phipps recht, wenn sie in etwa einer Stunde kämen?

Freda hatte die Hausarbeit selbst erledigt. Sie sagte, erstens habe sie dann etwas zu tun, und zweitens möge sie keine Putzfrauen im Haus. In einer gewissen Beziehung war Terence froh darüber. Eine Putzfrau hätte sich bestimmt lebhaft für alles interessiert, was er tat, hätte geklatscht, vielleicht sogar Briefe nach Martinique geschrieben. Aber irgendwie hatte er es für selbstverständlich gehalten, daß das Haus sauber war und wie durch Zauberkraft sauber blieb. Seit fast vierzehn Tagen hatte es kein Staubtuch mehr gesehen und war nicht gerade blitzblank. Aber es war zu spät, um sich darüber den Kopf zu zerbrechen. Terence nahm zwei Valium und empfing die Pyms heiter und gelassen.

Sie blieben nicht lange. Als sie feststellten, daß der Garten ungefähr so groß war wie das kleinste Schlafzimmer, verloren sie das Interesse. Aber es war ein Anfang. Terence holte den Staubsauger heraus, fand ein paar Staubtücher und machte sauber. Er holte ein Spinngewebe von einem der roten Balken herunter und polierte den Diskuswerfer. Es war das allererste Mal, daß er sich als Hausmann betätigte, doch er fand es nicht schwierig. Ich könnte mir damit sogar meinen Lebensunterhalt verdienen, wenn alles andere schiefgeht, dachte er.

Das Foto, das Sawyer gemacht hatte, lag nicht bei Steiner & Wildwood im Schaufenster. Wahrscheinlich hatten sie es zu den Maßen und den anderen Unterlagen getan, die sie den Kaufinteressenten vorlegten. Es beruhigte ihn. Er wäre sich irgendwie preisgegeben vorgekommen, wenn das Foto im Fenster gewesen wäre und jeder Vorübergehende es gesehen hätte.

Seit Freda abgereist war, lebte er wie ein Einsiedler. An diesem Abend brach er aus und ging in eine Kneipe, *Smithy's* in Maida Vale, wo er hin und wieder mit Jessica gewesen war, und wo man die ganze Nacht trinken konnte. Im *Smithy's* las er ein Mädchen namens Teresa auf, dem er sagte, er heiße John Phipps. Er nahm ein Taxi, und Teresa fuhr mit ihm nach Hause. Sie war tief beeindruckt, ja, sogar überwältigt und sagte immer wieder, nach einem solchen Haus habe er wirklich nicht ausgesehen. Sie lagen am nächsten Vormittag noch im Bett, als Sawyer anrief. Eine Mrs. Goldschmidt wollte sich um zwei Uhr das Haus ansehen.

Da blieb ihm Zeit genug, Teresa loszuwerden. Er ertappte sie dabei, daß sie sich Fredas Telefonnummer aufschrieb, die auf der Wählscheibe stand, doch es schien ihm nicht wichtig. Sobald sie aus dem Weg war, schluckte er zwei Valium und um halb zwei eine dritte. Mrs. Goldschmidt verspätete sich, und als sie klingelte, hatte er sie schon fast aufgegeben. Er zwang sich, ganz langsam zur Tür zu gehen, um zur Abwechslung sie warten zu lassen.

Sie war eine ungewöhnlich gut aussehende Frau, derselbe Typ wie Carol Stratford, aber zwischen ihr und Carol war ein so großer Unterschied in Klasse und Stil wie – laut Sawyer – zwischen dem durchschnittlichen Stadthaus und Spring Close 5. Sie hatte sehr kurzes, zurückgekämmtes blondes Haar, ihre Haut war leicht gebräunt und hatte einen gesunden Schimmer, und ihr Mund glich dem Fruchtfleisch einer reifen Erdbeere. Sie trug einen hellgrauen Wildledermantel, gelbe Lederstiefel und einen langen gelben Schal. Frauen wie sie stiegen nie vor den Stufen eines Krematoriums aus einem Daimler.

Er hatte keine Erfahrung im Kauf oder Verkauf von Häusern, doch Instinkt oder Telepathie sagten ihm, daß sie das Haus haben wollte. Sie sprach nicht viel, während er sie von Zimmer zu Zimmer führte, sie sagte überhaupt kaum etwas, aber sie ließ sich viel Zeit, sie war sehr gründlich und nickte manchmal zufrieden vor sich hin.

Als sie fertig war, war es halb vier. Um diese Zeit konnte man niemandem einen Drink anbieten, und er hatte keine Lust, ihr eine Tasse Tee zu machen. Tee paßte nicht zum Image von Spring Close 5. In gewisser Weise war es ein Jammer, daß ihr das Haus gefiel, denn das setzte einen Schlußpunkt hinter die Idee, sie mit Hilfe dieses Images näher kennenzulernen.

Sie hatte eine monotone, zombie-ähnliche Stimme, die Terence sehr anziehend fand. «Ich möchte, daß mein Mann es sich ansieht.»

«Wunderbar. Jederzeit.»

«Ich sage bei Steiner Bescheid, wann wir kommen.»

Trotz des Valiums mußte Terence seine Nerven beruhigen. Er holte den Staubsauger heraus und bearbeitete die flauschigen Teppiche noch einmal gründlich, damit alles tipptopp aussah, wenn Goldschmidt kam. Danach übte er eine Stunde lang John Howards Unterschrift. Seine Hand war sicher und ruhig, er atmete tief. Er durchsuchte noch einmal den Schreibtisch und fand zwei alte Scheckbücher mit den Scheckabschnitten. Eins enthielt noch einen einzelnen ungebrauchten Scheck. John Howard war ganz plötzlich an einem Herzinfarkt gestorben. Es war schon merkwürdig, wenn man bedachte, daß er keine Ahnung gehabt hatte, daß Scheck Nr. 655 399 nie benutzt werden oder 655 398 – an die North Thames Gas über einen Betrag von fünfundneunzig Pfund dreiundvierzig – der letzte war, den er je ausstellen sollte. Sechs Tage später hatte er einen Termin in Golders Green gehabt ...

Derartige fatalistische Überlegungen sahen Terence eigentlich nicht ähnlich, und er schob sie auch bald beiseite. Fredas Mann hatte sein Konto bei der Barclay-Bank in der High Street von Hampstead gehabt, und mehr hatte er nicht wissen wollen. Er wollte nur in Erfahrung bringen, welche Zweigstelle welcher Bank er meiden mußte.

Goldschmidt kam am nächsten Tag und am übernächsten noch einmal. Er war fett, dunkel und kahlköpfig und trug eine starke Brille mit einer wuchtigen Fassung. Seine Frau trug ein schwarzes Lederkostüm mit einem Nerzschal, den sie sich locker um den Hals geschlungen hatte.

«Das ist mein Traumhaus», sagte sie mit der Stimme eines Menschen, der eben aus dem Koma erwacht ist.

«Darf ich Ihnen mein Angebot nennen?»

Terence sagte, wie von Sawyer instruiert: «Diese Dinge müssen Sie mit Steiner & Wildwood erledigen.»

Schon nach einer knappen Stunde rief Sawyer an. Terence stellte fest, daß er fast keine Stimme hatte, ein häufiges Symptom bei ihm, wenn er nervös war.

«Noch immer erkältet, Mr. Phipps?»

Terence krächzte etwas, das wie eine Bestätigung klang.

«Mr. Goldschmidt bietet Ihnen 130 000 Pfund für das Haus.»

Das war akzeptabel, und Terence wäre einverstanden gewesen. Sawyer riet ihm dennoch zu handeln. Vierundzwanzig Stunden verstrichen, und Terence traute sich nicht aus dem Haus, weil er Angst hatte, Sawyer könnte inzwischen anrufen. Außerdem war ihm ständig übel, und er ahnte, daß die Kälte – es war bitterkalt geworden – ihm so zusetzte, daß er tatsächlich krank werden würde. Er war in Fredas Bad, als das Telefon klingelte, und er sprang aus der Wanne und stürzte an den Apparat, wobei er sich nicht einmal die Zeit nahm, sich in ein Badetuch zu wickeln. Der Hörer rutschte ihm fast aus der nassen Hand.

«Das erscheint mir ein Kompromiß, den beide Parteien akzeptieren können, finden Sie nicht, Mr. Phipps?»

Terence nickte. Dann fiel ihm ein, daß Sawyer ihn nicht sehen konnte, und er setzte das Nicken in ein abgehackt gekrächztes «Ja. Klar. Fein. Gut. Ja» um.

Es sah so aus, als habe er Freda Phipps' Haus für 132950 Pfund verkauft oder sei auf dem besten Weg, es für diesen Preis zu verkaufen.

14

Es regnete, obwohl es kalt genug war, um zu schneien. Ein eisiger Wind pfiff durch die Straßen. Barry, der die Samstagseinkäufe erledigte, sah Maureen mit einem dünnen Buch unter dem Arm die Stufen der öffentlichen Bibliothek herunterkommen. Sie trug schwarze Gummistiefel und ihren langen bräunlichen Regenmantel. Sie blieb auf den Stufen stehen, um einen großen schwarzen Regenschirm aufzuspannen, der vermutlich Ivan gehörte.

Barry hatte sie einmal allein erwischen wollen und folgte ihr in den Supermarkt. Sie hatte den Regenschirm und das Bibliotheksbuch (*Fortgeschrittene Do-It-Yourself-Methoden für den Heimwerker*) in ihren Einkaufswagen gelegt. Als sie Barry sah, veränderte sich ihr Gesichtsausdruck genausowenig wie beim Anblick einer Pyramide aus Dosenfutter für Hunde.

«Ich habe gehört, daß du der Polizei bei den Ermittlungen hilfst», sagte sie und im selben Tonfall: «Reich mir eins von den Flash-Paketen runter. Ich kann's nicht erreichen.»

«Hast du Zeit für einen Kaffee, Maureen? Oder für einen Drink?»

Sie kratzte sich am Nasenflügel. «Wozu?»

«Ich möchte dich etwas fragen und hab mir gedacht, wir könnten uns irgendwohin setzen ...»

«Ich wasche die Wände in unserem Wohnzimmer ab und wollte mir nur einen Schwamm besorgen.»

«Das macht nichts», sagte Barry, der wußte, daß sie damit sagen wollte, sie sei für ein Lokal nicht richtig angezogen.

Nebeneinander gingen sie zur Kasse. Wie ein Paar mit Kinderwagen, das zur Baby-Klinik unterwegs ist, dachte Barry. Ihm fiel ein, daß Carol gesagt hatte, Maureen sei kein menschliches Wesen. Irgendwie fiel es ihm dadurch leichter, mit ihr über Dinge zu sprechen, die nur allzu menschlich waren. Er sagte rasch und ohne Umschweife:

«Weißt du, wer Jasons Vater ist, Maureen?»

«Wer was ist?»

Er wiederholte die Frage, erklärte und unterbrach sich dann, weil das Mädchen an der Kasse mithören konnte. Maureen trottete über den Gehsteig und las die Gebrauchsanweisung auf dem Flash-Paket. Barry hielt den Regenschirm über sie beide. Er versuchte es noch einmal.

«Es hat mich nachdenklich gemacht, weißt du? Ich meine, vielleicht hängt sie noch an Jasons Vater, empfindet Jasons wegen vielleicht etwas ganz Besonderes für ihn.»

Maureen sah nicht auf, befaßte sich weiterhin mit der grünen Druckschrift. «Sie hatte viele Kerle. Da gab's einen, der in einem Strandbuggy rumkurvte und den Typen aus der Autoreparaturwerkstatt drei oder vier Häuser die Straße runter, und dann war da noch ein Schwarzer. Ich und Ivan waren entsetzt. Ach ja, und noch einen Kerl gab's, einen gewissen Sowieso Wand, Terry Wand. Mutter war mit seiner Mutter befreundet, sie wohnt auf'm Brownswood Common.» Maureen sah Barry zum erstenmal an, seit sie den Laden verlassen hatten. «Ich war nie mit einem anderen als mit Ivan zusammen», sagte sie. «Das würd ich nie tun. Ich begreife nicht, wozu das gut sein soll. Aber das zeigt wieder mal, wie verschieden Schwestern sein können. Kann ich den Beutel haben, in dem du deine Butter hast? Wenn das Zeug hier naß wird, gibt's eine schöne Schweinerei.»

Er verabschiedete sich auf der Brücke von ihr. Eigentlich war sie sehr glücklich. Sie hatte, was sie wollte. Sie und Ivan sprachen kaum miteinander. Wenn er nicht bei der Arbeit war und sie nicht im Haus herumwirtschaftete, saßen sie Hand in Hand vor dem Fernseher. Sie würden nie Kinder haben, sich nie trennen, umziehen, auf Urlaub fahren, sich mit anderen Leuten anfreunden, eifersüchtig sein, leiden. Eines Tages würden sie aufwachen, feststellen, daß sie sechzig waren und nichts sich verändert hatte. Fast beneidete er sie um dieses Leben.

Terence Wand war der einzige Name, an den Maureen sich erinnerte. Nach allem, was sie über ihn erzählt hatte, schienen Carol und er von Kind an befreundet gewesen zu sein. Die anderen Männer – nun, Maureen hatte keine Beweise, sie und Ivan vermuteten nur. Kein Wunder, daß die Männer hinter Carol her gewesen waren. Männer würden immer hinter Carol her sein. Mit Terence Wand war es anders, er war eine Ausnahme. Barry spürte intuitiv, daß er Jasons Vater war. Vater zu sein, verlieh einem eine gewisse Würde, machte einen gewichtiger. Man wurde nicht so schnell vergessen. Es war der Name von Jasons Vater, an den Maureen sich erinnert hatte.

Carol hatte angefangen, am Samstag zu arbeiten. Ohne Mittagspause und den ganzen Abend. Das hatte sie bisher nie getan, doch gleich nachdem sie wieder anfing, hatte Kostas sie gefragt, ob sie auch am Samstag arbeiten würde, und sie war einverstanden gewesen. Das Haus duftete nach ihrem Parfum, das sie neuerdings immer nahm – ein schweres, nach Moschus riechendes französisches Eau de Toilette, das, wie Barry wußte, zwölf Pfund die Flasche kostete. Es war ihr Geld, sie verdiente es und hatte das Recht, es auszugeben wie sie wollte. Barry hätte keinen Gedanken daran verschwendet, wenn er sicher gewesen wäre, daß sie sich das Parfum selbst gekauft hatte.

Er packte die Einkäufe aus, legte die Sachen in den Kühlschrank und begann sich dann mit Gedanken zu beschäftigen, die ihn immer wieder heimsuchten, wenn er allein im Haus war. Er bildete sich ein, Jason sei noch hier, daß nichts wirklich geschehen sei, was sich in den letzten Wochen ereignet hatte, und dann drehte er sich rasch um und sah Jason auf der Schwelle stehen. Es fiel ihm nicht schwer, das Gesicht des kleinen Jungen gewissermaßen heraufzubeschwören, er wußte noch ganz genau, wie er aussah. Jason hatte ein ungewöhnliches Gesicht, überhaupt kein Babygesicht und Carol gar nicht ähnlich. Es war wirklich komisch und fast eine Ironie, daß Carol, die mit achtundzwanzig noch ein Babygesicht hatte, einen Jungen zur Welt bringen konnte, der mit zwei Jahren, wenn auch nicht das Gesicht eines Erwachsenen so doch eines hatte, das für sein Alter irgendwie fertig und sehr reif wirkte.

Das bedeutete, daß er so aussehen mußte wie sein Vater. Er war keinem von den Knapwells ähnlich, die Barry kannte, und auch nicht seinen Halbgeschwistern. Barry war plötzlich fest davon überzeugt, daß er Jasons Vater erkennen würde, wenn er ihn sah. In diesem Fall war bestimmt keine Blutuntersuchung nötig, man würde es auf den ersten Blick erkennen. Barry stellte sich einen großen, kräftigen Mann mit blondem Haar, scharfen Zügen und einer hellen Haut vor, die nie bräunte, sondern in der Sonne nur rot wurde. Seine Augen waren dunkler als die von Carol, mit mehr Grün darin.

Barry wanderte ins Wohnzimmer und fragte sich, was er mit dem restlichen Tag anfangen sollte. Er konnte am Abend natürlich zu Kostas gehen. Aber ein paar Stunden mit Dennis Gordon zu verbringen, der nur zwei Themen kannte, Geld und seine Heldentaten, war keine besonders angenehme Vorstellung. Dennis Gordon behandelte Barry, als glaube er wirklich daran, daß er Carols Untermieter sei – oder eben ein Junge, der gelegentlich kleinere Arbeiten für sie verrichtete und dafür bei ihr wohnen durfte. Er war verrückt nach Carol, das war unverkennbar, aber er war auf Barry nicht eifersüchtig. Dazu nahm er ihn nicht ernst genug.

Ein Polizeiauto hielt vor dem Haus. Die Spicers kamen mit zwei Wäschesäcken aus dem Waschsalon, und im selben Moment stieg Leatham aus dem Wagen. Barry schloß kurz die Augen. Er hätte wissen müssen, wie er den Rest des Tages verbringen würde.

Sie hatten Jasons Leiche gefunden. Sie sagten es ihm, als sei es wahr, endgültig, als gebe es keine Zweifel. Trotzdem verlangten sie von ihm, daß er das Ding identifiziere, das sie in Finchley in einem Garten ausgegraben hatten.

Zuerst brachten sie ihn aufs Revier. Chief Superintendent Treddick war da und schlug einen wissenden Ton an, als wolle er sagen, Barry sei sehr schlau, er verstehe und bewundere ihn sogar. Barry müsse jedoch begreifen, daß die Polizei noch schlauer sei. Er sprach, als sei Barry ein überführter Mörder, und deutete durch die Blume an, daß die Polizei sehr freundlich und nachsichtig mit ihm sein werde, wenn er nur gestand – wenn er sich Zeit ließ und alles gestand, auch die geringste Einzelheit. Leatham war schroffer und unfreundlicher. Sein rötliches Gesicht, die Hakennase und das wellige gelbe Haar brachten Barry wieder auf das, woran er gedacht hatte, nachdem er vom Einkaufen zurückgekommen war. Vom Typ her hätte Leatham Jasons Vater sein können, aber er war nicht hübsch genug.

Der Hausbesitzer in Finchley hatte in seinem Garten ein Loch gegraben, um einen Baum zu pflanzen. In einer Tiefe von etwa sechzig bis neunzig Zentimetern war er auf ein faulendes Bündel gestoßen. Er wohnte erst seit einer Woche hier, vorher hatte das Haus ein halbes Jahr leer gestanden. Haus und Garten waren ungefähr hundert Meter – einen Steinwurf weit, sagte Treddick – von dem Gebäude entfernt, in dem Ken und Barry das Büro täfelten.

«Wir arbeiten erst seit einer Woche dort», sagte Barry.

«Vor sechs Wochen waren Sie dort, um sich den Raum anzusehen, weil Sie einen Kostenvoranschlag einreichen sollten», sagte Treddick.

Aber Barry war nicht dort gewesen. Die Kostenvoranschläge machte immer Ken. Barry bemühte sich, es ihnen zu erklären, aber es schien wirkungslos von ihnen abzuprallen. Ihnen genügte die Tatsache, daß er das Viertel vom Hörensagen kannte.

«Ich war nie dort», protestierte er. «Ich habe nie mit Ken darüber gesprochen. Sie könnten genausogut behaupten, ich hätte mir die Straße auf dem Stadtplan gesucht.»

«Vielleicht haben Sie das getan», sagte Leatham.

Sie waren unlogisch, gingen an die Dinge nicht mit Vernunft heran. Das bereitete ihm größeres Unbehagen als die Beweise, die sie ihrer Meinung nach gegen ihn hatten. Sie fragten ihn nach der Straße, in der das tote Kind gefunden worden war, wollten wissen, was er und Ken in der Lunchpause machten, wo sie aßen, wie er nach Finchley kam, mit welchem Verkehrsmittel, und dann gingen sie mit ihm ins Leichenschauhaus.

Bis dahin hatte er nicht gewußt, daß dieses Gebäude das Leichenschauhaus war. Sein Leben lang war es für ihn nur eine rote Backsteinmauer mit hoch angesetzten Fenstern gewesen, hinter denen man weiße Fliesen sah. Sie führten ihn durch eine Eingangstür mit einer auf Hochglanz polierten Messingklinke. Das Bild dieses glänzenden Stück Messings prägte sich seinem Gedächtnis unauslöschlich ein, und er zuckte von da an immer zusammen, wenn er irgendwo schön poliertes Messing sah. Im Haus roch es sehr scharf, nicht nach Tod und Verwesung, sondern nach einem Desinfektionsmittel, doch wenn Barry später etwas Ähnliches roch, brachte er es sofort mit dem Tod in Verbindung.

Seiner Meinung nach benahm er sich im Leichenschauhaus so, als habe er es tatsächlich getan, als habe er Jason wirklich ermordet. Sie schlugen das Tuch zurück, und Barry sah das Gesicht. Die Kehle schien ihm in den Rachen zu rutschen, verkrampfte sich, würgte ihn. Er schlug die Hände vor die Augen und taumelte zurück. Jemand mußte ihn aufgefangen haben. Er wußte nichts mehr und kam erst wieder zu sich, als er, den Kopf zwischen den Knien, auf einem Stuhl saß.

Wenn sie versuchen sollten, Carol zu zwingen, das schreckliche Ding unter dem Tuch zu identifizieren, werde ich wirklich zum Mörder, dachte er. Dann bring ich sie alle um. Dann wären aber sie selber schuld. Doch sie holten nicht Carol, sie ließen Maureen kommen. Er sah, wie sie sie hineinbrachten, ausdrucksloses Gesicht, das Haar unter einem Kopftuch versteckt, und er sah sie genauso ruhig und gelassen wieder herauskommen. Sie fuhren ihn in die Summerskill Road zurück. Zwei Reporter waren bei Carol, die aus der Wein-Bar nach Hause geholt worden war. Aber vorher mußte er wieder unzählige Fragen über sich ergehen lassen – dieselben ermüdenden Fragen. Wie gut kannte er diesen Teil von Finchley? Wie oft war er dort gewesen. Im Vorgarten des Hauses, in dem die Kinderleiche gefunden worden war, hatte monatelang eine Tafel des Immobilienmaklers gestanden. Die Seitenpforte hatte, aus den Angeln gehoben, am Zaun gelehnt. An dem Tag, an dem Jason verschwunden war, hatte Barry in Wood Green gearbeitet, nicht wahr? Es war nicht schwierig, mit dem Bus von Wood Green nach Finchley zu kommen. Er hätte Jason in den Rudyard Gardens abholen, nach Finchley mitnehmen, umbringen und im Garten begraben können und wäre trotzdem noch pünktlich um fünf in Highgate gewesen ...

In dieser Nacht konnten Carol und er nur schlafen, weil sie beide betrunken waren. Sie hatten erst gar nicht zu Wein gegriffen, sondern zusammen eine Flasche Gin geleert. Barry wachte mit rasenden Kopfschmerzen auf, sein Mund war trocken und pelzig. Carols Gesicht auf dem Kissen war jung, porzellanrosa und weiß und schweißfeucht. Er ließ sie schlafen und holte eine Sonntagszeitung. Er wollte wissen, was sie über ihn schrieben, und ob schon feststand, wer das tote Kind war.

Mr. Mahmud im Papiergeschäft war immer ein bißchen zurückhaltend, und seine Tochter lebte in einer eigenen Welt, daher fiel es Barry kaum auf, daß sich der Zeitungshändler nicht bedankte, weil er den richtigen Betrag für den *Sunday Mirror* und den *Express* auf den Zahlteller legte und keinen großen Schein wechseln ließ. Die pakistanische Familie war bekannt für die Schweigsamkeit, mit der sie ihre Kunden bediente. Aber als er den Laden verließ, traf Barry zwei Mädchen, die diesen Ruf durchaus nicht hatten. Stephanie Isadoro und ein Mädchen, das – wie er glaubte – Diane Fowler hieß, die Schwester von Blauhaar, überquerten den Platz, in Regenmänteln, mit hochhackigen Sandalen an den Füßen, Arm in Arm. Barry hatte die Schlagzeilen gelesen, so erleichtert, weil es nichts Neues gab, daß er es sogar fertigbrachte, sich von dem großen, schönen Foto von Carol ablenken zu lassen, das der *Mirror* auf der Titelseite brachte. Doch jetzt blickte er auf und sagte zu den beiden Mädchen hallo.

Diese Mädchen kicherten gewöhnlich ununterbrochen. Karen hatte Barry sogar einmal erzählt, daß Stephanie in ihn verknallt sei. Falls das je zugetroffen haben sollte, war sie jetzt jedenfalls drüber weg, denn sie wandte betont den Kopf ab und schaute auf die andere Seite. Und Diana tat es ihr nach. Irgendwie war es schon komisch, er hatte oft gedacht, die meisten dieser Leute könnten nicht lesen, aber die Zeitung lasen sie, und vor allem hatten sie gelesen, daß er der Polizei bei den Ermittlungen half.

Carol stand erst zum Lunch auf. Das Telefon klingelte ein paarmal, doch die Anrufer mußten sich immer verwählt haben, denn wenn er sich meldete, wurde sofort wieder aufgelegt. Es sei denn, dachte er, daß jemand Carol zu erreichen versucht, der mit mir nicht reden möchte, jemand, der nicht will, daß ich von seinen Anrufen erfahre. Und dieser jemand war natürlich ein Mann. Er räumte die Küche auf, spülte die Gläser vom Abend vorher und die Tassen und Untertassen ab, aus denen die Reporter Tee getrunken hatten. Dann trug er den Müllsack zur Abfalltonne neben der Hintertür.

Es war kalt aber trocken, kälter jedoch als am Morgen. Ihm fiel auf, wie grün Winterside Down war, all die kleinen Gartenrechtecke, die Rasenflächen, Böschungen und Abhänge. Es war ein leuchtendes, hartes, grelles Grün ohne Bäume. Es war ein Grün, das den Augen weh tat. Mrs. Spicer stellte Schüsseln mit einer dampfenden, breiartigen Masse in die Kaninchenställe. Sie drehte sich um, lächelte Barry zu, sagte guten Morgen und daß es heute besser sei als gestern, nicht wahr, kälter zwar aber wenigstens trokken. Er war ihr ganz unvernünftig dankbar dafür, daß sie mit ihm sprach, ihn freundlich begrüßt hatte. Er hätte sie küssen können.

Carol sagte, sie ertrage es nicht, noch einen Abend mit ihm allein zu sein, sie drehe durch. Sie badete lange und genußvoll mit Avocado- und Pfirsichbadeöl im Wasser und einer Kräutermaske auf Gesicht und Hals. In dem schwarzweißen Kleid und Mrs. Fylemons abgelegtem Fuchsmantel aus synthetischem Pelz – nach dem Motto: Schönheit ohne Grausamkeit – war sie wieder die alte Carol, seine Liebste, seine Kindfrau und Mutter dreier Kinder. Sie hatten Tanya und Ryan seit Jasons Verschwinden nicht mehr gesehen. Aber daran wollte Barry nicht denken, er schob es beiseite, seine Probleme waren auch so groß genug. Er und Carol wollten sich mit Iris und Jerry im *Bulldog* treffen, doch als sie eben gehen wollten, klingelte das Telefon. Diesmal ging Carol an den Apparat. Barry wartete schon an der Haustür. Sie war ins Wohnzimmer zurückgegangen, um das Gespräch entgegenzunehmen, und nachdem sie «hallo» und dann weniger unpersönlich «oh, hi», gesagt hatte, zog sie die Wohnzimmertür zu. Sie schloß sich mit dem Telefon ein und ließ ihn allein in der Diele stehen. Er hatte plötzlich das Gefühl, in die tiefste Einsamkeit zu stürzen, die er je erlebt hatte. Er begann zu frieren. Carol telefonierte nur ein paar Minuten, höchstens drei. Sie kam heraus, nahm seinen Arm und sagte, es sei Alkmini gewesen.

Iris und Jerry saßen mit einem Paar an einem Ecktisch, das, wie sie erklärten, ein Stück weiter unten in ihrer Straße wohnte. Barry dachte sofort an die Mutter von Terence Wand. Ob sie das vielleicht war? Iris stellte nie jemanden vor. Sie setzte voraus, daß man die Leute kannte. Carol wußte, wer die Frau war, sie nannte sie Dorothy. Barry studierte das sechzigjährige, schlaffe Gesicht mit der auffallenden Kriegsbemalung, den kühn geschminkten Mund, das mit Henna gefärbte graue Haar und suchte nach einer Ähnlichkeit mit Jason. Sie schien ihm möglicherweise in der Nase und in den Augen vorhanden, die jetzt blaß, aber früher einmal vielleicht kornblumenblau gewesen waren. Er zerbrach sich den Kopf, wie er herausfinden konnte, wer sie war, als sie und ihr Mann oder Freund oder was immer er war, ganz plötzlich aufstanden und sagten, sie müßten gehen. Barry war ziemlich enttäuscht. Erst später ging ihm auf, daß die beiden einen Blick gewechselt hatten und so brüsk aufgestanden waren, nachdem Iris ihn zum erstenmal an diesem Abend mit seinem Vornamen angesprochen hatte.

Eine Locke um den Finger wickelnd, sah Carol sich in der Salon-Bar um. Sie war ein großer, höhlenartiger Raum mit geätzten

Scheiben aus der Zeit König Edwards, rotem Plüsch und einer Decke, deren Stukkatur vom Nikotin dunkelbraun verfärbt war. Jerry saß stumm und vom Gin benebelt da, das Gesicht bläulich verfärbt. Die klauenartige Hand auf Barrys Arm legend, wies Iris mit einer bezeichnenden Kopfbewegung zu ihren im Abmarsch begriffenen Nachbarn hinüber.

«Mach dir nichts draus, Barry. Manche Leute werden nun mal ein bißchen komisch, wenn sie mit jemandem zusammentreffen, der mit der Polizei zu tun hat.»

Das ihr eigene selbstgefällige halbe Lächeln umspielte ihren Mund. Es war das Lächeln einer dicken Frau im Gesicht einer dünnen. Iris steckte sich zwei Zigaretten zwischen die lächelnden Lippen, zündete sie an und reichte eine an Carol weiter.

Auf dem Heimweg nahm Barry Carols Arm, zog ihn durch den seinen und fragte, ob Dorothy mit Familiennamen Wand hieß. Carol war geistesabwesend, aber das wunderte ihn nicht. Er fragte sie noch einmal und sah ihr diesmal ins Gesicht dabei, obwohl er das in Winterside Down bei Dunkelheit nur ungern tat. Das gelbe, farbverzehrende Licht meinte es auch mit dem hübschesten Gesicht nicht gut. Es verwandelte Gesichter in Totenschädel und ließ die Augenhöhlen leer erscheinen.

«Was hast du gesagt?» fragte sie.

«Ich dachte, daß sie vielleicht eine Mrs. Wand ist.»

«Ist sie nicht, sie ist eine Mrs. Bailey. Wieso bist du plötzlich so neugierig?»

Der einzeln stehende Hochhausblock, der die Siedlung beherrschte, war vom Erdgeschoß bis unter das Dach beleuchtet. Er sah aus wie ein Schornstein voller Löcher, durch die Flammen schlugen. Sie gingen über den Bevan Square, wo Wiedehopf und Schwarze Schönheit, Nasenring und ein paar Mädchen mit schwarzen Lippen und Fingernägeln – oder Lippen und Fingernägeln, die in diesem Licht schwarz wirkten – vor dem türkischen Imbißlokal standen und Pommes frites aßen. Wiedehopf sagte etwas, als Carol und Barry vorübergingen, aber er sagte es nicht laut, und das einzige, was Barry auffing, war das Wort «Frau».

«Sie wissen's eben nicht besser», sagte Carol laut genug, daß sie es hören konnten. «Damit muß man sich abfinden, wenn man hier lebt, mit ungebildetem Abschaum und Pöbel, wie die zwei es sind.» Sie zitterte am ganzen Körper, und Barry war von einem geradezu leidenschaftlichen Stolz erfüllt, weil sie seinetwegen so zornig war. Leise, nur für ihn bestimmt, fuhr sie fort: «Ich würde alles tun, um hier rauszukommen. Ich hasse dieses Loch. Manchmal glaube ich, daß ich hierbleiben muß, bis ich alt bin, bis ich sterbe.»

«Carol», antwortete er, «Carol – ein Jahr oder zwei, gib mir nur ein Jahr oder zwei. Ich werde Geld verdienen. So viel, daß wir die Anzahlung für ein Haus leisten können . . .»

Sie wandte das Gesicht ab. «Du könntest es auch nur mühsam zusammenkratzen, nicht wahr?» erwiderte sie rauh, aber nicht unfreundlich. «Ich will ans große Geld, ich hab's satt, zu knausern und zu sparen. Mit meinem Mann hätte ich eine Chance gehabt, aber er mußte natürlich sterben.»

«Ich bin noch jung. Ich kann genausoviel verdienen wie Dave. Laß uns heiraten, Carol. Wenn du ‹mein Mann› sagst, möchte ich damit gemeint sein.»

«Wie kann ich heiraten?» fragte sie. «Ich kann nicht heiraten, solange wir nicht wissen, ob Jason lebt oder tot ist.»

Ihre Stimme klang aufrichtig, aber Barry hatte das Gefühl, daß sie etwas ganz anderes sagte, daß hinter diesem Vorwand etwas viel Schwerwiegenderes steckte.

Die Polizei erschien am nächsten Morgen und teilte Carol mit, daß es sich bei dem toten Kind nicht um Jason handle, das stehe einwandfrei fest. Carol antwortete nicht, zuckte nur gleichgültig mit den Schultern. Sie hatten sie gerade noch erreicht, bevor sie zu Mrs. Fylemon aufbrach. Es war ihr erster Arbeitstag nach Mrs. Fylemons Rückkehr aus Tunesien. Der Detective Sergeant sagte, der Junge, dessen Leiche man gefunden habe, sei nicht zwei, sondern fast drei Jahre alt gewesen, und an Hand seines Schädels habe man festgestellt, daß er einem negriden Rassekreis angehört habe. Außerdem war er seit mindestens sechs Wochen tot, eine Tatsache, die Barry nicht überraschte, wenn er an das Gesicht dachte.

Er hatte das unvernünftige Verlangen – unvernünftig nur deshalb, weil er wußte, sie würden nicht einmal im Traum daran denken, es zu tun –, die Polizei zu bitten, in ganz Winterside Down Plakate und Transparente mit der Aufschrift «Barry Mahon ist unschuldig» anzubringen. Vielleicht sollten sie mit einem Lautsprecherwagen umherfahren, wie vor den Wahlen, und laut verkünden, daß er es nicht getan hatte, daß er entlastet war. Seine Phantasie ging mit ihm durch, das wußte er. Ohne ein Wort gesagt zu haben, sah Barry dem Sergeant nach, als er wieder ging.

Es war ja auch egal. Stock und Stein, bricht mein Gebein, aber Worte tun nicht weh. Das hatte ihm seine Mutter beigebracht, als er noch klein war und man ihn auf dem Schulhof verspottet hatte. Er hatte es nie vergessen. Es war nicht wichtig, daß eine alte Schachtel mit gefärbtem Haar im Pub nicht mit ihm an einem Tisch sitzen wollte, oder daß Wiedehopf ihm nachrief, gewisse Leute würden es nicht wagen, sich draußen sehen zu lassen, wenn sie sich nicht hinter dem Rockzipfel einer Frau verstecken konnten. Barry war inzwischen sicher, daß es dem Sinn nach genau das gewesen war, was er gestern abend hinter ihm und Carol hergesagt hatte.

Aber als er mit Carol zur Bushaltestelle ging, konnte er an nichts anderes denken, obwohl heute morgen niemand da war, vor dem sie ihn «beschützen» mußte. Auf dem Pfad zur Chinesischen Brücke trafen sie nur den Alten mit dem Sherlock Holmes-Hut, der an den meisten regnerischen Morgen unter einem grünen Regenschirm am Kanal saß und angelte. Barrys Bus kam als erster. Er wollte nicht nach Finchley, er wollte nie wieder dorthin. Außerdem kam er ohnehin schon Stunden zu spät.

Den Bus nach Wood Green nehmen und dann in einen anderen umsteigen. Was für ein kurioser Zufall führte den Doppeldeckerbus mit der Aufschrift Anfänger an dieser Haltestelle vorbei? Kein Bus, der nach oder durch Hampstead fuhr, nahm diese Strecke. Dieser aber, auf einer Übungsfahrt, hatte vorn das Schild «Hampstead». Barry erinnerte sich an den Zettel mit der Adresse, der aus Carols Tasche gefallen war. Spring Close 5, Hampstead. Terence Wand. Auf dem Zettel hatte Terry gestanden, aber Barry wollte nicht als Terry an ihn denken, das klang seinem eigenen Namen viel zu ähnlich, rückte es in dieselbe Namensklasse. Terence. Terence Wand, der in Hampstead unter einer vornehmen Adresse lebte, durch Welten von Winterside Down getrennt, das Carol «dieses Loch» nannte.

Barry stieg in den nächsten Bus, suchte sich einen Platz auf dem Oberdeck und musterte alle Männer, wobei er nach einem ganz bestimmten Typ Ausschau hielt. Er saß auf dem Vordersitz und betrachtete die Männer auf der Straße. Es schienen ihm um diese Zeit mehr unterwegs zu sein, als noch vor ein paar Jahren. Das lag natürlich an der Arbeitslosigkeit. Barry wollte nicht an Arbeitslosigkeit denken, dabei lief es ihm eiskalt den Rücken hinunter.

Viele dieser Männer waren Schwarze, Inder oder irischer Abstammung wie er. Letzteres erkannte er instinktiv: dunkel, mit wilden Gesichtern und einem Licht in den Augen. Einige waren blond und hatten scharfe Gesichtszüge, aber keiner sah wie ein erwachsener Jason aus. Um seinen Seelenfrieden wiederzufinden – und wenn nicht den Frieden, dann wenigstens Erleichterung –, würde er nach Hampstead fahren, Spring Close suchen und sich Terence Wand ansehen müssen. Ein vager Gedanke zuerst, doch er nahm immer festere Formen an.

15

Benet hatte ein merkwürdiges Gefühl, als sie in der Zeitung von dem Leichenfund in Finchley las. Wenn sie das Kind als Jason identifizierten, brauchte sie ihn nicht zurückzugeben. Aber in ihrer Hypothese waren zwei schwerwiegende Fehler: erstens konnte die Kindesleiche nicht Jason sein, weil Jason ein oder zwei Meter von ihr entfernt sein Schaukelpferd mit Zuckerstückchen fütterte; zweitens war nichts verhängnisvoller für sie und nichts für ihre Arbeit und ihr Leben schlechter als das Gefühl, sie sei verpflichtet, Jason zu behalten. Doch auf eine sehr seltsame Weise hatte sie sich darüber gefreut, daß die Leiche gefunden worden war. Sie verachtete sich zwar dafür, aber es war dennoch so. Es war entsetzlich und unrecht, so zu empfinden, denn der kleine Leichnam war einmal ein Kind gewesen, ein Kind, das man ermordet oder zu Tode gequält und dann in einem schmutzigen Vorstadtgarten verscharrt hatte.

Ebenso wie sie sich fast darüber gefreut hatte, als man den Leichnam gefunden hatte, war sie auf eine unklare und vernunftwidrige Weise enttäuscht, als er als Martin M'Boa identifiziert wurde, ein nigerianisches Kind, das seit mehr als drei Monaten vermißt wurde. Das brachte Benet zu einem Problem zurück, das sie auf die lange Bank geschoben hatte, solange Zweifel an der Identität des Kindes bestanden – sie mußte einen Entschluß fassen. Obwohl schon eine Woche vergangen war, seit sie sich dafür entschieden hatte, Jason heimlich zurückzubringen, war ihr noch immer nicht eingefallen, wie sie es anstellen sollte. Jason hatte neuerdings die Gewohnheit, nachts wach zu werden, nur ein einziges Mal aufzuwachen und nach ihr zu rufen. Als er das erste Mal «Mami» rief, hatte sie Entsetzen verspürt, denn als seine Stimme sie weckte, war er einen Herzschlag lang James gewesen. Sie hatte nicht zu ihm hineingehen, hatte statt James nicht ihn sehen wollen. Aber sie war gegangen. Es war nicht seine Schuld, er war nicht verantwortlich für das, was geschehen war, und er nannte sie nur so, wie er jede junge Frau nennen würde, die für ihn sorgte. Nachdem sie ihn beruhigt hatte, lag sie lange wach und dachte über sich und über das nach, was mit ihr geschehen war. Mopsa war natürlich verrückt. Aber war sie durch den Schock und den Kummer nicht auch ein bißchen verrückt gewesen, weil sie Jason so lange behalten hatte, obwohl sie wußte wer er war? Aber jetzt dachte sie klar und vernünftig, sie schrieb sogar wieder, und die Arbeit ging ihr gut von der Hand, nachdem sie Jason ins Bett gebracht hatte. Aber es war zu spät. Ihre Vernunft war zu spät zurückgekehrt. Sie mußte Jason zurückbringen, das stand fest. Aber die Ideen, wie sie das bewerkstelligen sollte, waren alle so verrückt, daß sie von Mopsa stammen konnten: sie wollte Jason wieder auf die Mauer setzen, von der Mopsa ihn fortgeholt hatte; wollte ihn in einem überfüllten Kaufhaus einer Verkäuferin übergeben und erklären, er müsse im Gewühl der Weihnachtseinkäufer seine Mutter verloren haben; wollte ihn auf der Straße einfach dem ersten besten Polizisten in die Arme drücken und davonrennen wie ein Hase. Mopsa-Ideen, eine wie die andere. Wenn es ihr gelungen wäre, Mopsa zu überreden, Jason zurückzubringen, hätte sie sich so etwas ausgedacht. Es waren Ideen, für die ihre wiedererwachte Vernunft nur Verachtung übrig hatte.

Mopsa hatte nicht mehr mit Benet gesprochen, seit sie wieder in Marbella war. Ihr Vater hatte sie angerufen, um ihr zu sagen, daß Mopsa gut angekommen sei, einen angenehmen Flug gehabt habe, bester Laune sei und ununterbrochen von ihrem Besuch in London rede. Benet fragte sich, ob Mopsa sich etwas ausgedacht hatte, um ihm Jasons Anwesenheit im Haus zu erklären. Falls sie ihn überhaupt erwähnt hatte. Sie mußte etwas gesagt haben, denn ganz zum Schluß, bevor er auflegte, fragte John Archdale: «Wie geht's dem Jungen?»

Benet begriff erst ein paar Stunden später, daß er James gemeint hat.

Sie brauchte einen Menschen, dem sie sich anvertrauen konnte. Merkwürdigerweise hatte Mopsa auf unbefriedigende und unzulängliche Weise diese Rolle ausgefüllt. Inmitten dieser übervölkerten Stadt wurde sich Benet ihrer Isolierung bewußt, einer Einsamkeit, die sie sich selbst geschaffen hatte und die sie aufrechterhalten mußte, bis Jason wieder fort war. Seit Antonias Anruf hatte das Telefon nur noch ein einziges Mal geklingelt. Ian Raeburn hatte sie zum Essen eingeladen.

Benet wäre sehr gern mitgegangen. Daß sie so schroff zu ihm gewesen war, daß sie ihn so kalt behandelt hatte, als sie ihn mit Jason und dem Schaukelpferd auf der Straße traf, bekümmerte sie und nagte seither an ihr. Ohne Jason, in einem Restaurant und später allein, konnte sie ihn besser kennenlernen. Sie war überrascht, wie sehr sie sich das wünschte. Aber sie durfte Jason nicht allein lassen, und es gab auch niemanden, den sie bitten konnte, ihn zu hüten. Alle Leute, die ihr einfielen, waren früher Babysitter bei James gewesen. Sie mußte Ian sagen, sie habe am Abend schon etwas anderes vor.

«Dann ein andermal?» fragte er. «Wie wär's mit nächster Woche?»

«O ja, bitte!» sagte Benet wie ein Kind, dem man etwas versprochen hatte. Nie vorher hatte sie so mit einem Mann gesprochen.

Jetzt war die nächste Woche da, und sie wartete darauf, daß er anrief. Wenn er anrief, war sie gezwungen, wegen Jason etwas zu unternehmen. Um drei Uhr morgens wach im Bett zu liegen und darüber nachzudenken, kam ihr durchaus vernünftig vor. Wenn sie sich zum Beispiel für Donnerstag abend mit Ian zum Essen verabredete, hieße das, daß sie Jason am Mittwoch loswerden mußte. Als sie Jason am nächsten Morgen anzog, ihm sein Frühstück gab und mit ihm über den vor ihnen liegenden Tag sprach, empfand sie jedoch ganz anders. Ihr Verantwortungsgefühl kehrte zurück, ihre Sorge um Jasons Wohlergehen und seinen Status als menschliches Wesen, den man respektieren mußte. Dennoch wartete sie auf Ians Anruf wie ein junges Mädchen, das zum erstenmal auf einen Freund wartete. Ständig bildete sie sich ein, sie höre das Telefon klingeln, obwohl es gar nicht geklingelt hatte. Und als sie eines Tages feststellte, daß der Hörer seit Stunden neben dem Apparat lag, weil Jason damit gespielt hatte, mußte sie sich große Mühe geben, um ihren Ärger zu unterdrücken.

An diesem Nachmittag riß sie eine weitere Schranke nieder und schloß James' Spielschrank auf, damit Jason das Telefon in Ruhe ließ.

Methodisch wie ein Erwachsener holte Jason die Spielsachen heraus und untersuchte sie. Ein Malkasten, den James nie benutzt hatte, weil er noch viel zu klein gewesen war, interessierte Jason sehr, obwohl er nicht wissen konnte, was oder wozu die Farben in den kleinen, viereckigen Schalen dienten. Vielleicht liebte er Farben einfach. Es war für Benet interessant zu beobachten, wie groß seine manuelle Geschicklichkeit war. Er ließ nur selten etwas fallen, aß sauber und ordentlich. Jetzt nahm er einen Pinsel heraus, fuhr mit der Spitze seines linken Zeigefingers über das weiche Kamelhaar. Dann sah er mit seinem breiten und strahlenden Lächeln zu ihr auf. Eine Weile später entdeckte er das Xylophon mit der Regenbogenoktave. Es waren die Farben, das Spektrum und das Gold, die ihn faszinierten. James, erinnerte sie sich mit einem schmerzlichen Gefühl, hatte die Töne der Tonleiter hören wollen, das hatte ihm Spaß gemacht. Aber nach einiger Zeit griff auch Jason zu einem Holzstab und spielte langsam und nachdenklich ein *do-re-mi-fa-so-la-si-do* ...

Die Haustürklingel unterbrach sie. Benet hörte, wie die Gartenpforte zufiel, hörte Schritte auf dem kurzen gefliesten Weg, dann wieder die Klingel. Sie sprang auf und ging zum Fenster. Noch nie war jemand an die Haustür gekommen. Die Polizei hätte keine Hemmungen, dachte sie, und ihr Mund wurde trocken.

Um sechs Uhr war es schon dunkel. Die Straßenbeleuchtung im Vale of Peace war anheimelnd und altmodisch, wie überall in Hampstead. Benet schaute durch die Schlitze der Jalousie hinaus. Kein Polizeiwagen, überhaupt kein fremder Wagen. Nur ihr eigener und die ihrer Nachbarn, die immer hier parkten. Dann fiel ihr ein, daß der Besucher möglicherweise Ian war. Vielleicht wohnte er in der Nähe. Ihr kam gar nicht zu Bewußtsein, daß man aus dem Vale ja nur in die dunkle, unbewohnte Heide gelangte. Und hätte er nicht vorher angerufen? Nun ja, schließlich hatte Jason das Telefon stundenlang blockiert.

Es klingelte wieder, lange und anhaltend diesmal. Benet lief hinauf. Die ganze Zeit dachte sie: Hoffentlich ist er es, hoffentlich ist er es! Bei einer Tasse Tee mit ihm und Jason in ihrem warmen Souterrainzimmer zu sitzen und zu schwatzen, war das schönste, das sie sich vorstellen konnte. O bitte, hoffentlich ist er es ...

Sie knipste das Licht in der Halle an und öffnete die Haustür. Es war nicht die Polizei, und es war nicht Ian.

Es war Edward.

Die Anwaltsfirma, die von Terence beauftragt wurde, seine Interessen wahrzunehmen, arbeitete in Cricklewood. Er sah den Namen in vergoldeten Lettern an einer Fensterreihe über den Büros einer Baugesellschaft. Cricklewood erschien ihm sicherer als Hampstead. Er nahm die Dokumente mit. Inzwischen hatte er sich daran gewöhnt, Mr. Phipps genannt zu werden, und er verspürte auch keine Angst mehr, etwas unterschreiben zu müssen, weil er John Howards Unterschrift jeden Tag geübt hatte.

Terence war auf eine Unmenge von Fragen gefaßt, aber der Anwalt wollte nur den Namen des Immobilienmaklers wissen. Er schien überrascht, als Terence ihm die Eigentumsurkunde vorlegte.

«Wir werden darauf drängen, daß der Kaufvertrag schnell unterschrieben wird und gleichzeitig zehn Prozent der Kaufsumme hinterlegt werden», erklärte der Anwalt.

Als Terence die Treppe hinunterging, dachte er über das nach, was der Anwalt gesagt hatte. 13 295 Pfund. Wenn er die Nerven verlor, wenn ihm die ganze Sache über den Kopf wuchs, konnte er sich mit diesem Geld aus dem Staub machen. Konnte ganz einfach die Fliege machen. Der Gedanke war tröstlich, und sein rebellierender Magen kam zur Ruhe. Als er nach Hause kam, lag ein Brief für ihn auf der Matte. Es war einer der wenigen Briefe, die er bekommen hatte, seit er in Spring Close wohnte, der erste, seit Freda abgereist war.

Er erkannte ihre Schrift auf dem Umschlag.

«Lieber Terry» – eigentlich hätte er erwartet, daß sie «liebstes Schäfchen» schrieb, obwohl er noch nie einen Brief von ihr bekommen hatte. Die Anrede schien ihm unheilverkündend. Er las schnell, weil er fürchtete, sie könnte zurückkommen. Doch diese Gefahr bestand nicht. Sie schrieb zwar nicht viel über das, was sie tat, aber immer wieder kam der Name Anthony darin vor. Am Ende dann eine kurze Erklärung, wer Anthony war: «... ein alter Freund, den ich schon vor meiner Ehe kannte. Wir hatten uns jedoch im Lauf der Jahre aus den Augen verloren. Er hat hier ein Haus ...» Terence verstand endlich. Deshalb war sie allein gefahren. Dieser Anthony hatte ihr geschrieben, sie vielleicht sogar eingeladen. Irgendein alter, reicher Mann. Geld will zu Geld, dachte er. Wahrscheinlich würde sie Anthony heiraten.

Er ärgerte sich über den Brief. Wie es ihm ging, war ihr offensichtlich gleichgültig. Sie schrieb ihm tatsächlich so, als sei er ihr Hausmeister. «Die Heizung müßte noch vor Weihnachten überholt werden. Ruf bitte die zuständige Firma an und verabrede einen Termin. Ich habe einen Wartungsvertrag, also brauchst Du Dir wegen der Kosten keine Sorgen zu machen ...» Gleichzeitig freute er sich über den Brief. Sie kam nicht zurück und konnte nicht herumschnüffeln. Wenn er nur die Nerven behielt, cool blieb, dann brauchte er auch nicht bei Nacht und Nebel mit dreizehntausend Pfund flitzen und konnte in aller Ruhe abwarten, bis er das Zehnfache bekam.

Er rief Steiner & Wildwood an und nannte Sawyer den Namen seines Anwalts. Im Lauf des Gesprächs erwähnte Sawyer, daß Steiner & Wildwood drei Prozent Provision bekamen. Er hatte es Terence schon zu Beginn ihrer Geschäftsbeziehungen gesagt, aber es war ärgerlich, daran erinnert zu werden. Eine angenehmere Nachricht war, daß Mr. und Mrs. Goldschmidt nicht erst ihr Haus verkaufen mußten, um die Kaufsumme für Spring Close 5 aufbringen zu können.

«Ein glücklicher Umstand», sagte Sawyer, «es ist nämlich kein Kettenverkauf.»

«Kein Kettenverkauf?»

«Nun ja, das heißt, daß Mr. und Mrs. Goldschmidt nicht darauf angewiesen sind, zuerst ihren jetzigen Besitz an jemanden zu verkaufen, der wiederum zuerst an jemanden verkaufen muß, der ebenfalls ... Und so weiter und so fort.»

«Ich verstehe. Das ist großartig. Ausgezeichnet.»

Es schien Terence ein Grund zum Feiern. Er erwog ernsthaft, auch John Howards Sparbons zu Geld zu machen. Er zweifelte nicht daran, daß er die Unterschrift inzwischen perfekt nachahmen konnte. Und er brauchte sie ja nur auf einem Auszahlungsschein zu fälschen. Er hatte entdeckt, daß er nicht einmal selbst auf dem Postamt erscheinen mußte. Aber waren 1400 Pfund auch nur das geringste Risiko wert? Wie wäre ihm hinterher wohl sein Leben lang zumute, wenn er für etwas mehr als ein Hundertstel die 150 000 Pfund aufs Spiel gesetzt und verloren hätte?

Nein, für den Augenblick mußte er sich mit dem begnügen, was ihm der Staat in seiner Großmut zukommen ließ. Er rief Teresa an und ging mit ihr ins Kino. Sie gingen ins *Screen on the Hill* und waren kurz nach zehn wieder in Spring Close. Terence hatte zum erstenmal Fredas Wagen benutzt. Es war höchste Zeit, daß er wieder gefahren wurde. Die Batterie war fast leer, und Terence mußte ihr lange gut zureden, bevor der Motor ansprang. Weil er den Wagen wieder in der Garage geparkt hatte, betraten Teresa und er das Haus durch den Hintereingang.

Teresa fragte, ob sie baden dürfe. Fredas Bad erinnerte sie an ein Foto, das sie in der Zeitschrift *Heim und Garten* gesehen hatte, als sie beim Zahnarzt wartete, um sich den Zahnstein entfernen zu lassen. Terence ging ins Schlafzimmer, um die Jalousie herunterzulassen. Sie war aus schwarzer Seide mit einem chinesischen Gemälde darauf. Es war weder Schüchternheit noch Prüderie, die ihn davon abhielten, vorher Licht zu machen, sondern eine natürliche Abneigung dagegen, die Aufmerksamkeit der Nachbarn auf sich zu ziehen. Wenn sie einen nackten Mann und ein nacktes Mädchen in Fredas Schlafzimmer sähen, hieße das selbstverständlich nicht, daß sie sofort Steiner & Wildwood informieren würden, aber man würde über ihn reden, und das schien ihm zum gegenwärtigen Zeitpunkt absolut nicht wünschenswert, wie Sawyer es ausdrücken würde.

Unter dem Torbogen, durch den man zu den sechs Häusern von Spring Close gelangte, stand ein Mann. Terence sah ihn im Licht der nachempfundenen Kutschenlaternen auf den beiden Torpfosten. Es war ein junger, ein sehr junger Mann, fast noch ein Jugendlicher, wie Zeitungen und Fernsehen diese Altersgruppe nannten. Im Licht der Laternen erkannte Terence, daß er dunkelhaarig war, ein gutaussehender Ire, sehr schlank und schlaksig, mit schmalen Hüften. Er trug Jeans, eine Lederjacke und einen Pulli mit einem hohen Polokragen. Terence fand, daß er angezogen war wie ein junger Kriminalbeamter, der für einen herumlungernden Jungen gehalten werden wollte.

Terence bekam so starkes Herzklopfen, daß er das Gefühl hatte, regelmäßig einen Schlag gegen die Rippen zu bekommen. Kein Zweifel, der junge Mann beobachtete dieses Haus. Terence ging allen Schwierigkeiten am liebsten aus dem Weg und konnte sich sehr schnell einreden, daß schwarz weiß und die Dinge genau andersherum waren. Diesmal kam er jedoch nicht darum herum, eindeutig festzustellen, daß sich der Mann unter dem Torbogen ausschließlich für Spring Close 5 interessierte. Ihre Blicke trafen sich, aber Terence wußte, daß der Mann ihn nicht sehen konnte, denn er hatte schon selbst ab und zu im Dunkeln unter dem Torbogen gestanden und herübergeschaut.

Was machte der Kerl dort? Hatte die Polizei irgendwie erfahren, was er vorhatte? Dieser Anwalt, dachte er, und der Schweiß brach ihm aus allen Poren. Wahrscheinlich war der Anwalt ein Freund von John Howard Phipps gewesen. Terence tappte zum Nachttisch hinüber und schluckte zwei Valium. Er hörte Teresa im Bad planschen. Warum sollte die Polizei das Haus beobachten? Wenn sie etwas wüßte, würde sie ihn doch wohl gleich festnehmen?

Vielleicht war der Mann dort draußen genau deswegen hier, glaubte aber, es sei noch niemand zu Hause. Doch das würde er, Terence, bald wissen, er mußte es erfahren. Was hatte er schon getan? Er würde sagen, er sei Fredas Vetter, und sie habe ihn gebeten, in ihrer Abwesenheit das Haus zu verkaufen. Und wenn sie Freda fragten, würde sie ihn in diesem Stadium nicht verraten. Sie würde ihn vielleicht hassen, nie wieder ein Wort mit ihm sprechen, aber sie würde ihn nicht der Polizei verraten. Er holte tief Atem, knipste das Deckenlicht an und zog sofort die Jalousie herunter.

Vom Duft von Fredas «Opium»-Badeöl umweht, kam Teresa aus dem Bad getänzelt. Ihre wohlriechende Nacktheit hatte auf Terence nicht die geringste Wirkung, und er hoffte inbrünstig, daß sich das später änderte. Jetzt war er an der Reihe, ins Bad zu gehen. Er putzte sich die Zähne, dann stellte er sich auf den Rand von Fredas Bidet und schaute aus dem Fenster.

Der Hof war leer, bis auf eine weiße Katze, die unter dem Trompetenbaum saß. Der Mann war verschwunden.

Im Licht der Verandabeleuchtung sah er blaß und viel dünner aus als vor drei Jahren. Er trat wortlos ein, als werde er erwartet. Und als er sich aus seinem langen Schal wickelte und seine Jacke aufhängte, begriff sie, daß zumindest er überzeugt war, erwartet zu werden. Wahrscheinlich gehörte er zu den Leuten, die angerufen hatten, als sie in ihrem Zimmer lag und Mopsa alle Gespräche entgegennahm. Weiß Gott, was sie alles erzählt hatte. Ihn hatte sie natürlich aufgefordert, Benet zu besuchen. Gewiß war es ein Lieblingswunsch von

Mopsa, daß Benet und Edward heirateten, gleichgültig, was sie füreinander empfanden, um den Schein zu wahren, aus Gründen der Schicklichkeit, James zuliebe, der nicht mehr lebte.

«Ich nehme an, meine Mutter hat dich eingeladen?»

«Deine Mutter hat gesagt, du wolltest, daß ich komme.»

«Wie meinst du das, um Himmels willen?»

«Du warst krank, als ich anrief. Sie erklärte, sie wisse genau, daß du mich sehr gern sehen möchtest, du hättest es ihr schon ein paarmal gesagt, aber ich solle ein oder zwei Wochen warten, bis es dir wieder besser gehe. Sie sagte auch, du würdest mich anrufen, wenn es dir am Mittwoch nicht passe.»

Hatte seine Stimme schon immer so mürrisch geklungen? Es war die Stimme eines Paranoikers.

«Ich hab dich nicht eingeladen. Ich wußte nicht einmal, daß du angerufen hattest.»

«Ich hatte schon auf dem Weg hierher das sonderbare Gefühl, daß ich nicht mit offenen Armen empfangen werden würde», antwortete Edward.

Er hatte sich weder im Verhalten noch im Aussehen verändert. Er zog sich auch noch an wie früher, so exzentrisch wie ein athletischer Teenager: Jeans, über der Brust ein offenes weißes Hemd, Lederjacke und gestreifter Schal, der ihm bis an die Knie reichte. Das Jungenhafte hatte er sich auch noch bewahrt; die blonde Locke, die ihm in die Stirn hing, war noch da und der sensible Mund mit den leicht nach oben gezogenen Winkeln. Doch die Natürlichkeit der Jugend war dahin, die Züge wirkten angespannt, der Prozeß des Alterns hatte begonnen. Seine Nase wirkte schärfer, wurde einer Adlernase immer ähnlicher. Aber das wunderschöne Blau seiner Augen war so intensiv wie eh und je.

«Komm, und trink was», sagte Benet.

Sie wollte ihn ins Wohnzimmer führen, wo der Barschrank war, doch dann erinnerte sie sich an Jason. Jason war allein im Souterrain, und in der Küche gab es alles mögliche, was ihm gefährlich werden konnte: der elektrische Wasserkessel, die Gashähne, Messer. Benet wandte sich zur Treppe, die hinunterführte. Edward folgte ihr. Er ging immer leise und federnd, hatte einen Gang wie eine Katze, als bewege er sich nur auf den Fußspitzen vorwärts. Er ist wie eine Katze, dachte Benet. Wenn solche Vergleiche gezogen werden, denkt man immer an dunkelhaarige Menschen, nur Edward ist blond. Aber er ist wie eine Katze, ein langer, schlanker, heller Kater . . .

Für Jasons Anwesenheit mußte sie ihm die gleiche Erklärung geben wie Ian Raeburn. Warum auch nicht? Sie würde ihn ohnehin nicht interessieren. Früher hatte er oft gesagt, daß er Kinder nicht mochte.

«Ich habe dein Buch gelesen», sagte er. «Es hat mir gefallen. Es ist ein großartiges Buch und hat den Preis verdient, den du dafür bekommen hast.»

Sie war erstaunt und gerührt, wandte ihm das Gesicht zu und sagte: «Also, daß du das sagst, finde ich riesig von dir, Edward.»

«Worauf ich besonders stolz bin, ist, daß du es zum größten Teil mir verdankst.»

Dazu gab es nichts zu sagen. Er hatte ihr den Atem abgeschnitten.

«Die Tatsache, daß du überhaupt nach Indien gegangen bist, zum Beispiel. Daß du Zutritt zu Orten hattest, die du ohne mich nie zu sehen bekommen hättest. Ganz zu schweigen von dem, was ich dir über das Schreiben beigebracht habe. Dafür hättest du mich wirklich entschädigen können, mit einer Widmung, mit ein oder zwei Zeilen: ‹Für Edward Greenwood, ohne dessen Hilfe . . .› und so weiter und so fort.»

«Ach, der Stolz, den du empfunden hast, war keine angemessene Entschädigung? Du wolltest ein Honorar?»

Benet rannte die letzten sechs Stufen hinunter. Ihr Herz schlug wild, so zornig war sie. Jason, der sich für eine Weile von James' Xylophon getrennt hatte und James' Schubkarre mit James' Bausteinen belud, blickte auf und lächelte, als er sie sah. Die Freude darüber, daß sie wieder da war, leuchtete ihm aus dem Gesicht. Er hatte gewartet, er hatte nicht geweint, aber er war fast überschwenglich erleichtert, weil sie wieder da war. Er kam zu ihr und streckte die Arme aus. Sie nahm ihn auf, es beruhigte sie, ihn zu fühlen, ihr Zorn kühlte sich ab.

Edward betrachtete sie und das Kind. Das Blut war ihm in die Wangen geschossen. Er sagte in seiner mürrischen Art: «Das ist also mein Sohn?»

Das hatte sie nicht erwartet. Als sie mit Edward ins Souterrainzimmer hinunterging, hatte sie daran nicht mehr gedacht, obwohl sie es natürlich hätte vorhersehen müssen. Es wäre so leicht gewesen, jetzt ja zu sagen, der leichteste Ausweg. Schließlich würde sie Edward selten sehen, dafür wollte sie sorgen. Sie konnten nicht einmal mehr «Freunde» werden, es war ganz einfach unmöglich. Auch wenn James noch lebte, wenn das Kind auf ihrem Arm James gewesen wäre, wäre es dennoch unmöglich. Da James tot war, gab es überhaupt nichts mehr, was sie verband.

Sie brauchte nur zu nicken. Ein Achselzucken, ein einfaches Schweigen, und alles wäre überstanden. Um allen Fragen, Erkundigungen, jedem Verdacht ein Ende zu setzen, brauchte sie jetzt nur zu nicken, einen Schritt vorwärts zu machen und dieses hübsche, blonde, blauäugige Kind diesem hübschen, blonden, blauäugigen Mann zu reichen. Sie konnte es nicht. Es kam ihr fast wie ein Verbrechen vor. Also bedeutete Edward ihr noch etwas? Oder bedeutete ihr es noch etwas, was zwischen ihr und Edward gewesen war? Genug jedenfalls, damit es ihr unmöglich wurde, ihm ins Gesicht zu sehen und ihm zu sagen, das sei sein Kind.

«Nein. Er ist das Kind einer Freundin, um das ich mich ein paar Tage lang kümmere.»

Er glaubte ihr nicht. «Laß das, Benet. Du hast dich mir entzogen, hast mir dein Buch und deinen Erfolg vorenthalten. Du mußt die bösartigste Frau sein, die es gibt. Und jetzt möchtest du sogar leugnen, daß mein Sohn mein Sohn ist.»

«Ich leugne gar nichts, Edward. Das ist nicht James.»

Sie setzte Jason auf das Schaukelpferd und versetzte es in Schwung. Aber Jason hatte genug von Schaukelpferden, Xylophonen und Schubkarren. Er rieb sich die Augen mit den Fäusten.

«Jay möchte Saft.»

Das sagte er immer, wenn er müde war. Sie trug ihn zum Kühlschrank, nahm das Fläschchen mit Apfelsaft heraus und hielt es unter den Warmwasserhahn, um es etwas anzuwärmen. Jason saß rittlings auf ihrer Hüfte. Edward folgte ihr und blieb dicht vor ihr stehen.

«Wenn das nicht James ist, wo ist James dann?»

Um Mut zu fassen, um die Kraft zu haben, das Wort aussprechen zu können, tat sie etwas sehr Merkwürdiges. Sie drückte Jason fest an sich, um seine Wärme zu fühlen.

«James ist tot, Edward.»

«Was?»

«Ich habe es deutlich gesagt. Du hast mich gehört. James ist tot. Er starb vor ungefähr sechs Wochen im Krankenhaus.»

«Heutzutage sterben Kinder nicht mehr», sagte er. «Kinder sterben nicht.»

«Das dachte ich auch. Ich habe mich geirrt. Sie sterben.»

Jason trank seinen Saft am liebsten selbst. Sie setzte ihn in den großen Windsorsessel und stopfte ihm ein paar Kissen in den Rücken. Edward starrte ihn an.

«Ich glaube dir nicht, Benet. Es wäre typisch für dich, dir irgendeine List auszudenken, um mich von meinem Sohn ganz fernzuhalten. Ich habe ohnehin keinen gesetzlichen Anspruch. Aber die Tatsache, daß er mein Sohn ist, genügt vermutlich, um dich zu beunruhigen. Du würdest sogar versuchen, das aus der Welt zu schaffen.»

Sie hob die Schultern. «Ich zeige dir den Totenschein», sagte sie tonlos.

Als Mopsa an jenem Spätnachmittag nach Hause gekommen war, an dem Benet das erste Mal das Bett verlassen hatte, konnte sie sehen, wie ihre Mutter einen langen gelben Umschlag in ein Schreibtischfach legte. Sie hatten nicht darüber gesprochen, aber Benet wußte, was er enthielt. Sie nahm den Totenschein heraus und reichte ihn Edward, ohne einen Blick darauf zu werfen. Er las und sah sie aus plötzlich leblos wirkenden Augen an.

«Wie konntest du nur zulassen, daß ihm das passierte? Wie konntest du zulassen, daß er – daß er erstickt ist?»

Das also war als Todesursache genannt? Sie wollte es nicht sehen. Kalter, verächtlicher Zorn gegen Edward packte sie. Was wußte er denn? Was kümmerte es ihn? Er vergrub das Gesicht in den Händen. Sie hoffte und betete darum, daß er endlich ging. Daß er seine kleine Schau abzog und ihr einen Kummer vorspielte, den er nicht empfinden konnte, weil er das Kind nicht gekannt hatte, und dann ging – natürlich nicht ohne ihr vorher zu drohen, sie zu beleidigen und zu beschuldigen. Er hob den Kopf, und seine Augen waren rot unterlaufen.

«Vor einer halben Stunde hast du mir einen Drink angeboten. Als du vorhin oben warst, habe ich gedacht, daß du mir einen holst, es wäre das mindeste gewesen. Nach dem, was du mir gesagt hast, brauche ich einen Drink.»

Sie wußte jetzt, an wen er sie erinnerte. An Mopsa. War das immer so gewesen? War etwas in ihrem Wesen, das eine Mopsa brauchte, ein parasitäres Geschöpf, das von ihr schmarotzte, sie beleidigte und mit seiner skrupellosen Selbstsucht immer wieder überraschte? Darüber mußte sie lachen, nicht ironisch, sondern mit echter Belustigung.

«Vor drei Jahren dachte ich, du könntest nicht noch härter sein», sagte er. «Aber ich habe mich geirrt. Ich hatte gehofft, du hättest dich verändert. Ich dachte, wir könnten wieder zusammenkommen. Dachte sogar, wir könnten vielleicht heiraten.»

«Doch jetzt hast du alle Illusionen verloren, oder?» Jason war eingeschlafen. Sie nahm ihm vorsichtig die Flasche weg. «Wenn du einen Drink willst, Edward, mußt du ihn dir schon selber holen. In dem Zimmer über uns, im Schrank am Fenster. Ich muß den Jungen ins Bett bringen.»

Barry ging den Hügel hinunter zur Untergrundbahn-Station Hampstead. Er war völlig durcheinander. Wie hätte er auch voraussehen können, was geschehen würde. Das Haus war den ganzen Abend dunkel gewesen, und als er eben die Hoffnung aufgegeben hatte, sich noch heute Gewißheit verschaffen zu können, entdeckte er plötzlich ein schwaches Licht. Nicht in einem der vorderen Räume, sondern irgendwo im hinteren Teil des Hauses. Barry hatte es nur bemerkt, weil es durch einen offenen Bogen oder eine offene Tür fiel. Terence Wand war also durch die Hintertür ins Haus gegangen. Barry wäre gar nicht auf die Idee gekommen, daß es einen Hintereingang gab, aber bevor er den Weg zur Untergrundbahn einschlug, hatte er sich umgesehen und die Garagen entdeckt. In der mit der Nummer fünf stand ein kleiner blauer Volvo.

Nachdem das Licht angegangen war, hatte er wieder eine Zeitlang gehofft, Terence Wand zu sehen und als Jasons Vater zu identifizieren. Er rechnete damit, daß Wand sich am Fenster zeigen würde, und das hatte er auch getan, aber auf erschreckende, ja fast schreckliche Weise. Barry fragte sich, wie lange Terence Wand schon gewußt hatte, daß er unter dem Torbogen stand? Und anscheinend auch gewußt hatte, wer er war, und wie er und Carol zueinander standen? Denn Terence Wand mußte es gewußt haben, das hatte er durch sein Verhalten unmißverständlich verraten.

Falls Barry im Hinblick auf Terence Wand überhaupt noch Zweifel gehabt hatte, waren sie jetzt verschwunden. Ihm war völlig klar, was Wand mit Jason verband, wie seine Beziehung zu Carol gewesen war und wieder sein würde, wenn er die Chance bekäme. Wand hatte ihn mit seinem kurzen Macho-Auftritt lächerlich machen wollen. Das Haus war bis auf den schwachen Schimmer in den hinteren Regionen dunkel gewesen. Irgendwie schien diese Dunkelheit unbelebt und fortdauernd. Seine Aufmerksamkeit hatte für kurze Zeit nachgelassen, und er beobachtete eine weiße Katze, die von einer niedrigen Mauer sprang und auf den Baum in der Mitte des Hofs zulief. Warum hatte er eigentlich noch einmal zu den glänzenden schwarzen Fenstern hinübergeschaut? Gewiß nicht, weil er spürte, daß sich an dem Haus etwas veränderte. Vielleicht sagte ihm sein sechster Sinn, daß er den Kopf heben und aufblicken sollte.

Das Licht hinter einem Fenster ging an, und in der plötzlichen Helligkeit stellte sich für einen Moment ein nackter Mann spöttisch zur Schau. Sein Haar schimmerte golden, und er wirkte so groß wie eine Statue. Dann fiel die Jalousie, eine schwarze Kaskade, und der Spuk war verschwunden.

Barry ging über die Chinesische Brücke nach Hause. Wo der Fußpfad von der Summerskill Road abzweigte, blieb er stehen und zählte die Häuser, aber Carols Fenster waren dunkel. Es war erst kurz nach elf, und die Wein-Bar schloß nie früher.

Winterside Down machte einen ungewöhnlich leeren Eindruck. Nicht einmal die Motorrad-Freaks waren unterwegs. Lila Kupar, die nie ihre Vorhänge schloß, bügelte in ihrem spärlich eingerichteten Zimmer einen weißen Sari. Dicht über ihrem Kopf hing eine nackte, viel zu grelle Glühbirne. Barry schloß auf und betrat das Haus. Die Spicers hatten den Fernseher laut aufgedreht, und das hohle Konservengelächter war in Carols Diele zu hören. In der Dunkelheit sah Barry Terence Wands Gesicht vor sich. Zwar hatte er es nur ganz flüchtig erblickt, doch er war überzeugt, daß es sich seinem Gedächtnis für immer und ewig eingeprägt hatte. Es war das Gesicht eines ungefähr dreißigjährigen Jason, das er heraufbeschwor.

Barry besaß keine Handschuhe. Er zog Carols Gummihandschuhe an, die in der Küche auf dem Rand der Spüle lagen, und suchte dann den Kugelschreiber. Carol und er benutzten ihn, um sich gegenseitig – oder auch dem Milchmann – kurze Nachrichten zu schreiben. Dann holte er das Schulheft, das Tanya einmal zu Hause vergessen hatte. Das Kuvert mußte er morgen kaufen. Sehr sorgfältig begann er mit Druckbuchstaben einen Brief zu schreiben.

16

Den anonymen Brief bekam Detective Inspector Tony Leatham von Superintendent Treddick, nachdem er von den Beamten der Spurensicherung ergebnislos auf Fingerabdrücke und andere eventuelle Hinweise untersucht worden war. Das linierte Papier, aus einem Schulheft oder -block herausgerissen, war stark zerdrückt und ziemlich lappig. Leatham kannte den Inhalt bereits. Man hatte wegen dieses Briefes eine Besprechung abgehalten.

DER VATER VON JASON STRATFORD IST TERENCE WAND, SPRING CLOSE 5, HAMPSTEAD.

Offenbar wollte sie der Schreiber glauben machen, dieser Wand habe seinen Sohn entführt und halte ihn irgendwo versteckt. Wahrscheinlich steckte nichts anderes als ganz gewöhnliche Rachsucht dahinter. Jemand wollte Wand in Schwierigkeiten bringen. Treddick glaubte natürlich, Jason sei tot und zwar seit dem Tag, an dem er verschwunden war. Mit an Sicherheit grenzender Wahrscheinlichkeit war er tot gewesen, bevor sein Verschwinden der Polizei gemeldet wurde. Er war ermordet und irgendwo vergraben worden, wie das afrikanische Kind in Finchley, und eines Tages würde man auch seine Leiche finden.

Leatham war sich dessen nicht ganz so sicher. Er hielt es noch immer für möglich, daß Jason entführt worden war. Mit den Jahren zäh und hart geworden, hielt er nicht mehr allzuviel von den Menschen, hoffte aber immer noch für Jason. Er liebte Kinder. Seit Jason verschwunden war, betrachtete er seine Söhne oft mit dem Beschützerinstinkt des leidenschaftlichen Vaters, einem Gefühl, das ihm früher nie bewußt geworden war.

Treddick hatte es auf Barry Mahon abgesehen. Er glaubte, es sei nur eine Frage der Zeit, bis er ihn soweit hatte, daß er gestand. Eines Tages würde sich Barry verraten, würde sie wahrscheinlich zu Jasons Grab führen, und Treddick war geduldig, er konnte warten. Tony Leatham war der Meinung, daß sie nicht die Spur eines Beweises gegen Barry hatten. Daß er diesen Brief geschrieben hat, ist wahrscheinlich das einzige Vergehen, dessen er schuldig ist», dachte Leatham. Er war beinahe überzeugt, daß Barry ihn geschrieben hatte. Und Treddick war der gleichen Ansicht. Er sagte, Barry habe damit den Verdacht auf einen anderen abwälzen wollen.

Leatham war das ziemlich gleichgültig, er verlor allmählich das Interesse. Er hatte nur den Wunsch, daß Jason heil und gesund wiedergefunden wurde – möglichst von ihm –, und dann sollte man Vergangenes vergangen sein lassen. Ein anderer Fall, mit dem er im Sommer zu tun gehabt hatte, beschäftigte ihn stärker. Der Mann, um den es ging, ein Bankräuber, war aus der Untersuchungshaft ausgebrochen und um die halbe Welt geflohen. Erst in Melbourne konnte man ihn wieder festnehmen, und seit die australische Regierung sich bereit erklärt hatte, Monty Driscoll auszuliefern, hoffte Leatham, man würde ihn hinüberschicken. Eine solche Abwechslung vom täglichen Einerlei gab es sehr selten für ihn. Er setzte alle Hebel in Bewegung, damit man ihn nach Melbourne beorderte, um Driscoll abzuholen.

Doch bis es soweit war, mußten sie sich um Terence Wand kümmern. Sie konnten sich über den Brief nicht einfach hinwegsetzen.

Mrs. Goldschmidt rief am frühen Morgen an und fragte, ob sie sich das Haus noch einmal ansehen und ein paar Maße nehmen dürfe? Terence wollte nicht, daß sie kam, wußte jedoch nicht, wie er ablehnen sollte. Es war riskant, jemand anders als ganz persönliche Gäste im Haus zu haben. Er nahm zwei Valium.

Mrs. Goldschmidt erschien um halb elf, diesmal in einem pinkfarbenen Ledermantel mit Pelzkragen. Bisher hatte Terence sie nur in Leder oder Pelz zu sehen bekommen. Heute hatte sie das blonde Haar in wuscheligen Löckchen nach vorn gekämmt, ihr Make-up war malvenfarben, die Lippen damaszenerblau. Sie benahm sich wie jemand, der Beruhigungsmittel schluckte, und daher klang ihre erste Bemerkung sarkastisch.

«Ich bin ganz hingerissen, daß wir Ihr Haus bekommen.»

Sie sprach in dem farblos monotonen Tonfall eines Menschen, der ununterbrochen über das schlechte Wetter oder eine chronische Krankheit klagt. Terence ging mit ihr im Haus herum. Im Schlafzimmer mit dem *Futon* zog sie den Mantel aus und warf ihn auf einen niedrigen japanischen Tisch. Unter dem Mantel trug sie ein sehr kurzes pinkfarbenes Strickkleid mit einem riesigen Polokragen.

«So ist es besser.»

Sie stieg auf einen Hocker, um die Fenster für Vorhänge auszumessen.

«Ich finde, Jalousien ohne Vorhänge wirken so kalt», sagte sie.

Sie streckte Terence die Hand entgegen, damit er ihr herunterhalf, obwohl der Hocker nur ungefähr dreißig Zentimeter hoch war. In Strümpfen kletterte sie auf die Ottomane, die in der Fensternische des Hauptschlafzimmers stand. Sie streckte sich mit dem Maßband, verlor das Gleichgewicht und wäre gefallen, wenn Terence sie nicht aufgefangen hätte. Er faßte sie um die Taille und hielt nicht etwa einen starren, abwehrenden Körper fest, sondern einen weichen, sogar nachgiebigen. Er fragte sich, was da vorging? Etwas ging vor, das war ihm klar. Er wußte, daß Frauen ihn anziehend fanden – das war schließlich das Kapital, von dem er seinen Lebensunterhalt bestritt, wie jemand, der ein graphisches oder kaufmännisches Talent besaß, daraus einen Beruf machte –, aber was an ihm so unwiderstehlich war, wußte er nicht. Er war etwas unter mittelgroß, nicht besonders gut aussehend und ziemlich farblos – wie eine Maus. Carol Stratford hatte ihn einmal gefragt, ob er eigentlich ein Mann oder eine Maus sei, und wie eine Maus fühlte er sich oft – klein, braun und nervös. Vielleicht gefiel den Frauen gerade das.

Er löste die Hände von Mrs. Goldschmidts Taille und gab ihr einen leichten Klaps auf den Oberschenkel. Er fragte sich, was er tun, wie er reagieren sollte, wenn sich die Atmosphäre erhitzte. Gefährdete eine Ablehnung den Verkauf des Hauses, oder verlor er seine Chance, wenn er nachgab? Tief in Gedanken warf er einen Blick aus dem Fenster, und im selben Moment betraten zwei Männer durch den Torbogen den Hof, blieben stehen und betrachteten die fünf Häuser.

Terence wußte noch nicht genau, wie er den Mann einordnen sollte, der vor einigen Tagen das Haus beobachtet hatte, aber daß diese beiden Polizisten waren, stand für ihn fest. Er gehörte zu den Menschen, die für Polizisten eine Nase haben. Niemand sonst hatte so müde, trübe Augen; Gesichter wie Gummimasken, Kleider, die an ihnen schlotterten, als hätten die Träger an Gewicht verloren, und ungeputzte Schuhe. Sie standen da und musterten die fünf Häuser. Dann überquerten sie den Hof zu Nummer eins. Terence atmete tief aus. Er hatte gar nicht gemerkt, daß er den Atem anhielt. Mrs. Goldschmidt reichte ihm die Hand, damit er ihr von der Ottomane half, schien aber zu erwarten, daß er ihr die Hand vorher küßte.

Als sie hinuntergingen, warf Terence einen Blick durch die Fensterschlitze, durch die Licht auf die Treppe fiel. Die Polizisten waren in Nummer eins verschwunden, aber die Tür stand noch offen. Das gefiel Terence ganz und gar nicht. Er wollte, daß Mrs. Goldschmidt ging. Sie nahm langsam, lässig eine Stufe nach der anderen, ließ die Hand über das Treppengeländer gleiten und sah einmal mit einem wehmütigen Lächeln über die Schulter zu Terence zurück. In der Halle blieb sie bei der Statue mit dem Loch im Kopf stehen und notierte etwas mit großer, linkslastiger Schrift in ihren Schreibblock.

«Oh, ich habe meinen Mantel vergessen! Im Zimmer mit dem Futon.»

Sie geht hinauf, holt ihn, dachte Terence, und dann ruft sie mich und . . .

«Ich hole ihn», sagte er.

Er rannte zur Treppe. Durch das Schlafzimmerfenster sah er die beiden Polizisten auf der schmalen Terrasse vor Nummer drei im Gespräch mit der Frau, die dort wohnte. Er packte den pinkfarbenen Ledermantel. Wieder unten, hielt er ihr den Mantel, damit sie hineinschlüpfen konnte, nahm sogar ihren rechten Arm und schob ihn durch das Armloch. Er mußte seinen ganzen spärlichen Mut zusammennehmen, um die Haustür zu öffnen. Die Polizisten waren da, ungefähr drei Meter entfernt, sahen die Tür an und jetzt ihn.

Etwas schnürte ihm die Kehle zusammen, sein Herz machte einen Sprung und schlug plötzlich in der Mitte seiner Brust. Irgendwie waren sie ihm auf die Schliche gekommen. Irgend jemand, vielleicht ein Nachbar, hatte erfahren, daß das Haus verkauft werden sollte, war ein Freund von Sawyer, korrespondierte mit Freda . . . Mrs. Goldschmidt trat langsam aus dem Haus, ging die Stufen hinunter, streckte ihren Schwanenhals, lächelte vage. Terence begriff, daß die Polizisten unbeweglich stehenbleiben und nichts sagen würden, bis Mrs. Goldschmidt aus dem Weg war. Das war ihre Auffassung von Takt. Als wäre es ihm nicht egal! Schließlich konnte sogar sie es gewesen sein, die ihm die Typen auf den Hals gehetzt hatte. Woher sollte er wissen, daß dem nicht so war?

Sie drehte sich einmal um. «Auf Wiedersehen, und vielen Dank», sagte sie.

Nenn mich nicht Phipps! schrie er lautlos. Nenn mich bitte nicht Phipps!

«Vielleicht rufe ich Sie wieder an. Vielleicht komme ich noch einmal!»

Es klang unerbittlich, es klang wie eine ernste Drohung. Er hatte nichts zu sagen und hätte auch keinen Ton herausgebracht, selbst wenn er gewollt hätte. Seine Stimme hätte wie ein Piepsen geklungen. Sie ging an den Polizisten vorbei, als seien sie nicht da oder gehörten zur Ausstattung des Gartens, als seien sie Bäume oder steinerne Amphoren. Mit kleinen Schritten rückwärtsgehend, begutachtete sie das Haus, das sie eben verlassen hatte. Erst als sie sich wieder umdrehte, nachdem sie Terence mit geschlossenen Lippen noch einmal zugelächelt hatte, und gemessenen Schrittes auf den Torbogen zuschlenderte, setzten sich auch die Polizisten in Bewegung. Sie stiegen die Stufen hinauf und der ältere, rötliches Gesicht, hellhaarig, im flatternden Regenmantel mit baumelnden Gürtelenden, sagte in einem unaufdringlich leisen Gesprächston: «Mr. Wand? Mr. Terence Wand?»

Terence nickte. Er kam sich vor wie ein vom Wind getriebenes Blatt. Die Haustür schloß sich mit einem leisen, vornehmen Klikken. Sie sahen sich in Fredas Halle um, musterten die Statuen, die Modigliani-Kopie, den schwarzen Spanielteppich – sahen sich um, wie es eben Polizisten-Art ist, als würden sie selbst von einer undankbaren Gesellschaft dazu verurteilt, für immer und ewig in Sozialwohnungen aus der Vorkriegszeit zu hausen. Terence öffnete die zweiflügelige Tür zum Wohnzimmer. Er wünschte, er hätte zum Frühstück keine Cornflakes, kein Ei und auch nicht das Croissant gegessen, weil er überzeugt war, sich im nächsten Moment entschuldigen und auf die Toilette rasen zu müssen, um sich zu übergeben.

Sie traten ein und sahen sich wieder forschend um. Als Terence gerade nach Worten suchte, um sich zu entschuldigen und ins Bad zu flüchten, sagte der jüngere Beamte: «Jason Stratford, Mr. Wand. Wir sind wegen des kleinen Jason Stratford hier.»

Im ersten Moment wußte Terence mit dem Namen überhaupt nichts anzufangen. Er empfand nur eine gewisse Bestürzung, weil er ja etwas ganz anderes erwartet hatte.

«Dürfen wir uns setzen?»

Wieder nickte Terence. Er selbst blieb stehen. Er hielt sich sehr ruhig und blieb innerlich gespannt, weil er noch immer fürchtete, sich übergeben zu müssen, wenn er sich bewegte.

«Sie wissen natürlich, daß der kleine Jason vermißt wird. Ich glaube, daß es inzwischen kaum noch jemanden gibt, der es nicht weiß. Wenn ich richtig informiert bin, sind sie mit seiner Mutter, Mrs. Carol Stratford, befreundet?»

Erleichterung überkam Terence. Ihm war, als drücke ihm jemand ein weiches Kissen auf das Gesicht. Er bekam kaum Luft. Um was es hier auch ging, mit seinem betrügerischen Plan, Freda Phipps' Haus zu verkaufen, hatte es nichts zu tun. Er fragte sich, ob er schon sprechen konnte, wagte aber noch immer keinen Versuch.

«Unseren Informationen zufolge besteht die Möglichkeit, daß Sie Jason Stratfords Vater sind.»

Wenn irgend etwas Terence die Sprache zurückgeben konnte, dann das. Seine Stimme klang schrill.

«Ich?»

Sie sagten nichts. Sie sahen ihn nur an, wenn auch nicht gerade unfreundlich.

«Hat sie ihnen das gesagt?» fragte Terence schroff und empört, der Sprache nun wieder völlig mächtig.

«Nein, Mr. Wand. Wir dürfen Ihnen unsere Informationsquelle zwar nicht verraten, aber ich denke, wir können Ihnen sagen, von wem die Information nicht stammt. Und sie stammt nicht von Mrs. Stratford.»

Terence glaubte ihm nicht. Er traute es Carol durchaus zu, so etwas zu behaupten. Bestimmt wollte sie Jasons Vater schützen, weil er auf irgendeine krumme Tour reiste oder den Jungen tatsächlich hatte. Bei Carol mußte man auf beinahe alles gefaßt sein, sie war völlig skrupellos und unaufrichtig. Er verstand jetzt, warum sie bei den Nachbarn geklingelt hatten. Sie hatten gefragt, ob in letzter Zeit ein fremdes Kind in Spring Close aufgetaucht war.

«Ich wußte nicht mal, daß der Junge existierte», sagte er. «Hab's erst durch das Fernsehen erfahren, nachdem er verschwunden war.»

Die Polizisten blieben höflich, zurückhaltend. Terence wußte, daß der größere, hellhaarige sich fragte, warum er so nervös gewesen war, wenn er nichts zu verbergen hatte.

«Sie haben wohl nichts dagegen, wenn wir uns ein bißchen im Haus umsehen?»

So konnte man das auch ausdrücken! Der jüngere Beamte sagte, das Haus sei wirklich hübsch. Terence widersprach nicht, denn ihm war klar, daß das sehr unklug gewesen wäre. Aber er ging hinter ihnen die Treppe hinauf. Im Bad neben dem großen Schlafzimmer entdeckten sie Teresas Lidstift auf der gläsernen Ablage unter dem Spiegel.

«Sind wohl jetzt verheiratet, Mr. Wand?»

Terence schüttelte den Kopf. Er gab keine Erklärung ab. Der Ausdruck in den Augen des jüngeren Polizisten schien zu besagen, das bestätige nur seinen Verdacht, daß es überall von unehelichen Kindern wimmle, die Terence in die Welt gesetzt hatte und von denen er nichts wußte. Terence fühlte wachsenden Groll gegen Carol Stratford. Doch sie sollte nicht ungeschoren davonkommen, dazu würde er ihr ein paar Worte sagen.

Die Polizisten durchsuchten das Haus nicht gründlich. Sie warfen nur einen Blick in jedes Zimmer. Dann baten sie Terence um seinen Paß, und er fürchtete ein paar entsetzliche Sekunden lang, daß sie ihn einbehalten wollten. Aber sie gaben ihn wortlos zurück und gingen bald darauf. Terence nahm zwei Valium und schenkte sich einen mächtigen Whisky ein. Er setzte sich mit seinem Drink nieder und begann ernsthaft darüber nachzudenken, ob er die Kraft hatte, seinen Plan durchzuführen. Nicht daß es sich nicht gelohnt hätte. Es lohnte sich sehr wohl, um hundertdreißigtausend Pfund in die Hände zu bekommen, lohnte sich fast alles. Nein, die Frage war nicht, ob es sich lohnte, sondern ob er durchhielt?

Terence kannte sich. Er machte sich selbst nichts vor – eine sehr seltene Eigenschaft bei Menschen. Der Schrecken dieses Vormittags hatte ihm eine neue Selbsterkenntnis gebracht. Seine Angst war so groß gewesen und hatte so lange angehalten, daß er sich wunderte, keinen Herz- oder irgendeinen anderen Anfall bekommen zu haben. Wenn er schon so reagierte, weil zwei Polizisten bei ihm erschienen, wie würden sein Körper und seine Nerven sich verhalten, wenn er den Kaufvertrag unterschrieb, den Scheck über diese riesige Geldsumme ausgehändigt bekam, das Geld von der Bank abhob und damit floh? Wie sollte er es durchstehen, mit dem Geld in einer Reisetasche zum Flugplatz zu fahren und in ein Flugzeug zu steigen?

Wie, wenn er vor Angst tot umfiel?

Wäre es nicht klüger, sich mit der Anzahlung von dreizehntausend Pfund zufriedenzugeben und dann Schluß zu machen? Goldschmidts Scheck zu nehmen und zu verschwinden? Goldschmidts Scheck ... Ein eisiges Frösteln durchrieselte Terence. Er stellte sein Glas ab.

Daran hatte er überhaupt noch nicht gedacht, hatte es sträflich vernachlässigt, daran zu denken. Goldschmidts Scheck oder der Scheck seiner Anwaltsfirma, auf John H. Phipps ausgestellt, würde bestimmt ein Verrechnungsscheck sein, und Terence würde ihn bei der Bank einreichen müssen, bei der John H. Phipps sein Konto hatte. Aber er hatte kein Konto. Er existierte nicht.

Nun gab es natürlich nichts, was Terence abhalten konnte zur – nun ja, zum Beispiel zur Midland Bank in der West End Lane zu gehen und im Namen von John Howard Phipps ein Konto zu eröffnen. Das Vorhaben mußte jedoch scheitern, weil die Bank Referenzen erwartete. Irgend jemand, vorzugsweise ein Kunde derselben Bank, wenn nicht gar derselben Filiale, würde dafür bürgen müssen, daß er eine respektable und kreditwürdige Person war. Und zwar als John Howard Phipps. Terence kannte sich da aus. Jessica hatte bei der Anglian-Victoria Bank auf dem Market Place im Vorort Hampstead Garden ein Konto für ihn eröffnet und selbstverständlich für ihn gebürgt.

Es gab keinen Menschen auf der Welt, der bereit wäre zu bezeugen, daß Terence Wand, der sich als John Howard Phipps ausgab, eine respektable, vertrauenswürdige Person war. Und ganz nebenbei, wer wäre schon bereit, einer Bank weiszumachen, Terence Wand sei John Phipps?

Niemand. Er hatte keinen Komplicen, und er konnte sich auch keinen verschaffen. Mit einem Komplicen zu arbeiten, hieße zwangsläufig, das Geld mit ihm zu teilen, wahrscheinlich sogar fünfzig zu fünfzig. Viel lieber lasse ich die ganze Sache sein, dachte er, ehe ich das tue.

In der Nacht hatte es ein wenig geschneit. Der Schnee lag wie ein dünnes, durchlöchertes Gazetuch auf den Häuser- und Autodächern, aber auf den Gehsteigen hatten die Pendler und der Briefträger schon braune Fußspuren hinterlassen. Von den Dachrinnen tröpfelte es. Über der Heide hing grauer Nebel.

Nach dem Frühstück setzte sich Jason auf den Boden und

zeichnete. Er zeichnete das Xylophon und nahm für die verschiedenfarbigen Stäbe jeweils den richtigen Buntstift. Für einen Zweijährigen ist das wirklich eine sehr gute Zeichnung, dachte Benet. Man sieht ganz deutlich, was es sein soll.

Jason war schon angezogen. Er trug die Sachen, die sie für ihn gekauft hatte. Sorgfältig hatte sie alle Etiketten daraus entfernt, damit man nicht zurückverfolgen konnte, woher sie stammten. Er trug eine blaue Kordsamthose, ein blauweiß gestreiftes T-Shirt und einen Pullover aus ungefärbter Wolle, hellbraune Socken und halbhohe braune Lederschnürstiefel. Benet setzte sich Jason auf den Schoß, um ihm den Mantel anzuziehen, einen braunen Tweedmantel mit Kapuze und Knüppelverschlüssen, mit schwarzem Karostoff gepaspelt. Wegen dieses Mantels war sie ein wenig in Sorge. Sie hatte ihn in Hampstead in einem exklusiven, teuren Laden gekauft und war mit Jason ziemlich lange dort gewesen, während er Mäntel anprobierte. Würde die Verkäuferin sich an sie erinnern? Benet wollte jedoch, daß er den Mantel behielt. Er mußte das Schaukelpferd, das Xylophon und seine Malsachen bei ihr lassen, aber den warmen Wintermantel sollte er unbedingt behalten.

Er fuhr so leidenschaftlich gern Auto, daß er ihr nie Schwierigkeiten machte. Wie würde er wohl reagieren, wenn sie in die Lordship Avenue kamen, würde er sich erinnern? Und würde er sich an dieses Haus im Vale of Peace erinnern? Damit meinte sie nicht, daß er den Leuten jetzt sagen würde, wo er gewesen war. So viel konnte er noch immer nicht sprechen. Aber würde er, wenn er als Erwachsener nach Hampstead kam – vielleicht von South End Green herauf – oder von der Heath Street herunterkam ein *déjà vu*-Gefühl haben? Würde er plötzlich denken: Hier war ich doch schon? Und würde er sich, sofern man ihm von den sechs Wochen seines Lebens erzählt hatte, in denen er verschwunden gewesen war, würde er sich fragen, ob er diese sechs Wochen hier verbracht hatte?

Für sich selbst befürchtete Benet eigentlich nichts. Sie glaubte nicht, daß sie in ernsthafter Gefahr war. Sie gehörte nicht zu dem Personenkreis, gegen den sich der Verdacht der Polizei richten würde. Wenn sie Frauen vernommen hätten, die vor kurzem ein eigenes Kind verloren hatten, wären sie schon bei ihr gewesen. So viele konnten es nicht sein. Nein, sie hatten diesen Aspekt entweder übersehen oder es für völlig unwahrscheinlich gehalten, daß eine so bekannte und wohlhabende Schriftstellerin die Lordship Avenue kannte. Und deshalb glaubten sie sie über jeden Verdacht erhaben. Wenn man sie also schon nicht verdächtigte, solange Jason verschwunden war, würde sich das wohl nicht ändern, wenn er wieder auftauchte.

An einer roten Ampel blickte Benet über die Schulter zurück, um sich mit Jason zu unterhalten.

«Geht's dir gut, Jay?»

«Weiß», sagte er. «Schnee.»

«Er schmilzt schnell, aber es wird noch mehr schneien, und dann kannst du einen Schneemann bauen.»

«Schneemann», sagte Jason. Das Wort gefiel ihm. «Schneemann. Schneemann.»

Sie begann ihm laut ihre Gedanken auseinanderzusetzen.

«Ich bringe dich in die öffentliche Bibliothek in der Lordship Avenue, Jay, in die Filiale, die Winterside heißt. Vielleicht warst du schon mal mit deiner Mutter dort oder mit – mit Barry? Ich erinnere mich an die Bibliothek. Als ich noch in der Winterside Road wohnte, bin ich häufig da gewesen. Es gibt dort eine Kinderabteilung mit einem Tisch und Stühlen drumherum. Ich werde dich auf einen Stuhl setzen, dir ein Buch holen, das du dir ansehen kannst, und dann lasse ich dich allein. Aber vorher werde ich dir einen Zettel an den Mantelaufschlag stecken, auf dem steht, wer du bist. Ich hab ihn schon geschrieben, den Zettel. ‹Ich bin Jason Stratford› steht darauf.»

«Mantel», sagte Jason. «Jays Mantel.»

«Das ist richtig, ich stecke den Zettel an Jays Mantel. Und wenn die Leute in der Bibliothek sehen, daß du allein bist, werden sie den Zettel lesen und deine Mutter holen.»

Und die Polizei, dachte sie. Sie versuchte sich die Szene vorzustellen, das Geschrei und Gezeter, doch es gelang ihr nicht. Mit Jasons Rückkehr war die Welt zu Ende.

«Mami», sagte Jason freundlich. «Mami.»

Benet fuhr nach Osten, die Rudyard Gardens entlang und hielt Ausschau nach einem Parkplatz. Seit sie hier gewohnt hatte, war das Parkplatzproblem schlimmer geworden. In der Lordship Avenue herrschte jetzt totales Parkverbot. Sie wollte den Wagen irgendwo in der Nähe der Bibliothek abstellen. Die Winterside Road lag recht günstig, nur durfte man aus der Lordship Avenue nicht in die Winterside Road abbiegen. Sie mußte einen langen Umweg fahren, durch die Canal Street, an der Garage von Woodhouse und an dem Haus vorbei, in dem sie früher gewohnt hatte. Direkt vor der Tankstelle war eine Parklücke frei, doch angenommen, Tom Woodhouse war da, kam heraus und sah sie?

Die gekappten Platanen waren um diese Jahreszeit ein gräßlicher Anblick, ihre Stämme sahen wie alte Knochen aus. Der schwere graue Himmel hing voller Schnee. Benet hatte Edward in einem schneereichen Winter kennengelernt, und es war ein harter, kalter Winter oder fast schon Frühling gewesen, als sie sich von ihm trennte. Sie hatten in Tufnell Park gewohnt, und er war damals ausgezogen und hatte hier in der Nähe ein Zimmer oder eine Wohnung gefunden. Brownswood Common Lane? Oder Brownswood Dale? Sie konnte sich nicht erinnern, und er war jetzt ohnehin nicht mehr da. Die Adresse, die er ihr gegeben hatte, lag irgendwo in Kentish Town. Er hatte ihr gesagt, er hasse sie, sie sei stahlhart, und sie hätten ohnehin nie zueinander gepaßt, und dann hatte er einen seiner seelischen Purzelbäume geschlagen, hatte versucht, sie in die Arme zu nehmen und von ihr verlangt, ihm zu versprechen, zu ihm zurückzukehren, ihn zu heiraten.

Sie entdeckte auf der Winterside Down-Seite der Straße einen freien Parkplatz, direkt neben dem Pfad, der zur Chinesischen Brücke führte. Sie verdrängte Edward aus ihren Gedanken. Er wohnte nicht mehr hier und war wohl der letzte, der ihr über den Weg laufen würde.

Die Rasen von Winterside Down zeigten ihr frisches Dezembergrün. Jemand hatte die Zweige einer norwegischen Rottanne mit einer weihnachtlichen Lichterkette geschmückt. Benet nahm Jasons Kinderkarre aus dem Kofferraum und überlegte, ob sie auch sie zurückgeben sollte. Sie war alt und schäbig, doch sie gehörte Carol Stratford, und Benet hatte nicht das Recht, sie zu behalten. Andererseits war es vielleicht verboten, einen Kinderwagen in die Bibliothek mitzunehmen, und man würde sie auffordern, ihn zusammenzufalten und draußen stehenzulassen. Damit würde sie jedoch nur unerwünschte Aufmerksamkeit auf sich ziehen. Sie beschloß, die Karre in den Kofferraum zurückzulegen und dort zu lassen. Die Kleider, die Jason trug, waren eine ausreichende Entschädigung, sie hatten viel mehr gekostet als eine neue Karre.

Sie hob Jason aus dem Wagen. Er sah nach Winterside Down hinüber, musterte die Reihe der roten Backsteinhäuser, die weißen

Fahrwege, das einzelne Hochhaus. Seine Wangen wurden in der kalten Luft feuerrot. Im Gehen hielt er den Kopf ständig zur Seite gewandt, den Blick auf die Siedlung gerichtet, blieb zurück, ließ sich von Benet weiterziehen. Dann zeigte er hinüber. Er sah sie groß an und stellte dann die Frage in der einzigen Frageform, die er kannte.

«Wasis das?» sagte er. «Wasis das?»

«Dort hast du früher gewohnt, Jay, und dort wirst du bald wieder wohnen.» Sie hob ihn auf und setzte ihn rittlings auf ihre Hüfte. «Es tut mir leid, Jay», fuhr sie fort, denn es war ihre letzte Chance, das zu sagen. «Es tut mir alles sehr leid. Am Anfang war es nicht meine Schuld. Du und ich, wir waren Opfer der Umstände. Nun ja, eigentlich waren wir Opfer der armen, kranken Mopsa. Und später? Ich konnte es Mopsa nicht antun, nicht wahr? Ich habe keine Entschuldigung dafür, daß ich dich nach ihrer Abreise noch so lange behalten habe. Ich weiß wirklich nicht, warum ich's tat. Wahrscheinlich bin ich ein Feigling, sonst wäre ich mit dir schnurstracks zur Polizei gegangen. Dann würde ich dich jetzt zu deiner Mutter bringen. Aber ich kann's nicht. Ich habe nicht den Mut dazu, ich bin ein Feigling. Deshalb tut es mir leid, und ich hoffe nur, du warst nicht unglücklich, ich hoffe, es hat dir nicht geschadet.» Er sah sie nicht an. Er runzelte die Stirn und hatte die Unterlippe vorgeschoben. «Komm, Jay, sag etwas. Ein freundliches Wort genügt mir.»

«Hund», sagte Jason und zeigte auf den Dobermann, der vor der Fischhandlung an Packkisten schnupperte. Dann drückte er sich fest an sie. «Mami!»

Die Winterside-Bibliothek war in einem viktorianischen Gebäude mit holländischer Fassade untergebracht. Über dem Eingang auf einer roten Sandsteintafel stand die Inschrift: ÖFFENTLICHE BIBLIOTHEK. Mit Jason auf dem Arm, ging Benet die Stufen hinauf. Ein älterer Mann, ein Rentner mit einem Bücherstapel, hielt die Tür für sie offen.

Zwei Bibliothekarinnen standen zwischen den beiden Schaltern mit den Schildchen «Rückgabe» und «Ausleihe». Die eine stempelte ein Buch, das eben ausgeliehen wurde, die andere blätterte in einem Katalog. Benet sah, daß das Buch, das der Kunde mitnahm, ihr Roman in der großen, schön gebundenen Ausgabe war. Auf der Rückseite des Schutzumschlags war ihre Fotografie, ein junges, herzförmiges, leicht lächelndes Gesicht, ohne die geringste Ähnlichkeit mit der hageren Frau, die eben mit einem Kind hereingekommen war. Die dunkle, glänzende Haarfülle hatte sie unter einem Kopftuch versteckt.

Die Kinderabteilung war noch vorhanden, wenn auch verändert, bunter, fröhlicher, die kleinen Stühle verschiedenfarbig, an der Wand ein Poster, eine Collage, bei deren Anblick Benet unwillkürlich lächeln mußte. War das vielleicht ein immer wiederkehrendes Motiv bei einem Lehrerseminar? Oder hatte eine der beiden Bibliothekarinnen ein Kind, das im selben Krankenhaus gewesen war wie James? Das Poster, obwohl viel einfacher in der Ausführung, obwohl kleiner, kärglicher und bei weitem nicht so kühn wie das im Krankenhaus: war ein Händebaum.

Ihn hier wiederzufinden, schien Benet wie ein Omen. Aber wofür? Sie glaubte nicht an ein Omen. Also setzte sie Jason auf einen türkisblauen Stuhl und suchte ihm ein Bilderbuch aus dem Regal heraus. In der Bibliothek war es still, man hörte nur die leisen Schritte zweier Leser, die zwischen den Regalen hin und her gingen, und im Lesesaal räusperte sich ein Mann, der die heutige Zeitung las. In der Kinderabteilung waren sie allein. Jason blätterte die dikken Pappdeckelseiten seines Bilderbuchs um, betrachtete einen Hund, eine Katze, zwei schwere Zugpferde.

«Was is das?»

Benet legte zuerst einen Finger auf ihre und dann auf Jasons Lippen, wie es ihre Gewohnheit war, wenn sie ihm sagen wollte, er müsse ganz leise sein. Die Hände am Händebaum glichen alle den ihren – waren dünn, braun, ringlos, waren alle gleich, zeigten alle nach unten. Ihre eigenen Hände waren wie sie, als sie in ihre Handtasche griff, um Zettel und die Sicherheitsnadel herauszuholen.

Jason zeigte auf das Buch. Er flüsterte, weil sie ihn gebeten hatte, leise zu sein.

«Was is das?»

«Du weißt, was das ist. Es ist ein Hund.»

Er sagte den ersten ganzen Satz seines Lebens – langsam, perfekt artikuliert, und er mußte wissen, was für ein Triumph es war, denn schon beim ersten Wort lächelte er stolz.

«Ich mag keine Hunde», sagte er und lachte trotz der Aussage vergnügt glucksend in sich hinein.

Benet hielt den Zettel in der linken, die Sicherheitsnadel in der rechten Hand. Ihr war übel, sie fürchtete fast, ohnmächtig zu werden. Plötzlich war ihr zum Bewußtsein gekommen, was sie jetzt tun wollte, plötzlich sah sie vor sich, was danach kam – der Nachmittag, der Abend, die Verlassenheit, das Alleinsein. Und sie sah, als sei es das erste Mal, mit ganz anderen Augen, den blonden, kräftigen kleinen Jungen an, dessen Beine im Sitzen noch nicht auf den Boden reichten, der entzückt über seine eigene Klugheit lachte, dessen Narben nie ganz verschwinden würden. Sie konnte ihn nicht mit einem Etikett versehen wie ein Paket und dann hier zurücklassen. Sie wollte ihn nie verlassen. Wie hatte sie sich das nur einreden können? Wie war es möglich, daß sie nicht begriffen hatte, was mit ihr geschah, als die Tage mit ihm zu Wochen wurden und ihre Abneigung sich in Duldung verwandelte, Duldung in Billigung, Billigung in Kameradschaft und Kameradschaft schließlich in ...

Aber ich könnte ja gar nicht mehr ohne ihn leben, dachte sie. Jason rutschte von seinem Stuhl hinunter. Er gab ihr das Buch und streckte die Arme aus. Er hatte genug von der Bibliothek, er wollte nach Hause.

17

Letzte Weihnachten hatte Carol Tanya und Ryan nach Hause geholt. Barry fragte sich, wer außer Iris, Jerry und den Kindern noch mit Carol gefeiert hatte. Terence Wand vielleicht oder einer von den anderen, die Maureen erwähnt hatte. In diesem Jahr wollte Carol nicht einmal über Weihnachten sprechen, sie sagte, sie wolle an den Feiertagen arbeiten, sie habe nichts zu feiern. Was hatte es für einen Sinn, ihr vorzuschlagen, Tanya und Ryan nach Hause zu nehmen, wenn Carol kaum da sein würde?

Wäre sein Job ein bißchen sicherer gewesen, hätte er sie vielleicht überreden können, nicht so oft bei Kostas zu arbeiten. Doch er hätte nicht darauf wetten mögen, daß er nächstes Jahr um diese Zeit überhaupt noch einen Job hatte. Dieser Auftrag in Finchley war der letzte, den Ken Thompson hatte, und sie waren fast fertig. Sie ließen sich bei der Arbeit sogar viel Zeit, denn danach kam nichts mehr, es sei denn, jemand brachte ihnen innerhalb der nächsten zwei Tage einen neuen Auftrag. Normalerweise konnte Ken ihn natürlich nicht entlassen, konnte ihn ohne ausreichenden Grund nicht hinauswerfen, doch es war natürlich etwas anderes, wenn er nachweisen konnte, daß keine Arbeit vorhanden war. Barry konnte Carol also nicht sagen, sie solle nicht mehr so viel arbeiten, wenn er selbst vielleicht bald arbeitslos sein würde.

Kens Verhalten gegen ihn hatte sich ohnehin verändert, obwohl er eigentlich gar nicht so genau sagen konnte, wie er auf den Gedanken kam. Ihm war nur aufgefallen, daß Ken ihn nicht mehr beim Vornamen nannte. Früher hatte es Barry hier und Barry da geheißen, und jetzt redete er ihn überhaupt nicht mehr direkt an. Und wenn Barry sich während der Endphase ihrer Arbeiten im Büro zufällig umdrehte, ertappte er Ken oft dabei, daß er ihn beobachtete. Nicht rachsüchtig oder angewidert, nein, wirklich nicht. Ken, fand er, sah ihn an wie etwas, das nicht ganz der menschlichen Rasse angehörte, wie die Abart eines Affen vielleicht oder das Bild eines Urzeitmenschen.

Wenigstens war die Polizei nicht mehr wiedergekommen. Hatte das sein Brief bewirkt? Das war durchaus möglich. Er stellte sich vor, wie man Terence Wand den langen, gräßlichen Verhören mit Treddick und Leatham unterzog, wie man Terence Wand fragte, ob er sich als Kindermädchen sehe oder Kinder mißhandle. Es würde ihn ganz schön fertig machen, wenn man ihn mit einem Polizeiauto aus seinem schicken Haus wegholte. Barry überlegte, wie jemand mit Terence Wands Herkunft in den Besitz eines solchen Hauses gelangen konnte? Er mußte sich in sehr jungen Jahren selbständig gemacht und ein Geschäft angefangen haben. Barry wußte, daß man es auf diese Weise schaffen konnte, und er sehnte sich danach, es auch so zu machen, Carol ein solches Haus und einen Wagen schenken zu können. Nur war jetzt nicht die richtige Zeit dafür. Noch vor zehn Jahren sei alles anders gewesen ... Es hatte keinen Sinn, sich selbständig zu machen, wenn Ken, der ein eingeführtes Geschäft hatte, keine Aufträge bekommen konnte.

Winterside Down zeigte Barry die kalte Schulter. Die Spicers von nebenan verhielten sich nicht so wie die Isadoros oder die Leute in den Läden auf dem Bevan Square, sie starrten ihn nicht an und wandten dann den Kopf ab, so daß er die Absicht merken mußte – die Spicers taten einfach so, als hätten sie ihn nicht gesehen. Barry mußte am Abend etwas unternehmen, er konnte nicht die ganze Zeit allein zu Hause sitzen und fernsehen. Er gewöhnte es sich an, gegen sieben in den *Bulldog* zu gehen und ein Glas zu trinken. Der

Bulldog war von Winterside Down weit genug entfernt, so daß die Leute dort nicht wußten, wer er war.

Eines Abends traf er Iris und Jerry, die aus der entgegengesetzten Richtung kamen, aber demselben Ziel zustrebten. Das heißt, er sah die beiden schon von weitem. Sie gingen Arm in Arm, Iris in ihren wackeligen Sandalen mit überhohen Absätzen größer als Jerry. Barry hätte nicht einmal im Traum daran gedacht, daß er eines Tages glücklich sein würde, sich mit Iris und Jerry unterhalten zu können. Er winkte nicht, denn er hatte nicht das Gefühl, daß sie sich jemals so nahegestanden hätten, um sich gegenseitig zuzuwinken, aber er ging ein wenig schneller. Der *Bulldog* war auf dieser Straßenseite, jetzt nur noch wenige Meter entfernt. Die Brauerei hatte ein neues Schild anbringen lassen, eine Bulldogge mit einer Zigarre in der Schnauze und einer Matrosenmütze auf dem Kopf. Barry sah, daß Iris Jerry am Ärmel zupfte und ihm etwas ins Ohr flüsterte. Obwohl weit und breit kein Fußgängerüberweg war, überquerten sie die Straße, kamen bis in die Mitte der Fahrbahn und mußten an der weißen Linie warten, so sehr waren sie darauf versessen, ihm aus dem Weg zu gehen. Barry konnte es kaum glauben. Carols eigene Mutter! Sie konnte doch nicht wirklich denken, daß er Jason ermordet hatte. Sie war für sein Verschwinden genauso verantwortlich wie alle anderen. Er war am Eingang des *Bulldog* angelangt, blieb jetzt aber stehen und ging nicht hinein. Er sah Iris und Jerry auf der anderen Seite der Lordship Avenue, wo sie so taten, als betrachteten sie ein Schaufenster, bestimmt beobachteten sie durch die Scheibe nur, ob er tatsächlich das Pub betrat.

Offensichtlich dachte Iris genauso wie die anderen. Er hörte förmlich, wie sie mit ihrer leisen, gleichgültigen, quengelnden Stimme ihre sogenannten Vernunftgründe ins Feld führte.

«Schließlich heißt es nicht umsonst, wo Rauch ist, ist auch Feuer, Barry.»

Nur würde sie ihn nicht mehr beim Vornamen nennen, ebensowenig wie Ken. Rasch ging er die Lordship Avenue hinunter. Er mußte eine Meile zwischen sich und Winterside Down legen, um nicht mehr das Gefühl zu haben, daß jeder Vorübergehende «Kindsmörder, Kindsmörder» dachte. Er wollte in der Wein-Bar etwas trinken. Carol würde einiges zu sagen haben, weil Iris ihn auf diese Weise geschnitten hatte. Er stellte sich vor, wie sie seinetwegen zornig wurde und ihn vor allen Leuten «Liebster» nannte.

Da er schon so weit zu Fuß gegangen war, lohnte es sich nicht mehr, einen Bus zu nehmen. Man konnte das Neonschild der Wein-Bar schon von weitem sehen, da sie an einer Kurve lag, an der die Straße nach rechts abbog. Es war schon komisch, daß er Carols Lichter immer schon von weitem sah und sich magnetisch davon angezogen fühlte.

Die Wein-Bar lag an der Ecke einer kleinen Seitenstraße namens Java Mews. Am anderen Ende gab es ein Pub, das *Java Head*. Es war Ken Thompsons Stammlokal. Barry wollte jetzt nicht mit Ken zusammentreffen. Verlegenheit und Spannung wären stärker als bei der Arbeit. Dennis Gordon wollte er zwar genausowenig sehen, doch das ließ sich nicht vermeiden. Der silbrig-blaue Rolls, wie ein Diamant auf einem Abfallhaufen, parkte ein Stückchen weiter unten in den Mews direkt unter einer Laterne, als sei die Laterne eigens dort, um das Prachtstück ins rechte Licht zu rücken. Dennis Gordon stieg eben in den Wagen, setzte sich hinter dem Steuer bequem zurecht, aber die Hand mit dem großen, schimmernden Ring hielt noch die Tür offen.

Er stieg wieder aus und winkte Barry, der nicht verstand, warum er das tat. Es sei denn, er wollte sich und den cremefarbenen Leder-trenchcoat zur Schau stellen, den er trug. Er hob mit einer kleinen lockeren Bewegung aus dem Gelenk heraus die Hand in Barrys Richtung, beugte sich dann über die Windschutzscheibe und kratzte ein Staubkorn oder eine winzige verschmierte Stelle vom Glas ab.

Barry nickte ihm weder zu noch nahm er von seinem Winken Notiz. Er kam nicht auf die Idee, Dennis Gordon dafür dankbar zu sein, daß er sich herabließ, ihn zur Kenntnis zu nehmen. Der Rolls fuhr leise an, elegant wie ein schnittiges Schiff, das einen durch Docks und Kais zwangsläufig schmutzigen Hafen verläßt. Wie viele Leute mit Geld es doch gibt, dachte Barry. Da waren Ken, Mrs. Fylemon, Kostas, Terence Wand, Dennis Gordon ... Manchmal war sein Verlangen nach Geld oder einer Möglichkeit, viel Geld zu verdienen, größer als sein Verlangen nach Carol. Er hatte es im Gefühl, daß er sie für immer behalten könnte, wenn er Geld hätte.

In der Wein-Bar gab es eine Unmenge Grünpflanzen mit Luft-wurzeln, Bilder von der See, Poster von Tempelruinen, es wirkte alles sehr griechisch. Alkmini, rund, dunkel, mit schweren Brauen, schwarz gekleidet ohne eine Spur von Weiß oder Bunt, bediente allein hinter der Bar. Hinterher war Barry froh – sofern er überhaupt noch froh sein konnte –, daß er sich nicht verraten und nach Carol gefragt hatte. Als er ihn sah, hob Kostas seine magere braune Hand ein paar Zentimeter vom Knie hoch, und Alkmini fragte, bevor Barry auch nur ein Wort sagen konnte: «Sie haben vergessen, daß heute Mittwoch ist, Barry?»

Er antwortete nicht sofort. Irgend etwas bewegte sich ganz willkürlich in seiner Brust. Sein Gesicht begann zu brennen. Mit dem Einfühlungsvermögen des Liebenden begriff er sofort, was Alkmini ihm sagen wollte. Carol arbeitete noch in der Wein-Bar, arbeitete auch an den Samstagen, hatte aber die Mittwochabende aufgegeben. Und sie hatte es ihm nicht gesagt.

«Hab ich total vergessen», erwiderte er.

Es war ihm ziemlich gleichgültig, ob sie die Ausrede durchschauten oder nicht. Und als er über die Schulter zurückblickte und Alkmini mit einem Gast flüstern sah, war es ihm auch egal, ob sie über ihn redete: «Das ist der Freund von Carol Stratford, der – nun, Sie wissen schon.»

Wenn Carol ihm nichts gesagt hatte, dann wollte sie nicht, daß er erfuhr, wohin sie an den Mittwochabenden ging. Er konnte es natürlich unschwer erraten. Er stieg in einen Bus, den ersten, der vorbeikam, wußte kaum, wohin er fuhr, wollte nur einen möglichst großen Abstand zwischen sich und Winterside Down bringen. Ein seltsamer Gedanke kam ihm – aber einer, den er sehr rasch beiseiteschob –, der Gedanke, daß Carol ihn lieben mußte, daß es ihr nicht gleichgültig war, was er dachte und fühlte, sonst hätte sie sich kaum die Mühe gemacht, ihn anzulügen und zu hintergehen. Sie wollte ihn nicht verletzen.

Er versuchte sich zu erinnern, was sie heute morgen angehabt hatte. Doch selbst wenn er sich erinnert hätte, hätte es nichts zu bedeuten gehabt, denn wenn sie mit Terence Wand ausgehen wollte, war sie bestimmt nach Hause gekommen, um sich umzuziehen, nachdem sie bei Mrs. Fylemon fertig gewesen war. Das Zandra Rhodes-Kleid vielleicht oder das schwarzweiße Zickzackkleid mit dem synthetischen Pelz darüber, es war heute abend kalt genug dafür. In Camden Town stieg er aus dem Bus und ging zur Untergrundbahn-Station. Als er in Hampstead an der Heath Street den Zug verließ, schneite es leicht, fiel hin und wieder eine Flocke vom rauchigen schwarzen Himmel.

Hampstead war wie ein Museum voller alter Dinge, schön, gut erhalten, unwirklich. Der Reichtum, der selbst an diesem winterlichen Abend überall zu spüren war, die Mauern, hinter denen Geld hauste, bedrückten ihn. Er schlenderte durch gewundene Gäßchen und kleine Alleen, bis er an die Mauer kam, die Spring Close einfriedete wie ein Schloß. Und das war es natürlich auch, das Schloß eines reichen Mannes, das ihn vor der rauhen Welt abschirmte. Barry blieb unter dem Torbogen stehen. Der Lampenschein im Hof war ganz anders als das grelle, farbenfressende Licht, das Winterside Down bleichte. Er schien die braunroten Klinker zu streicheln, das helle, glatte Mauerwerk, das dunkle, glänzende Holz, das Glas. Es war auch hell genug, um den Schatten des Baumes auf die Steinfliesen zu werfen, einen Schatten, der aussah wie eine verzweigte Koralle. Es hatte aufgehört zu schneien.

Das Haus von Terence Wand war stockdunkel. Sie waren zusammen ausgegangen, natürlich waren sie das, doch vielleicht hatten sie die Absicht, später hierher zurückzukommen. Was hätte er außerdem tun können, wenn sie jetzt hiergewesen wären? Er konnte nicht hineinmarschieren, den Mann niederschlagen, Carol packen und mitzerren. Er war nicht ihr Mann. Sie hatte ihm nicht einmal versprochen, daß er eines Tages ihr Mann sein würde.

Er ging einmal um den Spring Walk herum. Die Garage von Nummer 5 war leer. Sie waren mit dem Wagen weggefahren. Er ging nach Hampstead zurück, bog in die Heath Street ein, dann in die High Street und trank im *King of Bohemia* ein Bier. Im Lokal war es warm, und es herrschte großes Gedränge. Carol muß um halb zwölf zu Hause sein, wenn ich weiterhin glauben soll, daß sie in der Wein-Bar gearbeitet hat, dachte er. Jetzt war es fast zehn Uhr. Die Kälte traf ihn wie ein Schlag, als er die warme Bar verließ. Es war dumm, nach Spring Close zurückzugehen. Aber Barry ging zurück.

Mit dem Eintreffen des Polizeiautos war seine Wache zu Ende. Es glitt in den Torbogen hinein, ein kleines, schnittiges blauweißes Auto mit dem orangefarbenen Schild auf dem Dach. Barry wurde von den Scheinwerfern aufgespießt wie ein Stück Wild auf einer Landstraße. Sein erster Gedanke war, daß sie ihn wieder zu einem Sechsstundenverhör abholten, daß man ihm hierher gefolgt war, jeden Schritt beobachtete, den er tat, die Verkehrsmittel, mit denen er fuhr, und daß sie ihn jetzt wieder in irgendein Verhörzimmer schleppen würden, um ihn erneut zu demütigen.

Aber der junge uniformierte Beamte, der ausstieg und auf ihn zukam, fragte nur höflich, was er hier tue? Barry wußte nicht, was er sagen sollte. Er wußte ja selbst nicht, was er hier tat.

«Ich habe mich nur ein bißchen umgesehen», antwortete er mit unsicher klingender Stimme. «Ich wußte nicht, daß es hier auch moderne Häuser gibt, also bin ich reingegangen, um sie mir näher anzusehen.»

«Sie haben aber sehr lange dazu gebraucht.»

Wahrscheinlich hatte einer der Bewohner von Spring Close sie gerufen. Jemand aus einem der erleuchteten Häuser mußte die Polizei angerufen und gemeldet haben, es treibe sich jemand im Hof herum.

«Ich an Ihrer Stelle würde nach Hause gehen», sagte der Polizist. «Es ist ein bißchen zu spät, um herumzulungern und sich fremde Häuser anzusehen. Wir werden Sie ein Stückchen begleiten. Sie wissen, wo die U-Bahn-Station ist?»

Sie hatten ihm natürlich sofort angesehen, daß er nicht nach Hampstead gehörte. Sie überzeugten sich, daß er auch tatsächlich zur Station ging. Sie beobachteten ihn aus dem Wagen, und als er am Scheitelpunkt des Christchurch Hill angelangt war, hörte er den Wagen hinter sich herkriechen, fühlte die Scheinwerfer im Rücken. Inzwischen war es schon nach halb zwölf. Wenn er sich nicht beeilte, verpaßte er noch in King's Cross den letzten Zug der Picadilly Line. Aber er kam ohnehin schon zu spät nach Hause. Jetzt durfte sich Carol zur Abwechslung einmal den Kopf zerbrechen, wo er war. Das Polizeiauto folgte ihm die Heath Street hinunter und entfernte sich auf der Fitzjohn's Avenue, nachdem die Beamten gesehen hatten, daß er in der U-Bahn-Station verschwunden war.

Er erwischte wahrscheinlich den letzten Zug und stieg gegen halb eins an der Turnpike Lane aus. Jetzt hatte er noch einen weiten Weg vor sich. Die einzigen, die außer ihm noch unterwegs waren, waren junge Männer seines Alters, allein oder in Gruppen. Keine einzige Frau war zu sehen. Es gab nur wenig Verkehr. Während er im Zug gesessen hatte, hatte es stark geschneit, und der Schnee war zu großen Pfützen geschmolzen. Ein junger Schwarzer mit einem Transistorradio, das sehr laute Rockmusik spielte, ging an Barry vorbei.

Barry bog in die Winterside Road ein und nahm den Pfad zur Chinesischen Brücke. Er zählte die Häuser, doch diesmal nicht mit Freude im Herzen. Ihre Lichter würden ihn zu ihr ziehen, aber er würde nicht laufen, und glücklich würde er auch nicht sein.

Sie brannten, im ersten Stock und im Erdgeschoß. Er begann zu überlegen, was er zu ihr sagen würde. Er konnte es nicht einfach hingehen lassen. Die grünen Rasen schienen im Licht der Natrium-dampflampen khakibraun, und der Himmel schimmerte rötlich, wie immer über London. Die Lampen am Anfang und am Ende des Fußpfades waren so geschaltet, daß sie um Mitternacht automatisch ausgingen. Der Durchgang selbst war finster und wurde erst am Ende wieder hell, wie ein Höhleneingang aus dem Innern der Höhle gesehen. Plötzlich kam Barry der Gedanke, daß er sie vielleicht die ganze Zeit zu Unrecht verdächtigte, daß sie sich vielleicht nur diesen Mittwochabend freigenommen und vergessen hatte, es ihm zu sagen. Alkmini hatte nichts gesagt, woraus er auf etwas anderes schließen konnte. Vielleicht war sie, als sie bei Mrs. Fylemon fertig war, noch in eines der Einkaufszentren gegangen, die bis acht Uhr geöffnet hatten. Das tat sie häufig. Er war um sieben weggegangen. Jetzt war sie zu Hause. Sie kann schon stundenlang zu Hause sein und auf mich warten, dachte er.

Barry wollte das so gern glauben. Wenn Carol mir diese oder eine ähnliche Geschichte erzählt, will ich ihr glauben und glücklich sein, dachte er. Er betrat die Gasse zwischen den hohen Zäunen, und zur gleichen Zeit tauchten am anderen Ende zwei Männer auf. Ihre Körper sperrten das Licht aus, so daß Barry nur die Umrisse ihrer Gestalten sehen konnte, nicht aber ihre Gesichter. Im ersten Moment dachte er sich nichts dabei. Zwei Männer kamen ihm entgegen, das war alles.

Er ging weiter, wurde jedoch langsamer, als ihm plötzlich doch etwas merkwürdig vorkam. Es war verdächtig, daß sie noch immer nebeneinander hergingen, einer nicht zurückgeblieben war, um ihn vorbeizulassen. Sie gingen immer noch Seite an Seite, gingen auf ihn zu, als hätten sie die Absicht, ihn anzurempeln.

Barry fühlte Gefahr, und ein eiskalter Schauer lief ihm über den Rücken. Er drehte sich um. Ein dritter Mann, mager, schlaksig, schwarze Lederkleidung, stand glänzend im schwachen Licht, das von der Straße auf den Weg fiel. Dieser Dritte war absichtlich leise über den Rasen gekommen und stand jetzt mit vor der Brust gekreuzten Armen wartend da.

Es waren natürlich keine Männer. Es waren Jungs. Barry erkannte den mit den gekreuzten Armen, denn ihn konnte er genau sehen. Es war Blauhaar. Sie mußten ihm aufgelauert haben und hatten darauf gewartet, daß er einmal spät abends oder nachts allein unterwegs war. Er drehte sich wieder um wie ein in die Enge getriebenes Tier, und Wiedehopfs heißer, kebab-stinkender Atem strich ihm über das Gesicht. Die Schwarze Schönheit neben ihm hatte Pockennarben unter den Wangenknochen, als habe einmal eine Schrotladung sein Gesicht getroffen.

«Laßt mich vorbei», sagte Barry.

«Du verdammter Babykiller!»

Barry wußte, daß er dran war. Egal, was er tat, egal ob er sich krümmte, jammerte oder bettelte, also würde er sich nicht krümmen. Daß ausgerechnet diese Bande sich zum Bewahrer sozialen Gewissens aufwarf, war bittere Ironie. Er hob den rechten Arm und stieß Wiedehopf mit dem Ellenbogen aus dem Weg. Er benutzte beide Ellbogen und war so schnell, daß es ihm bei Wiedehopf fast gelang. Aber der schwarze Junge packte Barry bei der Schulter, riß ihn herum und schlug ihm mit der flachen Hand ins Gesicht. Barry schlug zurück. Er schlug nach der Schwarzen Schönheit und trat nach Wiedehopf. Adrenalin strömte ihm ins Blut, und für einen Augenblick, einen Sekundenbruchteil, war es gut, er trat und schlug und gewann. Aber nur für einen Augenblick.

Blauhaar, der darauf gewartet hatte, machte einen Satz, als setze er zu einem Weitsprung an, rannte los und warf sich mit fliegenden Fäusten auf Barry. Er trug mit kurzen Metallspikes besetzte Lederhandschuhe. Schwarze Schönheit, dem Barry das Knie fest in die Leisten gerammt hatte, packte Barrys Arme, drehte sie nach hinten und hielt sie fest, während Blauhaar auf ihn eindrosch, hauptsächlich auf den Kopf und ins Gesicht.

Schwarze Schönheit hielt Barry noch lange aufrecht, obwohl er schon längst zusammengebrochen war. Er hielt ihn fest, damit Blauhaar und Wiedehopf ihn als Punchingball benutzen konnten. Schwärze senkte sich wie ein Vorhang auf ihn herab, und sein Mund füllte sich mit Blut, als ihm ein Zahn ausgeschlagen wurde. Schwarze Schönheit ließ ihn fallen, vielleicht um sich nicht mit Blut zu besudeln. Barry stürzte, prallte gegen den Zaun, der heftig vibrierte. Wiedehopf trat Barry mit dem spitzen Stiefel in die Seite. Aber es war sein rechter Fuß, und Wiedehopf war linksfüßig. Er zog das linke Bein zurück und versetzte Barry mit ganzer Kraft einen Tritt in die Rippen.

Das letzte, was Barry bemerkte, war, daß im ersten Stock des Hauses hinter dem Zaun ein Fenster geöffnet wurde und eine Stimme etwas rief, das er nicht mehr wahrnahm.

Drittes Buch

18

Diese Vereinbarung wird geschlossen zwischen John Howard Phipps, Spring Close 5, Hampstead, London, NW 3 (später «der Verkäufer» genannt) einerseits und Morris und Rosemary Catalina Goldschmidt, seiner Ehefrau, beide wohnhaft The Dale 102, Cricklewood, London NW 2 (später «der Käufer» genannt) andererseits.

Terence überflog die ersten beiden Absätze nur flüchtig und kam dann zu Punkt drei, dem einzig wichtigen:

Der Kaufpreis beträgt 132.950 Pfund, und der Käufer leistet zugunsten des Verkäufers nach Unterzeichnung dieses Vertrags eine Anzahlung in Höhe von 13.295 Pfund an Lewis & Plummer, Anwälte des Verkäufers, per Verrechnungsscheck, Bausparkassenscheck oder Bankscheck.

Bedeutete das vielleicht, daß dieser Anwalt Goldschmidts Scheck nicht herausgab, bevor die Transaktion nicht abgeschlossen war, und das Geld vielleicht sogar investierte? Terence wäre nicht überrascht gewesen, so etwas war für solche Leute typisch, für diese Haie und Geldsäcke. Doch alles in allem würde auch das schlimmstenfalls einen Aufschub von einem Monat bedeuten. Wenn es ihm nicht gelang, bis Ende des Monats ein Bankkonto zu eröffnen, mußte er es bis zum endgültigen Termin unbedingt schaffen.

Der Vertrag trug noch kein Datum, aber in seinem Begleitschreiben hatte der Anwalt den 15. Februar vorgeschlagen. Mr. Phipps solle so freundlich sein, in seinem Antwortbrief zu erwähnen, ob ihm dieses Datum genehm sei. Terence rief an. Der Anwalt war nicht da, und Terence sprach mit einer Sekretärin.

«Es wird gewöhnlich so gehandhabt, daß eine solche Anzahlung bis zur endgültigen Abwicklung des Verkaufs beim Anwalt des Verkäufers verbleibt, Mr. Phipps.»

Terence wollte keinen Verdacht erregen, indem er andeutete, er sei knapp bei Kasse, obwohl er dringend Geld brauchte. Er beendete das Gespräch. Er hatte sich überlegt, daß es nicht unklug wäre, sich ungefähr eine Woche vor der endgültigen Abwicklung ein Flugticket zu besorgen, und noch am selben Tag abzufliegen. Was für ein Tag war der 15. Februar überhaupt? Hinter der Küchentür hing ein Kalender für dieses Jahr, aber im ganzen Haus fand sich keiner für das nächste. Er mußte die Tage an den Fingern abzählen. Dem Himmel sei Dank, der 15. Februar war ein Dienstag! Schreckliche Vorstellung, es wäre ein Freitag, Goldschmidt würde den Scheck erst am Nachmittag bringen, und Terence könnte vor Montag nicht an das Geld heran.

Hatte er die Courage, bis zu diesem Dienstag zu warten und erst dann den Flug nach – nun ja, zum Beispiel Südamerika zu buchen? Das hieße, es haarscharf darauf ankommen zu lassen. Terence, dessen Angstneurose eher von seiner Angst vor der Angst herrührte als von der Angst selbst, konnte sich sehr gut vorstellen, wie gelähmt seine Zunge sein, wie stark er unter den jämmerlichsten Sprachhemmungen leiden würde, wenn er mit einem Koffer voller Bargeld von Flugschalter zu Flugschalter irrte und versuchte, ein Tikket zu erstehen. Mit flackerndem Blick, der kaum etwas erfaßte und starr geradeaus gerichteten Augen. Seine Kehle würde so trocken sein, daß er nicht sprechen konnte, seine Hände zitterten, wenn er versuchte, die Kofferschlösser zu öffnen. Nein, er mußte im voraus buchen. Da er sich so gut kannte, wußte er, daß er zu diesem Zeitpunkt noch heiter und gelassen sein könnte, da er bis dahin noch nicht gravierend gegen das Gesetz verstoßen haben würde. Vor allem hätte er noch keinen Penny von Goldschmidts Geld angerührt.

Aber wie sollte er ohne Goldschmidts Geld ein Flugticket kaufen? Ein einfacher Flug an ein so weit entferntes Ziel, wie es ihm vorschwebte, kostete wahrscheinlich kaum weniger als 500 Pfund. Er hatte keine Lust mit Chartermaschinen zu fliegen, zu denen man bis Amsterdam anreisen mußte. Die Summe von fünfhundert Pfund, die er seiner Schätzung nach ausgeben mußte, war das Limit, mit dem er sein Barclay-Kreditkonto belasten durfte. Seit er bei Jessica ausgezogen war, hatte er die Karte nie mehr benutzt. Barclaycard wußten nicht, daß seine Adresse sich geändert hatte, aber die Karte war wahrscheinlich ohnehin nicht mehr gültig.

Oder vielleicht doch? Terence hatte nicht die geringste Ahnung, wo die Karte sein konnte. Er war nur ganz sicher, daß er sie nicht weggeworfen hatte. Er warf nie etwas weg, das sich eines Tages eventuell – und wenn die Möglichkeit auch noch so weit entfernt war – als Geldquelle erweisen konnte. Er ging hinauf und begann nach ihr zu suchen, sah in allen Mantel-, Anzug-, Jackett- und Hosentaschen nach, fand aber nichts als ein paar Kupfermünzen, ein gebrauchtes Papiertaschentuch und ein Stück Kaugummi. Mit Büchern hatte er sich nie viel abgegeben, und er besaß auch keine. Was war aus dem Koffer geworden, den er sich von Jessica ausgeliehen hatte, um seine Sachen hineinzupacken?

Bestimmt war er mit den übrigen Koffern und Reisetaschen in dem großen Schrank neben dem Gästebadezimmer. Er schaute hinein und fand ihn, einen braunen Revelation-Koffer mit einer Reißverschlußtasche im Futter, in der eine Menge Papiere waren. Eine Nummer des *Knave*-Magazins, ein Brief von Freda, den sie ihm unvorsichtigerweise an Jessicas Adresse geschickt hatte, eine Rechnung von Brian in der Brook Street für zwei Hemden, ein Bankauszug – und die Barclaykarte. Sie war noch nicht abgelaufen, wurde erst im Februar des nächsten Jahres ungültig. Jetzt erinnerte er sich wieder. Jessica hatte ihm die Karte im Vorfrühling vor fast zwei Jahren gegeben, und er hatte sie drei oder vier Monate später verlassen. Er konnte sein Glück kaum fassen. Er mußte sofort an Barclay schreiben und ihnen seine neue Adresse mitteilen, damit sie ihm rechtzeitig eine neue Karte zuschicken konnten.

Sobald er die neue Karte hatte, war alles ganz einfach. Daß sein Kreditlimit 550 Pfund betrug, war Nebensache. Er konnte das Ticket durch ein Reisebüro bestellen, eine Anzahlung leisten und den Rest mit dem Kredit des nächsten Monats begleichen. Barclaycard rechneten immer um den Zwanzigsten eines jeden Monats ab, wie er sich erinnerte. Auf diese Weise würde er nicht einmal die Kreditgebühren von 10 oder 12 Pfund bezahlen müssen, da er den Kredit nicht vor dem Achtzehnten des Monats beanspruchen und am Fünfzehnten des nächsten Monats über alle Berge sein würde.

Terence kehrte an den Schreibtisch zurück, schrieb an Barclaycard, gab seine neue Adresse an und ersuchte die Firma, ihm eine neue Kreditkarte auszustellen. Gerade noch rechtzeitig hielt er sich selbst davor zurück, mit John Howard Phipps zu unterschreiben. Anschließend schrieb er seinem Anwalt und bestätigte den fünfzehnten Februar als Erfüllungsdatum. Dann wappnete er sich, um den Vertrag zu unterzeichnen. Zum Glück brauchte er keinen Zeugen.

Ein Drink wäre keine schlechte Idee. Aber nur einer. Ein einziger, um seiner Hand die nötige Festigkeit zu geben und die wahnwitzige Angst zu beschwichtigen, die ihn packte, wenn er über diesen Schritt nachdachte, mit dem er sich praktisch festlegte und verpflichtete, Fredas Haus zu verkaufen. Vier Finger breit Whisky und dieselbe Menge Wasser. Die Wirkung des Valiums, das er nach dem Lunch genommen hatte, hatte schon wieder nachgelassen. Manchmal glaubte er, er habe schon so viel von dem Zeug geschluckt, daß es gar nicht mehr richtig wirken konnte. Obwohl es noch Nachmittag war, wurde es allmählich dunkel. Er knipste ein paar Lampen mit schwarzen und ein paar mit weißen Schirmen an, ging auf dem schwarzen Spanielteppich auf und ab und trank seinen Whisky.

Im Hof blinkten und flimmerten die bunten Lichter, mit denen jemand den Trompetenbaum geschmückt hatte. Zuerst brannten die grünen und gelben, dann die blauen und die roten, dann die weißen und schließlich alle auf einmal. Entschlossen ging Terence zum Schreibtisch, setzte sich und unterschrieb den Vertrag. Er holte zwei-, dreimal tief Atem, umfaßte fest den Füller und zeichnete das Dokument mit John Howard Phipps. Es war die beste Unterschrift, die er je zustande gebracht hatte ... Beinahe besser als das Original, wenn so etwas möglich wäre, dachte er.

Die Post ging zwar erst morgen früh heraus, aber er konnte die Briefe genausogut gleich einwerfen und auf dem Rückweg im *White Bear* etwas trinken. Ein paar Pfund hatte er ja noch. Als er im Pub bei einem Glas Bier in einer Ecke saß und vor sich hingrübelte, fiel ihm der Kontoauszug ein, den er in der Reißverschlußtasche von Jessicas Koffer gefunden hatte. Er war so aufgeregt gewesen, als er die Kreditkarte entdeckte und feststellte, daß sie noch gültig war. Den Kontoauszug hatte er überhaupt nicht beachtet. Angenommen, er hatte noch ein bißchen Geld auf dem Konto? Angenommen, es waren 20 Pfund? Das war durchaus möglich. Nachdem er Jessica verlassen hatte, hatte er nie mehr etwas abgehoben. Das mußte er unbedingt nachprüfen. Auf keinen Fall wollte er der Anglian-Victoria Bank in Golders Green eine beträchtliche Geldsumme hinterlassen, wenn er außer Landes ging. Gleich morgen früh wollte er zur Bank gehen und diskret nach dem Kontostand fragen. Ebenso diskret würde die Antwort der Bankangestellten sein: sie notierte den Betrag auf einen Zettel, den sie ihm mit der Schrift nach unten zuschob. Aber nicht morgen. Morgen war der erste Weihnachtsfeiertag.

Also eben nächste Woche. Er mußte vor allem darüber nachdenken, wie er irgendwo ein Bankkonto für John Howard Phipps eröffnen konnte. Die niederträchtige Hinterlist des Anwalts hatte ihn der Notwendigkeit enthoben, sich sofort um das Konto kümmern zu müssen, aber nicht für lange. Der Bankscheck über 132000 Pfund, den Goldschmidt am 15. Februar hinterlegen würde, mußte irgendwo eingezahlt werden. Terence konnte seinen Anwalt nicht bitten, ihm die Summe bar auszuzahlen. Vielmehr, er konnte es natürlich schon, aber er wagte es bestimmt nicht, dieses Risiko wollte er nicht eingehen.

Und plötzlich wußte er es. Er wußte, wie es gemacht werden konnte. Er blickte in sein Glas mit der klaren goldgelben Flüssigkeit und der dünnen, bläschentreibenden Schaumschicht wie in eine Kristallkugel. Das Bier verwandelte sich in ein Lebenselixier oder einen Born der Weisheit. Er trank es aus und bestellte ein neues.

«Fröhliche Weihnachten», sagte er zu dem Mädchen hinter der Bar, ging aber nicht so weit, ihr einen Drink zu spendieren.

Der Traum einer Weihnachtsparty für Jason war am Ende darauf hinausgelaufen, daß drei Kleinkinder mit ihren Müttern vor Speisen und Getränken saßen, die für mehr als die doppelte Anzahl von Gästen gereicht hätten. Außerdem schienen sie durch die üppige Weihnachtsdekoration und die Fülle von Geschenken ein wenig verwirrt. Aber die Party war auch ein Erfolg gewesen. Sie hatten viel Spaß gehabt, und Chloe und ihre zweijährige Tochter Kate, die James ein halbes Jahr nicht gesehen hatten, zweifelten nicht daran, daß Jason James war. Die anderen, ein Junge und ein Mädchen mit ihren Müttern, die im Vale of Peace wohnten, hatten natürlich keine Ahnung, daß es irgendeinen Zweifel geben könnte. Sie riefen ihn alle Jay, obwohl Chloe, als sie die Abkürzung seines Namens hörte, eine Augenbraue hochzog.

Als alle nach Hause gegangen waren und Jason im Bett lag, saß Benet im Souterrainzimmer inmitten von schmutzigen Tellern und Tassen, Weihnachtspapier, bunten Bändern und anderem glitzernden Tand und betrachtete die beiden Bäume – den Weihnachtsbaum mit den Lichtern und den Baum, den sie an die Wand gemalt hatte, und der mit grünen, gelben und scharlachroten Händen geschmückt war. An jeder Hand hatte ein geschickt befestigtes kleines Geschenk für Jason gehangen: ein Spielzeugauto, eine Orange, eine Murmel, ein Magnet, ein Päckchen mit Nüssen. Benet wußte, daß sie maßlos gewesen war. In Zukunft mußte sie sich vor Übertreibungen hüten. Sie durfte ihn nicht verhätscheln, weil sie so glücklich gewesen war, ihn zu finden. Doch an diesem ersten Weihnachtsfest mit ihm hatte sie einfach nicht anders können. Es war nicht nur für ihn, sondern auch für sie ein Fest der Freude gewesen. Und er hatte sich gefreut, er war selig gewesen. Ihr Leben lang würde sie sein allmählich aufdämmerndes fröhliches Lächeln nicht vergessen. Immer würde sie ihn vor sich sehen, wie er langsam auf den Händebaum zuging und im letzten Moment zu ihr aufsah und mit diesem Blick um Erlaubnis bat, die vielen Hände zu plündern. Dennoch hatte sie den Baum für sich selbst an die Wand gepinselt, hatte es getan, um diesen Ausdruck auf seinem Gesicht zu sehen, sich daran zu freuen. Seit dem Tag in der Bibliothek wärmte die Freude sie von innen her, wärmte sie im wahrsten Sinn des Wortes. Es war, als fühle sie die Kälte der dunklen Dezembertage nicht. Oft zog sie, wenn sie hinausging, nur eine leichte Jacke an, weil sie innerlich vor Glück förmlich glühte.

An dem Tag, an dem sie ihn in die Winterside Bibliothek gebracht und wieder mitgenommen hatte, und auch noch ein paar Tage danach, hatte sie entsetzliche Angst gehabt – Angst, die manchmal zu Panik wurde –, daß sie sich und Jason verraten hatte, daß man ihr auf der Spur war und es nicht mehr lange dauern konnte, bis die Polizei erschien. Doch als niemand kam und gleichzeitig alle Artikel und Notizen über Jason aus den Zeitungen verschwanden, wurde ihre Angst von glücklicher Ruhe abgelöst. Sie versetzte sich selbst in ein liebliches Wolkenkuckucksheim, das keine Vergangenheit und über die nächste Woche hinaus auch keine Zukunft kannte. In ihrem Narrenparadies war es ihr auch nicht gestattet, daran zu denken, daß es nicht ewig so weitergehen konnte und die Wahrheit eines Tages ans Licht kommen mußte. Sie war glücklich, sie war heiter und ausgeglichen, und sie arbeitete. Sie wußte, daß sie unverwundbar war, daß keine Zurückweisung, keine Ablehnung ihr etwas anhaben konnten, und in dieser

Stimmung rief sie im Krankenhaus an und lud Ian Raeburn zu sich ein.

Er kam noch am selben Abend. Jason war schon seit ungefähr einer Stunde im Bett. Und dann geschah etwas sehr Seltsames. Benet hatte ähnliches noch nie erlebt. Es war, als wüßten sie beide, was sie zu tun hatten, als hätten sie sich schon unendlich lange auf diese Weise begrüßt. Sie fielen sich in die Arme und küßten sich leidenschaftlich. Sie waren beide überrascht, hatten es nicht erwartet, es hatte sie überrumpelt, und sie sahen sich an und lächelten. Aber das Lächeln dauerte nicht lange, denn Leidenschaft ist nicht vergnügt, es sei denn, sie ist schon altgewohnt. Sie hielten sich gegenseitig fest, und Benet wußte, daß sie nichts sagen, nichts erklären und sich nicht entschuldigen, sondern, ohne sich loszulassen, in ihr Schlafzimmer hinaufgehen würden. Dann weinte Jason und rief mit seiner verängstigten Alptraumstimme:

«Mami! Mami!»

Es zerstörte, was zwischen ihr und Ian gewesen war. Sie lief die Treppe hinauf zu Jason und wußte, daß es nur vorübergehend gestört war, daß sehr bald nach Erfüllung drängen würde, was heute zwischen ihnen begonnen hatte, aber nicht heute abend, nicht jetzt. Sie nahm Jason auf, drückte ihn an ihre Brüste, die schmerzten, einen Körper, in dem halbvergessene, schwache Pulse klopften. Aber als sie wieder hinunterkam und Ian im Souterrainzimmer fand, setzte sie sich nur neben ihn und nahm seine Hand. Und es war besser so, besser, mit Vorsicht in das hineinzugleiten, was sie zu fühlen begann, vielleicht konnte es fürs Leben sein.

Er fragte sie, ob sie den kleinen Jay in Pflege genommen hatte, weil sie ihn eventuell adoptieren wollte, und sie klammerte sich an den Strohhalm, den er ihr hinhielt und sagte ja. Ja, das wolle sie.

«Er ist kein Ersatz für James. Das ist er ganz und gar nicht. Ich weiß nicht, ob du das verstehen kannst.»

«Ich will's versuchen.»

«Es ist, als hätte ich zwei Söhne gehabt, und einer sei gestorben. Ich werde ihn nie vergessen, und der Platz, den er in meinem Leben eingenommen hat, wird immer leer bleiben. Ein leerer Stuhl an meinem Tisch, wenn das nicht zu sentimental klingt.»

«Nicht für mich.»

«Wahrscheinlich kann man keinen Menschen ersetzen. Man kann nur andere Menschen finden. Ich will damit nicht sagen, daß ich Jay mehr oder weniger liebe, als ich James geliebt habe. Ich liebe ihn nicht einmal anders. Es ist dieselbe Art von Liebe, aber zu einem anderen Menschen.»

«Ich freue mich für dich», sagte Ian. «Du hast etwas sehr Kluges, etwas sehr Wichtiges für dich getan.»

Ein Frösteln überlief sie, als sie sich fragte, was er denken würde, wenn er die Wahrheit wüßte? Das Unbehagen verflog, ging im Glück unter.

«Wir werden uns jetzt sehr oft sehen, nicht wahr, Benet?»

«Sehr oft, ja», sagte sie.

«Und ist es das, was ich denke?»

«O ja, ich glaube, das ist es.»

Sie lachten sich an. «Jeden Abend?» fragte Benet.

«Jeden Mittag und jeden Nachmittag», antwortete er. «Während der nächsten vierzehn Tage jedenfalls. Ich habe Nachtdienst.»

«Und ich habe vergessen, daß ich einen Roman schreibe.»

«Hast du das meinetwegen vergessen?» fragte er.

Von da an hatten sie sich jeden Tag gesehen – mit Jason. Über Weihnachten war Ian zu seinen Eltern nach Inverness gefahren. Um neun Uhr wollte er sie anrufen. Sie begann das Souterrainzimmer aufzuräumen, und das Radio begleitete sie mit leichter Countrymusik. Mit dem neuen Roman kam sie gut voran. Sie schrieb abends, wenn Jason schlief, schrieb manchmal bis Mitternacht. Daran würde sich natürlich etwas ändern, wenn Ian zurückkam und Tagdienst hatte ... Mit einem Tablett voller Geschirr blieb sie stehen. Im Glas spiegelte sich ein volleres, jünger wirkendes Gesicht, wenn sich unter das dunkle Haar auch ein paar weiße mischten, ungefähr zwei bis drei Zentimeter lang. Um diese Länge zu erreichen, brauchte ein Haar ungefähr zwei Monate, und sie wußte, daß sie sie bekommen hatte, als James gestorben war.

Sie griff zum Telefonhörer und wählte die Nummer ihrer Eltern in Spanien, um ihnen ein glückliches neues Jahr zu wünschen. Mopsa meldete sich.

«Das darf man erst an Silvester, sonst bringt es Unglück», sagte sie.

«Unsinn.» Benet war selbst überrascht, daß sie so energisch widersprechen konnte. «Silvester gehe ich wahrscheinlich aus und werde mich amüsieren.»

Schweigen. Dann: «Ich wünschte, ich könnte auch einmal so

selbstsüchtig sein.» Mopsa machte eine Pause und wartete auf Antwort. Als keine kam, fragte sie: «Wie geht es James?»

Benet drehte sich das Herz im Leib um, und im ersten Augenblick war sie nicht fähig, etwas zu sagen. Als sie eine Woche vor Weihnachten angerufen hatte, hatte sie nur mit ihrem Vater gesprochen, und von ihm konnte sie natürlich nicht erwarten, daß er es wußte. Aber Mopsa! Ich darf meine Mutter nicht hassen ...

Die ganz einfache Erklärung jedoch war, daß Mopsa alles vergessen hatte. Da Jasons Entführung nicht gut aufgenommen, geschweige denn mit Beifall begrüßt worden war, hatte sie reagiert, wie sie immer auf Tadel oder Kritik reagierte: Sie hatte das Erlebnis einfach verdrängt, wozu ein seltsamer Mechanismus ihres Geistes sie befähigte. Sie hatte vergessen. Erinnerung war für sie immer wie eine Schrift auf einer Tafel gewesen, jede Art von Unbehagen konnte sie sofort löschen.

«Es geht ihm gut», gelang es Benet zu sagen. «Wir hatten eine Party.»

«Ich kann mich nicht erinnern, eine Einladung bekommen zu haben.»

«Du hast auch keine bekommen. Du würdest kaum achthundert Meilen weit reisen, um bei einer Kinderparty dabei zu sein.»

«Als die Tochter des geschäftsführenden Direktors aus Vaters Firma in Santiago heiratete, schickte sie uns eine Einladung, und bis Santiago sind es ungefähr achttausend Meilen.»

Es war sinnlos, dieses Gespräch weiterzuführen, das wußte Benet. Sie sprach mit ihrem Vater, der ihr müde und bedrückt vorkam. Mopsa weigerte sich, noch einmal an den Apparat zu kommen. Sie sagte, die Verbindung sei so schlecht, daß ihr die Ohren weh täten.

Ich darf meine Mutter nicht hassen ...

Und plötzlich begriff Benet, daß sie Mopsa nicht mehr haßte, daß sie diese Beschwörungsformel nie wieder brauchen würde. Sie würde ihr ewig dankbar sein, und das war nur einen Schritt von Liebe entfernt. Denn ohne Mopsa hätte sie Jason nie bekommen. Mopsa hatte ihn für sie gestohlen und mit einer Weisheit, die niemand in ihr vermutet hätte, vorausgesehen, daß Benet ihn eines Tages lieben würde, wenn man ihr nur genug Zeit ließ. Und um das zu erreichen, hatte sie riskiert, wovor sie sich am meisten fürchtete, hatte riskiert, in eine Nervenheilanstalt gebracht und dort zwangsweise festgehalten zu werden. Sie hatte Jason gestohlen und Benet gegeben und in ihrem methodischen Wahn jede Erinnerung an die Entführung aus ihrem Gedächtnis getilgt, weil sie nicht die einzige Zeugin sein wollte.

«Es macht nichts», sagte Benet zu ihrem Vater. «Grüß sie noch einmal von mir, und sag ihr, daß ich oft an sie denke.»

Die kühle, feuchte Öde, die die Lücken zwischen den Weihnachtsfeiertagen füllt, machte sich in der Finchley High Road deutlich bemerkbar. Am neunundzwanzigsten Dezember hatten viele Läden noch geschlossen, aber die Banken natürlich nicht. Mit einem kleinen Whisky und zwei Valium gestärkt, fand Terence in der Regent's Park Road viele freie Parklücken für Freda Phipps Wagen. Die wenigen Leute, die mit Einkaufstüten unterwegs waren, hatten in den letzten Tagen anscheinend viel gefeiert, so daß sie wie benommen wirkten.

Terence ging ziemlich langsam. Er passierte die Westminster Bank und Lloyds, die Midland und die Barclays Bank und fürchtete allmählich – hoffte es in gewisser Weise auch –, daß es hier keine Zweigstelle der Anglian-Victoria Bank gab, daß die Adresse im Telefonbuch falsch angegeben oder die Bank umgezogen war. Aber dann sah er sie vor sich, das Monogramm A und V auf einer orangefarbenen Tafel zwischen dem Postamt und einer Bausparkasse. Er zögerte, blieb stehen und betrachtete das unbeleuchtete, mit einem Gitter gesicherte Schaufenster einer Herrenboutique, als faszinierten ihn der gelbe Pullover und die beige Kordhose, die er in dem schattigen Halbdunkel nur undeutlich wahrnahm. Es half alles nichts, er mußte in die Bank. Entweder ging er hinein, oder er gab das Ganze auf, ließ das Projekt fallen.

Halb zwölf, und die Pubs hatten geöffnet. Seit dem Fund in Jessicas Koffer war er recht wohlhabend, hatte den größten Teil seiner Lebensmittel, die Mahlzeiten in den Restaurants und seine Drinks mit der noch gültigen Barclay-Karte bezahlt. Er hätte sich ohne weiteres ein paar Gläser Scotch leisten können. Aber er fürchtete, seine Sprache könnte sich verwischen, und ihm könnte die Hand zittern, falls er eine Unterschrift zu leisten, den Namenszug «John Howard Phipps» vor Zeugen entsprechend schwungvoll hinzuwerfen hätte.

Schließlich konnte ihm in der Bank nichts passieren. Sie konnten ihn ablehnen, aber das war auch alles. Sie würden bestimmt nicht die Polizei holen lassen, weil er unter dem Namen Phipps ein Konto eröffnen wollte. Es war kein Verbrechen, sich einen anderen Namen zuzulegen, in diesem Land konnte sich jeder nennen, wie er wollte. Und er hatte eine narrensichere Möglichkeit gefunden, den erforderlichen Bürgen beizubringen, nicht wahr? Sie konnten ihn schlimmstenfalls ablehnen ...

Terence hatte schon oft versucht auf diese Weise gegen seine Paranoia anzukämpfen, mit der anerkannten Methode, sich aufzumuntern, indem man sich so leicht greifbare Sprüche vorbetete wie: «Das meiste, vor dem du Angst hattest, ist nie eingetroffen» oder: «Man braucht nichts zu fürchten als die Furcht selbst» und «Sie können dich nicht fressen» und so weiter. Aber sie hatten ihm nie viel geholfen, sie waren nie zu ihm durchgedrungen. Es waren nur wohlklingende Sätze. Sie stießen nicht in den harten Kern der Angst vor und waren weit entfernt davon, ihn aufzubrechen. Dort in der Finchley High Road überkam Terence an diesem düsteren grauen Morgen nach Weihnachten eine schreckliche Depression, weil er, während er im Schaufenster seine hellbraune Hose anstarrte, plötzlich begriff, daß er sein Leben lang von Angst besessen sein würde, mit ihr leben mußte und von ihr gelähmt werden würde, und daß es auf der ganzen Welt nicht genug Valium und Whisky gab, um diese Angst einzudämmen. Das lohnt sich nicht, dachte er, das lohnt sich doch ganz und gar nicht. Doch was meinte er damit? Was lohnte was nicht? Meinte er, daß sich ein Leben in Angst nicht lohnte?

Aber so zu denken führte zu nichts. Es blieb ihm nichts anderes mehr übrig, als zu handeln, er hatte die Sache schon zu weit vorangetrieben. Er hatte den Vertrag unterschrieben und sich damit festgelegt. Wer A sagte, mußte auch B sagen, und B waren hundertzweiunddreißigtausend Pfund. Er betrat die Bank und verlangte mit heiserer Stimme, von einem Räuspern unterbrochen, jemanden zu sprechen, bei dem er ein Konto eröffnen könne.

«Phipps», sagte er, als man ihn nach seinem Namen fragte.

Er wurde gebeten, Platz zu nehmen, und setzte sich in einen der orangefarbenen Ledersessel, die herumstanden. Nach ein paar Minuten kam jemand und sagte, der stellvertretende Zweigstellenleiter erwarte ihn. Terence ging in ein sehr kleines Büro, das gleichfalls ganz in Orange gehalten war, und schüttelte einem Mann namens Fletcher die Hand.

«Ich möchte ein Konto eröffnen», sagte Terence. Seine Stimme klang wieder normal, aber sein Körper fühlte sich ganz leicht an, wie beim Wassertreten. «Mit 50 Pfund», fügte er hinzu, wobei ihm klar war, daß ein Betrag in dieser Höhe heutzutage nicht besonders beeindrucken konnte. Doch mehr hatte er in drei Wochen von seiner Arbeitslosenhilfe nicht zurücklegen können.

Fletcher wirkte jedoch irgendwie erleichtert. Vielleicht, dachte Terence, hat er geglaubt, daß ich ein Kunde bin, der einen Überziehungskredit haben möchte. «Das dürfte eigentlich kein allzu großes Problem darstellen, Mr. Phipps.»

Er schob ein Formular über den Schreibtisch, das Terence rasch überflog. Seine Kehle verkrampfte sich erneut, obwohl es sich um ganz alltägliche Fragen handelte. Eine eigenhändige Unterschrift unter Fletchers Augen wurde verlangt. Terence unterschrieb «John Howard Phipps», ohne zu zittern, seine Hand schien in verzweifelter Konzentration erstarrt.

Dann kam die Spalte «Name und Adresse» eines Bürgen.

«Sie könnten sich an jemanden wenden, der ein Konto bei Ihrer Zweigstelle in Golders Green hat», sagte Terence. «Geht das in Ordnung?»

«Aber selbstverständlich, Mr. Phipps.»

Also schrieb Terence in die dafür vorgesehene Spalte: «Mr. Terence Wand» und darunter «Gibs House 14, Brownswood Common Lane, London N 15». Es war die Adresse seiner Mutter.

19

Die Waffe sah ganz anders aus, als Barry erwartet hatte. Er wollte irgendeine Pistole, einen Revolver, obwohl er auch davon nur eine ganz verschwommene Vorstellung hatte. Er wollte ein Ding wie das, mit dem Dennis Gordon auf seine Frau geschossen hatte. Diese Waffe sah nach einem Gewehr aus, an dem jemand herumgemurkst und es dann wieder zusammengeflickt hatte. Aber der Mann, der sich Paddy nannte, wollte vierzig Pfund dafür haben, und Barry wußte, daß das für eine echte Waffe nicht viel war.

«Sind Sie sicher, daß sie funktioniert?» fragte er.

«Aber klar doch», antwortete Paddy.

Sein Zimmer war das scheußlichste, das Barry je betreten hatte. Er hatte nicht geahnt, daß es in Hornsey, wo er aufgewachsen war und seine Eltern noch immer wohnten, so etwas gab. Es enthielt kein einziges Möbelstück, auf dem Boden lag eine verdreckte Matratze, und in einem Winkel war ein eingebauter Speiseschrank mit einer Tür aus Maschendraht. Es stank nach Hamburgern, ungewaschenen Kleidern und Urin. Aus dem Speiseschrank hatte Paddy die Waffe geholt.

«Was ist das für ein Fabrikat?» fragte Barry.

Er wollte einen jener berühmten Namen hören, die allen Liebhabern von Kriminalfilmen und Büchern vertraut sind – Luger, Smith & Wesson, Beretta.

Paddy warf ihm einen langen Seitenblick zu.

«Es ist eine abgesägte Flinte, oder?» fragte er.

Er war ein großer, bulliger blonder Mann, sah überhaupt nicht irisch aus und trug den Familiennamen Jones. Behauptete er. Er hatte eine monotone Baßstimme wie ein Zombie. Sein Akzent war ebenfalls nicht irisch. Aber Barry vermutete, daß Paddy im Pub nicht mit ihm gesprochen und ihn auch nicht in seine Wohnung mitgenommen hätte, hätte er Barrys irischen Namen nicht gehört und nicht festgestellt, daß Barry mit seinen schwarzen Haaren, den blauen Augen und der weißen Haut seine Herkunft nicht verleugnen konnte. Er kam unverkennbar aus Connemara.

Barry selbst sah sich als Engländer – nun ja, dann eben als Briten. Und abgesägte Flinten setzte er mit Terrorismus gleich. Aber er mußte die Waffe haben, denn nie wieder wollte er nach Einbruch der Dunkelheit unbewaffnet durch Winterside Down gehen. Eine Attrappe hätte ihm nicht genügt. Außerdem kostete sie beinahe soviel wie die echte Waffe.

«Wir könnten sie wohl nicht irgendwo ausprobieren?»

«Wo, zum Beispiel? Unten in der High Street?»

Barry hatte an den Alexandra Park gedacht, doch auch er war nicht groß genug für ein Probeschießen. Außerdem machte die Waffe, wenn man sie abfeuerte, bestimmt einen furchtbaren Krach.

«Du mußt mir schon trauen», sagte Paddy.

Er sah plötzlich wie ein politischer Fanatiker aus. Wie einer von den Leuten der IRA, deren Gesichter immer wieder in den Fernseh-nachrichten gezeigt wurden. Barry nahm die dünne Geldschein-rolle aus der Tasche. Es war praktisch sein letztes Geld, fast der ganze Lohn der letzten Woche, der absolut letzten Woche, denn Ken Thompson war pleite und hatte ihn entlassen.

Paddy packte das Gewehr in einen Lumpen, ein Stück von einer grauen Weste. Er legte Barry das Bündel in die Hände wie ein selte-nes und zerbrechliches Geschenk.

«Töte Engländer», sagte er nur mit seiner toten Stimme.

Barry strömte das Blut eiskalt zum Herzen, er war wie gelähmt vom starren Blick dieser hellen Augen, der dumpfen Stimme und dem tödlichen Haß darin. Er konnte das Haus nicht schnell genug verlassen, zwang sich aber dazu, lässig zu schlendern, bis Paddy ihn nicht mehr sehen konnte. Das letzte, was er von dem Waffenhänd-ler sah, war das klobige, aufgedunsene Gesicht mit den starren Schweinsaugen, die ihn über das Treppengeländer hinweg beob-achteten, als er die unzähligen Treppen hinunterstieg.

Für einen Besuch bei seinen Eltern war es jetzt zu spät. Carol kam in einer halben Stunde nach Hause. Seit er aus dem Krankenhaus entlassen worden war, war er heute das erste Mal am Abend unter-wegs. Er hatte sich geschworen, erst wieder hinauszugehen, wenn er eine Waffe hatte, um sich zu schützen. Blauhaar, Wiedehopf und Schwarze Schönheit hatten ihm einen Zahn ausgeschlagen, zwei Rippen gebrochen, und eine Zeitlang hatten die Ärzte geglaubt, er hätte einen Riß in der Milz davongetragen. Eine solche Chance soll-ten sie nie wieder haben. Barry betastete die in den grauen Lumpen gewickelte Waffe, die in einer Plastiktüte steckte. Sie war zwar ein bißchen sperrig und hinderlich, aber er wollte sie überallhin mit-nehmen, egal, wohin er ging. Er lächelte in sich hinein, wenn er sich vorstellte, wie er über ihre Köpfe hinwegfeuern und sie rennen sehen würde.

Einen Tag nachdem er ins Krankenhaus eingeliefert worden war, war die Polizei erschienen, um ihn zu vernehmen. Ein Sergeant und ein Constable, die er noch nie gesehen hatte. Sie fragten ihn, ob er wisse, wer ihn überfallen hatte, und er zögerte nur eine Sekunde, bevor er nein sagte. Nein, er konnte die Männer nicht identifizie-ren, er würde sie nicht wiedererkennen, er wußte weder ihre Na-men noch woher sie kamen. Was hätte es für einen Sinn gehabt, etwas zu sagen? Ins Gefängnis kämen Blauhaar und die anderen nicht. Sie würden auf Bewährung entlassen oder zum Psychiater geschickt und sich später an ihm rächen.

«Ich habe sie nicht gesehen», sagte er. «Es war stockdunkel. Bevor sie über mich herfielen, habe ich sie weder gesehen noch gehört.»

Barry sah dem Sergeant an, daß er dachte, daß er das, was passiert war, nur für ausgleichende Gerechtigkeit hielt. Die Polizei konnte Barry nicht überführen, sie hatte keine Beweise gegen ihn, also was machte es schon aus, wenn ein paar Wegelagerer ihm eine private Abreibung verpaßten? Sie stellten ihm noch ein paar halbherzige Fragen und gingen. Vielleicht glaubten auch die Ärzte, daß er Jason getötet hatte. Und wenn er wirklich einen Milzriß gehabt hätte, hätten sie ihn sterben lassen und es für das beste gehalten.

Carol und er mußten wegziehen, sie mußte fort aus dieser Gegend. Vielleicht konnten sie mit einem Sozialbau in einem anderen Viertel tauschen. Crouch End gefiel ihm oder Palmer's Green, aber weiter nach Westen wollte er nicht, auf keinen Fall in die Nähe von Hampstead. Wo immer sie wohnen würden, es mußte weit weg von Terence Wand sein, so weit weg wie möglich.

Hatte sie sich mit Terence Wand getroffen, während Barry im Krankenhaus lag? Er wußte es nicht, und er hatte nicht gefragt. Trotz seiner Schmerzen – sein ganzer Körper hatte tagelang höllisch gebrannt, und er hatte qualvolle Schmerzen gehabt, die ihn mit Messerstichen zu durchbohren schienen – war er glücklich und selig gewesen, weil Carol sich um ihn gesorgt hatte, über seine Verletzungen entsetzt gewesen war. Als sie ihn am ersten Tag besuchen kam, war sie zu ihm gelaufen und hatte sich mit einem kleinen hysterischen Aufschrei über das Bett und in seine Arme geworfen. Es hatte verdammt weh getan, doch seine Freude war größer gewesen als der Schmerz. Er hatte mit keinem Wort protestiert, obwohl sie auf ihm lag und ihre Finger sich in ihn hineingruben. Erst als die Schwester kam, flüsterte er ihr zu, sie solle aufstehen, weil es ihm peinlich war.

Nach diesem ersten Tag hatte sie nicht mehr oft kommen können. Die Besuchszeit fiel immer mit ihrer Arbeitszeit zusammen. Das verstand er natürlich. Er lag da und dachte über Terence Wand nach und fragte sich, ob die Polizei etwas wegen des Briefes unternommen hatte? Es war ein alberner Brief gewesen. Schließlich verdächtigte er Terence Wand nicht, Jason entführt zu haben, oder?

Eines Abends kam Maureen. Er war überrascht, sie zu sehen. Sie trug ihren langen Regenmantel. Das straff zurückgekämmte Haar war am Hinterkopf mit einem Gummiband zusammengezurrt. Sie fragte ihn nicht, wie es ihm ginge. Sein rechter Arm, an dem der Schlafanzugärmel aufgerollt war, lag auf der Bettdecke, und sie hob ihn am Handgelenk auf wie einen leblosen Gegenstand, einen Ast oder ein Stück Rohr, und betrachtete gleichgültig die Verletzungen, die sich inzwischen braun und gelb verfärbt hatten.

«Jedenfalls bist du noch hier», sagte sie.

Sie meinte, er war nicht tot.

«Sie haben mich nicht umgebracht, wenn es das ist, was du sagen willst.»

«Mutter meint, das Schlimme war, daß er sich zwischen euch gedrängt hat.»

«Wer hat sich zwischen uns gedrängt?» fragte er, obwohl er wußte, wer gemeint war.

«Jason.»

Er sah sie an, musterte das häßliche runde Gesicht, das dennoch irgendwie Carols Gesicht war, ein bißchen breiter und flacher, aber es genügte, um ihm alle Schönheit zu nehmen. Die leeren blauen Augen begegneten den seinen. Bei dem, was sie dann sagte, blieb ihm die Luft weg, doch diese Wirkung hatten Maureens Äußerungen oft.

«Vielleicht ist es ganz gut so. Vielleicht war es das beste. Tatsache ist, daß niemand ihn wollte, und jetzt ist er wenigstens aus dem Weg.»

Sie glaubte also, daß er ein Mörder war. Der Unterschied war, daß sie es auch glaubte, aber es ihr jedoch gleichgültig war. Sie starrte noch immer seinen verletzten Arm an und schien wieder danach greifen zu wollen. Er hatte das unheimliche Gefühl, daß sie imstande wäre, ihn bei Ellenbogen und Handgelenk zu nehmen und die Unterarmknochen in der Mitte entzweizubrechen. Rasch steckte er den Arm unter die Decke, und nach einer Weile stand sie auf. Im Gehen sagte sie: «Ich an deiner Stelle würde mich mit dem Rauskommen nicht allzu sehr beeilen.»

Seither hatte er sich schon ein paarmal gefragt, was sie damit gemeint hatte. Er sollte nicht auf seine Entlassung aus dem Krankenhaus drängen, das war ihm klar. Er war in der feindseligen Welt von Winterside nicht willkommen. Die Rache, die man an ihm geübt hatte, war irgendwie eine Bestätigung für seine Schuld. Die Leute sprachen noch mit ihm, aber niemand nannte ihn beim Namen, und ihre Augen sahen ihn an, als sei er etwas anderes als sie, als trenne ihn die unaussprechliche Tat, derer man ihn beschuldigte, für immer auch von den Schlimmsten unter ihnen. Daß Carol zu ihm hielt, daß er noch in Carols Haus wohnte, war etwas Wunderbares, etwas das er hüten mußte wie einen Schatz. Er war auf eine geradezu dumme und lächerliche Weise dankbar. Ich benehme mich dumm und lächerlich, weil ich nichts getan habe, dachte er. Ich habe Jason nicht mal mit dem kleinen Finger angerührt, habe im Gegenteil zu den wenigen gehört, die den Jungen wirklich gern hatten. Alle, die ihn verdächtigten, hatten unrecht, und er hatte recht. Auch wenn niemand auf der Welt an seine Unschuld glaubte, blieb er dennoch unschuldig, hatte er dennoch Jason nicht getötet. Aber er lernte, wie hart es war, alleinzustehen, wie schwer, in der Isolation an der Wahrheit festzuhalten, so daß man sogar selbst daran zu zweifeln beginnt, ob es die Wahrheit ist. Im Krankenhaus und auch zu Hause hatte er ein paarmal geträumt, er sei im Garten eines der abbruchreifen Häuser in den Rudyard Gardens und begrabe Jasons Leiche.

Im wachen Zustand mied er die Straße immer noch. Er stieg aus dem Bus und ging die Delphi Road entlang, vorbei an erleuchteten Häusern mit zum Teil noch weihnachtlich geschmückten Fenstern. Auf der Bank vor der Bibliothek saßen zwei oder drei in Leder gekleidete Jungen. Barry krampfte sich der Magen zusammen, und die Kehle wurde ihm eng. Er nahm das Gewehr aus der Tüte und schob es unter seine Reißverschlußjacke. Zu Hause würde er das Taschenfutter aufschneiden, dann konnte er die Waffe immer unter der Jacke tragen und hatte sie trotzdem griffbereit.

Aber die Jungen auf der Bank waren nicht Blauhaar oder Wiedehopf oder ein anderer von der Bande. Es waren Fremde, die ihn kaum beachteten, die noch nicht wußten, wie der Mörder von Jason Stratford aussah. Er zwang sich, über die Chinesische Brücke zu gehen und den Pfad über den Rasen zu nehmen wie an dem Abend, an dem sie ihn überfallen hatten. Früher oder später mußte er den Mut finden, und früher war am besten. Das Gewehr half ihm dabei.

Der Abend war nicht so finster wie damals, und es war auch viel früher. Das Gras glänzte im Mondlicht, und der Frost hatte die Spitzen der Zäune versilbert. Barrys Herz machte einen Sprung, als er sah, daß in Carols Haus das Licht brannte. Nur um sich zu vergewissern, zählte er die Häuser, als er an die Stelle kam, an dem der Pfad zwischen die Häuser einmündete: eins, zwei, drei, vier – ja, im achten Haus von der Ecke brannte Licht.

Im Durchgang zwischen den Zäunen war niemand. Er passierte ihn rasch, zwang sich jedoch, nicht zu rennen, kam an der Stelle vorbei, an der sie ihn niedergeschlagen hatten, und fragte sich, ob auf dem betonierten Boden und am Zaun noch Blut zu sehen war.

Er zeigte Carol das Gewehr nicht und erzählte ihr auch nichts davon. Sie hätte ihm vielleicht Vorwürfe gemacht, weil er so viel Geld ausgab, obwohl er arbeitslos war. Sie saß vor dem Fernseher, hatte die Beine hochgelegt und eine Flasche Rotwein neben sich, aus der sie zwei oder drei Gläser getrunken hatte. Er schenkte sich auch ein Glas ein und setzte sich neben sie. Sie ließ sich von ihm küssen, und ihr Mund bebte leicht unter dem seinen.

Sie trug das schwarzweiße Zickzackkleid. Die schwarze Spitzenstrumpfhose hatte sie in einem eleganten Laden in Highgate von einem Ständer gestohlen, erzählte sie ihm. Hatte sie auch die Uhr an ihrem linken Handgelenk gestohlen, die aussah, als sei sie mit Brillanten besetzt?

Ihr Ärmel war hochgerutscht, und darunter schaute ein breiter roter Striemen heraus. Die Uhr verdeckte das Ende. Innerlich zusammenzuckend, erinnerte Barry sich an die Nacht, in der sie von ihm geschlagen werden wollte, er ihr weh tun sollte, und wie sie das offenbar genossen hatte. Jetzt lachte sie über etwas im Fernsehen und griff nach ihren Zigaretten. Er wußte, daß er es nicht fertigbringen würde, sie zu fragen, woher sie den roten Striemen und die Uhr hatte. Er hatte sie ja auch nicht fragen können, wo sie in der Nacht gewesen war, in der die Motorrad-Freaks ihn fast umgebracht hätten.

20

Terence lag mit Mrs. Goldschmidt im Zimmer mit dem Futon im Bett. Sie waren beide eingeschlafen, und Mrs. Goldschmidt schlief noch. Als er aufwachte, wußte er nicht, wo und kaum wer er war, geschweige denn, wer die nackte Blondine war, die, das Gesicht in den Kissen vergraben, neben ihm lag. Im ersten Moment dachte er an Carol Stratford, doch das war reines Wunschdenken. Es war Mrs. Goldschmidt – oder Rosemary, wie er aus dem Vertrag wußte –, mit der er vor ein paar Stunden ins Bett gegangen war. Sie schlief weiter, wobei sie ab und zu leicht und leise aufschnarchte. Terence wünschte sich heftig und leidenschaftlich, er hätte ihr nicht nachgegeben.

Sie war überraschend gekommen. Terence beunruhigten diese unerwartet auftauchenden Besucher in steigendem Maß. Er hatte den Vormittag damit verbracht, als Terence Wand eine Bankempfehlung für John Howard Phipps zu schreiben, und als es klingelte, erwartete er natürlich, daß es die Polizei war. Sein Magen zog sich zusammen. Terence zwang sich, zur Tür zu gehen und zu öffnen. Er hatte die Zähne zusammengebissen, doch seine Kiefer entspannten sich, als er sah, wer vor der Tür stand, und er lächelte schwach. Sie trug ein hellgrünes Kleid und darüber einen Pelzmantel aus unzähligen kleinen Fellen. Ein paar Tausend winziger Geschöpfe, nicht größer als eine Maus, hatten für diesen Mantel ihr Leben lassen müssen.

Diesmal ließ sie ihn über Sinn und Zweck ihres Besuchs nicht im Zweifel. Sie ging in den ersten Stock hinauf, und Terence trabte hinter ihr her. Auf der obersten Stufe blieb sie stehen, legte die Arme um ihn und küßte ihn wortlos und gierig. Dann ging sie ins Schlafzimmer und ließ den Mantel fallen, der wie ein schlafender Bär auf dem Boden lag. Terence hatte das Gefühl, hilflos von einer Woge des Schicksals mitgerissen zu werden. Manchmal dachte er, es sei seine Schüchternheit, die ihn für Frauen so anziehend machte, das, was Freda seine «Schwäche» nannte. Sie bemächtigten sich seiner, machten mit ihm, was sie wollten, beherrschten, bemutterten oder fraßen ihn.

Mrs. Goldschmidt fraß ihn. Aber konnte er sich dagegen wehren? Wenn er nein sagte, ging sie vielleicht nach Hause und überredete ihren Mann, den Vertrag nicht zu unterschreiben. Er hatte so seine Erfahrungen mit verschmähten Frauen. Andererseits war es natürlich auch möglich, daß sie zu jenen gehörte, die einen Seitensprung ihrem Ehemann beichteten, dann würde Goldschmidt so wütend sein, daß er nicht unterschrieb.

Mürrisch sah er sie an. Rosemary. Der Name paßte nicht zu ihr.

Sein Blick blieb nicht ohne Wirkung. Sie schlug die Augen auf, stieg aus dem Bett und ging ins angrenzende Gästebad. Terence zog die Unterhose an, marschierte hinunter, nahm die Whiskyflasche und eine Flasche Perrier aus dem Kühlschrank und stellte sie zusammen mit zwei Gläsern auf ein Tablett. An der Stelle, an der sich die Treppe im rechten Winkel drehte, blieb er stehen und sah aus dem Fenster in den Hof. Vor einer Woche hatte jemand die Lichterketten vom Trompetenbaum abgenommen. Auf dem Kopfsteinpflaster lag eine weiße Plastiktüte, die der Wind vor sich hertrieb, aus dem Licht in den Schatten und wieder ins Licht. Schließlich blieb sie an einem niedrigen Mäuerchen kleben. Der Himmel war bräunlich und purpurn gefärbt, und die wenigen Sterne waren schmutziggelb und verwischt. Terence hatte den ganzen Tag keinen Fuß vor die Tür gesetzt, aber es sah aus, als sei es grausam kalt. Unter dem Torbogen stand ein junger Mann und schaute zum Haus und zu Terence herüber, so daß es den Anschein hatte, als begegneten sich ihre Blicke. Terence wandte sich rasch ab. Der Beobachter glich dem jüngeren der beiden Polizisten, die bei ihm gewesen waren, doch ob er es tatsächlich war, konnte Terence nicht sagen.

Mrs. Goldschmidt zog sich an, das Licht brannte, die Jalousie war hochgezogen. Terence zog sie rasch herunter.

«Ich dachte, du möchtest vielleicht etwas trinken, Rosemary?»

«Katie.»

«Wie bitte?» sagte Terence.

«Ich werde Katie gerufen.»

Er nickte, weil ihm einfiel, daß sie mit dem zweiten Vornamen Catalina hieß. Er paßte nicht besser zu ihr als Rosemary. Sie schlüpfte in bronzefarbene hochhackige Schuhe und griff nach dem Glas, das Terence ihr reichte. Er nahm seinen ganzen Mut zusammen und fragte, ob sie und ihr Mann schon den Vertrag unterschrieben hatten. Er warte zu Hause, sagte sie. Er sei heute vormittag mit der zweiten Post gekommen, und sie wollten heute abend unterschreiben. Es sei wohl am besten, sie gehe jetzt nach Hause. Dagegen hatte Terence nichts einzuwenden. Sie wickelte sich in ihren Mantel aus unzähligen Mäusefellchen, und dann fiel ihr ein, daß sie Terence das Futon abkaufen wollte, von dem sie begeistert war. Sie fragte ihn, ob er bereit sei, sich von dem seltenen Stück zu trennen, und als er nickte, schrieb sie einen Scheck aus. Er freute sich natürlich über das Geld, hatte jedoch gleichzeitig das Gefühl, direkter als sonst für seine Dienste bezahlt zu werden.

Als Jason sich das erste Mal selbständig am Telefon meldete, war Ian am Apparat. Ian hörte ihn «Mami, Mami, da ist ein Mann!» rufen. Das zweite Mal war es John Archdale aus Marbella, und als Benet den Hörer nahm, glaubte sie aus der Stimme ihres Vaters Staunen und so etwas wie Erleichterung herauszuhören. Anscheinend akzeptierte er jetzt das Kind und betrachtete es nicht mehr als Monster oder als Skelett im Schrank der Familie.

Die erste Nacht, die Benet mit Ian verbrachte, bescherte ihr ein schlechtes Gewissen, weil Jason im Haus war. Als sie am nächsten Morgen sehr früh erwachte, mit dem Rücken an Ian geschmiegt und von seinen Armen umschlungen, überlegte sie sofort, was Jason wohl denken würde, wenn er hereinkam und sie beide so zusammen sah. Das war merkwürdig, denn sie hätte nicht so empfunden, wenn James noch am Leben gewesen wäre und im Nebenzimmer geschlafen hätte. Als sie das Kind erwartete, hatte sie keineswegs beschlossen, enthaltsam zu leben, bis es alt genug war, um von zu Hause fortzugehen. Sie stand auf und ging in Jasons Zimmer.

Ihr erster Gedanke war, daß er sich sehr verändert hatte. Seine Mutter würde ihn zweifellos noch erkennen. Aber sonst niemand. Sie hatte ihm zwei Tage vorher die Haare schneiden lassen, und der symmetrische Schnitt hatte ihn von einem Kleinkind in einen kleinen Jungen verwandelt. Trotzdem, dachte sie, sieht er auf merkwürdige Weise jünger aus. Sein Körper war schlanker, und er war gewachsen, sein Gesicht aber weicher und voller geworden. Außer für das scharfe, einfühlsame Auge einer Mutter, war Jason Stratford so unkenntlich geworden wie jemand, der sich einer plastischen Operation unterzogen hat. In diesem Moment erkannte sie, daß er für sie nie wieder Jason sein würde. Sie ließ das seitliche Gitter des Kinderbetts herunter, beugte sich über ihn und küßte ihn auf die feste, runde, rosige Wange.

Als sie mit einem Tablett und frischem Tee wieder heraufkam, war Jays Zimmer leer, und er war bei Ian im Bett. Benets Leben schien plötzlich übervoll, und ihr stockte der Atem. Sie zögerte nur einen Augenblick, bevor sie zu den beiden ins Bett kletterte. Jay lag zwischen ihnen und kuschelte sich an sie.

Im Lauf des Vormittags klingelte das Telefon. Das Klingeln brach ab, also war Jay an den Apparat gegangen. Als Benet jedoch hinunterkam, lag der Hörer wieder auf der Gabel, und Jay spielte Xylophon. Sie fragte ihn, wer angerufen habe.

Er lächelte und antwortete mit einer eigenen Wortschöpfung, einer Kombination aus «häßlich» und «grauslich» vielleicht. «Hauslich», sagte er.

Sie glaubte zu verstehen, was er meinte. «Jay», fragte sie, und ihr war nicht ganz wohl in ihrer Haut, «legst du immer auf, ohne Mami Bescheid zu sagen, wenn dir die Stimme am Telefon nicht gefällt?»

«Ja», sagte Jay und nickte heftig, um seinen Worten mehr Nachdruck zu verleihen. «Hauslicher Mann.»

Darüber mußte Benet lachen, wenn auch das Unbehagen blieb. Vielleicht hatte sie sich geirrt, als sie glaubte, er sei bisher nur zweimal ans Telefon gegangen. Vielleicht hatte ihm schon oft eine Stimme nicht gefallen, so daß er einfach aufgelegt hatte. Ich darf jetzt auf keinen Fall zu streng mit ihm sein, dachte sie, damit könnte ich großen Schaden anrichten. Sie setzte sich ihn auf die Knie und erklärte ihm sorgfältig, daß er es ihr immer sagen müßte, wenn jemand anrief. Wenn sie oben und dort die Klingel abgeschaltet war, hörte sie das Telefon vielleicht nicht und wußte dann auch nicht, wer angerufen hatte. «Verstehst du das, Jay?»

Am Nachmittag rief der Werbechef ihres Verlags an. Sie sollte im Mai eine längere Reise durch die Vereinigten Staaten machen, um dort die Taschenbuchausgabe ihres Romans vorzustellen. Benet fragte ihn, ob er schon einmal angerufen habe. Ja, einmal, sagte er, aber ihr kleiner Junge sei am Apparat gewesen und habe wieder aufgelegt.

Benet war sofort erleichtert gewesen, obwohl sie nicht genau wußte warum.

Die Frau, deren Umrisse er hinter Terence Wands Fenster gesehen hatte, war bestimmt nicht Carol gewesen, dessen war sich Barry sicher. Sie hatte sich eben angezogen, dabei die weißen Arme über den Kopf gehoben, und er konnte ihr kurzes blondes Haar erkennen. Der Tag hatte zu viele Stunden für ihn, und er wußte nicht, was er damit anfangen sollte. Das redete er sich zumindest ein, damit er einen Grund hatte, nach Hampstead zu fahren.

Er hatte bisher noch keine Arbeit gefunden, dafür hatte Carol einen weiteren Job angenommen, zusätzlich zu Mrs. Fylemon und der Wein-Bar. Sie arbeitete stundenweise am Empfang eines Hotels. Barry starb fast vor Ehrfurcht, denn das roch irgendwie nach Mittelschicht, war schon eher ein Beruf als ein Job. Er kannte kaum einen Menschen, der eine richtige Ausbildung hatte, der an einem Schreibtisch saß, das Telefon beantwortete und Anmeldeformulare ausfüllte.

«Hast du auf ein Inserat geantwortet, Schatz?» fragte er. «Du hast mir nie was davon erzählt.»

Ihre Antwort war nicht sehr klar. «Der Typ, der das Hotel leitet, hat mich in der Wein-Bar gesehen. Er sagte zu Alkmini, er habe geglaubt, ich sei ein Modell.»

Das Getränke auf einem Tablett serviert? Aber das dachte Barry nur, er sprach es nicht aus.

Sie trug ihre Diagem-Armbanduhr und einen Ring mit einem roten Stein, den sie angeblich Weihnachten bei Iris bekommen hatte. Barry hatte jedoch noch nie gesehen, daß jemand aus einem Knallbonbon einen solchen Ring gezogen hätte. «Er sagte», fuhr Carol fort, «er würde alles drum geben, jemanden wie mich im *Rosslyn Park-Hotel* zu haben.»

«Ich hoffe, er bezahlt dich auch entsprechend.»

Um einen Blick hineinzuwerfen und sie zu sehen, hätte er sich von der Untergrundbahn-Station nach links, nicht nach rechts wenden und dann den Hügel zur Heide hinaufsteigen müssen. Aber er war nicht nach Hampstead gekommen, um Carol zu sehen. Warum sollte er? Sie würde nur vermuten, er wolle sie kontrollieren. Er bog also rechts ab und ging nach Spring Close hinauf. Und schon bald darauf konnte er die Frau beim Anziehen beobachten. Deshalb war er nicht lange geblieben. Nachdem er sie gesehen hatte, ging er, ein wenig erregt und ein wenig verlegen. Es war nicht Carol, bestimmt war es nicht Carol, und das mußte er schließlich am besten wissen, er hatte oft genug zugeschaut, wenn sie sich an- oder auszog. Aber als er wieder in der U-Bahn saß und später, als er den Bevan Square überquerte, fragte er sich unwillkürlich doch, wieso er so sicher sein konnte, daß es nicht Carol gewesen war? War er es vielleicht nur deshalb, weil er nicht wollte, daß sie es war?

Wiedehopf, Stephanie Isadoro, Schwarze Schönheit und noch ein paar andere saßen auf den Bänken und aßen etwas Türkisches aus gewachsten Pappschachteln. Immer wenn Barry Wiedehopf sah, erinnerte er sich an den Schmerz, der bei jedem Tritt, den die Stiefelspitze seinen Rippen versetzt hatte, wie ein elektrischer Stromstoß durch ihn hindurchgejagt war. Jetzt beachteten die Typen ihn überhaupt nicht. Er steckte die Hand in die Jackentasche durch das aufgetrennte Futter und betastete die Waffe. Er würde sie nicht brauchen, aber es war tröstlich zu fühlen, daß sie da war, genauso tröstlich wie ein dickes Geldbündel in der Tasche oder ein Wort der Liebe, an das man sich erinnerte.

War die Frau in Terence Wands Schlafzimmer vielleicht doch Carol gewesen? Als er unter dem Torbogen stand, glaubte er, sicher zu sein, aber jetzt war er es nicht mehr. Vielleicht war er's ja auch nur deshalb gewesen, weil er wußte, daß Carol um diese Zeit im *Rosslyn Park-Hotel* arbeitete. Er blickte zum Telefon hinüber, das neben Daves Foto auf dem Bord über der Heizung stand. Zwar wußte er die Nummer des *Rosslyn Park* nicht, doch er konnte sich bei der Auskunft erkundigen. Aber auch wenn Carol jetzt arbeitete, war das kein Beweis dafür, daß sie nicht vor einer Stunde in Spring Close gewesen war.

Er wählte die Auskunft und ließ sich die Nummer des Hotels geben, doch weiter ging er nicht. Es blieb ihm ein Rätsel, warum er plötzlich so guter Laune war, weil er jetzt die Telefonnummer des *Rosslyn Park* hatte, fast als habe er geglaubt, das Hotel existiere gar nicht.

Barry wechselte die Bettwäsche, saugte in den Schlafzimmern Staub und brachte die Wäsche in den Waschsalon.

Sobald er die Mitteilung bekommen hatte, daß die Verträge ausgetauscht, die Anzahlung in den Händen des Anwalts und das Erfüllungsdatum endgültig der 15. Februar war, ging Terence in ein Reisebüro, das nahe bei der Wohnung seiner Mutter lag, und buchte für den Fünfzehnten einen Flug nach Singapur. Als es darauf ankam, hatte Terence der Mut verlassen, er konnte sich nicht vorstellen, daß er mit einem Koffer voller Geld mutterseelenallein in Mittel- oder Südamerika war. Er flog lieber nach Singapur und nahm von dort aus eine Maschine oder ein Schiff nach Bali.

Das hing natürlich davon ab, um welche Zeit die Maschine nach Singapur ging. Goldschmidts Bankscheck würde am Fünfzehnten gegen Mittag auf dem Konto von John Howard Phipps eingehen, dann blieben Terence noch dreieinhalb Stunden, um das Geld wieder abzuheben. Dafür und um nach Heathrow hinauszukommen, mußte er ausreichend Zeit haben. Die Vorstellung, die Nacht vom Fünfzehnten zum Sechzehnten in London zu verbringen, war entsetzlich, das würden seine Nerven nicht aushalten. Der Möbelwagen mit den Möbeln der Goldschmidts würde kurz nach dem Lunch in Spring Close eintreffen. Doch im Haus würden noch Fredas Möbel, in der Garage Fredas Wagen stehen. Das brauchte ihn jedoch kaum noch zu kümmern, wenn er schon unterwegs zum Flugplatz war, sobald die Goldschmidts diese Entdeckung machten.

Es war daher eine große Erleichterung für ihn, als er erfuhr, daß der Quantas-Flug mit Zwischenlandungen in Bahrain und Singapur um 21 Uhr 45 startete. Er ließ einen Platz in der Touristenklasse buchen und bekam noch Rabatt, weil er einen Monat im voraus bezahlte – mit der neuen Barclaykarte, die heute morgen gekommen war. Am gleichen Tag hatte sein Anwalt ihm ein Dokument zugeschickt, das irgend etwas mit der Grundbucheintragung zu tun hatte und das er unterschreiben mußte. Doch diesmal genügte nicht seine Unterschrift allein, er mußte in Gegenwart eines Zeugen unterzeichnen. Terence fuhr den Hügel hinunter in die Wein-Bar, um dort mit Carol Stratford zu essen. Er hatte sie angerufen, nachdem er sich das Dokument angesehen hatte.

«Gibt wohl nichts Neues, nehme ich an?» fragte Terence.

«Nicht die Bohne.» Carol war es inzwischen gewohnt, daß man sie als eine Art Vorspiel zu jeder Unterhaltung fragte, ob sie etwas über Jason erfahren hatte.

«Er war nicht mein Kind, das weißt du, Carol.»

«Das hab ich den Bullen auch nie gesagt. Ich will nicht behaupten, daß ich nicht weiß, wer es war, aber ich war's jedenfalls nicht.»

Terence zuckte mit den Schultern. Er habe sein Haus verkauft, sagte er und fragte, ob sie etwas dagegen hätte, seine Unterschrift auf einem Dokument zu beglaubigen. Carol war der einzige Mensch, den er darum bitten konnte, der einzige, den er kannte und der, wenn man ihn danach fragte – vor dem fünfzehnten Februar natürlich, denn wen kümmerte es schon hinterher? –, hartnäckig lügen würde, weil es ihr Spaß machte zu lügen. Sie war auch die einzige, die das Dokument nicht allzu genau ansehen würde, weil sie eine Nase für krumme Sachen hatte und bestimmt von vornherein annahm, daß hier nicht alles mit rechten Dingen zuging.

Womit sie natürlich recht hatte. Terence hatte das Dokument fotokopiert und wollte die Kopie in Carols Gegenwart mit seinem Namen unterschreiben. Er brauchte ihre Unterschrift nur, um sie später auf dem echten Dokument fälschen zu können, nachdem er selbst mit Phipps unterzeichnet hatte.

Sie unterschrieb mit ihrer runden, linkslastigen Schrift, doch erst nachdem sie ihn eines Besseren belehrt und das Dokument gelesen hatte. An der Stelle, an der der Preis genannt wurde, hielt sie kurz inne.

«Vor drei Jahren», sagte sie, «warst du genauso blank wie ich.»

«Ich hatte ein bißchen Glück», antwortete er vage.

Sie fragte ihn, was er mit dem Geld anfangen würde, und Terence erzählte ihr, daß er eine Weltreise machen wolle. «Hättest du Lust, mitzukommen?»

«Machst du Witze?» fragte Carol, ganz große runde Puppenaugen und Babylöckchen.

Terence gab zu, daß es ein Scherz gewesen war. Doch er reise wirklich. Allerdings sei es mehr eine Geschäfts- als eine Vergnügungsreise. Aber sie gehe doch am Abend vor seiner Abreise mit ihm essen. Auf Barclays Kosten, dachte er.

21

Beim Abendessen in der *Villa Bianca* erzählte Ian ihr von der Stellung, die man ihm in Kanada angeboten hatte. Sie war zum erstenmal abends ausgegangen, seit Jay im Haus war. Sie hatte einen Babysitter aus ihrer Zeit in Tufnell Park angerufen, eine Achtzehnjährige, die James das letzte Mal gehütet hatte, als er vierzehn oder fünfzehn Monate alt gewesen war. Außerdem lag Jay ohnehin schon im Bett und schlief, als sie kam.

«Es ist ein großartiges Angebot», sagte Ian. Er lächelte. «Meine große Chance. Das Krankenhaus ist neu und hat eine Ausstattung, von der man hier nur träumen kann.»

«Wann müßtest du fort?»

«Ich habe noch einen Monat Zeit, um mich endgültig zu entscheiden.» Er zögerte, und Benet ertappte sich dabei, daß sie den Atem anhielt. «Könntest du dir vorstellen, in Vancouver zu leben, Benet?»

Konnte sie es sich vorstellen? Als ihre Eltern nach Spanien gezogen waren, hatte sie kategorisch erklärt, nichts könnte sie je dazu bringen, im Ausland zu leben. Sie hatte damals nicht gewußt, daß sie sich verlieben und dadurch alles anders werden würde. Dann dachte sie an Jay, wie jetzt immer, wenn sie einen Plan oder eine Veränderung erwog. Wenn sie mit ihm ans Ende der Welt ging, bestand natürlich überhaupt keine Gefahr mehr, daß ihn jemand erkannte. Aber sich so ausschließlich und so bald zu verpflichten . . . Sie legte ihre Hand über die von Ian.

«Laß mich darüber nachdenken. Laß mir ein bißchen Zeit, ja, Ian?»

«Du sollst soviel Zeit haben wie ich», erwiderte er. «Ich war sicher, du würdest nein sagen. Du machst mich glücklich, weil du nicht sofort nein gesagt hast.»

Sie kamen ein bißchen später zurück, als sie Melanie gesagt hatten, und sie wartete schon und wollte sofort aufbrechen. Benet hatte nur Zeit, ihr zu danken und sie zu bezahlen, dann fuhr Ian sie nach Hause. Neben dem Telefon im Souterrainzimmer fand Benet eine Nachricht: *Edward Greenwood hat um halb neun angerufen.* Als Benet das las, wußte sie sofort, warum ihr so unbehaglich zumute gewesen war, seit sie wußte, daß Jay ans Telefon ging und sie nicht immer rief. Sie fürchtete, daß Edward schon öfter angerufen hatte. Sie hatte ihn seit einem Monat nicht mehr gesehen, doch ihr Unterbewußtsein hatte sich offenbar ständig mit ihm beschäftigt. Wenn sie nach Vancouver ging, entkam sie auch ihm . . .

Als Ian zurückkam, sagte sie ihm jedoch nichts davon. Es war ihre letzte Nacht, bevor er wieder Nachtdienst machen mußte. Sie versuchte, Edward aus ihrem Bewußtsein zu verdrängen und glaubte auch, es sei ihr gelungen, aber sie träumte von ihm. Es war ein böser Alptraum, in dem er sie mit einem Messer bedrohte und sie zu überreden versuchte, einen Selbstmordpakt mit ihm zu schließen. Sie erwachte schreiend, verängstigt und suchte Ian. Die andere Hälfte des Bettes war leer. Sie knipste die Nachttischlampen an und rief in panischer Angst nach ihm. Er kam aus Jays Zimmer herübergestürzt.

«Er hat zuerst angefangen zu schreien», sagte er, «und dann hast du eingestimmt.» Er nahm Benet in die Arme. «Was ist mit euch beiden los?»

«Ich weiß es nicht, ich weiß es nicht. Was sollte ich bloß ohne dich tun?»

«Du brauchst gar nichts ohne mich zu tun», antwortete Ian.

Ian ging am Vormittag, nachdem sie verabredet hatten, sich zum Tee zu treffen. Als er fort war, raffte Benet sich auf, wählte die Nummer, die Edward ihr gegeben hatte. Sie dachte, sie könne ihn vielleicht endlich loswerden, wenn sie ihm sagte, sie werde heiraten und gehe nach Kanada. Er meldete sich nicht. Es war auch sehr unwahrscheinlich, daß er um elf Uhr zu Hause war. Bestimmt hatte er einen Job und arbeitete. Hatte sie ihn jetzt angerufen, weil sie wußte, daß er nicht da sein würde? Um ihre Angst und ihre innere Unruhe zu beschwichtigen, um sich selbst sagen zu können: Ich habe ja angerufen, ich hab's versucht.

Sie stand an der Haustür, um jemandem ein Pfund zu geben, der für eine wohltätige Vereinigung sammelte, als sie das Telefon klingeln hörte. Es klingelte zweimal und hörte dann auf. Jay mußte an den Apparat gegangen sein. Aber keine helle Stimme rief aufgeregt: «Mami! Mami!» Benet lief durch den Flur und die Treppe hinunter. Jay saß auf dem Schaukelpferd und schaukelte wild. Der Hörer lag auf der Gabel.

«Te'fon klingeln», sagte er und lächelte sie strahlend entwaffnend an.

Edward trug seine dünnen Sachen und hatte den dicken, langen Schal zweimal um den Hals geschlungen. Sein Gesicht war rot und um die Lippen herum leicht bläulich verfärbt. Ganz wie bei Jay, wenn ihm richtig kalt war, dachte Benet. Er stand hinter ihr, als sie jetzt die Tür öffnete, und klammerte sich an ihren Rock.

«Wenn du ihn an die Tür geschickt hättest», sagte Edward, «hätte er sie mir vor der Nase zugeknallt.»

Sie hatte schon den ganzen Tag geahnt, daß er kommen würde,

und hatte sich darauf eingestellt. «Komm rein», sagte sie. «Es ist kalt.»

Er glaubte, sie wolle damit sagen, daß seinetwegen Kälte ins Haus kam. «Entschuldige, daß ich einen Luftzug verursache.»

«Du weißt, daß ich's nicht so gemeint habe, Edward. Tu nicht immer so, als wär ich eine Hexe. Jay hat ein paarmal Telefonieren gespielt, wenn du angerufen hast, und er hat mir nicht immer Bescheid gesagt. Es tut mir leid.»

«Du solltest den kleinen Teufel nicht an den Apparat lassen.»

Benet schwieg, obwohl es ihr nicht gefiel, daß er Jay einen kleinen Teufel nannte. Jay selbst starrte Edward mit der staunenden Faszination an, mit der sehr kleine Kinder Erwachsene ansehen, die sie nicht mögen. Es war vier Uhr nachmittags. Sie hatte sich mit Ian zum Lunch getroffen und wollte eben mit Jay zu einem Spaziergang aufbrechen. Unterwegs wollte sie sich nach einer Spielgruppe erkundigen, in die sie Jay zweimal wöchentlich schicken konnte, damit er mit anderen Kindern zusammenkam. Sie fragte sich, was Edward zu ihr geführt haben mochte, und als sie die Treppe zum Souterrainzimmer hinuntergingen, fielen ihr zwei Antworten ein. Er wollte Geld. Er wollte das Krankenhaus verklagen, weil Fahrlässigkeit zu James' Tod geführt hatte. Sie traute sich zu, damit fertigzuwerden. Mit jeder dieser Möglichkeiten für sich oder mit beiden zusammen.

Der Händebaum, aller Päckchen beraubt, schmückte noch immer die Wand. Edward betrachtete ihn und musterte dann mit demselben leichten, nachdenklichen Widerwillen den Berg Spielsachen in dieser Ecke des Raums. Von einem Zoo kuscheliger Tiere eingerahmt, lagen auf dem Boden die beiden Zeichenblöcke, die sie Jay gekauft hatte. Die obersten Blätter waren schon mit bunten Zeichnungen von Vögeln, Blumen und Bäumen bedeckt. Nachdem er Edward lange genug angestarrt hatte, kehrte Jay wieder an seine Arbeit zurück und suchte sich lächelnd einen bis dahin unbenutzten leuchtend chromgrünen Buntstift aus.

«Du solltest ihn nicht dauernd herumkritzeln lassen», sagte Edward in demselben Ton, in dem er sie getadelt hatte, weil sie Jay ans Telefon ließ.

Plötzlich erinnerte sich Benet, daß sie Edward, als er das letzte Mal vor fast zwei Monaten hier gewesen war, erzählt hatte, Jay sei das Kind einer Freundin. Aber acht Wochen waren eine lange Zeit, eine unerhört lange Zeit, um ein fremdes Kind zu hüten. Sie füllte den Wasserkessel und steckte dann den Stecker ein. Sie stellte Tassen auf ein Tablett und goß für Jay ein Glas Orangensaft ein. Bestimmt würde Edward jetzt gleich eine Bemerkung über ihn machen, würde fragen, wieso er so lange hier war, und sie würde eine einleuchtende Antwort zur Hand haben müssen. Er hatte sich in den Schaukelstuhl gesetzt und beobachtete Jay. Ein paar Minuten später stand er wieder auf und hob zuerst den Zeichenblock vom Boden auf, den Jay im Moment nicht benutzte, murmelte etwas in sich hinein und nahm dann auch den zweiten an sich, auf den Jay mit seinem leuchtend grünen Bleistift die Umrisse eines Baumes gemalt hatte.

Jay schrie nicht und weinte nicht. Er stand einfach auf und sah wie betäubt vor sich hin. Es war Benet, die Edward am liebsten angebrüllt hätte. Es bedurfte eines immensen Kraftakts an Selbstbeherrschung, um es nicht zu tun. Sie erklärte Edward, daß Jay ihrer Meinung nach ein echtes Zeichentalent hatte, das auf jede nur erdenkliche Weise unterstützt und gefördert werden sollte. Aber schon während sie sprach, war ihr klar, daß durch jedes Wort, das sie sagte, ihre Rolle als zeitweilige Pflegemutter immer unglaubwürdiger wurde. Jays Lippen begannen jetzt zu zittern. Er fing an zu weinen, streckte die Arme nach ihr aus und warf sich gegen sie. Sie nahm ihn auf, drückte ihn an sich und wartete auf Edwards unvermeidliche Fragen: Wer ist dieses Kind? Was bedeutet es dir?

Er stellte sie nicht, zuckte mit den Schultern und legte die Zeichenblöcke wieder auf den Boden. Das Blut, das ihm die Kälte ins Gesicht getrieben und das ihm die Haut gerötet hatte, war zurückgewichen, und er kam ihr blasser vor als sonst. Er wirkte sehr konzentriert. Benet trocknete Jay die Tränen und setzte ihn wieder auf den Boden.

«Hauslich», sagte Jay zu Edward, der zum Glück keine Ahnung hatte, was das Wort bedeutete.

Benet machte Tee und gab einen gestrichenen Teelöffel Zucker in Edwards Tasse.

«Das weißt du noch», sagte er.

«Aber selbstverständlich. Solche Dinge vergißt man nicht.»

Er schwieg. Jay war mit dem Baum fertig und fing an, einen merkwürdigen Vogel mit großen Füßen und roten Beinen zu zeichnen. Benet stellte fest, daß sie nichts zu sagen hatte. Ihr fiel überhaupt nichts ein, was sie zu Edward sagen konnte, um das Schweigen zu überbrücken. Es wurde allmählich peinlich, fast schon greifbar. Er fing schroff an und mit einem für sie höchst erstaunlichen Thema.

«Ich möchte, daß wir wieder zusammen leben, Benet, wie früher. Ich möchte zurückkommen und hier mit dir leben. Das ist das Natürlichste und Nächstliegende für uns. Für uns beide hat es seither niemanden gegeben, der zählt – für mich jedenfalls nicht. Wir gehören zusammen, Benet», schloß er so nachdrücklich, daß sie aufsprang und einen oder zwei Schritte zurückwich.

«Es ist unmöglich», erwiderte sie. «Es kommt nicht in Frage.»

«Warum denn? Wir sind älter geworden. Ich bin älter geworden, wenn du so willst. Ich bin nicht neidisch auf deinen Erfolg, ich habe jeden eigenen Ehrgeiz aufgegeben. Es läuft da ein Englischkurs für ausländische Studenten, ich könnte dort unterrichten. Ich habe mein Examen gemacht. Ich wäre zufrieden, wenn du deine Höhenflüge absolviertest und ich ein bescheidener Lehrer bleibe.»

Fast hätte sie laut aufgelacht, doch das wäre herzlos gewesen. Die Gefahr, daß sie eine Bemerkung über relative Einkommen machte, war bei weitem nicht so groß. Er hatte noch nichts gesagt, um so etwas zu verdienen. Und sie war so ungeheuer erleichtert, daß er nicht gekommen war, um mit ihr über Jay zu sprechen, daß etwas wie echte Zuneigung in ihr aufstieg. Sie ging zu ihm zurück und legte ihre Hand leicht auf die seine.

«Es ist wirklich nicht möglich, Edward. Lieber Edward. Und es ist genausowenig deine Schuld wie die meine. Vielleicht ist es sogar mehr meine. Ich weiß, daß ich dich verletzt, dir unrecht getan habe.» Sie sagte ihm nicht, auf welche Weise, sie war überzeugt, daß er verstand, was sie meinte. «Aber es ist zu lange her.» Sollte sie Ian erwähnen? Es war nicht notwendig, noch nicht. «Ich habe mich verändert und bin dir dadurch nicht nähergekommen – im Gegenteil.»

«Ich sehe keine Veränderung in dir.» Er zögerte. «Wir könnten noch mehr Kinder haben, weißt du. Um deinetwillen könnte ich mich mit Kindern abfinden.»

Ihr Herz verhärtete sich wieder. Jay, der sie beobachtete, spürte – ohne es zu verstehen – die Erregung, mit der die Luft plötzlich geladen schien.

«Ich könnte es nicht, Edward, ich hab dir doch schon gesagt, es ist nicht möglich.»

«Vielleicht habe ich mich nicht klar genug ausgedrückt, Benet. Ich habe gemeint, daß wir heiraten sollen. Ich bitte dich, mich zu heiraten.»

Er sagte es mit der Herablassung eines Menschen, der einem anderen eine große Gnade erweist. Es klang schwülstig, hochtrabend, großspurig. Eine unerhörte Ehre wurde erwiesen, eine Belohnung verteilt. Diesmal lachte sie wirklich.

«Ein Heiratsantrag ist heutzutage für eine Frau kein Anlaß mehr, überschwengliche Dankbarkeit zu empfinden, Edward. Ich wüßte zum Beispiel wirklich nicht, warum ich dich heiraten sollte, aber ich habe einen sehr triftigen Grund, es nicht zu tun: Ich will es nicht.»

Er senkte den Kopf, blickte auf seine Hände hinunter, hob den Kopf wieder und sah ihr in die Augen.

«Dann sage ich dir einen sehr triftigen Grund, warum du's tun mußt.» Er zeigte mit dem Daumen auf Jay. «Glaubst du wirklich, ein Richter würde dir, einer unverheirateten Frau, erlauben, dieses Kind zu adoptieren?»

Irgend etwas krampfte sich in ihr zusammen, wurde eiskalt. Sie spürte, wie sich ihre Muskeln anspannten. Hatte sie ihm denn gesagt, sie habe Jay in Pflege und denke daran, ihn zu adoptieren? Bestimmt nicht, dessen war sie sicher. Als sie Edward das letzte Mal gesehen oder gesprochen hatte, war sie – so unglaublich ihr das jetzt schien – noch immer fest entschlossen gewesen, einen Weg zu finden, um Jay zu seiner Familie zurückzubringen.

«Denn das willst du doch, nicht wahr?» sagte er. «Das planst du.»

Benet nickte, wie hypnotisiert. Bei seinen nächsten Worten glaubte sie, ohnmächtig zu werden. Das Zimmer wurde dunkel, und sie dachte, sie würde im nächsten Moment stürzen wie im Krankenhaus, als man ihr gesagt hatte, James sei tot. Aber sie blieb reglos stehen, den Rücken gestrafft, die Fingernägel in die Handteller gebohrt.

«Ich weiß nämlich, wer er ist», sagte Edward. «Ich habe zwei und zwei zusammengezählt. Es war nicht schwierig. Er ist Jason Stratford, der verschwundene Junge.»

22

Später fragte sie sich, warum sie es nicht geleugnet hatte. Sie hätte bluffen können, aber sie hatte nicht die Nerven gehabt, war nicht cool genug gewesen. Als sie ihn fragte, woher er es wußte – und das war das erste, was sie tat –, hatte sie praktisch alles zugegeben.

«Woher weißt du es?»

«Nun ja, erstens nennst du ihn Jay, magst aber keine abgekürzten Namen. Du bist der einzige Mensch, der mich nicht Ted nennt. Dann seine Haar- und Augenfarbe. Er wurde in der Presse oft genug als blond und blauäugig beschrieben. Deine Situation – Kindesentführerinnen sind oft Frauen, die ein Kind verloren haben. Und dann die Gegend, aus der er kommt. Du hast früher gleich um die Ecke gewohnt. Zufrieden?» fragte er.

Eine wirklich merkwürdige Frage. Sie fühlte sich innerlich wie ausgedörrt und hohl. Sie dachte daran, ihm zu erklären, wie Jay hierhergekommen war, doch hatte das überhaupt einen Sinn? Inzwischen war es doch so, als habe sie Jay selbst entführt, nicht anders, als sei sie mit der Absicht unterwegs gewesen, ein Kind zu stehlen. Außerdem interessierte sie nur, was Edward unternehmen wollte. Gleichzeitig jedoch wußte sie, daß es schon schlimm genug war, weil er alles wußte. Er wußte. Er würde nicht vergessen wie Mopsa. Sein Wissen bedeutete fast das Ende der Welt.

«Was hast du vor?» fragte sie.

«Ich glaube, du hast in einer Art Narrenparadies gelebt, aber du mußt gewußt haben, daß du nicht für ewige Zeiten davonkommen kannst. Wie hast du dir eigentlich die Zukunft vorgestellt?»

Sie hatte nie mehr als ein oder zwei Tage vorausgeschaut.

«Ich glaube, ich dachte, er werde sich mit der Zeit so verändern, daß ihn niemand mehr erkennen würde. Ich dachte daran, mit ihm wegzugehen, weit weg . . .» Hatte sie das wirklich? Ihr wurde klar, daß sie jetzt daran dachte. «Schon jetzt würde ihn außer seiner Mutter niemand mehr erkennen.» Sie versuchte kühl zu bleiben, aber ihre Stimme klang wie geborsten, heiser vor Angst. Edward betrachtete sie wie ein Richter, beugte sich vor, runzelte die Stirn.

«Welche Schritte wolltest du unternehmen, um dich zu schützen?»

«Was meinst du mit ‹Schritten›? Ich habe ihn entführt, verschleppt. Ich habe überhaupt keine Rechte, das weiß ich.»

Jay wählte diesen Augenblick, um den Buntstift fallen zu lassen, zu ihr zu kommen und die Arme auszustrecken, damit sie ihn auf den Schoß nahm. Als sie ihn in ihren Armen spürte, schluchzte sie leise auf, preßte aber sofort die Hand auf den Mund, um den Laut zu unterdrücken. Jay begann sie mit der erstaunlichen Kraft eines kleinen Kindes zu umarmen und an sich zu drücken.

«Jay, du erwürgst mich ja, nein, Liebling ...» Sie war fest entschlossen, vor den beiden nicht zu weinen. Ihr Gesicht und ihre Augen fühlten sich an, als seien sie verschwollen. «Bitte, Edward, sag mir, was du tun wirst.»

«Du redest mit mir, als wär ich ein Erpresser», sagte er sarkastisch.

War er denn keiner? Sie begriff erst jetzt, daß sie genau das gedacht hatte. «Edward ...»

«Ich wußte, daß deine Zuneigung zu mir sich in Abneigung verwandelt hat, aber ich wußte nicht, daß du mich so niedrig einschätzt.»

Sie hielt Jay fest. Es war, als sei jemand gekommen, um ihn ihr wegzunehmen, doch sie wußte, daß sie es nicht gewaltsam tun, und ihn nicht ihr entreißen würden. Gleichzeitig war ihr klar, daß sie für Edward ein Bild besessener, irregeleiteter Mütterlichkeit abgeben mußte.

Sanft, aber mit geradezu übermenschlicher Kraftanstrengung zwang sie sich, Jay auf den Boden zu setzen.

«Tut mir leid», sagte sie, «aber du hast mich erschreckt. Trotzdem mußt du die Absicht haben, etwas zu tun, sonst wärst du nicht hergekommen.»

«Glaubst du nicht, daß er einen Vater haben müßte?»

«Zweifellos hat er irgendwo einen. Darüber habe ich mir noch nicht den Kopf zerbrochen.»

Edward sah sie mit seltsamer Intensität an, die eine ganze Reihe von Gefühlen ausdrückte. Sie ließ sogar seine Züge schärfer erscheinen.

«Du betrachtest dich als seine Mutter. Wäre ich dein Mann, könnten wir seine Eltern sein. Wir wären höchst geeignete Adoptiveltern, Benet. Du hast Geld und dieses Haus. Wir sind im richtigen Alter. Wir waren beide noch nicht verheiratet. Ich meine, man würde uns keine Schwierigkeiten machen, wenn wir bei Gericht die Adoption beantragten.»

«Es muß dir ja wahnsinnig viel daran liegen, mich zu heiraten», antwortete sie trocken.

«Das stimmt. Es liegt mir viel daran.»

Ihre Augen ruhten nachdenklich auf Jay. Und wie lange, dachte sie, würde es dauern, bis du anfangen würdest, ihn zu schlagen? Du haßt Kinder.

«Das ist ohnehin unmöglich. Er wurde nicht zur Adoption freigegeben. Er hat Eltern. Ich habe ihn gestohlen. Ich dachte, das hättest du verstanden, hättest mir genau das in Erinnerung bringen wollen.»

«Ich habe gestern den ganzen Tag im Zeitungsarchiv der Bücherei in Conindale verbracht und alles über den Fall Jason Stratford nachgelesen. Es ist ganz offensichtlich, daß seine Mutter sich den Teufel um ihn schert. Ihre beiden anderen Kinder sind in einem städtischen Heim untergebracht, und Jason wäre in einem oder zwei Jahren denselben Weg gegangen. Sie ist Bedienung in einer Bar und ihr Freund arbeitslos. Glaubst du nicht, daß sie dir Jason verkaufen würde?»

Hoffnung kehrte zurück, drängte sich auf, schob sich wie ein kleiner Finger durch eine schmale Öffnung. Benet sah eine saubere, makellose Welt ohne Schuld vor sich, in der jeder die Wahrheit wußte und alle glücklich waren. James' Tod war bekannt, Jays Existenz erklärt, und sie und Edward lebten wieder zusammen. Nachdem sie einen Liebestrank getrunken hatten, der sie verblendete, sahen sie sich gegenseitig mit denselben Augen wie früher – mit den Augen der Illusion. Der Finger schob sich herein, und eine Tür fiel hinter ihm zu, nicht mit lautem Getöse, aber sehr fest, sehr endgültig.

«Ich dachte daran, ihr 20 000 anzubieten.»

«Das scheint mir nicht besonders viel zu sein», meinte Benet trocken. «Es kommt mir sehr wenig vor – für ihn. Ich habe für dieses Haus fünfmal soviel bezahlt.» Sie fühlte die Warnzeichen einer drohenden Hysterie, die sie gewissermaßen mit zusammengebissenen Zähnen unterdrückte. «Ein Haus in Hampstead kostet fünfmal soviel wie ein Kind. Da stimmt irgendwo was nicht, Edward.»

«Könnte ich bis auf 50 000 hinaufgehen, wenn ich müßte?»

Alles, was ich habe, dachte Benet. Das Haus, meine gesamten Honorare, alles, was ich habe. Selbstverständlich. Das brauche ich doch nicht erst zu sagen. Wieso weiß er das nicht?

«Angenommen, sie geht nicht darauf ein? Angenommen, sie meldet es der Polizei?»

«Das ist ein Risiko, das du in Kauf nehmen mußt.»

«Warum, Edward? Warum soll ich noch weitere Risiken in Kauf nehmen? Du könntest jetzt von hier weggehen, könntest es verdrängen, vergessen, und wir brauchten uns nie wiederzusehen.»

«Lassen wir einmal die Gefühle beiseite und bleiben beim Grundsätzlichen. So etwas kann man nicht verdrängen, nicht vergessen, ich wüßte es, nicht wahr? Und du wüßtest immer, daß ich es weiß. Warum denkst du nicht darüber nach, Benet? Du hast drei Tage Zeit. Ich habe mich mit Carol Stratford verabredet, aber sie weiß nicht warum. Sie weiß nur, daß es um Geld geht, und sie liebt Geld.»

«Du warst ja sehr sicher», sagte sie leise.

«Ich war sicher, ja.»

Drei Tage Zeit, um zu fliehen, drei Tage, um mit Jay zu verschwinden. Sie war ihm fast dankbar, daß er ihr eine Chance gegeben hatte. Die Polizei hätte es nicht getan.

In der Nacht, in der Carol überhaupt nicht nach Hause kam, rief Barry um Mitternacht im *Rosslyn Park* an. Er hatte eine ganze Flasche Wein getrunken, und es war ihm inzwischen egal, was die Leute von ihm dachten. In letzter Zeit war immer Wein im Haus, Carol brachte ihn mit. Die Stimme, die sich am Telefon meldete, sagte, nein, Carol müsse keine Überstunden machen, sie übernachte auch nicht im Hotel, weil es so stark schneie und die Straßen kalt seien – ein Strohhalm, an den Barry sich geklammert hatte –, und sie habe an diesem Abend keinen Dienst gehabt, weil sie überhaupt nicht im *Rosslyn Park-Hotel* arbeite. Barry schlief auf dem Sofa im Wohnzimmer ein.

Er bekam sie den ganzen nächsten Tag nicht zu sehen. Am Spätnachmittag rief ein Mann mit einer vornehmen Stimme an. Barry wollte fragen, ob er Terence Wand sei, aber der andere legte zu schnell auf. Nachdem Barry bei der Arbeitsvermittlung gewesen war, um zu fragen, ob sie etwas für ihn hatten – was natürlich nicht der Fall war –, machte er einen langen Spaziergang, weil er irgend etwas tun mußte. Die Flinte schlug ihm bei jedem Schritt leicht gegen die Brust, während er durch die Straßen wanderte.

Als er am nächsten Morgen aufwachte, war Carol da. Sie lag mit ihm im Bett – das heißt, sie lagen in demselben Bett. Carol war so weit von ihm abgerückt, daß nur die fest unter die Bettkante gestopfte Decke sie davor bewahrte, hinauszufallen. Es war schon spät, zehn oder elf Uhr vormittags. Barry ging hinunter und machte Tee.

Als er wieder ins Zimmer kam, waren die Brillantuhr und der Ring mit dem roten Stein, die sie abgenommen und auf den Nachttisch gelegt hatte, das erste, das ihm ins Auge fiel. Sie war jetzt wach, lag mit weit geöffneten blauen Augen auf dem Rücken.

«Hi», sagte sie, und fügte, als sie das Teetablett sah, hinzu: «Sind Zigaretten im Haus?»

Er wußte es nicht und zuckte mit den Schultern. Er hatte vor ein oder zwei Wochen das Rauchen aufgegeben, ohne es zu wollen, ohne es überhaupt so recht zu merken. An einem Tag hatte er noch zwanzig oder dreißig geraucht, und am nächsten Tag keine einzige mehr. Es fehlte ihm nicht.

Iris nachahmend, sagte Carol: «Du machst ein Gesicht, als hätte es dir die Petersilie verhagelt. Was ist los mit dir? Wenn's deshalb ist, weil ich spät nach Hause gekommen bin, darf ich dir vielleicht erklären, daß ich im *Rosslyn Park* für jemanden einspringen mußte. Ich habe den letzten Bus verpaßt und mußte warten, bis mich jemand mitgenommen hat.»

«Du arbeitest gar nicht dort», sagte Barry. «Du hast nie dort gearbeitet.»

«Okay, also arbeite ich nicht dort.» Sie war noch immer guter Laune. Er roch auch jetzt noch den Brandy in ihrem Atem, doch ihr Gesicht war das eines kleinen Mädchens, frisch, seidig glatt, rosig, weiß und unschuldig. Sie setzte sich auf, und er sah, daß sie ganz nackt war. Ihre Brüste lagen weich auf der Decke. «Wenn du keine Fragen stelltest, bekommst du auch keine Lügen zu hören», sagte sie. «Was geht es dich überhaupt an, wo ich bin und was ich tue? Du bist nicht mein Mann. Aber du bist genauso schlimm wie der verdammte Dave, das bist du! Wo warst du? Mit wem warst du zusammen? Wo bist du gewesen?»

Barry fühlte, daß er an der Schwelle schrecklicher Enthüllungen stand. Nie vorher hatte sie auch nur angedeutet, daß zwischen Dave und ihr etwas anderes als ungetrübte Liebe gewesen wäre. Auf ihren Wangenknochen zeichneten sich zwei feurig rote Flecke ab.

«Ich verlange von dir ja auch nicht, daß du mir über jeden Schritt Rechenschaft abgibst», sagte sie mit einer Stimme, die höher klang als sonst. «Ich gehe dir nicht nach, spioniere dir nicht nach. Ich frage dich nicht, wo du morgens, mittags und abends warst. Das tue ich nicht, bei Gott!»

«Carol», sagte er, «du warst mit dem Typen zusammen, der Jasons Vater ist, nicht wahr? Er ist reich, das weiß ich. Du hast diese Uhr nicht geklaut, und den Ring hast du auch nicht bei deiner Mutter aus einem Knallbonbon gezogen.»

Sie stieg aus dem Bett. Seitlich am Hals hatte sie blaue Flecke, die Eindrücke von spielerisch zubeißenden Zähnen. Aus irgendeinem Grund dachte er an die blauen Flecke, die Jason gehabt hatte, der genauso zart- und weißhäutig war wie sie.

«Laß mir mein Bad ein, ja?» sagte sie.

Ihre harte Stimme, die zugleich spöttisch und befehlend klang, brachte ihn zum Zittern. Aber er rührte sich nicht. Er sah sie an, als sie so vor ihm stand, nackt, den Mund zusammengepreßt, die Fäuste geballt, und zum erstenmal stellte er Unvollkommenheiten an ihr fest. Die schlaffe Haut an den Innenseiten der Schenkel, die Schwangerschaftsstreifen, die aussahen, als habe jemand altes graues Gummiband durch die seidige weiße Haut gezogen.

«Er ist Jasons Vater, nicht wahr?» sagte er.

Carol explodierte, als sei eine Zündschnur bis ans Ende heruntergebrannt. Sie war klein, sie war eine Frau, und sie war nackt, aber sie fürchtete sich nicht vor ihm. Sie kam auf ihn zu, hob die Arme, umklammerte seine Schultern und schrie ihm ins Gesicht. Schrie ihm mit Iris' rauher Stimme ins Gesicht.

«Du willst es wissen? Willst du das wirklich? Du willst wissen, wer sein Vater ist? Schön, dann sag ich's dir. Ich weiß nicht, wer sein verdammter Vater ist. Ich weiß es nicht, und niemand weiß es. In der Woche, in der ich meiner Rechnung nach schwanger wurde, hatte ich acht Männer in sieben Tagen, und es könnte jeder von ihnen sein. Kapiert? Jeder von ihnen oder vielleicht einer von den sieben oder acht, die ich in der nächsten Woche hatte. Ich weiß es nicht, und es ist mir scheißegal.»

«Carol», sagte er. «Carol …» Er packte sie beim Hals und

drückte an der Stelle zu, an der sie gebissen worden war. «Das ist nicht wahr! Sag, daß es nicht wahr ist.»

«Natürlich ist es wahr. Und laß mich gefälligst los.»

Er lockerte seinen Griff. Er war so entsetzt, als habe er eine verbotene Tür geöffnet und dahinter ein Blutbad entdeckt. Sie riß sich von ihm los und rannte aus dem Zimmer. Er hörte das Rauschen und Klatschen, mit dem das Wasser aus zu heftig aufgedrehten Hähnen in die Wanne schoß. Plötzlich fürchtete er, sie könnte sich vor ihm im Bad einschließen. Er ging ihr nach und blieb, die Tür festhaltend, auf der Schwelle stehen.

Sie beugte sich über die Wanne und ließ Kräuteressenz hineinträufeln. Ein Duftgemisch aus Rosmarin und Dettol stieg aus dem dampfenden Wasser auf. Als sie sich langsam umdrehte und aufrichtete, um ihn anzusehen, schlug eine Welle übermächtigen Begehrens über ihm zusammen. Trotz allem, was sie ihm eben gesagt hatte, wollte er sie. Es war demütigend und irgendwie auch schokkierend, aber er wollte sie in die Arme nehmen und den warmen, nackten weißen Körper mitten zwischen die unordentlich auf dem Boden liegenden Handtücher werfen, und es war ihm egal, daß der Salzwassergeruch des anderen Mannes noch an ihr haftete.

«Was ist nur mit uns passiert?» rief er. «Was ist schiefgegangen, Carol? Können wir es nicht wieder in Ordnung bringen, daß es wieder wird wie früher? Es ist noch nicht zu spät. Ich liebe dich. Ich will dich heiraten, will es noch immer.»

«Das kann nicht dein Ernst sein!» Sie spuckte ihm die Worte fast ins Gesicht. «Ach, du willst es also ‹noch immer›! Also wie find ich denn das? Ich glaub dir gern, daß du's noch immer willst. Ich glaub auch, du denkst noch immer, ich würde den Mann heiraten, der meinen Jason ermordet hat?»

«Was?» fragte er. Es war, als ob sie ihn geschlagen hätte. «Was hast du gesagt?»

«Du hast es genau gehört.»

Wenn sie ihn geschlagen hätte, wäre er damit fertig geworden, aber nicht mit dem, was sie gesagt hatte.

«Das kannst du doch nicht wirklich von mir denken», sagte er wie ein Schuljunge, den man zu unrecht beschuldigt hatte, etwas angestellt zu haben. «Du doch nicht. Du weißt, daß ich's nicht getan habe, daß ich dazu nicht fähig wäre. Was auch alle anderen sagen mögen, du weißt, ich hätte es nie tun können.»

«Natürlich hast du's getan», erwiderte sie. «Ich war nur zu dumm, um es zu begreifen.» Sie drehte die quietschenden Wasserhähne zu. Auf dem Rand der Badewanne stand ein Krug, den sie zum Kopfwaschen benutzte. Barry war zu benommen, um mitzukriegen, was sie tat, als sie sich über die Wanne beugte und den Krug ins heiße Wasser tauchte.

Mit einer sehr raschen Bewegung sprang sie auf, drehte sich gleichzeitig um und schüttete ihm das Wasser ins Gesicht. Er schnappte nach Luft. Sie stieß ihn mit beiden Händen aus dem Bad und warf die Tür zu.

23

Sie sah Ian jeden Tag, und jedesmal, wenn sie sich trafen, wollte sie ihm alles sagen. Sie wollte ihm alles gestehen und sich ihm auf Gnade und Ungnade ausliefern. Eine leise Stimme in ihrem Innern flüsterte, daß es dann schon zwei Menschen wüßten. Und morgen Edward und Carol Stratford.

Außerdem würde Ian ihr sofort raten, Jay aufzugeben, ihn zur Polizei zu bringen. So war er nun einmal. Er würde nicht stillschweigend dulden, was sie tat. Die Ironie der Sache war, daß sie keinen Mann wollte, der stillschweigend geduldet hätte, was sie tat. Das war auch ein weiterer Grund dafür, warum sie Edward nicht wollte.

Ian hatte Nachtdienst, und sie war froh darüber. Sie schlief nur wenig, aber wenn sie schlief, schrak sie jedesmal nach kurzer Zeit aus einem Alptraum hoch. Edward kam am Sonntagabend wieder. Sie fand ihn in ihrem Arbeitszimmer, wo er eine Seite ihres Manuskripts las.

«Wie bist du reingekommen?»

Er lächelte und hielt einen Schlüsselbund in der Höhe. Das Lächeln war weder triumphierend noch anmaßend und alles andere als drohend. Ich bin wieder nach Hause gekommen, sagte es. Er hielt es für selbstverständlich, daß er erwartet wurde.

«Du siehst schlecht aus, Benet.»

Sie zuckte mit den Schultern, sagte nichts.

«Du brauchst dir keine Sorgen zu machen.» Er versuchte sie in die Arme zu nehmen. Sie stand stocksteif da. «Wenn sie ja sagt, sind wir im Geschäft, und wenn sie nein sagt, bist du nicht schlimmer dran als bisher.»

«Wenn sie nein sagt, geht sie auch zur Polizei.»

«Leute wie sie haben eine natürliche Abscheu davor, der Polizei irgend etwas zu sagen, Benet. Vergiß nicht, daß ich die Zeitungsartikel gelesen habe. Nachdem das Kind verschwunden war, hat sie noch einen Tag und eine Nacht gewartet, ehe sie zur Polizei ging.»

«Ich will nicht, daß du mit ihr sprichst, Edward», sagte Benet. «Ich möchte, daß du gehst und uns in Ruhe läßt. Wenn ich bereit wäre, ihr Geld zu geben ...»

Er ließ sie los. «Zwing mich nicht, dich zu erpressen.»

Sie ging ins Wohnzimmer und nahm zwei Gläser und die Whiskyflasche aus dem Schrank. Ihre Hände zitterten beim Einschenken. Jay schlief in seinem Zimmer, zwei Stockwerke höher, doch sie fühlte überall um sich seinen regelmäßigen, leichten Atem.

Ich gehe mit ihm fort, dachte sie. Ich gehe mit ihm irgendwohin, wo niemand uns findet. Edwards Plan war undurchführbar, seine Schlußfolgerungen falsch. Denn wenn Carol nein sagte, würde die Polizei Jay durch Edward aufspüren, und wenn Carol ja sagte, war es unvermeidlich, daß man ihr Jay vorübergehend zurückgab. Wenn vorübergehend, warum dann nicht für immer, da es gegen das Gesetz verstieß, ein Kind zu kaufen? Edward würde ihr eine bestimmte Summe anbieten, damit sie in die Adoption einwilligte, und den Rest sollte sie bekommen, sobald die Adoption abgeschlossen war. Sie wird die erste Zahlung einstecken, dachte Benet, und dann zur Polizei rennen. Aber ich werde mit ihm fortgehen, damit das nicht geschieht. Ich verlasse das Land mit ihm, gehe weit, weit fort, in den Fernen Osten vielleicht. Ich werde mein Geld dazu verwenden, ihn zu verstecken, nicht um ihn zu kaufen.

Sie reichte Edward sein Glas. «Tu, was du willst», sagte sie. «Tu, was dir Spaß macht.»

Nachdem er gegangen war, dachte sie darüber nach, wie es möglich war, daß sie, eine der Mittelschicht entstammende, gesetzestreue Bürgerin, so leicht und unausweichlich zur Kindesentführerin, zur Verbrecherin, zum Flüchtling geworden war. Sie, die sich bis dahin keiner schlimmeren Vergehen schuldig gemacht hatte, als einiger kleiner Verkehrsdelikte. Sie ging zu Jay hinauf und betrachtete ihn. Er hatte sich im Schlaf von einer Seite auf die andere geworfen, die Decke weggestrampelt, und die Schlafanzugjacke war ihm von einer Schulter gerutscht. Sogar noch im Halbdunkel sah sie das Loch, das ihm die Zigarette neben der Wirbelsäule einge-brannt hatte. Sie überwand das fast hysterische Verlangen, ihn aus dem Bett zu nehmen und an sich zu drücken. Fürsorglich deckte sie ihn zu, dann begann sie ganz willkürlich und wie im Fieber Kleider in Koffer zu packen.

Jays Paß kam am nächsten Morgen mit der ersten Post. Sie hatte ihn völlig vergessen gehabt, sie hatte verdrängt, daß sie ohne diesen Paß das Land nicht verlassen konnten. Sie wußte auch noch nicht, wohin sie wollte. Die Koffer hatte sie in Panik gepackt, ohne zu berücksichtigen, ob ihr Ziel in einer warmen oder einer kalten Kli-mazone liegen würde. Es war ihr hier und jetzt einfach unmöglich, sich Sonne, Wärme, einen klaren Himmel vorzustellen. Leichter, pudriger Schneefall hatte eingesetzt. Sie suchte ihren Paß heraus und legte ihn mit Jays neuem Paß in ihre Handtasche. Jay wachte spät auf. Sie zog ihn an und gab ihm sein Frühstück.

«Schnee», sagte er und preßte das Gesicht an die Fensterscheibe. «Einen Schneemann machen.»

«Wir fahren weit, weit weg vom Schnee, Jay.»

Sie zog ihm den Dufflecoat und die Stiefel an, setzte ihm eine warme Mütze auf, wickelte ihn in einen Wollschal. Während sie das Gepäck in den Wagen lud, spielte er mit Schnee, warf ganze Hand-voll in die Luft. Die Kälte rötete ihm das Gesicht und die Nasen-spitze, und sie erinnerte sich, daß sie bei Edward die gleiche Wir-kung hatte. Ihr kam ein Gedanke, der ihr aber plötzlich zu entsetz-lich vorkam, und sie verdrängte ihn sofort, verbot sich geradezu wütend, ihn je wieder in sich aufkommen zu lassen.

Am Montagmorgen war Carol noch immer nicht zurückgekom-men. Es war Valentinstag. Kurz nachdem sie sich kennengelernt hatten, hatte Barry eine Geburtstagskarte für Carol gekauft und schon damals an diesen Tag gedacht, hatte sich sogar eine ganz be-sondere Valentinskarte gemerkt, die er ihr schicken wollte. Mit der Morgenpost kam eine Karte in einem großen blaßrosa Kuvert für sie. Barry machte es auf und erwartete, Terence Wands Namen auf der Karte zu finden, doch sie war nur mit unzähligen Kreuzchen unterschrieben.

Schnee fiel wie ein leichter Schleier. Gegen Mittag war Winterside Down wieder weiß und das Haus vom Widerschein blassen, transparenten Lichts durchflutet. Carol war seit Samstag nicht mehr dagewesen. In Barrys Kopf drehte sich das, was sie gesagt hatte, unaufhörlich im Kreis. Daß es in ihrer Vergangenheit hundert oder tausend Männer gegeben hatte, war nicht mehr wichtig. Das konnte er ertragen. Aber daß auch sie ihn beschuldigte, Jasons Mörder zu sein! Sie, die sich an dem Nachmittag, an dem Jason verschwand, mit ihm getroffen hatte, ihm entgegengelaufen, ihn geküßt und dann in ihrem neuen Kleid eine Pirouette gedreht hatte.

Dafür haßte er sie. Nichts anderes zählte, nicht die Männer, nicht die Lügen, nicht, daß sie ihn ausgenutzt hatte, als wäre er ihr Diener. Aber daß sie ihm den Mord zutraute, das zählte. Solange sie an ihn geglaubt hatte, waren ihm die anderen, die es nicht taten, völlig gleichgültig gewesen. Er saß im Wohnzimmer, in dem der Schnee gedämpfte Helligkeit verbreitete, und dachte daran, wie sie gesagt hatte, daß sie den Mann nicht heiraten konnte, der ihren Jason ermordet hatte. Ihn packte das übermächtige Verlangen, von ihr fortzugehen, sie nie wiederzusehen, Winterside Down für immer zu verlassen und in die Wärme und Geborgenheit seines Elternhauses zurückzukehren. Es war kindisch, es war unreif, doch das war ihm gleichgültig, er wollte es.

Zur gleichen Zeit aber wollte er es auch wieder nicht. Zur gleichen Zeit liebte er sie. Am Valentinstag lernte Barry etwas, von dem er bisher keine Ahnung gehabt hatte – daß es möglich war, zugleich leidenschaftlich zu hassen und leidenschaftlich zu lieben. Als er das begriff, stöhnte er laut auf, preßte aber sofort die Hand auf den Mund, obwohl niemand da war, der ihn sah oder hörte.

Er mußte sie sehen, mußte wieder mit ihr zusammensein. Er mußte sie dazu bringen, zurückzunehmen, was sie gesagt hatte, sie mußte zugeben, daß sie es nur im Zorn gesagt hatte, daß es nicht wahr war. Ein Schneeball schlug gegen die Scheibe, und er sprang auf, überzeugt, daß jemand ihn geworfen hatte, um ihn zu erschrecken. Aber es waren nur kleine Kinder draußen, Isadoros, Kupars und O'Haras, und ihre Schneebälle waren wirklich nur eine Handvoll Schnee und enthielten weder Steine noch Glasscherben.

Die Sonne war herausgekommen, und es taute schon wieder. Carol würde zurückkommen, wenn er lange genug wartete, sie mußte zurückkommen, doch er ertrug es nicht, untätig dazusitzen. Er zog eben die Jacke an und schob die Flinte hinein, als das Telefon klingelte.

Barry meldete sich. Eine Männerstimme fragte vorsichtig, ob Carol da war.

«Nein, sie ist nicht da.»

«Kommt sie ins *Bacchus*?»

Barry hatte den richtigen Namen der Wein-Bar schon so lange nicht mehr gehört, daß er ihn vergessen hatte. «Heißen Sie Wand?» fragte er.

Schweigen, nur von einem tiefen Atemzug belebt. Dann legte der Anrufer auf.

Natürlich war Carol am Montag zur Lunchzeit in der Wein-Bar. Sie würde bis drei Uhr dort sein.

Auf dem Kanal war es eisig kalt und ruhig gewesen. Benet fragte sich, ob Jay schon einmal das Meer gesehen hatte? Er betrachtete es sehr lange und ernsthaft, wandte Benet dann das Gesicht zu und lachte. Nur während unserer ersten Lebensjahre lachen wir über Dinge, über die wir uns ehrlich freuen, dachte sie. Später lachen wir nur noch, wenn wir etwas belustigend finden.

Sie liefen in kaltem, grauem Nebel in Calais ein, als Benet plötzlich wußte, wohin sie fuhr. Hinunter in den Süden Spaniens zu Mopsa und ihrem Vater. Sie war ihre Tochter, und sie hatte einen Sohn. Die Nachbarn, ihr Bekanntenkreis, wußten das inzwischen wohl. Was konnte unauffälliger und normaler sein, als daß Tochter und Enkel sie besuchen kamen?

Großbritannien hatte keinen Auslieferungsvertrag mit Spanien. Sie konnte von dort aus ganz leicht nach Nordafrika übersetzen. Sie sah sich mit Jay in endlose Fernen fliehen. Er war noch zu klein, um huckepack getragen zu werden, er ritt auf ihren Schultern und verkündete laut: «Ich mag das Meer! Ich mag das Meer!»

Sobald sie in Paris waren, wollte sie ihre Eltern anrufen und ihnen sagen, daß sie kam. Vielleicht ließ sie auch den Wagen in Paris stehen und nahm eine Maschine nach Malaga.

Im Haus war es dunkel. Als er unter den Torbogen getreten war, hätte er geschworen, in einem der schlitzartigen Fenster auf der linken Seite ein Licht zu sehen, doch jetzt glaubte er, daß es wahrscheinlich nur der Widerschein von einer Straßenlaterne gewesen war.

Er wollte ohne jede Hemmung bei Terence Wand klingeln. Wenn sie da war und die beiden versuchten, ihn gemeinsam zu verprügeln, war ihm das egal. Er mußte sie finden, mußte sie sehen, mußte ihr gegenübertreten. Wenn nötig, wollte er sie mit seiner Waffe bedrohen. Terence Wand war ihm gleichgültig geworden. Der Mann mochte Jasons Vater sein oder auch nicht, es war bedeutungslos geworden. Barry fragte sich, warum er sich je dafür interessiert hatte, wer Jasons Vater war. Er klingelte einmal, zweimal und dann anhaltend. Vielleicht bildete er sich nur ein, daß im Haus jemand lauerte und sich nicht melden wollte. Woher sollte man das wissen? Man hörte keinen Laut, es herrschte absolute Stille. Als er versuchte, durch ein Fenster zu schauen, sah er nur auf dem auffallend seidig aussehenden dunklen Teppich das gefilterte Licht einer Lampe und die bronzenen Glieder einer Statue. Er ging um das Haus herum nach hinten und schaute durch das Garagenfenster. Der Wagen war da. Er rüttelte an der Garagentür, doch sie war abgeschlossen.

An den Zäunen türmten sich gelbliche, mit Streusand durchsetzte Schneehaufen. Es war sehr kalt geworden. Wo vorher schwarze Nässe gewesen war, glitzerte jetzt Eis. Barry ging zur U-Bahn-Station hinunter. Er wollte es bei Maureen versuchen und, wenn es sein mußte, auch bei Iris.

Als er die Chinesische Brücke hinter sich ließ und über die verharschten Schneereste ging, die auf dem Rasen kleine Inseln bildeten, sah er, daß in Carols Haus Licht brannte. Sein Herz machte einen Sprung wie immer, aber es fehlte die Leichtigkeit, und es tat ihm weh. Obwohl er wußte, daß es Carols Haus war, zählte er von der Ecke aus, um ganz sicher zu sein: zwei, vier, sechs, acht . . .

Da er die Waffe hatte, fürchtete er sich nicht davor, den finsteren Durchgang zu benutzen. Bevor er den schwarzen Tunnel betrat, der heute abend rutschig war, holte er die Flinte heraus und hielt sie mit beiden Händen, wie Paddy Jones es ihm gezeigt hatte. Aber er begegnete niemandem, und niemand folgte ihm. Er kam am anderen Ende auf die Straße heraus, und von da konnte er das Licht sehen, daß aus ihrem Wohnzimmer in den kleinen Vorgarten fiel. Dann ging das Licht aus. Er wußte aber nicht, ob alle Lichter im Haus gelöscht wurden, das konnte er von hier aus nicht sehen.

Aus Carols Haus kam eine Frau. Im ersten Moment dachte er, es sei Iris, weil sie wie Iris den Mantel über der Brust zusammenraffte und denselben raschen, beinahe huschenden Gang hatte. Im Licht einer Straßenlaterne sah er ihr Haar, die matt glänzenden naturblonden Locken. Es war Carol. Sie trug Mrs. Fylemons synthetischen Pelz und Sandalen mit sehr hohen Absätzen. Manchmal, fiel ihm ein, kam sie mit blaugefrorenen Füßen nach Hause.

Sie sah sich immer wieder hastig und verstohlen um, als fürchte sie sich vor etwas oder glaubte vielleicht, daß ihr jemand folgen könnte. Barry schmeichelte es nicht, daß sie sich vor ihm fürchtete, aber er folgte ihr. Es schien auf der ganzen Welt nichts anderes für ihn zu tun, keine andere Beschäftigung zu geben. Sie schaute zwar ununterbrochen nach links und rechts, aber nie hinter sich. Am oberen Ende des Bevan Square, an der Ecke bei den Läden, lümmelten sich Schwarze Schönheit und Blauhaar lässig auf ihren Motorrädern, als seien die Sättel Barhocker.

Barry hatte die Flinte wieder unter die Jacke geschoben. Zwar hielt er den Kolben umklammert, aber er holte sie nicht heraus. Einer der beiden sagte etwas, ein undeutlich genuscheltes, wahrscheinlich obszönes Wort, das Barry nicht verstand. Carol glaubte, sie sei damit gemeint, drehte sich blitzartig um und schrie ihnen zu, sie sollten sich verpissen. Barry bewunderte ihren Mut. Die beiden Typen kicherten. Carol lief in Richtung Lordship Avenue weiter.

Barry ging langsamer, er wußte nicht recht, was er tun sollte. Vielleicht wollte sie ja auch nur zu Iris. Aber auch sie wurde langsamer, und an der Ecke, an der die Seitengasse zwischen zwei Wohnblocks in die Lordship Avenue mündete, blieb Carol stehen und wartete – oder trat vielmehr auf der Stelle, drehte sich, die Arme über der Brust verschränkt, auf ihren fast bloßen Füßen langsam im Kreis. Es schneite leicht, und der Schnee, der sehr kalt und so fein wie Staub war, stach Barry ins Gesicht und in die Handrücken. Er schob die Hände in die Jackentaschen. Es herrschte beißende Kälte, aber der Himmel hatte die Farbe des Rauchs über einem brennenden Abfallhaufen.

Der Wagen bog von der Lordship Avenue ein. Er bog ein, wendete und hielt an der linken Bordsteinkante. Barry konnte den Fahrer nicht sehen, aber er glaubte, daß es der Wagen war, den er in Terence Wands Garage gesehen hatte.

Die Beifahrertür schwang auf, Carol sprintete über die Straße, stieg hastig ein – tauchte fast hinein, um der grimmigen Kälte zu entkommen –, und die Tür knallte zu.

Als Barry auf die Hauptstraße kam, war der Wagen verschwunden, aber er glaubte zu wissen, wohin er gefahren war. Am Randstein standen ein paar Leute und sahen auf etwas hinunter, das am Fahrbahnrand lag. Eine Frau löste sich aus der Gruppe, ging weiter und hinterließ eine Lücke in der kleinen Ansammlung. Barry sah, daß ein Lieferwagen ein Tier überfahren hatte und der Fahrer mit einem der Umstehenden stritt – mit einem dieser Leute, die immer auf geheimnisvolle Weise wie Pilze aus dem Boden schießen, wenn irgendwo ein Unfall passiert. Das Ding auf der Straße, schwarz, muskulös, glatt, anscheinend unverletzt, aber tot, war der Dobermann des Gemüsehändlers. Barry wurde bei seinem Anblick leicht übel.

Er hatte zwar zu Fuß gehen wollen, aber als er bei der Haltestelle vor dem Pub war, kam gerade ein Bus. Der Lauf seiner Waffe wölbte seine Jacke über der Brust, als habe er ein deformiertes Brustbein. Die Frau, die ihm gegenübersaß, musterte ihn mit starrem Blick. Er schob die Flinte tiefer und hielt sie fest.

Sie waren nicht in der Bar. Er sah es sofort, er brauchte nicht zu fragen. Alkmini servierte, Kostas saß mit ein paar Griechen in mittleren Jahren – ungefähr so alt wie er – an einem Tisch. Dennis Gordon, beinahe stockbetrunken, das dunkle Gesicht aufgedunsen, hing zusammengesunken über der geschwungenen schwarzen Bartheke. Er sah Barry an, und ihre Blicke trafen sich, aber keiner sagte ein Wort. Dann schweiften Gordons Augen ab. Glasig und blutunterlaufen hefteten sie sich wieder, wie schon vorher, auf Kostas' schwarze Wanduhr, deren Zeiger auf fünf vor neun standen.

Barry hatte gerade noch soviel Geld, um sich einen Drink kaufen zu können, doch er gab es nicht aus. Er ging wieder hinaus. In der Java Mew parkte Dennis Gordons silbrig blauer Rolls an derselben Stelle wie vor ein paar Tagen. Barry hörte, daß die Seitentür der Wein-Bar geöffnet wurde und wieder zufiel, aber er sah sich nicht um. Sein Instinkt hatte ihn in die Irre geführt, sie war nicht bei Kostas, und er fragte sich, wo er sie suchen solle.

Wahrscheinlich waren sie ins West End gefahren. Geh nach Hause, sagte die Stimme der Vernunft in ihm. Geh dahin zurück, wo du warst, bevor du ihr begegnet bist. Früher oder später mußt du's sowieso, warum also nicht gleich? Am Scheitelpunkt des Hügels tauchte ein Bus auf, umrundete schwerfällig wie eine Galeone die Kurve, ein roter Doppeldecker, der nach Hornsey fuhr, und am Ende der Straße vorüberkam, in der Barrys Eltern wohnten.

Er ließ den Bus vorüberfahren. Vielleicht waren sie in einem Pub. Vielleicht waren sie im *Java Head*. Barry ging nicht durch die Mews, sondern um den Block und um den Platz herum, den die Lordship Avenue und die drei kleinen kleinen Straßen bildeten, und schaute im Vorübergehen in die geparkten Wagen.

Es war hier dunkel, denn Lampen gab es nur an den Ecken. Die Gegend war für ihn ungefährlich, hier kannte ihn niemand, aber die beiden Jungen, die unter einer Laterne herumlungerten, sahen doch zu sehr nach Wiedehopf aus, waren zu sehr vom gleichen Typ, um Barry ganz kalt zu lassen. Er griff nach seiner Waffe, und das Blut schien ihm plötzlich rascher durch die Adern zu fließen, Kraft durchströmte ihn. Die Jungen sahen ihn nicht einmal an.

Fast hatte er das Pub erreicht, trat eben in das Licht, das aus dem Fenster der Salon-Bar auf die Straße fiel, als er den ersten Schuß hörte. Er hielt seine Waffe noch immer unter dem Jackenfutter im Anschlag und bildete sich einen wahnwitzigen Moment lang ein, er habe geschossen, habe die Flinte abgefeuert. Es folgten eine ganze Serie von Schüssen und ein Schrei, der die kalte Luft zu zerreißen schien. Barry fing an zu rennen. Hinter ihm flog die Tür des Pubs auf, und die Leute drängten heraus. Barry rannte die Straße hinauf und wußte nicht, ob er vor den Schüssen weg- oder ihnen entgegenlief.

Es folgte noch ein einzelner Schuß. Vor sich auf dem Gehsteig entdeckte Barry Dennis Gordon, eine blindlings vor sich hintaumelnde King Kong-Gestalt, eine Silhouette so schwarz wie ein Gorilla. In der Hand, die riesig war wie eine Pranke, hielt er eine Waffe, halb so groß wie Barrys Flinte. Im nächsten Moment schleuderte er sie in einem weiten Bogen von sich.

Barry wußte nicht, woher plötzlich all die Menschen kamen. Die Kälte hatte sie in den Häusern gehalten, aber Blut und Schreie, die Hitze der Gewalt hatten sie herausgelockt. Überall waren Menschen und unbeschreiblicher Lärm.

Er sah das Einschußloch im Kotflügel des Wagens, bevor er erkannte, wessen Wagen es war. Er drängte sich durch die Menschen, stieß sie mit den Ellenbogen beiseite. Die Beifahrertür, die sich vor seinen Augen für Carol geöffnet hatte, stand wieder offen, und kleine Rinnsale von Blut flossen über den Rand des Sitzes und über die Unterkante des Türrahmens.

Auf dem Boden des Wagens sammelte sich sehr viel Blut und bildete schon eine große Lache. Barry hatte sich oft gefragt, was er tun würde, wenn er Carol in den Armen eines anderen – zum Beispiel in Terence Wands Armen – erwischte. Er sah es jetzt und fühlte plötzlich gar nichts mehr, in ihm war nur noch die totale Leere, die mit dem Schock kommt. Unmöglich zu sagen, ob sie sich schon umarmt hatten, bevor der erste Schuß fiel, oder sich im Tod in die Arme gesunken waren. Auf Carols goldenen Babylöckchen war kein Blut. Der Schuß, der sie getötet hatte, war dicht unter ihrem linken Ohrläppchen in den Kopf gedrungen, wo das stockende Blut einen Ohrring bildete, der aussah wie eine Traube aus dunklen Edelsteinen.

Barry wandte sich ab und schob sich mit Hilfe seiner Ellenbogen durch die Menge bis ans Ende der Straße. Wie ein Automat bewegte er sich den Hügel hinauf – oder wie ein Teilnehmer an einem Geher-Wettbewerb. Polizeiwagen mit heulenden Sirenen und ein überflüssiger Krankenwagen rasten an ihm vorbei und bei Rot über die Kreuzung. Der Abend war plötzlich vom Heulen der Sirenen erfüllt. Barry fühlte nichts, aber die ganze Zeit über sah er Carols Gesicht mit dem roten Schmuck unter dem Ohr vor sich, und er bildete sich ein, daß es nach Zitronen roch – wie im Leichenschauhaus. Mechanisch ging er weiter, die Waffe bewegte sich rhythmisch unter seiner Jacke wie ein fünftes Glied.

Auf dem höchsten Punkt des Hügels angekommen, beugte sich Barry über die Brücke und ließ die Flinte über die Brüstung in den Kanal fallen. Sie klatschte auf, versank, und das aufgewühlte Wasser begann immer weitere Kreise zu ziehen. Es hatte sich noch nicht beruhigt, als Barry in den Bus nach Hornsey stieg.

24

Das Taxi setzte ihn in Golders Green ab. Das war weit genug entfernt, von hier konnte er die U-Bahn nehmen. Er fühlte sich merkwürdig sorglos und beschwingt. Auch körperlich fühlte er sich leicht. Er hatte sich gewogen, bevor er aufbrach, und festgestellt, daß er seit Weihnachten elf Pfund abgenommen hatte. Er hatte seine Vergangenheit abgelegt, und mit ihr schienen auch seine Schwierigkeiten zurückgeblieben zu sein. Er war so entspannt, daß er sich auf dem Bahnhof eine Zeitung kaufte, damit er im Zug etwas zu lesen hatte.

Auf der Treppe zum Bahnsteig warf er einen Blick auf die Schlagzeile der ersten Seite. Warf einen Blick darauf, blieb stehen, las. Der Schock war so groß, daß sich sein Inneres zusammenkrampfte. Wenn er Carol gestern nachmittag nicht angerufen und gesagt hätte, er schaffe es nicht, sich mit ihr zu treffen, dann hätte vielleicht er mit ihr in dem Wagen gesessen, den die Zeitung das ‹Todesauto› nannte. Hätten seine Nerven ihm nicht gesagt, er könne diese letzte Nacht in Spring Close nur überstehen, wenn er allein blieb und sich mit einer Mischung aus Tranquilizern, Alkohol und Beruhigungsmitteln betäubte – dann hätte er es sein können. Sie hätten bestimmt einen Teil des Abends in der Wein-Bar verbracht, man konnte nicht mit Carol ausgehen, ohne dort zu landen. Den Namen des ermordeten Mannes erfaßte er kaum. Edward Greenwood. Keine Ahnung, wer das war. Seine Hand zitterte so stark, daß ein Schloß seines braunen Handkoffers aufsprang.

An Carol dachte er erst viel später. Arme alte Carol. Angenommen, er wäre gestern abend mit ihr ausgegangen, wie sie es ursprünglich geplant hatten? Auch wenn er nicht erschossen worden wäre, wäre er zweifellos in die unangenehme Auseinandersetzung mit dem eifersüchtigen Typen verwickelt worden, mit dem sie mit Unterbrechungen zusammen zu leben schien. Vielleicht war es der, mit dem er gestern telefoniert hatte. Bestimmt wäre dann die ganze Sache mit Fredas Haus herausgekommen und seine Flucht mit dem Geld ins Wasser gefallen. Terence kam zu dem Schluß, daß er einen Schutzengel haben mußte.

Er stieg in Euston aus und ging in das kleine Hotel, wo er für die Nacht ein Zimmer bestellt hatte, um sich am Nachmittag und am Abend darin aufhalten zu können. Dort zählte er sein Geld. Ungefähr zweitausend Fünfzig-Pfund-Noten hätten nicht so viel Platz gebraucht, aber in der Bank hatten sie nicht so viele Fünfziger gehabt und ihm wenigstens die Hälfte des Geldes in Zwanzigern und Zehnern ausbezahlt. Tatsächlich war der Koffer kaum groß genug für die vielen Scheine. Deshalb sprangen immer wieder die Bügel auf, die die Schlösser sicherten.

Er traute sich nicht, das Geld im Hotelzimmer zu lassen, nahm den Koffer mit und ging in die Tottenham Court Road. In einem Laden, der Lederwaren und Souvenirs verkaufte, erstand er einen festen Gurt, den er dem Koffer umbinden konnte, und dann, als er das Geschäft schon verlassen wollte, eine Falttasche aus Nylon.

Wieder im Hotel, überraschte er sich selbst mit dem Übermaß an ängstlicher Sorgfalt, das ihm beim Packen von Koffer und Tasche unerläßlich schien. Am wichtigsten war natürlich, das Geld sicher zu verstauen. Er hatte gepackt, umgepackt und immer wieder umgepackt, als er das ganze Geld schließlich in der Nylontasche und die wenigen Kleider samt seinen Toilettensachen im Koffer unterbrachte. Dann fiel ihm ein, daß wahrscheinlich nur ein Stück Handgepäck erlaubt war. Also nur die Nylontasche. Es war eine jener Taschen, die einen um drei Seiten laufenden Reißverschluß hatten, so daß man sie offen ganz ausbreiten und in ein eigenes integriertes Täschchen zu Taschentuchgröße zusammenfalten konnte. Sie wog praktisch nichts und war viel geräumiger, als er ursprünglich angenommen hatte.

Als er die beiden Gepäckstücke wieder auspackte, fühlte er, daß seine Nerven wieder verrückt zu spielen begannen. Carol, dachte er, Carol, und bemühte sich, Trauer zu empfinden, konnte aber nur an Spring Close 5 und den Möbelwagen der Goldschmidts denken und an die Goldschmidts selbst, die ein Haus voller Möbel und in der Garage den Wagen vorfanden. Das war wohl inzwischen geschehen. Was würden sie tun? Zu Steiner & Wildwood gehen und sich von Sawyer die Nachsendeadresse von Mr. Phipps geben lassen. Sie lautete: per Adresse Wand, Brownswood Common Lane, Tottenham. Terence wußte jedoch, daß seine Mutter den ganzen Tag nicht zu Hause sein würde. Am Dienstag besuchte sie immer ihre Schwester in Palmers Green.

Aber selbst wenn die Goldschmidts in diesem Moment versuchen sollten, ihn aufzuspüren, damit er seine Möbel abtransportieren ließ, würden sie noch lange nicht vermuten, daß ihm das Haus überhaupt nicht gehört hatte. Diese Tatsache und ihre unabwendbaren Folgen würden ihnen vermutlich frühestens in einer Woche oder noch später klar werden. Dennoch saß er, während er die Tasche packte und wieder umpackte, wie auf glühenden Kohlen und beobachtete die Zeiger, die langsam auf halb acht zukrochen. Er fühlte ungeheure Erleichterung, als er endlich, die Nylontasche auf den Knien und einer Fahrkarte nach Heathrow Central in der Tasche in der Untergrundbahn saß.

Detective Inspector Tony Leatham hatte eine schicke Reisetasche – kein Leder, aber so gut wie – aus dunkel cremefarbenem synthetischen Schweinsleder. Es war ihm gelungen, zwei Nächte in Melbourne herauszuschlagen. Monty Driscoll war inzwischen drei Monate dort, also würden ihm zwei Tage mehr auch nicht schaden, während er selbst auf Grund des kurzen Aufenthalts von vierundzwanzig Stunden sehr unter den Folgen des Jet lag – der Zeitverschiebung – gelitten hätte. Was er sich eigentlich unter dem «Jet lag» vorzustellen hatte, wußte er nicht. Seine bisher weiteste Auslandsreise hatte ihn an die Costa del Sol geführt.

Er war fest entschlossen, die Reise zu genießen. Keine Untergrundbahn für ihn. Sie stellten ihm einen Wagen zur Verfügung, der ihn direkt zu Terminal drei brachte. Wie alle ungeübten Reisenden, kam Leatham viel zu früh und checkte als einer der ersten für den Quantas-Flug ein, der um 21 Uhr 45 startete. Er trank eine Tasse Kaffee und kaufte sich ein Taschenbuch. Nicht *Die vertrackte Ehe,* die man jetzt in allen Schaufenstern sah. Er glaubte nicht, daß der Roman seinem Geschmack entsprach, sondern eher eine neue Sammlung von Horrorgeschichten. Weil es dann anscheinend nichts mehr für ihn zu tun gab, zeigte er seinen Paß vor und betrat den Flugsteig, von dem es, hatte man ihn einmal passiert, kein Zurück mehr gab.

Das Mädchen war sein Typ. Es hatte ein kleines, rundes Gesicht und blonde Löckchen, die allerdings nicht Natur, sondern dauergewellt waren. Sie stand vor einem Berg aus Koffern und Taschen. Er konnte sich nicht vorstellen, wie sie das Zeug allein – denn das kleine Kind, das sie bei sich hatte, war bestimmt eher Belastung als Hilfe gewesen – in den Zug gewuchtet hatte. Sie trug Jeans und eine braune Pelzjacke, Kaninchen vermutlich, und zuerst dachte er, daß sie einen gewaltigen Busen haben mußte, unnatürlich groß für ein so zartes Ding. Erst als er sich schon ein paar Minuten mit ihr unterhalten hatte – oder sie sich mit ihm, sie hatte sich seiner bemächtigt, so schnell es nur ging – und sie ihm sagte, sie heiße Jane, merkte er, daß sie ein Baby in einer Art Brustbeutel trug. Sie beugte sich vor, und er sah den winzigen, fast kahlen

Kopf, wo er die Vertiefung zwischen ihren Brüsten zu sehen erwartet hatte.

Zwei Kinder und diese Unmenge Gepäck. Terence wollte sich auf nichts einlassen, aber es war zu spät. Sie hatte schon das Schild gesehen, das am Griff von Jessicas Koffer hing, und auf dem Singapur und der Name des Hotels standen, in dem er wohnen würde. Er sah ihren Augen an, wie erleichtert sie war, daß sie für die nächsten vierundzwanzig Stunden einen Begleiter und Dienstmann gefunden hatte. Es würde ihn ablenken und hatte deshalb etwas für sich. Wenn er sich mit ihr unterhielt, würde er nicht ständig an die Goldschmidts denken. Und wenn sie nach Singapur kamen ...

«Bill muß bis April in Penang bleiben», sagte sie, «aber er hat mir eine *ayah* besorgt.»

Terence vermutete, daß sie damit eine Kinderfrau meinte. Er dachte, er könnte es schlechter treffen, als einen oder zwei Tage ihre Gesellschaft zu genießen, falls ihm das vom Schicksal vergönnt sein sollte. Das ältere Kind, geschlechtslos in einem Velouroverall und mit Kurzhaarschnitt, hieß Miranda. Es kletterte Terence auf den Schoß und begann mit dem Reißverschluß seiner Nylontasche zu spielen. Terence hoffte, daß die *ayah* auf dem Flugplatz wartete, am besten schon auf der Rollbahn.

Er schleppte drei Koffer und schob einen vor sich her, der kleine Räder hatte. Seine eigene Tasche hing an seinem Handgelenk. Jane trug das Baby und zwei weitere Koffer, während Miranda quengelnd am Saum ihrer Jacke hing. An den Abfertigungstischen lungerte keine Polizei herum, wie Terence heimlich befürchtet hatte. Die Erleichterung darüber, die Koffer endlich los zu sein, wurde von der Angst vor der Gepäckkontrolle abgelöst. Er dachte, jetzt sei alles aus, als sie sagten, er solle die Nylontasche aufmachen und sie dann selbst aufmachten, so daß der halbe Inhalt herausfiel. Aber niemand sagte etwas. Sie drehten die Banknotenbündel genauso uninteressiert um wie vorhin die Packung mit den Papierwindeln in Janes Koffer. Jane sah zwar das Geld an, wie er merkte, aber sie sagte nichts.

Sie gingen alle in den Laden mit den zollfreien Waren, und Jane kaufte Parfüm. Terence kaufte nichts. Noch eine Stunde, und er brauchte keinen Whisky mehr. Geschmeckt hatte er ihm ohnehin nie. Sie tranken Kaffee und Miranda aß eine Packung Knusperflokken, und während sie sich noch überlegten, ob sie ein Sandwich bestellen oder warten sollten, bis im Flugzeug etwas serviert wurde, verkündete Quantas, daß die Passagiere des Fluges QF 2 nach Bahrein, Singapur und Sydney an Bord gehen konnten. Es war erst der erste Aufruf, sie hatten noch viel Zeit.

Jane sagte, sie solle vielleicht auf die Toilette oder in den Wickelraum gehen, wenn es einen gebe, und dem Baby die Windeln wechseln. Vielleicht hatte sie später stundenlang keine Gelegenheit mehr, es zu tun. Schließlich wußte jeder, daß man im Flugzeug immer Schlange stehen mußte. Terence dachte, sie werde Miranda mitnehmen, aber sie ließ sie bei ihm zurück, und kaum war ihre Mutter außer Sicht, warf Miranda eine fast volle Kaffeetasse um. Der Kaffee ergoß sich über seine Nylontasche. Er riß den Reißverschluß auf, weil der Kaffe durch den Stoff sickerte, und im selben Moment sprang ihn Miranda – vielleicht reumütig zerknirscht oder auch nur erschrocken – an und umklammerte seinen Hals.

Die Passagiere an den Nebentischen standen jetzt allmählich auf und gingen einzeln oder in kleinen Gruppen zur Tür. Er beschloß, ebenfalls zu gehen, und zum Teufel mit Jane, ihren Gören, ihren Koffern und ihrer *ayah*. Er bemühte sich, auf die Beine zu kommen, aber Miranda hielt ihn noch immer fest, und als er versuchte, sich von ihr zu befreien, sah er plötzlich Inspector Leathams Gesicht vor sich. Sie erkannten sich gegenseitig, und zwar sofort. Terence wurde von derselben Übelkeit, derselben Schwäche und demselben Schwindelgefühl befallen wir damals, als Leatham zu ihm nach Spring Close gekommen war.

Leatham hatte an einem drei oder vier Meter entfernten Tisch gesessen. Er stand auf, kam langsam auf Terence zu, sah zuerst ihn und dann Miranda an und sagte:

«Jason Stratford, wie ich vermute?»

Terence hörte die Worte, doch sie waren für ihn nichts anderes als unverständliche Laute – Laute einer ihm fremden Sprache. Seine Nerven versagten, gaben nach wie eine zu stark und zu lange angespannte Feder. Er stieß einen leisen, unartikulierten Schrei aus, stieß Miranda von sich, packte die offene Tasche und rannte. Die Tasche stülpte sich nach außen und verstreute ihren Inhalt, der Terence' Fluchtweg markierte wie bei einer Schnitzeljagd: Rasierapparat, Zeitung, Unterwäsche, Zahncreme, Tranquilizer und 132000 Pfund ...

25

Sie brachten das Buch zurück. Mit Jay an der Hand, betrat Benet an einem Vormittag im März die Winterside Bibliothek, reichte das Buch durch den Schalter und versuchte zu erklären, wieso sie es hatte. Obwohl kein Mitglied, habe sie sich vor ein paar Monaten zufällig in der Bibliothek aufgehalten, und ihr kleiner Junge habe das Buch mitgenommen. Versehentlich ...

Das Tierbilderbuch war groß und grellbunt und kaum zu übersehen. Doch die Bibliothekarin schien froh, ein fehlendes Buch zurückzubekommen und akzeptierte jede Erklärung. Benet hätte es auch mit der Post schicken können. Sie hatte sich jedoch gezwungen, in diese Ecke von Tottenham zu fahren, durch die Lordship Avenue und Winterside zu gehen, weil sie das Gefühl hatte, wenn sie jetzt nicht den Mut dazu aufbrachte, würde sie es nie tun, würde sie die Gegend immer meiden und die längsten Umwege auf sich nehmen, wenn es erforderlich war, diesen Teil von London zu durchqueren. Das Buch war auch nur ein Vorwand, um einen schmerzlichen, aber dennoch befreienden Blick auf die Umgebung zu werfen, in der Edward gestorben war und Carol Stratford mit ihm.

Wie bei ihrem ersten Besuch hatte sie den Wagen in der Winterside Road geparkt. Es war ein funkelnder, eiskalter Tag. Die Narzissen waren schon draußen, aber man sah noch keine einzige Blattknospe, und in der Luft spürte man nicht einmal einen Hauch von Frühling. Jay wuchs aus seinem Dufflecoat heraus. Er brauchte möglicherweise einen neuen, bevor es warm wurde. Sie gurtete ihn in seinem Sitz an und fuhr zur Tankstelle von Tom Woodhouse, weil sie Benzin brauchte.

Ein junges Mädchen bediente sie. Benet ging mit ihr ins Büro, um mit ihrer Kreditkarte zu bezahlen. Tom Woodhouse saß an einem Schreibtisch und telefonierte. Sie betrachtete ihn und wußte nicht so recht, ob sie sich zu erkennen geben sollte, sobald er auflegte. Oder ließ sie es besser sein? Auf einmal faßte sie ihn schärfer ins Auge. Ein merkwürdiges Gefühl, eine Mischung aus Erstaunen und äußerster Verlegenheit, überkam sie. Es war fast wie das unerwartete und unwillkommene Wiedersehen mit einem alten Liebhaber. Aber natürlich war Tom Woodhouse nie ihr Liebhaber gewesen. Der ihre nicht, aber der von Carol Stratford, da gab es nicht den geringsten Zweifel.

Die Ähnlichkeit war so unheimlich, daß es ihr kalt den Rücken hinunterrieselte. Der Mann am Telefon hatte eine hohe Stirn, meerblaue Augen, eine Hakennase und ein langes Kinn. Seine dichten blonden Brauen wölbten sich über den Augen, und sein Haar war von heller Sandfarbe. Als sie Jay das erste Mal gesehen hatte, hatte er sie sehr stark an jemanden erinnert, sie hatte jedoch nicht gewußt, an wen. Mechanisch unterschrieb sie den Bon. Tom Woodhouse sagte «auf Wiedersehen» ins Telefon, legte auf, schrieb etwas auf einen Block und hob langsam den Kopf.

Benet nahm mit abgewandtem Gesicht die Quittung entgegen und verließ schnell den Raum. Die Bekanntschaft mit dem Mann zu erneuern, der zweifellos Jays Vater war, war wirklich das letzte, was sie wollte.

Sie hatte Ian seit einer Woche nicht mehr gesehen, und seine Abreise nach Kanada stand in vierzehn Tagen bevor. Er kam um sieben, gleich nachdem Jay ins Bett gegangen war.

«Ich komme nicht mit dir», sagte sie, sich aus seiner Umarmung lösend. «Aber das weißt du, hast es schon erraten, nicht wahr?»

Auf seinem Gesicht lastete dieselbe tiefe Traurigkeit wie an dem Tag, an dem sie ihm gesagt hatte, sie sei gar nicht auf den Gedanken gekommen, ihm zu sagen, daß sie nach Spanien fahre, daß sie es schlichtweg vergessen hatte. Als sie drei Tage bei Mopsa und ihrem Vater gewesen war, hatte sie von Edwards Tod erfahren, und erst dann hatte sie sich erinnert, daß sie Ian anrufen mußte. Trotzdem war es kein Mangel an Liebe gewesen, aber Angst ist nun einmal stärker als alle anderen Gefühle.

«Ich weiß, daß du nicht mitkommst», sagte er, «aber ich weiß nicht, warum.»

Sie mußte ihn jetzt belügen, um in Zukunft nicht mehr lügen zu müssen. Und eine gemeinsame Zukunft ohne Lügen wäre für sie unmöglich, da er nie stillschweigend dulden würde, was sie getan hatte. Ebenso undenkbar war andererseits eine Zukunft, in der sie ihm ein Märchen ums andere, eine Lüge nach der anderen auftischen mußte, um ihm Jays Anwesenheit, seinen legalen Status als ihr Sohn plausibel zu machen. Selbst wenn er ihr glaubte, würde all das ihre Beziehung zerstören – und ihrer Meinung nach würde er ihr nicht lange glauben.

Ein anderer Mann – falls es je einen geben sollte – würde nichts über ihre Vergangenheit wissen und sich mit ein paar erklärenden

Worten zufriedengeben. Aber Ian war der einzige Mensch, der wußte, daß Jay nicht der James Archdale sein konnte, als den sein Paß ihn auswies, der einzige, der James noch gekannt hatte und wußte, daß er tot war. Sie hatte also ihre Wahl treffen müssen, und sie hatte sie getroffen. Ian oder Jay – sie hatte sich entschieden. Und als erstes mußte sie zu ihrer Lüge greifen, um dieser Entscheidung das nötige Gewicht zu verleihen.

«Tut mir leid, Ian. Ich liebe dich einfach nicht genug, um dir durch die halbe Welt zu folgen. Ich habe gedacht, ich liebte dich, und ich tu's ja auch, aber nicht genug.»

Er wollte es nicht akzeptieren. «Versuchen wir's doch mit einer Trennung von sechs Monaten. Bis dahin bist du dir über deine Gefühle bestimmt im klaren.»

«Ich werde genauso empfinden wie heute.»

Sie wußte, daß sie ihn nach diesem Abend nie wiedersehen würde. «Ich werde deine Bücher kaufen», sagte er. «Wenn ich dir schon nichts anderes sein kann, will ich dein treuer Leser bleiben.»

Als er gegangen war, weinte sie. Sie schenkte sich einen Drink ein, setzte sich in ihr Arbeitszimmer und tröstete sich mit der traurigen Gewißheit, daß das letzte Hindernis aus dem Weg geräumt war. Sie selbst hatte es so gewollt, sie selbst hatte ihr Leben in diese Bahnen gelenkt. Ein eiskalter Trost in einem einsamen mitternächtlichen Haus.

Jay wachte auf und wollte ein Glas Wasser. Am besten, ich gehe auch ins Bett und komme nicht wieder herunter, dachte sie. Sie setzte ihn auf ihren Schoß und gab ihm eine Tasse Wasser. Er trank und ließ sich dann bereitwillig in sein Bett zurückbringen. Die Augen fielen ihm zu, bevor sie ihn zugedeckt hatte. Ein bißchen bedauernd und mit viel Hoffnung sah sie ihn an. Ein paar Worte, die Edward gesagt hatte, fielen ihr ein.

«Nun, Jay», sagte sie, «es sieht ganz so aus, als wären wir im Geschäft.»

Sheila Radley

Das Unheil in Person

Deutsch von
Elke Bahr

Zu diesem Buch

Das Entsetzen der beiden Jungen, die beim Rodeln auf einer verbotenen Wiese unter Brombeerbüschen einen Totenschädel finden, ist groß, wird aber bald überdeckt von dem Gefühl, die Helden von Breckham Market zu sein.

Detective Chief Inspector Douglas Quantrill und Constable Wigby entdecken am Fundort dann noch das dazugehörige Skelett eines jungen Mannes mit einem auffallenden Silberring. Doch anscheinend vermißt niemand den Toten. Und so dauert es einige Tage, ehe feststeht, daß es sich um den Australier Athol Garrity handelt.

Quantrill hat bei den Ermittlungen immer ein merkwürdiges Gefühl, wenn er mit dem Pfarrerehepaar Ainger redet. Ihr Garten grenzt an die Wiese, aber sie wollen nichts gesehen, nichts gehört haben. Später erinnern sie sich allerdings an den häufig betrunkenen, lärmenden «Aussie». Daß sie aber seine australische Landsmännin, die bildhübsche Studentin Janey Randolph, unerwähnt lassen, gibt Quantrill wirklich zu denken, denn er erfährt, daß sie über einen Monat bei den Aingers gewohnt und am 31. Juli England in Richtung USA verlassen hat. Athol Garrity wurde am 29. Juli das letzte Mal lebend gesehen.

Einen Pfarrer in Sachen Mord und Totschlag zu vernehmen ist eine Sache, einen Wahrheitsprediger der Lüge zu bezichtigen eine ganz andere.

Sheila Radley, geboren 1928, studierte Geschichte an der London University, übte verschiedene Tätigkeiten aus, ehe sie 1964 London verließ und wieder aufs Land zog. In den Siebzigern begann sie ihre Karriere als Autorin von Romanen und Kriminalromanen. Chief Inspector Douglas Quantrill wurde die sympathische Hauptfigur, die auch in den folgenden Büchern der Autorin auftrat.

Ein Geistlicher soll sich nicht Beschäftigungen, Gewohnheiten oder Privatinteressen hingeben, die mit seiner religiösen Berufung nicht im Einklang stehen, der Ausübung seiner Amtspflichten abträglich oder sonstwie geeignet sein könnten, ihn öffentlicher Kritik auszusetzen; er soll stets bemüht sein, das eigene und das Leben seiner Familie den Geboten Christi zufolge auszurichten und zu gestalten sowie sich und die Seinen nach besten Kräften zu nützlichen Vorbildern der Gemeinschaft der Gläubigen zu machen.

Kanonisches Recht der Anglikanischen Kirche, C. 26.2

Teil I

In diesem Winter

1.

Noch nie hatten die Kinder so viel Schnee gesehen.

Gerade rechtzeitig zu den Weihnachtsferien hatte es zu schneien begonnen, und die ersten Flocken waren so dünn und leicht gewesen, daß sie den Kindern, die aus der Schule rannten, nur ein leichtes Prickeln auf den erwartungsvoll nach oben gerichteten Gesichtern verursachten, gerade genug, um ihnen die Möglichkeit neuer, verlockender Spiele zu verheißen: Schneeballschlachten in den Straßen, Schlittenfahrten am Hang von Castle Meadow, Schneemänner zu errichten in den Gärten oder vielleicht sogar Schlittschuh laufen zu können, wenn der Mere zufror. Doch obwohl der dunkler werdende Himmel voller Schnee zu hängen schien und die Luft sich ganz kalt, schwer und starr anfühlte, fielen die ersten Flocken nur sehr zögerlich. Von den Toren der neuen Grundschule aus, die in den baufreudigen sechziger Jahren am Ortsrand von Breckham Market errichtet worden war, schauten die Kinder über die gepflügten Felder und sahen voller Enttäuschung, daß der Schnee nur einen leichten weißen Schleier über die dunklen Erdschollen gedeckt hatte, wie Puderzucker auf einem Weihnachtspudding.

Doch am Abend frischte der Wind auf, die Schneeflocken stoben in einem wahren Blizzard auf die Erde, und am nächsten Morgen erwachte die Stadt – wie der ganze Rest von East Anglia – unter einem bleichen, leeren Himmel und bei völliger Stille. Straßen und Fußwege waren zugeweht, die Dächer der Häuser trugen dicke, weiße Hauben, und auf allen Telegrafen- und Elektroleitungen lagen hohe, schmale Schichten von Schnee. Die Autos, die man über Nacht draußen gelassen hatte, waren in rollende Iglus verwandelt worden, und die hoch über Market Hill ragende Kirche St. Botolph, mit Spitzturm, Zinnen und himmelstürmender

Gotik, hatte mit einemmal die weichen und runden Konturen eines beinah barocken Bauwerks.

Die Kinder waren außer sich vor Freude. Sie stürmten nach draußen, die Gummistiefel an den Füßen, eine doppelte Lage Pullover und Schals auf dem Leib, um sich mit Schnee zu bewerfen oder sich friedfertigeren Beschäftigungen zu widmen und den Schnee zu gigantischen Ballons zu rollen. Weiter unten, an dem gemächlich dahinfließenden, schwarzschimmernden Fluß, lag Castle Meadow – die Ruine einer von Pflanzen überwucherten kleinen Festung aus dem zwölften Jahrhundert, um deren Freilegung sich bislang noch kein Archäologe gekümmert hatte – und bot allerhand Böschungen und Schrägen, die für eine improvisierte Rutschpartie auf Kunststofftabletts oder alten Plastiksäcken bestens geeignet waren. Einige der Kinder ergänzten ihre weihnachtliche Geschenkliste um einen richtigen Schlitten, und alle kreuzten vorsichtshalber die Finger, damit der Schnee liegenblieb, mindestens bis zum Ende der Ferien.

Er blieb liegen, über Wochen, und durch den ungewöhnlich strengen Frost klebte er fest an allen Flächen, auf die er sich einmal gesetzt hatte. Der Mere war bis zu einer Tiefe von etlichen Zoll zugefroren, Straßen und Fußwege waren vereist und nur schwer zu passieren. Es war der härteste Winter seit achtzehn Jahren, eine schwere Zeit für Alte und Kranke, für diejenigen, die lange Anfahrtwege zu ihrer Arbeit hatten, und für Bauern, deren Vieh auf den Feldern überwintern mußte.

Auch für die wildlebenden Tiere war es ein grausamer Winter. Vom Hunger gepeinigt, zog es alles, was fliegen, laufen oder kriechen konnte, in die Nähe menschlicher Behausungen. Vertrieben vom Eis, das den Mere bedeckte, drängten sich die Stockenten zwischen den Geschäftshäusern an der Mere Road. Todesmutig setzten sich die kleinen Vögel dem Zugriff der Katzen aus, nur um ein paar Brotkrumen zu erwischen, die irgendwer vor die Hintertür seines Hauses gestreut hatte. Die Hennen auf dem Hühnerhof wurden von ihren Futternäpfen vertrieben durch ganze Scharen von Rattenfamilien. Man hatte sogar einen Fuchs gesehen, der sich am hellichten Tage an den Mülltonnen hinter dem Golfclub zu schaffen machte. Nur die Aaskrähen hatten ein gutes Leben und stopften sich voll mit den Kadavern der Tiere, die dem Hunger oder der Kälte zum Opfer gefallen waren.

Für die Kinder jedoch blieb das Wetter ein reines Vergnügen, und der Schulbeginn bedeutete eine höchst unwillkommene Unterbrechung ihrer Winterspiele, weil es einigermaßen unwahrscheinlich war, daß der Frost bis zu den nächsten Ferien anhalten würde. Diejenigen, die inzwischen stolze Besitzer eines richtigen Schlittens geworden waren, empfanden es als besonders frustrierend, daß die ganze weiße Pracht vor den Fenstern des Klassenzimmers verschwendet war.

Einer der Hauptleidtragenden war Justin Muttock, zehn Jahre alt. Sein Großvater, von Beruf Schreiner, hatte ihm zu Weihnachten einen Schlitten gezimmert, und Justin hatte seinen Freund Adrian Orris mitgenommen auf die Rodelpartien. Ein wenig älter und größer als Justin, hatte Adrian bislang bei allen außerschulischen Unternehmungen die Führungsrolle übernommen, und deshalb war es für Justin doppelt wichtig, daß der Schnee möglichst lange liegenblieb: Die ungewohnte Macht des Gönners, der etwas je nach Laune großzügig zur Verfügung stellt oder verweigert, war mindestens ebenso köstlich wie das Stieben des Schnees unter den Schlittenkufen und das Gefühl des eisigen Fahrtwinds auf dem Gesicht.

Zu Justins großer Enttäuschung setzte Mitte Februar leichtes Tauwetter ein. Der Himmel wurde lichter, und die Sonne machte Anstalten, sich zu zeigen. Die Bäume sahen wieder eher schwarz als weiß aus, und die trügerisch sanften Pranken des Schnees, die seit Wochen auf den Zweigen der Gartenkoniferen lasteten und sie fast hatten abbrechen lassen, gaben nach und glitten sacht zu Boden. Mauern und Dächer kamen langsam wieder zum Vorschein, wie Ausgrabungsstücke aus einem Bett von weißer Lava. Der Schneemann in Justins Vorgarten wahrte noch seine festgefügte Würde, doch der weiße Teppich zu seinen Füßen wirkte allmählich etwas fadenscheinig. Noch hielten sich da und dort Flecken von tiefem Schnee, aber Castle Meadow lag an einem Südhang, und mit den stärker werdenden Strahlen der Sonne schwanden auch die Hoffnungen der Jungen dahin, denn an den meisten anderen Plätzen in und um die Stadt war der Boden zu flach für Rodelfahrten.

Aber dann, am ersten Tag der Frühjahrsferien, erinnerte sich Justin plötzlich an das Gelände rund um die Pfarrei.

«Ich wette, da liegt noch genug Schnee!» sagte er zu Adrian. «Es geht ordentlich bergab, und durch die großen alten Bäume oben am Hang kommt die Sonne nicht durch.»

«Wir können da nicht hin», meinte sein Freund. «Du weißt genau, was er gesagt hat, dieser Mann. Was er mit uns tun würde, wenn er uns da nochmal erwischt.»

«Du bist blöd, das war doch im Sommer! Bei dem Wetter jetzt ist er bestimmt nicht da! Was soll's, wir wollen doch nur 'n bißchen rodeln. Das ist doch nichts Böses.»

«Vielleicht sieht der Pfarrer das anders, wenn er uns erwischt», widersprach Adrian. In Wirklichkeit machte ihm dieser Gedanke eigentlich nicht sonderlich zu schaffen, aber da diese gute Idee nicht von ihm, sondern von Justin stammte, legte er Wert darauf, sie herabzusetzen.

Doch die zurückliegenden sechs Wochen unangefochtener Führerschaft hatten Justins Selbstbewußtsein gestärkt und ihn um etliche Zentimeter wachsen lassen. «Er kann uns doch gar nicht sehen von seinem Haus aus. Ich versuch's auf alle Fälle, auch wenn du nicht mitmachst.»

In ihren unauffälligen dunkelgrünen Parkas machten sich die beiden eilig auf den Weg, hasteten hintereinander durch die Straßen und trugen den Schlitten zwischen sich, um dessen blanke Kufen nicht am Pflaster zu zerschrammen, das hier und da unter dem splitgekörnten Schneematsch hervorkam. Der Himmel strahlte in einem kalten klaren Blau, und die Stadt roch nach feuchtem Holz. Aus den überhängenden Fachwerksimsen der alten Läden in der Shambles tropfte der schmelzende Schnee auf die Fußgänger und sickerte langsam in die Rinnsteine von Market Hill.

Unter dem hohen Kirchenturm angelangt, legten die Jungen eine kleine Atempause ein, wechselten dann ihre Plätze beim Tragen des Schlittens und setzten sich wieder in Trab. Sie verließen die Straße mit den Geschäften und wandten sich nach rechts, an einem Schild mit der Aufschrift *Durchfahrt verboten* vorbei, in einen Weg, dessen bestreute Schneedecke weißer und weniger abgetreten war. Sie zogen durch die Stille der St. Botolph Street, vorbei an der Bruchsteinmauer, die zunächst den Kirchhof begrenzte und sich dann an dem weitläufigen Garten der Pfarrei entlangzog. Die gegenüberliegende Straßenseite war gesäumt von einem für die Stadtmitte überraschend ländlichen Überbleibsel: einem hohen Lattenzaun aus Kastanienholz, überhangen von den winterkahlen Ästen der Bäume. In der Mitte des Zauns befand sich ein Gatter aus fünf Querbalken, dahinter eine Wiese. Das aufgemalte PRIVAT auf dem obersten Balken war zwar ein wenig verblaßt, aber noch deutlich lesbar.

Die beiden Jungen schenkten dem Gatter keinerlei Beachtung, sondern setzten ihren Weg durch die Sackgasse fort. Sie endete vor einer Hecke, in deren Mitte sich ein schmaler Durchschlupf zu einem Fußweg befand, der sich durch eine Laubenkolonie abwärtsschlängelte. An der Stelle angelangt, wo der Lattenzaun im rechten Winkel auf die Hecke traf, sahen sich die beiden Jungen vorsichtig um, um sicherzugehen, daß sie von niemandem beobachtet wurden. Dann schoben sie zwei lose Latten zur Seite und zwängten sich durch den Zaun auf das Kirchengrundstück.

Wie Justin richtig vorausgesehen hatte, war der Schnee hier noch unberührt. Die Wiese lag nach Norden und zog sich von der St. Botolph Street bis ins Tal zur Umgehungsstraße. Hier oben, wo eine Reihe ausgewachsener Blutbuchen den größten Teil des Sonnenlichts abhielt, war der Schnee am besten, während er unten bei den Brombeersträuchern entlang des Grabens, der Parson's Close von der Grasnarbe der Umgehungsstraße trennte, fast ganz weggeschmolzen war. Aber trotzdem war noch genug übrig, um aus diesem Hang eine längere Rodelpiste zu machen als die Strecke am Castle Meadow je gewesen war.

Allerdings erwies es sich als ein hartes Stück Arbeit. Was da lag, war reiner Pulverschnee mit einer vereisten Kruste, und zu Anfang sank der Schlitten nur ein, ohne sich nennenswert von der Stelle zu rühren. Aber die Jungs gaben nicht auf, und gegen Ende des Vormittags hatten sie mit ihren Solofahrten schon fast das Ende der Wiese erreicht.

Die letzte Abfahrt, bevor sie nach Hause aufbrachen, um zu Mittag zu essen, unternahmen sie gemeinsam. Justin setzte sich nach vorn, Adrian schob den Schlitten an und sprang dann selbst hintendrauf. Das Mehrgewicht gab ihnen einen ordentlichen Schub, und sie schafften fast die ganze Länge der Wiese, rumpelnd, rüttelnd und unter lautem Juhu, bis der Schlitten schließlich gegen einen Grasbuckel prallte, sich überschlug und die beiden Rodler mit einem Purzelbaum in die Büsche beförderte.

Eine Zeitlang blieben sie einfach liegen, wo sie gelandet waren, alle viere von sich gestreckt auf dem dünnen Kissen aus Schnee, keuchend und lachend, sich zum Spaß gegenseitig boxend und mit den Beinen in der Luft zappelnd.

«Mann, ist mir heiß!» sagte Justin, der ganz rote Backen bekommen hatte. Er setzte sich auf, zog sich die pelzbesetzte Kapuze seines Parka vom Kopf und meinte dann: «Verdammt, nun sitz ich auch noch an den Brombeeren fest.»

Eine lange Ranke aus dem nächststehenden Brombeerbusch hatte sich mit ihren Dornen in seiner Kapuze verfangen. Er drehte sich um, um sich zu befreien, und bei dieser Gelegenheit fiel sein Blick auf etwas Rundes, das gelblich-weiß aus einem Häufchen Abfall unter den kahlen roten Zweigen des Brombeerbusches hervorragte.

«He, hier liegt 'n Fußball!» schrie er aufgeregt. «Den muß jemand hier verloren haben.»

Adrian erhob sich, um nachzusehen. «Das ist kein Fußball», sagte er ernst, um seine Autorität wiederherzustellen. «Wie soll das denn gehen? Schließlich ist das Ding nicht richtig rund – und außerdem hat es ein Loch.»

«Und? Was ist es dann?»

«Keine Ahnung. Aber meine Beine sind ja länger als deine. Mal sehen, ob ich das Ding da rausholen kann.»

Er stemmte eines seiner mit Gummistiefeln bedeckten Beine unter den Busch und stieß den Gegenstand näher zu sich heran. Das Ding schien in vertrocknetem, schneeverharschten Gras festzusitzen und sich im ersten Moment nicht von der Stelle rühren zu wollen. Doch dann rollte es plötzlich unter dem Busch hervor und lag gut sichtbar da.

Adrian verfärbte sich, wurde fast so bleich wie dieses Ding, das ihn von da unten aus leeren Augenhöhlen anstarrte. Er gab einen leisen, wimmernden Laut von sich und wich ein paar Schritte zurück. Dann drehte er sich um und flüchtete nach oben auf den Hügel, quälte sich durch den hohen Schnee, laut jammernd vor Entsetzen.

Justin folgte ihm auf dem Fuße, schluchzend, stammelnd und flehend: «Warte doch, wart' auf mich!» Der Schlitten lag vergessen in der letzten Schneewehe. Auch Justin hatte einen Blick unter den Busch getan, hatte das augen- und nasenlose Ding gesehen und die grinsenden Zähne in der schwarzen Mundhöhle unter der runden Schädeldecke.

2

Detective Chief Inspector Douglas Quantrill war bereits vor Ort, genauer gesagt, auf der Türschwelle des graugeziegelten, frühviktorianischen Pfarrhauses. Der Pfarrer selbst hatte ihn bestellt, um mit ihm über den am Vorabend in der Kirche angerichteten Schaden zu sprechen, der sich auf mehrere hundert Pfund belief und offenbar durch den außer Rand und Band geratenen Jugendclub verursacht worden war. Normalerweise war das keine Angelegenheit, um die sich der Kripo-Chef von Breckham Market persönlich kümmerte; tatsächlich war er nur gekommen, weil sein Sohn Peter im Verdacht stand, einer der Rädelsführer gewesen zu sein.

Gillian Ainger, die Frau des Pfarrers, öffnete ihm die Tür. Quantrill war kein Kirchgänger und hatte auch privat keinen Kontakt mit den Aingers, aber in einer Kleinstadt wie dieser kannte man sich natürlich vom Sehen.

«Ah, Mr. Quantrill . . . kommen Sie doch bitte herein. Allerdings muß ich Ihnen leider sagen, daß mein Mann unvermutet abgerufen worden ist. Er hat mich gebeten, ihn zu entschuldigen, wenn er sich etwas verspätet, aber ich bin sicher, daß er nicht mehr lange ausbleiben wird. Ein Mann aus Furze Close ist gestern nacht mit einem schweren Herzanfall ins Krankenhaus von Yarchester eingeliefert worden, und seine Frau hat ihn im Notarztwagen begleitet. Sein Zustand hat sich inzwischen glücklicherweise stabilisiert, aber seine Frau sitzt jetzt fest in der Klinik. Deshalb hat sie Robin angerufen und ihn gebeten, sie dort abzuholen.»

«Gehört sie denn zur Gemeinde Ihres Mannes?» erkundigte sich Quantrill, streifte seine Schuhe auf der Fußmatte ab und hängte seinen Mantel an der ihm zugewiesenen Stelle auf, einer langen Reihe von Haken, die Platz genug bot für die Garderobe sämtlicher Ratsmitglieder des Sprengels.

«Nein, aber auch zu keiner anderen Gemeinde. Die ganze Stadt gehört zu unserer Pfarrei, und in Krisenzeiten pflegen sich die Leute daran zu erinnern, daß sie nominell der Kirche angehören.»

«Ein Pfarrer muß wohl den unterschiedlichsten Wünschen nachkommen», meinte Quantrill, weniger aus Mitgefühl, als in dem Bedürfnis, möglichst höflich Konversation zu machen. Er fühlte sich ausgesprochen unwohl, und er wollte das Gespräch so rasch wie möglich hinter sich bringen.

Ein Mundwinkel hob sich zu einem angespannten Lächeln. «Ja, das muß er.»

Sie mußte ungefähr Mitte Dreißig sein, jedenfalls mindestens zehn Jahre jünger als Quantrill. Sie war von kräftiger Statur und legte offensichtlich keinen besonderen Wert auf ihre Kleidung. Das blonde Haar trug sie locker zusammengebunden im Nacken, eine Haartracht, die bei einer erwachsenen Frau nur dann kleidsam wirkte, wenn sie über ein besonders gut geschnittenes Gesicht verfügte – und das war bei Gillian Ainger nicht der Fall. Sie erweckte eher den Eindruck, als habe sie sich bereits mit achtzehn für diese Frisur und den blassen Lippenstift entschieden und seither nicht mehr über diese Dinge nachgedacht. Und doch hatte sie ein angenehmes, offenes Gesicht mit eher kleinen, aber weit auseinander stehenden braunen Augen und einem vollen Mund. Wenn sie sich ein wenig Mühe geben würde, dachte Quantrill, könnte sie recht attraktiv aussehen.

Aber möglicherweise fehlte ihr die Ermutigung durch ihren Mann. Quantrill selbst hatte – einigermaßen verspätet, nach mehr als zwanzig Jahren Ehe – die Feststellung getroffen, daß es bei Frauen offenbar einen unverhältnismäßig großen Unterschied machte, ob der Ehemann sie ein wenig beachtete oder nicht. Ein Versuch in dieser Richtung hätte wahrscheinlich auch Mrs. Ainger etwas glücklicher aussehen lassen. Die Falten zu beiden Seiten ihres Mundes waren tiefer, als es ihrem Alter angemessen gewesen wäre, ihre Augen waren umschattet und wirkten müde.

Er folgte ihr durch die große ungeheizte Diele, über buntglasierte viktorianische Kacheln, in ein spärlich möbliertes Arbeitszimmer. «Darf ich Ihnen vielleicht einen Kaffee anbieten, während Sie warten?» fragte sie und setzte den Gasofen in Betrieb.

«Nein, danke, ich habe eben erst einen getrunken.» Der Chief Inspector war bereits in der Kirche gewesen, hatte den dort angerichteten Schaden inspiziert und festgestellt, daß schwere Vorwürfe gegen seinen Sohn erhoben worden waren. Er zog es also vor, daß keiner der beiden Aingers auf die Idee kam, er halte die bevorstehende Unterredung für eine Art geselliges Beisammensein. Und vermutlich war Gillian über den Ärger im Jugendclub orientiert. Nach allem, was man sich im Ort über sie erzählte, hatte sie die traditionelle Rolle übernommen, war die Stütze ihres Ehegatten. Sie war Teil eines Teams, wirkte mit an den sozialpflegerischen Aufgaben ihres Mannes und war gleich gut oder gar besser informiert über die Mitglieder seiner Gemeinde.

Das Telefon klingelte. Während sie das Gespräch entgegennahm, wandte ihr Quantrill diskret den Rücken zu und schaute aus dem Fenster auf die Weite des jungfräulichen Schnees, der zwar an den Rändern schon leicht schrumpfte, aber immer noch den größten Teil des Gartens zudeckte. Nur Vögel und anderes Kleingetier hatten auf diesem weißen Teppich ihre Spuren hinterlassen, denn die Aingers hatten keine Kinder. Es war ein Jammer um diesen ganzen schönen ungenutzten Schnee, dachte er; in seiner Kindheit hatte es nie genug davon gegeben. Aber heutzutage schienen die jungen Leute recht bald das Interesse an Schnee zu verlieren. Höchst bedauerlich, daß seinem Junior die harmlosen Vergnügungen der Schlittenfahrten und Schneeballschlachten offenbar nicht mehr genügten und er sich statt dessen an der Demolierung der Kirche beteiligt hatte. Angeblich jedenfalls.

Hinter ihm war Mrs. Ainger damit beschäftigt, sachkundig und geduldig irgendein Problem der Gemeinde zu erörtern. Sie hörte aufmerksam zu, sprach beschwichtigende Worte, gab Ratschläge und war rundum kooperativ. Die ideale Ehefrau für einen vielbeschäftigten Pfarrer – wahrscheinlich konnte sie sogar ebensogut den Gottesdienst abhalten, wenn man ihr dazu die Gelegenheit gab, überlegte Quantrill. Er war in einer Familie von Nonkonformisten aufgewachsen, nicht einmal nominelles Mitglied der Anglikanischen Kirche, und konnte sich von daher eine eher liberale Einstellung leisten zur Frage der Priesterweihe für Frauen.

Aus der Diele ertönte plötzlich eine gereizte Stimme, gefolgt von einem polternden Geräusch. Mrs. Ainger stockte mitten im Satz, den Telefonhörer noch in der Hand, und schaute deutlich verärgert zur Tür. Erneut vernahm man einen Schrei, diesmal klang es, als habe sich jemand verletzt. Quantrill warf der Pfarrersfrau einen fragenden Blick zu, wartete aber nicht auf eine Reaktion, sondern öffnete selbst die Tür, um herauszufinden, was sich da draußen tat.

Auf dem letzten Absatz der breiten Treppe saß ein grobknochiger, dürrer alter Mann, vollständig bekleidet bis auf einen gänzlich nackten und einen nur halb in einer Socke steckenden Fuß. Einer seiner Pantoffeln lag auf dem Dielenboden, hinuntergefallen oder vielleicht auch geworfen worden, der andere auf der vorletzten

Stufe. Unter lautem Jammern schaukelte der Alte hin und her, seinen nackten, von Altersflecken übersäten Fuß schützend in beiden Händen haltend.

«Sind Sie okay?» fragte Quantrill, dem alten Mann die Hand auf die Schulter legend, nachdem er, zwei Stufen auf einmal nehmend, die Treppe hochgestürmt war. Der Alte blinzelte durch seine buschigen Augenbrauen zu ihm hoch und verstummte augenblicklich. Aus den schlaffen Falten seines Gesichts sprossen Bartstoppeln, er roch nach Tabak und ganz schwach nach Urin.

«Sie hat meine Schuhe versteckt», flüsterte er mit heiserer Stimme. «Ich will meine Schuhe haben, und sie rückt sie nicht heraus. Ich will nach draußen!»

Ein kurzes Klingeln war zu hören, als Mrs. Ainger den Hörer auflegte und gleich danach in die Diele trat. Augenblicklich setzte der Alte seine lautstarke Vorführung fort: «O je, o je, mein Fuß. Ist bestimmt gebrochen. Hab meine Schuhe nicht gefunden, und in den Pantoffeln hab ich keinen Halt. Und jetzt bin ich die Treppe runtergefallen und hab mir den Fuß gebrochen. Tut verdammt weh.» Vorsichtig warf er einen Blick nach unten auf die Frau, um zu sehen, welche Wirkung er erzielt hatte. Quantrill war unterdessen beiseite getreten und hatte sich in die ebenerdige Diele zurückgezogen.

«Hör auf, so einen Aufstand zu machen, Dad», sagte Mrs. Ainger beschwichtigend. «Die Straßen sind immer noch viel zu glatt. Es ist zu gefährlich für dich, alleine vor die Tür zu gehen.»

«Ich war seit zig Monaten nicht mehr draußen», murrte er, eigensinnig wie ein Kind. «Seit Monaten!»

«Es hat ja auch schon vor Weihnachten angefangen zu schneien», erinnerte sie ihn.

«Aber ich war schon Monate vorher nicht mehr draußen. Seit dem Sommer nicht mehr . . .»

«Das lag doch nur daran, daß dir der Rücken wehtat. Aber wie dem auch sei, du übertreibst einfach. Einer von uns hat dich mindestens einmal in der Woche im Auto mitgenommen . . .»

«Das zählt nicht. Ich will nicht, daß *er* mich mitnimmt in irgendeinen aufgedonnerten Pub mit *Teppichen*, und ich will auch nicht diesen komischen Sprudel trinken, den er offenbar für Bier hält. Ich will weiter nichts, als bis zum *Boot* laufen, ein paar Leute treffen, die sich mit mir unterhalten. Ich will anständiges Bitter vom Faß trinken und – und auf den Boden spucken, wann immer mir danach ist!»

Das Gesicht des Alten glühte jetzt in echtem Feuer, und dann spuckte er plötzlich und mit unverhohlener Absicht auf den gekachelten Dielenboden. Seine Tochter erstarrte, das Gesicht bleich bis auf zwei hektisch rote Zornesflecken auf beiden Wangen. Quantrill stand ruhig da und versuchte, sich unsichtbar zu machen – soweit das für einen Mann seiner Größe und Statur überhaupt möglich war. Nur seine Augen wanderten, vom Vater zur Tochter und dann zu dem gelben Schleimklumpen, der zwischen ihnen auf dem Boden lag wie ein Vorwurf, wie eine Beleidigung, als ein Zeichen ohnmächtigen Trotzes.

So unvermittelt, wie er gekommen war, brach der Widerstand des alten Mannes auch wieder zusammen, und er begann zu weinen, lautlos beinahe. Die Tränen sickerten durch die tiefen Längsfurchen seines Gesichts und mischten sich mit den Resten des Speichels auf seiner sandpapierrauhen Haut. Seine Tochter stieß einen langen, tiefen Seufzer aus, bückte sich nach den Pantoffeln und brachte sie zur Treppe, wo ihr Vater vornübergebeugt dahockte, die großen knorrigen Arbeiterhände müde zwischen seinen Knien baumeln lassend.

«Schon in Ordnung, Dad», sagte sie matt, «reg dich nicht auf. Hier, zieh deine Pantoffeln an.»

Seine Unterlippe zitterte leicht. «Hab meine zweite Socke verloren.»

Sie hob den heruntergefallenen Strumpf auf, kniete sich hin und streifte Socke und Pantoffel über seinen steif ausgestreckten, roten Fuß, während er sich mit dem Ärmel seiner Strickjacke über die feuchten Augen fuhr.

«Schneidest du mir heute abend die Fußnägel, Liebes?» bat er demütig.

Ihren zitternden Händen war noch die Anspannung anzumerken, aber sie schaffte es, sich ein Lächeln abzuringen. «Das ist eher was für einen Hufschmied bei deinen Nägeln! Aber du mußt dich ja nicht mehr allzu lange gedulden, nächste Woche hast du den Termin bei deinem Fußpfleger.»

«Aber bis dahin mach ich bestimmt noch Löcher in meine Socken, und ich möchte dir keine zusätzliche Arbeit machen. Ich will dir nicht zur Last fallen.»

«Mach dir darüber keine Gedanken. Geh jetzt nach oben und rasier dich. Ich mache dir inzwischen deinen Kaffee.»

«Mit heißer Milch?»

«Mit heißer Milch.»

«Ist mir eine brave Tochter, unsere gute Gilly.»

Statt zu antworten, beobachtete sie ihn, wie er sich steif und mühsam auf die Füße hievte und die Treppe hochschlurfte, ein trauriges Wrack, die Hosen lose um seine knochige Gestalt flatternd, die Strickjacke falsch zugeknöpft. Dann eilte sie mit unbewegter Miene zu der Toilette, die von der Diele abging, kam mit einer Rolle Toilettenpapier und einem Desinfektionsmittel in der Hand wieder zurück, wischte die Spucke vom Boden auf, spülte den Klumpen Papier in der Toilette herunter und rieb sich die Hände mit dem Desinfektionsmittel ab. Erst jetzt kam ihr wieder zu Bewußtsein, daß Quantrill immer noch da war.

«Entschuldigen Sie den kleinen Zwischenfall», sagte sie hastig, ohne Quantrill dabei anzusehen. «Es war wohl nicht der richtige Augenblick, sie miteinander bekanntzumachen, aber das war mein Vater, Henry Bowers. Er lebt seit vorigem Jahr bei uns, seit dem Tod meiner Mutter.» Ihr Mund verzog sich zu einem schiefen Lächeln. «Was man so leben nennt . . . Ich hoffe, Sie waren nicht allzu geschockt.»

Er schüttelte beschwichtigend den Kopf. «Polizisten sind nicht so leicht zu schockieren.»

«Oh, ja . . .» Gillian errötete in plötzlicher Verwirrung, «. . . ich hatte für einen Moment ganz vergessen, was für einen Beruf Sie haben.»

«Aber ich nicht. Und ich kann Ihnen versichern, es ist mir einigermaßen peinlich, daß Ihr Mann meinen Sohn verdächtigt, sich an diesem Vandalismus beteiligt zu haben.»

Sie entspannte sich ein wenig, offensichtlich erleichtert über den Themenwechsel; im nächsten Moment öffnete sich die Haustür, und der Pfarrer trat eilig und unter wortreichen Entschuldigungen für sein Zuspätkommen über die Schwelle.

Reverend Robin Ainger war ein sehr gutaussehender Mann von knapp Vierzig, dabei immer noch schlank, schmalschultrig, aber fast ebenso hochgewachsen wie Quantrill. Trotzdem hatte er etwas merkwürdig Altbackenes. Seine Attraktivität – mit seinen regelmäßigen Gesichtszügen, seinen tadellosen Zähnen, dem kurzen, säuberlich gescheitelten, gleichmäßig gewellten lichtbraunen Haar – wirkte ähnlich aus der Mode gekommen wie weite Hosen oder die Klänge von Big Bands. Der insgesamt altmodische Eindruck wurde verstärkt durch das Tweedjackett und den Rollkragenpullover. Trotzdem konnte man sich leicht vorstellen, warum die Kirche von St. Botolph vor allem auf die weiblichen Gemeindemitglieder eine so starke Anziehungskraft ausübte: Die Farbe dieses Pullovers paßte genau zu dem ungewöhnlichen Blau der Augen seines Trägers und betonte noch deren Leuchtkraft.

Er begrüßte Quantrill leutselig, aber war innerlich doch auf der Hut. Offenbar war auch ihm nicht besonders wohl bei dem Gedanken an die bevorstehende Unterredung. Dann drehte er sich zu seiner Frau um, ihre Schulter leicht mit der Hand berührend. «Alles in Ordnung, Gillian?»

Sie zögerte einen Augenblick, als wisse sie nicht, ob sie ihm von dem Vorfall erzählen solle. «Ich fürchte, Henry hatte einen kleinen Ausbruch – vor den Augen von Mr. Quantrill.»

Der Griff seiner Hand auf ihrer Schulter wurde fester. «Er hat . . . Worum ging es denn diesmal?»

«Oh, das übliche. Er wollte in den Pub. Allein.»

Robin Ainger warf Quantrill einen defensiven Blick zu. «Ich nehme an, Sie halten uns für überfürsorglich . . .» begann er, aber Quantrill fiel ihm gleich ins Wort.

«Wenn es Sie wirklich interessiert, was ich dachte», sagte er unverblümt, «dann war es das: ‹Dem Himmel sei Dank, daß mein Vater nicht so lange gelebt hat!› Er starb mit achtundsechzig mitten beim Kegeln an einem Herzanfall. Damals war es ein Schock für uns, und es tat uns sehr leid, weil er so rasch nach seiner Pensionierung gestorben war, aber im nachhinein bin ich froh, daß es so gekommen ist. Daß ihm die Demütigungen des Alters erspart geblieben sind, und daß meine Frau nicht die Last auf sich nehmen mußte, den alten Herrn zu pflegen. Unser Sohn Peter ist anstrengend genug.»

Der Pfarrer nickte zustimmend und ließ Gillians Schulter los. «Ja, richtig, ich weiß, Sie sind ein vielbeschäftigter Mann, Mr. Quantrill, und ich bin Ihnen dankbar, daß Sie sich eigens herbemüht haben.» Er führte den Chief Inspector in sein Arbeitszimmer. «Danke, daß du die Stellung gehalten hast», wandte er sich noch einmal an seine Frau. «Ich denke, wir könnten einen Kaffee gebrauchen, nicht wahr? Und wenn es dir nichts ausmacht, würdest du dann bitte dafür sorgen, daß wir nicht vom Telefon gestört werden? Für die nächsten zwanzig Minuten so etwa . . .»

Quantrill erwischte noch einen kurzen Blick auf Gillians Gesicht, bevor ihr Mann die Türe schloß: angespannt, von Angst verzerrt, sie schien einem Zusammenbruch nahe. Sieht so aus, dachte er, als ob in dieser Beziehung Gillian Ainger diejenige ist, die die schwersten Bürden zu tragen hat.

Die Unterredung war für beide Seiten unangenehm. Sie begann in gekünstelter Leutseligkeit, mit der beide Männer ihre Einigkeit darüber bekundeten, daß es zu dem leidigen Vorfall in der Kirche nie gekommen wäre, wenn sich der ehrenamtliche Aufseher nicht plötzlich mit einer Grippe zu Bett gelegt hätte. Der Pfarrer betonte nachdrücklich, er habe derzeit noch keinen schlüssigen Beweis für Peter Quantrills Mittäterschaft, und der Chief Inspector machte deutlich, daß es für ihn selbstverständlich nicht in Frage komme, die Tat zu bagatellisieren, nur weil sein Sohn möglicherweise daran beteiligt war. Den wäßrigen Kaffee schlürfend, den Mrs. Ainger verdächtig prompt serviert hatte, wurden sich die beiden Herren auch darüber einig, daß Peter ein besonders lebhaftes Mitglied der Jugendgruppe und derzeit ausgesprochen widerborstig war.

Natürlich gab es dafür auch mildernde Umstände. Zweifellos waren die Jungen frustriert, wegen des schlechten Wetters nun schon seit Wochen zu Hause eingesperrt zu sein; und mit seinen fünfzehn Jahren war Peter nun einmal in einem schwierigen Alter. Darüber hinaus forderte schon der pure Umstand, Sohn eines Polizisten zu sein, zum Protest heraus. Mr. Ainger brachte es auf den soziologischen Nenner, Heranwachsende hätten eben den Hang zur Gruppenkonformität. Douglas Quantrill drückte es weit unverblümter aus: Der Sohn eines Bullen fühle sich immer verpflichtet, vor seinen Kumpels den starken Max zu spielen.

«Er hat ein bißchen gehumpelt, als er gestern abend nach Hause kam, aber er hat kein Wort gesagt, weder bei seiner Rückkehr noch heute morgen. Deshalb bin ich Ihnen sehr dankbar, daß Sie sich persönlich mit mir in Verbindung gesetzt haben», sagte Quantrill. «Es wäre mir wirklich sehr peinlich gewesen, wenn ich seinen Namen auf dem Polizeibericht gefunden und erst dadurch von dem Vorfall erfahren hätte.»

«Das dachte ich mir, sonst hätte ich Sie auch nicht herbemüht.»

Robin Ainger prüfte mit seinen langen dünnen Fingern die Biegefähigkeit eines elfenbeinernen Papiermessers. «Ich bin sehr verärgert über diesen Zwischenfall, Mr. Quantrill», fuhr er fort, «wirklich äußerst verärgert. Die jungen Leute haben selbst über Jahre hinweg so viel Zeit und Mühe in die Ausbesserung und Verschönerung der Kirche investiert, und ich finde es unerträglich, daß nun eine asoziale Minderheit . . .»

Der Chief Inspector hörte geduldig zu – ausnahmsweise einmal von der falschen Seite des Schreibtischs her –, stellvertretend für seinen Sohn mit einer Miene reuiger Zerknirschung sowie dem gebührenden Vorbehalt, jederzeit für den Sprößling auf «Nicht schuldig» zu plädieren. Während er weniger den Worten des Pfarrers lauschte als dem Ton, in dem sie vorgebracht wurden, rätselte er herum, warum beides nicht miteinander harmonierte. In den vier Jahren, die Ainger nun in St. Botolph tätig war, hatte Quantrill von ihm den Eindruck eines vitalen, lebensbejahenden, extrovertierten Mannes gewonnen. Nun aber, obwohl er doch eigentlich seinen Ärger artikulierte, wirkte er völlig distanziert und gleichgültig, wie ein gänzlich unbegabter Laienschauspieler. Seine Augen blickten wie tot durch das intensive Blau. Er klang nicht verärgert und sah auch nicht danach aus, sondern vielmehr nach einem Menschen, den nichts mehr wirklich kümmerte.

Zweifellos gab es häusliche Gründe für die Veränderung, die mit ihm vorgegangen war, dachte Quantrill. Mit seinem Schwiegervater unter einem Dach leben zu müssen war wohl selbst für das Herz eines Heiligen eine harte Probe.

«Auch ich nehme diese Sache sehr ernst, Mr. Ainger», pflichtete der Chief Inspector bei. «Selbstverständlich wird es eine gründliche Untersuchung geben, nicht von mir selbst, sondern von anderen Beamten. Ich werde meinem Superintendent in Yarchester Bericht erstatten und es ihm überlassen, wen er mit den Ermittlungen betraut.»

Ainger nickte, offensichtlich zufrieden, seinen Standpunkt hinreichend klargemacht zu haben. «Es würde mich freuen, wenn Detective Sergeant Tait den Fall übernehmen würde. Er hat vor ein paar Monaten im Jugendclub einen Vortrag gehalten über die Arbeit der Kriminalpolizei und ist gut angekommen bei den jungen Leuten. Ich möchte die Jugendlichen nach Möglichkeit nicht verprellen. Es gibt nicht allzu viele Freizeitangebote in dieser Stadt, und wenn sie wegen dieser Untersuchung nicht mehr in den Club kommen, wird sie am Ende mehr Schaden als Nutzen bringen.»

«Ich fürchte, dieses Risiko werden wir eingehen müssen. Im Moment habe ich noch keine Vorstellung, wer die Untersuchung übernehmen wird, aber Martin Tait wird es jedenfalls nicht sein, dessen bin ich sicher. Er ist zum Inspector befördert worden, hat wieder die Uniform angezogen und ist nach Yarchester abkommandiert. Aber ich kann Ihnen zusichern, daß die Untersuchung mit dem nötigen Feingefühl durchgeführt werden wird – wir sind uns schließlich alle einig über den Nutzen des Jugendclubs.»

Quantrill schickte sich zum Gehen an. Während des Gesprächs hatte es draußen einmal an der Tür geläutet, und zweimal hatte das Telefon geklingelt. Mrs. Ainger mußte sich jeweils darum gekümmert haben. Jetzt erklang die Türglocke erneut, gefolgt von einem wilden Hämmern von Fäusten. Kurz darauf ertönten in der Diele schrille Stimmen und nach einem Augenblick der Stille das Geräusch von Füßen, die sich im Laufschritt näherten.

Gillian Ainger stürzte ins Zimmer, mit bleichem Gesicht und schreckgeweiteten Augen. «Da sind ein paar Jungs», wandte sie sich an ihren Mann, «. . . sie sagen, sie hätten auf unserer Wiese gespielt . . . und sie meinen, sie haben eine Leiche entdeckt!»

Robin Aingers wohlgeformter Unterkiefer fiel herunter. Mit einiger Anstrengung richtete er den Blick auf seine Frau und gab eine Art Stottern von sich. Gillian hob eine Hand, wie um sie auf seinen Mund zu legen und ihn am Sprechen zu hindern. Dann schüttelte sie heftig den Kopf und versuchte, in ruhigerem Ton exaktere Angaben zu machen. «Nein, keine Leiche. Aber es hört sich so an, als hätten sie einen Totenschädel gefunden.»

Robin Ainger schloß fest die Lider und schluckte schwer, während Quantrill zur Tür ging.

«Das ist im Prinzip dasselbe, Mrs. Ainger, jedenfalls aus polizeilicher Sicht. Und die Tatsache, daß ich schon hier bin, erspart Ihnen jetzt wenigstens die Mühe, das Revier anrufen zu müssen.»

Damit verschwand er in der Diele, um mit den Jungs zu sprechen, die die Nachricht überbracht hatten. Zurück blieb das Ehepaar Ainger, das sich anstarrte in stummem Entsetzen, in schuldbeladenem Schweigen.

3

«Ratten», stellte Chief Inspector Quantrill fest, «Ratten und Aas-krähen . . . es war ein harter Winter.»

«Oh, aber . . . meinen Sie wirklich . . .?»

Robin Ainger stand mit dem Inspector am Fuße des Pfarrge-ländes im Schnee und starrte auf das Ding unter den Büschen. Die beiden Jungen, Justin und Andrew, die von oben aus auf diese Stelle der Wiese gezeigt hatten, waren in Mrs. Aingers Obhut zurückgeblieben, bis der Streifenwagen kam, der sie nach Hause bringen sollte. Quantrill, der eher ein guter Ermittler als ein Spezialist für Spurensuche am Tatort war, achtete sorgsam darauf, daß alles unverändert blieb bis zum Eintreffen seiner Kollegen, stellte aber inzwischen auch für sich selbst ein paar Beobachtungen an.

«Ich meine . . .» Ainger war Quantrill in leichter Hauskleidung gefolgt und klapperte vor Kälte mit den Zähnen. Der Chief In-spector, gewöhnt, bei jedem Wetter abgerufen zu werden, hatte nicht nur Hut und Mantel übergezogen, sondern auch seine Stra-ßenschuhe gegen Gummistiefel getauscht, die er stets im Koffer-raum seines Wagens bei sich führte. Er war davon ausgegangen, daß der Pfarrer auch im Winter häufig genug Beerdigungen zu absolvieren hatte, um zu wissen, wie man seine Füße trockenhielt; aber vielleicht schickte es sich nicht für einen Pfarrer, unter der Soutane Gummistiefel zu tragen.

Ainger machte einen Versuch, das Zittern zu unterdrücken, aber sein Gesicht war grünlich vor Kälte und Übelkeit. «Ich kann mir nicht vorstellen, warum Sie so sicher sind, daß der Tod erst vor vergleichsweise kurzer Zeit eingetreten ist», sagte er. «Das Skelett könnte doch schon seit Jahren daliegen – ein halbes Jahrhundert vielleicht oder noch mehr.»

Quantrill bückte sich, um auf die Spuren zu zeigen, die er entdeckt hatte. «Nein. Wenn es schon wer weiß wie lange hier liegen würde, wären die Brombeerranken durch den Schädel ge-wachsen. Außerdem ist viel von der Kleidung erhalten geblieben, und Jeans mit Kupfernieten gibt es noch nicht allzu lange. Der Pathologe wird uns darüber Gewißheit verschaffen, aber wie ich selbst weiß, ist es absolut möglich, daß eine Leiche in der freien Natur binnen Wochen und erst recht nach mehreren Monaten

skelettiert sein kann. Ich bin aufgewachsen mit den Schauer-
geschichten, die mein Vater vom Leben in den Schützengräben des
Ersten Weltkriegs erzählte – und seitdem hab ich einen Horror vor
Ratten.»

Er erhob sich wieder und rieb sich den Rücken, der in der Kälte
ganz steif geworden war. «Wahrscheinlich ein Mann, nach der
Größe des Schädels zu urteilen. Und noch jung, wie ich anhand
der Jeans annehmen möchte. Wie dem auch sei, ob Mann oder
Frau – in Breckham Market wird doch wohl zur Zeit niemand
vermißt, Herr Pfarrer, oder?»

Die förmliche Anrede half Ainger dabei, seine Fassung wiederzufinden. «Nein, meines Wissens nicht. Wenn der Tote, wie Sie
annehmen, erst vor relativ kurzer Zeit gestorben ist, kann er nicht
von hier stammen.»

Er sah sich um. Direkt unter den Büschen verlief ein Stachel-
drahtzaun, dahinter erstreckte sich die überschneite Grasnarbe
der Umgehungsstraße, die man in den sechziger Jahren erbaut
hatte, als die Stadt sich zu einer Art Auffangregion für die Indu-
strien und Bewohner des überbevölkerten Londoner Nordostens
entwickelte. Die Straßen im mittelalterlichen Stadtkern waren zu
eng gewesen, um den wachsenden Verkehrsstrom aufzufangen,
und die Umgehungsstraße hatte zu einer Trennung des alten
Breckham Market von der neuen Stadt geführt. «Die Leiche
könnte von sonstwo hierher geschafft worden sein», argumen-
tierte Ainger. «Möglicherweise hat man sie einfach von der Straße
aus über den Stacheldraht geworfen.»

Quantrill nickte. «So etwas kommt vor – aber in solchen Fällen
sucht man sich normalerweise eher ein Stück Wald aus, wo die
Aussicht besteht, daß die Leiche nicht so schnell entdeckt wird.
Wie dem auch sei, wo immer diese Leiche herkommen mag –
jetzt, wo sie uns gewissermaßen vor den Füßen liegt, müssen wir
uns auch mit ihr beschäftigen.»

Zwei Streifenwagen und ein Kombi hatten unterdessen am
Straßenrand gehalten, und ein halbes Dutzend Polizeibeamte mit
voller Ausrüstung kletterte schwungvoll über den Zaun. Nachdem Quantrill ein paar kurze Anweisungen gegeben hatte, machten sie sich mitten im Schnee an die Arbeit, steckten das Gelände
ab, bauten Blendgitter auf und fotografierten jeden Millimeter des
Tatorts.

«Es kann selbstverständlich auch ein natürlicher Tod gewesen sein», wandte sich Quantrill an Ainger. «Schließlich gibt es Landstreicher, die im Sommer unter freiem Himmel übernachten. Durchaus möglich, daß einer davon plötzlich krank geworden und hier gestorben ist.»

«Ist es möglich, die Todesursache festzustellen, wenn der Körper bereits zum Skelett zerfallen ist?» fragte Ainger.

«Das hängt alles davon ab . . .» Quantrill machte eine Pause und beobachtete für einen Moment den Fotografen, der sein Objektiv für eine Nahaufnahme einstellte, «. . . was Inspector Colman und seine Mannschaft noch finden, wenn sie die Reste einsammeln und die Umgebung absuchen. Vielleicht entdecken sie eine Flasche Fusel, eine Spritze oder eine Schußwaffe. Und wenn nicht, dann findet der Pathologe vielleicht Bruchstellen am Schädel oder an der Halswirbelsäule oder einen Messereinstich in den Rippen, der einen Hinweis darauf gibt, daß etwas faul ist an der Sache. Oder das Labor entdeckt irgendwelche Giftspuren bei der Analyse der Bodenproben unter der Leiche. Aber wenn wir nichts Wesentliches finden und auch die Autopsie keinen Aufschluß gibt, wird auch der beste Experte nichts über die Todesursache sagen können.»

«Dann können Sie persönlich also im Moment nicht viel tun, nicht wahr?» erkundigte sich Ainger, erneut zähneklappernd, schlug den Jackettkragen hoch, um die geröteten Augen vor dem kalten Wind zu schützen, und rieb die Hände wärmend aneinander.

«Oh, doch, eine Menge. Zunächst einmal ist es meine Aufgabe, die Identität des Mannes festzustellen. Hören Sie, Mr. Ainger, warum gehen Sie nicht einfach nach Hause? Ich muß Ihnen ohnehin nachher noch ein paar Fragen stellen, wenn ich erst mit Inspector Colman gesprochen habe.»

«Fragen?»

«Aber ja. Das ist immerhin Ihr Grundstück, also muß ich wohl bei Ihnen anfangen.»

«Ach ja, natürlich. Ich werde selbstverständlich alles tun, um Ihnen behilflich zu sein. Am Nachmittag muß ich zwar zu einer Versammlung, aber bis ungefähr halb zwei bin ich bestimmt zu Hause.» Sein Blick fiel auf den Schlitten, der verlassen unter den Büschen lag. «Eigentlich könnte ich den gleich mitnehmen – ich glaube nicht, daß die Jungs nach dem Schreck besondere Lust haben werden, noch mal hierher zu kommen. Bis nachher also, Mr. Quantrill.»

Er nickte dem Chief Inspector noch einmal zu, warf einen letzten Blick auf die Überreste des toten Mannes und stapfte den Hang hinauf, den Schlitten hinter sich herziehend. Eine Fontäne von Schneematsch hinter sich lassend, kam ein Zivilfahrzeug hinter dem Polizei-Kombi am Straßenrand zum Stehen. Der Schnee knirschte unter seinen Gummistiefeln, als Quantrill zum Zaun ging und den Stacheldraht nach unten drückte, um seinem Kollegen Inspector Colman das Hinüberklettern zu erleichtern und sich mit ihm an die Arbeit zu machen.

Gillian Ainger stand in der Küche und arbeitete sich mechanisch durch einen Haufen Bügelwäsche, bestehend aus den warmen Unterhemden und den langen Unterhosen ihres Vaters. Alle Sinne angespannt, lauschte sie auf die Rückkehr ihres Mannes. Als sie ihn endlich die Tür öffnen hörte, lief sie in die Diele und machte ihm ein Zeichen, ihr schweigend zu folgen, um nicht die Aufmerksamkeit ihres Vaters zu erregen.

Er kam zu ihr in die Küche, schloß die Tür und lehnte sich dagegen, bleich und mit leerem Blick.

Sie schaltete das Bügeleisen aus, behielt es aber in der Hand. «Ist es . . . ist es Athol?»

«Ich weiß es nicht. Wie soll ich das sagen? Ich habe nur einen Totenschädel sehen können und etwas, das nach einem Haufen alter Kleider aussah.»

«Was hat Mr. Quantrill gesagt?»

«Er war beängstigend genau. Eine vergleichsweise junge Leiche, hat er gesagt, und ein ziemlich junger Mann. Wir waren uns darüber einig, daß es niemand aus dem Ort sein kann . . .»

«Hast du auch darauf hingewiesen, daß man ihn sehr gut von der Straße aus über den Zaun geworfen haben kann?»

«Ja doch, ja. Aber er hält das für unwahrscheinlich. Er sagt, daß er vielleicht eines natürlichen Todes gestorben ist und daß möglicherweise nicht mal die Experten die Todesursache herausfinden werden. Aber bis dahin wird er überall herumschnüffeln, um herauszufinden, wer der Tote ist . . . O Gott, Gillian, es wird alles herauskommen . . .»

Er ging zu ihr und legte seine Arme um sie, aber sein Griff war kraftlos, ohne Leben. Sie stand eine Weile still, die Stirn gegen seine Schulter gedrückt, und als sie wieder aufschaute, schien sie den Tränen nahe zu sein. «Oh, wenn doch nur . . .»

Die Küchentür öffnete sich, und Henry Bowers schlurfte herein. «Ist es schon Zeit für mein Mittagessen?» erkundigte er sich hoffnungsvoll.

«Nein!» Sie entzog sich den kraftlosen Armen ihres Mannes. «Vater, um Himmels willen, wir versuchen gerade, uns einmal ganz allein und sehr persönlich zu unterhalten. Also geh! Vor einer halben Stunde gibt's kein Essen.»

«Aber es ist doch schon halb eins, und ich hab Hunger.»

«Himmel noch mal! . . .» Sie lief zur Speisekammer und kehrte zurück, hochrot vor Anspannung, mit einem Blech frischgebackener Dampfnudeln mit Kirschen, das sie ihm in die Hand drückte. Der Alte schaute verwirrt und fragte:

«Ist das mein Mittagessen?»

«Ja, wenn du's nicht abwarten kannst. Ist doch deine Lieblingsspeise, oder? Dauernd fragst du mich, ob ich sie dir nicht machen kann.»

Langsam strich seine Zunge über die dunklen Lippen, als ihm der Duft der warmen, goldbraunen Kuchen, garniert mit glasierten Kirschenhälften, in die Nase stieg und ihm das Wasser im Mund zusammenlaufen ließ. «Wie viele darf ich essen?»

«Von mir aus alle. Ich mach sie ja schließlich nur für dich. Nun geh schon, und nimm sie mit.»

Er sah sie an, mit einer Mischung aus Schadenfreude und Verwirrung. «Ich sollte aber vielleicht einen kleinen Drink haben. Ich kann sie doch nicht trocken runterschlingen.»

«Ich bring dir deinen Drink. Ich werde den Kessel aufsetzen für eine Kanne Tee und sie dir in dein Zimmer bringen . . . und nun geh endlich.»

Ihr Vater schüttelte den Kopf. «Entweder so was wie Rum oder 'n richtiges Mittagessen», sinnierte er laut. «Wenn du mich fragst, gibt's verdammt noch mal Rum oder Essen.» Aber er setzte sich immerhin in Bewegung, mit einigem Tempo sogar, als fürchte er, seine Tochter könne anderen Sinnes werden.

Kaum hatte sich die Tür hinter ihm geschlossen, taumelte sie tränenblind in die Arme ihres Mannes, der sie dieses Mal auch festhielt, als meine er es ernst. «Nicht doch, Liebste», flüsterte er ihr ins Haar. «Weine nicht . . . du warst doch so tapfer bis jetzt.»

Sie hob ihm das Gesicht entgegen, das klarer und offener wirkte mit den Spuren ihres Gefühlsausbruchs. «Liebst du mich, Robin?»

Der Druck seiner Arme lockerte sich. «Das weißt du doch.»

«Dann sag es mir», bettelte sie. «Sag, daß du mich liebst.»

Robin nahm einen tiefen, zitternden Atemzug und entließ ihn wieder in einem langen Seufzer. «Ich liebe dich, und ich brauche dich. Wir brauchen uns beide, weil der Chief Inspector gegen Mittag zurückkommen und uns über die Leiche befragen wird.»

Sie preßte die Faust vor den Mund, als wolle sie sich in panischer Angst alle Fingernägel ausreißen. «Aber warum? Warum kommt er ausgerechnet hierher?»

«Weil man die Leiche auf unserem Grundstück gefunden hat. Er hat nicht den leisesten Verdacht, es geht nur um ein paar Routinefragen. Aber wir müssen natürlich unsere Aussagen aufeinander abstimmen.» Wieder überlief ihn ein Zittern. «Was sollen wir ihm sagen? Was, um alles in der Welt, sollen wir ihm erzählen?»

Sie trat einen Schritt zurück, etwas ruhiger geworden, als habe sie neue Kraft geschöpft aus seiner Unsicherheit.

«Wir sagen nur so wenig wie irgend möglich. Und vor allem leugnen wir jedes Wissen über diesen Toten. Schließlich, wie sollten wir denn auch wissen, *wessen* Skelett man da gefunden hat? Wahrscheinlich werden sie es nicht einmal identifizieren können – Athol war kein Engländer und war mit niemandem hier in Breckham Market befreundet. Alles wird gutgehen, wenn wir nicht den Kopf verlieren.»

«Ja . . . das ist es.» Er streckte seine Hand aus und strich ihr übers Haar. «Alles wird gutgehen, solange wir zusammenhalten. Und das haben wir uns bereits bewiesen, nicht wahr? Wir sind beide durch die Hölle gegangen, aber wir sind auf der anderen Seite herausgekommen, und jetzt wird uns nichts mehr auseinanderbringen. Ist es nicht so?»

Für ein paar Augenblicke standen sie eng umschlungen da, Gillian mit verängstigten Augen in die eine Richtung starrend und Robins schönes Gesicht mit leerem Blick in die andere. Dann öffnete sich erneut die Tür.

«Kocht das Wasser schon? Ich will meinen Tee.»

4

Durch die Diele waberte der Geruch zu stark gewürzter Ochsen-
schwanzsuppe aus Dosen, als Gillian Ainger dem Chief Inspector
die Tür öffnete. Sie begrüßte ihn geradezu fröhlich. «Hallo, da
sind Sie ja wieder! Treten Sie ein, Sie kommen gerade recht zum
Mittagessen.»

Quantrill, der noch die winterliche Kälte ausströmte, protestierte höflich, war aber dennoch froh, sich seines schweren Win-
termantels entledigen und ihr in die warme Küche folgen zu
können. Die Küche war ein großer quadratischer Raum, eher
gemütlich als funktional eingerichtet. Robin Ainger stand am
Herd, sehr gerade und gutaussehend in seinem dunkelgrauen
Anzug und dem weißen Priesterkragen, und rührte in einer Kasserolle. «Sie kommen gerade rechtzeitig», sagte er, und seine Stimme
klang ebenso munter wie die seiner Frau. «Es ist zwar nur ein
Resteessen, weil wir beide noch Termine haben, aber Sie dürfen
gerne mithalten.»

«Sehr freundlich von Ihnen.» Quantrill rieb sich die Hände
warm und sah Gillian Ainger zu, wie sie sich durch die Küche
bewegte, das Vollkornbrot auf den Tisch stellte, dann etwas Käse
und Obst. Sie hatte den alten Tweedrock und den Pullover gegen
ein Wollkleid getauscht und etwas mehr Lippenstift aufgelegt. Ihre
Wangen waren rosig, die Augen strahlten, aber dieses Strahlen
hatte etwas Künstliches, und es war offensichtlich, daß ihre Lider
vom Weinen geschwollen waren.

Ihre Augen begegneten seinem Blick, und sie lächelte herzlich.
«Robin und ich haben gerade eben, kurz bevor Sie kamen, festgestellt, daß wir uns fühlen, als hätten wir unverhofft Urlaub bekommen. Es ist das erste Mal, seit Dad bei uns lebt, daß wir ohne ihn zu
Mittag essen. Er ißt furchtbar gerne, aber heute hat er es nicht
abwarten können, bis das Essen fertig war, und sich vor einer
halben Stunde so mit Dampfnudeln vollgestopft, daß er sich zum
Schlafen gelegt hat.»

Unterdessen hatte ihr Mann Steingutschalen mit dampfender
Suppe aufgetragen. «Er wird fuchsteufelswild werden, wenn er
aufwacht und feststellt, daß er eine Mahlzeit verpaßt hat und wir
alle beide außer Haus sind.»

«Es wird ihm schon nicht schaden, sich ausnahmsweise einmal

selbst etwas zu essen machen zu müssen. Gottlob ist er ja noch nicht ganz hilflos, obwohl er manchmal ganz gerne so tut. Genießen wir's also, einmal ohne ihn essen zu können.»

«Tut mir leid, daß ich Ihnen jetzt diese günstige Gelegenheit verderbe», sagte Quantrill. «Ihnen bleibt sicher wenig genug Zeit für sich selbst.»

Die Blicke der beiden Aingers trafen sich, bevor sie beide gleichzeitig protestierten. «Es ist gar nicht so, daß wir unbedingt nur zu zweit sein wollen», versicherte Robin mit einem Lachen. «Lieber Himmel, wir sind schließlich seit sechzehn Jahren verheiratet! Nur – die Gespräche mit dem armen alten Henry sind auf die Dauer einfach deprimierend, nicht wahr, Liebes? Nun, zugegeben, das ist sogar noch untertrieben . . . also, wie du schon sagtest, laß es uns genießen, daß er nicht dabei ist! Also, Mr. Quantrill, wie wär's mit etwas Cheddarkäse – oder möchten Sie sich lieber über diesen gut durchgereiften Camembert hermachen? Er ist ein Geschenk von einem meiner Gemeindemitglieder . . .»

Eine Zeitlang verlief das Gespräch in munterem Plauderton und wurde überwiegend von Robin Ainger bestritten. Er hatte eine kräftige, melodische Stimme und war es offenbar gewöhnt, daß sich sein Publikum zurückhielt. Quantrill hatte den Eindruck, daß er sich heftig bemühte, die alte Selbstsicherheit wiederherzustellen, die ihm eine Zeitlang abhanden gekommen war, als er zitternd vor Kälte und Ekel im Schnee gestanden und die sterblichen Überreste dieses Mannes betrachtet hatte.

Quantrill selbst war überraschend guter Laune. Gewöhnlich stimmte ihn der Anblick einer Leiche eher düster, denn wie entstellt auch immer die Toten aussahen, denen er im Verlauf seiner Arbeit begegnete – sie waren immer noch zu erkennen als menschliche Wesen. Als Personen, deren Leben erst vor Stunden oder Tagen unvermittelt geendet hatte, als Individuen mit Angehörigen und Freunden, die nun um sie trauerten. Und unter solchen Umständen schien gute Laune gänzlich unangebracht.

Anders war es bei einem Skelett. Die menschlichen Überreste, die seine Männer unter den Büschen am Fuße der Pfarrwiese hervorgezogen hatten, waren einst auch einmal der Sohn einer Mutter, die Hoffnung eines Vaters, der Geliebte einer Frau gewesen, und auch um ihn würde irgendwo, irgendwer getrauert haben. Aber das lag schon in einiger Ferne, und wenigstens für dieses

Mal würde ihm nicht die schmerzliche Aufgabe zufallen, mit einer schrecklichen Nachricht in das Leben eines anderen platzen zu müssen. Dieses eine Mal war es nichts weiter als ein interessanter Fall, ein ungeklärter Todesfall, und er konnte seine Ermittlungen durchführen, ohne dabei jemandes Gefühle zu verletzen.

Er setzte Ainger diesen Standpunkt auseinander und fügte ermunternd hinzu: «Sie selbst können auch froh sein . . . wenigstens handelt es sich nicht um eines Ihrer Schäfchen.»

Bevor Ainger antworten konnte, klingelte es, und er ging zur Tür, während seine Frau den Kaffee vorbereitete.

«Ein Reporter vom Lokalblatt», erklärte er, als er zurückkam. Der Blick seiner Augen war wieder matt und leer geworden.

«Was hast du ihm erzählt?» erkundigte sich seine Frau.

«Daß der Chief Inspector eben mit uns gegessen hat und zweifellos zu gegebener Zeit eine Erklärung abgeben wird. Was hätte ich sonst sagen sollen? Ich konnte ihm doch nicht die Namen der beiden Jungen geben, sie sind schon schlimm genug dran.»

Quantrill sah zu ihm hoch. «Haben Sie denn mit ihnen gesprochen?»

«Ja, als ich ihnen den Schlitten zurückbrachte. Sie kommen hin und wieder in unsere Sonntagsschule, und ich wollte sicher sein, daß die beiden auch okay sind. Ich wußte, daß ihre Mütter tagsüber zur Arbeit sind, aber sie waren beide bei Justins Großmutter, also in guten Händen. Ich hab sie gefragt, ob sie schon öfter auf unserer Wiese gespielt haben und ob ihnen vielleicht etwas aufgefallen ist, das uns weiterhelfen könnte, aber sie haben das verneint.»

Der Chief Inspector war nicht besonders begeistert, daß sich der Pfarrer höchstpersönlich bereits der Mühe unterzogen hatte, sich als Amateurdetektiv zu betätigen; aber da der Tote auf seinem Grundstück gefunden worden war, war es vielleicht nur zu verständlich, daß er sich in dieser Angelegenheit besonders engagierte.

«Nun denn, Mr. Ainger, ein paar Fragen an Sie, wenn es Ihnen nichts ausmacht: Die Wiese, auf der die Leiche gefunden wurde, gehört doch wohl Ihnen in Ihrer Eigenschaft als Pfarrer dieser Gemeinde, nicht wahr?»

«Es ist Pfarrland, ja, und damit Teil meiner Pfründe als Oberhaupt der Kirche von St. Breckham Market.» Robin Ainger schob seinen Stuhl zurück, schlug die Beine übereinander und schaute angelegentlich auf seinen leeren Teller. «Ich kann zwar nicht frei verfügen über diese Wiese, aber ihr Ertrag ist ein Teil meines Einkommens. Und wie Sie vielleicht wissen, wird sie vom Pächter der Church Farm als Weideland genutzt.»

«Und wie ist es mit Ihnen selbst? Gehen Sie hin und wieder über diese Wiese?»

«Nein», antworteten beide gleichzeitig.

«Nie», fügte Gillian Ainger mit einem leicht selbstgewissen Lachen hinzu. «Als wir hierherkamen, dachte ich noch, ich würde vielleicht im Sommer gelegentlich dort spazierengehen, aber das Viehzeug hat mich davon abgehalten. Diese Bullen sind ziemlich neugierig und aufdringlich.»

«Wir denken eigentlich so gut wie gar nicht an diese Wiese», bestätigte ihr Mann. «Schließlich liegt sie ja auch auf der anderen Straßenseite, hinter einem Zaun und damit ganz außer Sicht.»

«Wenn sich also jemand darauf herumtreibt – Kinder, Liebespaare oder irgendwelche Brombeerpflücker –, dann würden Sie das wahrscheinlich gar nicht sehen?»

«Sehr wahrscheinlich nicht. Vor allem dann nicht, wenn jemand vom unteren Ende kommt, also von der Umgehungsstraße her.»

«Klar.» Der Chief Inspector schickte sich zum Gehen an. «Nun denn, dann kann ich Ihnen nur noch danken für Ihre Unterstützung und die Gastfreundschaft.»

Das Telefon läutete, und Mrs. Ainger eilte hinaus, um das Gespräch entgegenzunehmen. Ihr Mann warf einen vielsagenden Blick auf seine Armbanduhr. «Bedaure, Sie aufgehalten zu haben», fuhr Quantrill fort. «Wenn ich mich nicht irre, haben Sie beide noch irgendwelche Termine.»

«Ja, ich mit ein paar Schulleitern und meine Frau mit dem Mütterverein. Man hält uns ganz schön auf Trab.»

«Ja, ich merke schon», sagte Quantrill und mußte unwillkürlich an den Ausdruck «die Stützen der Gesellschaft» denken. Genau das mußten die beiden sein, nach allem, was man hörte. Er ging hinaus in die Diele und nahm seinen Mantel.

«Mr. Quantrill!» rief ihm Ainger plötzlich nach.

Der Chief Inspector drehte sich um. Gillian war wieder aus dem Arbeitszimmer aufgetaucht und stand neben ihrem Mann. Beide wirkten wie erstarrt.

«Ja, Mr. Ainger?»

«Können Sie mir vielleicht sagen, was passiert ist? Haben Sie schon herausgefunden, wie die . . . die Person gestorben ist?»

«Oh, das dauert noch Tage. Es gab keine eindeutigen Spuren an der Leiche selbst oder in deren Umkreis.»

«Und die Identität?»

«Keine Ahnung. Inspector Colman meint auch, daß es sich um einen Mann handelt und daß sein Tod eher ein paar Monate als etliche Jahre zurückliegt, aber bis jetzt war noch keine Zeit für eine genauere Untersuchung. Mit etwas Glück finden wir in den Kleiderresten ein paar Hinweise, die seine Identifizierung ermöglichen.» An der Tür drehte er sich noch einmal um und fügte hinzu: «Immerhin gibt es ein recht interessantes Detail – einen Ring an der linken Hand. Ein dicker Brocken aus Silber, fast wie ein Schlagring. Sehr ungewöhnlich und auffallend. Bestimmt hilft es dem einen oder anderen Gedächtnis auf die Sprünge, wenn wir ihn in der Stadt herumzeigen.»

Ohne etwas zu sagen oder einen Blick zu tauschen, trafen sich die Hände der Aingers hinter ihrem Rücken zu einer verstohlenen, angstvollen Umklammerung, die dem Chief Inspector verborgen blieb.

Er war Gillian ein Lächeln zu, dankte beiden noch einmal für ihre Hilfe und verabschiedete sich mit guten Wünschen für den Tag.

5.

«DC Wigby! Kommen Sie bitte in mein Büro . . . wenn Sie mit Ihren Fitneß-Übungen fertig sind.»

Der Schnee hatte Jan Wigby's gute Vorsätze, nach Weihnachten sein Übergewicht abzutrainieren, erheblich behindert, aber nun, da das Wetter aufklarte, begann der Detective Constable jeden Arbeitstag mit einem flotten Marsch rund ums Revier. Chief Inspector Quantrill hatte nicht nur gesehen, sondern auch gehört, wie sich Wigby in einem Zwischenspurt seinen Weg durch den Seiteneingang gebahnt hatte, und im gleichen Moment beschlossen, daß dies der beste verfügbare Mann war für die Ermittlungen im Fall Parson's Close.

Wigby war zweiunddreißig Jahre alt, wohnte seit sechs Jahren in Breckham Market und kannte sich dort bestens aus. Er war munter, laut und respektlos, dabei aber ein erfahrener und tüchtiger Kriminalbeamter mit besten Empfehlungen von der übergeordneten Polizeibehörde. Nur seine Methoden waren ein wenig suspekt. «Du mußt sie kennen, um sie zu kriegen», lautete sein Motto, «und du mußt dich mit ihnen abgeben, wenn du sie kennenlernen willst.» Folgerichtig brachte DC Wigby den größten Teil seiner Arbeitszeit damit zu, sich mit den örtlichen Ganoven und ihrem Anhang herumzutreiben und dort seine Informationen zu sammeln. Manchmal gelang es ihm auf diese Weise, seine Fälle zu lösen, und manchmal versagte er, unerklärlicherweise. Man hatte ihm zwar nie etwas nachweisen können, aber seine Kollegen waren der Meinung, daß er bemerkenswert geschickt sein mußte, um sich von seinem schmalen Gehalt als Detective Constable den schicken Bungalow, eine hübsche, elegante Frau und zwei perfekt herausgeputzte kleine Töchter leisten zu können. Quantrill mochte den Mann alles in allem, ohne ihm jedoch ganz über den Weg zu trauen.

Inzwischen stampfte DC Wigby in sein Büro. Er war mittelgroß, bullig gebaut, Haar und Augenbrauen bestanden aus blonden Borsten. Er trug einen dicken weißen Pullover und hellgraue Hosen mit einem aggressiv rot-grünen Karo.

«Und – was kann ich für Sie tun, Sir?» fragte er munter.

«Sie könnten etwas für das Skelett tun, das wir gestern gefunden haben.»

«Ah, Sie meinen ‹Boney›, den geheimnisvollen Knochenmann. Wirklich 'n starkes Stück, einfach so mit fremden Leichen hier rumzuwerfen. Kein gutes Image für die Stadt.»

«Genau. Die Gerichtsmedizin arbeitet noch an der Feststellung der Todesursache, aber ich möchte, daß Sie sich inzwischen schon mal umhören, ob hier irgend jemand etwas über ihn weiß.» Er nahm den vorläufigen gerichtsmedizinischen Bericht zur Hand und las vor: «Geschlecht: männlich; Größe: 1,88 m; Alter: 20–24 Jahre. Todeszeitpunkt liegt etwa 7 oder 8 Monate zurück – also etwa Juli oder August letzten Jahres. Bekleidet mit Jeans, Jackett und Turnschuhen. Weder an noch in der Kleidung irgendwelche Hinweise zur Identifizierung – aber er trug diesen Ring hier an seiner linken Hand.»

Der Chief Inspector legte einen Plastikbeutel auf seinen Schreibtisch. In dem Beutel befand sich ein massiver Ring aus getriebenem Silber, wuchtig wie ein mittelalterlicher Schildbuckel.

Wigby nahm ihn in die Hand und pfiff beeindruckt durch die Zähne. «Wenn ich ihn damit in einem Fußballstadion erwischt hätte, hätte ich ihn eingelocht wegen unerlaubten Waffenbesitzes.»

«Stimmt, das Ding ist sehr auffallend. Wenn er also letzten Sommer hier in der Stadt war, haben wir gute Chancen, daß sich jemand daran erinnert.»

Wigby wirkte eher skeptisch, meinte aber bereitwillig: «In Ordnung, dann werd' ich mich mal etwas umhören.»

«Tun Sie das. Selbstverständlich ist es auch gut möglich, daß keinerlei Verbindung zu Breckham Market besteht. Ich habe bereits um einen Computerauszug über sämtliche vermißte Personen gebeten, vielleicht kommen wir damit weiter. Andernfalls werden wir es mit öffentlichen Aufrufen in den Medien versuchen. Aber vielleicht finden Sie ja schon heute etwas heraus. Die *Daily Press* hat heute eine Meldung über den Fall gebracht, also wird sich die Sache schon herumgesprochen haben.»

«Sprechen macht durstig», bemerkte Wigby in freudiger Erwartung.

«Gut, daß Sie mich daran erinnern», meinte Quantrill, «Sie könnten mir eine Tasse Kaffee bringen, bevor Sie gehen.»

Es kam nicht gerade häufig vor, daß ihn der Chief Inspector geradezu zu einer Kneipentour ermunterte, also war Wigby entschlossen, die Gunst der Stunde zu nutzen. Aber da die Lokale erst um halb elf öffneten, fuhr er zunächst über die Yarchester Road bis zum Verteilerkreis und dann auf die Umgehungsstraße.

Zu seiner Linken lag die penibel geordnete Ansammlung von Wohnsiedlungen, Schule, Behörden, Fabriken und Warenhäusern, die die Neustadt darstellte, das Utopia der Stadtplaner, wo die Hälfte der Verbrechen des ganzen Polizeidistrikts verübt wurden. Zur Rechten erstreckte sich das alte Breckham Market mit seinen verschachtelten Gassen bis hinauf zur Kirche. Dies war die Rückansicht der Stadt, nur von der Umgehungsstraße aus zu sehen. Direkt hinter dem Verteilerkreis, nur vom Zentrum aus zugänglich, lag das ärmste Viertel, eine Ansammlung verfallener roter Backsteinbauten mit Schieferdächern, die offiziell unter dem Namen «Sebastopol Street» geführt wurde, aber besser bekannt war als «Duck End», was ungefähr so viel bedeutete wie letzte Zuflucht. Weiter vorn erstreckten sich die Schrebergärten bis zur Umgehungsstraße, und hinter deren Heckenzäunen lag Parson's Close, das Grundstück der Pfarrei.

Wigby stellte seinen Wagen auf dem begrünten Seitenstreifen ab, direkt hinter einem Polizei-Kombi. In der unverändert bitteren Kälte widmeten sich vier Uniformierte der stumpfsinnigen Aufgabe, jeden Zentimeter Schnee vom unteren Wiesenrand abzukratzen, in der Hoffnung, vielleicht doch noch irgendwelche Spuren zutage zu fördern. Wigby grinste still vor sich hin, stellte den schwarzen Pelzkragen seiner Schaffelljacke hoch und begann – dank seiner Erfahrungen im Dienst der Royal Marines –, das Gelände mit militärisch geschultem Blick zu erkunden.

Am anderen Ende von Parson's Close lag ein Schalthäuschen des Elektrizitätswerks, von der Wiese abgeschirmt durch einen hohen Sicherheitszaun aus Draht. Der Zugang zu Parson's Close war also nur von drei Seiten her möglich: von unten über den Stacheldraht längs der Umgehungsstraße, von oben über die St. Botolph Street oder seitwärts durch die Hecken der Schrebergärten, die immer noch verschneit dalagen und mit ihren mehr oder minder improvisierten Lauben den Eindruck eines verlassenen Flüchtlingslagers machten, in dem die Fußpfade unkenntlich geworden waren. Aber Wigby wußte, daß diese Pfade existierten und daß einer davon direkt von Parson's Close zum Duck End verlief. Beide Punkte lagen nur knapp hundert Meter voneinander entfernt.

Für den Augenblick interessierte es ihn weniger, ob man die Leiche vielleicht über die Umgehungsstraße hierher gebracht und über den Zaun gehievt hatte. Es konnte auch sein, überlegte er, daß der Mann Parson's Close noch als Lebender betreten hatte – über St. Botolph Street oder den Gartenweg zum Duck End –, und in diesem Fall war er bestimmt irgendeinem Einheimischen begegnet.

Bei St. Botolph gab es keine Kneipen, aber im Duck End lag das *Malster's Arms*. Wigby wendete den Wagen, fuhr zurück zum Verteilerkreis und bog in die schmale Straße ein, die direkt zur

Altstadt führte. Als er im Duck End anlangte, war es eine Minute vor Öffnung der Lokale.

Die Häuser der Sebastopol Street waren Mitte des neunzehnten Jahrhunderts von einem Bierbrauer namens Gosling erbaut worden und galten schon seit langem als unbewohnbar. Die meisten standen bereits leer, und man hatte die Türen und Fenster mit Brettern zugenagelt, aber in dem Restbestand hausten noch die altgewordenen Eigentümer oder Pächter und fristeten ein kümmerliches Dasein, heimgesucht von Küchenschaben, Feuchtigkeit und Rheumatismus. Rauchfahnen stiegen aus ihren Schornsteinen hoch, und vor die Haustüren hatte man hellrote Asche gestreut, um den Anwohnern das Gehen zu erleichtern, wenn sie sich hinaus auf den Schnee wagten.

Als Wigby sich dem Eingang des *Malster's Arms* näherte, wurden eben geräuschvoll die Türriegel zurückgeschoben. Er begrüßte die Wirtin mit einem fröhlichen «Morgen, Mrs. Phelps!»

Alice Enid Phelps, Inhaberin einer Konzession, die es ihr gestattete, Bier, Wein und Spirituosen vor Ort oder auch außer Haus zu verkaufen, betrachtete ihn aus zusammengekniffenen Augen. Sie war klein, dünn und grauhaarig, aber ihre Augen waren nicht minder scharf als ihre Zunge.

«Ich weiß Bescheid», sagte sie. «Sie sind doch der Polizist, der mir die ganze Kundschaft vergrault hat.»

«Das ist doch schon mindestens anderthalb Jahre her», protestierte Wigby.

«Ich vergesse nie ein Gesicht.»

Sie war Witwe, etwa Mitte sechzig, und hatte nach dem Tod ihres Mannes die Wirtschaft übernommen. Nicht etwa, weil sie gerne trank oder Leute um sich haben wollte, sondern nur, weil der Pub für sie Einkommensquelle und Zuhause zugleich darstellte. Die örtliche Brauerei hatte ihre Pforten schon vor dreißig Jahren geschlossen, seither war dieses Lokal frei bewirtschaftet, und sie konnte – innerhalb der Grenzen der Gaststättenverordnung – darin schalten und walten, wie es ihr gefiel.

«Letztes Mal, als Sie hier rumgeschnüffelt haben», fuhr sie fort und versperrte ihm den Weg, «waren Sie hinter Kevin her, dem Enkel von der armen alten Mrs. Bedingfield Reggie. Dabei war er gar nicht der, nach dem Sie gesucht haben, weil er nämlich ein ehrlicher Junge ist. Sonst würde ihn seine Großmutter auch bestimmt nicht bei sich wohnen lassen. Das ist nämlich eine anständige Gegend, und ich hab ein anständiges Lokal, und ich will nicht, daß hier die Polizei herumspioniert und meine Gäste belästigt. Also, was wünschen Sie?»

Wigby blinzelte sie betont unschuldig an aus seinem Vollmondgesicht. «Ich habe eigentlich nur auf ein kaltes Guinness und ein warmes Plätzchen gehofft. Ich bin seit Tagesanbruch im Dienst, auf Parson's Close, und es ist verdammt kalt da draußen.»

«Ich führe kein Guinness», erklärte sie. «Verlangt keiner nach, hier in Duck End.»

«Dann vielleicht ein Mild?» schlug Wigby vor. «Könnte jetzt gut ein halbes brauchen.»

Widerstrebend ließ sie ihn eintreten. Der Pub bestand nur aus einem trostlos düsteren Schankraum, dessen Tapete mit den Jahren vergilbt und von Schwammflecken übersät war. Der übrige Anstrich war braun, und die Holzbänke wirkten ungefähr so einladend wie Kirchengestühl. Mrs. Phelps einziges Zugeständnis an das Komfortbedürfnis ihrer Kundschaft bestand in einem dürftigen offenen Feuer, aus dem der Qualm zwischen den Stäben des engen Kamingitters hochstieg.

«Ah, so ist's schon besser», begrüßte Wigby das Feuer mit übertriebener, händereibender Begeisterung. «Genau das hab ich gebraucht, nachdem ich halb Parson's Close umgepflügt habe.»

Mrs. Phelps zeigte keine Reaktion, wurde weder sanftmütiger noch neugierig. Gemächlich zapfte sie sein Bier, nahm das Geld entgegen und hielt den Mund.

«Schätze, Sie haben schon gehört von dem Skelett», hakte er nach.

«Ja, aber es ist keiner von hier, da bin ich sicher. Und es gibt auch nichts, was meine Kunden dazu sagen könnten. Sie verschwenden also nur Ihre Zeit.»

«Trotzdem, guter Tropfen, den Sie da haben», sagte er.

Die Bemerkung schien Mrs. Phelps nicht völlig kalt zu lassen. «Nun, ich denke, Sie können wohl bleiben, wenn's unbedingt sein muß. Aber ich wäre Ihnen dankbar, wenn Sie sich zurückhalten würden. Und setzen Sie sich bitte nicht hier ans Feuer.»

Wigby wechselte auf einen zugigen Barhocker über und beobachtete, wie sich die Sitze um den Tisch am Kamin allmählich mit den Stammkunden füllten. Es waren etwa ein halbes Dutzend alter

Männer mit Arbeitermützen, Wollschals, Mänteln und darunter mehrere Lagen Westen und Jacken. Nacheinander schlurften sie zur Tür herein, mit einem respektvollen Gruß an die Wirtin, die mit einem Kopfnicken und dem jeweiligen Namen antwortete, während sie bereits das gewohnte Bier zapfte und wortlos gegen entsprechendes Entgelt austauschte.

Damit nahmen die morgendlichen Rituale der Alten ihren Lauf, beginnend mit einem Schwatz über das Wetter und die jüngsten Todesanzeigen aus dem Lokalblatt. Wigby, den man zunächst mit einigen argwöhnischen Blicken bedacht hatte, lehnte stumm über dem Tresen und schaute aus dem Fenster auf einen Eckladen, der schon seit ewigen Zeiten verlassen war. Eine zerbeulte Dose auf einem Mauersockel warb für ein längst überholtes Produkt mit der Aufschrift «RINSO spart Kohle am Waschtag!»

Schließlich kam man auf den Fund des Skeletts zu sprechen, aber niemand schien diesem Thema Aufmerksamkeit zu widmen. Die Bewohner von Duck End waren zu alt, um sich für Dinge zu interessieren, die mit ihrem eigenen Leben wenig zu tun hatten. Sie wußten bereits, daß diese Gebeine keinem Einheimischen gehört hatten, und abgesehen von einer leichten Entrüstung darüber, daß sich ein Fremder erlaubt hatte, ausgerechnet in Breckham Market zu sterben, fiel ihnen nur wenig ein zu der Neuigkeit. Schließlich holte einer von ihnen die Dominosteine hervor, und sie versammelten sich alle am Tisch, um ein Spielchen zu machen.

Wigby wollte gerade austrinken und gehen, als die Tür aufging und ein weiterer Gast eintrat, ein sehr rüstiger Mittsechziger, der eine flache Kappe und einen kurzen Motorradmantel trug, aber Fahrradspangen an den Hosenbeinen.

«So was, da ist ja Walter, unser Jüngling!» rief einer aus dem Kreise der Alten, und die allgemeine Stimmung hob sich augenblicklich. Sogar Mrs. Phelps gestattete sich ein Lächeln der Begrüßung, und dann ging ein allgemeines Händeschütteln und Umarmen los, wobei sich die Männer auf gute ostenglische Weise gegenseitig als «alter Knabe» titulierten.

Soweit Wigby das mitbekam, hatte der Knabe Walter einen der Schrebergärten am Rand von Duck End gemietet, war geboren und aufgewachsen in dieser Straße und wohnte nun in der Nähe des Bahnhofs. Allem Anschein nach war das *Malster's Arms* sein Hauptquartier während der Gartensaison, aber auch im Winter schaute er gern gelegentlich hier vorbei. Nun hatte ihn das schlechte Wetter seit Wochen ferngehalten, und die Stammgäste empfingen ihn wie den ersten Boten des Frühlings.

Wenn Walter von seiner Wohnung zum Garten radelte, überlegte Wigby und stellte sich in Gedanken den Stadtplan vor, dann fuhr er wahrscheinlich über die Botolph Street bis zum Ende der Sackgasse, wo Parson's Close lag. Also war Walter vielleicht ein nützlicher Gesprächspartner, dachte Wigby, saß angespannt lauschend da und bestellte ein Päckchen Erdnüsse, um seine weitere Anwesenheit im Lokal zu rechtfertigen.

Nachdem Walter-Boy jeden der alten Herren persönlich begrüßt hatte, überließ er sie ihrem Dominospiel und ging an die Bar. Er gehörte zu einer neuen Generation von Rentnern, vital, gut genährt und bester Stimmung, aber Wigby wußte nur zu gut, daß es sich nicht empfahl, einem Mann aus Suffolk einen Drink anzubieten, bevor man sich offiziell mit ihm bekanntgemacht hatte.

Er wartete also, bis Walter sein Bier bekommen und Mrs. Phelps sich ins Hinterzimmer zurückgezogen hatte, bevor er dem Mann freundlich zunickte und sagte: «Morgen.»

Walter blieb unverbindlich. «Morgen.»

«Mistwetter ist das, immer noch.»

«Kann man wohl sagen», antwortete Walter, diesmal mit einem Grinsen. «Aber da muß man durch. Ist das erste Mal seit Weihnachten, daß ich wieder aufs Rad geklettert bin.»

«Fahren Sie immer über die St. Botolph Street?»

«Heute nicht, nicht bei diesem dicken Schnee in den Gärten. Aber sonst immer. Wär nicht schlecht, wenn man mir für jedes Mal, das ich da langgeradelt bin, 'n Pfund zahlen würde.»

Wigby wußte, daß er mit dieser Bemerkung nur zum Ausdruck bringen wollte, wie gut er die Gegend kannte; Walter war der Typ, den es eher erstaunt und gekränkt hätte, wenn ihm jemand Geld angeboten hätte. Statt dessen zeigte er ihm also seinen Dienstausweis und sagte: «Ich nehme doch an, daß Sie schon von dem Skelett gehört haben, das wir auf Parson's Close gefunden haben.»

Walter nickte, und seine Augen wurden ganz rund vor Neugier. «Wie mag das bloß dahin gekommen sein?» fragte er.

«Das versuch ich gerade herauszufinden. Zunächst einmal würd ich gern erfahren, wer der Mann überhaupt war. Bis jetzt wissen wir nur, daß es ein ziemlich großer Bursche war, etwa Anfang

Zwanzig, und daß er ungefähr seit letztem Sommer tot ist. Außerdem trug er einen dicken Silberring an der linken Hand. Können Sie sich vielleicht erinnern, ob Sie auf einer Ihrer Fahrten von oder zu den Schrebergärten jemanden gesehen haben, auf den die Beschreibung paßt?»

Walter schüttelte bedächtig den Kopf. «Hab nie jemanden gesehen – jedenfalls keinen Fremden. Bis auf das Zelt, das im Sommer auf der Wiese stand. Nur eins, so ein kleines Ding in Orange, oben bei den Bäumen. Von der Straße aus konnte man's nicht sehen, wegen des Zauns, aber von meinem Garten aus schon. Ich hab mir gedacht, daß es diesem Australier gehören muß.»

«Welchem Australier?»

«Na, dem mit dem Auto. In dem Zelt hab ich nie einen gesehen, aber dieses Auto stand die meiste Zeit am Straßenrand. Ganz hinten in der Sackgasse, am Ende von Parson's Close, im Frühsommer letzten Jahres. War ein japanischer Wagen, ein Datsun wie der von meinem Sohn, aber mit einem Aufkleber von Australien auf der Heckscheibe.»

«Haben Sie sich zufällig das Kennzeichen gemerkt? Oder wenigstens ein paar Buchstaben?»

Walter schob seine Kappe zurück und kratzte sich das graumelierte Stirnhaar. «Nein, ich hab nicht weiter drauf geachtet. Ich hab nur gesehen, daß es ein Datsun war, an der Form. Genau wie der Wagen von meinem Sohn. Aber der ist gelb, und dieser hier war rot.»

«Und Sie sagten, daß es im Frühsommer war, als er da auf der Straße stand?»

«Ja. Das erste Mal hab ich ihn im April gesehen, als ich meine Erbsen gesetzt hab. Ein oder zwei Monate lang stand er immer wieder mal da und dann ständig, bis zu der Zeit, wo wir in Ferien gefahren sind.»

«Und wann war das?»

«Anfang August. Meine Frau und ich fahren jedes Jahr im August zu unserem Wohnwagen nach Yarmouth, mit meiner Tochter und ihrer Familie. Am letzten Samstag im August sind wir dann zurückgekommen, und ich bin sofort nach dem Tee rauf zum Garten, um nach dem Rechten zu sehen. Da war der Wagen nicht mehr da, das Zelt auch nicht, und danach ist weder das eine noch das andere wieder aufgetaucht.»

6.

Wigby spendierte Walter-Boy ein Bier und verließ das Lokal, um in die Stadtmitte zu fahren und in *The Boot,* einer seiner Stammkneipen, ein kleines Guinness zu trinken und die Erdnüsse herunterzuspülen. Am Tresen wurde heftig spekuliert über die mögliche Identität des Knochenmanns von Parson's Close, aber niemand hatte etwas gehört oder gesehen von dem Australier, der sich im vergangenen Sommer in der Stadt aufgehalten hatte. Wigby zog weiter, hinauf zum Gemeindesaal hinter der Kirche, wo er bereits am Vortag gewesen war, um den Schaden zu inspizieren, den der Jugendclub angerichtet hatte.

«Morgen, Mr. Blore. Na, wie läuft's so?»

Der Küster, der auch für die Pflege des Gemeindesaals zuständig war, steckte in einer rehbraunen Strickjacke mit Reißverschluß, sein Schnurrbart war sorgfältig gestutzt, und die Augen blickten tief und kummervoll. Er schaltete den elektrischen Bodenpolierer aus und zeigte dem Detective Constable, was er alles getan hatte, um den Saal wieder in einen brauchbaren Zustand zu versetzen.

«Wie Sie sehen, bin ich gerade dabei, alles wieder sauber und ordentlich zu machen. Aber was die eigentlichen Schäden betrifft . . .» Mit einem Ausdruck, als habe man ihm das Herz gebrochen, wies er auf die Fenster, deren zertrümmerte Scheiben er mit Hartfaserplatten abgedichtet hatte, auf die zu Bruch gegangenen Füße der Tischtennisplatte und auf die zerschmettert am Boden liegenden Lautsprecher der Stereoanlage. «Eine Verschwendung ist das alles, Mr. Wigby, eine niederträchtige, gottlose Verschwendung . . .»

Wigby drückte ihm sein Bedauern aus und stimmte seiner Kritik an der verantwortungslosen Jugend zu, obwohl er insgeheim der Meinung war, daß sie sich völlig natürlich und gesund verhalten hatte. Er selbst war stolz darauf, in seiner Jugend der Schrecken der Gegend gewesen zu sein, und nach seiner Auffassung würde ein Junge, der nie den Mumm gehabt hatte, sich gegen Autoritäten aufzulehnen, auch nicht das Rückgrat haben, um einen tüchtigen Polizisten abzugeben. Und ein Knabe, der es nicht schaffte, seine Missetaten zu verschleiern, würde nie das Zeug haben zu einem richtigen Kriminalisten.

«Was ich Ihnen eigentlich sagen wollte», unterbrach Wigby die Klagen des Hausmeisters, «ist, daß ein Sergeant aus Yarchester den Fall übernehmen und Sie heute nachmittag aufsuchen wird. Wir können uns leider nicht persönlich damit befassen – das wäre ziemlich heikel, weil der Sohn des Chief Inspectors schließlich auch zu diesem Verein gehört.»

Der Hausmeister nickte bekümmert, führte den Constable in die Küche und schaltete den elektrischen Wasserkessel ein. «Hätt ich nie gedacht von dem jungen Quantrill – schließlich ist sein Vater doch der Chef von der Kripo.»

«Was die Väter sind, will nicht viel heißen», meinte Wigby abfällig. «Im Gegenteil, das macht die Jungs manchmal noch schlimmer. Was jemand ist, spielt letzten Endes keine Rolle, wir sind alle nur Menschen.»

Edgar Blore sah aus, als wolle er das bestreiten, aber Wigby wechselte rasch das Thema und brachte das Gespräch auf das Skelett von Parson's Close mit der Frage, ob Blore vielleicht im vergangenen Sommer ein Zelt gesehen habe auf der Wiese oder einen Wagen mit einem australischen Aufkleber in der St. Botolph Street.

«Ein Zelt? Das ist mir völlig neu.» Der Hausmeister fischte einen halbvertrockneten Teebeutel von einer Untertasse, auf der er ihn offenbar nach einem ersten Aufguß abgelegt hatte, und braute eine Tasse dünnen Tee. Er bot sie dem Constable an, der aber prompt ablehnte.

«Der Pfarrer hat auch nie was davon erwähnt, daß jemand auf seiner Wiese gezeltet hat», fuhr Edgar Blore fort, während er den ausgedrückten Teebeutel zum weiteren Gebrauch auf der Untertasse deponierte, «aber vielleicht hat er ja selbst nichts davon gewußt. Wie ich heute morgen schon zu Mrs. Blore sagte, als ich die Sache in der Zeitung gelesen hab: Was Parson's Close betrifft, da kann passieren, was will, und Mr. Ainger kriegt es nicht mal mit. Ich glaube, die Leiche ist bestimmt von der Umgehungsstraße aus auf das Grundstück gebracht worden. Jedenfalls hat sie nicht das geringste zu tun mit Breckham Market.»

«Und was ist mit dem Auto?»

«Um ehrlich zu sein, Mr. Wigby . . . ich gehe nur sehr selten über die St. Botolph Street, aber natürlich sehe ich den Pfarrer ziemlich oft. Es gibt viel zu tun in der Gemeinde, und ich helfe ihm, so gut ich kann, aber normalerweise treffen wir uns hier oder in der Kirche. Nach Möglichkeit stör ich ihn nicht bei sich zu Hause, und wenn ich doch einmal zu ihm hin muß, hab ich den Kopf meistens zu voll, um darauf zu achten, welche Autos da herumstehen.»

«Na schön, aber haben Sie vielleicht einen Fremden bemerkt im letzten Sommer?» Wigby schickte sich an, den Toten zu beschreiben, aber der Hausmeister hob bereits sanft abwehrend die Hand.

«Ich bitte Sie, das ist wirklich zuviel verlangt. Im Sommer nimmt es kein Ende mit den Fremden, die die Kirche besichtigen wollen – St. Botolph ist schließlich eine Touristenattraktion, wie Sie wissen. Da bleibt nicht viel Zeit, sich irgendwelche Gesichter zu merken.»

«Und was ist mit der Sprache oder dem Akzent dieser Leute?» fragte Wigby. «Möglicherweise kam dieser Mann aus Australien.»

«Australien, Amerika, Skandinavien – sie kommen schließlich von überall. Nein, tut mir leid, Mr. Wigby, aber ich kann Ihnen wirklich nicht helfen.» Er schlürfte seinen Tee aus, legte die Tasse umgekehrt auf das Abtropfbrett und sah auf seine Armbanduhr. «Und jetzt müssen Sie mich entschuldigen, wir haben um zwölf eine Beerdigung. Ich muß gehen und mich um die Aufbahrung kümmern.»

Er war schon halb an der Tür, als ihm noch etwas einzufallen schien. «Doch, Augenblick mal, da war ein *Mädchen*, das kam aus Australien. Eine Freundin von Mrs. Ainger. Hat 'ne Menge Zeit verbracht im Pfarrhaus. Ich selbst hab sie nur einmal in der Kirche gesehen, aber meine Frau hat sie öfter getroffen. Mrs. Blore geht zweimal wöchentlich ins Pfarrhaus, als Aushilfe, und sie hat mir erzählt, daß das Mädchen fast den ganzen Juli über da war, bis sie sich wieder auf ihre Rundreise gemacht hat. Vielleicht stand sie ja irgendwie in Verbindung mit dem Mann, von dem Sie sprechen.»

«Ich werde dem nachgehen. Danke für den Hinweis, Mr. Blore. Dann werden wir uns mal mit Mrs. Ainger unterhalten.»

Der Hausmeister wirkte plötzlich besorgt, als müsse er Mrs. Ainger vor etwas beschützen. «Sie wird drüben sein in der Neustadt, im Gemeindezentrum. Sie hat heute einen sehr vollen Tag – aber ich glaube, es wäre doch rücksichtsvoller, wenn Sie sie dort aufsuchen würden, statt im Pfarrhaus. Mrs. Blore und ich sagen immer wieder, daß Mr. und Mrs. Ainger zu Hause nie ihre Ruhe haben. Ständig werden sie von allen möglichen Leuten belästigt, damit sie Testamente bezeugen oder irgendwelche Gesuche unterschreiben oder Empfehlungsbriefe aufsetzen – und neunzig Prozent dieser Leute gehen nicht mal in die Kirche!»

Wigby, einer von diesen neunzig Prozent, machte sich davon. Er war recht zufrieden mit dem bisherigen Verlauf seiner Ermittlungen und überlegte, daß der Chief Inspector das Weitere sicher selbst würde übernehmen wollen, da er bereits mit den Aingers in Kontakt stand, und da es sich bei diesem Fall um ein Skelett handelte, hatte es bestimmt keine besondere Eile mit seinem Rapport. Der Chief hatte ihn beauftragt, herauszufinden, was sich die Leute in der Stadt erzählten, und es war ein Jammer, die Zeit zu verschwenden, wenn man in dienstlicher Mission ein Gläschen trinken konnte. Also begab er sich ins *Coney and Thistle* auf der anderen Straßenseite und bestellte das nächste Guinness.

Die Gäste hier hatten allerhand abwegige und derbkomische Theorien über die Herkunft des Skeletts entwickelt, aber niemand schien wirklich etwas zu wissen von einem großen Mann mit einem schweren Ring, von dem Zelt auf der Wiese oder dem Wagen vor Parson's Close. Wigby gratulierte sich zu der von ihm angewandten Strategie. Er hatte gewiß mehr herausgefunden, als dieser Emporkömmling von Sergeant Tait – inzwischen, gottverdammt, schon ein Inspector – je erfahren hätte mit seinem fabelhaften Universitätsdiplom und seiner Polizeiakademie. Erfahrung war zehnmal mehr wert als diese ganzen Qualifikationen auf dem Papier, und er, Wigby, war schließlich schon Detective gewesen, als Master Tait noch die Schulbank gedrückt hatte.

Er trank sein Glas aus und ging zurück zum Revier, voller Vorfreude auf den bevorstehenden Beifall von Chief Inspector Quantrill. Aber er kam zu spät.

«Der Pfarrer hat mich bereits aufgesucht», meldete Quantrill. «Er kam kurz nachdem Sie heute morgen aufgebrochen sind, und er glaubt, daß das Skelett möglicherweise zu einem Australier gehört, der im vergangenen Sommer gelegentlich in Parson's Close gezeltet hat.»

«Dann war meine Arbeit also reine Zeitverschwendung», beklagte sich Wigby gekränkt.

«Ihrem Geruch nach zu urteilen wohl kaum … Abgesehen davon haben Sie mir ein paar Dinge berichtet, die der Pfarrer nicht erwähnt hat. Bevor wir weitere Befragungen durchführen, werde ich diese Dinge erst einmal mit ihm selbst erörtern. Sie sind also frei und können Sergeant Tuckswood, sobald er aus Yarchester hier ist, schon mal vorab über den Vorfall im Gemeindesaal instruieren. Unterstützen Sie ihn, wo Sie nur können, aber fahren Sie ihn bloß nicht in der Weltgeschichte herum. Ich möchte nicht, daß er ins Hauptquartier zurückfährt und dort erzählt, daß die Kripo von Breckham Market dringend einem Alkoholtest unterzogen werden muß.»

Die tiefstehende Februarsonne sah ein wenig wäßrig aus, tat aber doch ihr Bestes, und es war das erste Mal seit Beginn der Schneeperiode, daß Quantrill Lust hatte, vor die Tür zu gehen, um jetzt, kurz vor zwölf, ein Stündchen durch die Stadt zu spazieren. Er freute sich über jede Gelegenheit, von seinem Schreibtisch wegzukommen, sich den Kopf durchpusten zu lassen und das Alltagsleben von Breckham Market mitzuerleben.

Heute war Markttag, und das Treiben auf den Straßen war geschäftiger als üblich, jedenfalls lebhafter als während der langen Wochen voller Schnee und Glatteis, in denen es den Bewohnern der umliegenden Dörfer unmöglich gewesen war, zum Einkauf in die Stadt zu fahren. Trotz der immer noch herrschenden Kälte war der Unterschied zu den voraufgegangenen Wochen so groß, daß die Leute auf den Straßen zu einem Schwätzchen stehenblieben, als sei bereits der Frühling ausgebrochen. Die Hauptstraßen waren geräumt worden, und auch die Bürgersteige waren schneefrei bis auf ein paar graue Reste in den Rinnsteinen.

Die Totenglocke läutete, als Quantrill an der Kirche vorbeikam. Ihr dumpfer Klang schallte hoch über den Marktplatz hinweg, auf dem das Kaufen und Verkaufen, das Schwatzen und Feilschen, das Brutzeln und Schmatzen am Imbißwagen munter weitergingen. Diese etwas unpassende Mischung von feierlich-kirchlichen Ritualen und buntem Markttreiben war eine Seite des städtischen Lebens, die er besonders schätzte. Es war dieses nahe Beieinander von Tod und Überleben, das die Menschen an ihre Sterblichkeit erinnerte und sie zugleich davor bewahrte, ständig an die Unvermeidlichkeit des eigenen Todes denken zu müssen.

Er drängte sich durch das Getümmel, vorbei an Kisten mit

Kohlköpfen und einer Reihe von Ständen mit pastellfarbenen Crimplene-Kleidern in Übergröße, und blieb dann einen Augenblick stehen, mit dem Rücken gegen den eichenen Eckpfosten des mittelalterlichen *Coney and Thistle* gelehnt, um das Schauspiel zu betrachten. Die Kirche lag direkt gegenüber auf der anderen Straßenseite, hoch aufragend aus dem ummauerten Kirchhof, dessen immer höher gewordene Schichten ganze Generationen namenloser Grabstätten enthielten. Im späten neunzehnten Jahrhundert war am Stadtrand ein neuer Friedhof entstanden, so daß der Kirchhof von St. Botolph nicht mehr benutzt wurde und still dalag unter einer Decke jungfräulichen Schnees.

Vom viktorianisch nachempfundenen Campanile des Rathauses auf der gegenüberliegenden Seite des Marktplatzes schlug die Turmuhr zwölf. Beim letzten Glockenschlag trat der Pfarrer aus der Seitentür der Kirche und ging gemessenen Schrittes über den reinlich gefegten Fußpfad zum Kirchentor, um die Trauergemeinde in Empfang zu nehmen. Ainger sah geradezu unpassend jung und attraktiv aus in seinem Ornat, und es war etwas an ihm, das den Chief Inspector seltsam beunruhigte. An seiner Erscheinung lag es nicht; Quantrills anerzogene nonkonformistische Einstellung ging durchaus nicht so weit, zu glauben, daß anglikanische Geistliche im wirklichen Leben so aussahen, wie sie üblicherweise in Fernsehserien dargestellt wurden: als liebenswürdig zerstreute ältere Herren oder wohlmeinende, aber tolpatschige Spaßvögel. Was ihn an Ainger beunruhigte, war der starke Verdacht, daß dieser Mann bei weitem nicht alles zugegeben hatte, was er über den Toten auf seinem Grundstück wußte.

Aingers Aussagen waren zwar äußerst hilfreich und allem Anschein nach auch vollständig gewesen. Quantrill hätte sie nie in Zweifel gezogen – und sie ja auch tatsächlich zunächst akzeptiert –, aber dann war Wigby aufgetaucht mit erheblich weitergehenden und wichtigen Informationen, die der Pfarrer allerdings nicht erwähnt hatte. Dabei hatte ihm Quantrill reichlich Gelegenheit gegeben zu umfassenderen Äußerungen, mit Fragen wie: Gibt es vielleicht noch etwas, das Sie mir sagen könnten, Mr. Ainger? oder Erinnern Sie sich bitte an die kleinste Kleinigkeit, die uns helfen könnte, die Umstände dieses Todes zu klären. Aber der Pfarrer hatte ihn nur mit leerem Blick angesehen und geantwortet: Nein, nichts.

Das lärmende Treiben auf dem Markt war inzwischen ein wenig abgeflaut. Der Chief Inspector wandte sich ab und sah hinüber zu dem Verkehrspolizisten, der in seiner dunklen Uniform und dem gelben Streifen an der Mütze sehr gebieterisch wirkte und gerade alle Wagen und Fußgänger anhielt, um den Trauerzug die schmale Straße zwischen Kirche und Marktständen passieren zu lassen. Quantrill nahm seinen Hut ab und blieb barhäuptig stehen, während die Prozession an ihm vorbeizog. Er beobachtete, wie sie vor dem Kirchentor hielt und der Pfarrer auf die Trauernden zuging.

Nachdenklich betrachtete er von seinem Posten auf der gegenüberliegenden Straßenseite aus diesen Reverend Robin Ainger. Ein Diener Gottes und eine Stütze der Gesellschaft zugleich – und trotz allem auch nur ein Mann wie jeder andere.

Eine Duftwolke von gebratenem Fisch wehte herüber von dem dicht umlagerten Imbißwagen. «Der Nächste, bitte!» tönte der Mann hinter der Theke, während er gerade einen dampfenden Pappteller vor einem seiner Kunden deponierte. Quantrill machte kehrt und betrat das *Coney and Thistle*, um sich ein Mittagessen und ein kleines Adnams Bitter zu genehmigen.

7.

Eigentlich war es lächerlich, daß ihm Martin Tait so sehr fehlte, schließlich hatte es während ihrer einjährigen Zusammenarbeit genügend Gelegenheiten gegeben, wo er sich danach gesehnt hatte, diesen selbstsicheren jungen Beamten nur noch von hinten sehen zu müssen. Doch trotz ihrer häufigen Meinungsverschiedenheiten hatten diese Diskussionen für Quantrill etwas Anregendes gehabt und seinen Geist in Schwung gehalten. Sie hatten sich oft im *Coney* zum Mittagessen getroffen, und der Chief Inspector wünschte sich, Tait wäre auch jetzt hier.

Jan Wigby würde nie ein gleichwertiger Ersatz sein. Heute morgen hatte er zwar ein paar recht nützliche Hinweise in Erfahrung gebracht, und Quantrill wollte nicht vergessen, daß er dafür gelegentlich ein Glas Guinness verdient hatte; aber dennoch waren dem Constable Grenzen gesetzt, ähnlich wie dem Chief Inspector selbst.

Wigby war wie er in Suffolk geboren und aufgewachsen. Er galt als dazugehörig und konnte die Einheimischen befragen, ohne Verdacht zu erregen oder indiskret zu wirken – etwas, wozu Martin Tait mit seinen auffallend eleganten Anzügen und seiner hochgebildeten Sprache nie imstande gewesen war. Aber Quantrill wußte auch, daß weder er noch Wigby die Fähigkeit hatte, einem Mann wie Reverend Robin Ainger im Gespräch hinreichend nahe zu kommen, um die Motive seines Tuns herauszufinden. Für diese besondere Aufgabe wäre Martin Tait die Idealbesetzung gewesen.

An der Theke herrschte dichtes Gedränge. Quantrill bestellte ein Tagesgericht, zahlte im voraus und wechselte ein paar Worte mit Bekannten. Dann trug er sein Bier über zwei ausgetretene Steinstufen in einen von schweren Eichenbalken gestützten Nebenraum und steuerte auf einen freien Fenstertisch zu.

Ein dunkelhaariges junges Mädchen mit einer Pferdeschwanzfrisur und einer gestreiften Metzgerschürze über ihren Jeans brachte ihm eine zusammengerollte Serviette mit dem Besteck und einen Teller mit hausgemachten Frikadellen und einer Pilzpastete. Der auslaufende Fleischsaft duftete verlockend, als Quantrill das erste Stück anschnitt und sich mit einigem Appetit über die Mahlzeit hermachte, aber schon bald wurden die Bissen immer kleiner, während er sich das morgendliche Gespräch mit Robin Ainger noch einmal ins Gedächtnis rief.

Der wachhabende Sergeant hatte ihm den unerwarteten Besucher über die Gegensprechanlage gemeldet, und da er vermutete, daß das Erscheinen des Reverend mit den angeblichen Missetaten des jungen Quantrill in Zusammenhang stand, hatte er dem Chief Inspector mitfühlend zu verstehen gegeben, daß er jederzeit bereit sei, ihn abzuschirmen. Quantrill, gleichfalls von dieser Annahme ausgehend, hatte nur einen Seufzer unterdrückt, sich zum Treppenabsatz begeben, um den Reverend in Empfang zu nehmen und den Polizeischüler, der ihn nach oben begleitet hatte, wieder nach unten geschickt zum Kaffeeholen. Aber Robin Ainger hatte nur verbissen sein Exemplar der heutigen Tageszeitung umklammert und zu reden begonnen, bevor ihn Quantrill noch auffordern konnte, seinen Mantel abzulegen und Platz zu nehmen.

«Dieser Tote, dieses Skelett auf unserem Grundstück . . . Also,

Gillian und ich haben den Bericht in der Zeitung gelesen und darüber gesprochen, und wir glauben, daß wir inzwischen wissen, wer der Tote sein könnte.»

«Wirklich? Meine Güte, das wäre uns eine große Hilfe!»

Beim Eintreten hatte Ainger noch ängstlich entschlossen gewirkt, aber nun schien die Entschlossenheit von ihm abzugleiten wie der Mantel, den er von sich streifte, und nur die Angst übrig zu lassen. Es bedurfte eines nachdrücklichen «Ja, bitte, Mr. Ainger?» von Quantrill, um Ainger zum Weitersprechen zu ermuntern.

«Ganz sicher bin ich natürlich nicht», sagte Ainger. «Ich mag mich total irren und Ihre Zeit vergeuden . . . aber letzten Sommer hat ein junger Mann ein paar Wochen lang auf Parson's Close gezeltet – ein Australier. Er hieß Athol Garrity und sagte, er sei aus Brisbane, wenn ich mich recht erinnere. Wir haben ihn nicht sehr oft getroffen, und er hat uns auch nicht Bescheid gegeben, daß er abreisen wollte, aber wir sind sicher, ihn nach den ersten Augusttagen nicht mehr gesehen zu haben.»

Quantrill nahm den Plastikbeutel mit dem Silberring aus seiner Schreibtischschublade. «Haben Sie den vielleicht schon mal gesehen?»

Ainger warf einen Blick auf den Ring. Das Weiß seiner Augen war matt und glanzlos und das Blau der Iris so blaß vor dem Hintergrund des grauen Kirchengewandes, daß es aussah, als sei alles Leben abgeflossen. «Ach, richtig – Sie erwähnten ja einen Ring, als Sie bei uns waren. Meine Frau hat sich hinterher erinnert, daß Garrity einen zu tragen pflegte, an seiner linken Hand. Das hat uns auch auf die Idee gebracht, daß er der Tote sein könnte. Trotzdem kann ich natürlich nicht mit letzter Sicherheit sagen, daß dies der bewußte Ring ist . . .»

«Nein, nein, aber das hilft uns trotzdem schon viel weiter. Wir werden diese Information an die Behörden in Australien weitergeben und sie bitten, uns die Unterlagen seines Zahnarztes zu übermitteln. Wenn das sein Skelett ist, werden wir ihn anhand seines Gebisses identifizieren können. Ich bin Ihnen sehr verbunden, Mr. Ainger, daß Sie sich so schnell gemeldet haben. Das wird meinen Leuten eine Menge Lauferei ersparen.»

«Das dachte ich mir.» Robin Ainger schickte sich gerade zum Gehen an, als eine weibliche Polizeibeamtin das Tablett mit dem Kaffee brachte. Constable Patsy Hopkins, die Douglas Quantrill bewunderte – was auf Gegenseitigkeit beruhte –, hatte vom dienst-tuenden Sergeanten erfahren, daß der Reverend dem Chief Inspector gerade die Hölle heiß machte wegen des schlechten Benehmens seines Sohnes. Darauf hatte sie den Polizeischüler abgefangen, der eben mit zwei übergeschwappten Tassen Kantinenkaffee auf dem Weg nach oben war, und einen der Kaffees in einem Akt von Loyalität und Zuneigung durch ein kräftigeres Gebräu aus ihren privaten Kaffeepulverbeständen ersetzt. Dann hatte sie das Tablett eigenhändig hochgetragen, um sicherzustellen, daß Quantrill auch die richtige Tasse bekam. Man mußte eben sehen, wo man blieb, wenn man Polizist war in Breckham Market.

«Bleiben Sie doch noch, Mr. Ainger», sagte Quantrill. «Natürlich nur, wenn Sie noch ein paar Minuten Zeit für mich haben. Ich möchte soviel wie möglich erfahren – vielen Dank, Patsy – über diesen Australier.»

«Es ist nicht viel, was ich Ihnen da erzählen kann», meinte Ainger und nahm mit einigem Widerstreben erneut Platz. «Er sagte, er reise mit dem Rucksack durch die Welt und wolle sechs Monate in England verbringen. Als er verschwand, nahmen wir selbstverständlich an, daß er weitergezogen war.»

«Wie hat es ihn denn überhaupt nach Breckham Market verschlagen?»

«Allem Anschein nach hat er eine Zeitlang bei einem Studienfreund in Yarchester gewohnt und kam hierher, um sich die alten Grabplatten in St. Botolph anzusehen. Sie sind sehr berühmt, wie Sie wahrscheinlich wissen. Ich habe ihn zufällig in der Kirche gesehen, letzten Mai, und er fragte mich, ob er ein paar Abdrücke machen dürfe von den Platten. Außerdem erwähnte er, daß er nach einem Platz Ausschau halte, wo er sein Zelt für die Sommermonate aufschlagen könne als eine Art Operationsbasis, um von dort gelegentlich einen Sprung nach London zu machen, wie er es ausdrückte –, und ich sagte ihm, er könne unsere Wiese benutzen.»

Quantrill kratzte sich am Kinn. «Sie erwähnten gestern, daß dort Rinder weiden – und die vertragen sich normalerweise nicht sehr gut mit Campern.»

Ainger zögerte. «Ah, ja. Nun, tatsächlich hatten wir im vergangenen Sommer kein Vieh dort stehen. Der Bauer meinte, es passe nicht mehr in die heutige Zeit, zweimal im Jahr die Herden durch die Stadt zu treiben, und deshalb hat er seinen Hof aufgegeben. Aber da es Wasser gibt auf der Wiese – eine Pumpe und einen großen Wassertrog, der für das Vieh gedacht war –, ist sie zum Zelten geradezu ideal.»

«Ich verstehe. War der junge Mann allein?»

«Zumindest reiste er allein, soweit ich weiß.»

«Und wie reiste er?»

«Per Anhalter, denke ich. Vielleicht hat er aber auch den Zug genommen, wenn er nach London fuhr. Ich weiß es wirklich nicht, Mr. Quantrill, wie ich schon sagte – wir haben kaum etwas von ihm bemerkt.»

«Sie sprechen von *wir*, Mr. Ainger . . . also darf ich wohl annehmen, daß Ihre Frau ihn auch kennengelernt hat?»

«Ja, natürlich – er kam gleich, als er in der Stadt war, zu uns ins Pfarrhaus, und wir haben ihm eine warme Mahlzeit gegeben. Aber daraus ist nie mehr geworden als eine flüchtige Bekanntschaft, und wir hatten keine Ahnung, womit er sich die Zeit vertrieb. Wie Sie wissen, können wir die Wiese vom Haus aus nicht einsehen, insofern wußten wir nichts über sein Kommen oder Gehen.»

«Sie haben mir wirklich sehr geholfen», meinte Quantrill ermutigend. «Jetzt würden wir uns nur noch gerne mit jemandem unterhalten, der den jungen Mann näher gekannt hat. Hat er Ihnen vielleicht den Namen seines Freundes in Yarchester verraten?»

«Nein, aber ich glaube, es war auch ein Australier. Alle Leute, die er kannte, schienen irgendwie auf der Durchreise zu sein, wie er selbst.»

«Ja, sehr wahrscheinlich. Könnten Sie sich jetzt möglicherweise noch festlegen auf das Datum des Tages, an dem Sie ihn zum letzten Mal gesehen haben?»

Ainger verschränkte seine Finger und richtete sie langsam und bedächtig wieder auf. «Ich habe im August ein paar Tage Urlaub gemacht und war weg vom 1. bis zum 6. – und ich weiß sicher, daß ich Garrity bei meiner Rückkehr nicht mehr antraf. Meine Frau war zu Hause, aber sie ist sicher, ihn in dieser Zeit auch nicht gesehen zu haben. Wir haben das ausführlich besprochen und sind beide überzeugt, daß wir ihn etwa zwei Tage vor meiner Abreise das letzte Mal zu Gesicht bekommen haben – also am 29. Juli.»

«Und was hat er da gerade gemacht?»

Es gab eine lange Pause, dann antwortete Ainger: «Er kam über die St. Botolph Street und nahm Kurs auf das Gatter zum Parson's Close. Offenbar betrunken – und zwar nicht zum ersten Mal.»

«Aha», sagte Quantrill mit einem Grinsen. «Ich hatte bereits den Eindruck, Mr. Ainger, daß Sie den jungen Mann nicht besonders gemocht haben. Vermutlich deshalb, wegen des Trinkens, nicht wahr?»

Der Reverend kämpfte offensichtlich gegen seinen Widerwillen, einem Toten Schlechtes nachzusagen. «Nun, er war in unseren Augen sicher kein besonders angenehmer Gast. Um die Wahrheit zu sagen – er war geradezu ungehobelt. Gillian und ich haben ihn nach Möglichkeit gemieden, und wir haben es keineswegs bedauert, als er nicht mehr auftauchte.»

«Sehr begreiflich. Und für uns ist es sehr nützlich, zu wissen, daß er offenbar getrunken hat. Das hilft möglicherweise bei der Klärung der Todesursache.»

«Demnach wissen Sie noch nicht, woran er gestorben ist?»

«Einstweilen nein. Die gerichtliche Untersuchung soll am Montag stattfinden, aber der Richter wird den Termin zweifellos aussetzen, bis die australischen Behörden die Angaben zur Person bestätigen. Unterdessen werden uns wohl auch die gerichtsmedizinischen Befunde vorliegen, und ich selbst werde Ihren Hinweisen nachgehen, damit wir dem Richter ein möglichst vollständiges Bild des Falles vorlegen können. Nun denn, Mr. Ainger, gibt es vielleicht noch etwas, das Sie mir sagen könnten? Erinnern Sie sich vielleicht an irgendeine Kleinigkeit, die uns helfen könnte, etwas über diesen Mann zu erfahren und die Umstände seines Todes zu klären?»

Und das war der Augenblick gewesen, in dem Reverend Robin Ainger den Chief Inspector aus bleichen, leeren Augen angesehen und geantwortet hatte: «Nein.»

Während er seine Frikadellen und die Pilzpastete aufaß, kam er zu dem Ergebnis, daß der Pfarrer gelogen hatte. Nicht unbedingt in der Schilderung der Details, sondern dadurch, daß er es sorgsam vermieden hatte, die Fakten vollständig wiederzugeben. Und ganz bestimmt hatte er gelogen mit der Behauptung, er habe der Polizei auch nicht die kleinste Kleinigkeit mehr zu sagen.

Was war zum Beispiel mit dem Aufkleber von Australien in

dem Wagen, den man letzten Sommer in der St. Botolph Street gesehen hatte? Was war mit der jungen Australierin, die angeblich im Pfarrhaus aus und ein gegangen war und im Juli sogar dort gewohnt haben sollte? Mit Sicherheit gab es einen Zusammenhang zwischen dem Mädchen, dem Wagen und dem toten jungen Mann. Das Mädchen war die wichtigste Zeugin in diesem Fall, und Ainger kannte zweifellos ihren Namen. Warum hatte er also diese Information zurückgehalten? Lag es daran, daß er doch mehr wußte über den Toten und sich hütete, das zuzugeben?

Quantrill schob den leeren Teller zur Seite, hob sein Glas an die Lippen und sah zum Fenster hinaus. Die Totenmesse war soeben zu Ende gegangen, die Trauergemeinde verließ die Kirche, und der Verkehrspolizist waltete seines Amtes, um den Abzug des Leichenwagens und der Begleitfahrzeuge zu sichern. Der Pfarrer war zweifellos bereits vorausgefahren, um als erster auf dem Friedhof zu sein. Quantrill konnte ihn jedenfalls nirgendwo entdecken; dafür aber seine Frau.

Gillian Ainger stand draußen vor dem *Coney*, eine schwere Einkaufstasche in der Hand, die Stirn gerunzelt und ganz vertieft in ihre Käufe an einem Gemüsestand. Quantrill überlegte blitzschnell. Er hatte eigentlich Robin Ainger schnellstens zur Rede stellen und über dieses australische Mädchen ausfragen wollen, wobei ihm weniger daran lag, *was* er sagte, als *wie* er es vorbrachte. Andrerseits war das Mädchen, nach Aussage des Hausmeisters, mit Mrs. Ainger befreundet gewesen, und deshalb war es vielleicht günstig, sich zunächst mit ihr zu beschäftigen. Über ihren Mann konnte er sich später immer noch hermachen.

Er griff nach Hut und Mantel und kam gerade zurecht, um die Pfarrersfrau vor der Apotheke abzufangen. «Guten Morgen, Mrs. Ainger», begrüßte er sie. «Sagen Sie, hätten Sie vielleicht einen Augenblick Zeit für mich?» Er wäre höflicher gewesen, sie irgendwohin zu einem Glas einzuladen, aber sie wirkte so gehetzt, daß sie sicher keine Lust hatte, lange zu verweilen.

«Oh . . . Mr. Quantrill . . .» Sie war sichtlich bestürzt und nicht im mindesten begeistert, ihm zu begegnen. «Ich fürchte . . . also, ich muß Sie wirklich bitten, mich für den Moment zu entschuldigen. Ich habe heute meinen Hilfstag im Gemeindezentrum in der Neustadt und bin nur rasch auf einen Sprung nach draußen gegangen, um ein paar Einkäufe zu machen und Vaters Mittagessen, aber ich muß so schnell wie möglich wieder zurück.»

«Ich werde Sie nicht aufhalten, versprochen. Vielleicht könnte ich Sie zum Pfarrhaus begleiten, wenn Sie Ihre Einkäufe erledigt haben? Kommen Sie, lassen Sie mich das tragen.»

Mit höflichem Nachdruck nahm er ihr die Tasche ab, über deren Rand das Grün der Kohlblätter und der Selleriestauden ragte. Sie wirkte unverhältnismäßig verlegen, und er wußte nicht so recht, ob es nur an seiner Gesellschaft lag oder an der Tatsache, daß er ihre Einkäufe trug.

Sein Schritt, den er bereits der langsameren Gangart von Mrs. Ainger angepaßt hatte, stockte unvermittelt, als er seine eigene Frau entdeckte, die soeben in der Tür des Metzgers verschwand. Er haßte es, ihr beim Einkaufen zu helfen, und pflegte seine unregelmäßigen Dienstzeiten als Ausrede zu benutzen, um sich vor solchen Handreichungen zu drücken. Es war bestimmt nie wieder gutzumachen, wenn sie ihn jetzt dabei erwischte, wie er einer anderen Frau die Einkäufe trug . . .

Er zog sich den Hut tiefer in die Stirn und bog eilends in die St. Botolph Street ab. Gillian Ainger mußte einen leichten Trab anschlagen, um mit ihm Schritt halten zu können. Sie machte einen kleinen Hüpfer und setzte dann mit einem Sprung über den schmutzigen Schneematsch im Rinnstein.

«Haben Sie . . . Hat mein Mann Sie heute morgen in Ihrem Büro aufgesucht?» fragte sie ihn, leicht außer Atem.

Er verlangsamte seinen Schritt. «Ja, er hat mir von dem Australier erzählt, der letzten Sommer auf Parson's Close gezeltet hat. Eine sehr vielversprechende Spur. Aber was ich jetzt wirklich brauche, ist eine Unterhaltung mit jemandem, der den jungen Mann besser gekannt hat als Sie beide. Hätten Sie diesbezüglich vielleicht eine Idee?»

Nach einem kurzen Zögern antwortete sie: «Nein, tut mir leid.»

Er drehte den Kopf zur Seite, um ihr ins Gesicht zu sehen. Frei von jeder Eitelkeit, hatte sie ihr blondes Haar unter einer Wollkappe versteckt, nur ein paar dünne Strähnen waren ihr entwischt und ringelten sich über ihre Ohren und in den Nacken. Falls sie sich überhaupt am Morgen geschminkt hatte, so war jetzt nichts mehr davon zu sehen. Sie war sehr blaß, mit Ausnahme der von der Kälte geröteten Nasenspitze. Ihre kniehohen Stiefel waren abgetragen, und ihr Kinn war verschwunden in dem vergilbten Flauschkragen eines Lammfellmantels, der offenbar schon sehr lange seine Dienste tat.

Als sie seinen Blick spürte, hob sie den Kopf und schaute ihn an. Ein plötzliches Rot überzog ihre Wangen, tiefer als auf ihrer Nasenspitze, aber sie blieb stumm.

«Wem hat das Auto gehört, Mrs. Ainger?» fragte er freundlich. «Sie müssen verstehen, wir haben natürlich ein paar Ermittlungen durchgeführt, und ich weiß zuverlässig, daß ein roter Datsun mit einem australischen Aufkleber an der Heckscheibe etliche Male in der St. Botolph Street geparkt war. Aber als ich mich mit Ihrem Mann über Athol Garrity unterhielt, hat er nichts davon erwähnt.»

Sie reckte das Kinn hoch. «Dazu hatte er auch keinen Grund. Das Auto gehörte nicht Athol, sondern jemand anderem aus Australien. Janey Rolph, einer Freundin von mir. Sie mochte Athol nicht besonders, und soweit ich weiß, hat sie ihn nicht einmal in ihrem Wagen mitgenommen. Deshalb hat mein Mann nichts davon erwähnt. Es schien ihm ohne Bedeutung.»

«Ich wäre doch ganz dankbar gewesen, wenn er mir von diesem Mädchen erzählt hätte. Wie ich schon sagte – wir brauchen dringend einen Zeugen, der Garrity gekannt hat.»

«Aber Janey ist gar nicht mehr im Lande. Vermutlich hat Ihnen Robin deshalb nichts von ihr gesagt. Sie promovierte damals gerade an der Universität von Yarchester, und als sie Ende Juli mit ihrer Dissertation fertig war, verließ sie das Land.»

«Das erspart uns keineswegs, sie nötigenfalls zu befragen. Ihre Heimatadresse wird wohl an der Universität bekannt sein.»

Gillian Ainger sah ihn völlig entgeistert an, als sei ihr diese Möglichkeit noch nie in den Sinn gekommen. «Aber Janey ist doch gar nicht nach Australien zurückgefahren», sagte sie dann. «Sie wollte in die USA.»

«Wissen Sie vielleicht, wo sie sich im Moment aufhält?»

«Nein. Nein – ich habe nichts mehr von ihr gehört seit ihrer Abreise.»

Sie hatte das Kinn wieder in ihrem Pelzkragen versteckt, aber Quantrill konnte deutlich sehen, wie sich ihre Wangenmuskeln anspannten.

«In welcher Beziehung standen Janey Rolph und Garrity zueinander?»

«Sie stammten beide aus einer Kleinstadt irgendwo bei Brisbane. Als Athol nach England kam, hat er sie in Yarchester besucht und sich bei ihr eingenistet.»

«Waren die beiden ein Liebespaar?»

«Guter Gott, nein! Ich sagte Ihnen doch schon, daß Janey ihn nicht mochte. Sie fühlte sich ihm nur verpflichtet, weil er ein Landsmann war, das ist alles.»

«Erzählen Sie mir mehr von Janey», bat Quantrill.

Es widerstrebte ihr offenbar, das zu tun. «Da gibt es nicht viel zu erzählen. Wir lernten uns zufällig im letzten Frühjahr kennen, und ich lud sie ein, uns doch einmal zu besuchen. Sie kam dann ziemlich häufig, immerhin war sie erst zweiundzwanzig und hatte wohl auch Heimweh. Und ich hatte sie gern um mich.» Sie schien noch etwas hinzufügen zu wollen, wurde aber dann anderen Sinnes.

«Ich habe gehört, daß sie fast den ganzen Juli über bei Ihnen gewohnt hat.»

Gillian hob ruckartig den Kopf und errötete erneut, aber ihre Stimme blieb ruhig. «Ja, das ist richtig. Ich glaube, das war wohl auch der Grund, weshalb Athol hierherkam. Er gab vor, sich für die Grabplatten zu interessieren und Abdrücke machen zu wollen, aber ich vermute eher, daß er seine Bleibe verloren hatte, als Janey ihr Zimmer aufgab, und daß er in Wirklichkeit nach einem Platz Ausschau hielt, wo er sein Zelt aufschlagen konnte.»

«Waren die beiden oft zusammen während ihrer Zeit hier in Breckham?»

«So gut wie nie, Janey ging ihm nach Möglichkeit aus dem Weg. Sie schrieb ihre Dissertation zu Ende und verbrachte ihre gesamte Zeit mit uns. Weiß der Himmel, womit Athol sich unterdessen beschäftigt hat. Er kam und ging, wie es ihm beliebte, wir sahen ihn kaum und wußten nicht einmal, ob er überhaupt noch in der Stadt war. Die meiste Zeit wird er sich wohl in Kneipen herumgetrieben haben.»

In einem langsamen Marsch über die Schneereste hatten sie inzwischen den alten Kirchhof und die Mauern des Pfarrgartens hinter sich gelassen und standen nun vor dem Tor zur Einfahrt. Gillian Ainger fingerte unentschlossen an dem Schnappschloß herum, als habe sie Angst, hineinzugehen und ihr geschäftiges Leben wieder aufnehmen zu müssen.

«Sie sagten, Janey Rolph hat England ungefähr Ende Juli verlassen. Wann war das genau?»

«Soweit ich mich erinnere, ist sie am 30. Juli nach London aufgebrochen.»

«Und Athol Garrity haben Sie zuletzt am 29. gesehen. Ist es Ihnen nicht ein wenig seltsam vorgekommen, Mrs. Ainger, daß Janeys Abreise zeitlich mit Garritys Tod zusammenfällt?»

Gillian Ainger wich einen Schritt zurück und sah ihm direkt in die Augen. «Das Datum von Janeys Abreise stand bereits seit Monaten fest. Sie hatte eine Aufenthaltserlaubnis für Studenten, die Ende Juli auslief. Athols Pläne hingegen ließen sich nie voraussagen, wie ich Ihnen bereits erklärt habe.»

«Dennoch interessant, dieses zufällige Zusammentreffen.»

«Wovon reden Sie, Mr. Quantrill? Welchen Zufall meinen Sie?» Ihre Stimme zitterte in vorwurfsvoller Entrüstung. «Ich habe den Eindruck, daß Sie mich dazu mißbrauchen wollen, mich in irgendwelche voreiligen Spekulationen zu stürzen. Konnten Sie denn überhaupt bisher den genauen Todestag nachweisen? Haben Sie einwandfrei festgestellt, daß es sich bei dem Toten wirklich um Athol Garrity handelt? Wenn Sie das nämlich nicht sicher wissen . . .»

Sie brach ab, weil ihr plötzlich ihr schriller Ton bewußt wurde. Nach einem tiefen Atemzug fuhr sie mit ruhiger Entschiedenheit fort: «Der Reverend und ich haben unser Bestes getan, um Ihnen behilflich zu sein. Ich glaube, Sie sind doch wohl mit mir einer Meinung, daß es besser wäre, wenn Sie zunächst einmal die Richtigkeit Ihrer Annahmen überprüfen, bevor Sie uns weiter ausfragen.»

Ihre Strenge kam einigermaßen überraschend für den Chief Inspector. Etwas aus der Fassung gebracht, stand er da und erinnerte sich, daß sein Sohn gegenwärtig noch unter dem Verdacht stand, sich am Eigentum der Kirche vergangen zu haben, und daß die Frau des Pfarrers zweifellos darüber informiert war. Außerdem fiel ihm ein, daß der mit den Ermittlungen beauftragte Detective Sergeant aus Yarchester sich für diesen Abend bei ihm zu Hause angesagt hatte, um Peter in Gegenwart seiner Eltern zu verhören.

Er kam zu dem Ergebnis, daß ihm hier nichts mehr zu sagen blieb, händigte Mrs. Ainger die Einkaufstasche aus, lüftete kurz seinen Hut und machte sich davon.

8.

«Diese Kinder . . .» dachte Douglas Quantrill gereizt. Inzwischen waren vierundzwanzig Stunden vergangen, und er hätte alles darum gegeben, wenigstens einen Tag lang König zu sein, um alles, was jünger als achtzehn war, aus Breckham Market zu verbannen. Vor allem die Jungen und seinen eigenen zuallererst.

Es war nicht nur die Art, wie sich Peter Sergeant Tuckswood gegenüber verhalten hatte – diese Mischung aus Aufsässigkeit und kindischen Schutzbehauptungen –, die ihn geärgert hatte. Ebenso frustrierend war es gewesen, sich die verdächtigen Ausreden der beiden Jungs anzuhören, die das Skelett gefunden hatten und die er am Nachmittag zuvor mit DC Wigby befragt hatte.

Justin Muttock und Adrian Orris verlebten allem Anschein nach unvergeßliche Ferien. Ihre Entdeckung hatte sie zwar ursprünglich einigermaßen aus der Fassung gebracht, aber nachdem sie die Verantwortung auf den nächstbesten Erwachsenen abgewälzt hatten, erholten sie sich erstaunlich schnell, und es dauerte nicht lange, bis sie sich bereits als große Helden sahen. Man hatte sie in einem Streifenwagen nach Hause gebracht, hatte ihnen aufmerksam zugehört und sich Notizen gemacht, hatte sie verhätschelt und verwöhnt – zuerst Justins Großmutter, dann die Eltern –, der Pfarrer hatte sie behandelt wie gute alte Freunde, und schließlich hatte die *East Anglian Daily Press* sogar noch einen Reporter und einen Fotografen geschickt.

Als Quantrill die beiden besuchte, waren deren Fotos gerade auf der Titelseite des Blattes erschienen. Justins Großmutter – die für die Schulküche arbeitete und deshalb in den Ferien verfügbar war, um die beiden Freunde zu beaufsichtigen, während deren Mütter Eier verpackten im Sammeldepot – war sofort zum Friseur gestürzt, in der Hoffnung, daß sich bereits ein Fernsehteam auf den Weg gemacht hatte zu ihrem Reihenhaus an der Victoria Road.

Mrs. Muttock senior war eine kleine rundliche Person Anfang Fünfzig und für eine Großmutter eher flott und jugendlich. Ihre

Haarfarbe hatte nur einer winzigen Korrektur bedurft, um wieder natürlich dunkel zu erscheinen, und als Quantrill und Wigby erschienen, trug sie einen recht gewagten Rock sowie reichlich Lidschatten und Lippenstift. In dieser Aufmachung hatte sie schon den ganzen Tag über gewartet – zum hämischen Vergnügen der gesamten Nachbarschaft –, und sie hatte immer noch nicht die Hoffnung aufgegeben, daß sich doch noch ein Wagen vom Fernsehen blicken lassen könnte. Zwei Polizeibeamte in Zivil waren dagegen ein schwacher Ersatz und würden von den Nachbarn bestimmt nicht erkannt werden, wenn sie den hohen Besuch nicht durch ihr Benehmen an der Tür kenntlich machte. Also begrüßte sie die beiden Männer mit weit mehr Begeisterung, als ihnen üblicherweise zuteil wurde.

Die Jungen, die ihre dürftige Geschichte schon zahllose Male erzählt hatten, wirkten inzwischen leicht gelangweilt. Justins Großmutter hatte ihnen verboten, nach draußen zu gehen, für den Fall, daß sich das Fernsehen doch noch blicken ließ, und so hatten sich die beiden auf dem Fußboden des Wohnzimmers ausgebreitet und widmeten sich einem Video-Spiel, einer Art elektronischem Pingpong. Wigby beteiligte sich einen Augenblick an dem geräuschvollen Match, stellte schließlich den Apparat ab, und Quantrill eröffnete mit betonter Herzlichkeit das Gespräch.

«Ich nehme an, ihr zwei habt schon öfter mal auf Parson's Close gespielt?»

Justin und Adrian sahen einander fragend an. Sie waren beide gesunde, aufgeweckte Jungs, salopp und praktisch gekleidet mit Jeans und Sweatshirts im Military-Look und braven Pantoffeln an den Füßen, um Großmutters tadellosen Teppich zu schonen. Alles in allem wirkten sie recht kindlich und unschuldig, aber ihr Blick verriet wachsame Vorsicht.

Adrian, der ältere von beiden, räusperte sich und betonte sittsam: «O nein, das ist doch ein Privatgrundstück – steht jedenfalls an dem Tor.»

Quantrill versuchte, den beiden Mut zu machen. «So was hat mich nie abgehalten, als ich noch ein Junge war», erklärte er völlig unbefangen.

Die beiden sahen ihn ungläubig an, als könnten sie sich überhaupt nicht vorstellen, daß er jemals jung gewesen war. Quantrill überlegte, daß es den beiden vielleicht leichter fiel, sich Wigby als

Schuljungen vorzustellen, und startete einen zweiten Versuch: «Und unser Constable hier – der war immer zu jeder Schandtat bereit.»

«Stimmt, ich war ein ganz schönes Früchtchen», bestätigte Wigby. «Natürlich hab ich nichts richtig Schlimmes angestellt», fügte er beschwichtigend hinzu, «aber ich war doch ziemlich durchtrieben.»

Mrs. Muttock klimperte dem Detective Constable mit ihren schwarzgefärbten Wimpern über den Rand ihrer Teetasse zu und bekräftigte mit einiger Hochachtung: «Ein richtiger kleiner Satansbraten waren Sie, das kann ich Ihnen flüstern.»

Ohne von diesem Einwurf Notiz zu nehmen, fuhr Quantrill in seiner Erklärung fort: «Die Sache ist die – wenn wir in unserer Jugend unbedingt auf Parson's Close hätten spielen wollen, wär uns so ein Schild ziemlich egal gewesen. Was heißt schon *privat*? Das bedeutet doch nur, daß man sich da nicht herumtreiben soll und daß man Ärger bekommt mit dem Besitzer, wenn man erwischt wird. Das ist ja auch völlig in Ordnung – aber schließlich nichts Ungesetzliches. Solange man nicht irgendeinen Schaden anrichtet, ist es jedenfalls keine Sache für die Polizei.»

«Aber wir wollen gar nicht auf die Wiese», sagte Justin. «Wir sind nur gestern mal hingegangen, wegen des Schnees. Sonst rodeln wir immer auf Castle Meadow, stimmt's, Adrian?» Er langte über den Tisch nach einer Zellophantüte, auf der ein finsteres rotgrünes Monster aufgedruckt war. Unheimlich verzerrte grüne Buchstaben, aus denen es rot wie Blut herabtropfte, verkündeten, daß diese Tüte Futter für Monster enthielt. Aus den Mundwinkeln des Ungeheuers troff grüner Speichel, und seine Krallen umklammerten einen riesigen, abgenagten Knochen.

Mrs. Muttock lehnte sich vor und stieß Wigby neckisch den Finger in die Rippen. «Haben Sie so was schon mal gesehen?» fragte sie, halb amüsiert, halb angewidert. «Ich kann's gar nicht fassen, daß sie dieses Zeug mögen, nachdem sie dieses Skelett gefunden haben. Die armen Kinder . . .» Ungerührt machten sich die armen Kinder über den Inhalt der Packung her, der dem Aussehen und dem Geruch nach aus vollsynthetischen, in Knochenform gepreßten und in Pflanzenöl gebackenen Chips bestand.

«Zurück zu Parson's Close», sagte Quantrill bestimmt, um das Gespräch wieder in die gewünschten Bahnen zu lenken. «Wir wissen inzwischen, daß im vergangenen Sommer dort ein Mann campiert hat. In einem kleinen orangefarbenen Zelt, das er irgendwo oben bei den Bäumen aufgeschlagen hatte. Was ich nun gerne wissen möchte, ist folgendes: Hat einer von euch beiden irgendwann im letzten Sommer diesen Mann gesehen, mit ihm gesprochen oder gehört, wie er sich mit jemand anderem unterhalten hat?»

Justin und Adrian warfen sich einen kurzen Seitenblick zu, schauten dann hoch und sahen den Chief Inspector, über ihr Monster-Futter hinweg, aus großen unschuldsvollen Augen an.

«Wir spielen immer in Castle Meadow», erklärte Adrian.

«Wir gehen nie zum Parson's Close», betonte Justin. «Weil das Privatbesitz ist», erklärte er geduldig, als habe er es mit zwei geistig Zurückgebliebenen zu tun.

Die beiden Polizisten beschlossen, ihren Tee auszutrinken und sich einen würdevollen Abgang zu sichern. Mrs. Muttock begleitete sie hinaus.

«Möglicherweise erinnern sich die beiden doch noch an irgend etwas, das für uns von Nutzen sein könnte», meinte Quantrill an der Tür. «Sollten Sie zufällig mitbekommen, daß sie sich etwas erzählen, das mit Parson's Close zu tun hat, wäre ich Ihnen sehr verbunden, wenn Sie DC Wigby im Revier anrufen würden.»

Mrs. Muttock strahlte, offenkundig erfreut, daß ihre momentane Wichtigkeit noch nicht ganz geschwunden war. Voller Eifer stürzte sie sich auf Wigby, der gerade seinen Mantel überzog, und rückte den Kragen aus dunklem Pelz zurecht. «Sie können sich ganz auf mich verlassen», erklärte sie mit überschwenglicher Begeisterung.

Einigermaßen beunruhigt machte sich Wigby über den betonierten und mit Schneehaufen gesäumten Fußweg aus dem Staub. Quantrill bedankte sich noch für den Tee und hatte Wigby schon fast eingeholt, als ihm Mrs. Muttock nachrief:

«Ich sage immer . . .»

Mit wenigen Schritten war er wieder an ihrer Seite, überzeugt davon, daß diese Bemerkung eine ähnliche Bedeutung hatte wie das berühmte «übrigens, Herr Doktor»-Syndrom. Sein Gespür sagte ihm, daß die beiden Jungs etwas verheimlichten; sie waren nicht halb so brav, wie sie vorgaben. Möglicherweise hatte Justins

Großmutter eine gute Idee, woran das liegen konnte, und bisher nur nicht gewußt, wie sie das ausdrücken sollte.

«Ja, bitte, Mrs. Muttock?» fragte er ermunternd.

Aber sie hatte nichts weiter im Sinn gehabt, als ihren Nachbarn ausreichend Gelegenheit zu geben, sie im Gespräch mit einem großen dunkelhaarigen Fremden zu sehen. Sie legte vertraulich die Hand auf seinen Arm und deutete mit einer Kopfbewegung zu den Wohnzimmerfenstern.

«Monster-Futter . . . hat man so was schon gehört! Komische kleine Teufel, diese Jungen, was?» meinte sie stolz.

Quantrill hatte ihr beigepflichtet, allerdings ohne jeden Hauch von väterlichem Stolz. Dann hatte er sich auf den Heimweg gemacht und mit seiner Familie auf Sergeant Tuckswood gewartet, der seinen Sohn Peter verhören sollte.

Er hatte seinem Sohn gegenüber nicht viel erwähnt von seiner morgendlichen Unterredung mit dem Pfarrer über Peters mögliche Beteiligung an dem Vorfall im Gemeindesaal. Seine Lage war äußerst peinlich und wurde zusätzlich verschärft durch die Unbefangenheit, mit der Molly ihrem Mann Vorwürfe wegen seines Sohnes machte und umgekehrt ihrem Sohn wegen seines Vaters. Immer wieder versuchte sie, das Thema durchzusprechen, aber Quantrill fiel dazu nicht mehr ein, als seinen Sohn zu ermahnen, unbedingt die Wahrheit zu sagen, wenn ihn Sergeant Tuckswood befragte.

Es war einigermaßen schwer gewesen, ein unverfängliches Gesprächsthema zu finden, während sie auf Tuckswoods Erscheinen warteten. Der fünfzehnjährige Peter war in den letzten Monaten mächtig gewachsen und schien im gleichen Zeitraum sämtliche seiner früheren Interessen von sich abgestreift zu haben wie eine alte Haut. Nach vielfach beschworener Ansicht seiner Mutter war sein Körper einfach schneller gewachsen als sein Geist, sein Vater allerdings hatte den heimlichen Verdacht, daß sein Sprößling einfach nur stinkfaul war.

Peter hielt nichts vom Stehen, solange es eine Sitzmöglichkeit gab, und vom Sitzen ebensowenig, wenn er eine Chance sah, sich hinzulegen. Für das bevorstehende Verhör hatte er eine halbliegende Position in einem tiefen Ohrensessel eingenommen und die

Riesenfüße mit den Turnschuhen auf einem Beistelltisch deponiert. Als sein Vater im Wohnzimmer erschien, nahm er zum Zeichen des Erkennens widerwillig, aber ohne besondere Aufforderung, die Füße vom Tisch. Dann saß jeder stumm in seiner Ecke und lauschte auf das Gepolter der Pfannen und Töpfe, mit denen Molly in der Küche hantierte.

Schließlich räusperte sich Quantrill und fragte im Plauderton: «Hast du schon von dem Skelett gehört, das man auf Parson's Close gefunden hat?»

«Hm», antwortete Peter in der Manier eines Mannes, der sich den Hut in die Stirn zieht, um deutlich zu machen, daß er nicht vorhanden ist. Aber da er keinen Hut hatte, begnügte er sich damit, die Augen zu schließen und mit den Fingern die Stirnfransen seines dunklen Haars so tief wie möglich in die Augen zu streichen.

«Wir glauben, daß es von einem Australier stammt, der letzten Sommer auf der Wiese gezeltet hat.»

«Umpf», ließ sich Peter vernehmen.

Normalerweise interessierte er sich für die Arbeit seines Vaters, aber im Augenblick war ihm alles, was mit diesem Job zu tun hatte, schlicht zuwider. Er haßte es, einen Polizisten zum Vater zu haben, und vor allem haßte er es, daß dieser Vater auch noch der Chef der Kripo war, ausgerechnet in einem Kaff wie Breckham Market, wo jeder den Namen Quantrill sofort mit der Polizeimacht in Verbindung brachte. Die damit verbundene Verantwortung war mehr, als er ertragen konnte. Er hatte genug von den ständigen Hänseleien seiner Klassenkameraden und den ewigen Vorwürfen der Erwachsenen. Er sehnte sich nur noch nach einem – nach Anonymität.

«Ja, so ist es», fuhr sein Vater hartnäckig fort. Schließlich mußte er dem Jungen doch die Angst nehmen vor dem kommenden Verhör. Ihm selbst ging es nicht viel anders, und das mindeste, was er tun konnte, war, die Wartezeit so angenehm wie möglich zu machen. «Ein recht interessanter Fall. Wir wissen noch nicht, wie der Mann zu Tode gekommen ist, und nach der langen Zeit werden wir es vielleicht nie erfahren. Im Moment stellt sich vor allem die Frage, was aus seinem Zelt und seiner sonstigen Campingausrüstung geworden ist. Die Spurensicherung hat am Tatort unter den Büschen ein paar Kleinigkeiten gefunden, die danach aussehen, aber keine Reste der eigentlichen Ausrüstung selbst. Wenn es sich um Mord handelt, muß der Täter die gesamte Habe seines Opfers mitgenommen haben, um den Eindruck zu erwecken, daß der Mann sein Lager abgebrochen hat und verschwunden ist. Dennoch ergibt sich aus der Tatsache, daß die Ausrüstung nicht vorhanden war, natürlich noch kein zwingender Grund für einen Mordverdacht.»

Mit einer Miene grenzenloser Langeweile begann Peter eine Melodie durch die Zähne zu pfeifen.

«Hast du vielleicht letzten Sommer zufällig so was wie ein kleines orangefarbenes Zelt auf Parson's Close gesehen?» erkundigte sich sein Vater. «Oder hast du vielleicht in der Stadt etwas gehört oder gesehen von einem Australier?»

Peter unterbrach sein Pfeifen gerade lange genug für ein «Nee». Nach einem kurzen Schweigen fügte er hinzu «Holy cow, heowly ceow», die schleppende Sprechweise von Australiern übertreibend, um dann sein Pfeifkonzert wiederaufzunehmen.

«Sieh mal», versuchte es Quantrill erneut und gab sich Mühe, geduldig zu sein, «es ist wirklich wichtig für mich, alles über dieses Zelt herauszufinden. Wenn wir davon ausgehen, daß es vielleicht ein Unfall war – wir wissen, daß er sich häufig betrunken hat, und in diesem Zustand könnte er gefallen und beispielsweise erstickt oder an Unterkühlung gestorben sein – aber, verstehst du, in diesem Fall wäre doch sein Zelt auf der Wiese zurückgeblieben. Allerdings wohl kaum für sehr lange, denn Campingausrüstungen kosten einen Haufen Geld, wie du ja weißt. Früher oder später mußte also jemand herausfinden, daß das Zelt unbewohnt war, und es einfach mitgenommen haben, meinst du nicht auch?»

«Wenn du das sagst.»

«Ach, verdammt noch mal!» platzte Quantrill heraus, seinem Ärger endlich Luft machend. «Denk doch mal einen Moment nach, Junge! Selbstverständlich hätte man das Zelt gestohlen, entweder Stück für Stück oder alles auf einen Schlag. Und wenn es gestohlen wurde, dann muß ich das wissen. Ich muß feststellen, was mit dem Ding passiert ist, bevor ich irgendwelche Überlegungen anstelle, wie sich der Tod dieses Mannes erklären läßt.» Er machte eine kurze Pause und fuhr dann in versöhnlicherem Ton fort. «Also, Peter ... könntest du dich vielleicht mal ein wenig umhören? Möglicherweise weiß einer deiner Freunde etwas, das mir weiterhilft, oder fühlt sich in der Lage, ein paar Hinweise zu finden.»

Peter wurde ganz still. Dann überzog sich sein Gesicht mit einer plötzlichen Röte, und er richtete sich kerzengerade in seinem Sessel auf. «Bittest du mich etwa . . . ich meine, erwartest du von mir, daß ich meine Freunde *aushorche*?» fragte er in angespanntem, gereizten Ton.

«Nun übertreib mal nicht», protestierte Quantrill, in dem Versuch, die Stimmung etwas zu lockern. «*Aushorchen* ist nun wirklich ein Reizwort und geradezu lächerlich. Ich möchte nur, daß du mir hilfst – daß du mir ein bißchen Detektivarbeit abnimmst. Das hast du doch immer gewollt, oder?»

Peter hatte vor Zorn und Entrüstung kaum ein Wort herausgebracht und nur lapidar erwidert: «Leck mich.»

Anschließend hatte die große Nervenprobe stattgefunden, und er hatte sich das Gespräch zwischen Sergeant Tuckswood und seinem Sohn anhören müssen. Und danach, bereits im Bett, Mollys unvermeidliche Bilanz: Wie hatte Peter ihnen das antun können? Wo hatten sie als Eltern versagt? Und was beabsichtige er, Douglas, künftig im Hinblick auf den Jungen zu tun? Kein Wunder, daß er anderntags schlechtgelaunt zur Arbeit erschienen war.

Dabei war das Wetter klarer und milder geworden. Der Winter war noch nicht ganz vorbei, aber eindeutig bereits auf dem Rückzug. Noch stand die Sonne zwar tief, doch sie schien fast den ganzen Vormittag über durch den milchigen Dunst auf die immer noch feuchten, nun zum ersten Mal seit Wochen frostfreien Straßen und Gehsteige.

Quantrill schickte Wigby in die Stadt auf eine – diesmal trockene – Kneipentour, mit der ausdrücklichen Weisung, festzustellen, an welchem Tresen sich der Australier vorzugsweise aufgehalten hatte. Er selbst machte eine Lagebesprechung mit Inspector Colman, verfaßte einen Zeitungsaufruf mit der Bitte um Hinweise über den Australier oder das Zelt und fuhr dann mit dem Wagen Richtung St. Botolph Street und Parson's Close, unterwegs darüber nachsinnend, was Justin Muttock und Adrian Orris wohl zu verbergen hatten.

Für ihn stand es außer Zweifel, daß die beiden über ihre Bekanntschaft mit Parson's Close mehr wußten, als sie zu sagen bereit gewesen waren. Er selbst war nicht umsonst seit zwanzig

Jahren Vater und hatte sehr wohl den seltsam getrübten Blick bemerkt, mit dem die beiden ihre Unschuld beteuert hatten. Oft genug hatte er diesen Blick in Peters Augen gesehen. Der Teufel sollte ihn holen, den Jungen! Für seine Unverschämtheit, seine Rüpelhaftigkeit, seinen Mangel an Kooperationsbereitschaft, für den Schaden, den er angerichtet hatte . . .

In diesem Augenblick wurde er auf einen anderen Jungen aufmerksam, der ein Stück weiter vorn über den Bürgersteig trottete. Stephen Nash, ein oder zwei Jahre jünger als Peter. Er wohnte in der Benidorm Avenue, nur zwei Türen entfernt von den Quantrills. Seine Gesichtszüge und sein Körper wirkten noch etwas kindlich, aber seine Beine waren bereits ziemlich in die Länge geschossen, und er schien gerade seine Ferien, den Sonnenschein und das Steigen der Säfte zu genießen, indem er immer wieder die unteren Zweige der Zitronenbäume zu sich herabzog, die man im Vorjahr auf Bürgerkosten entlang der Hauptstraße gepflanzt hatte. Einige der Bäume waren bereits aufgrund natürlicher Ursachen abgestorben, andere waren solchen Mätzchen zum Opfer gefallen, und Quantrill, der sich im Moment eher als gebeutelter Steuerzahler denn als Polizist sah, war durchaus nicht in der Stimmung, dieses Treiben als jugendlichen Übermut durchgehen zu lassen.

Er bremste abrupt, riß die Wagentür auf, stellte sich mit einem Fuß auf die Straße und bellte: «Stephen!»

Stephen kam mitten in einem weiteren Sprung zum Stehen, die Brust vorgewölbt und die Hände erhoben wie einer von Robin Hoods Mannen, den der Pfeil des Sheriffs von Nottingham getroffen hat.

«Komm sofort hierher!»

Der Junge löste sich langsam aus seiner Erstarrung, machte kehrt und schlenderte widerwillig auf den Chief Inspector zu. «Hallo, Mr. Quantrill», sprach er mit einem nervösen, beschwichtigenden Grinsen.

«Hast du vielleicht irgendwas zu tun mit diesen kaputten Bäumen?»

«Ich?» antwortete Stephen mit dem bravsten Gesicht der Welt. «Aber nein, Mr. Quantrill . . . ich bin doch kein Vandale.»

«Kinder . . .» dachte Douglas Quantrill erbittert, während er Stephen mit dem Zeigefinger drohte und sich wieder in den Wagen setzte. In den letzten vierundzwanzig Stunden hatte er sie mehr als reichlich genossen, die Gesellschaft von Leuten unter achtzehn. Sein Bedarf an Jugend war gedeckt, und das war wohl auch der Grund dafür, daß er am Eingang zur St. Botolph Street erneut anhielt, um mit dem alten Mann zu sprechen, der gerade behutsam in Hausschuhen von der Pfarrei stadteinwärts humpelte.

9.

Henry Bowers mußte in jungen Jahren ein gutes Stück größer gewesen sein als Quantrill, aber das Alter hatte ihn zusammenschrumpfen lassen, so daß er hinter den grauen Borsten seiner Augenbrauen zu dem Chief Inspector hochschauen mußte.

«Wir kennen uns nicht, oder?» fragte er eher ängstlich und schaute zurück auf den langen Weg, den er hinter sich gebracht hatte, als fürchte er, seine Tochter oder ihr Mann könnte plötzlich aus dem Tor treten und ihn mit Schimpf und Schande zurück ins Pfarrhaus zerren.

Und natürlich mußte er zurück, wie Quantrill sogleich feststellte. Offenbar hatte sich der Alte ohne Wissen seiner Tochter aus dem Haus gestohlen, denn für einen Wintertag war er äußerst unzureichend bekleidet. Zitternd stand er da, ohne Mantel, die Spitzen seiner Stoffpantoffeln bereits dunkel von Nässe. Sein Atem rasselte, das Gesicht war fleckig vor Kälte, und seine Lippen leuchteten purpurrot.

Dennoch hatte Quantrill nicht das Herz, ihn umgehend wieder ins Pfarrhaus zurückzubringen. Er erinnerte sich noch gut an die Erbitterung des alten Mannes, weil man ihn wegen des winterlichen Wetters seit vielen Monaten im Haus festgehalten hatte, an seine Schmähreden über den teppichbelegten Nobel-Pub, in den ihn sein Schwiegersohn gelegentlich mitnahm, und die schnöde Verachtung für das sprudelähnliche Bier, das dort serviert wurde. Henry Bowers' einzige Sehnsucht galt offenbar den Pubs seiner frühen Mannesjahre, wo man auf den mit Sägemehl bestreuten Boden spucken durfte und einen anständigen Drink bekam. Das Spucken wie das Sägemehl war inzwischen dankenswerterweise verpönt, aber es gab doch noch ein oder zwei Lokale in Breckham Market, die noch nicht völlig steril waren.

«Ja, wir haben uns vor ein paar Tagen kennengelernt, als ich oben im Pfarrhaus war», bestätigte der Chief Inspector. «Mein Name ist Quantrill, und ich wollte gerade auf einen kleinen Drink ins *Boot*. Wie wär's, wenn Sie mitgingen?»

Er verfrachtete Henry Bowers in seinen Wagen und hatte das Gefühl, daß Jahre vergangen waren, als er ihm wieder heraushalf. Das *Boot* war eines von ungefähr sechs Lokalen, die am oder um den Marktplatz lagen. Es war ein Wirtshaus aus dem achtzehnten Jahrhundert, wovon ein Holzschild in Form eines wellenreitenden, goldverzierten Bootes kündete, das hoch an einem Eisenträger über dem Eingang der schmalen, flintverglasten Fassade baumelte. Das Gebäude war kleiner als die übrigen Gasthäuser von Breckham Market und weniger leicht nach modernen Standards umzubauen. Aus diesem Grund war es im wesentlichen ein männliches Reservat geblieben, eine kernige Wirtschaft mit Stehausschank.

Quantrill ließ sich nur selten hier blicken. Allein schon deshalb, weil er dem Wirt nicht sonderlich genehm war. Sein Status war allseits bekannt, und mancher Stammgast erinnerte sich bei seinem Anblick plötzlich irgendeiner drängenden Angelegenheit, die seinen augenblicklichen Abgang erforderte. Außerdem war er ein treuer Anhänger von Adnams-Bier, und im *Boot* servierte man Whitbread. Trotzdem tat es wohl niemandem weh, wenn er Henry Bowers eine kleine Weile Gesellschaft leistete, bevor er ihn wieder in der Pfarrei ablieferte. Es gab immerhin die Chance, überlegte Quantrill, doch noch etwas Nützliches über die Aingers zu erfahren.

«Einen Schluck Whisky vielleicht, gegen die Kälte?» schlug er vor, während er den alten Mann auf einer Bank zwischen der Jukebox und der Fruchtpresse absetzte. Es war kurz nach elf, und es hatten sich noch keine anderen Gäste eingestellt.

Der Wirt gab sich verbindlich, aber nicht sonderlich begeistert. Quantrill erstand ein halbes Bitter für sich selbst und einen einfachen Haig. «Mit Wasser?» fragte er über die Schulter. «Oder lieber Ginger?»

Henry Bowers schüttelte den Kopf, während ihm bereits der Speichel vom Mundwinkel tropfte und seine Augen in freudiger Erwartung glitzerten. «Verderben Sie ihn bloß nicht», krächzte er und streckte seine große knorrige Hand nach dem Glas aus.

Quantrill bekam plötzlich Gewissensbisse und hoffte nur, daß es nicht irgendeinen schwerwiegenden medizinischen Grund für diese offensichtlichen Entzugserscheinungen gab.

«Auf Ihr Spezielles», murmelte der alte Mann und hob sein Glas. Er nahm einen Schluck, fuhr sich mit dem Handrücken über den Mund und stieß einen langen, zitternden Seufzer aus. «Wie, sagten Sie, war noch mal Ihr Name?» fragte er gleich darauf.

«Doug Quantrill. Ich war neulich im Pfarrhaus, um Ihre Tochter zu besuchen.»

Henry Bowers nickte und brütete einen Moment vor sich hin. «Ein gutes Mädchen, unsere Gilly. Glauben Sie ja nicht, daß ich das nicht weiß. Ohne sie wär ich total aufgeschmissen, jetzt, wo ihre liebe Mutter von uns gegangen ist.» In seinen Augen sammelten sich Tränen, das leicht aufsteigende Wasser des Alters. Er hob seine Hand, um es abzuwischen. «War meine zweite Ehe, wissen Sie? Meine Frau war fast zwanzig Jahre jünger als ich, da soll man doch wohl annehmen, daß sie's länger macht, oder? Hab mir gedacht, ich nehm besser was Frisches und Junges beim zweiten Mal. Henry, alter Junge, hab ich mir gesagt, die hast du wenigstens bis zum Ende. Jetzt bist du aus dem Schneider und hast jemanden, der sich um dich kümmert auf deine alten Tage. Und jetzt – Sie sehen ja, wie weit ich damit gekommen bin . . .» Er starrte hinunter auf seine feuchten Pantoffeln, die in der Hitze des Gasfeuers vor sich hindampften. An der Spitze seiner Knollennase hatte sich ein Tropfen gebildet, der allmählich immer größer wurde.

«Aber Sie haben doch immer noch Ihre Tochter», gab Quantrill zu bedenken, nachdem er einen weiteren Whisky geholt hatte. «Bei ihr sind Sie doch gut aufgehoben.»

«Tja, das bin ich. Ist mein einziges Kind, und das nach zwei Ehen, aber sie ist wirklich ein gutes Stück. Hätte *ihn* nie heiraten sollen.» Er hatte soviel Erbitterung in dieses Fürwort gelegt, daß der Tropfen sich von seiner Nase löste und auf das Revers seiner Jacke fiel.

«Ich hatte eher den Eindruck, daß die beiden ganz gut zueinander passen», meinte Quantrill.

«Passen?» Henry Bowers räusperte sich so verächtlich, daß Quantrill instinktiv seinen Fuß zurückzog, für den Fall, daß nun ein kräftiges Ausspucken erfolgen würde. Aber statt dessen kippte der Alte seinen Whisky hinunter und grübelte laut: «Nein . . .

Sagen Sie, was Sie wollen, aber sein Vater war ein Pfaffe, und sein Großvater war 'n richtiger Dekan auf dem Land. Ich hatte nie mehr als acht Hektar Land und 'n paar Milchkühe, aber ich sage trotzdem, daß unsere Gillian unter ihrem Stand geheiratet hat! Sie hat mehr Grips in ihrem kleinen Finger als er in seinem ganzen Kopf ... Ich würde ja noch nicht mal was sagen, verstehen Sie, wenn sie wenigstens Kinder hätte. So 'ne junge Frau braucht einfach 'ne Familie. Na schön, ich weiß auch, daß das nicht immer klappt und daß es nicht immer nach unseren Wünschen geht. Aber wenn sie schon keine Kinder hat, sollte sie wenigstens was mit ihrem Kopf anfangen. Zum Beispiel ihren Doktor machen, das war immer ihr großer Traum, als sie noch zur Schule ging, und ich hätte sie auch immer dabei unterstützt. Ich habe mein Leben lang hart gearbeitet und jeden Penny zweimal umgedreht, und ich hätte nicht danach gefragt, was mich so was kostet. Ich hätte unserer Gilly die Welt zu Füßen gelegt, ich hätte alles für sie getan. Aber nein, sie mußte ja mit neunzehn weggehen und diesen Robin heiraten, und seitdem spielt sie nur die zweite Geige. Ständig heißt's Robin hier und Robin da, alles dreht sich nur um diesen gottverdammten Robin!»

«Vielleicht ist sie glücklich dabei.»

«Ha! Und vielleicht bin *ich* wohl auch noch glücklich dabei, was? Hat 'ne Menge Dreck am Stecken, der saubere Robin Ainger. Möchte bloß wissen, wie er den Nerv haben kann, sich hinzustellen und den Leuten zu predigen, sie müßten gute Christen sein. Ich könnte Ihnen Sachen erzählen ... Wie war doch gleich Ihr Name?»

«Nennen Sie mich einfach Doug.»

Aber der alte Mann schien zu der Überzeugung gekommen zu sein, daß er bereits zuviel gesagt hatte über seine Tochter und deren Mann. «Guter Tropfen, der Whisky», sagte er und hob sein Glas. «Wohlsein, Doug.»

«Noch einen?»

Henry Bowers kicherte leicht übermütig. «Besser nicht ... könnte Ärger bekommen.»

Quantrill wagte sich noch ein Stück weiter vor: «Einen kleinen können Sie doch bestimmt noch vertragen.»

«Nein, ich glaub nicht. Darf den Pfarrer doch schließlich nicht enttäuschen, oder? Deshalb lassen sie mich doch nicht aus dem

Haus, Sie verstehen? Damit ich bloß nichts erzähle über Robin. Muß doch schließlich auf seinen guten Ruf achten in der Stadt.»

«Das ist wahr», stimmte der Chief Inspector zu, voller Bedauern, nun nichts mehr erfahren zu können, zugleich aber erleichtert, daß man sein Angebot abgelehnt hatte; er war nicht besonders erpicht darauf, sich dem Verdacht auszusetzen, er habe den Schwiegervater des Pfarrers betrunken machen wollen. «Nur eine Frage noch, Henry ... Können Sie sich vielleicht an einen jungen Mann aus Australien erinnern, der letzten Sommer hier in Breckham Market war? Er hat auf der Wiese campiert, in Parson's Close.»

«Ach, ja», antwortete Henry Bowers desinteressiert, stocherte mit seinem verhornten Fingernagel in einer Zahnlücke herum und wandte seine Aufmerksamkeit den Männern zu, die unterdessen in das Lokal strömten. Jeder hatte eine Zeitung unter dem Arm, die Rennsportseite nach oben und einen Bleistift im Anschlag. Das schlechte Wetter hatte die Rennsaison lange Zeit unterbrochen, und nun, da der Schnee auf etlichen Rennplätzen geschmolzen war, fieberten die Wettlustigen neuen Ereignissen entgegen. Das *Boot* lag direkt neben dem Buchmacher, und wie üblich vertrieben sich die Kunden die Wartezeit bis zur Öffnung des Büros mit einem kleinen Halben und dem Studium der Quoten.

«Haben Sie ihn zufällig mal zu Gesicht bekommen, diesen Australier?» hakte Quantrill nach.

«Kann sein», erwiderte der alte Mann, erneut mit einem gakkernden Lachen. «Verdammte Aussies», fügte er hinzu, ohne besondere Bosheit in diese Bezeichnung zu legen. «Hab mit ihnen gekämpft, im Ersten Weltkrieg, bei Gallipoli, Sie verstehen? Die können vielleicht fluchen, so was hab ich mein Lebtag nicht gehört! Aber gute Kämpfer, diese Aussies. Nicht daß wir 'ne Chance gehabt hätten, zu siegen ... bei der Hitze und dann kaum was zu trinken und überall diese stinkenden Leichen und dann die Fliegen und der Durchfall ..., aber wir haben unser Bestes gegeben.»

Offensichtlich lohnte es nicht, auf weitere Enthüllungen zu warten, wenn man den Erinnerungen des Alten zuhörte. Also trank Quantrill sein Bier aus und stand auf. «Kommen Sie, Henry, ich bring Sie besser wieder nach Hause, bevor Ihre Tochter einen Suchtrupp ausschickt.»

Der alte Mann blinzelte listig zu ihm auf. «Hab schon 'n paar zur Strecke gebracht, zu meiner Zeit», bemerkte er.

«Das glaub ich Ihnen gern. Mein Vater hat das auch immer gesagt ... er hat Ihren Krieg auch mitgemacht und nach seiner Schätzung hat er es ein paar von diesen Jerries* ganz schön gegeben.»

«Was heißt hier Jerries?» erkundigte sich Henry Bowers aufgebracht. «Ich spreche von Türken!» Sein Blick verlor sich wieder in ferner Vergangenheit. «Sie standen oben in den Hügeln über Suvla und hatten uns im Tal eingekesselt. Wir hatten Befehl, am 12. August vorzurücken, über die ganze Ebene, bei hellem Tageslicht. Als Deckung hatten wir nur ein paar Felsen und etwas Gestrüpp, aber unsere Bajonette blitzten in der Sonne und verrieten uns. Die Türken knallten uns ab wie Karnickel. Aber dann fing das Gebüsch plötzlich Feuer, und der Rauch gab uns Deckung auf unserm Vormarsch. Wir haben sie regelrecht überrumpelt, und ich hab zwei oder drei von den Kerlen erwischt, bevor wir uns wieder auf den Rückzug machen mußten. Inzwischen waren natürlich nur noch 'n paar von uns übriggeblieben, und damals bin ich dann auch verwundet worden ...»

«Davon müssen Sie mir bei nächster Gelegenheit mehr erzählen.» Quantrill hievte den alten Mann von seiner Bank, führte ihn nach draußen, verstaute ihn in seinem Wagen und fuhr ihn zurück zum Pfarrhaus. «Soll ich Sie am Tor rauslassen?»

«Ja, das wird's tun. Unsere Gilly ist rüber nach Yarchester, und *er* drückt sich irgendwo in der Kirche rum. Sie werden gar nicht mitkriegen, daß ich draußen war.»

«Ich glaub schon, jedenfalls wenn sie Ihren Atem riechen», meinte Quantrill, zog den Alten von seinem Sitz hoch und bugsierte ihn durch das Tor.

Henry Bowers bedachte ihn mit einem langsamen, grotesk verschwörerischen Augenzwinkern. «Hab 'n paar Pfefferminz in meinem Zimmer ... Vielen Dank für den Drink. Wie war noch mal Ihr Name?»

Die Aingers würden zwangsläufig herausfinden, daß der alte Mann mit ihm gesprochen hatte; es war besser, ihnen gleich reinen Wein einzuschenken. «Wenn Ihre Familie Sie danach fragt, sagen

---

* = Nachttopf; engl. Bezeichnung für deutsche Soldaten

Sie einfach, Sie seien mit Chief Inspector Quantrill aus gewesen. Sie können ruhig behaupten, es wäre meine Idee gewesen, in einen Pub zu gehen. Immerhin waren Sie in bester polizeilicher Obhut.»

Im Abfahren schaute er noch einmal zurück und sah Henry Bowers auf demselben Fleck stehen, an dem er ihn verlassen hatte – mit wackligen Knien und offenem Mund, angesichts des wohl beispiellosen Wunders, daß ihm ein Polizist einen Drink spendiert hatte.

Ursprünglich hatte Quantrill noch mal einen Blick auf die Pfarrwiese werfen wollen, aber dann wurde er anderen Sinnes und machte sich auf die Suche nach Robin Ainger. Er fand ihn im Vorraum der Kirche, wo er eben dabei war, eine Liste der Gottesdienste und Andachten für die kommende Woche am Schwarzen Brett zu befestigen.

Er grüßte ihn und fügte gleich hinzu: «Ich habe mich gerade ein bißchen mit Ihrem Schwiegervater unterhalten.»

Der Pfarrer bückte sich nach einer heruntergefallenen Reißzwecke. «Ach, ja . . . Sie waren also im Pfarrhaus?»

«Nein, ich sah ihn zufällig über die St. Botolph Street bummeln, mit seinen Pantoffeln in Richtung Stadt. Und ich muß bekennen, daß ich ihm selbst vorgeschlagen habe, ihn auf einen Drink ins *Boot* mitzunehmen, weil er neulich doch gesagt hat, er müsse unbedingt mal vor die Tür.»

Robin Aingers wohlgeformte Wangen strafften sich. Einen Augenblick lang sagte er nichts, dann warf er Quantrill ein fades Lächeln zu. «Sehr nett von Ihnen. Ich versuche immer, ihm von Zeit zu Zeit einen kleinen Tapetenwechsel zu gönnen, aber ich glaube, im Grunde wünscht er sich nur ein neues Publikum für seine Geschichten. Seine Beiträge zur Unterhaltung sind notwendigerweise etwas dürftig, wie Sie zweifellos schon festgestellt haben.»

«Gallipoli, in der Hauptsache», antwortete Quantrill.

«Ah, ich verstehe, die Ebene von Suvla: Die Hitze, die Fliegen, der Durchfall und die Türken. Der August des Jahres 1915 ist ihm wesentlich gegenwärtiger als etwa die letzte Woche. Er ist alt genug, um Gillians Großvater sein zu können. Seine erste Frau starb in jungen Jahren, und er heiratete ein zweites Mal mit Anfang

Fünfzig – aber ich nehme an, er hat Ihnen ohnehin schon mehr als genug von diesen Familiengeschichten erzählt, nicht wahr?»

«Tatsächlich hat er gesagt, wie glücklich er sich schätzt, eine so gute Tochter zu haben und auf seine alten Tage so gut versorgt zu werden. Was er wirklich loswerden wollte, waren seine Geschichten von Gallipoli, aber seine Pantoffeln waren durchnäßt, und so hab ich ihn wieder ins Pfarrhaus zurückgebracht, sobald ich mich mit Anstand aus der Affäre ziehen konnte. Es geht mich zwar nichts an, Mr. Ainger, aber jetzt, wo der Schnee fast weggeschmolzen ist, sollte man ihm vielleicht doch seine Schuhe zurückgeben. Er ist offenbar ein dickköpfiger alter Knabe und finster entschlossen, seine Ausflüge zu machen, unabhängig davon, ob er vernünftig angezogen ist oder nicht.»

Die Wangenmuskeln des Pfarrers strafften sich erneut, und er machte sich eifrig an der Anschlagtafel zu schaffen. «Da haben Sie sicher recht», murmelte er höflich, aber mit deutlichem Unmut.

«Wie ich schon sagte – es geht mich natürlich nichts an», entschuldigte sich Quantrill rasch. «Für einen Außenstehenden ist es leicht, mal eben für zehn Minuten Geduld und Mitgefühl für alte Menschen zu zeigen, nicht wahr? Mir ist sehr wohl klar, wieviel schwieriger das für die Angehörigen ist, die mit ihnen leben und sie versorgen müssen.»

«Ja», antwortete Robin Ainger lakonisch, brachte die letzte Reißzwecke an, indem er sie kräftig mit dem Daumen in das Brett drückte, und empfahl sich dann mit dem Hinweis, den Küster sprechen zu müssen.

Edgar Blore stand bereits ungeduldig in der Kirchentür. Er trug eine Soutane, doch die Würde des Gewandes war erheblich beeinträchtigt durch seine braune Strickjacke, deren Kragen unordentlich aus dem Halsbund hervorguckte. Der Pfarrer trat zu ihm, um mit ihm das Problem einer nicht erfolgten Lieferung von Heizöl zu besprechen, während Quantrill sich die Wartezeit mit dem Studium des Aushangs vertrieb.

Die Gemeinde von St. Botolph wurde offenbar einigermaßen in Atem gehalten mit allerhand Wohltätigkeitsveranstaltungen für die Restaurierung der Engelsfiguren im Deckenfresko und mit zahlreichen Proben für die zu Ostern stattfindende Aufführung des *Messias* von Händel. Dazu gab es Dienstpläne für die weiblichen Gemeindemitglieder, denen die Reinigung des Kirchensilbers oblag, das Beschaffen und Arrangieren des Blumenschmucks und die Organisation des Kaffeeausschanks in der Kirche, im Anschluß an den sonntäglichen Gottesdienst um halb elf.

Auch die Besucher der Kirche wurden nicht vernachlässigt. Es gab diverse Appelle, die Kirche nicht zu verlassen, ohne ein Gebet gesprochen zu haben, ein Scherflein beizutragen für den Restaurierungsfonds sowie Mahnungen wie *Bitte die Tür schließen* und *Vorsicht Stufe*. Ein besonders auffällig plaziertes großes Blatt Papier gab mit fettem, schwarzen Filzschreiber bekannt: «Abdrücke der historischen Grabplatten dürfen nur genommen werden NACH VORHERIGER ANMELDUNG und mit SCHRIFTLICHER GENEHMIGUNG DES PFARRERS sowie NACH ZAHLUNG EINER ANGEMESSENEN AUFWANDSENTSCHÄDIGUNG.»

«Haben Sie inzwischen neue Hinweise über den Toten auf dem Close?» fragte Robin Ainger, als er wieder zu dem Chief Inspector trat.

«Noch nicht», antwortete Quantrill und wiederholte, was er seinem Sohn über das Verschwinden der Campingausrüstung erzählt hatte. «Haben Sie vielleicht eine Vorstellung, was mit dem Zelt passiert sein könnte, Mr. Ainger?»

«Ich fürchte nein, aber Ihre Überlegungen erscheinen mir selbstverständlich plausibel. Wenn es sich bei dem Toten um Athol handelt und wenn sein Zelt weiterhin dort stand, ist es naheliegend, daß es von jemandem gestohlen wurde. Wenn es auch von der St. Botolph Street aus nicht zu sehen war, so hatte man doch von der Umgehungsstraße her volle Sicht, und wer immer das Zelt genommen hat – mit Breckham Market wird er wahrscheinlich nichts zu tun haben.»

«Trotzdem könnte es jemand aus dem Ort gewesen sein. Sie wissen nicht zufällig von irgendeinem jungen Burschen, der letzten Sommer plötzlich in den Besitz eines Zeltes gekommen ist? Er muß es ja nicht gleich selbst gestohlen haben, vielleicht hat er es nur spottbillig bekommen.»

«Mir ist nichts dergleichen zu Ohren gekommen.» Robin Ainger nahm seinen Dufflecoat, den er auf der steinernen Bank im Kirchenfoyer abgelegt hatte, und machte Anstalten, ihn anzuziehen. «Übrigens – das hab ich Sie schon die ganze Zeit fragen wollen –, was passiert eigentlich mit den sterblichen Überresten des Mannes? Angenommen, es wäre Athol Garrity . . .»

«In diesem Fall wäre es die Aufgabe der australischen Behörden, entsprechende Vorkehrungen mit seiner Familie zu treffen. Offenbar liegt nichts gegen ihn vor, so daß seine Familie nicht besonders beunruhigt sein dürfte. Aber selbst wenn dem so ist, wird man möglicherweise verlangen, daß seine Gebeine zur Bestattung überführt werden. Sollte man ihn jedoch uns überlassen, wird der Untersuchungsrichter eine Bestimmung treffen müssen, sobald die Leiche freigegeben ist. Die Kosten für die Bestattung werden dann der Gemeinde zufallen, und wahrscheinlich werden Sie dann die Trauerfeier abhalten müssen.»

«Das dachte ich mir. Was ich damit sagen wollte, ist folgendes: Wenn die Beerdigung hier stattfinden soll, bin ich gerne bereit, die Feier auszurichten. Schließlich habe ich ihn zumindest flüchtig gekannt, und ich finde, es ist das mindeste, was ich für seine Familie tun kann.»

Quantrill sah dem Pfarrer mit zusammengekniffenen Lidern direkt in die Augen. «Ich bin sicher, man wird das zu schätzen wissen», erklärte er. «Es wird allen bestimmt ein Trost sein, daß er unter Freunden starb.»

Robin Ainger murmelte etwas von einem dringenden Anruf an den Heizöllieferanten und machte sich eilig davon, rot bis an die Wurzeln seines welligen Haars.

10.

Hastig bahnte sich der Pfarrer seinen Weg durch die Reihen der schlichten, fast zweihundert Jahre alten Grabsteine, die sich zueinander neigten, als seien die Cherubine, deren Köpfe und Schwingen auf jedem Spitzenrelief erschienen, für alle Ewigkeit in Harmonie vereint. Der Chief Inspector schickte sich eben an, dem Pfarrer zu folgen, als ihm einfiel, daß er während seines zehnjährigen Aufenthalts in Breckham Market noch nie den Innenraum der Kirche betreten hatte, außer bei gelegentlichen Pflichtübungen zu Hochzeiten oder Beerdigungen. Jetzt war die Gelegenheit günstig, sich einmal im Innern umzusehen und sich ein wenig mit dem Küster zu unterhalten.

Er öffnete die Tür in Erwartung des dumpfen Geruchs, der ihm vertraut war aus der viel kleineren und älteren Kirche des Suffolk-

Dorfes, in dem er aufgewachsen war, diese Mischung aus modrigem Gestein und verstaubten Betstühlen, die für ihn stets der Inbegriff des Anglikanismus gewesen war. Aber in St. Botolph fehlte dieser Geruch völlig. Zwar war das Kircheninnere nicht ausgesprochen warm, aber es strömte auch nicht die übliche frostige Atmosphäre aus, sondern wirkte statt dessen luftig und bemerkenswert hell.

Das Gotteshaus von Breckham Market hatte das unerhörte Glück gehabt, der Aufmerksamkeit übereifriger Denkmalschützer zu entrinnen, und so war der größte Teil der Holzarbeiten unverfälscht erhalten geblieben. Die niedrigen Bänke waren aus silbergrauem Eichenholz gefertigt, und die Schnitzereien in den Seitenlehnen waren durch Generationen von Kirchgängern so abgegriffen, daß sich nur mühsam feststellen ließ, ob die Figuren sakraler oder säkularer Herkunft waren. Nur die kurzen Gewänder und die Topfhaarschnitte deuteten darauf hin, daß die Schnitzereien irgendwann zwischen Agincourt und dem Rosenkrieg entstanden waren.

Ein etwas verunglücktes Ostfenster im Chor erinnerte in gallegelber Jugendstil-Bleiverglasung an ein Kirchenoberhaupt des ausgehenden neunzehnten Jahrhunderts; abgesehen von ein paar aus dem fünfzehnten Jahrhundert stammenden Bruchstücken im Nordflügel, war der Rest des Fensterglases schlicht einfarbig gehalten, so daß das Außenlicht – heller denn je durch die Reflexion der unberührten Schneedecke auf dem Kirchhof – ungehindert durch die Seitenflügel und die hohen Fenster des Hauptschiffs einfallen konnte.

Das Mittelschiff war von beeindruckender Höhe. Quantrills Augen wanderten unwillkürlich an den Linien der steinernen Pfeiler hinauf bis zu der holzgetäfelten Decke, deren Verzierungen bis ins Detail hell ausgeleuchtet und deutlich sichtbar waren. Die Dachstützen bestanden abwechselnd aus Zug- und Stichbalken, an deren Enden gewaltige hölzerne Engel ihre Flügel ausbreiteten und durch den leeren Raum aufeinander zuzuschweben schienen.

«Ein regelrechter Höhenflug, nicht wahr, Mr. Quantrill?»

Der Chief Inspector konnte sich nicht erinnern, dem Küster schon einmal begegnet zu sein, aber er war daran gewöhnt, weit mehr Leuten, als er selbst kannte, vom Namen oder Aussehen her ein Begriff zu sein. Beispielsweise gab es im Archiv der Lokalzeitung ein Foto von ihm, das nach Bedarf als Spaltenfüller veröffentlicht wurde, wenn er gerade an einem schwierigen Fall arbeitete und außerstande war, den Reportern harte Tatsachen zu liefern. Doch obwohl er Edgar Blore nie zuvor gesehen hatte, war ihm dessen Name vertraut aus den Berichten von DC Wigby: zum einen in seiner Eigenschaft als Hausmeister des zerstörten Gemeindesaals, zum anderen im Zusammenhang mit seiner Aussage über das australische Mädchen, das im Pfarrhaus zu Besuch gewesen war. Also wußte dieser Mann vermutlich mindestens ebenso viel über den Reverend wie sonst irgend jemand in der Stadt.

«Wirklich, eine sehr schöne Decke, Mr. Blore», bestätigte Quantrill. «Ich nehme an, Sie haben viele Besucher hier im Sommer?»

«O ja, aus der ganzen Welt. Und nicht nur wegen der Decke. Richtig berühmt sind wir für unsere Grabplatten.»

«Das will ich gerne glauben. Vielleicht sollte ich einen Blick darauf werfen, wo ich schon mal hier bin.»

Der Küster holte tief Luft, zupfte unruhig an seinem Schnurrbart und setzte zu einer wirren und düsteren Verteidigungsrede an, in der er sich dafür entschuldigte, den Sohn des Chief Inspectors des Vandalismus bezichtigt zu haben. Quantrill unterbrach ihn mit der Versicherung, daß er sich völlig richtig verhalten habe, und lenkte das Gespräch wieder auf das Thema der Grabplatten. Er wußte nichts über irgendwelche Abdrücke, die sich davon anfertigen ließen, aber laut Aingers Aussage hatte Athol Garrity ein besonderes Interesse dafür bekundet; und nach den Ankündigungen auf dem Schwarzen Brett zu urteilen, brachten solche Besucher dem Pfarrer eine Menge Scherereien.

Der Küster ließ endlich seinen Schnurrbart los, rollte ein paar sandfarbene Teppichbahnen zur Seite und enthüllte acht Figuren aus getriebenem Messing, die in die abgewetzten Steinfliesen des Bodens eingelassen waren. Vier dieser Gestalten lagen am Ende des Südflügels, zwei weitere am Fuße der Altarstufen und die beiden letzten und schönsten im Altarraum selbst. Einige der Figuren hatten annähernd volle Lebensgröße, andere waren nur etwa dreißig Zentimeter lang. Alle lagen mit den Füßen zum Altar hin ausgerichtet, damit sich die Leiber in den darunterliegenden Gräbern am Jüngsten Tag nur aufzurichten brauchten, um direkt das Angesicht Gottes zu sehen.

Die Klarheit im Detail war noch nach mehr als fünfhundert Jahren frappierend. Hier lagen die einflußreichen Bürger des alten Breckham Market, und jede Naht in den Rüstungen der Männer, jede Falte in den Handschuhen der Damen, jede kunstvolle Verzierung ihrer Roben war deutlich sichtbar. Minutenlang betrachtete der Chief Inspector fasziniert die imposanteste dieser Gestalten, die lange Hakennase eines alten Ritters, die Kerbe in seinem Kinn und den hängenden Schnurrbart und dachte, daß er – auch wenn dieses Bildnis eher eine Art mittelalterliches Phantombild als ein echtes Portrait sein mochte – gute Chancen haben müßte, Sir John Bedingfield wiederzuerkennen, wenn er ihm jemals begegnen würde.

Es gab jede Menge Bedingfields in und um Breckham Market, aber keiner von ihnen hatte auch nur die geringste Ähnlichkeit mit Sir John. Die heutigen Bedingfields waren ein dunkelhäutiger, fauler und streitsüchtiger Haufen und steckten so häufig in Schwierigkeiten, daß die Polizei als erstes zu ihnen kam, wann immer irgendwo ein Bagatelldelikt gemeldet wurde. Sir John und die Dame an seiner Seite würden wohl schon beim bloßen Hinsehen jede Verwandtschaft mit derlei Nachkommen geleugnet haben, dachte Quantrill belustigt.

«Wirklich sehr schöne Grabplatten, Mr. Blore», sagte er. «Sehr interessant. Kein Wunder, daß so viele Besucher herkommen. Sogar ein Australier soll letzten Sommer hier gewesen sein, wie mir der Herr Pfarrer sagte.»

«Ist das der Mann, über den mich Mr. Wigby befragt hat?»

«Ja, in der Tat . . . wir vermuten, daß das Skelett auf Parson's Close zu ihm gehört. Als DC Wigby mit Ihnen sprach, wußte er allerdings noch nicht, daß der Australier auch in der Kirche gewesen war. Mr. Ainger sagt, er habe sich für die Grabplatten interessiert, diverse Abdrücke angefertigt und derweil auf der Pfarrwiese campiert. Sind Sie sicher, daß Sie sich nicht daran erinnern?»

«Ziemlich sicher. Tut mir leid, daß ich Ihnen nicht helfen kann, Mr. Quantrill, aber im Sommer sind wir immer total überlaufen von Fremden, die solche Abdrücke nehmen wollen, und ich halte mich nach Möglichkeit von ihnen fern. Wegen meines Magengeschwürs, verstehen Sie? Obwohl ich sagen muß, daß es nur selten Ärger gibt. Die Leute kommen einfach mit einem großen weißen Blatt Papier, legen es auf irgendeine Platte, hocken stundenlang davor und rubbeln mit einem Wachsstift so lange darauf herum, bis sich die Umrisse der Figur abgedrückt haben. Die meisten sind ruhig, sauber und ordentlich, und ich hab keinen Grund, mich über sie zu beschweren. Aber manche . . .»

Der Küster schien sich allmählich in einen Zustand höchster moralischer Entrüstung hineinzusteigern. «Wirklich, Sie würden nicht glauben, auf was für Ideen manche Leute kommen, Mr. Quantrill. Zu Anfang, als ich gerade hier Küster geworden war, konnt ich mich gar nicht beruhigen über das Verhalten dieser Leute – und das war natürlich reines Gift für mein Magengeschwür. Schließlich hat dann Mr. Ainger gesagt, daß er sich darum kümmern wird. Seitdem führt er ein Terminbuch und sortiert alle Problemfälle vorher aus.»

«Ja, ich habe den Anschlag im Vorraum gesehen», erklärte Quantrill. «Ich könnte mir vorstellen, daß es auch Leute gibt, die keinen Termin vereinbaren und versuchen, ohne Bezahlung an ihre Abdrücke zu kommen.»

«Das ist nur halb so wild!» platzte Edgar Blore heraus. «Ich spreche von anständigem Benehmen, von Respekt. Die Termine sind natürlich auch wichtig, weil die meisten dieser Besucher keine Kirchgänger sind und nicht daran denken, daß hier auch Gottesdienste und Andachten abgehalten werden. Bevor Mr. Ainger dieses Terminsystem eingeführt hat, war es an der Tagesordnung, daß ich in die Kirche kam, um die Vorbereitungen für die Messe zu treffen, und feststellen mußte, daß ich nicht an den Altar herankam, ohne über jemanden zu fallen. Und wenn ich dann darum gebeten habe, den Platz zu räumen, sind einige dieser Herrschaften regelrecht aggressiv geworden. Und dieses Theater, wenn ich das Geld haben wollte! Dabei verlangen wir gar nicht viel, es geht mehr ums Prinzip, meinen Sie nicht auch, Mr. Quantrill?»

Der Chief Inspector gab undeutlich Laute der Zustimmung von sich und bückte sich, um dem Küster zu helfen, die Platten wieder mit den Schonmatten zu bedecken.

«Alles in allem», fuhr Edgar Blore fort, während er eine der Matten, die Quantrill ausgebreitet hatte, säuberlichst zurechtrückte, «sind die Ausgaben, um ein solches Gebäude wie diese Kirche zu erhalten, einfach beängstigend. Meiner Meinung nach sollte jeder, der das Gotteshaus besichtigt – nicht zu reden von denen, die sich auf andere Weise daran bedienen – einen Beitrag leisten für die Erhaltung des Ganzen. Außerdem ist es ja keineswegs so, als ob hier jeder aus rein historischen Gründen an den Abdrücken interessiert wäre. Es gibt genügend, die damit Geschäfte machen. Ganz bestimmt, deshalb sind doch die ganzen Galerien und Kunstgewerbeläden von Yarchester voll von eben diesen Abdrücken. Die Leute zahlen stolze Preise – vor allem bei goldfarbenem Wachsstift auf schwarzem Grund – und dekorieren damit ihre Wände. Das ist einfach Betrug und nichts anderes. Und wenn ich Ihnen auch noch sagen würde, wie sich manche dieser Leute hier in der Kirche aufführen – auch solche, die ordnungsgemäß einen Termin vereinbart und ihre Gebühr bezahlt haben –, also, Sie würden es einfach nicht glauben.»

Nach fünfundzwanzig Dienstjahren bei der Polizei konnte Quantrill sich nur schwer vorstellen, in der menschlichen Natur noch irgend etwas Unglaubliches entdecken zu können. Seiner Überzeugung nach gab es einfach eine kleine Minderheit von Menschen, die – ob in einer Kirche oder anderswo – ohne Probleme ihre Habgier auslebten, andere ausnutzten, borniert waren und bösartig. Was die Unterhaltung für ihn weit interessanter gemacht hatte, war der kurze Einblick, den ihm der Küster in die unerwartet aufreibenden Begleitumstände der Pastorentätigkeit vermittelt hatte. Bisher war er unbedacht davon ausgegangen, daß man sich als Pfarrer nicht besonders verausgabte, aber in den letzten Tagen hatte er erfahren, daß diese Vorstellung weit von der Wahrheit entfernt war.

«Wollen Sie mir nicht mehr davon erzählen, Mr. Blore?» schlug er vor.

Der Küster hatte inzwischen alle Matten zu seiner Zufriedenheit geordnet und fuhr sich glättend mit der Handfläche über seine Soutane. «Wie ich schon sagte – es ist einfach eine Frage des Respekts. Offenbar haben einige dieser Leute keine Ahnung, daß sie sich hier an einem Ort der Andacht und der inneren Einkehr befinden. Statt sich beispielsweise mit Kreppband zu versorgen, um die Papierränder zu befestigen, während sie die Konturen abreiben, beschweren sie die Ecken einfach mit Stapeln von Gebetbüchern – oder sogar mit der Bibel vom Lesepult. Sie setzen sich auf die Chorstühle, um zu picknicken, und lassen ihren Abfall einfach liegen. Manche bringen sogar kleine Kinder mit und lassen sie einfach toben wie die Wilden, erlauben ihnen, sich die Chorhemden anzuziehen, über die Gänge und Emporen zu rasen, sich an die Glockenseile zu hängen . . .»

Vor Empörung bebend, machte er eine kurze Pause zum Atemholen. «Und an einem Tag letztes Jahr – das glauben Sie nie, Mr. Quantrill – also, eines Tages im vergangenen Sommer komme ich durch die Südpforte und höre einen gräßlichen Radau. Sitzt doch da ein junger Mann auf dem Altar, zappelt mit den Beinen zu der ohrenbetäubenden Musik aus einem Transistorradio und trinkt Bier aus der Dose!»

Das war auch für Quantrill zuviel. «Sie meinen, er saß *auf dem Altar*?»

«Genau das, auf dem Altar! Ich sagte ja, Sie würden's mir einfach nicht glauben! Ich war so außer mir, daß mir die Worte fehlten. Auf der Stelle bin ich rüber ins Gemeindehaus und hab den Herrn Pfarrer angerufen. Er kam sofort mit hundert Sachen über die St. Botolph Street gebraust und rauschte in die Kirche wie . . .» er blickte hoch, als flehe er um eine göttliche Eingebung, und wurde prompt fündig in den prachtvollen Deckenschnitzereien, «. . . wie ein Racheengel. Ich sage Ihnen, ich hätte um nichts in der Welt in der Haut dieses Jungen stecken wollen!»

«Was ist dann passiert?»

Edgar Blore schüttelte den Kopf. «Keine Ahnung, ich war nicht dabei. Mr. Ainger hatte mir gesagt, ich sollte im Gemeindesaal bleiben und mir einen Tee machen. Und das hab ich dann auch getan.» Seine traurigen Augen blickten den Chief Inspector kampfbereit an. «Vermutlich halten Sie mich für einen Feigling, aber der Herr Pfarrer weiß, wie das ist mit meinem Magengeschwür. Außerdem ist er jünger und stärker als ich.»

«Ja, natürlich . . . Obwohl ich den Eindruck habe», fügte Quantrill hinzu, «daß er in letzter Zeit nicht besonders wohl ausgesehen hat. Er scheint viel von seinem früheren Elan verloren zu haben.»

Der Küster schickte sich an, durch das Seitenschiff zur Südpforte zu gehen, und einen Moment lang dachte Quantrill, er wolle aus Loyalitätsgründen nicht über den Pfarrer sprechen. Aber Edgar Blore hatte nur nach den richtigen Worten gesucht, und als er zu reden begann, schien er es mit einiger Erleichterung zu tun.

«Um die Wahrheit zu sagen – und ich habe noch mit keinem Menschen darüber gesprochen, außer mit Mrs. Blore –, genau das war auch mein Eindruck. Der Herr Pfarrer ist schon seit Monaten nicht mehr er selbst. Ich glaube allmählich, daß er seine ganze Zuversicht verloren hat, und das ist ein höchst trauriger Zustand für einen Geistlichen. Andrerseits hat er natürlich auch mit einer Menge Schwierigkeiten zu kämpfen, wie wir beide wissen, Mr. Quantrill.»

Er nickte dem Chief Inspector bedeutungsschwer zu, ohne sich jedoch näher zu erklären.

«Mr. Ainger genießt großes Ansehen in der Stadt», bemerkte Quantrill beiläufig.

«Ja, das stimmt! Er ist sehr beliebt. Ich führe das auf die Tatsache zurück, daß er sich nicht mit diesem modernen Schnickschnack abgibt. So was kommt nicht gut an in einer Gemeinde wie Breckham Market. Mr. Ainger ist zwar noch ein recht junger Mann, aber er hält es erfreulicherweise mit den guten alten Traditionen.»

«Sehr richtig», pflichtete ihm Quantrill bei. Inzwischen waren sie an der Südpforte angelangt. Er griff nach dem Riegel aus massivem Eisen und sagte: «Nun, also, ich darf mich bedanken, daß Sie mir Gelegenheit gegeben haben . . .»

Der Küster stand reglos da und gab hinter vorgehaltener Hand ein diskretes, aber deutliches Hüsteln von sich, während sich sein Blick von dem des Chief Inspector löste und zu einem Kasten wanderte, der gleich neben der Tür an der Wand hing. Außen an der mit einem Vorhängeschloß verriegelten Box hing ein Zettel mit der Aufschrift «Spenden».

Beschämt kramte Quantrill in seiner Hosentasche und förderte eine Handvoll kleiner Kupfermünzen und ein einzelnes Zehn-Pence-Stück zutage. Zweifelnd betrachtete er das Kleingeld und sah den Küster mit fragend hochgezogener Augenbraue an. Einem vorwurfsvollen Blick begegnend, zog er seine Brieftasche, entnahm ihr eine Pfundnote und stopfte sie in die Öffnung des Kastens.

«Ach, übrigens, Mr. Blore», sagte er, entschlossen, dieses Geld von seinem Spesenkonto abzusetzen und so viele Informationen wie möglich dafür herauszuschlagen, «dieser junge Mann, von dem Sie mir erzählt haben . . . der sich so schlecht benommen und einfach auf den Altar gesetzt hat – haben Sie ihn vielleicht reden hören? Ich frage mich nämlich, ob er möglicherweise der Australier gewesen sein könnte, für den wir uns interessieren?»

Der Küster zwirbelte nachdenklich seinen Schnurrbart und schüttelte schließlich den Kopf. «Nein, tut mir leid. Ich konnte es einfach nicht ertragen, selbst mit ihm zu sprechen, Sie verstehen? Das hab ich dem Herrn Pfarrer überlassen, und daher hab ich seine Stimme nicht gehört. Sie werden sich also an Mr. Ainger wenden müssen, er wird Ihnen das bestimmt sagen können.»

Können schon, daran hatte Quantrill keinen Zweifel. Ob Reverend Robin Ainger das allerdings auch *wollte*, war eine andere Frage.

II.

«Kreispolizei, Bereitschaftsdienst, Inspector Tait am Apparat.»

«Hier Quantrill in Breckham Market. Haben Sie einen Moment Zeit?»

«Augenblick noch . . .»

Der Chief Inspector mußte unwillkürlich grinsen, während er mit dem Hörer am Ohr wartend an seinem Schreibtisch saß. Er wußte sehr wohl, daß es Zeiten gab, wo es im Dienstzimmer des Hauptquartiers ähnlich hektisch zuging wie in der Flugkontrolle von Heathrow; aber er wußte auch, daß die Telefonzentrale seinen Anruf nie durchgestellt hätte, wenn wirklich ein wichtiger Fall in Arbeit war. Martin Tait, sein früherer Sergeant, wollte lediglich eine kleine Kraftprobe ablegen.

«. . . und geben Sie mir Bescheid, sobald sich was auf dem Bildschirm zeigt», hörte er den frischgebackenen Inspector auf seine schneidige, effiziente Art sagen. Dann: «Freut mich, Sie zu hören, Sir. Was kann ich für Sie tun?»

«Ich dachte mir, es wäre höchste Zeit, daß wir uns mal wieder auf einen Drink treffen. Sie wissen ja, wie es ist in Breckham Market . . . wir sind so damit beschäftigt, in unseren Rübenfeldern herumzuhacken, daß wir die Außenwelt ganz aus dem Blick verlieren. Ich wäre sehr interessiert, einmal zu hören, wie sich die Dinge aus der Sicht des Hauptquartiers darstellen.»

«Oh.» Tait klang enttäuscht, als habe er darauf gehofft, daß der Chief Inspector einen wichtigeren Grund für seinen Anruf haben könnte. «Ich würde mich selbstverständlich sehr gern mit Ihnen treffen, aber im Moment gibt es viel zu tun.»

«Das hatte ich schon befürchtet, schade. Ich dachte, wir könnten vielleicht irgendwas vereinbaren zwischen heute und Freitag, aber wenn Sie zu beschäftigt sind, macht es auch nichts.»

«Warum gerade bis zum Freitag?»

«Wegen der gerichtlichen Untersuchung eines Todesfalls ... Na, machen Sie sich nichts draus, wir können das ja ein andermal nachholen.»

«Ist das die Wiederaufnahme der Untersuchung über dieses Skelett von Parson's Close? Wissen Sie, Sir, ich würde Sie eigentlich wirklich gerne wiedersehen. Morgen nachmittag hab ich zum Beispiel dienstfrei, und wie es der Zufall will, muß ich ohnehin in Ihre Gegend. Könnten wir uns vielleicht auf dem alten Flugplatz von Horkey treffen – sagen wir, so um halb drei?»

«In Horkey? Was zum Donner haben Sie denn da verloren?»

«Ich bin Mitglied des dortigen Aeroklubs. Ich mache gerade meinen Flugschein.»

«Heiliger Strohsack!» sagte Quantrill und kapitulierte. «Na schön, dann also bis morgen.»

«Warten Sie, legen Sie noch nicht auf! Was ist mit dem Skelett? Waren die Gerichtsmediziner in der Lage, die Todesursache festzustellen?»

«Nein. Sieht also sehr danach aus, als müßte diese Frage offenbleiben und der Fall zu den Akten gelegt werden. Ich bin keineswegs glücklich darüber.»

«Und Sie möchten, daß ich Ihnen helfe?»

«Sagen wir so – ich dachte, es wäre keine üble Idee, wenn wir die Sache einmal durchsprechen.»

In der Leitung war deutlich ein Seufzer der Genugtuung zu hören. «Ich dachte schon, Sie würden mich das nie fragen», sagte Inspector Tait.

Vor dem Gebäude des Horkey Aeroklubs stand eine zweisitzige, orangefarbene Cessna 152 mit einem Cockpit, das bedeutend kleiner war als der vordere Teil eines Mini, schaukelte im frischen Märzwind und rüttelte an den Bremsklötzen. Eine andere Maschine hatte gerade von dem grasbewachsenen Flugfeld abgehoben und schlingerte unter dem Kommando eines Flugschülers wie betrunken durch die Luft. Quantrill konnte den Anblick kaum ertragen. Es fiel ihm schon schwer zu glauben, daß dieser klapprige Apparat am Ende doch noch vom Boden abheben würde, ohne auseinanderzufallen, aber was die Landung betraf, war er noch weit skeptischer.

«Keine zehn Pferde würden mich da oben raufbringen», erklärte er.

Martin Tait lachte nachsichtig. «Sprach die Raupe zum Schmetterling ... Sie können doch nicht ein Leben lang an die Erde gefesselt bleiben. Kommen Sie, geben Sie schon zu, daß Sie nichts lieber hätten, als da oben zu sein.»

«Oh, nein», protestierte Quantrill und hielt seinen Hut fest, «und schon gar nicht in so einer kleinen Blechbüchse wie der da.» Er hatte bisher noch nie Gelegenheit gehabt zu einer Flugreise, und obwohl er seine Knabenträume vom Fliegen noch nicht ganz begraben hatte, wollte er seine ersten Erfahrungen doch lieber mit einem stabileren Vogel hinter sich bringen. «Wie dem auch sei, Sie könnten mich ohnehin nicht mitnehmen, solange Sie noch nicht Ihren Flugschein haben.»

«Das wird nicht mehr lange dauern», erklärte Tait zuversichtlich. «Ich habe bereits zwanzig Stunden mit dem Fluglehrer hinter mir und vier Alleinflüge. Noch zehn Stunden zu zweit und sechs solo – und ich hab ihn in der Tasche.»

«Ist das alles?»

«Oh, man muß natürlich noch ein paar Prüfungen ablegen. Aber man braucht mindestens vierzig Flugstunden, bevor man überhaupt dazu zugelassen wird.»

«Sie gehen also davon aus, daß Sie nicht mehr als dieses Minimum brauchen werden?»

«Ich müßte mich ja schämen, wenn es länger dauern würde. Kommen Sie, trinken wir ein Glas im Klub. Ich hab einen Mitgliedsausweis.»

Quantrill folgte seinem früheren Detective, einem dünnen, drahtigen, blonden jungen Mann in adretter Lederjacke und Rollkragenpullover, in eine aus Kriegszeiten stammende, ausgebaute Baracke, die als Klubhaus diente. Er bestellte eine Dose Lager-Bier, während Tait sich in Anbetracht seiner bevorstehenden Flugstunde mit einem Kaffee begnügte. Die Klubmitarbeiter steckten allesamt im Kontrollturm, so daß die beiden Polizeibeamten den leicht ramponierten Klubraum ganz für sich allein hatten.

«Nun, wie ist's denn so im Hauptquartier?» erkundigte sich Quantrill.

«Interessant, wirklich interessant. Es macht mir Spaß, so viel Technik zur Verfügung zu haben – Computer Terminals, Sichtbildgeräte, Funk, Telex, Telefax, Direktleitungen zu sämtlichen wichtigen Behörden, zu New Scotland Yard und zu Interpol . . . ich kann mir binnen Minuten alle Informationen beschaffen, die ich haben will.»

«Bestimmt einfacher, als in Breckham Market von Haus zu Haus zu wandern und die Informationen vor Ort sammeln zu müssen», sinnierte Quantrill. «Es hat Yarchester bei weitem weniger Zeit gekostet, die Identität des Skeletts festzustellen – ein gewisser Athol Garrity, vierundzwanzig Jahre alt, Neuzugang aus Queensland in Australien –, als der arme Jan Wigby dafür gebraucht hat, den Pub aufzuspüren, wo der junge Mann Stammgast war. Aber wie dem auch sei – weder die ganze Technik noch die gerichtsmedizinische Wissenschaft hat uns Aufschluß geben können über die Art, wie der Mann zu Tode gekommen ist.»

«Was weiß man überhaupt von ihm?»

Quantrill gab ihm einen Überblick über die Informationen, die er und Wigby inzwischen zusammengetragen hatten, und fügte hinzu: «Zuerst sah es so aus, als habe ihn außer den Aingers nie jemand gesehen, aber dann fanden wir heraus, daß er regelmäßig ins *Concorde* gegangen ist. Das ist ein Pub in der Neustadt, den er von Parson's Close aus mühelos zu Fuß erreichen konnte, einfach quer über die Umgehungsstraße. Man erinnert sich dort sehr gut an ihn – er trank viel und wurde laut, aber nie rechthaberisch oder streitsüchtig. Zweifellos hat er sich im Lokal keine Feinde gemacht. Er hatte ein paar gelegentliche Trinkkumpane, aber er kam und ging stets ohne Begleitung. Zuletzt ist er am Abend des 29. Juli gesehen worden. Der Barkeeper erinnert sich so deutlich an das Datum, weil es sein erster Arbeitstag nach dem Sommerurlaub war. Garrity stand schon um sechs vor dem *Concorde* und wartete darauf, daß es öffnen würde. Er sei auch ein paar Tage weg gewesen, erzählte er, bei Landsleuten in London, gerade eben erst zurückgetrampt und ziemlich durstig bei dem warmen Wetter. Er genehmigte sich vier oder fünf Halbe oder wahrscheinlich noch ein paar mehr und war einigermaßen hinüber, als das Mädchen an der Bar um acht Uhr seinen Dienst antrat. Kurz darauf hat er irgendwas gemurmelt von einem Nickerchen in seinem Zelt und ist nach Hause getorkelt. Seither hat ihn niemand aus dem *Concorde* wiedergesehen.»

«Aber vielleicht hat jemand beobachtet, wie er über die Umgehungsstraße gegangen ist», warf Tait rasch ein. «Wenn er so auffällig getorkelt ist, wird das doch wohl jemand gesehen haben. Haben Sie schon einmal überlegt, daß es ein Unfall gewesen sein könnte mit Fahrerflucht, daß er es vielleicht eben noch geschafft haben könnte, unter diese Büsche zu kriechen, und dort dann zusammengeklappt ist? Haben Sie auch erwogen . . .»

«Habe ich», unterbrach Quantrill barsch. «Wir haben jede Möglichkeit sorgfältig durchdacht – warten Sie's ab, bis ich mit meinem Bericht zu Ende bin. Tatsächlich wurde Garrity später am Abend noch einmal gesehen. Der Pfarrer und seine Frau haben ausgesagt, daß sie ihn etwa um halb zehn zufällig von ihrem Garten aus gesichtet haben. Sie standen in ihrer Auffahrt und sahen ihn über die St. Botolph Street schwanken, aus der Stadt in Richtung auf das Gatter zu Parson's Close. Was bedeutet, daß er nach seinem Besuch im *Concorde* noch in der Stadt gewesen sein muß – aber da haben wir eine Niete gezogen. Wir haben bisher nicht feststellen können, wo er war oder was er in der Zwischenzeit gemacht hat.»

Inspector Taits Miene machte deutlich, daß die Ermittlungen zweifellos bessere Ergebnisse gebracht hätten, wenn er noch Sergeant in Breckham Market gewesen wäre.

«Hatten Sie nicht herausgefunden, daß die Aingers letzten Sommer eine Australierin zu Besuch hatten?» fragte er. «Ich habe sie eines Abends kennengelernt, als ich auf einen Kaffee im Pfarrhaus vorbeigeschaut habe. Sie sprachen von einem Typen namens Athol, und ich hatte den Eindruck, daß er zu einem ziemlichen Ärgernis geworden war, weil er dauernd hinter dem Mädchen herstieg. Vielleicht hat er sich mit ihr getroffen nach seiner Rückkehr aus dem *Concorde*.»

Quantrill warf Tait einen gereizten Blick zu. «Natürlich wissen wir Bescheid über Janey Rolph. Ich hätte mich ganz gerne einmal mit ihr unterhalten, aber sie ist inzwischen außer Landes. Nach Aussage der Aingers war sie an dem bewußten Datum den ganzen Abend über mit ihnen zusammen – fragt sich nur, ob das auch die Wahrheit ist. Und was ist nun mit Ihrer Geschichte, daß Sie zum

Kaffee da waren? Ainger hat mir zwar erzählt, daß er Sie kennt, aber ich dachte, das sei mehr offizieller Natur. Warum zum Teufel haben Sie mir nicht schon längst gesagt, daß Sie die beiden privat kennen? In diesem ganzen Fall sind die Aingers für mich das größte Rätsel.»

«Und wie hätte ich das ahnen sollen? Außerdem bin ich davon ausgegangen, daß Sie ebensogut mit ihnen bekannt sind wie ich. Meiner Meinung nach gehört es doch schließlich zum Job, möglichst gute Beziehungen zu den Honoratioren der Gemeinde zu unterhalten. Wenn Sie mir gesagt hätten, daß die Aingers Ihnen Kopfzerbrechen machen, wäre ich Ihnen sofort zu Beginn der Ermittlungen zu Hilfe gekommen.»

Es war reine Zeitverschwendung, an dieser Bemerkung Anstoß zu nehmen, wußte Quantrill. Statt dessen verhalf er sich auf Taits Kosten zu einem weiteren Dosenbier und erläuterte ihm die Gründe für seinen Verdacht. «Inzwischen habe ich mit den beiden – einzeln oder getrennt – mindestens fünfmal gesprochen», meinte er abschließend, «und verständlicherweise werden sie allmählich nervös. Sie haben mir unaufgefordert ein gewisses Maß an Fakten mitgeteilt, aber ich neige zu der Auffassung, daß sie das lediglich aus Selbstschutz getan haben, weil ihnen klar war, daß wir diese Dinge auch durch andere Informationsquellen herausbekommen würden. Derzeit beteuern sie hartnäckig, nicht mehr zu wissen als das, was sie mir bereits gesagt haben. Ich halte das für eine blanke Lüge, aber das ist auch verdammt alles, was ich daran tun kann. Es ist nicht gerade einfach, einem Pfarrer zu unterstellen, daß er nicht die volle Wahrheit sagt.»

«Das eigentliche Problem», brachte Tait die Sache auf den Punkt, «besteht wohl darin, daß die Gerichtsmedizin nicht nachweisen konnte, ob es sich nun um ein Verbrechen handelt oder nicht. Wenn es um die Untersuchung eines Mordes ginge, könnten Sie Robin Ainger – und wenn er hundertmal Pfarrer ist – regulär vorladen und zum Reden bringen.»

«Ihn oder sie. Ich bin sicher, daß beide in dieser Sache drinstecken. Nicht unbedingt in dem Sinne, daß sie ein Verbrechen decken, aber daß sie *irgend etwas* verschweigen. Im Moment stehen sie beide erheblich unter Druck, was zum Teil allerdings auf das Konto von Gillians Vater geht. Er ist ziemlich gebrechlich und scheint allmählich kindisch zu werden.»

«Dann muß sich sein Gesundheitszustand aber deutlich verschlimmert haben gegenüber dem letzten Sommer», meinte Tait. «Als ich ihn sah, war er recht munter und arbeitete im Garten.»

«Wie seine Tochter sagt, hat er irgendwelche Probleme mit seinem Rücken, und das winterliche Wetter hat ihm nicht gerade gutgetan. Er scheint übrigens auch irgendwas zu wissen oder einen Verdacht zu haben, kann aber seinen Schwiegersohn offensichtlich nicht ausstehen, und insofern ist das alles vielleicht reine Gehässigkeit. Auch seiner Tochter gegenüber zeigt er sich recht störrisch, und sie scheint mit ihrem Latein so ziemlich am Ende zu sein. Aber bei aller Nachsicht für ihre häuslichen Probleme und den Streß, den die Gemeindeaufgaben mit sich bringen – es genügt nicht als Erklärung für ihr seltsames Verhalten. Sie kennen die Aingers besser als ich, Martin – wie ist Ihr Eindruck von den beiden?»

Tait warf den leeren Kaffeebecher in einen Abfalleimer. Der Aeroklub war chronisch in Geldnöten und erwartete von seinen Mitgliedern, daß sie selbst ihren Platz abräumten.

«Die Aingers stehen seit Monaten unter schwerem Druck», antwortete er. «Sie haben Eheprobleme. Mir gegenüber gaben sie sich zwar recht gastlich, aber diese Gastfreundschaft hatte etwas verzweifelt Angestrengtes. Ich hatte das Gefühl, daß sie sich geradezu an jeden Gast klammern, um nicht miteinander allein sein zu müssen. Das ist zwar interessant zu beobachten, aber nicht eben geeignet, einen gemütlichen Abend zu verleben. Die Spannung zwischen den beiden war fast mit Händen zu greifen, als ich das letzte Mal da war.»

«Wann ist das gewesen?»

«In der letzten Juniwoche, direkt vor meinem Sommerurlaub. Als ich zurückkam, bin ich ihnen aus dem Weg gegangen. Im September hielt ich zwar im Jugendklub den Vortrag über die Arbeit der Kriminalpolizei, wie ich es Robin versprochen hatte, aber im Pfarrhaus habe ich mich nicht mehr blicken lassen. Und ich wäre nicht im geringsten überrascht gewesen, wenn ich in der Zwischenzeit gehört hätte, daß die Ehe auseinander ist.»

«Menschliche Schwächen dieser Art wird sich ein Pfarrer wohl kaum erlauben können», meinte Quantrill. «Eine Scheidung bedeutet für ihn das Ende seiner Laufbahn als Geistlicher. Sogar eine Trennung würde reichen, um seine Glaubwürdigkeit zu zerstören – welche Hoffnung bliebe schließlich uns gemeinen Sterblichen, wenn es nicht mal der Pfarrer in seiner Ehe aushält? Nach meinen Erfahrungen der letzten Wochen scheint mir diese Partnerschaft allerdings inzwischen wieder ganz ordentlich zu laufen. Was für ein Problem hatten sie denn, was meinen Sie?»

«Er tyrannisierte sie, und sie ließ es sich gefallen. Das war es wohl auch, was die beiden anfangs aneinander spannend gefunden haben», erklärte Tait mit der Miene des distanzierten Junggesellen, der sich für einen Experten in Ehefragen hält. «Ich weiß nicht, durch welche Ereignisse ihre Schwierigkeiten miteinander verschärft worden sind, aber so wie es aussah, schien Robin jeden beliebigen Ärger in der Gemeinde mit nach Hause zu bringen und auf Gillian zu richten. Sie tat alles, um ihn milde zu stimmen, bot sich geradezu als seelischer Fußabtreter an in dem verzweifelten Versuch, ihn glücklich zu machen. Sie ermutigte ihn sogar nachdrücklich, sich mit der jungen Australierin zu unterhalten, weil er sie offensichtlich mochte. Jeder konnte merken, daß sie sich damit keinen Gefallen tat, aber sie hat wohl geglaubt, weil ihr Mann ein Pfarrer war . . .»

Tait unterbrach sich mitten im Satz und schoß hoch. Seine Augen glänzten, die Nase war noch spitzer als gewöhnlich. «Herrje! Das ist ja eine hochexplosive Situation! Die Beziehung der Aingers ist angespannt, die Ehe wackelt – und da taucht Janey Rolph auf mit einem gewissen Athol Garrity, den sie irgendwo in der Sta . . . Und was die Sache noch schlimmer macht: Janey ist umwerfend, absolut toll! Klein und zierlich, mit heller, zarter Haut, großen braunen Augen und dem tollsten Haar, das ich je gesehen habe – voll und leuchtend rot und ziemlich kurzgeschnitten, so daß es aussah wie das Fell von einem Fuchs. Ich habe sie nur für etwa fünfzehn Minuten gesehen – und ausgerechnet bei meinem letzten Besuch vor dem Urlaub, sonst hätte ich mich selbst an sie rangemacht –, aber ich werde sie bestimmt nicht so schnell vergessen. Es war übrigens noch ein anderer Gast da, der auch die Augen nicht von ihr lassen konnte. Ebensowenig wie Robin Ainger, was noch bezeichnender ist.»

Quantrill straffte sich. Als Gillian Ainger ihm von ihrer promovierenden Freundin erzählt hatte, hatte er sich darunter eine ernsthafte, schüchterne und ein wenig kurzsichtige Person vorgestellt. Und natürlich war er nicht auf die Idee gekommen, daß sich ein gutaussehender Mann wie Robin Ainger für ein solches Mädchen interessieren würde.

«Wie hat sich Janey Rolph ihm gegenüber verhalten?»

Tait nahm stramme Haltung an und schien heftig nachzudenken. «Nach meinem Eindruck verhielt sie sich sehr taktvoll. Offensichtlich war sie an Bewunderung gewöhnt und wußte, wie man damit umzugehen hatte. Ich dachte damals, daß sie Gillian ebensoviel Aufmerksamkeit schenkte wie Ainger. Sie schien die beiden ermuntern zu wollen, miteinander zu reden – tat also ihr Bestes, um sie wieder zusammenzubringen.»

«Demnach war ihr Mrs. Ainger also nicht böse?»

«Nicht die Spur. Es war offenkundig, daß sie das Mädchen mochte und ihren Mann für bombensicher hielt, obwohl jeder sehen konnte, daß Janey ihn einfach umgehauen hatte. Aber die Tatsache, daß er als Pfarrer nicht an Janey heran konnte, machte die Situation für ihn noch unendlich viel schlimmer.»

«Großer Gott . . .» Quantrill schob sich aus seinem Sessel nach oben und begann, unter dem Druck seiner Überlegungen, rastlos im Klubraum auf und ab zu gehen. «Und Garrity folgte Janey überallhin . . . Sie mochte ihn zwar nicht, laut Aussage von Mrs. Ainger, aber das änderte bestimmt nichts daran, daß Ainger eifersüchtig war. Er mochte Garrity ohnehin nicht, das hat er mir selbst gesagt . . .»

«Und Ainger ist ein großer Mann», fügte Tait hinzu, «und ziemlich jähzornig. Ich habe selbst erlebt, wie er ganz weiß geworden ist vor Wut . . .»

Quantrill holte tief Luft und wurde wieder sachlich. «Wir haben nicht den kleinsten Beweis in der Hand, wie Garrity zu Tode kam», gab er zu bedenken.

«Nein, aber wir beide wissen genug, um die Aingers damit zu konfrontieren. Mag ja sein, daß Garritys Tod auf einen Unfall zurückzuführen ist, aber nach Ihren Informationen sieht es so aus, als müßten die Aingers etwas darüber wissen. Wenn wir die Sache richtig angehen, sollte es eigentlich möglich sein, zumindest einen der beiden zu einem Zugeständnis zu bewegen. Wir könnten . . .»

«Wir?» unterbrach ihn der Chef der Kriminalpolizei von Breckham Market.

Der Inspector aus dem Hauptquartier, Abteilung Verfahrenstechnik, sah mit einemmal ganz niedergeschlagen aus. «Ach, zum

Teufel, für einen Augenblick hab ich ganz vergessen, daß man mich befördert hat. Sehen Sie, Sir, das ist ja alles gut und schön mit dieser ganzen Technik, aber mir fehlt einfach die kriminalistische Arbeit vor Ort. Könnten Sie mich nicht vielleicht doch mitnehmen zu Ihrem Gespräch mit den Aingers? Bitte, sagen Sie ja. Ich weiß, es ist gegen die Vorschriften, aber schließlich sind es ja auch meine Informationen, denen Sie jetzt nachgehen werden.»

«Und genau deshalb möchte ich Sie nicht dabeihaben», erklärte Quantrill entschlossen. «Nicht daß ich undankbar wäre, aber vielleicht stellt sich heraus, daß die Aingers ein blütenreines Gewissen haben, und schließlich muß ich weiterhin mit ihnen leben in unserer Stadt. Ich will auf keinen Fall in den Verdacht geraten, daß ich Sie ermuntert hätte, die Gastfreundschaft der Pfarrersleute dazu zu mißbrauchen, mir Einzelheiten aus ihrem Privatleben zu erzählen.»

«Dann lassen Sie mich wenigstens wissen, wie es gelaufen ist», bat Tait achselzuckend. Nach einem Blick auf seine Uhr fügte er hinzu: «Ich muß in zehn Minuten zu meiner Flugbesprechung, aber ich begleite Sie noch zu Ihrem Wagen.»

Die beiden Beamten verließen die Klubbaracke und gingen über den das Flugfeld begrenzenden Asphaltweg, der von den Märzwinden blankgescheuert war wie ein verwitterter Knochen, hinüber zu den geparkten Wagen. «Und wie geht's der Familie?» erkundigte sich Tait höflich.

«Alle bei bester Gesundheit, danke der Nachfrage. Obwohl – von Peters Missetaten werden Sie vermutlich gehört haben?»

«Wir hören so manches im Hauptquartier.»

«Genau das hatte mir noch gefehlt», knurrte Quantrill, «wenn der Sohn eines Chief Inspector wegen Vandalismus vor ein Jugendgericht zitiert wird. Er hat gesagt, daß sie sich eigentlich nur einen Spaß machen wollten, und hat zugegeben, dabei mitgemischt zu haben. Alle, die in diese Angelegenheit verwickelt sind, behaupten, daß die schlimmsten Schäden von einer Art Stoßtrupp angerichtet wurden – der Himmel mag wissen, ob das die Wahrheit ist, ich weiß es jedenfalls nicht. Man hat es vorläufig dabei bewenden lassen, Peter eine Geldstrafe aufzubrummen, die ihn sein Taschengeld für die nächsten sechs Monate kosten wird. Was er womöglich anstellt, wenn er dermaßen abgebrannt ist, wage ich mir kaum . . .»

«Und wie geht es Alison?» unterbrach ihn Tait.

Quantrill warf dem Kollegen, der in letzter Zeit eine unvermutet ernsthafte Neigung zu seiner jüngsten Tochter entwickelt zu haben schien, einen prüfenden Seitenblick zu. «Sie ruft uns jede Woche aus London an und klingt sehr munter», erklärte er.

«Hat sie sich womöglich schon verlobt?»

«Nein, nein. Sie erwähnt schon mal ein paar Namen, aber es scheint niemand darunter zu sein, für den sie sich besonders interessiert. Schließlich ist sie ja auch erst zwanzig und hat noch reichlich Zeit, bevor sie eine feste Bindung eingeht.»

«Sagen Sie ihr doch, ich hätte mich nach ihr erkundigt», bat Tait. «Und haben Sie vielen Dank, Sir, daß Sie sich hierherbemüht haben.»

«Ich danke Ihnen für Ihre Hilfe, Martin.» Seltsam fasziniert, wandte Quantrill unwillkürlich den Kopf nach einem der kleinen Flugzeuge, das sich – offenbar unter den Händen eines erfahrenen Piloten – elegant in das grenzenlose Blau des Himmels schraubte.

«Was kostet Sie das eigentlich, diese kleine Spielerei?» fragte er.

«Ungefähr tausend Pfund bis zum Flugschein, inklusive Klubbeiträgen, Prüfungsgebühren und allem andern», zählte Tait nüchtern auf.

«*Tausend Pfund?*» Quantrill traten fast die Augen aus dem Kopf bei dem Gedanken, was sich mit dieser Summe alles anfangen ließe, wenn er jemals so viel beiseite legen könnte. «Sie sollten wohl besser Junggeselle bleiben, wenn Sie sich weiterhin so kostspielige Hobbys leisten wollen. Aber besser Sie als ich – was mich betrifft, so bleibe ich doch lieber mit beiden Beinen auf der Erde und genieße die Wonnen des Eheglücks.»

Tait grinste, wohl wissend, daß das Eheglück seines früheren Chefs über Strecken alles andere als wonnig gewesen war. «Na, ein bißchen neidisch?» fragte er.

«Auf dieses Leben? Nein, danke!» Quantrill renkte sich den Hals aus nach der Propellermaschine, die inzwischen winzig wie ein Schmetterling geworden war, während sie sich geruhsam ihren Weg nach oben bahnte und ihre Flügel im Sonnenlicht blitzen ließ. Einen Moment lang sah er sich selbst an Taits Stelle: jung, unbeschwert, relativ wohlhabend, einer beruflichen Karriere gewiß – und frei wie der Wind. «Na schön, ich *bin neidisch*», bekannte er reuig, «wie der Teufel, mein Junge, wie der Teufel!»

12

Auf Quantrills dringende Vorladung hin stellten sich der Reverend und seine Frau schon am nächsten Morgen auf dem Polizeirevier von Breckham Market ein, wo der Chief Inspector sie in seinem Büro erwartete. Seltsam ergeben und hölzern vor Angst betraten sie den Raum, und Quantrill begrüßte sie, ohne eine Miene zu verziehen oder ihnen einen Kaffee anzubieten.

«Ich wollte mich noch einmal mit Ihnen unterhalten über den Fortgang unserer Untersuchungen im Fall Athol James Garrity», begann er.

Sie saßen stumm da, reglos wie zwei hypnotisierte Kaninchen, und beobachteten, wie die Worte aus Quantrills Mund strömten.

«Wie Sie wissen, wird der Spruch des Coroner am kommenden Freitag erfolgen. Man wird die Identität des Mannes anhand seiner Zähne nachweisen, und Sie, Mr. Ainger, sind vorgeladen worden, um seine Anwesenheit auf Ihrem Grundstück zu bezeugen und alles übrige auszusagen, was Sie über den Toten wissen.»

Ainger räusperte sich und nickte feierlich. Typisch, hier in seiner klerikalen Aufmachung zu erscheinen, dachte Quantrill; schließlich fällt es nicht leicht, einem Mann mit Priesterkragen zu mißtrauen.

«Die Autopsie ist inzwischen abgeschlossen», fuhr der Chief Inspector fort, «hat aber keinen Aufschluß gegeben über die Todesursache. Ohne dem Coroner vorgreifen zu wollen, möchte ich doch annehmen, daß er das Verfahren offen lassen wird. Man wird Athol Garritys sterbliche Überreste beisetzen – am kommenden Montag und mit Ihrer Hilfe vermutlich, Mr. Ainger –, und damit wird der Fall zu den Akten gelegt werden.»

Er hätte schwören können, daß beide Aingers einen Seufzer der Erleichterung ausstießen. Sie regten sich jetzt wieder auf ihren Stühlen, jedenfalls schien ihre Spannung nachzulassen.

Quantrill lehnte sich nach vorn über seinen Schreibtisch. «Allerdings . . .», schränkte er plötzlich ein und beobachtete mit Genugtuung, wie Mrs. Ainger zusammenzuckte, «. . . ein offenes Verfahren kann jederzeit wieder aufgenommen werden, wenn neue Beweise ans Licht kommen. Und was mich betrifft, so bin ich, offen gesagt, nicht ganz sicher, während meiner Ermittlungen stets die volle Wahrheit gehört zu haben. Ich bin sogar überzeugt, daß es in Breckham Market jemanden gibt, der mehr weiß, als er – oder auch sie – mir bislang gesagt hat. Und das Zurückhalten wichtiger Informationen vor der Polizei ist ein sehr schwerwiegendes Delikt.»

Er lehnte sich in seinen Stuhl zurück und musterte die beiden abwartend. Sie mieden seinen Blick und auch den des Partners. Gillians Wangen hatten sich mit einem zarten Rot überzogen, während die Knöchel an ihren fest verschränkten Händen weiß hervortraten. Robin hatte seine Hände in den Jackentaschen versteckt, doch aus seinem Gesicht war alle Farbe gewichen. Die Stille im Raum ließ sich geradezu in Stücke schneiden, dachte Quantrill.

«Schauen Sie», sagte er plötzlich, mit deutlich sanfterer Stimme und weniger bedrohlicher Haltung, «ich habe da so eine Theorie über den Tod von Garrity. Aus verschiedenen Quellen ist mir bekannt, daß er kein besonders einnehmender junger Mensch gewesen sein muß – lärmend, dabei mundfaul und ein ziemlich starker Trinker. Nehmen wir also einmal an, daß er irgendwie ausfallend geworden ist und daß ihn jemand niedergeschlagen hat. Sein Gegner wird sich vermutlich abgesetzt, ihn einfach liegen gelassen und sich gedacht haben, daß Garrity schon wieder zu sich kommen würde. Statt dessen aber wurde ihm schlecht, er mußte würgen – schließlich hatte er jede Menge getrunken – und erstickte an seinem Erbrochenen. Das passiert ziemlich häufig, müssen Sie wissen, deshalb überprüfen wir auch alle halbe Stunde, ob die Betrunkenen in unseren Ausnüchterungszellen noch wohlauf sind . . . Wenn nun aber dieser Gegner festgestellt haben sollte, daß Garrity tot war, wird er vermutlich in Panik geraten sein. Ich tippe darauf, daß er die Leiche, sobald es dunkel war, in den Büschen auf Parson's Close versteckt und – in Anbetracht der Tatsache, daß der Bauer die Wiese nicht mehr benutzte – darauf vertraut hat, daß man sie nie entdecken würde. Auch das Zelt ließ er verschwinden – hat es versteckt, verkauft, weggegeben oder was auch immer – nur um es loszuwerden. Und seither muß er weiterleben mit dem Druck, einen Menschen auf dem Gewissen zu haben. Er kann seine Tat nicht eingestehen, zum Teil, weil er berufliche Nachteile fürchtet, zum Teil, weil die Gründe für seinen Streit mit Garrity nicht bekannt werden sollen. Ich glaube, ich kenne diese Gründe, aber sie brauchen uns im Moment nicht besonders zu interessieren.»

Unterdessen hatte Gillian lautlos zu weinen begonnen, und nun gab sie plötzlich einen erstickten Schluchzer von sich. Ihr Mann griff nach ihrer Hand und drückte sie leicht, aber keiner sah den anderen an oder sprach auch nur ein Wort.

«Falls meine Theorie der Wahrheit einigermaßen nahe kommen sollte», fuhr Quantrill leise fort, «möchte ich allen Beteiligten sagen, daß ich keine zwingende Notwendigkeit sehe, die Gründe für den Streit mit Garrity publik zu machen – solange der Betreffende nur zugibt, was er – oder sie – getan hat. Und was immer in diesem Fall aus seiner beruflichen Laufbahn werden wird – ich bin überzeugt, daß er und seine Familie nach einem Geständnis weit glücklicher sein werden als jemals vorher seit Athol Garritys Tod.»

Die Aingers blieben stumm, aber Gillian ließ ihren Tränen inzwischen freien Lauf, und Quantrill fühlte mit Gewißheit, daß sie sprechen würde, wenn sie mit ihm allein wäre. Also ließ er Robin von einer Wache in ein angrenzendes Büro bringen, zündete sich einen Zigarillo an und bot der Pfarrersfrau eine Zigarette an. Sie schüttelte nur den Kopf.

«Warum weinen Sie, Mrs. Ainger?»

«Sie wissen doch, womit ich zu Hause zu kämpfen habe», antwortete sie ein wenig unsicher und suchte in ihrer Handtasche nach einem Taschentuch. «Ich bin einfach am Ende, muß es Dad versuchen rechtzumachen, dann die Arbeit im Haushalt und überall in der Gemeinde – und jetzt das hier.» Ihr Gesicht wirkte häßlich, mit den vom Weinen geschwollenen Augen und dem Mund, der sich grotesk verzerrte bei dem Versuch, die Schluchzer zurückzuhalten. «Sie haben uns wirklich gnadenlos zugesetzt, Mr. Quantrill, und da wundern Sie sich, daß ich weine?»

«Es war nicht meine Absicht, Sie zum Weinen zu bringen, aber es überrascht mich auch nicht. Sie sind unglücklich, Sie stehen unter Druck, und Sie haben Angst. Und ich meine, daß Sie noch zusammenklappen werden, wenn Sie sich nicht bald jemandem anvertrauen. Also, erzählen Sie mir bitte, was Sie wissen über Garritys Tod. Das fällt Ihnen schwer, dessen bin ich mir wohl bewußt, aber es wird Ihnen besser bekommen, alles loszuwerden und vielleicht für kurze Zeit etwas üble Nachrede ertragen zu müssen, als unter dieser permanenten Spannung weiterzuleben. Kommen Sie, sprechen Sie sich alles von der Seele, und bedenken Sie, daß auch Richter mitunter sehr nachsichtig sein können.»

Sie legte ihr Taschentuch zur Seite und begann zu sprechen. Ihre Stimme klang noch etwas belegt, aber nicht ohne Würde: «Ich . . . ich habe nichts zu sagen.»

Offenbar brachten ihn Freundlichkeit und Mitgefühl hier nicht weiter. «Mrs. Quantrill», sagte er scharf und drückte seinen Zigarillo aus. «Sie sollten sich dringend den Ernst dieser Befragung klarmachen. Ich habe Grund zu der Annahme, daß Sie mir einiges sagen können zu den Umständen von Athol Garritys Tod. Also, sprechen Sie: Was wissen Sie darüber?»

Er betrachtete sie während der sich anschließenden Stille, und seine Augen waren grün und hart wie unreife Äpfel. Die Augen der Frau hingegen blinzelten feucht, aber als sie erneut zum Sprechen ansetzte, hatte ihre Stimme die ganze Festigkeit und Autorität einer Pfarrersfrau wiedergewonnen, die es seit sechzehn Jahren gewöhnt ist, sich mit unzufriedenen Gemeindemitgliedern auseinanderzusetzen.

«Tut mir leid, Chief Inspector, aber mehr habe ich nicht zu sagen.»

Enttäuscht, aber zugleich entschlossen, nun jedes ihm zur Verfügung stehende Mittel anzuwenden, schickte Quantrill sie mit einer Polizistin in einen Warteraum und ließ den Pfarrer zu sich bringen.

«Nun, Mr. Ainger», begann er und baute sich furchteinflößend hinter seinem Schreibtisch auf, «ich habe also mit Ihrer Frau gesprochen, und sie hat mir bezüglich der Umstände von Garritys Tod ihre Version erzählt. Jetzt würde ich gerne in Ihren Worten hören, was passiert ist, und zwar genau.»

Einen Augenblick lang fiel das schöne Gesicht des Pfarrers in sich zusammen. Zweifelnd und angstvoll schaute er zu der Tür, die in den Korridor führte, auf dem er einen kurzen Blick auf seine Frau und ihre Eskorte erhascht hatte. Er schluckte nervös, dann klärte sich seine Miene wieder auf.

«Ich habe nichts zu sagen», sprach er.

Quantrill starrte ihn an, zunehmend frustriert. Er hatte soviel Überzeugungskraft in seine hypothetische Darstellung von Garritys Todesumständen gelegt, daß er inzwischen fast selbst glaubte, es müsse so und nicht anders gewesen sein. Und jetzt mußte er sich widerstrebend eingestehen, daß er de facto gar nichts wußte – nicht einmal, ob überhaupt ein Verbrechen vorlag.

Aber er hatte sich inzwischen zu weit vorgewagt, um noch einen Rückzieher zu machen. Jetzt konnte er die Sache ebensogut zu Ende führen. Wenn die Aingers unschuldig waren, so hatten sie sich doch äußerst verdächtig benommen, das rechtfertigte zur Genüge die Frage, die er nun stellen würde. Auch wenn sie möglicherweise dazu führte, daß sich Ainger offiziell über ihn beschwerte – sie mußte ausgesprochen werden.

«Mr. Ainger», sagte er langsam, «ein junger Mann, den Sie kannten, den Sie in Ihr Haus eingeladen haben, ist unter ungeklärten Umständen zu Tode gekommen, und seine Leiche wurde auf Ihrem Grundstück gefunden. Nun haben Sie mir bereits einiges über diesen jungen Mann erzählt und waren auch offen genug, zu bekennen, daß Sie ihn nicht gemocht haben – dennoch legen meine Erkundigungen den Gedanken nahe, daß Sie mehr wissen, als Sie bisher gesagt haben. Ich werde Ihnen jetzt eine Frage stellen, und ich erwarte, daß Sie mir als ein Mann Gottes darauf umfassend und wahrheitsgemäß Antwort geben: Waren Sie am Tod von Athol Garrity in irgendeiner Form beteiligt, oder haben Sie sich auf irgendeine Weise zum Mitwisser gemacht?»

Die Augen des Pfarrers blickten strahlend blau und ziellos. Er zögerte einen Moment, dann sprach er laut und deutlich: «Ich kann Ihnen nichts mehr dazu sagen.»

«Einsatzzentrale der Kreispolizei, Inspector Tait am Apparat.»

«Hier Quantrill, Breckham Market. Die Leichenbeschauung ist gelaufen. Ergebnis: Todesursache ungeklärt, Untersuchung abgeschlossen. Ich habe versucht, eine Vorladung für die Aingers zu erwirken, aber sie müssen sich irgendwie aus der Sache herausgewunden haben.»

«Um Himmels willen! Haben Sie nicht . . .?»

«Bitte, wir wollen kein weiteres Verhör abhalten. Ich bin so weit gegangen, wie ich irgend konnte – sogar noch ein gutes Stück weiter, wenn man bedenkt, daß wir keinen Beweis haben für ein Verbrechen –, aber sie haben offenbar damit gerechnet und waren vorbereitet. Ich habe sie einzeln und zusammen befragt, aber nichts erreicht.»

«Ich wußte doch, daß ich besser dabei gewesen wäre.»

«Und was, glauben Sie, was zum Teufel hätten Sie tun können, was ich nicht bereits getan habe? Sie sind nicht auf den Kopf gefallen, die beiden, sie sind intelligente Leute, die sehr wohl wußten, warum man sie zum Verhör geholt hat, und die genau geplant hatten, wie sie sich verhalten und was sie sagen würden. Trotzdem werde ich es nicht dabei bewenden lassen. Sie wissen jetzt, daß ich sie im Verdacht habe, und ich werde ihnen ordentlich zusetzen, indem ich sie spüren lasse, daß sie ständig überwacht werden. Und den Anfang werde ich damit machen, daß ich persönlich anschaue, wie Reverend Robin die sterblichen Reste von Athol Garrity bestattet. Um halb zehn am Montagmorgen, auf dem städtischen Friedhof. Möchten Sie vielleicht dabei sein, falls Sie sich freimachen können?»

«Aha, *jetzt* soll ich plötzlich kommen», beklagte sich Inspector Tait.

«Ziehen Sie sich was Passendes an», sagte Chief Inspector Quantrill bissig und knallte den Hörer auf die Gabel.

13.

In der Nacht zum Montag kehrte für kurze Zeit noch einmal der Winter zurück nach East Anglia. Nordische Kaltluft ließ die Temperaturen sinken, frostiger Nebel zog auf und legte sich so dicht auf Hecken und Bäume, daß immer noch Reste von Rauhreif an den Zweigen hafteten, als sich in den frühen Morgenstunden der Nebel allmählich auflöste.

Die Sonne stand noch tief am wolkenlosen Morgenhimmel, und die Landschaft war in ein gleißendes Weiß getaucht. Alle Bäume und Hecken waren reifüberpudert und gaben dem Friedhof von Breckham Market für ein, zwei Stunden einen ätherischen Anstrich.

Quantrill wollte möglichst früh auf dem Friedhof sein. Die Sonnenschutzblenden heruntergeklappt, um seine Augen vor der blendenden Helligkeit zu schützen, fuhr er über eine Strecke mit dem unheilschwangeren Namen Cemetery Road. Es war ein halber Feldweg, der nur von Einheimischen benutzt wurde, und der Chief Inspector fand mühelos einen Parkplatz dicht am Friedhofstor, gleich hinter dem Morris 1300 des Pfarrers. Constable Jan Wigby, der ihn begleitete, stieg aus und ging hinüber zu dem

Reporter der Lokalzeitung, einem offenbar ziemlich unerfahrenen Jungen, der zweifellos mit dem Vorsatz gekommen war, möglichst viele Zeilen für seine Story *«Das Skelett von Parson's Close – unerklärlicher Tod eines Australiers»* herauszuschinden. Quantrill wollte eben durch das Tor gehen, als er feststellte, daß Henry Bowers, Gillian Aingers Vater, auf dem Rücksitz des Wagens seines Schwiegersohns hockte.

Es war eher Hartnäckigkeit als Freundlichkeit, was Quantrill veranlaßte, ein paar Worte mit dem alten Herrn zu wechseln. Henry Bowers mochte ein wenig hinfällig sein, aber er war keineswegs schwachsinnig, und nach Aussage von Martin Tait mußte er im vergangenen Sommer noch springlebendig gewesen sein. Durchaus möglich, daß er sich an irgend etwas Brauchbares über den Australier erinnerte, und Quantrill war entschlossen, jede Möglichkeit auszuschöpfen, bevor er sich endgültig geschlagen gab.

Er öffnete die Fahrertür und steckte seinen Kopf ins Wageninnere. «Morgen, Henry.»

Der alte Mann hing schlaff in seinem dicken Wintermantel, aus dessen weitem Kragen sein faltiger Hals herausragte wie der einer Schildkröte aus ihrem Panzer. Seine Augen schauten ins Leere, und er lutschte gedankenverloren an einem Pfefferminzbonbon. Als er Quantrill hörte, fuhr er überrascht zusammen und ließ vor Erstaunen den Mund offenstehen.

«Verzeihung», entschuldigte sich der Chief Inspector, «ich wollte Sie nicht erschrecken. Douglas Quantrill – erinnern Sie sich? Wir haben vor ein paar Wochen ein Gläschen getrunken, im *Boot*.»

«Oh, ja?» murmelte Henry Bowers beklommen, spähte nach oben durch die buschigen Brauen, wischte sich über die feuchten Lippen und schob sein Pfefferminz in die andere Backentasche. «Ich weiß, Sie sind dieser Bulle. Haben mir 'n prima Whisky spendiert ... aber ich hab nichts gesagt, oder? Hab die Familie nicht im Stich gelassen.»

«Nein, das haben Sie nicht», stimmte Quantrill zu, nahm hinter dem Steuerrad Platz, schloß die Tür vor der Kälte und drehte sich zur Seite, um mit dem alten Mann zu sprechen.

«Sie sind aber heute früh auf den Beinen.»

Henry Bowers nickte. «Muß heute zum Ärztehaus», sagte er

bedeutungsvoll. «Muß mir nämlich 'n Bruchband anpassen lassen. Unsere Gillian bringt mich hin, sobald die Beerdigung vorbei ist.»

«Ist Ihre Tochter denn hier?» fragte Quantrill überrascht.

«Klar. Die begraben doch diesen Aussie, und weil der hier keine Verwandten hat, sind sie gleich beide gegangen. Sieht auch besser aus. So als ob's ihnen doch was ausmacht.»

«Und? Tut es das?»

Der Alte wühlte in seiner Tasche und zog eine Tüte mit Pfefferminz heraus. Seine zittrigen Hände taten sich schwer mit dem Bonbonpapier, und Quantrill mußte sich zurückhalten, um ihm die Mühe nicht abzunehmen. «Also, macht er ihnen was aus, der Tod von diesem Australier?» insistierte er.

«Denen doch nicht. Warum auch? Können verdammt froh sein, daß sie ihn los sind, wenn Sie mich fragen. Wie wär's mit 'm Pfefferminz?»

«Nein, danke, im Moment nicht. Wissen Sie was, Henry – ich muß unbedingt wissen, wie dieser Mann gestorben ist.»

«Ist doch jetzt kein Geheimnis mehr, wo der Coroner alles geklärt hat. Dieses ganze sprudelige Büchsenbier, das der getrunken hat . . . hat bestimmt solange dran gewürgt, bis er tot war. So stand's jedenfalls in der *Daily Press*.» Damit stopfte er sich ein weiteres Pfefferminz, an dem noch ein Stück Bonbonpapier klebte, in den Mund.

«Ja, aber ich würde gern wissen, was er getan hat kurz vor seinem Tod. Ist er vielleicht noch im Pfarrhaus gewesen?»

Henry Bowers' wäßrige Augen bekamen plötzlich einen listigen Ausdruck. «Dachte gar nicht, daß Sie so sicher wissen, wann er genau gestorben ist. Stand nichts von in der Zeitung.»

«Stimmt, das wissen wir nicht. Aber ich spreche von dem Tag, an dem man ihn zum letzten Mal gesehen hat, vom 29. Juli letzten Jahres.»

«Ah so. Na ja, also da war der Aussie bestimmt nicht im Pfarrhaus, weil *er* ihm nämlich gesagt hat, daß er wegbleiben soll. Schon Wochen vorher.»

«Sie meinen, der Pfarrer hat ihm das gesagt?»

«Genau. Hatten Krach gehabt, die zwei – über die Abdrücke von den Grabplatten oder so was in der Art. Jedenfalls hat er sich danach nicht mehr blicken lassen, der Aussie. War auch gut so, konnte den Kerl nicht ausstehn. Hat doch glatt den Nerv gehabt, mich Opa zu nennen. *Opa!* Unverschämt, diese Aussies . . .» Er saugte kräftig an seinem Pfefferminz, schaute plötzlich ganz überrascht, streckte langsam seine Zunge zwischen den dunklen Lippen hervor und fischte mit den hornigen Nägeln von Daumen und Zeigefinger nach dem Fetzen Bonbonpapier.

Quantrill betrachtete ihn nachdenklich. «Und was ist mit Ihnen, Henry? Wissen *Sie* vielleicht etwas über Athol Garritys Tod?»

«Zuviel Dosenbier, das war's – hätt ich Ihnen gleich sagen können. Ruiniert die Eingeweide, ich hab ihn gewarnt.» Die Miene des Alten hellte sich auf, und er deutete über Quantrills Schulter auf den herannahenden Trauerzug. «Sehen Sie, da kommt er schon! Hat auch lange genug gedauert, bis sie ihn endlich unter die Erde bringen, was? Ist schließlich schon Wochen her, daß sie ihn gefunden haben.»

«Viel Schlimmes hat ihm jedenfalls nicht mehr passieren können beim Warten», meinte Quantrill trocken und öffnete die Wagentür. Das Gespräch mit Henry war aufreizend nebulös geblieben – wie die meisten anderen Gespräche im Zusammenhang mit dem Tod des Australiers. «Also dann, Henry», sagte er, «passen Sie auf sich auf.»

«Nehmen Sie doch ein Pfefferminz», schlug der alte Mann vor. «Auf diesem Friedhof ist man immer halbtot vor Kälte.»

Quantrill bediente sich aus der Tüte, die ihm Henry Bowers entgegenhielt, wobei er ihn nicht ansah, sondern mit seinen Blicken dem Leichenzug folgte, der langsam durch das Friedhofstor schritt. Auf seinem Gesicht lag ein Ausdruck von leichter Schadenfreude, den der Chief Inspector schon einige Male zuvor wahrgenommen hatte, wenn alte Leute zusahen, wie jüngere Menschen zu Grabe getragen wurden. Offenbar empfanden sie ein Gefühl des Triumphes bei dem Gedanken, die Jüngeren und Stärkeren überlebt zu haben. Ein äußerst kindischer Aspekt des Älterwerdens, den Quantrill mit seinen siebenundvierzig Jahren besonders abstoßend fand. Er hatte schon vor langer Zeit für sich beschlossen, daß er selbst wenig Lust hatte, wesentlich länger als siebzig Jahre zu leben, allerdings fehlte es ihm nicht an Phantasie, sich ausmalen zu können, daß er jenseits der Sechzig möglicherweise seine Vorstellungen revidierte und das reife Alter mit anderen Augen sah.

Er steckte das Pfefferminz in die Tasche, nickte Henry Bowers zu, schloß die Wagentür hinter sich und schritt durch das Tor zum Friedhof. Weiter vorn bewegte sich feierlich der Trauerzug über den kiesbestreuten Mittelweg. Der Chief Inspector nahm eine Abkürzung über das rauhreifbedeckte Gras, zwischen zwei Reihen hoher viktorianischer Grabsteine aus weißem Marmor hindurch, und erreichte das Areal, das gegenwärtig für Bestattungen genutzt wurde.

Es waren mehr Trauergäste anwesend, als er erwartet hatte. Martin Tait war gekommen und stand neben DC Wigby nahe bei dem frisch ausgehobenen Grab. Der Küster von St. Botolph hatte in seiner schwarzen Soutane am Kopfende des Grabes Posten bezogen, zusammen mit dem Zeitungsreporter und dem Mann, der im Pförtnerhaus am Friedhofseingang wohnte und der Stadt als Parkwächter, Gärtner und Totengräber zugleich diente.

Reverend Robin Ainger sah aus wie ein Filmstar aus den Dreißigern in seinem bodenlangen schwarzen Wintercape, das er über dem Chorhemd trug, und wartete am Wegesrand, daß man den Sarg von dem Leichenwagen hob. An der Seite des Grabes, wo normalerweise die Angehörigen Aufstellung nahmen, standen Gillian Ainger und ein etwa fünfzigjähriger Mann, der mit seinem akkurat gekämmten, leicht ergrauenden Haar, der goldgefaßten Brille und dem maßgeschneiderten Mantel an einen erfolgreichen Rechtsberater erinnerte.

«Morgen, Martin», grüßte Quantrill, als er sich zu seinen Kollegen gesellte. «Kennt einer von euch zufällig den Mann neben Mrs. Ainger?»

«Nein», antwortete Wigby, «aber ich dachte, das sollten wir wohl, und habe den Küster gefragt. Reynolds ist der Name, was er tut, weiß man nicht, aber er lebt offenbar irgendwo in der Nähe von Yarchester. In den letzten sechs Monaten muß er an etlichen Sonntagen hier gewesen sein – er geht immer zur Abendandacht mit Mrs. Ainger.»

«Entweder ist er ein guter Freund», meinte Tait, «oder er ist Anwalt. Sonst kann ich mir eigentlich nicht vorstellen, was er hier an einem Montagmorgen zu suchen hat.»

Über die niedrigen, modernen Grabsteine hinweg blickten die drei Polizeibeamten hinüber zu Gillian Ainger und ihrem Begleiter, um festzustellen, ob sie sich ihrer Anwesenheit bewußt war. Sie wandte sich Reynolds zu, um ihm hastig etwas zuzuflüstern, und änderte dann ihre Position, so daß sie teilweise verdeckt wurde von den bereiften Zweigen eines hohen Rosenstrauchs. Aber die drei sahen genug, um festzustellen, daß Reynolds dichter an sie herantrat und seine Hand stützend unter ihren Ellbogen legte.

Wigby schlug die mit Lammfellfäustlingen bedeckten Hände zusammen. «Er ist entweder ein sehr bemühter Anwalt oder ein äußerst ergebener Freund», meinte er fröhlich. Tait, obwohl kleiner als Wigby, schaffte es, ihn strafend von oben herab anzusehen.

«Ich sehe jetzt, was Sie meinen, Sir», sagte er zu Quantrill. «Gillian scheint eindeutig beunruhigt durch unser Erscheinen.»

«Ich gäbe sonstwas, wenn ich nur wüßte, warum», entgegnete der Chief Inspector. Dann überdachte er sein Angebot im Hinblick auf seinen derzeitigen Kontostand und machte einen raschen Rückzieher. «Zumindest wäre ich bereit, dem Kirchenfonds eine kleine Spende zu machen.» Er nahm seinen Hut ab und gab Wigby mit dem Ellenbogen zu verstehen, daß er seinem Beispiel folgen solle; angesichts der paar Knochenreste im Sarg und der fehlenden Hinterbliebenen hatte der Detective Constable die Gebote des Anstands zeitweilig vergessen.

Dicht hinter dem Pfarrer legten nun die Sargträger die letzten Schritte zum Grab zurück. Da die Beerdigung des Fremden aus Steuermitteln bezahlt werden mußte, hatte man die Kosten für die Zeremonie so gering wie möglich halten wollen. Quantrill billigte das nicht nur aus Gründen der Sparsamkeit, sondern weil die Feier schlicht und traditionell ablief. Der Leichenbestatter war ein kleiner städtischer Bauunternehmer und Schreiner, der seine Geschäfte auch um die Anfertigung von Särgen erweitert hatte. Er trug den gleichen schwarzen Anzug wie zu den Beerdigungen der letzten dreißig Jahre, und sein Leichenwagen war ein alter Daimler; die Sargträger waren Angestellte seiner Firma und für diesen Anlaß abkommandiert worden, um sich in dunkle Anzüge zu werfen und den Sarg zu schultern.

«Wenigstens wiegt er nicht viel», flüsterte Jan Wigby respektlos, als Athol Garritys spärliche Überreste leicht und mühelos in die Grube herabgelassen wurden.

Reverend Robin Ainger, dem der immer noch frostige Wind die despektierliche Äußerung zugetragen hatte, zögerte mitten in seinem Satz von dem kurzen Leben, das dem Menschen auf Erden beschieden ist, schaute von seinem Brevier hoch und tat seinen ersten Blick auf die Polizisten, die gleichmütig dastanden und ihn beobachteten. Ohne merkliche Pause nahm er seine Grabrede wieder auf, aber sein Vortrag hatte etwas Mechanisches bekommen. Ängstlich schaute er zu seiner Frau, während er die nächsten beiden Psalme wiederholte und bei den Worten *Gott kennt die Geheimnisse unseres Herzens* ins Stocken geriet. Die Beamten starrten ihn an, entschlossen, ihn zum Zusammenbruch zu bringen, aber auch seine Frau hatte ihre Augen fest auf ihn gerichtet, entschlossen, ihn zum Weitersprechen zu bewegen. Schließlich schien er seine Fassung wiederzugewinnen. Der Küster tat einen Schritt nach vorn, um eine Schaufel Erde auf den Sarg zu werfen, und Ainger beendete seine Grabrede mit fester Stimme und in Rekordzeit, während seine Atemluft wie eine Rauchfahne in den winterlichen Himmel stieg.

So schnell, wie es schicklicherweise erlaubt war, klopfte sich Quantrill wieder seinen Hut auf dem Kopf zurecht und stopfte sich eins von Henry Bowers' Pfefferminzbonbons in den Mund. Wie der alte Mann ganz richtig bemerkt hatte – der Friedhof war zum Sterben kalt. Er beobachtete, wie sich Robin Ainger und der Mann namens Reynolds, Gillian in ihre Mitte nehmend, etwas überstürzt davonmachten, und hörte das überfrorene Gras unter ihren Füßen knirschen. Der Totengräber machte sich ohne Umschweife an sein trauriges Werk, und die gefrorenen Erdklumpen polterten dumpf auf den Sarg.

«Na, was haben Sie denn nun aus dem allen geschlossen, Martin?» erkundigte sich Quantrill und schickte sich an, den Rückweg zum Tor einzuschlagen. Aber Inspector Tait schien noch ein wenig verweilen zu wollen; er inspizierte einen Grabstein, der noch neu war und aus irgendwelchen Gründen seine Aufmerksamkeit erregt hatte.

«Michael Dade . . .» sprach er. «War das nicht der Organist? Letzten Sommer hab ich ihn kennengelernt, und im Oktober darauf ist er gestorben . . . also direkt nach meiner Beförderung und meinem Umzug nach Yarchester. War erst einunddreißig, als er starb . . . woran wohl, an einem Unfall?»

«Selbstmord», antwortete Wigby. «Hatte Liebeskummer und hat sich eine Plastiktüte über den Kopf gestülpt.»

«Ich bin ihm nur einmal begegnet, im Pfarrhaus», erklärte Tait.

«Ein kleiner dunkelhaariger, drahtiger Mann mit einer großen Nase. Er stotterte ganz entsetzlich.»

«Genau, das war er», bestätigte Wigby, korrigierte Tait jedoch genußvoll in einem anderen Punkt: «Aber er war nur der Stellvertreter des Organisten. Ich hatte mit der Untersuchung seines Todes zu tun – Sie werden sich nicht daran erinnern, Mr. Quantrill, Sie waren nämlich gerade auf Urlaub. Jedenfalls hatte er sich in den Kopf gesetzt, daß irgendeine Ausländerin versprochen hatte, ihn zu heiraten, und sich dann einfach davongemacht hat. Eine Zeitlang hat er noch gehofft, daß sie wieder zurückkommt oder ihm wenigstens einen Brief schreibt, aber nichts davon. Schließlich gab er auf, schrieb seiner verwitweten Mutter, sie solle gut auf sich achtgeben, setzte sich diese Tüte auf und erstickte. Ein klarer Fall von einem einfachen und gelungenen Selbstmord.»

«Wer war denn dieses Mädchen?» fragte Tait.

«Oh, das ließ sich nicht mehr feststellen. Wie seine Mutter sagte, irgendeine Studentin aus Yarchester. Allerdings hatte die arme alte Mama das Mädel nie zu Gesicht bekommen, weil Michael sie nie mit nach Hause brachte. Und da er keine richtigen Freunde hatte, hat er sich auch sonst niemandem anvertraut.»

«Und wie hieß das Mädchen?» fragte Tait ungeduldig.

«Seine Mutter ist schwerhörig und hat den Namen nie richtig mitgekriegt. Mich würd es gar nicht überraschen, wenn diese Liebesaffäre sich überwiegend in Michaels Phantasie abgespielt hat. Er war ein kümmerlicher kleiner Wicht, lebte immer noch zu Hause und machte, seit er die Schule verlassen hatte, immer denselben Kirchenjob. Er war viel zu schüchtern und hat viel zu sehr gestottert, um für Mädchen attraktiv zu sein.»

«Aber haben Sie nicht gesagt, daß dieses Mädchen eine ausländische Studentin aus Yarchester war?» fragte Quantrill und wandte sich um zu Tait. »Das kann doch nicht . . .?»

«Das kann doch, denke ich», meinte Tait mit fiebrig angespannter Stimme. «Er war im Pfarrhaus, als ich Janey Rolph dort begegnete, und er war offensichtlich völlig vernarrt in das Mädchen, scharwenzelte dauernd um sie herum in der Hoffnung auf einen Blick oder ein nettes Wort. Nicht daß sie ihn auch nur im geringsten ermutigt hätte, aber wie Wigby schon sagte – er kann sich das alles sehr gut eingebildet haben. Zeitlich paßt es auf alle Fälle zusammen. Ich weiß, daß Janey Ende Juli wegfahren sollte, und Michael Dades Selbstmord war im Oktober. Das bedeutet, er hat drei Monate gewartet und gehofft, bevor er aufgab. Ja, es paßt zusammen.»

«*Holy cow*», sagte der Chief Inspector bedächtig, ohne jedoch den Versuch zu machen, den australischen Akzent zu imitieren, den ihm sein Sohn vorgemacht hatte. «Also haben wir zwei junge Männer, die das Pfarrhaus besucht haben. Der eine ist unter ungeklärten Umständen zu Tode gekommen, und der andere hat Selbstmord begangen. Der Pfarrer und seine Frau fühlen sich schuldig und benehmen sich auch danach, Freund Reynolds gibt ihnen offensichtlich Rückendeckung, Gillians Vater sperrt sich gegen alles wie der Rest der Gesellschaft – und wir können, verdammt noch mal, nicht das geringste daran ändern, weil wir keine Ahnung haben, was wirklich vorgefallen ist. Was in drei Teufels Namen war letzten Sommer los im Pfarrhaus?»

Teil II

Im letzten Sommer

14.

Gillian Ainger war nun fast sechzehn Jahre verheiratet und während dieser ganzen Zeit nicht ein einziges Mal auf den Gedanken gekommen, sich zu fragen, ob sie glücklich war in ihrer Ehe. Mit den Jahren waren ihr zwar zunehmend Zweifel gekommen an ihrer Eignung als Pfarrersfrau und an dem Glauben, zu dem sie sich bekannt hatte – aber nie und nimmer an ihrem Ehemann. Was schlicht daran lag, daß sie ihn liebte.

Für Gillian war es eine nie versiegende Quelle des Wunders, daß dieser Mann – gutaussehend, tüchtig, intelligent, begehrt und bewundert – sie erwählt hatte statt eines hübscheren, geistvolleren Mädchens. Sie hatten sich als Studenten kennengelernt, am King's College in London. Robin Ainger war zu diesem Zeitpunkt dreiundzwanzig Jahre alt und machte gerade sein zweites Examen in Theologie, während Gillian soeben mit ihrem medizinischen Praktikum begonnen hatte. Sie war achtzehn, wußte selbst nur zu gut, daß sie schüchtern und unscheinbar war, und sie begriff nicht, warum Robin ihre Gesellschaft suchte statt der von weitaus attraktiveren Mädchen, die allesamt um seine Gunst wetteiferten. Als sie an die Universität gegangen war, hatte sie keinen Gedanken – geschweige eine Erwartung – an etwas anderes geknüpft als an ihre medizinische Ausbildung und war insofern eher verwirrt, als sie sich, kaum ein Jahr später, als Ehefrau eines frischgebackenen Pfarrers wiederfand.

Sie hatte sich aus Idealismus für die Laufbahn als Medizinerin entschieden, aber sie gab ihr Studium ohne sonderliche Reue auf, um Robin zu seiner ersten Stelle als Hilfspfarrer einer großen Gemeinde in Hertfordshire zu begleiten. Ihre Religiosität hatte sich bis dahin eher auf das Förmliche, das Konventionelle, be-

schränkt, aber die Liebe, die wie eine Offenbarung über sie gekommen war, hatte ihre geistige Wahrnehmung geschärft und ihre
Sinne derart beflügelt, daß sie ihr nun wie etwas erschien, das – in
seiner allgemeinsten Deutung als Ausdruck christlicher Gesin-
nung – die Antwort auf alle Fragen des Seins darstellen mußte.
Demgemäß ließ sie auch nicht ihren Idealismus fahren, sondern
änderte nur dessen Richtung. Sie hatte sich immer gewünscht, ihr
Leben etwas Nützlichem und Wertvollem zu widmen, und der
Beistand, den sie Robin bei der Seelsorge leisten konnte, war in
ihren Augen eine ebenso sinnvolle Beschäftigung wie die Versor-
gung menschlicher Körper.

«Du wirst eine ideale Pfarrersfrau abgeben», hatte Robin ver-
sichert, als sie ihre anfänglichen Zweifel äußerte, und danach war
sie mehr und mehr zu der Überzeugung gekommen, daß er recht
haben mußte. Warum sonst hätte er den Wunsch haben sollen, sie
zu seiner Frau zu machen?

«Weil ich dich liebe, selbstverständlich.»

«Aber *warum* liebst du mich, Robin?»

«Weil du gütig bist, freundlich und lieb ... und einfach unglaublich arglos. Du brauchst jemanden, der auf dich aufpaßt.»

Er glaubte an das, was er sagte. Aber sein wirkliches, ihm
unbewußtes Motiv, dieses Mädchen zu heiraten, statt eine seiner
hübschen Anbeterinnen, die ihn umschwirrten wie die Wespen
den Honigtopf, war weitaus elementarer: Robin Ainger fürchtete
sich vor Wespen.

Hübsche Mädchen – konkurrenzfähige, auffallende, anspruchs-
volle Mädchen – machten ihm angst. Seine Mutter hatte ihn sehr
verwöhnt und eine Ichbezogenheit gefördert, die es ihm zwingend
notwendig erscheinen ließ, eine Frau zu wählen, die ihm das
Gefühl gab, überlegen zu sein und ihn zugleich verhätschelte und
beschützte. Trotz ihres Alters stellte Gillian den perfekten Mutter-
ersatz dar, und dafür liebte er sie; weniger um ihrer selbst willen,
als für das, was sie in der Beziehung zu ihm zu bieten hatte.

Allerdings war er nicht der Mann, der jemals den Versuch einer
Selbstanalyse unternommen hätte, und daher blieb ihm dieser
wichtige Aspekt seiner Beziehung zu Gillian verborgen. Statt
dessen pflegte er seinen Scharfsinn herauszustreichen, der ihn
vermeintlich dazu veranlaßt hatte, jenseits der Oberflächlichkeiten
Gillians wahre Werte entdeckt zu haben. Auf diese Weise fühlte er

sich als starker Beschützer. Weil er die tieferen Beweggründe überhaupt nicht wahrnahm, war er auch außerstande zu erkennen, wie sehr er sie in Wirklichkeit brauchte und wie stark er von ihr abhängig war. Und Gillian, betört von seinem guten Aussehen, dankbar für seine Liebe und bereit, ihr ganzes Leben der uneingeschränkten Unterstützung seiner Interessen zu verschreiben, war außerstande zu erkennen, daß in Wahrheit sie die Stärkere und Begabtere von beiden war.

Die ersten zwölf Jahre ihrer Ehe verliefen glücklich, vor allem, weil beide instinktiv jede Selbstbeobachtung oder Diskussion vermieden. Sie waren einfach zufrieden mit dem gemeinsamen Leben und der gemeinsamen Arbeit und zogen von einer Pfründe zur anderen, wann immer sich die Gelegenheit zu einer Verbesserung bot. Ihre einzige Enttäuschung während dieser Jahre bestand darin, daß sich keine Kinder einstellen wollten, aber diese Sorge war eher äußerlich als echt. Gillian war auch ohne Kinder hinreichend damit ausgelastet, sich um Robin zu kümmern, die Umzüge zu bewerkstelligen und die Gemeindeaufgaben wahrzunehmen; und Robin war nicht besonders erpicht auf irgendwelche Rivalen, mit denen er sich ihre Aufmerksamkeit hätte teilen müssen.

Die Anforderungen, die der Dienst in einer weitläufigen Pfarrei mit sich brachte, waren größer, als sie beide erwartet hatten. Robin, dessen Vater ein passionierter Gelehrter gewesen war, war in einer stillen Landpfarre aufgewachsen, und da er selbst keinerlei Neigung zur Gelehrsamkeit verspürte, sondern nach höheren Ämtern strebte, hatte er sich bewußt nach betriebsameren und bedeutenderen Pfarreien umgesehen, ohne sich anfangs darüber im klaren zu sein, daß dies auch einen hundertprozentigen Einsatz erfordern würde. Und Gillian, ohnehin reichlich kontaktscheu, stellte zu ihrer Bestürzung fest, daß sie als Frau des Pfarrers von der ganzen Gemeinde vereinnahmt wurde. Sie hatte nicht damit gerechnet, so allgemein bekannt zu sein, so sehr unter Beobachtung und im Gerede, so häufig nachgefragt und dabei doch immer kritisiert.

Anfangs wurde das Band zwischen den Eheleuten immer fester durch dieses Gefühl, ständig an vorderster Front zu stehen. Nach zwölf Jahren war die Ehe immer noch eine sehr gut funktionierende Partnerschaft, in der beide bereit waren – wann immer der Druck zu groß geworden wäre –, jederzeit zu sagen «Pfeif drauf!», sich ein paar freie Tage zu gönnen und, wie schuleschwänzende

Kinder, heimlich aus dem Pfarrhaus zu verschwinden. Manchmal verriegelten sie auch einfach die Türen, zogen den Telefonstecker aus der Wand und verbrachten am hellichten Nachmittag ein oder zwei Stunden im Bett. In einem waren sie sich einig: Es hatte so viele Nachteile, von zu Hause aus zu arbeiten, daß es ihnen auch zustand, die wenigen Vorteile zu genießen.

Etwa um die Zeit ihres vierten Umzugs – nach Breckham Market – begann jedoch ihr Sinn fürs Partnerschaftliche zu schwinden. Wenn sie imstande gewesen wären, sich ihre jeweils persönlichen Probleme einzugestehen und miteinander zu diskutieren, statt sich in ihren Gesprächen auf häusliche oder berufliche Angelegenheiten zu beschränken, hätten sie vielleicht eine Möglichkeit gehabt, einander zu helfen. Aber wie die Dinge lagen, versuchte jeder für sich eine Lösung zu finden, ohne den anderen an seinen Überlegungen teilhaben zu lassen.

Robin Aingers Problem war sein Glaube. Er hatte sich nicht aus Berufung für die Kirche entschieden, sondern weil schon sein Vater und sein Großvater Geistliche gewesen waren. Er kannte nur diese Art von Leben und war ohne Selbstzweifel davon ausgegangen, gläubig zu sein, aber mit den Jahren war der Glaube immer mehr geschwunden, bis er am Ende kaum noch vorhanden war. Die Sprüche und Psalmen, die er in der Kirche zitierte, waren immer hohler und bedeutungsloser geworden.

Die damit verbundene Schuld gab ihm das Gefühl, ein Verbrecher zu sein. Instinktiv verdrängte er das Problem, weigerte sich, über den Verlust seines Glaubens nachzudenken oder ihn gar mit seiner Frau zu erörtern. Die Kirche war sein ganzer Lebensinhalt, und er schätzte den Status, den sie ihm verlieh; solange er die Form wahrte, brauchte niemand zu wissen, daß er längst nicht mehr glaubte, was er sagte.

So stürzte er sich mit ganzer Kraft in das kirchliche und städtische Leben, arbeitete freiwillig bis zur Erschöpfung, um sich keine Muße zu lassen für störende Gedanken. Was die Gottesdienste betraf, so legte er zunehmend größeren Wert auf den formalen Ablauf als auf die Inhalte. Während die meisten seiner Kollegen eifrig bemüht waren, ihren Gottesdiensten mehr Aussagekraft zu verleihen durch die Übernahme neuer, modernerer Formen der Gottesverehrung, hielt Robin Ainger an der englischen Bibelversion von 1611 fest und am Gebetbuch der Anglikanischen Kirche.

Und während bereits viele Gläubige aus kirchlichen wie weltlichen Kreisen dafür plädierten, auch Geschiedenen eine erneute kirchliche Eheschließung zu ermöglichen, löste Robin diese Streitfrage, indem er unerbittlich auf der Einhaltung des traditionellen Gebots stand, nach welchem die christliche Ehe auf Lebenszeit geschlossen war.

Doch während er sich verbreitete über die Unauflöslichkeit des heiligen Ehestandes und überzeugt war, seinen Schäflein selbst ein gutes Beispiel zu geben, fühlte sich seine Frau zunehmend allein gelassen. Ihr Glaube, zu Beginn ihrer Ehe noch ein strahlendes Licht, war im Laufe der Zeit so schwach geworden, daß sie sich als völlig untragbar empfand für die Rolle einer Pfarrersfrau, aber auch keinen Weg wußte, den alten Eifer neu zu beleben. Wenn sie in die Kirche ging und der von keinem Zweifel getrübten Stimme ihres Mannes lauschte, fühlte sie sich zutiefst schuldig. Sie sehnte sich danach, alles hinter sich lassen zu können, aber das war unmöglich; der Skandal, den sie damit in der Gemeinde anrichten würde, war unvorstellbar.

Ihr selbst hätte das wenig ausgemacht, denn ihr Idealismus war längst in totale Ernüchterung umgeschlagen. Gillian hatte genug von der Gemeindearbeit, genug vom Mütterverband, von der Frauengruppe und der Sonntagsschule, genug davon, die Damen für die Blumenarrangements einzuteilen, den sonntäglichen Kirchenimbiß zu organisieren, immer neue Wohltätigkeitsveranstaltungen für den Kirchenfonds zu planen und sich mit allen möglichen Lieferanten herumzuschlagen. Sie hatte die Nase voll von den ständigen kleinlichen Reibereien, dem Gezänk und dem erschreckend unchristlichen Mangel an Barmherzigkeit, den einige der eifrigsten Kirchengänger immer wieder unter Beweis stellten. Sie war krank bei dem Gedanken an die endlose Prozession von Bittstellern im Pfarrhaus, an das permanente Läuten des Telefons, an den völligen Mangel von Privatheit.

Aber sie mußte weitermachen, Robin zuliebe. Er arbeitete so hart, daß sie ihn unmöglich behelligen konnte mit ihren persönlichen Problemen und Zweifeln, ganz zu schweigen davon, ihm zusätzliche Lasten aufzubürden durch Vernachlässigung ihrer Pflichten in der Gemeinde. Schließlich liebte sie ihren Mann.

Allerdings war es immer schwerer geworden, überhaupt mit ihm zu reden. Die ständige Müdigkeit machte ihn äußerst reizbar, und wenn er gereizt war, ließ er sie bei jedem Versuch, ein Gespräch mit ihm anzufangen, höhnisch abblitzen, indem er sich hinter seinem Schweigen verschanzte. Meinungsverschiedenheiten machten ihn grundsätzlich wütend. Sie war in einigen Punkten anderer Meinung als er – zum Beispiel in der Frage der Ehescheidung –, aber sie wußte auch, daß er jede Einmischung in das, was er als seine ureigene Domäne ansah, als Affront betrachtete, und deshalb hielt sie sich zurück. Das Selbstvertrauen, das sie durch den Umgang mit Gemeindemitgliedern unterdessen gewonnen hatte, erstreckte sich nicht auf die Beziehung zu ihrem Mann. Um jedem Ärger mit ihm aus dem Wege zu gehen, nahm sie ständig eine Verteidigungsposition ein und erkannte nicht, daß sie ihn auf diese Weise nur noch anmaßender und übermächtiger machte.

Das Problem war, daß sie niemanden hatte, mit dem sie sich hätte aussprechen können. Sie kannte zwar haufenweise Leute in Breckham Market, aber da sie die Frau des Pfarrers war, gab es nicht eine Person, in deren Gegenwart sie das Gefühl gehabt hätte, offen sprechen zu können. Gillian Ainger war allein, unerträglich allein.

Im sechzehnten Jahr ihrer Ehe war das Alleinsein nicht mehr länger zu ertragen. Sie beschloß – schlimmstenfalls auch gegen den Willen ihres Mannes –, sich nach Freunden umzusehen.

«Aber warum ausgerechnet Yarchester? Warum Benzin verschwenden für die weite Fahrt? Es gibt genügend Abendschulkurse hier in Breckham Market?»

«Ja, ich weiß . . . aber da liegt ja gerade das Problem, verstehst du nicht, Robin? Mir ist eben manchmal danach, aus dieser Gemeinde herauszukommen.»

«Meinst du, mir ginge es anders?» fragte er. «Ich wäre heilfroh, wenn ich mir die Zeit nehmen könnte, um wenigstens einen Abend pro Woche von hier wegzukommen.» Er kappte die Spitze seines Frühstückseis. «Versuch es doch mit einem der hiesigen Kurse», sagte er bestimmt und stocherte mit dem Eierlöffel in dem halbflüssigen Eiweiß herum. «Mit einem Kochkurs oder so was in der Art.»

«Ist das Ei zu weich? Oh, entschuldige Robin, ich mach dir gleich ein neues . . .»

«Laß nur, bemüh dich nicht, um Himmels willen. Ich werd es schon irgendwie runterkriegen. Dein Vater wird jede Minute hier sein, und ich möchte wenigstens bei einer Mahlzeit am Tage meine Ruhe haben.»

Die Gewohnheit, ihren Mann ständig zu besänftigen, war Gillian so sehr in Fleisch und Blut übergegangen, daß sie an jedem anderen Morgen seinen Wink verstanden und kein Wort mehr gesprochen hätte. Heute jedoch blieb sie hartnäckig, obwohl ihr das Herz bis zum Halse klopfte.

«Weißt du, es ist so . . . ich möchte eigentlich ein bißchen Bildhauerei machen, und in Breckham werden solche Kurse nicht angeboten. Ich hab das schon mal gemacht, als wir noch in Bedford wohnten, erinnerst du dich? Ich habe eine Büste modelliert, und oben auf dem Speicher liegt noch mein ganzes Werkzeug . . .»

Er sah sie gereizt an. «Damals waren auch die Umstände anders. Die Kunstakademie lag nur zehn Minuten weit weg, aber wenn du nach Yarchester mußt, ist der ganze Abend hin. Und überhaupt – was ist, wenn ich den Wagen brauche?»

«Die Modellierkurse finden dienstags statt. Dann hast du deinen Konfirmationsunterricht hier im Hause und brauchst den Wagen nicht.»

Robin Ainger betrachtete seine Frau mit wachsendem Ärger. Sie hatten ihre Mußestunden stets zusammen verbracht, und ihr plötzliches Streben nach Unabhängigkeit erboste ihn. «Du hast das alles schon bestens geplant, stimmt's?» sagte er anklagend.

Sie errötete leicht. «Ich habe nur versucht, die möglichen Schwierigkeiten zu bedenken, das ist alles. Schließlich will ich dir keine Probleme machen.»

«Und was ist mit deinem Vater? Was erwartest du, was ich mit ihm anfangen soll, während du dich in Yarchester herumtreibst?»

«Abends macht er doch keine Probleme, solange er seine Lieblingsprogramme im Fernsehen angucken darf. Und zum Abendessen kann ich euch eine kalte Platte vorbereiten . . .»

«Herzlichen Dank.»

«. . . oder ich könnte euch, bevor ich gehe, einen üppigen Tee machen, mit Rührei oder was immer du sonst willst, Robin. Du hast doch nichts dagegen, daß ich diesen Kursus machen möchte, oder?»

Sein schönes Gesicht war düster vor Mißmut. «Um ehrlich zu

sein, Gillian – ich dachte eigentlich, du hättest hier genügend zu tun, statt in Yarchester Zeit und Geld zu verschwenden für irgendwelche Spielereien mit Ton.»

Sicher wäre er noch weitaus wütender gewesen, überlegte Gillian schuldbewußt, wenn er den wahren Grund für ihren Drang nach Yarchester gekannt hätte. Sie konnte sich eigentlich kaum vorstellen, daß er nicht wenigstens eine Ahnung hatte, denn sie hatte genau das im Sinn, was er – und sie selbst – den Einsamen unter den Gemeindemitgliedern zu raten pflegte: Gehen Sie aus, treten Sie in einen Klub ein, oder widmen Sie sich einem Hobby – das ist der beste Weg, um Menschen kennenzulernen.

Oft hatte sie sich gefragt, wenn sie solche Binsenweisheiten verkündete, ob die Sache auch funktionierte und über einen oberflächlichen Kontakt hinausgehen mochte. Ob der Austausch irgendwelcher Allgemeinplätze, den man in sämtlichen Klubs von Breckham Market als höhere Konversation ansah – von den Müttern über die Kleinkinder bis hin zu den Senioren –, wohl ausreiche, um einsamen Menschen tatsächlich ein Gefühl von Geborgenheit zu vermitteln, oder ob das alles vielleicht lediglich dazu angetan war, den Eindruck von Isolation zu vertiefen? Konnte die Teilnahme an Yoga-, Koch- oder Töpferkursen denn überhaupt eine Gewähr bieten für eine Begegnung mit verwandten Seelen?

Je näher der Dienstagabend rückte, um so unwahrscheinlicher wurde diese Hoffnung. Als sich Gillian auf den Weg machte nach Yarchester – von ihrem Mann verabschiedet mit einem kurzen, ärgerlichen «Paß auf, wo du hinfährst» –, empfand sie es als völlig unrealistisch, von diesem Kursus mehr erwarten zu dürfen als einen Gipsabdruck des Kopfes, den sie zu modellieren gedachte. Und tatsächlich erwies es sich in den ersten beiden Wochen als weise, daß sie nicht allzu optimistisch gewesen war.

An dem Kursus nahmen zahlreiche andere Frauen teil, sie waren freundlich und alberten herum, wie es Erwachsene häufig tun, wenn sie wieder die Schulbank drücken, aber Gillian wußte nicht so recht, wie sie es anstellen sollte, näher mit ihnen bekannt zu werden. Jahrelang hatte sie sich aufgerieben an den Zwängen und Erwartungen, die ihre Rolle als Pfarrersfrau mit sich gebracht hatte, doch nun, da es ihr endlich gelungen war, von Breckham

117

Market wegzukommen und sich von dieser Identität zu lösen, fühlte sie die nämliche Scheu wie in ihrer Jungmädchenzeit. Außerdem hatte sie sich dem Kursus erst später angeschlossen, und das verstärkte ihren Eindruck, eine Außenseiterin zu sein. Und als ihr Sitznachbar – der sich als Alec Reynolds vorgestellt und ihr ein sauberes Stück Ton anstelle des vom Dozenten ausgehändigten gipsverschmierten Klumpens beschafft hatte – am dritten Abend vorschlug, doch mit ihm und ein paar anderen Kursusteilnehmern später noch in den nächsten Pub zu gehen und etwas zu trinken, war ihr Selbstbewußtsein so geschwunden, daß sie um ein Haar abgelehnt hätte.

In diesem Falle wäre der Friedhof von Breckham Market um drei Gräber ärmer geblieben; vielleicht auch um vier.

15.

Der Gedanke war müßig, daß irgend jemand sie hätte warnen müssen vor den Konsequenzen, die sich aus ihrer Suche nach Freunden ergeben konnten – Gillian hätte ihm ohnehin nicht geglaubt.

Sie war eine unkomplizierte, vernünftige Frau; es fehlte ihr durchaus nicht an Phantasie oder Sensibilität, wohl aber an einiger Gefühlstiefe. Die Liebe war für sie etwas Grundsätzliches und Bleibendes und Leidenschaft nicht mehr als der gelegentliche körperliche Ausdruck dieses Gefühls. Sie wußte nichts von den Schrecken des Selbstzweifels, von den Abgründen der Abhängigkeit, der Besitzwut, der Selbstzerstörung, der schwärzesten Eifersucht, des mörderischen Hasses, der totalen Finsternis der Seele. Wie ihr Mann schon zu Beginn ihrer Beziehung zutreffend festgestellt hatte – Gillian war unschuldig und ohne Arg.

Sie hatte nicht die geringste Vorstellung von der ungezügelten Besitzgier ihres Mannes. Das Ehegelübde, bei dem sie einander versprochen hatten, allen Anfechtungen zu entsagen, hatte Gillian so verstanden – und dies auch für Robin angenommen –, daß niemals einer außereheliche Liebesbeziehungen eingehen würde. Es war ihr nie in den Sinn gekommen, daß Robin ihren Schwur wörtlich nehmen würde, daß sein beschwörerisches «Du gehörst mir, mir allein» bei der Liebe ernst gemeint war und bedeutete, daß sie ihm mit Haut und Haaren gehörte und niemals auch nur einen winzigen Teil von sich einem anderen geben durfte.

Gillian hatte nicht sechzehn Jahre als Pfarrersfrau verbracht, um nicht die niederdrückende Erfahrung zu machen, wie weit verbreitet Klatsch und Bosheit waren, üble Nachrede, Heuchelei, Unzucht und Ehebruch – aber sie zog es immer noch vor, zunächst von allen nur das Beste anzunehmen. Nach ihrer Auffassung waren die meisten Verbrechen, die in Breckham Market verübt wurden – vom Vandalismus bis hin zur Mißhandlung von Ehefrauen – auf eine Mischung aus Benachteiligung und Machtlosigkeit zurückzuführen. Da sie weder die Zeit noch das Interesse aufgebracht hatte, um die Zeitungsberichte über Kriminalfälle zu lesen, hatte sie nie entdecken können, daß die schlimmsten Verbrechen sehr oft im Namen der Liebe verübt wurden.

Als regelmäßige Besucherin altüblicher Gottesdienste war sie bestens vertraut mit der Liturgie. Einiges davon schien ihr dem letzten Drittel des ausgehenden zwanzigsten Jahrhunderts durchaus angemessen, andere Passagen hingegen gänzlich überholt. Wenn sie das alte Vaterunser sprach, um Erlösung ersuchte von allem Übel, von der Sünde, von den Versuchungen des Teufels, vom Zorn Gottes und der ewigen Verdammnis, hatte sie stets das unbehagliche Gefühl der allgegenwärtigen Existenz einer bösen Macht.

Aber das gehörte in die Zeit, bevor sie ausgezogen war, um Freunde zu finden, bevor sie Alec Reynolds und Janey Rolph mit zu sich nach Hause brachte und mit ihrem Mann bekannt machte.

Reynolds war seit drei Jahren verwitwet. Er hatte seine Frau sehr geliebt, und sein Interesse für Gillian war darauf zurückzuführen, daß sie ihn in vielen Dingen an seine Frau Sylvia erinnerte.

Seine Absichten beschränkten sich auf eine rein freundschaftliche Beziehung, emotional hatte er sich bereits an eine Kollegin aus dem Staatsdienst gebunden, die unlängst befördert und nach London versetzt worden war. Mit ihr verbrachte er die meisten, wenn auch nicht alle seiner Wochenenden, aber an den übrigen Tagen führte er das Leben eines Witwers wie zuvor.

«Ich habe keine Zeit, mich zu langweilen», erzählte er Gillian, während sie an dem Bitter Lemon nippte, zu dem er sie eingeladen hatte. Seine Stimme klang sehr munter, aber die Augen hinter der goldgeränderten Brille blickten trübe und schienen immer noch dem glücklichen Eheleben mit Sylvia nachzutrauern. Die gemeinsamen Kinder waren groß und schon verheiratet, und so war das Haus leer und ein wenig vernachlässigt; die einzige Attraktion, die es zu bieten hatte, war eine Flasche Whisky. Um dieser Versuchung zu widerstehen, ging er von Montag bis Freitag so oft wie möglich aus, um die leere Zeit zwischen sechs Uhr abends und Mitternacht totzuschlagen.

Seine Freizeitbeschäftigungen waren mit Bedacht gewählt. Er hatte festgestellt, daß Alkohol, aus dem er sich zu Lebzeiten seiner Frau nicht sonderlich viel gemacht hatte, ihm neuerdings gefährlich wurde. Die beiden ersten Gläser hatten noch einen angenehm betäubenden Effekt, aber alle weiteren begünstigten seinen ständig schwelenden Zorn gegen ein mißgünstiges Schicksal, das ihm seine geliebte Sylvia genommen hatte. In dieser Stimmung neigte er zu Gewalttätigkeiten, unter Alkohol hatte Alec Reynolds wenig Ähnlichkeit mit seinem sonstigen Erscheinungsbild als freundlicher, weltgewandter Mann. Mehr als einmal hatte er bei solchen Gelegenheiten den Küchentisch mit einem Handstreich blankgefegt und dabei schmutziges Geschirr und Pizzareste von *Bird's Eye* auf den Boden krachen lassen. Einmal hatte er den Fernsehbildschirm mit einer leeren Flasche zertrümmert, und deshalb hatte er sich vernünftigerweise nach einer Freizeitgestaltung umgesehen, die ihn nicht nur beschäftigte, sondern geistig in Anspruch nahm oder körperlich ermüdete: Russisch-Unterricht für das eine, Squash und Modellieren für das andere.

«Finden Sie Modellieren nicht auch ganz schön anstrengend?» fragte er Gillian.

«Es ist der reinste Ringkampf», bestätigte sie lachend. «Dieses ständige Biegen und Drehen der Metallteile für das Gerippe und dann die schweren Tonbrocken durchzukneten und draufzupappen . . .» Ihre Hände waren grobknochig, rauh und nicht sonderlich gepflegt, wie er bemerkte. Sie waren nicht sehr anziehend, im Gegensatz zu Lesleys schlanken, manikürten Händen, aber sie wirkten solide und zupackend – wie Sylvias Hände.

Er erzählte ihr viel von Sylvia, auch von Lesley und ihrem Widerstreben, ihren Beruf aufzugeben und in der Provinz das Dasein der Ehefrau eines höheren Beamten zu führen. Im Gegenzug erzählte auch Gillian ein wenig aus ihrem Leben, sprach von ihren Zweifeln und ähnlichem, ließ aber die eher trivialen Probleme aus.

Sie fand Alec Reynolds angenehm und sympathisch, er entsprach dem, was sie sich unter einem Freund vorgestellt hatte, und er war ein Mensch, dem sie vielleicht einmal ihre Probleme anvertrauen konnte. Ursprünglich war sie zwar davon ausgegangen, daß sich die künftigen Freundschaften auf Frauen beschränken würden, aber es sprach eigentlich auch nichts dagegen, sich mit einem Mann zu befreunden, solange sie es nicht heimlich tat und ihn zu sich nach Hause einlud, damit ihr Ehemann ihn kennenlernte. Robin würde sich vielleicht sträuben und in seinem Privatleben gestört fühlen, aber bestimmt würde er es letzten Endes genauso entlastend finden wie sie, einmal mit jemandem sprechen zu können, der nichts mit Breckham Market oder dem kirchlichen Leben zu tun hatte.

Für eine Frau, die bereits so lange Jahre verheiratet war, wußte Gillian Ainger erschreckend wenig über ihren Mann.

Kurz darauf knüpfte sie eine weitere Freundschaft an.

Reynolds hatte sie verlassen, um einen versprochenen Anruf an Lesley zu tätigen, und Gillian wollte eben eine ihrer Mitschülerinnen ansprechen, als ein hochgewachsener junger Mann mit der grellen Stimme eines Eisvogels seitwärts torkelte und gegen sie prallte, wobei er ihren Mantel mit Bier beschüttete.

Er schien nichts davon zu bemerken, doch das Mädchen mit dem leuchtendroten Haar, das neben ihm stand, kam Gillian unverzüglich zu Hilfe und versuchte, den Fleck abzutrocknen. «Tut mir leid», sagte sie. Ihr Akzent war schwächer und weicher als der ihres Begleiters, aber doch eindeutig australischer Herkunft. «Tut mir wirklich sehr leid.»

«Aber es war doch nicht Ihre Schuld. Machen Sie sich keine Gedanken, das wird dem Mantel schon nicht schaden.»

«Darf ich Ihnen zur Entschädigung wenigstens einen Drink bestellen?» fragte das Mädchen mit einem abschätzigen Blick auf den schlaksigen jungen Mann, der mit seinem losen Mundwerk ein paar halbwüchsige Einheimische mit einem ziemlich schmutzigen Witz aus Übersee unterhielt. «Ich werde natürlich dafür sorgen, daß Athol den Drink bezahlt, aber ich fürchte, es ist sinnlos, darauf zu warten, daß er Ihnen selbst etwas anbietet. Also, was möchten Sie?»

«Danke, nichts mehr. Ich wollte ohnehin gerade gehen.»

«Ach, *bitte*, nur ein Glas!» Das Mädchen wirkte ganz niedergeschlagen. Die weit auseinanderstehenden Augen in ihrem edel geformten Gesicht blickten gekränkt. «Bitte, geben Sie mir keinen Korb. Ich würde es nicht ertragen, wenn Sie einfach fortgingen und denken würden, daß alle Australier so ungehobelt sind. Es gibt auch ein paar ganz zivilisierte Leute unter uns, man muß uns nur die Chance geben, das auch zu beweisen. Übrigens – ich heiße Janey Rolph.»

Ihr umwerfendes Aussehen hatte die Männerblicke fast ausnahmslos Richtung Bar gelenkt, aber sie selbst schien sich dieses allgemeinen Interesses nicht im mindesten bewußt zu sein. Ihre gesamte Aufmerksamkeit galt Gillian, die sich nun auch vorstellte und ein weiteres Bitter Lemon akzeptierte, zu weichherzig, um dem Mädchen eine Abfuhr zu geben.

«Aber ich kann wirklich nicht mehr lange bleiben», versicherte sie. «Ich wohne in einer Kleinstadt, die eine halbe Autostunde von hier entfernt ist, und ich habe meinem Mann nicht gesagt, daß es später wird.»

«Ich komme auch aus einer Kleinstadt. Nicht weit – das heißt ungefähr siebzig Meilen – von Brisbane», erklärte Janey. «Hört auf den Namen Birmingham, stellen Sie sich vor, und hat knapp über tausend Einwohner. Athol stammt auch aus dem Ort. Ich bin seit achtzehn Monaten hier, mache meinen Doktor an der Uni. Athol ist auf einer Rucksacktour durch Europa und vor ein paar Wochen in Yarchester aufgetaucht auf der Suche nach einem freien Platz für seinen Schlafsack. Ich konnte ihn schließlich nicht einfach wegschicken, aber inzwischen ist es schwierig, ihn wieder loszuwerden. Er ist wirklich lästig. Ich versuche dauernd gegen das primitive Image der Australier anzukämpfen – und er tut alles, um es wieder zu verstärken.»

«Und – gefällt es Ihnen auf der Universität?» erkundigte sich Gillian. «Wie kommen Sie mit Ihrer Arbeit voran?»

Der Mund des Mädchens verzog sich zu einer gequälten Grimasse. «Langsam. Eine Dissertation zu schreiben ist ein einsames Geschäft. Deshalb war ich auch froh, Athol wiederzusehen, jedenfalls in den ersten fünfzehn Minuten. Abgesehen von zwei Gesprächen pro Semester mit meinem Doktorvater, bin ich ganz auf mich gestellt. Das kann ziemlich deprimierend sein, vor allem im Winter. Ich hasse diese englischen Winter. Der tiefe, ewig graue Himmel macht mir Platzangst.»

Janey schauderte und sah einen Moment lang krank aus vor Kälte, Einsamkeit und Heimweh, aber dann gab sie sich einen Ruck und wurde wieder optimistischer. «Jetzt, wo der Winter allmählich vorbei ist, fühl ich mich etwas besser. Sie können sich nicht vorstellen, was für eine Offenbarung es im letzten Jahr für mich war, meinen ersten englischen Frühling zu erleben. In Australien kommt der Frühling über Nacht, irgendwann Mitte Oktober. Wissen Sie, die meisten Bäume bei uns sind das ganze Jahr über grün, aber dieses langsame Sichentfalten der Blätter und Blüten im englischen April oder Mai ist einfach fantastisch schön. Ich habe mein Leben lang englische Literatur gelesen, aber bis zum letzten Jahr nicht die geringste Vorstellung davon gehabt, was eure Dichter meinten, wenn sie das Lob des Frühlings gesungen haben.»

Gillian war überrascht und berührt zugleich angesichts solcher Mangelerscheinungen. Sie begann die Schönheiten der idyllischen Suffolk-Landschaft um Breckham Market zu rühmen und fügte hinzu: «Mein Mann ist dort Pfarrer. Sollten Sie einmal in der Gegend sein, müssen Sie unbedingt bei uns reinschauen.»

Gillian hatte nie erlebt, daß sich ein Gesicht bei einer so beiläufigen Einladung derart verändern konnte. Janey war geradezu außer sich vor Freude. «Darf ich? Meinen Sie das wirklich ernst? Oh, wunderbar! Ich wohne nämlich in einer Wohnanlage für Studenten und habe nie ein richtiges englisches Heim gesehen.»

«Lieber Himmel, wirklich nicht?» Gillian war ganz betroffen bei dem Gedanken an die Isolation, die das Mädchen erduldet hatte. Trotz der Ernüchterung, die sie hinsichtlich ihrer Gemeindearbeit empfand, war ihr der Wunsch, Freundlichkeit und Liebe zu verbreiten, nicht ganz abhanden gekommen, und so wiederholte sie, ohne zu zögern: «Dann müssen Sie ganz bestimmt kommen! Rufen Sie mich an, wir werden dann einen Tag ausmachen.» Sie kritzelte Namen und Telefonnummer auf einen Notizblock, den sie immer in ihrer Tasche bei sich führte, riß den Zettel ab und reichte ihn Janey.

Dann kamen ihr Bedenken, als sie hinter sich Athol Garritys

heisere Stimme hörte. In ihren Kreisen galten obszöne Reden als unfein, und sie hatte nicht die Absicht, ihre Gastfreundschaft auf Personen auszudehnen, die damit dermaßen freizügig umgingen.

Das Mädchen hatte ihren Blick verstanden. «Keine Sorge», versicherte Janey, «ich würde Sie wirklich gerne besuchen, aber selbstverständlich ohne Athol. Er ist wirklich der letzte, den ich um mich haben möchte.»

Gillian war davon ausgegangen, daß Janey ihren Landsmann Athol aus natürlichem Taktgefühl nicht ins Pfarrhaus von Breckham Market mitnehmen wollte, tatsächlich aber hatte Janey andere Gründe.

Trotz seines ungehobelten Benehmens war Athol Garrity völlig harmlos. Seine männliche Protzerei war in seinem Heimatort Birmingham in Queensland nichts weiter als die gesellschaftliche Norm, in Wirklichkeit war Athol leicht durchschaubar und nicht gefährlicher als eine Büchse Foster. Zu viele Biere allerdings – ob nun von Foster oder Watney – machten ihn zu einem richtigen Rüpel; aber er wurde nie hinterlistig oder gewalttätig. Er hatte keine erschreckenden, heimlichen Tiefen.

Janey Rolph hingegen wohl, und Athol wußte das. Er wußte mehr über ihre Hintergründe, als ihr lieb war und als sie je gewünscht hatte, irgendwo außerhalb ihres Zuhauses bekanntwerden zu lassen. In Birmingham, Queensland, wußte jeder, daß Janeys Vater als junger Mann seinen Wagen an den Rand des weiten australischen Buschs gefahren, dann dort stehengelassen hatte und für drei Wochen verschwunden war. Schließlich war er wieder aufgetaucht, bärtig und verändert, und hatte sich unerkannt den Leuten angeschlossen, die den Busch nach ihm absuchten. Jedermann wußte auch, daß Janey als kleines Kind beobachtet hatte, wie ihre Großmutter väterlicherseits, ein Schnitzmesser schwingend, den Großvater über den Hof jagte. Und man wußte, daß Janeys Mutter mehr als einen Versuch gemacht hatte, sich das Leben zu nehmen, bevor sie ihren Mann endgültig verließ.

Allerdings war niemand ganz sicher, welchen Effekt diese Kindheit wohl auf Janey gehabt hatte. Sie war attraktiv, sie war charmant, sie war hochintelligent – aber auch latent gefährlich. Jeder mochte sie auf Anhieb, aber wer über die Labilität ihrer Angehörigen informiert war, hütete sich besser vor einem zu engen Kontakt. Athol Garrity war einer von vielen Männern, die ihr zu Füßen lagen, aber auch der einzige außerhalb von Queensland, der ihr nicht über den Weg traute.

16.

Am darauffolgenden Montag war Alec Reynolds im Pfarrhaus von Breckham Market zum Abendessen eingeladen. Der Abend war kein Erfolg.

Als Gillian diese Einladung vorschlug, war Robin geradezu erstarrt vor Gekränktheit und Panik. Er hatte zwar schon befürchtet, daß sich etwas Derartiges anbahnte, als Gillian mehr als eine Stunde später aus dem Kursus gekommen war und glücklicher und angeregter wirkte als seit Jahren. Und er hatte nicht einen Moment bezweifelt, worauf diese Veränderung zurückzuführen war: Sie hatte einen anderen gefunden, und er würde sie verlieren.

Aus Angst und Ärger klangen seine Worte wie Peitschenhiebe: «Es gehört sich nicht für eine verheiratete Frau – schon gar nicht für die Frau eines Geistlichen –, einen anderen Mann zum Freund zu haben.»

«Genau deshalb möchte ich ihn ja hier haben. Ich hoffe nämlich, daß er auch dein Freund wird. Und du brauchst dir gar nicht einzureden, daß er irgendwas mit mir im Sinn hat», fügte sie mit einer für sie unüblichen Geistesgegenwart hinzu, «er hat nämlich besonderen Wert darauf gelegt, mir mitzuteilen, daß er mit einer anderen Frau liiert ist und sie heiraten möchte. Du hast also nicht den geringsten Grund an der Lauterkeit seiner Motive zu zweifeln, ebensowenig wie an meinen.»

Sie hatten sich gegenseitig angefunkelt, Gillian mit einem Gefühl von Schuld angesichts ihrer neuerworbenen Unbotmäßigkeit, Robin rasend vor Mißtrauen, und beide der Tatsache bewußt, daß der Boden unter ihren Füßen ins Wanken geraten war.

«Wie dem auch sei, ich sehe ihn ohnehin wieder, wenn ich zu meinem Kursus gehe», stellte Gillian fest, «wenn dir das so lieber ist . . .»

«Dann bring ihn schon her, wenn's unbedingt sein muß», hatte

125

er geknurrt. «Aber rechne nicht damit, daß ich ihm um den Hals falle!»

Später dann, als sie hörte, wie ihr Mann jeden zaghaften Versuch Alecs, ein Gespräch in Gang zu bringen, systematisch abwürgte, wurde ihr schmerzlich bewußt, daß es klüger gewesen wäre, nicht auf dieser Begegnung zu bestehen. Es war ihr nie in den Sinn gekommen, daß Robin mit voller Absicht derart grob sein konnte. Er behandelte ihrer beider Gast wie einen unerwünschten Eindringling und benutzte alle Waffen, die ihm sprachlich zur Verfügung standen, um Reynolds herabzusetzen. Nie zuvor hatte sie ihren Mann so verkrampft gesehen. Seine Haut spannte sich so straff über den Gesichtsmuskeln, daß sie im Licht wie durchscheinend wirkte, und seine blaßblauen Augen hatten einen erschreckend unsteten Glanz.

Gillian selbst war so besorgt, den gewünschten guten Kontakt zwischen den beiden Männern nicht herstellen zu können, daß sie nicht in der Lage war, in das Gespräch einzugreifen. Statt dessen versuchte es ihr Vater, aber sein Beitrag zur Unterhaltung war wenig anregend.

«Wirklich, 'n sehr nettes Stück Huhn, Liebes», sagte er zu seiner Tochter und klaubte sich eine Fleischfaser aus den Zähnen. «Damals in Gallipoli, 1915...» fing er an – er hatte nur drei Tage auf der Halbinsel verbracht und war damals achtzehn gewesen, aber er war für den Rest seines Lebens von dieser Erfahrung geprägt und vollzog jeden Tag ein Stück Erinnerung nach – «...alles, was wir zu essen hatten, war Pökelfleisch, und es lief nur so aus den Dosen. War eher wie Suppe, und die halbe Kompanie hat die Ruhr bekommen...»

Aus verständlichen Gründen wollte Reynolds nicht bis zum Kaffee bleiben. Niedergedrückt begleitete ihn Gillian zu seinem Wagen, den er in der Auffahrt abgestellt hatte. Die Uhren waren vor kurzem auf Sommerzeit umgestellt worden, und obwohl der Abend noch winterlich kalt war, zeigten sich am Himmel rosige Streifen, gleich hinter den Blutbuchen oberhalb von Parson's Close.

«Tut mir leid, Alec», entschuldigte sie sich. «Ich hätte Sie nicht herbitten sollen – ich hätte es bestimmt nicht getan, wenn ich gewußt hätte, daß er sich so aufführt.»

Reynolds nahm seine Brille ab und polierte die Gläser mit

seinem Taschentuch. Die Atmosphäre während des Essens und die Anstrengung, die es ihn gekostet hatte, höflich zu bleiben, hatten ihn ins Schwitzen gebracht und seine Brille beschlagen lassen. Ohne sie wirkte er deutlich weniger sanftmütig.

Tatsächlich platzte er geradezu vor Zorn über Aingers Grobheiten und vor Ärger über Gillians Naivität. Er hatte ihre Einladung völlig arglos angenommen und sich auf einen unterhaltsamen Abend mit einem gelösten und gastfreundlichen Paar – wie er und Sylvia es früher gewesen waren – eingerichtet. Aber fünf Minuten mit den Aingers hatten genügt, um ihm die Richtung und die Heftigkeit von Robins Emotionen klarzumachen, und es erstaunte ihn sehr, daß Gillian diese Reaktion nicht vorausgesehen hatte. Bemüht, nicht ungebührlich lange zu verweilen und damit Aingers Verdacht zu stützen, setzte er die Brille wieder auf und öffnete die Tür seines Wagens.

«Sie haben doch bestimmt gewußt, daß Sie mit einem sehr besitzergreifenden Mann verheiratet sind», meinte er. «War Ihnen denn nicht klar, daß Sie sich nur Probleme machen, wenn Sie einen fremden Mann ins Haus bringen?»

«Aber das ist doch einfach kindisch!» protestierte sie. «Völlig unzivilisiert! Robin weiß ganz genau, daß ich ihn liebe, es ist total unvernünftig von ihm, sich dermaßen aufzuregen.»

«Meine Liebe, mit Vernunft hat das wenig zu tun. Ihr Mann kann gar nichts dafür, so besitzergreifend zu sein, ebensowenig wie Ihr Vater etwas für sein Alter kann. Sie werden ihn nie ändern, und es wäre bestimmt riskant, es noch einmal zu versuchen. Ich bedanke mich also für die heutige Einladung, aber es wäre wohl sehr in Ihrem Interesse, mich nicht noch einmal herzubitten.»

Und nicht nur in Gillians Interesse, fügte er in Gedanken hinzu. Den ganzen Abend über hatte er das heftige Verlangen gehabt, ihren Mann einfach zusammenzuschlagen. Er hatte nie jemanden niedergeschlagen, seit er erwachsen war, aber das Alleinleben hatte ihn gelehrt, daß er dazu sehr wohl imstande war. Im Eßzimmer dieses Hauses hatte er sich zwar sehr zivilisiert aufgeführt und dem Gastgeber auch noch die andere Wange hingehalten, doch unter dem Tisch hatte er heimlich die Fäuste geballt.

Nur Gillian – oder Sylvia – zuliebe hatte er sich zurückgehalten. Er konnte das ohne weiteres, denn er verfügte über eine ausgeprägte Selbstbeherrschung, solange er nüchtern blieb. Aber noch etwas anderes hatte ihn dazu bewogen: Vorsicht.

Reynolds war sich nicht im mindesten sicher, wie weit die Selbstbeherrschung seines Gastgebers reichen würde. Das voraus-zusagen war relativ schwierig, da er dem Mann noch nie zuvor begegnet war; besonders schwer ließ es sich einschätzen in einer Atmosphäre, die mit Emotionen geladen war wie ein Hochspan-nungsseil mit Elektrizität. Jedenfalls hatte der seltsam starre Blick dieser Augen Reynolds hinreichend wachsam gemacht, um wenig Neigung zu verspüren, sich mit Robin Ainger auf eine Auseinan-dersetzung einzulassen.

Er verabschiedete sich hastig von Gillian, setzte im Rückwärts-gang aus der Auffahrt des Pfarrhauses und nahm Kurs auf sein Haus – ausnahmsweise einmal dankbar für dessen Leere.

Hinter den halbzugezogenen Vorhängen des dämmrigen Eß-zimmers folgten Robin Aingers fahle Augen dem sich entfernen-den Wagen.

Während der folgenden zwei Stunden richteten die Aingers kaum ein Wort aneinander.

Robin zog sich in sein Arbeitszimmer zurück, setzte sich an seinen Schreibtisch, legte den Kopf in die Hände und wütete innerlich gegen den vermeintlichen Treuebruch seiner Frau. Sie war nicht verliebt in diesen Mann – das hatte er wohl bemerkt, als er die beiden zusammen sah – und Reynolds umgekehrt ebenso-wenig; aber dieses Wissen schürte nur seine Anspannung, statt sie zu mindern.

Liebe war für Robin etwas Absolutes. Er hätte es leichter nach-vollziehen können, wenn sich die beiden ineinander verliebt hät-ten; das wäre zwar ganz unverzeihlich gewesen, aber zumindest ohne Absicht geschehen, wie durch höhere Gewalt. Doch die lockere Freundschaft zwischen ihr und diesem Mann, die schnelle, geübte Konversation der beiden und das platonische Vergnügen, das sie offensichtlich aus ihrem Zusammensein schöpften – das war willkürlicher Verrat. Wenn ihm Gillian etwas Derartiges antun konnte, war das ein geradezu zynischer Verstoß gegen seine Vor-stellungen von der Absolutheit des Ehebandes und ein Zeichen dafür, daß sie ihn nicht mehr liebte. Er mochte sie nicht an

Reynolds verloren haben, aber er hatte sie dennoch verloren – auf eine Weise, die seiner Selbstgefälligkeit unendlich viel mehr Abbruch tat.

Gillian hatte unterdessen den Abwasch gemacht und war in der Küche geblieben. Sie ärgerte sich über Robins Taktlosigkeit, über ihre eigene Unfähigkeit, sich gegen ihn zur Wehr zu setzen, und schämte sich für den schlechten Eindurck, den sie bei ihrem Gast hinterlassen hatte. Zugleich sorgte sie sich um ihren Mann, denn sie wußte, daß er unter starkem Streß stand, und sie fühlte sich schuldig, ihm zusätzliche Probleme zu machen. Allerdings hatte sie von ihrem Vater nicht nur dessen Schläue, sondern auch ein Gutteil seiner bäuerlichen Starrköpfigkeit geerbt und war unerbittlich entschlossen, weder von ihren Kursen in Yarchester noch von ihren neuen Freunden abzulassen. Sie hielt es für unvorstellbar, daß Robin nicht früher oder später über diese zerstörerische Besitzgier hinwegkommen und sich dann vernünftiger verhalten würde.

Eingeschlossen in seinem Arbeitszimmer, hatte sich Robin inzwischen ganz in die Ungeheuerlichkeit von Gillians Benehmen und in seine Verlustängste hineingesteigert. Er hatte den Kopf auf die Schreibtischplatte gelegt und hämmerte mit der Faust rhythmisch und verbissen gegen die Holzkante, bis die Haut aufplatzte und die Blutstropfen auf das Manuskript seiner letzten Predigt spritzten.

Kurz nach zehn Uhr hörte Gillian seine Schritte auf den Fliesen der Diele und das Knarren der Tür zur Gästetoilette. Als er nach einer Weile wieder auftauchte, rief sie ihn zu sich und erklärte, sie habe eben Kaffee gemacht.

Langsamen Schrittes folgte er ihr in die Küche. Sein Gesicht war bleich, und er roch nach einem antiseptischen Mittel. Die verletzte Hand war mit einem Taschentuch umbunden und in der Hosentasche versteckt. Er nahm die dargereichte Tasse Kaffee, murmelte mit gesenkten Lidern ein Dankeschön und schickte sich wieder an zu gehen.

«Robin . . .»

Er blieb stehen, ihr den Rücken zugewandt.

«Können wir jetzt miteinander reden?»

«Was gibt's da zu reden?»

«Du warst so unhöflich zu unserem Gast und hast uns den ganzen Abend verdorben. Ich finde, du könntest dich wenigstens dafür entschuldigen.»

«Ich möchte nicht darüber sprechen. Ist das Bett im Gästezimmer bezogen?»

Die Frage versetzte ihr einen Schock. Während ihres ganzen Ehelebens hatte keiner von ihnen jemals das gemeinsame Doppelbett verlassen. «Oh . . . aber . . .»

Er zuckte mit den Achseln. «Macht nichts. Ich komm auch mit ein paar Decken zurecht.»

Sie ging voraus in die obere Etage, langsam, mit hängendem Kopf und einem jämmerlichen Gefühl von Verwirrung. Auf einen derart abrupten Bruch war sie nicht gefaßt. Aber vielleicht hatte Alec recht, vielleicht konnte Robin wirklich nichts dafür. Und wie übel er sich auch aufführen mochte – sie liebte ihn immer noch.

Im oberen Flur angekommen, hob sie den Kopf und sagte: «Tut mir leid, es war meine Schuld. Ich hätte ihn besser nicht zu uns eingeladen. Er bedeutet mir wirklich nicht das geringste, und ich werde ihn nicht wieder hierher bitten.»

Zum ersten Mal an diesem Abend machte Robin den Versuch, sie direkt anzusehen. «Wirklich?» fragte er mit übertrieben langsamer Betonung.

«Wirklich.» Sie ließ ihre Hände einen Moment leicht auf seiner Brust ruhen, dicht unter seinem Hals – eine bekannte Geste, mit der sie ihn um einen Kuß zu bitten pflegte. Nach einem kurzen Zögern beugte er den Kopf und fuhr mit seinen trockenen Lippen über ihre Stirn. Sie fühlte das Jagen seines Herzens und das Zittern seiner Brust unter ihren Händen, aber sein flüchtiger Kuß beruhigte sie.

«Wirklich und wahrhaftig», wiederholte sie, beinahe fröhlich. «Ich werde bestimmt keinen Streit mit dir anfangen, nur wegen eines Freundes.»

In ihren Augen war das Wort «Freund» völlig harmlos, und sie hatte keine Ahnung, warum Robin plötzlich erstarrte und sie von sich stieß. «Wirst du also aufhören mit diesem Kursus?» fragte er mit angespannter Stimme.

«Aber nein, natürlich nicht. Nicht vor Mai, wenn er zu Ende ist.»

«Also wirst du Reynolds weiterhin treffen?»

«Ja, im Unterricht. Aber was, um Himmels willen . . .»

Ihr Mann stieß sie wütend zur Seite, ging die Treppe hinunter und begann, seinen Mantel anzuziehen. Seine Bewegungen hatten etwas Betontes, Übertriebenes, wie bei einem Schlafwandler. Der Taschentuchverband löste sich von seiner Hand, aber er achtete nicht darauf.

Gillian rannte ein paar Stufen hinunter, um ihm zu folgen. «Wo willst du hin?»

«Ist dir das etwa wichtig?» zischte er, ohne sie dabei anzusehen. Sein Gesicht war das eines Fremden geworden, älter, häßlicher und grau wie Blei. «Nein, das ist es nicht, mach mir nichts vor. Wenn es dir wirklich etwas ausmachen würde, wohin ich gehe, würdest du mir nicht pausenlos derart wehtun.»

Damit ging er hinaus und schlug die Tür hinter sich zu. Kurz darauf hörte sie, wie er den Wagen startete. Er ließ den Motor aufheulen, sie hörte das Quietschen der Reifen, als er um die Ecke der Einfahrt schoß und mit einem Höllenlärm durch die schlafende St. Botolph Street auf und davon stob, als sei ihm der Teufel auf den Fersen.

17.

Gillian war aufs höchste alarmiert.

Sie rannte in die Diele, nahm das Taschentuch, das Robin hatte fallenlassen, entdeckte die Blutflecken, stürmte in sein Arbeitszimmer und sah die Spritzer auf seinen Papieren, die blutverschmierte Kante seines Schreibtisches. Es war weniger die Verletzung selbst, die ihr angst machte. Sie wußte, daß man sich nicht allzusehr anstrengen mußte, um sich Prellungen zuzufügen und die Haut aufzureißen. Was sie erschreckte, war vielmehr die Gewalttätigkeit, mit der er gegen dieses Holz geschlagen hatte, bevor die Haut aufgeplatzt war, die Erregung, die ihn dazu veranlaßt hatte, der Wahnsinn, der ihn zu dieser Tat getrieben hatte. In diesen wenigen Augenblicken jedenfalls mußte ihr Mann völlig von Sinnen gewesen sein.

Sie fürchtete nicht für sich selbst, nur für Robin. Sie fürchtete um seine Sicherheit und zugleich um seinen Verstand; und sie fürchtete um Alec Reynolds.

Sie wählte seine Nummer und sprudelte unvermittelt ihre Ängste heraus. Er hatte sich gerade einen Whisky genehmigt und philosophische Betrachtungen über die Vorzüge des Alleinlebens angestellt. Die Dringlichkeit ihrer Worte bestürzte ihn, und er wollte sie unbedingt so schnell wie möglich beruhigen.

«Ich bin sicher, Sie brauchen sich keine Sorgen zu machen, Gillian. Er fährt bestimmt einfach durch die Gegend, um wieder einen klaren Kopf zu bekommen, und wird nachher wieder völlig in Ordnung sein. Aber wenn Sie sich wirklich solche Sorgen machen, warum wenden Sie sich dann nicht einfach an die Polizei? Sie müssen denen ja nicht unbedingt erzählen, wo das Problem liegt, Sie können doch sagen, daß er sich nicht wohlfühlt und deshalb nicht mit dem Auto unterwegs sein sollte. Bestimmt wird man dann die Streifenwagen informieren, daß sie ein bißchen nach ihm Ausschau halten und dafür sorgen, daß sie sicher nach Hause kommt.»

Entsetztes Schweigen am anderen Ende der Leitung. Dann: «Aber Robin ist schließlich der Pfarrer dieser Gemeinde! Er würde mir das nie verzeihen, ihn dermaßen bloßzustellen.»

Sie berichtete, was sie sich von einer Freundschaft erhofft und im Laufe der Zeit zu enthüllen gedacht hatte, von den Zwängen und Problemen, die das kirchliche Leben in einer kleinen Gemeinde mit sich brachte. «Ich wollte einmal weg von dem allen, deshalb war ich so froh über diesen Kursus in Yarchester. Aber wenn Robin sich davon derart aus der Bahn werfen läßt, muß ich wohl damit aufhören.»

Reynolds bedauerte das aufrichtig, obwohl er im Moment nur das Verlangen verspürte, seine Türen zu verriegeln und das Licht auszumachen. Er sprach noch ein paar ermunternde Worte und meinte abschließend: «Sie können mich natürlich jederzeit anrufen, wenn immer Sie Probleme haben. Und wenn ich irgend etwas für Sie tun kann oder Sie vielleicht nur jemanden brauchen, um sich auszusprechen . . .»

Er ging etwas beunruhigt zu Bett und war entschlossen, ihr zu einem Anruf bei der Polizei zu raten, falls sie sich erneut bei ihm melden würde – oder es selbst zu tun, falls Ainger verrückt genug war, zu ihm zu kommen und irgendwelchen Wirbel zu machen.

Aber Robin hatte nichts dergleichen im Sinn. Er wußte, daß er damit nur unnötige Aufmerksamkeit erregen würde, und war sich trotz der Erregung, in der er das Pfarrhaus verlassen hatte, sehr wohl seiner geistlichen Tracht bewußt. Nicht aus moralischen Gründen, es war eher eine Art Zwangsvorstellung von seinem Image als Geistlicher. Und so genügte bereits der Anblick des sich dunkel am Ende der St. Botolph Street abzeichnenden Kirchturms, um seinen Zorn zu dämpfen, ihn augenblicklich an seine Stellung in der Gemeinde zu erinnern und den Fuß vom Gas zu nehmen.

Er hatte keine besonderen Pläne gehabt, als er in den Wagen gestiegen war, nur das dringende Bedürfnis nach zeitweiser Distanz von Gillian, aber während er ziellos dahinfuhr, fühlte er sich zunehmend unbehaglich vor Ärger und Selbstmitleid. Hatte er vielleicht doch zuviel vermutet in dem, was allem Anschein nach nichts weiter darstellte als einen eher geringfügigen Akt des Verrats von Gillians Seite? Lief er möglicherweise Gefahr, sich wie ein Trottel aufzuführen?

Es war zwanzig Minuten vor zwei, als er den Wagen wieder in die Garage fuhr und die Tür zum Pfarrhaus öffnete. In der Diele brannte noch Licht, und Gillian eilte bereits in Nachthemd und Morgenrock, mit offenem Haar und besorgtem Gesichtsausdruck aus dem Wohnzimmer herbei.

«Bist du . . . ist alles in Ordnung?»

Er nickte nur, ganz in Anspruch genommen von dem plötzlichen Gefühl der Schwere und Steifheit in seiner schmerzenden Hand. Er wünschte sich, auf Gillian zugehen zu können, sie in die Arme zu nehmen und sich umsorgen zu lassen, aber er fühlte sich zu gekränkt für eine so rasche Versöhnung.

«Wo bist du gewesen, Robin?» Die Frage klang nicht ungehalten, sondern eher besorgt, und er beantwortete sie mit würdevoller Bekümmertheit.

«Ich bin einfach nur herumgefahren.»

Ihre Besorgnis flaute ab. Sie lief auf ihn zu, legte ihre Hände auf seine Brust und versicherte ihm, wieviel Angst sie um ihn gehabt habe. «Hör zu, Robin, ich werde dir keinen Ärger mehr machen mit diesem Kursus. Ich habe inzwischen genug gelernt, um hier zu Hause weitermachen zu können. Und genau das werde ich tun. Es wäre wirklich dumm, wenn ich zulassen würde, daß ein Hobby zwischen uns steht.»

Voller Genugtuung atmete er auf. «Ich bin froh, daß du das einsiehst. Und jetzt muß ich ins Bett, ich bin hundemüde und muß morgen einen Frühgottesdienst abhalten. Hast du die Decken für das Gästebett zurechtgelegt?»

Erstaunt trat sie einen Schritt zurück. «Nun ja, ich habe das Bett gemacht», gab sie zu, «nur für den Fall, daß . . . aber jetzt . . .»

Er sah die Betroffenheit in ihren Augen, aber er fühlte kein Mitleid. «Ich werde besser schlafen, wenn ich allein bin», erklärte er. «Ich bin wirklich entsetzlich müde.»

«Ja, das kann ich mir denken», pflichtete sie ihm bekümmert bei. Offenbar genügte es nicht, den Kursus und die Bekanntschaft mit Alec Reynolds aufzugeben, um die alte Harmonie mit ihrem Mann wiederherzustellen. Einen Augenblick lang fühlte sie sich gänzlich beraubt, bis ihr einfiel, daß sie ja noch eine andere Freundschaft gewonnen hatte.

«Sag mir nur noch eins», bat sie. «Ich habe Janey Rolph, eine australische Studentin, die ich in Yarchester kennengelernt habe, für Samstag zum Tee eingeladen. Sie ist jung und hat Heimweh, und ich hätte gern, daß sie das Gefühl hat, bei uns willkommen zu sein. Du wirst doch nett zu ihr sein, nicht wahr?»

Robin meinte, sich ein wenig Edelmut leisten zu können, beugte sich zu seiner Frau herab und drückte seine Wange einen kurzen Moment gegen ihr Haar.

«Keine Sorge, natürlich werd ich nett sein.»

18.

Bei ihrem ersten Besuch parkte Janey ihren roten Dritthand-Datsun mit dem australischen Aufkleber auf der gegenüberliegenden Straßenseite, direkt am Gatter zur Pfarrwiese, unter den herabhängenden Zweigen der Blutbuchen. Gillian, die zur Begrüßung in der Tür stand, schlug vor, den Wagen in der Auffahrt der Pfarrei abzustellen, aber das junge Mädchen lehnte dankend ab.

«Ich laß ihn lieber hier draußen stehen, damit ich mich schnellstens wieder davonmachen kann, wenn Sie mich vor die Tür setzen.»

«Warum um alles in der Welt sollte ich das tun?»

«Das werden Sie bestimmt, wenn ich mich womöglich völlig

daneben benehme. Es ist schließlich das erste Mal, daß ich mit der Frau eines Geistlichen Tee trinke. Für den Fall, daß Sie ein merkwürdiges Geräusch hören sollten – bestimmt sind das meine Knie, die vor lauter Angst rappeln.»

Gillian war völlig entwaffnet und freundlich gestimmt. Natürlich hatte sie bemerkt, wie umwerfend das Mädchen aussah mit seinem fuchsroten, knabenhaft geschnittenen Haar, dem vollen Mund und den großen braunen Augen. Aber nichts in Janeys Verhalten oder in Gillians Erfahrung legte den Gedanken nahe, daß dieses Mädchen eine potentielle Rivalin sein könnte. Gillian war weit davon entfernt, sich von Janeys gutem Aussehen bedroht zu fühlen, wie alle unscheinbaren Frauen empfand sie es eher als schmeichelhaft, daß eine richtige Schönheit sich um ihre Freundschaft bemühte.

Unter der wohltuenden Wirkung von Tee und süßen Brötchen mit eingebackenen Kirschen schien Janeys Nervosität allmählich nachzulassen. Anschließend zeigte ihr Gillian das Haus und freute sich, mit welch ehrfürchtigem Staunen ihre neue Freundin die Kunstschreinerarbeiten aus dem frühen neunzehnten Jahrhundert berührte. In einem leeren Schlafzimmer, das Gillian als Atelier benutzte, ging sie gleich auf einen fertigen Gipsabdruck der Büste eines jungen Mannes zu, etwas laienhaft in der Ausfertigung, aber kühn im Entwurf. Sie fuhr mit einem Finger über das Profil und meinte:

«He, ich mag ihn, Ihren Freund. Ein schöner Kopf.»

«Danke. Das war mein erster Versuch vor ein paar Jahren. Machen Sie auch irgendwas in der Art?»

Janey zog eine Grimasse. «Nein, ich habe wirklich zwei linke Hände und beneide Sie um Ihre Geschicklichkeit. Ich wünschte, ich hätte überhaupt irgendein Talent.»

«Aber Sie sind Akademikerin, und Sie können schreiben», protestierte Gillian. «Was macht überhaupt Ihre Dissertation?»

«Die englischen Satiriker zwischen 1950 und 1980? Ich muß Ihnen sagen, deren Werke auseinanderzupflücken ist eher destruktiv als kreativ.»

«Oh ... aber später, wenn Sie die Arbeit fertig haben, werden Sie bestimmt die Zeit finden, Ihre eigenen Talente zu entdecken», antwortete Gillian in dem herzlichen und ermutigenden Ton einer Pfarrersfrau. «Wie wär's, möchten Sie sich jetzt vielleicht die

Kirche ansehen? Sie ist wirklich recht reizvoll, und wir werden sicher meinen Mann dort vorfinden.»

Es war eine reine Vorsichtsmaßnahme, die beiden an einem Ort miteinander bekanntzumachen, wo sich Robin zuverlässig gesittet aufführen würde. Seit dem Abend mit Alec Reynolds war er höflich, aber kühl gewesen, und Gillian war auf der Hut.

Aber Robin war bester Laune an diesem Abend. Er war stolz auf seine Kirche, liebte es, sie den Besuchern vorzuführen, und an Samstagen, wenn die Totenschreine mit frischen Blumen geschmückt waren und sich der Organist zum Lobe des Herrn für den nächsten Tag einstimmte, war die Kirche immer besonders sehenswert.

Die Freundin seiner Frau war offensichtlich sehr beeindruckt, und Robin sollte diesen Augenblick, an dem er Janey Rolph zum ersten Mal sah, nie vergessen – obwohl er sich später alle Mühe gab, diese Erinnerung zu verscheuchen, sie einfach nicht mehr an sich herankommen lassen wollte. Sie hatte neben einer Säule am anderen Ende des Hauptschiffes gestanden, klein und zerbrechlich, das Haar wie ein rotglühender Strahlenkranz vor dem grauen Hintergrund des Steins, mit entrücktem Ausdruck zu den schwebenden Engeln an der Decke blickend.

Nach seiner Eheschließung war Robin stets darauf bedacht gewesen, nie mehr in körperlichem Sinn an eine andere Frau zu denken. Aber bei dieser ersten Begegnung mit Janey Rolph ließ er es zu, daß er Dinge in ihr sah, die ihn weit tiefer berührten als die Wahrnehmung ihrer äußeren Schönheit. Gillians Wunsch nach Unabhängigkeit hatte ihn so tief getroffen, daß er sich in den letzten Tagen von ihr hatte distanzieren müssen, um wieder ein gewisses Maß an Ausgeglichenheit zu bekommen. Die Erkenntnis, daß er stärker von ihr abhängig war als sie von ihm, hatte etwas Erschreckendes gehabt. Und diese Janey, allein und verletzlich, war so offensichtlich angewiesen auf etwas Schutz und Fürsorge, daß er augenblicklich darauf reagierte.

Sie fand alles faszinierend, was er ihr zeigte, und bei den schönsten der Grabplatten im Altarraum, den fast lebensgroßen Abbildern von Sir John Bedingfield und seiner Frau, stieß sie einen Freudenlaut aus.

«Oh, sehen Sie nur, wie er ihre Hand hält!»

Der im Jahre 1410 verstorbene Sir John war in voller Montur, vom Helm bis zu den Sporen; nur die geharnischten Handschuhe fehlten. Seine Rechte hielt die Hand von Isabella, seiner Frau, die mit sittsam niedergeschlagenen Augen dalag in großer Robe und mit einem Schleier. Der Hund zu Füßen von Sir John schaute mit einem Ausdruck von Respekt zu den beiden auf.

Janey bückte sich, um ehrfürchtig über die Grabplatte zu streichen. «Wie schön ihr seid», sprach sie zu dem Ritter und seiner Frau. «Du natürlich auch», fügte sie mit einem Blick auf den Hund hinzu.

Langsam richtete sie sich wieder auf, ohne die Gravuren aus den Augen zu lassen. «Es ist wie in dem Gedicht von Philip Larkin über das Grab von Arundel», sagte sie. «Ich hatte immer vor, einmal nach Arundel zu fahren, eine Art Pilgerreise zu machen, aber nachdem ich das hier gesehen habe, muß ich nicht mehr dahin.»

Gillian und Robin warfen sich über den Kopf des Mädchens hinweg einen Blick zu und lächelten sich zum ersten Mal seit einer Zeit, die ihnen wie eine Ewigkeit erschien, wieder an. Gillians Herz hüpfte, und im geheimen segnete sie das junge Mädchen, daß es sie und ihren Mann wieder zusammengebracht hatte. In diesem höchst passenden Augenblick schwoll der Orgelklang zu einem so gewaltigen Crescendo an, daß sich die Engel an der Decke zweifellos in die Lüfte erhoben hätten, wenn sie nicht an den Balken befestigt gewesen wären.

Michael Dade, der stellvertretende Organist – ein guter Musiker und nur deshalb der zweite Mann, weil er es nicht schaffte, die Chorknaben zu bändigen –, hatte Janey in seinem Rückspiegel gesehen und seiner Bewunderung musikalisch Ausdruck gegeben. Als sein Spiel beendet war, kam er eilig um die Kanzel geflitzt, um ihr noch zu begegnen. Er war ein junger Mann mit traurigen braunen Augen, glattem dunklem Haar, das ihm über die Stirn auf seine Hakennase fiel, und einem fürchterlichen Stottern. Oben auf seiner Orgelbank hatte er sich noch einigermaßen wichtig gefühlt, aber nun, da er Janey gegenüberstand, war die musikbedingte Adrenalinzufuhr unterbrochen, und er konnte nur in stummer Verlegenheit linkisch von einem Bein aufs andere treten.

Gillian kam ihm zu Hilfe und stellte ihn vor, worauf Janey ihrer Bewunderung für sein Orgelspiel Ausdruck gab und mit Geduld und Nachsicht reagierte, wenn ihm die Konsonanten nicht so recht über die Lippen wollten. Am Ende der kurzen Unterhaltung waren beide Aingers ganz beeindruckt von Janeys Freundlichkeit. Was Michael Dade anging – er war bereits bis über beide Ohren verliebt.

Janey machte noch eine weitere Eroberung an diesem Abend. Als sie mit Gillian zum Pfarrhaus zurückkam, raffte der alte Henry Bowers gerade seine Gartenutensilien zusammen, nachdem er das Unkraut gejätet und die krautartigen Gewächse am Rand der Auffahrt hochgebunden hatte. Janey war geistesgegenwärtig genug, seine Arbeit zu bewundern, und beim Abendessen, zu dem sie auf Wunsch beider Aingers unbedingt bleiben sollte, erzählte sie mit viel Gefühl von ihrem Großvater. Als Henry mit seinen Erinnerungen von Gallipoli loslegte, hörte sie ihm aufmerksam zu und ermunterte ihn mit Fragen. Schließlich war der alte Mann so begeistert von ihr, daß er sie mit verschmitzter Galanterie aufforderte, ihn doch Großvater zu nennen. Als sie sich am Ende verabschiedete und von allen dreien zur Tür gebracht wurde, war es ganz klar, daß sie jederzeit willkommen sein würde, wann immer sie Lust hatte im Pfarrhaus vorbeizuschauen.

Für den restlichen Abend sprachen die Aingers ausschließlich über Janey. Sie waren völlig bezaubert. Sie hatte ihnen erzählt, daß ihre Aufenthaltsgenehmigung am Ende des Studienjahres auslaufen würde und sie demnach das Land in wenigen Monaten verlassen müsse. Das machte die ganze Familie nur noch begieriger, das Mädchen in der Zwischenzeit so oft wie möglich zu sehen.

Beim Zubettgehen sprachen sie immer noch über Janey. Robin hatte seit dem Besuch von Alec Reynolds im Gästezimmer geschlafen, aber an diesem Abend spazierte er nach dem Zähneputzen wie geistesabwesend ins eheliche Schlafzimmer, um das Gespräch fortzusetzen.

«Sie war wirklich ganz überwältigt von Sir John und seiner Frau, nicht wahr? Dieses Gedicht, von dem sie sprach, über das Grab von Arundel – worum geht's dabei?»

Gillian, die sich gerade das Haar bürstete, ließ den Arm sinken und drehte sich zu ihrem Mann um. «Um Liebe», antwortete sie. «Um die alles überwindende Kraft der Liebe ...»

Es war lange her. Sie hatten sich seit Monaten nicht mehr geliebt, und selbst da war es – wie in den vorangegangenen zwei oder drei Jahren – nicht mehr gewesen als das flüchtige Erledigen eines körperlichen Bedürfnisses, ein eiliger Akt, der in beiden das Gefühl hinterlassen hatte, sich beschmutzt zu haben. Aber in dieser Nacht war es schön, ein langer und ohne Eile vollzogener Austausch von Zärtlichkeiten und wechselseitiger Anbetung, an dessen Ende sie erschöpft waren von Glück.

Erst in diesem Augenblick, als sie friedlich in den Armen ihres Mannes lag, konnte Gillian sich endlich eingestehen, wie unglücklich sie gewesen war, und schon so lange. Sie hatte nie aufgehört, Robin zu lieben, das wußte sie, aber es war schon sehr viele Jahre her, daß sie ihn auch gern gehabt hatte. Heute war er ganz anders gewesen als dieser tyrannische, beißend sarkastische Lebensgefährte, an den sie sich nur widerstrebend gewöhnt hatte. Heute schien er wieder wie früher zu sein, wie der Robin, in den sie sich sechzehn Jahre zuvor verliebt hatte.

Es dauerte noch Wochen, bis sie – und das auch nur in vagen Allgemeinbegriffen – einen Zusammenhang herstellte zwischen der Wiederaufnahme ihrer sexuellen Beziehungen und der ersten Begegnung von Robin und Janey. Und als sie den Zusammenhang sah, war die Erkenntnis deshalb so schmerzlich, weil sie nun – trotz seiner Proteste – niemals erfahren würde, an welche der beiden Frauen Robin gedacht haben mochte, als er mit ihr schlief.

19.

Janey Rolph brauchte nicht erst auf ihren Doktor zu warten, um sich über ihre Begabungen klar zu werden. Ihr größtes Talent bestand darin, Menschen zu manipulieren, und sie hatte es bereits seit Jahren erprobt.

Sie brauchte die Menschen, ernährte sich geradezu von ihnen. Das Alleinleben war ihr immer unerträglich gewesen, aber zugleich war sie außerstande, mit irgend jemandem eine längere Beziehung zu unterhalten. Statt dessen widmete sie sich lieber kinderlosen Ehepaaren.

Wenn sie den Kontakt mit verheirateten Frauen suchte, ging es ihr um deren Freundschaft und Gastlichkeit. Sie war eine ewige Studentin, wechselte von einer Universität auf die andere, machte immer neue Abschlüsse und Diplome und war ständig in Geldnot. Wenn sie ihre Karten richtig ausspielte, konnte sie sicher sein, daß ihre neuen Freunde sie für ihr «Heimweh» bedauerten – nach einer Stadt, die sie hoffte, nie wiedersehen zu müssen – und ihr vorschlugen, eine Zeitlang bei ihnen zu wohnen.

Janey war ein höchst angenehmer Gast: amüsant, aufmerksam, erfreulich darauf bedacht, keinen Fauxpas zu begehen, keine Probleme zu machen, einfach als ein Mitglied der Familie angenommen zu werden. Sie hatte einen guten Blick dafür, sich als Gastgeber etwas weltfremde Leute auszusuchen, die uneigennützig genug waren, Janeys Wohlergehen und Glück früher oder später zu ihrer vornehmsten Aufgabe zu machen. Diese Leute richteten ihren Speiseplan nach Janeys Wünschen, trafen Verabredungen und sagten andere ab, nur um Janey mitnehmen zu können auf irgendwelche Veranstaltungen oder Reisen. Wie ein Kuckucksei im fremden Nest übernahm sie nach und nach die Kontrolle über das Leben ihrer Gönner.

Doch die materiellen Vergünstigungen, die ihr zuteil wurden, waren von untergeordneter Bedeutung. Den Menschen selbst galt ihr Hauptinteresse. Sie hörte zu, sie beobachtete, sie ermunterte die Ehefrauen zu vertraulichen Bekenntnissen über die Ehemänner und umgekehrt, und so dauerte es nicht lange, bis sie alles wußte, über deren Hoffnungen, Träume und Ängste, über ihre Stärken, ihre Schwächen und den gegenwärtigen Zustand der Ehe.

Es war der Besitz solcher Informationen, den Janey höher schätzte als alles andere. Dieses Wissen verlieh ihr ein Gefühl der Macht, das Bewußtsein, Menschen wie Marionetten zu bewegen, versetzte sie in einen stärkeren Rausch, als es Drogen oder Alkohol vermocht hätten. Sie plante nicht im voraus, ihre Macht zu nutzen, aber früher oder später kam in jeder Freundschaft der Punkt, wo sie der Versuchung nicht mehr widerstehen konnte. Es war nachgerade unvermeidlich, daß sie die Ehe vollständig zerrüttet hatte bis zu dem Moment, wo sie zu neuen Ufern aufbrach, ohne die geringsten Gewissensbisse zu empfinden, denn Verantwortungsgefühl war ihr fremd. Nach ihren Erfahrungen aus der Kindheit war die Ehe ohnehin nur ein Prozeß gegenseitiger Zerstörung.

«Sie hat unseren Horizont wirklich erweitert», meinte Gillian zu ihrem Mann am ersten Abend nach Janeys Einzug ins Pfarrhaus. Sie waren eben zu Bett gegangen, nachdem sie sich vergewissert

hatten, daß es ihrem Gast an nichts fehlte, und Gillian beglück-
wünschte sich im Dunkeln mit einem zufriedenen Lächeln. Janey
war genau das, was sie und Robin gebraucht hatten; jemand, der
nichts mit der Gemeinde zu tun hatte, der völlig andere Ansichten
und Interessen hatte und mit dem man sich unterhalten konnte.
«Sie hat unser Leben tatsächlich bereichert, findest du nicht auch?»

«Das hat sie ganz gewiß», stimmte Robin zu. «Und das deines
Vaters ebenfalls. Er hätte eigentlich einen guten Großvater abgegeben, stimmt's? Schade, daß wir ihm keine Enkelkinder beschert
haben.»

«Wir haben es immerhin versucht.»

«Und tun es noch . . .» In ihrem Zimmer auf der gegenüberliegenden Seite des Korridors hörte Janey ein wenig später einen
langgezogenen orgiastischen Schrei. Sie lauschte aufmerksam,
identifizierte Gillian als Urheberin und speicherte das Wissen in
ihrem Kopf – leidenschaftslos, ohne Neid oder Groll – für eine
mögliche spätere Verwendung.

Der einzige Mensch, der Janey ein Gefühl von Unbehagen einflö-
ßen konnte, war Athol Garrity. Sie konnte sich einfach nicht
vorstellen, daß jemand, der so viel Macht hatte, so viel Wissen
über ihre Hintergründe, nicht daran interessiert war, diese Macht
auch zu gebrauchen.

Die Einladung der Aingers, in ihr Haus umzuziehen, war eine
willkommene Entschuldigung gewesen, um Athol abzuschütteln,
ohne das Risiko einzugehen, ihn nachhaltig zu kränken. Sie hatte
ihm etwas vorgelogen über ihren künftigen Aufenthaltsort und
war höchst verstört und verärgert, als sie ihn eines Nachmittags zu
Anfang Juni in der St. Botolph Street neben ihrem Auto vorfand.
Er saß einfach auf dem Boden mit dem Rücken zu den Holzpfäh-
len, die Parson's Close abgrenzten, die großen Hände auf seinen
knochigen Knien und dazwischen eine Büchse Bier. An der linken
Hand blitzte ein auffallender Silberring, ein Schlagring fast, den er
irgendwo von seinen Rucksacktourneen rund ums Mittelmeer
mitgebracht hatte.

«Was zum Teufel machst du denn hier?» fragte Janey.

«Wollte nur mal nach dir sehen.» Er verzog seinen langen
Unterkiefer zu einem Grinsen ironischer Bewunderung und ent-

blößte ein tadelloses Gebiß. «Hab die richtige Adresse bei der Uni bekommen. Deine Lügen werden auch nicht besser, Janey Rolph.»

Sie wollte ihn dazu bewegen, wieder zu verschwinden, aber irgendeine Thekenbekanntschaft aus einer Kneipe um die Ecke hatte ihm erzählt, wieviel Geld man machen konnte mit den Abdrücken der Grabplatten in der Kirche. Garrity hatte das Gotteshaus sofort inspiziert, dort den Pfarrer getroffen und die Erlaubnis bekommen, sein Zelt auf seiner Wiese aufzuschlagen. Außerdem eine Einladung zum Abendessen im Pfarrhaus.

Janey kochte innerlich vor Wut, bis ihr einfiel, daß Gillian mit Athols Bier überschüttet worden war; mit etwas Glück würde Gillian ihn nicht zum Bleiben ermutigen. Wenn nicht, mußte sie schnell einen anderen Weg finden, ihn loszuwerden.

Die Schwierigkeiten der Aingers begannen genau an dem Tag, als Athol Garrity in Breckham Market auftauchte. Bis dahin, so fanden sie später, war alles in bester Ordnung gewesen.

Janey hatte inzwischen so viel Einfluß auf die Empfindungen der Aingers, daß sie ihrer Zuneigung sicher sein konnte und es den beiden völlig entging, daß ihr wiederentdecktes Eheglück mit dem Augenblick dahinschwand, wo Janey zu ihnen zog. Die Heiterkeit und Ungezwungenheit, die sie zu Anfang in Janeys Gesellschaft empfunden hatten, war einer wachsenden Spannung gewichen. Es war, als habe Janey das Paar auf ein angenehm sachte dahingleitendes Fließband gestellt, das sich unmittelbar darauf immer schneller bewegte und sie nun hilflos durch ihr Leben katapultierte.

Die Anspannung und Verwirrung spiegelte sich in ihrer beider Mienen. So gut es ging, setzten sie ihr gewohntes Leben fort, widmeten sich ihren Pflichten in Kirche und Gemeinde, aber Gillian kam neuerdings zu fast allen Terminen zu spät, Robin konnte sich auf nichts mehr konzentrieren. Keiner von beiden war mehr verläßlich, wenn es darum ging, irgendwelche Botschaften auszurichten oder einmal gegebene Versprechen einzuhalten; mit Ausnahme der Dinge, die Janey betrafen. Unfähig – oder nicht willens – zu der Erkenntnis, daß gerade sie die Ursache allen Übels war, richteten die Aingers ihren ganzen Unmut auf Athol Garrity.

Robin glaubte fest, daß Athol ihn hereingelegt hatte, und ärgerte sich darüber. Bei seinem ersten Gespräch mit ihm in der Kirche hatte er den Eindruck gehabt, der Australier sei ernsthaft interessiert an den Grabplatten. Und als er erfuhr, daß Garrity nach Breckham gekommen war, um seine Jugendfreundin Janey aufzusuchen, hatte er ihn herzlich aufgenommen, um Janey einen Gefallen zu tun.

Sein instinktiver Widerwille, als er die beiden zusammen erlebte, überraschte ihn selbst. Janeys Gleichgültigkeit gegenüber dem Landsmann und Jugendfreund war offensichtlich, aber Garritys Vertraulichkeit, seine Art, ihr ständig mit den Blicken zu folgen, verursachte ihm Magenkrämpfe. Er sehnte sich danach, diesen Menschen loszuwerden, konnte das aber weder Gillian noch Janey gestehen, um nicht in den Verdacht zu kommen, eifersüchtig zu sein.

Auch der alte Henry Bowers hätte den jungen Mann am liebsten von hinten gesehen. Garrity nannte ihn Großvater, genau wie Janey, ohne ihn jedoch um Erlaubnis gefragt zu haben, und er zeigte nicht das geringste Interesse für Gallipoli. Außerdem stellte Henry fest, daß seine Tochter Garritiy nicht mochte, und Henry haßte es, wenn jemand seine Tochter ärgerte. Zum ersten Mal in seinem Leben gab der alte Mann seinen Anekdoten über die «verdammten Aussies» einen Unterton von deutlicher Bosheit.

Was Gillian anging, so tat sie sich einigermaßen schwer, ihren ersten Eindruck von Garrity zu revidieren, trotz der Tatsache, daß er bei seinem Erscheinen im Pfarrhaus nüchtern und sorgsam – wenn auch mit gelegentlichen Entgleisungen – auf ein möglichst schickliches Vokabular bedacht war. Janeys Verhalten ermutigte sie in ihrer Ablehnung, und Gillian gab ihrer Freundin deutlich zu verstehen, daß sie nicht vorhatte, die Einladung zu wiederholen.

Aber das geschah, bevor sie den Blick gesehen hatte, mit dem Robin den jungen Mann bedachte.

Das Glitzern der Eifersucht, mit dem Robin ihn aus zusammengekniffenen Augen musterte, als er seine große silberberingte Hand eher beiläufig um Janeys Taille legte, gab Gillian einen Schock und machte sie seltsam benommen. Sie konnte nicht glauben, was sie da gesehen hatte, sie wollte es einfach nicht glauben. Natürlich war es sehr gut denkbar, daß ein attraktives Mädchen wie Janey anderen Männern den Kopf verdrehte, aber ihrem Robin? Sie wußte doch zur Genüge, wie absolut wörtlich er den ehelichen Treueschwur verstand.

Aber was auch immer in Robin vorgehen mochte – Gillian war keineswegs gewillt, Janey dafür verantwortlich zu machen. Das Mädchen hatte ihn immer wie einen älteren Bruder behandelt, wie jemanden, zu dem sie aufsehen, den sie respektieren konnte. Und niemals hatte sie versucht – wie das manche Frauen der Gemeinde erfolglos getan hatten –, sich irgendwelche Vorwände auszudenken, um mit Robin allein zu sein.

Trotzdem war es für alle Fälle vernünftig, sich rasch etwas einfallen zu lassen. Wenn Robin das Mädchen tatsächlich begehrte, gab es nur einen vernünftigen und eleganten Weg, mit dieser Situation fertig zu werden – indem man ungebundene Männer in Janeys Alter ermunterte, ins Pfarrhaus zu kommen. Mit etwas Glück verliebte sie sich in irgend jemanden, und wenn nicht, so würde der Anblick dieser Jugend während der verbleibenden Wochen bis zu Janeys Abreise doch wenigstens helfen, Robins Gefühle in die angemessene Perspektive zu rücken.

Bis dahin war Athol Garrity besser als nichts, und daher forderte ihn Gillian auf, doch einmal wiederzukommen. Auch Michael Dade, der Hilfsorganist, wurde eingeladen, ebenso wie zwei junge Lehrer und Martin Tait, der junge Kriminalbeamte, der vor kurzem den Diebstahl von einigen Stücken Kirchensilber aufgedeckt hatte.

«Was hast du vor?» protestierte Janey lachend. «Willst du mich verkuppeln, oder was?»

«Warum denn nicht?» antwortete Gillian, ebenfalls bemüht, das Ganze ins Lächerliche zu ziehen. «Du hast doch immer gesagt, daß du australische Männer nicht magst, also ist es höchste Zeit, daß du die Bekanntschaft einiger englischer Junggesellen machst.»

Das stimmte Janey nachdenklich. «Stell dir vor, wenn ich einen Engländer heiraten würde, könnte ich hierbleiben, statt Ende Juli das Land verlassen zu müssen.» Ihre Stimme hatte etwas Spöttisches, und sie warf Gillian ein schlaues Lächeln zu, als sei sie gespannt auf die Wirkung ihrer Worte. «Na, wie wäre das, wenn ich mich für immer hier in Breckham Market niederlassen würde?»

«Ganz großartig!» antwortete Gillian und wagte sich nicht zu fragen, warum ihr bei dieser Aussicht beinahe das Herz stehenblieb.

Aber Janey hatte keineswegs die Absicht, sich in dieser Stadt niederzulassen, und die jungen Verehrer langweilten sie nur. Sie ignorierte Michael Dade ebenso wie Martin Tait oder die beiden Lehrer, und von Athol Garritys Gesellschaft befreite sie sich mit dem simplen Mittel, ihn zu einem Abdruck der Bedingfield-Grabplatten in St. Botolph zu ermuntern. Sie gab ihm gute Ratschläge für den Kauf der nötigen Ausrüstung und bereitete das Papier für ihn vor, indem sie es mit der Bibel und den Gebetbüchern beschwerte. Zur Erfrischung während der Arbeit deponierte sie einige Büchsen Bier auf dem Altar, und zur Unterhaltung stellte sie ihr Transistorradio bereit. Nachdem sie diese Vorbereitungen getroffen hatte, schlüpfte sie ungesehen durch die Tür der Sakristei, nicht ohne vorher das Radio auf volle Lautstärke gedreht zu haben. Dann überließ sie Athol den Seelenqualen des Küsters und dem gerechten Zorn des Herrn Pfarrers.

Wie erwartet, wurde Athol untersagt, jemals wieder die Kirche oder das Pfarrhaus zu betreten, und Janey bekam ihren Landsmann und Jugendfreund vor dem 29. Juli nicht mehr zu Gesicht. Sie nahm an, daß er nach London gefahren war, bemerkte jedoch wohl, daß er sein Zelt auf Parson's Close hinterlassen hatte. Es war zwar klein, aber für ihre Zwecke würde es schon genügen.

20.

Alec Reynolds dachte häufig an Gillian während dieses Sommers und fragte sich, wie sich die Dinge zwischen ihr und ihrem Mann wohl entwickelt haben mochten. Eines Samstagnachmittags Mitte Juli fuhr er nach Breckham Market, stellte sich mit seinem Wagen in die St. Botolph Street und hoffte darauf, Gillian zufällig zu sehen. Die Vorstellung, die er von ihr bewahrt hatte, war die einer jüngeren und gesünderen Ausgabe seiner verstorbenen Frau. Insofern war es ein Schock, als er schließlich eines abgemagerten, von Angst gezeichneten Wesens ansichtig wurde, das, einen Einkaufskorb in der Hand, aus dem Tor der Pfarrei gehuscht kam.

Sie tauschten die üblichen Verlogenheiten, um das Gesicht zu wahren: Gillian ging es glänzend, und Reynolds war natürlich nur zufällig in Geschäften vorbeigekommen. Er lud sie ein, ihn auf einen Tee in ein Café zu begleiten, aber sie lehnte ab mit der bequemen Entschuldigung, sich nicht ins Gerede bringen zu wollen. Was ihr jedoch in Wirklichkeit Sorgen machte, war die Tatsache, daß sich Robin in sein Arbeitszimmer zurückgezogen hatte unter dem Vorwand, die morgige Predigt vorbereiten zu müssen, und daß Janey im Gästezimmer saß, um an ihrer Dissertation zu schreiben. Gillian ließ die beiden nur ungern allein und dann auch nur so lange, wie es unbedingt sein mußte.

Der Kraftaufwand, den es sie kostete, mit der Gemeindearbeit fortzufahren, während ihre Emotionen in einem chaotischen Zustand waren, hatte sie vollständig zermürbt. Häufig zitterten ihr jetzt die Hände, und sie hörte selbst, wie schrill ihre Stimme geworden war. Der einzige Gedanke, der sie aufrecht hielt, war der, daß das Leben sich wieder normalisieren würde, sobald Janey Ende Juli abgereist war.

Bis dahin war ihr Alec Reynolds als Bindeglied zu der erhofften Normalität durchaus willkommen, und so ließ sie sich gerne mit seinem Wagen bis zum Parkplatz vor dem Supermarkt mitnehmen.

«Nun, wie stehen die Dinge?» fragte er unterwegs. «Alles nach Wunsch?»

Sie mußte die Augen schließen. Sie gehörte nicht zu den Frauen, die leicht weinten – von einer Pfarrersfrau erwartete man keine emotionalen Ausbrüche, und Gillian entsprach diesen Erwartungen –, aber ihre Anspannung war so groß, daß die unerwartete Freundlichkeit von Alecs Worten ihr die Tränen in die Augen schießen ließ. Es gelang ihr, sie zurückzuhalten, aber sie mußte ihm erzählen, wie schrecklich sich Athol Garrity aufgeführt hatte und wie anstrengend es war, ein ungebundenes junges Mädchen als Langzeitgast zu beherbergen, auch wenn es eine sehr angenehme Person war, die viel Verständnis dafür hatte, wie wichtig es war, die nötige Zurückhaltung an den Tag zu legen, um in der Gemeinde nicht ins Gerede zu kommen.

«Aber das Problem ist wohl nicht das Gerede, oder?» vermutete Reynolds. Er erinnerte sich an Janey Rolph aus dem Pub in Yarchester, er wußte, wie attraktiv sie war, und konnte sich leicht vorstellen, warum Gillian so niedergedrückt war. Energisch trat er auf die Bremse und schwenkte in eine Lücke auf dem Parkplatz ein. «Sagen Sie ihr doch einfach, sie soll ihre Sachen packen und verschwinden.»

«Aber es ist doch nicht ihre Schuld, daß Robin sich in sie verguckt hat. Außerdem tut er ja sonst gar nichts, er ist schließlich ein Geistlicher und fest davon überzeugt, daß die Ehe etwas Heiliges ist.»

Reynolds schnaubte verächtlich, nahm die Brille ab und polierte die Gläser mit einem Tuch, das er zusammen mit einer Ersatzbrille in einem Etui unter dem Armaturenbrett aufbewahrte.

«Seien Sie nicht kindisch, Gillian. Priester, Doktor oder Rechtsanwalt – was hat der Beruf damit zu tun? Er ist ein Mann, nichts weiter.»

Sie drehte sich erbost zu ihm um. «Soll das heißen, daß alle Männer Wüstlinge sind? Das ist eine höchst zynische Bemerkung, die mich zwar bei manchen Leuten aus der Gemeinde nicht wundert, aber bei Ihnen, Alec, ist das etwas anderes. Ich dachte, sie hätten ein Gespür für tiefere Empfindungen. Schließlich gibt es auch noch so was wie Vertrauen und Treue, verstehen Sie?»

Reynolds, der seiner Frau immer unverbrüchlich treu gewesen war, fühlte sich gekränkt und verärgert. «Keine Sorge, das weiß ich. Aber Ihr Mann ist jemand, der sich zu sehr von seinen Gefühlen leiten läßt. Hat er nicht auch uns beide verdächtigt, eine Liebesaffäre zu haben?»

«Ein Grund mehr für mich, seine Freundschaft mit Janey nicht falsch zu interpretieren», beharrte Gillian. «Sehen Sie nicht, daß es genau das ist, was die Klatschmäuler tun? Das ist es, was ich hasse an dem Leben in einer so kleinen Gemeinde, und ich habe nicht vor, mich daran zu beteiligen. Zugegeben, Robins Vernarrtheit macht mir etwas Kummer, aber ich weiß auch, daß nicht mehr dahinter steckt. Ich *vertraue* ihm.»

Eigentlich tat es ihr leid, sich mit Reynolds gestritten zu haben, aber nachdem sie sich selbst wieder eingeredet hatte, daß sie Robin blind vertraute, ging sie nach angemessener Zeit mit einem vollen Einkaufskorb und leichterem Herzen nach Hause. Als Robin in die Küche kam, um nach ihr zu sehen, begrüßte sie ihn fast heiter und bot ihm einen Tee an.

Er atmete nur schwer und sagte kein Wort, stand in der Tür und starrte über sie hinweg. Seine Augäpfel waren verfärbt wie das Weiß von Eiern, die man zu lange gekocht und nicht gleich mit kaltem Wasser abgeschreckt hatte, und sein Gesicht hatte einen häßlichen Ausdruck.

«Ich will keinen Tee», sprach er mit einer schwerfälligen, keuchenden Stimme. «Ich glaube nicht, daß ich überhaupt noch jemals irgendwas von dir will. Du hast mich angelogen und mich hintergangen. Du hast mich in dem Glauben gelassen, daß du diesen Mann, diesen Reynolds, nicht mehr siehst, aber wie man sieht, hast du die ganze Zeit über mit ihm in Kontakt gestanden.»

«Aber ich . . .»

«Versuch gar nicht, es abzustreiten. Ich habe dich gesehen, wie du in seinen Wagen gestiegen und mit ihm abgefahren bist. Wo wart ihr? Was habt ihr miteinander getrieben?»

Sie versuchte zu erklären, aber Robin beharrte darauf, daß sie ihn hintergangen hatte. Als sie erklärte, daß sie nichts anderes im Kopf habe als ihre Beziehung zu ihm – und daß sie nur darüber mit Reynolds geredet habe –, sprühten Robins Augen vor Zorn.

«Wie konntest du es wagen?» Seine Stimme klang so tief und drohend wie nie zuvor. «Du wagst es also, mit jemandem über mich zu sprechen, als ob ich öffentliches Eigentum wäre? Das bin ich nicht, ich bin ein Mensch, eine Privatperson, und ich habe ein Recht auf mein Privatleben . . .»

«Aber ich habe doch nicht . . .»

Er schlug mit der Faust auf den Küchentisch. «Lüg mich nicht an! Lüg mich nie wieder an, du hast mich schon genug belogen, du hast schon genug . . .»

Unvermittelt brach er in Tränen aus. Schluchzer der Wut und der Enttäuschung quälten sich aus seiner Brust, während er auf einen der Stühle sank und mit der Hand gegen den Küchentisch zu hämmern begann. Völlig entgeistert stürzte Gillian zu ihm und berührte vorsichtig seine Schulter.

«Robin . . . Robin, mein Lieber . . .»

Er schüttelte sie ab, seine Zähne gaben ein knirschendes Geräusch von sich. «Geh weg! Laß mich in Ruhe! Ich *hasse* dich!»

Erschrocken wich sie zurück. Er war krank, er war völlig von Sinnen, sie mußte den Arzt rufen . . .

In diesem Augenblick entdeckte sie Janey, die das Ganze von der Türschwelle aus beobachtete.

«Er ist krank . . . krank . . .» stammelte Gillian. «Ich gehe nur eben . . .»

Das Mädchen hatte begriffen. «Du gehst den Doktor holen. Ich bleibe hier und kümmere mich um ihn», erklärte sie.

Gillian rannte aus der Küche. Unterdessen hatte Robin sein Hämmern eingestellt und sich mit dem Oberkörper über den Küchentisch geworfen, den Kopf auf die Arme gebettet, die Schultern hochgezogen.

Janey streckte die Hand aus und strich ihm über das wellige Haar. «Es wird alles gut, Robin», sagte sie leise. «Mach dir keine Sorgen, alles wird gut.»

Er richtete sich auf, drehte sich zu ihr um, schlang zitternd die Arme um ihren Leib, legte den Kopf an ihre Brust und weinte still.

Monate später kam Gillian zu der Überzeugung, daß es ihre eigene Schuld gewesen war, wenn Janey und Robin eine Affäre angefangen hatten. Schließlich hatte sie selbst das Mädchen in ihr Haus geholt, nun mußte sie mit der Erkenntnis leben, daß alle Folgen ihres Tuns – Leidenschaft und Haß, Unglück und Tod, Furcht und Lügen, Verlust und Trauer – aus ihrer starrköpfigen Entschlossenheit herrührten, sich gegen den Willen ihres Mannes aufzulehnen und nach Freunden außerhalb der Stadt zu suchen. Als sich die ersten Nachwirkungen zeigten, dachte sie wieder und wieder, mal mit Panik, mal mit purem Jammer: «Wenn ich nur . . .»

Wenn sie nur selbst versucht hätte, Robin an jenem Nachmittag zu trösten – aber sie hatte wohl von Natur aus zuwenig Gefühl, oder auch zuwenig Mitgefühl. Zudem war die Spannung, die sich zwischen ihnen beiden aufgebaut hatte, so groß geworden, daß sie geradezu nach einer Katharsis verlangt hatte.

Wenn sie nur den Arzt angerufen hätte – aber das hätte den Zorn ihres Mannes sicher nur noch gesteigert. Robin hätte ihr nie verziehen, es zugelassen zu haben, daß ihn der Arzt in einem derart desolaten Zustand geistiger und emotionaler Verwirrung gesehen hätte.

Besorgt und beunruhigt ging sie zur Küche zurück. Robin saß da, den Ellbogen auf dem Küchentisch, den Kopf in die Hand gestützt, von Zeit zu Zeit einen leisen Schluchzer von sich gebend. Der andere Arm hing kraftlos quer über dem Tisch. Janey saß neben ihm und hielt tröstend seine Hand. Sie machte keine Anstalten, ihre Position zu verändern, als Gillian wieder auftauchte, und

Gillian kam auch gar nicht auf den Gedanken, daß sich in dieser Haltung mehr ausdrücken mochte als lautere Freundschaft und Hilflosigkeit. Flüsternd kamen sie überein, daß es jetzt, da Robin sich ein wenig beruhigt hatte, sinnvoll sein würde, wenn Gillian einen Moment an die frische Luft gehen und Janey bei ihm bleiben würde.

Wenn sie nur . . .

Gillian überquerte die St. Botolph Street und ging unter dem schattigen Dach der sommerlich belaubten Blutbuchen hinüber auf die sonnenbeschienene Stille der Wiese von Parson's Close. Das Verhalten ihres Mannes hatte sie zutiefst schockiert und verstört. Der Gedanke, daß dieser Ausbruch von Haß ein Ausdruck seines inneren Kampfes gegen seine Gefühle für Janey und zugleich ein Versuch war, diese Gefühle zu rechtfertigen, kam ihr erst viel später. Für den Augenblick konnte sie nur an die Ungerechtigkeit seiner Vorwürfe denken und an die Sorgen, die sie sich um seine geistige Gesundheit machte. Außerdem hatte sie geradezu Angst, ins Haus zurückzukehren.

Aber ihr blieb nichts anderes übrig, zumindest mußten ein paar Vorkehrungen getroffen werden, um einen Ersatz zu finden für die Gottesdienste der nächsten Tage. Der Schein mußte gewahrt, der gewohnte Ablauf des Gemeindelebens aufrechterhalten werden, auch wenn Robin krank war. Sie konzentrierte sich auf die einzelnen Schritte, die dazu notwendig waren, und fühlte sich allmählich etwas besser durch die Beschäftigung mit diesen Alltagsproblemen. Was Robin anbetraf – es war ein Segen, daß Janey sich um ihn kümmerte.

Ungeachtet seiner inneren Erregung hatte auch Robin die Kirche nicht vergessen, sich von Janeys tröstender Hand gelöst, sich aus dem Pfarrhaus geschleppt und in St. Botolph Zuflucht gesucht. Glücklicherweise war die Kirche endlich einmal leer. Der Küster würde erst bei Einbruch der Dunkelheit zurückkommen, um die Türen zu verriegeln, aber für die verbleibende Stunde würde Robin die schattige Größe des Gotteshauses für sich allein haben.

Er sank in seinem Betstuhl hinter dem Lesepult auf die Knie und legte den Kopf in seine Hände. Ein Gebet war nicht möglich, er hatte die Verbindung zu Gott schon seit Monaten, wenn nicht Jahren, verloren. Dennoch war dieser Ort, seit fünf Jahrhunderten dem Gebet und der inneren Einkehr geweiht, vielleicht genau der richtige Platz, um die dunklen Gedanken zu verscheuchen, die seinen Geist heimsuchten.

Er sah Janey nicht hereinkommen, es war mehr ein Gefühl. Das Einrasten des Schnappschlosses, als die Tür geschlossen wurde, und das Knirschen des schweren Schlüssels, der sich im Schloß drehte, hätten ihn normalerweise aufgeschreckt, aber seine Sinne waren so sehr auf Janey ausgerichtet, daß er sofort wußte: sie war da, sie war es, die langsam aus dem Seitenflügel auf ihn zukam. Und ohne sie anzusehen, wußte er genau, wie sie aussah – das Gesicht ernst und entschlossen, das Haar ein flammender Glorienschein vor den aus Stein gemeißelten Säulen.

Sie schritt an ihm vorbei zum Altar. Er spreizte seine Finger und beobachtete, wie sie die Matte unterhalb der Altarstufen zurückzog und die Grabplatten der Bedingfields betrachtete. Ohne es zu denken oder zu wollen, erhob er sich von den Knien und trat zu ihr.

Keiner von beiden sprach ein Wort. Robin fühlte nichts, nichts außer Janey, mit der er Seite an Seite stand, wie ein Abbild des Ritters und dessen Dame zu ihren Füßen. Es war nur natürlich und unvermeidlich, daß sich Janeys Hand in seine schob.

Er spürte, wie ein Ruck durch ihre Körper ging, als würden sie von einem Stromstoß zusammengeschweißt. Langsam wandte er den Kopf und sah sie an. In seinen Augen stand das Rauschen seines Blutes, die Welt schien zu schrumpfen um einen Mittelpunkt, in dem nur ihr Mund stand, die Fülle und die Form ihrer Lippen. Seine eigenen Lippen waren ganz trocken, und er hörte sich schwach und nur noch symbolisch heiser protestieren: «Nein, nicht hier . . .»

Aber Janey zog ihn bereits zu dem Teppich und sagte: «Wo denn sonst? Sir John und Isabella werden alles verstehen.»

21.

Was Gillian am meisten schmerzte, war der Schlag, den es ihrer Selbstachtung versetzte, als ihr Robin mitteilte, daß er Janey geliebt, daß er mit ihr geschlafen hatte und beabsichtigte, das auch weiterhin zu tun, solange sie noch in England war. Sie schob die

Schuld an den Ereignissen weder auf Robin noch auf Janey, statt dessen fühlte sie sich selbst verantwortlich, das zugelassen zu haben.

Nach außen hin verlief das Leben in Pfarrhaus und Gemeinde während der nächsten acht Tage in den üblichen Bahnen. Robin beharrte darauf, sich völlig gesund zu fühlen, weigerte sich, den Arzt zu konsultieren, und erklärte, er wolle weiter seine Arbeit machen. Gillian machte zunächst den Versuch, ihn zur Vernunft zu bringen, ihm klarzumachen, daß er keine Predigten oder Andachten abhalten – geschweige denn, die Sakramente verabreichen – durfte, wenn er gleichzeitig Ehebruch betrieb; aber es war unmöglich, zu Robin vorzudringen. Er ging seinen Pflichten nach wie ein Zombie, und die Gemeindemitglieder, die sein krankes Aussehen bemerkten, schoben die Fehler und die unüblichen Pausen, die er einlegte, auf mögliche Schmerzen und taten ihr Bestes, ihm seine Bürden zu erleichtern.

Zu Hause wechselten Robin und Gillian kaum ein Wort. Er war aus dem gemeinsamen Schlafraum ins Gästezimmer umgezogen, das Janey bislang bewohnt hatte. Aber Janey hatte für die Dauer von Athol Garritys Abwesenheit dessen Zelt übernommen, und Gillian bemerkte Robins nächtliche Ausflüge nur, wenn sie die Bodendielen knarren hörte oder das Öffnen und Schließen seiner Zimmertür. Ihr Instinkt sagte ihr, daß sie ihn verlassen mußte, zumindest zeitweise, aber als gewissenhafte Pfarrersfrau sah sie ihre Prioritäten anders: Sie deckte ihn nach außen, half ihm weiterzumachen und hielt die Geschäfte der Gemeinde zusammen. Manchmal, wenn sie ganz erschöpft war, sagte sie zu ihm «Robin, wir können so nicht weitermachen» – aber er pflegte nur die Achseln zu zucken und zu murmeln, daß es ja nicht mehr für lange sei.

Ihm selbst wäre alles leichter gefallen, wenn sie ihn angeschrien hätte. Er wußte wohl, daß sein Verhalten untragbar war, und sehnte sich geradezu danach, zurückschreien zu können. Diese wenigen, geraubten Tage des Glücks mit Janey gaben ihm das Gefühl, zum ersten Mal in seinem Leben aus freiem Willen zu handeln und nicht nach dem Willen anderer. Die Zwänge, die ihm der geistliche Stand auferlegte, und die Beharrlichkeit, mit der die Öffentlichkeit an der tadelsfreien Lebensführung eines Pfarrers festhielt, waren ihm unerträglich geworden. *Ich bin nicht nur ein*

Pfarrer, hätte er gern seiner Frau und dem Rest der Welt zugerufen, *Ich bin ein Mensch! Wie wärs's zur Abwechslung mal mit meinen Wünschen?*

Aber seine Frau lieferte ihm keinen Vorwand, sie anzuschreien, und er konnte ihr seine Wünsche nicht ins Gesicht rufen, weil seine Schuldgefühle zu übermächtig waren. Nicht daß er das Gefühl hatte, eine Sünde begangen zu haben – dazu war er zu weit von seinem Gott entfernt –, das Gefühl der Schuld kam aus der Erkenntnis, daß er seine Arbeit, sein Zuhause und wahrscheinlich auch seine Frau verlieren würde, wenn sein Verhalten bekannt wurde. Und er wünschte sich verzweifelt, alle drei Dinge behalten zu können.

Die Feindseligkeit, mit der er bei Gillian gerechnet hatte, kam statt dessen von deren Vater. Die Aingers hatten zwar versucht, ihre Probleme vor Henry Bowers zu verbergen, aber der alte Mann war beileibe nicht dumm. Er hatte seinen Schwiegersohn immer schon verachtet, und nun hatte er Grund, ihn zu hassen.

«Komm her, du Mistkerl, dreckiger!» schnaubte er, als er die ganze Wahrheit erkannte. Die Augenbrauen grimmig zusammengezogen, die großen knotigen Hände zitternd vor Wut, ging er auf Robin zu. «Ich drehe dir den Hals um, mit meinen eigenen Händen, ich werde . . .»

Robin wich zurück und verließ eilends das Zimmer, während Gillian ihren Vater zurückhielt. «Hör auf, Dad! Ich will nicht, daß du ihn anrührst.» Der alte Mann stand keuchend da und fluchte: «Was bildet er sich ein, wer er ist, der verdammte Hund, daß er sich erlaubt, meine Tochter so zu behandeln? Weil er Pfarrer ist? Ich werd's ihm geben, von wegen Pfarrer . . .»

«Nein, das wirst du nicht», protestierte Gillian müde. «Hör zu, Dad, setz dich hin und hör mir zu. Ich brauche deine Hilfe.»

Inzwischen hatte er begonnen, über Janey zu schimpfen. «Markiert das kleine Mädchen, wie? Und ich laß mich von ihr Großvater schimpfen . . . und dabei ist sie die ganze Zeit nur 'n ganz billiges Flittchen!» Er donnerte mit der Faust auf die Armlehne seines Stuhls. «Diese Aussies . . . nichts als Ärger hat man mit dem verdammten Volk. Ich sage dir, bei Gott, wenn die sich noch mal in dieses Haus wagt . . .»

Gillian packte ihn an den Schultern und schüttelte ihn. «Laß das, hörst du? Robin ist krank, er ist nicht er selbst, und er wird darüber hinwegkommen, sobald Janey fort ist, aber wir – wir müssen das unbedingt für uns behalten. Du darfst niemandem auch nur ein Sterbenswörtchen davon sagen, niemandem, sonst ist Robin ruiniert. Und wenn das passiert, wird nicht nur er darunter zu leiden haben, sondern ich genauso. Verstehst du das? Also, versprich mir, daß du nirgendwo in der Stadt über unsere Ehe sprichst, niemals, und daß du nichts sagen oder tun wirst, das Robin schaden könnte – oder auch Janey, wo wir gerade dabei sind. Wirst du das tun, Dad, versprochen?»

Der alte Mann wand sich und murrte, aber er liebte seine Tochter zu sehr, um ihr etwas abschlagen zu können.

Janey Rolph langweilte sich.

In vier Tagen, am Dienstag, den 31. Juli, würde sie endlich in die USA fliegen. Visum und Ticket lagen bereit, und England bot für sie keine besonderen Reize mehr. Sie hatte gesehen, was sie zu sehen wünschte, hatte eine stabile Beziehung zwischen einem Studentenpaar in Yarchester auseinander gebracht, ihre Dissertation zu Ende geschrieben und das literarische Ansehen dreier zeitgenössischer Romanschriftsteller zunichte gemacht. Um ihre Ruhmestaten zu krönen, hatte sie den Pfarrer von Breckham Market dazu verführen wollen, in seiner eigenen Kirche mit ihr zu schlafen, aber hier war leider das Timing falsch gelaufen. Der leidenschaftliche Kuß nebst anschließendem Vollzug waren erst für den Vorabend ihrer Abreise vorgesehen gewesen, denn alles, was danach kam, mußte gegenüber diesem Höhepunkt notwendigerweise ein Abstieg sein.

Robin verbrachte jetzt die meiste Zeit damit, ihr über irgendwelchen Mahlzeiten oder Drinks in wechselnden ländlichen Wirtschaften ermüdende und selbstquälerische Vorträge über das Unrecht zu halten, das er Gillian antat. Als Liebhaber zeigte er zwar immer noch die männliche Leidenschaft, aber Janey hatte kein besonderes Interesse an Sex und fand, daß der Reiz des Neuen, es in der Kirche zu treiben, sich schnell verflüchtigte. Die Sakristei war äußerst unbequem und Athol Garritys Zelt ebenfalls. Deshalb beschloß sie, an ihrem letzten Wochenende in England für etwas mehr Komfort zu sorgen und Gillian – die so hartnäckig an den Fortbestand ihrer Ehe glaubte – die Erfahrung zu vermitteln, wie es war, alleine im Bett zu liegen und ihren fleischlichen Freuden zuhören zu müssen.

Am späten Abend des 27. Juli, einem Freitag, verkündete sie Robin ihren Entschluß, mit dem Ergebnis, daß ihn seine Manneskraft verließ angesichts der Ungeheuerlichkeit ihrer Forderung. Früher als gewohnt ging er nach Hause zurück. Bei Gillian brannte noch Licht. Bevor er sich zu ihr wagte, klopfte er an die Tür des ehemals gemeinsamen Schlafzimmers und überbrachte Janeys Botschaft. Nur für drei Tage, bat er . . . nein, selbstverständlich wolle er nicht das Gästezimmer mit ihr teilen, er würde ein Feldbett aufstellen in einem der unbenutzten Zimmer . . . ja, natürlich habe er auch Verständnis für Gillians Standpunkt. «Möchtest du vielleicht lieber wegfahren übers Wochenende?» fragte er schließlich verzweifelt («Und wenn es ihr nicht paßt, braucht sie ja nur zu gehen», hatte Janey gesagt).

Gillian starrte ihn an, brennenden Jammer in den Augen. «Und du, willst du auch, daß ich das tue?»

«Nein . . . ja, wenn du meinst . . . ich weiß nicht.» Er stützte den Kopf in die Hände, ganz erschöpft von innerer Qual, von Schuld und dem Widerstreit der Gefühle. Er hatte Janey immer für ein zartes, zerbrechliches Wesen gehalten, das seine Hilfe und seinen Schutz benötigte, aber an diesem Abend hatte er eine andere Seite ihres Charakters entdeckt, einen eisernen Willen, der ihm alle Kraft nahm. «Sie . . . sie droht uns.»

Mit einigen Unterbrechungen erzählte er ihr, was Janey getan hatte. Sie waren beide am Abend aus gewesen, und auf dem Hinweg in ihrem roten Datsun hatte sie gehalten, um Michael Dade mitzunehmen, den sie schon am Nachmittag entsprechend vorgewarnt hatte. Im Verlauf des Abends hatte sie dem liebeskranken Organisten eindeutige Avancen gemacht und ihn in dem Glauben bestärkt, daß sie bereit sei, ihn zu heiraten. Robin hatte innerlich geschäumt vor Wut, aber nachdem sie Michael wieder zu Hause abgesetzt hatten, hatte Janey ihm erklärt, daß sie eine Ehe mit ihm lediglich als Mittel betrachte, um in Breckham Market und damit in Robins Nähe bleiben zu können.

«Und der Gedanke war mir einfach unerträglich», sagte er zu seiner Frau, während er auf der Bettkante saß, schwitzend vor

Angst. Er hatte Magenkrämpfe und Mundgeruch, wie immer, wenn er sich vor etwas fürchtete. «Ich könnte es nicht aushalten, wenn sie hier lebte, mit einem anderen Mann, wenn sie mich immer aus ihren großen Augen ansehen und mich quälen würde ... Ich flehte sie an, ihn nicht zu heiraten, und sie versprach es – unter der Bedingung, daß wir sie wieder bei uns aufnehmen.»

«Selbstverständlich denkt sie gar nicht daran, Michael zu heiraten», meinte Gillian. «Wie grausam, ihm solche Hoffnungen zu machen!»

«Aber vielleicht tut sie's doch!» Er schauderte bei dem Gedanken. «Du kennst sie nicht – sie ist zu allem fähig. Ich kann dieses Risiko nicht eingehen, ich wage es einfach nicht. Bitte, laß sie ins Haus, nur für dieses Wochenende, damit sie sich wieder beruhigt.»

Aber Gillian war am Ende ihrer Geduld, man hatte sie hinreichend gedemütigt.

«Nein», antwortete sie, langsam und nachdrücklich, «ich will verdammt sein, wenn ich das zulasse.»

Ein Gefühl der Scham hatte Gillian bislang davon abgehalten, Alec Reynolds anzurufen, aber nun tat sie es, gleich am nächsten Morgen, und bat ihn zunächst um Entschuldigung für ihre aggressive Reaktion auf seine Einlassungen über Robins Charakter.

Es bereitete Reynolds keine sonderliche Genugtuung, mit seiner Wertung recht behalten zu haben. Dazu mochte er Gillian zu sehr. Es war Samstag, und er wäre unverzüglich nach Breckham Market gefahren, um ihr Beistand zu leisten – wogegen Ainger in seiner jetzigen Position kaum etwas einwenden konnte –, aber er war gerade auf dem Sprung nach London, wo er das Wochenende mit seiner Freundin verbringen wollte.

Er ließ sich jedoch lange genug Zeit, um Gillian aufmerksam zuzuhören. Sie bat ihn um einen Rat, und er gab ihn. Machen Sie sich jetzt keine Gedanken über die Gemeinde, sagte er zu ihr, sondern kümmern Sie sich lieber um sich selbst. Bis vor kurzem waren Sie noch ganz und gar nicht zufrieden mit Ihrer Ehe, und nun hat Ihr Mann auch noch Ihr Vertrauen enttäuscht. Wollen Sie denn etwa immer noch an dieser Ehe festhalten?

Gillian schwieg für einen Augenblick. Dann antwortete sie mit merkwürdig erstickter Stimme: «Wahrscheinlich ist es dumm –

aber ja, ich will es. Ich liebe diesen unglücklichen Menschen, immer noch. Und was immer er tut – ich werde zu ihm stehen.»

«Wenn das so ist, auch gut, meine Liebe», antwortete Reynolds, halb neidisch auf Robin, halb verärgert mit Gillian. «Wenn Sie das wirklich wollen, müssen Sie natürlich in Ihrem Haus die Stellung halten. Lassen Sie es nicht zu, daß dieses Mädchen sie vertreibt, und geben Sie irgendwelchen Erpressungsversuchen nicht nach. Behalten wenigstens Sie die Nerven, nachdem Ihr Mann offensichtlich bis zum Hals in Schwierigkeiten steckt und bestimmt Ihre ganze Kraft und Ihren Verstand brauchen wird, um aus dieser Situation herauszukommen. Viel Glück, Gillian. Ich werde Sie morgen anrufen und mich auf dem Rückweg von London mit Ihnen treffen.»

Am letzten Samstag im Juli waren diverse Hochzeiten auszurichten in der Kirche von St. Botolph, und Gillian half ihrem Mann, soweit sie konnte, durch seinen langen Arbeitstag. Als das dritte Hochzeitspaar sein Gelöbnis gesprochen und Robin ihm seinen Segen gegeben hatte, ging er ins Pfarrhaus zurück und zog sich um. Dann trat er hinaus in die Abendsonne und machte sich auf den Weg zu seinem Treffen mit Janey.

Gillian sah ihn weggehen und hoffte nur, daß er ihrem Vorschlag folgen und sich ein Hotelzimmer suchen würde, wo er das Wochenende mit dem Mädchen verbringen konnte. Sie wußte, daß er Zahnbürste und Rasierapparat mitgenommen hatte, und sie ging davon aus, ihn vor dem Frühgottesdienst am nächsten Tag nicht wiederzusehen. Robin war immerhin so vorsichtig, Janey nie in seinem eigenen Auto mitzunehmen, statt dessen nahmen die beiden den Datsun, den grundsätzlich Janey fuhr, um Fahrtziel und Fahrtdauer bestimmen zu können.

Kurz nach neun Uhr am Abend war Robin zurück im Pfarrhaus, zitternd vor Panik.

«Wir sind zum Abendessen in ein Hotel gefahren, aber sie wollte unter keinen Umständen bleiben. Sie hat erklärt, daß sie vorhat, hier zu übernachten, und ist jetzt unten im Zelt, um ihre Sachen zusammenzupacken. Sie wird jeden Moment hier sein.»

Eingedenk Reynolds' Rat, hatte Gillian versucht, die Ruhe zu bewahren, aber das hier war zuviel. Sie spürte, wie der Zorn in ihr hochstieg, zu einer rotglühenden Welle wuchs, die ihr das Gefühl gab, jeden Kampf aufnehmen zu können – und zum Teufel mit ihrem Status als Pfarrersfrau!

«O nein, das wird sie, verdammt noch mal, nicht!» rief sie, rannte rund um das Haus, verriegelte die Türen und schloß die Fenster. Robin hastete unter wildem Protest hinter ihr her. «Nein, du kannst sie nicht aussperren! Du ahnst ja nicht, was sie dann tun wird!»

«Sie wird ihn nicht heiraten, diesen Michael Dade, da bin ich ganz sicher.»

«Davon spricht sie gar nicht mehr, aber sie droht, daß sie Ärger macht, wenn wir sie nicht reinlassen. Sie wird die Nachbarn aufwecken, die Fenster einschlagen . . .»

«Du weißt so gut wie ich, daß wir gar keine Nachbarn haben. Und wenn sie es wagt, irgendwas kaputtzuschlagen, rufe ich die Polizei.»

«Aber dann wird doch alles herauskommen! Dann wird jeder erfahren, was hier passiert ist! Meine Karriere . . . unsere ganze Existenz ist dann ruiniert. Es ist ja gar nicht so, daß ich sie hierhaben will, ich schwöre! Ich versuche nur, dich zu beschützen, das verstehst du doch bestimmt?»

Sie sah den Angstschweiß auf seinem Gesicht und roch die Furcht aus seinem Atem. «Deine Mätresse in meinem Haus zu dulden ist nicht die Art von Schutz, die ich mir vorstelle, Robin», erklärte sie. «Wenn dir wirklich etwas an unserem gemeinsamen Leben liegt – wenn du sie wirklich nicht im Hause haben willst –, dann wirst du sie einfach wegschicken müssen.»

«Aber das kann ich nicht . . . sie ist zu stark für mich! Oh, Gillian, ich bitte dich . . .» Zum ersten Mal seit Beginn seiner Liebesaffäre mit Janey sah er seiner Frau wieder offen in die Augen. «Ich werde allein nicht mit ihr fertig. Ich bitte dich, um Gottes willen, hilf mir!»

22.

Sie standen nebeneinander auf dem oberen Treppenabsatz, hörten das Läuten der Türglocke, dann das Klopfen an der Seitentür und schließlich am Hintereingang. Zehn Minuten herrschte Stille, dann begann das Telefon zu klingeln, und als Gillian an den Apparat ging, war die Leitung tot. Nach vier Anrufen dieser Art ließ sie den Hörer neben der Gabel liegen.

Eine halbe Stunde später setzte der zweite Sturm auf die Türen ein, diesmal mit größerer Heftigkeit. Es wurde an den Türklinken gerüttelt, und Kiesel prasselten gegen die Fensterscheiben. Robin und Gillian stürzten aus ihren Zimmern, blieben wartend in der oberen Diele stehen und klammerten sich, gleichermaßen bestürzt, aneinander.

Unerwarteterweise war es Henry Bowers, der die Situation rettete. Wutentbrannt über die Störung, drückte er das Schiebefenster seines Schlafzimmers hoch und wetterte in die warme Abendluft hinaus: «Hör mit dem Krach auf und hau ab, du Schlampe, sonst komm ich runter und bring dich selbst zum Schweigen!»

Überrascht und erleichtert stellten die Aingers fest, daß Janey sich tatsächlich davonmachte.

Robins Sonntag verlief, wie immer, sehr geschäftig, und Gillian begleitete ihn zu allen Frühgottesdiensten. Janeys Datsun war im Laufe des Vormittags aus der St. Botolph Street verschwunden, und Gillian glaubte die Schlacht bereits gewonnen.

Sie schickten sich eben an, zur Abendandacht zu gehen, als Alec Reynolds auf seinem Rückweg von London bei ihnen auftauchte und so abgespannt und krank aussah, daß Robin ihn widerspruchslos mit Gillian allein ließ, um mit ihr zu reden. Sie bot ihm einen Kaffee an, aber er brauchte etwas Kräftigeres, förderte eine halbe Flasche Whisky aus seiner Tasche zutage, goß sich einen großzügig bemessenen Doppelstöckigen ein und berichtete, daß Lesley beschlossen habe, einen anderen Mann zu heiraten, den sie kürzlich in London kennengelernt hatte. Es war also ihr letztes gemeinsames Wochenende gewesen, und ihre Mitteilung hatte ihn aus heiterem Himmel getroffen. Er fühlte sich, als sei sein Leben völlig aus den Fugen geraten, erklärte er, und als habe nichts mehr die geringste Bedeutung.

Gillian tat ihr Bestes, um ihn zu trösten und ihm neuen Mut zu machen. Inzwischen war er beim dritten Whisky angelangt und offensichtlich fahruntüchtig, so daß sie ihn überredete, doch zum

Abendessen zu bleiben. Robin wurde um halb acht zurück erwartet, aber als er gegen acht noch nicht erschienen war, aßen Reynolds, Gillian und ihr Vater ohne ihn.

Es war bereits neun Uhr, als Robin endlich auftauchte, offensichtlich einem Zusammenbruch nahe. Janey war zur Abendandacht erschienen, war kurz vor deren Beginn mitten durch das Hauptschiff nach vorne spaziert, das Haar leuchtend im Dämmerlicht der Kirche, und hatte sich in die vorderste Reihe gesetzt, wo jeder sie sehen konnte. Man hatte die Köpfe zusammengesteckt, miteinander geflüstert und sich in allerhand Spekulationen ergangen, als Robin in plötzlicher Panik anfing zu stammeln und verstummte. Nachdem er sich wieder gefangen und den Rest der Andacht halb benommen hinter sich gebracht hatte, hatte sie draußen auf ihn gewartet, ihn in ihren Wagen gelotst und ihm ein Ultimatum gestellt.

Jeder in der Gemeinde habe sie nun gesehen, erklärte sie, und im Verlauf des Tages habe sie herausgefunden, wer der Küster sei, wie die Kirchenältesten hießen und die Mitglieder des Kirchenvorstands, und wenn er, Robin, sie nicht ins Pfarrhaus lasse, wolle sie noch heute abend alle diese Leute anrufen und ihnen erzählen, daß Robin ihr Heimweh und ihre Verlassenheit in einem fremden Land ausgenutzt und sie mitten in der Kirche verführt habe.

Gillian holte tief Luft. «Und wo ist sie jetzt?»

«Draußen in der Auffahrt. Sie wartet, daß ich sie hereinhole, und diesmal läßt sie sich bestimmt nicht abweisen. Wir *müssen* sie einfach ins Haus lassen, Gillian, oder wir sind erledigt.»

Sie öffnete die Vordertür und ging nach draußen. Robin saß zusammengekrümmt auf den unteren Treppenstufen, den Kopf in den Händen versunken. Henry Bowers und Alec Reynolds, die Robins Bericht mitgehört hatten, standen in der Diele und verfolgten neugierig die Ereignisse, die sich draußen anbahnten.

Die Sonne war eben untergegangen, und ein leichter Nebel kam auf. Henry Bowers' Rosen, Päonien und Gladiolen hatten ihre Blüten geschlossen, als einziger Farbtupfer im Garten leuchtete Janeys Haar. Sie lehnte graziös an den zugezogenen Torflügeln und wartete siegesgewiß darauf, ins Haus gebeten zu werden.

Gillian blieb in einigen Metern Entfernung vor dem Mädchen stehen und sprach laut und deutlich: «Das ist nicht in Ordnung, Janey, du kannst uns nicht einfach erpressen. Weißt du, das haben schon ganz andere versucht, und es bringt nichts.» Sie wußte, daß ihre Stimme ein wenig schwankte, aber sie fuhr unbeirrt fort: «Es ist immer wieder erschütternd, was sich manche Frauen zusammenphantasieren über irgendwelche romantischen Beziehungen zu Geistlichen. Es ist ein allgemein bekanntes Problem im Leben eines Pfarrers, vor allem bei einem so gutaussehenden Mann wie Robin.»

Das war nur allzu wahr. Robin war während seiner ganzen beruflichen Laufbahn stets von einem Schwarm weiblicher Verehrerinnen aus den verschiedensten Gemeinden verfolgt worden. Normalerweise war es ihm nicht schwergefallen, sie zu verscheuchen, aber ein oder zwei besonders hartnäckige oder weniger gefestigte Anbeterinnen hatten doch versucht, ihn in kompromittierende Situationen zu bringen und dann, in ihren Erwartungen enttäuscht, ihre Phantasievorstellungen in der Gemeinde zu verbreiten. Robin hatte das als äußerst peinlich empfunden, während Gillian diese unglücklichen, verirrten Frauen eher bemitleidet hatte; auf jeden Fall hatte niemand diese Andeutungen jemals ernst genommen. Janeys Geschichte hingegen würde man Glauben schenken, wie Gillian sehr wohl wußte, aber sie blieb standhaft und bestritt alles.

«Es wird dir niemand glauben. Jeder kennt Robins Standpunkt über die Unantastbarkeit der Ehe, und man wird annehmen, daß du nur verärgert bist, weil er dich abgewiesen hat. Man wird dich für ein dummes, hysterisches Frauenzimmer halten, das sich einfach nur rächen will.»

Janeys Haltung war nicht mehr lässig und graziös, sondern deutlich angespannt. Sie setzte zu einer Erwiderung an, als plötzlich von der gegenüberliegenden Straßenseite ein munterer Gruß ertönte. Athol Garrity hatte seine Rückkehr aus London mit diversen Bieren im *Concorde* begossen, ein kurzes Nickerchen in seinem Zelt gehalten und war dann die Wiese hochgeklettert, um zu sehen, ob er Janey irgendwo entdecken konnte. Nach kurzem Zögern ging Janey zu ihm, während Gillian stehenblieb, wo sie war. Ihr Vater und Alec Reynolds, beide voller Bewunderung für ihren Mut, kamen aus dem Haus und gesellten sich zu ihr. Robin, der kaum zu glauben wagte, daß Gillians Bluff gewirkt hatte, folgte den beiden.

In diesem Augenblick kam Janey zurück zum Tor. «Na schön»,

sagte sie mit einem Blick auf die Vierergruppe, die sie fixierte, und in einem Ton abgrundtiefer Verachtung, «ist mir so oder so völlig wurscht. Ich will ohnehin meine letzten beiden Nächte in London verbringen. Breckham Market ist wahrhaftig das langweiligste Kaff auf dieser jämmerlichen kleinen Insel, und ich hab echt die Nase voll von euch komischen Poms. Aber ich will euch eins sagen: Mag sein, daß die Leute mir nicht glauben werden, wenn ich ihnen das mit Robin erzähle – aber sie werden Athol Garrity glauben, weil sie wissen, daß er keinen Grund hat, so was zu erfinden. Außerdem haben sie mich alle in der Kirche gesehen, vergeßt das nicht, und sie haben gehört, wie Robin ins Stottern gekommen ist und völlig die Nerven verloren hat, weil ich da war. Ich habe also Athol gesagt, was er zu tun hat, und er hat mir versprochen, gleich morgen früh, wenn er seinen Rausch ausgeschlafen hat, den ersten Anruf zu machen. Er ist ein prima Kumpel, der gute Athol, mir zuliebe tut er einfach alles. Ich sage euch, er zieht euch in die Scheiße, bis sie euch Pommys bis zum Halse steht!»

Mit einem lauten Knall warf sie das Tor zu, gab Athol Garrity einen Abschiedskuß, kletterte in ihren Datsun und brauste davon. Garrity winkte ihr freundlich nach und wanderte dann zurück über die St. Botolph Street zu dem Gatter, das auf die Wiese von Parson's Close führte.

Ob betrunken oder nüchtern – er kannte Janey zu gut, um sich in einen ihrer Feldzüge verwickeln zu lassen; sie selbst, ihn ebenfalls gut kennend, hatte in Wirklichkeit gar nicht erst versucht, ihn für ihren Plan zu gewinnen. Ihre Lüge über das angebliche Gespräch mit Athol war nichts weiter gewesen als eine kleine Abschiedsvorstellung ihrer Macht, und sie rechnete damit, daß ihr Publikum angesichts des emotionalen Drucks, unter dem es stand, ihr blindlings glauben würde. Was auch der Fall war.

Es war neun Uhr und zweiunddreißig Minuten am Abend des 29. Juli. Drei der vier Personen, die Garrity von der Auffahrt aus beobachteten, sollten ihn nie wiedersehen.

Teil III

In diesem Frühjahr

23.

Nach der Beisetzung von Athol Garritys sterblichen Überresten behielt Chief Inspector Quantrill sämtliche Aktivitäten der Aingers für die Dauer eines Monats diskret im Auge. Er stellte fest, daß der Druck, unter dem sie standen, sich im Laufe der Zeit eher verstärkte als verminderte, aber ansonsten erfuhr er nichts Neues über die beiden. Henry Bowers unternahm keine weiteren Ausflüge ins *Boot*, insofern ergab sich keine Möglichkeit zu einem weiteren Gespräch mit ihm. Mit einigem Bedauern begann Quantrill allmählich, Garritys Tod aus seinem Gedächtnis zu streichen; er hatte genügend zu tun mit wirklichen Verbrechen, ohne auch noch weitere dazu erfinden zu müssen.

Am Morgen des 3. April – einem strahlend sonnigen Tag nach einem verregneten Wochenende – war er vierzig Meilen von Breckham Market entfernt mit den Ermittlungen zu einem Einbruch in ein Landhaus beschäftigt, während Detective Constable Jan Wigby im Büro die Stellung hielt und die telefonische Meldung entgegennahm, daß ein Sicherheitsbediensteter auf dem Gelände einer der vielen Fabriken des neuen Industriegebiets die Leiche eines Mannes gefunden hatte. Wigby übermittelte die Nachricht per Funk an seinen Chief Inspector, nahm dessen Anweisungen entgegen und war binnen zehn Minuten am Tatort. Als Quantrill dort eintraf, hatte der Polizeiarzt den Tod bereits amtlich bestätigt, der Fotograf war dabei, die gesamte Szene abzulichten, und der Leiter der Abteilung Spurensuche machte sich mit Maßband und Markierungen an den Fußabdrücken zu schaffen, die sich rund um die Leiche in den feuchten, sandigen Boden eingegraben hatten.

Über die Identität des Mannes gab es keinerlei Zweifel. Wigby kannte ihn gut, weil er wie er selbst zu den Stammgästen des *Boot* gehört hatte.

«Einer von den Bedingfields», meldete er er. «Er heißt Kevin und ist Reggies Jüngster. Der Doktor schätzt, daß er irgendwann gestern gestorben sein muß, vermutlich weil er sich den Schädel aufgeschlagen hat beim Hinfallen. Muß 'n ganz schön schwerer Sturz gewesen sein.»

Der tote Kevin Bedingfield lag auf dem Rücken, alle viere von sich gestreckt, regendurchweicht, Augen und Mund weit offen, den Kopf auf einem der zerbrochenen Ziegelsteine, die überall auf dem weitläufigen Grundstück hinter der verlassenen Fabrik herumlagen. Ein noch recht junger Mann, nicht viel älter als zwanzig, mit dunklem Teint und kräftigem Körper. Die Ziegel unter seinem feuchten schwarzen Haar, ebenso die Gräser und der sandige Boden, waren übersät mit rostbraunen Flecken getrockneten Blutes.

«Doktor Thomson meint, der Bluterguß neben dem Kiefer könnte von einem schweren Schlag herrühren», berichtete Wigby weiter, «aber den hat er sich wohl kaum selbst beigebracht.»

«Das ist anzunehmen», meinte Quantrill, der nur zu gut wußte, wie ungern sich der Polizeiarzt auf Aussagen einließ, die in das Ressort der Pathologen fielen, «aber Genaues werden wir erst nach der Obduktion wissen. Wie sieht's bei Ihnen aus, Keith?»

«Fabelhaft», antwortete der junge Zivilbeamte von der Spurensicherung. Er hatte eigentlich zur Armee gewollt, war aber wegen seiner Kleinwüchsigkeit nicht genommen worden und entwickelte nun ersatzweise eine geradezu fanatische Begeisterung für sein Spezialgebiet. «Die Fußabdrücke könnten gar nicht besser sein. Abgesehen von denen des Opfers und des Wachmanns, haben wir genau noch einen Satz Abdrücke. Der Mann, für den Sie sich interessieren werden, hat Schuhgröße zehn, ist also groß und wahrscheinlich eher dünn oder mittelschlank, denn die Abdrücke sind nicht besonders tief. Wie es aussieht, sind das Opfer und er getrennt hier angekommen und hatten dann ein kurzes Handgemenge.»

«In dessen Verlauf Kevin allem Anschein nach zu Boden ging . . . was allerdings merkwürdig ist», meinte Quantrill. «Der Knabe ist kräftig genug, um sich zur Wehr zu setzen, und die Bedingfields sind überhaupt eine zähe Rasse.»

Wigby schüttelte den Kopf. «Kevin war eher immer so was wie 'n Softie. Er hatte schon mal Ärger, wie der Rest der Familie, aber in den letzten Jahren war er völlig sauber, der krumme Hund.» Die Bezeichnung klang eher gleichgültig, fast schon gefühllos, aber das war nun einmal Wigbys Art, seiner Trauer über einen Mitzecher und Mitspieler beim Dart Ausdruck zu geben. «Er hat ganz bestimmt keinen Streit gesucht, da bin ich mir sicher. Schließlich hat er letzten September geheiratet und redet von nichts anderem als dem Baby, das seine Frau erwartet.»

«Dann wird es die Frau ja doppelt schwer treffen», sagte Quantrill, der eben einen Wagen vor dem Fabrikgebäude halten hörte und feststellte, daß der Kollege von der Bezirkspolizei gekommen war. «Jan, ich möchte, daß Sie mir alles erzählen, was Sie über Kevin Bedingfield wissen, aber das werden wir später besprechen bei einem kleinen Imbiß. Ich werde eben Inspector Colman über den Stand der Dinge unterrichten, während sie zu Kevins Familie gehen und herausfinden sollten, was ihn zu diesem Ort hier getrieben hat.»

«Reggie Bedingfield hat losgeheult, als ich ihm die Nachricht überbracht habe», berichtete Wigby später. «Ganz schön sentimental, der alte Knabe, wenn man bedenkt, wie oft er wegen tätlicher Beleidigung dran war . . . Aber man darf nicht vergessen, daß ich ihn im *Jolly Butchers* aufgelesen habe. Ich vermute also, daß seine Tränen verdammt hochprozentig waren.»

Wenig begeistert schaute Wigby in seine Tasse Kantinenkaffee. Eigentlich hatte er damit gerechnet, daß ihm der Chief Inspector ein Stück Pastete und ein Glas Bier in einem gemütlichen Pub ausgeben würde, aber Quantrill hatte sich offensichtlich für den sparsamen Weg eines schnellen Picknicks in seinem Büro entschieden, zumal ihm seine Frau ein Paket mit knusprigen Schinkensandwiches auf die Reise zu seinem Landhausdiebstahl mitgegeben hatte.

«Also, was haben Sie aus Reggie herausgeholt?» erkundigte sich Quantrill.

«Nichts Brauchbares. Aber seine Frau ist scheinbar etwas härter im Nehmen und hat geplaudert. Übrigens, das Baby ist inzwischen da – ihr ungefähr zweihundertfünfzigstes Enkelkind. Kevin muß seine Mutter gestern abend so um sieben herum angerufen und ihr die Neuigkeit übermittelt haben. Er soll ganz aus dem Häuschen gewesen sein, weil es ein Sohn war. Offenbar hat er den ganzen Tag auf der Entbindungsstation zugebracht, und obwohl er mit der Familie keinen besonders guten Kontakt mehr hatte, hat er sich wohl nicht verkneifen können, ihnen die frohe Botschaft mitzuteilen.»

«Warum hatten sie keinen Kontakt mehr?»

«Als er den Entschluß faßte, ehrlich zu werden, ist er zu Hause ausgezogen und hat bei seiner Großmutter in Duck End gewohnt. Sie ist inzwischen tot, starb letzten Winter, und Kevin hat sich bei seiner Familie nicht besonders beliebt gemacht, als er ein Mädchen aus London heiratete. Die Bedingfields heiraten nämlich grundsätzlich in hiesige Familien ein – die Fairweathers, die Catchpoles oder die Jermys. Aber seine Mutter hat sich doch sehr über das Baby gefreut und ihm sogar 'ne Tasse Tee angeboten. So gegen halb acht ist er dann wieder fort zu irgendeiner Verabredung, aber er hat nicht gesagt, wo und mit wem.»

«Wo haben er und seine Frau gewohnt?»

«Sie haben eines der Häuser in der Neustadt gemietet, zu Fuß ungefähr sieben Minuten entfernt von der Fabrik, wo man seine Leiche gefunden hat. Und wo er früher auch gearbeitet hat. Breckham Plastics hieß die Firma; als sie den Laden dichtmachten, ist er freigestellt worden und seither ohne Job.»

«Also wahrscheinlich auch knapp bei Kasse. Und dann auch noch ein Baby zu erwarten . . . ich weiß, Sie haben gesagt, daß er ehrlich geworden ist, aber ein geheimer Treff wie dieser legt doch den Gedanken nahe, daß er nichts Gutes im Schilde führte. Nehmen Sie sich mal seine Kumpels vor, Jan, während ich ein paar Worte mit seiner Frau rede, sobald sie sich von der Entbindung erholt hat. Hopkins hat bereits ihre Eltern informiert. Sie werden sie von der Klinik abholen und für die nächste Zeit bei sich aufnehmen.»

«Ich nehme an, man wird sie heute abend entlassen», meinte Wigby. «Meine Frau haben sie bei unserem Jüngsten schon nach vierundzwanzig Stunden wieder weggeschickt. Die Klinik ist der reinste Fließbandbetrieb, immer eine Schwangere rein und zwei fertige Mütter raus, sobald sie wieder auf den Beinen stehen können.»

«Gut, wir werden schon so viel wie möglich herauszufinden versuchen, bevor wir das arme Mädchen mit Fragen belästigen. Ich denke, wir sollten in diesem Fall ganz massiv die Presse einsetzen. Beschaffen Sie sich Kevins Hochzeitsfoto von seiner Schwiegermutter, das lassen wir dann morgen auf der Titelseite der Lokalseite erscheinen mit einem Aufruf um sachdienliche Hinweise von jedem, der Kevin gestern abend nach halb acht noch gesehen hat. Und wir werden die Sache mit dem Baby herausstreichen, so was geht den Lesern ans Herz und wird auch solche Leute auf Trab bringen, die sonst nur ungern mit der Polizei zu tun haben.»

Wigby schlang den letzten Bissen seines Wurstbrötchens hinunter und war schon auf dem Weg zur Tür, als die interne Leitung klingelte und Quantrill ihn zurückrief. Inspector Colman hatte eine Funkmeldung von der alten Plastikfabrik durchgegeben, derzufolge seine Suchmannschaft ein einzelnes, bifokal geschliffenes Brillenglas gefunden hatte, ganz in der Nähe der Stelle, wo sich der Kampf zwischen Kevin und seinem Gegner abgespielt haben mußte.

«Nun, dann haben wir ihn ja so gut wie erwischt», erklärte Quantrill befriedigt. «Die Wahrscheinlichkeit, daß es mehrere Personen mit der gleichen Schärfe von Bifokalgläsern gibt, ist äußerst gering. John Colman läßt die Stärke gerade analysieren, und dann können Sie die Beinarbeit erledigen, sämtliche Optiker in der Gegend aufsuchen und deren Unterlagen überprüfen. Sollten wir dabei eine Niete ziehen, werden wir einen Aufruf in der Fachzeitung für Optiker veröffentlichen. Vielleicht wird es ein bißchen dauern, aber am Ende werden wir unseren Mann kriegen. Und für die Zwischenzeit haben wir nun noch etwas mehr über ihn erfahren: Er ist groß, er ist dünn bis mittelschlank, er trägt eine Brille – und da sie bifokal geschliffen ist, muß er mit an Sicherheit grenzender Wahrscheinlichkeit über fünfundvierzig sein.»

«Klingt nicht so gewaltig nach einem von Kevins Kumpels», meinte Wigby. «Klingt eigentlich überhaupt nicht nach jemandem, der andere Leute totschlägt.»

24

Um halb elf am anderen Morgen betrat ein hochgewachsener, dünner Mann, der eine Hornbrille mit einfachen Gläsern trug, eine Aktentasche und die *East Anglian Daily Press*, das Polizeirevier von Breckham Market und fragte nach dem zuständigen Beamten für den Mordfall Kevin Bedingfield.

Als Wigby den Mann in sein Büro brachte, wußte Quantrill sofort, daß er ihn schon einmal irgendwo gesehen hatte. Er war offenbar Anfang Fünfzig, trug tadellos gebürstete, maßgeschneiderte Sachen und war offensichtlich ein gebildeter, wenn auch recht besorgt wirkender Mann.

«Dürfte ich Ihren Namen erfahren, Sir?»

«Reynolds, Alec Reynolds.» Der Griff um die Zeitung wurde etwas fester, aber die Stimme des Besuchers klang ruhig und klar. «Ich muß Ihnen mitteilen, daß ich die Person bin, nach der Sie im Zusammenhang mit dem Tod dieses jungen Mannes suchen, dessen Bild heute morgen in der Zeitung erschienen ist. Wir waren am Sonntagabend miteinander verabredet, hatten eine Auseinandersetzung, ich geriet in Wut und schlug ihn nieder. Eine äußerst törichte Handlung, die ich zwar erklären, aber nicht einmal mit der Behauptung rechtfertigen kann, betrunken gewesen zu sein. Er fiel hintenüber wie ein Stein. Ich dachte, daß er sich vielleicht eine Gehirnerschütterung zugezogen hätte, und muß leider bekennen, daß ich weglief, ohne zu überprüfen, ob er ernsthaft verletzt war. Ich war völlig entsetzt, als ich heute morgen in der Zeitung las, welche Konsequenzen diese Dummheit gehabt hat, und ich bin sofort gekommen, um mich zu stellen.»

Wigby, der im Hintergrund dicht bei der Tür Platz genommen hatte, reckte triumphierend den Daumen hoch. Der Chief Inspector reagierte weit zurückhaltender und sagte: «Ich verstehe, Sir.»

Er lehnte sich in seinem Bürosessel zurück und betrachtete den Mann mit liebenswürdiger Nachdenklichkeit. «Sagen Sie, ist das die Brille, die Sie üblicherweise tragen?»

Reynolds blinzelte. «Nein ... nein, das sind alte Gläser, weil meine richtigen zerbrochen sind.»

«Bifokal-Gläser?»

Reynolds schaute ihn überrascht und zugleich respektvoll an. «In der Tat, sie sind bifokal.» Er öffnete seine Aktentasche und förderte eine goldgeränderte Brille zutage, in der ein Glas fehlte. «Ich hatte eine kleine Rauferei mit dem jungen Mann, und dabei hat er mir die Brille von der Nase geschlagen. Vermutlich bin ich deshalb wütend geworden und habe so fest zugeschlagen. Als er am Boden lag, hatte ich einige Schwierigkeiten, die Brille wiederzufinden, und weil ich es so eilig hatte wegzukommen, hab ich erst im Auto gemerkt, daß sie kaputt war. Glücklicherweise hab ich immer noch diese alte Brille im Wagen, so daß ich wenigstens nach Hause fahren konnte.»

«Wir haben das fehlende Glas gefunden», berichtete Quantrill, «und wollten eben die Suche nach dessen Besitzer in die Wege leiten. Sie haben uns also eine Menge Arbeit erspart.»

Reynolds lächelte ein wenig schief, offensichtlich erleichtert, daß er den Mut aufgebracht hatte, sich beizeiten zu melden. Er warf einen Blick rund um das unordentliche, rein zweckmäßig eingerichtete Büro des Chief Inspector, als könne er sich auf diese Weise mit den örtlichen Gepflogenheiten vertraut machen, und sagte: «Ich nehme an, Sie wünschen, daß ich eine schriftliche Erklärung abgebe.»

«Dafür haben wir noch reichlich Zeit, Mr. Reynolds. Ich würde gern vorher noch ein wenig mit Ihnen plaudern.»

Quantrill begann damit, ihn nach seiner Adresse und seinem Beruf zu fragen. Er hatte Reynolds schon Sekunden nach seinem Eintritt als den Mann erkannt, der Gillian Ainger zum Begräbnis von Athol Garrity begleitet hatte. Da sich ihm die Frage aufdrängte, ob zwischen diesen beiden Todesfällen möglicherweise eine Verbindung bestand, wollte er zunächst einmal feststellen, ob Reynolds den Versuch machte, die Bekanntschaft mit den Aingers zu leugnen.

«Und was führt Sie von Yarchester nach Breckham Market?»

Reynolds war offensichtlich auf der Hut. Er mußte die Anwesenheit der Polizeibeamten bei Garritys Begräbnis bemerkt haben und wohl damit rechnen, daß sie ihn wiedererkannt hatten. «Ich bin mit dem Pfarrer und seiner Frau befreundet», erklärte er. «Ich besuche sie öfter am Sonntagnachmittag und bleibe dann aus Höflichkeit zur Abendandacht.»

«Aha . . . aber Kevin Bedingfield war nicht gerade ein eifriger Kirchgänger, und ich möchte bezweifeln, daß Sie ihn bei den Aingers getroffen haben. Also, wie haben Sie ihn kennengelernt?»

Reynolds zögerte einen Augenblick und bekannte dann: «Es ist so, daß ich gerne mal einen Schluck trinke, und die Aingers nicht. Deshalb kehre ich gewöhnlich, wenn ich das Pfarrhaus verlasse, noch im *Coney and Thistle* ein. Vor ein oder zwei Wochen hab ich dort zufällig erwähnt, daß ich jemanden suche, der mir zum Beispiel den Zaun repariert oder den Garten umgräbt, und einer der Stammgäste hat gesagt, daß er einen jungen Mann kennt, der sich für die Arbeit interessieren würde.»

Wigby schloß die Augen, blies die Backen auf und schüttelte den Kopf, um klarzumachen, daß Gartenarbeiten oder das Ausflicken von Zäunen so ziemlich zu den letzten Aktivitäten gehörten, für die Kevin Bedingfield Interesse oder Befähigung gezeigt hätte.

«Ich verstehe», sagte Quantrill. «Haben Sie Kevins Namen also von diesem Mann aus dem Pub?»

«Nein, er hat sich meine Telefonnummer geben lassen, und der junge Mann hat mich dann angerufen und sich mit mir am vergangenen Sonntag verabredet.»

«Hinter der stillgelegten Plastikfabrik im Breckhamer Industriegebiet?»

«Ja.»

Quantrill sah seinen Besucher zweifelnd an. Reynolds' Ausdruck blieb gefaßt, aber auf seiner rechten Wange zeigte sich ein leichtes Zucken, während er geistesgegenwärtig hinzufügte: «Das erschien mir durchaus sinnvoll. Da er Arbeitslosenunterstützung bezog und wohl kaum vorhatte, seine Einkünfte bei mir anzugeben, mußte er unser Treffen verständlicherweise geheimhalten.»

«Sie hatten also auch nichts einzuwenden gegen Schwarzarbeit?»

«Ich bin mit der Absicht gekommen, meine Verantwortung für den Tod eines Menschen zu bekennen», erklärte Reynolds gereizt. «Unter diesen Umständen ist es wohl kaum angemessen, moralische Werturteile abzugeben.»

Seine Geschichte war so undicht wie ein löcheriger Gartenschlauch, aber Quantrill ermunterte ihn dennoch, damit fortzufahren. «Sie trafen ihn also wie verabredet. Aber dann gab es eine Auseinandersetzung ... worum ging es dabei?»

Reynolds Wangenzucken ließ nicht nach. «Um die Bedingungen. Er wollte mehr Geld, als ich ihm anbot.»

«Deshalb haben Sie ihn geschlagen? Sie? Ein zivilisierter, gebildeter und obendrein älterer Mann . . .»

Der Hausapparat klingelte. Quantrill packte den Hörer und bellte ein kurzes «Ja?»

«Tut mir leid, Sie zu stören, Sir», stammelte der junge Polizeilehrling aus dem Bereitschaftszimmer und schlug die Hacken zusammen angesichts des wütenden Tons seines Chief Inspectors, «aber hier ist ein Herr, der mit Ihnen sprechen will. Er will seinen Namen nicht verraten, aber er wünscht, Sie persönlich zu sehen, und behauptet, es sei wichtig.»

«Sagen Sie ihm, er soll warten. Ich bin beschäftigt.» Quantrill schmetterte den Hörer auf die Gabel, blickte zu Reynolds und fuhr fort: «Sie wollen mir also sagen, dieser Streit um den Preis, den der Mann für ein paar völlig nebensächliche Arbeiten verlangte, hat Sie dermaßen in Rage versetzt, daß Sie so hart zuschlagen und ihn töten mußten?»

Erstmals zeigte sich eine schwache Röte auf Reynolds' Wangen. «Aber ich hatte doch gar nicht die Absicht, ihn zu töten! Um Himmels willen, das müssen Sie doch einsehen. Ich bin ganz entsetzt, daß das passiert ist. Deshalb bin ich doch auch gleich hergekommen, um Ihnen alles zu erzählen.»

«Nun gut, dann erzählen Sie uns auch gleich die ganze Wahrheit, wo wir schon einmal dabei sind, Mr. Reynolds. Sie müssen nämlich wissen, daß wir bei der Durchsuchung der Leiche in deren Taschen einen Umschlag mit hundert Pfund gefunden haben. Ich glaube also nicht an Ihre Geschichte von dem Mann aus dem Pub und den Gelegenheitsarbeiten. Ich glaube vielmehr, daß Sie sich mit Kevin an diesem abgelegenen Ort getroffen haben, weil Sie ihm für irgend etwas Schweigegeld gezahlt haben. Ich glaube, Mr. Reynolds, daß er Sie erpreßt hat, und ich will wissen warum.»

Aber Reynolds hatte inzwischen seine Fassung wiedergefunden. «Ich habe Ihnen alles gesagt, was ich zu sagen hatte», erklärte er. «Ich bin bereit, meine erste Aussage zu Protokoll zu geben, aber mehr nicht.»

Quantrills Wangenmuskeln strafften sich. «Wollen Sie wissen, was ich darüber denke? Ich denke, daß dieses Verbrechen, zu dem Sie sich bekennen, daß diese angeblich fahrlässige Tötung in irgendeinem Zusammenhang steht mit dem Tod von Athol Garrity, bei dessen Beerdigung wir beide noch vor wenigen Wochen zugegen waren. Ist das zutreffend?»

Reynolds antwortete nicht.

Quantrill machte es sich in seinem Sessel bequem und zündete sich eine seiner dünnen Zigarren an. «Lassen Sie mich Ihnen erklären, wie ich auf diese Idee komme», sagte er in lockerem Gesprächston. «Erpressung ist ein Verbrechen, obendrein ein besonders scheußliches, und ein Erpresser hat üblicherweise und von Natur aus eine Veranlagung zu Grausamkeit, manchmal sogar zu etwas durch und durch Bösem. Nun habe ich zwar selbst nie die Gelegenheit gehabt, den jungen Kevin Bedingfield kennenzulernen, aber Detective Constable Wigby kannte ihn wohl ziemlich gut. Erzählen Sie Mr. Reynolds von dem jungen Mann, Wigby.»

Quantrill beobachtete Reynolds mit ausdrucksloser Miene, während Wigby sich zu Kevins Schwächen äußerte, aber auch seine Bemühungen lobte, sich vom Einfluß seiner Familie zu lösen und ein ehrbares Leben zu führen. «Sie sehen also, er war keineswegs einer von diesen kriecherischen, heimtückischen Typen, die überall herumspionieren und aus der Schwäche anderer Leute Kapital schlagen. Allerdings war er knapp bei Kasse. Die Zeiten sind hart, Mr. Reynolds, für Leute, die nicht das Glück haben, auf einem sicheren Beamtenposten zu sitzen. Ich halte es also für möglich, daß er Wind bekommen hat von einem richtig schweren Verbrechen, das jemand zu vertuschen sucht, und daß er der Versuchung nicht widerstehen konnte, ein paar Pfund für sich dabei herauszuholen. Vor allem, wo gerade ein Baby unterwegs war.»

Der Muskel in Reynolds Gesicht begann erneut zu zucken.

«War es das?» fragte Quantrill. «Hat Kevin vielleicht versucht, Sie zu erpressen, weil er Sie mit Athol Garritys Tod in Verbindung brachte?»

Reynolds sagte kein Wort.

Quantrill schlug mit der flachen Hand auf seine Schreibtischplatte. «Ich will eine Antwort! Sie haben bereits eine fahrlässige Tötung zugegeben, Sie haben uns erzählt, daß Sie Alkohol trinken und in Wut geraten können, und Sie haben eingeräumt, daß Sie unter solchen Umständen zuschlagen können, und zwar sehr fest. Also – haben Sie im vergangenen Sommer, aus welchen Gründen auch immer, Athol Garrity geschlagen und damit bewußt oder unwillentlich seinen Tod herbeigeführt?»

«Nein.» Reynolds saß kerzengerade in seinem Stuhl, die Augen hinter der Hornbrille flammend vor Entrüstung. «Nein, ich habe Athol Garrity nicht geschlagen. Nein, ich habe nicht auf die eine oder andere Weise seinen Tod verursacht oder dazu beigetragen. Ich habe mich zu meiner Tat vom vergangenen Sonntag bekannt, und ansonsten gibt es nichts, das auf meinem Gewissen lastet.»

Nun war es Quantrill, dem die Worte fehlten. «Wer war dann für Garritys Tod verantwortlich?» fragte er schließlich.

Reynolds schloß seine Aktenmappe und wurde unversehens geschäftlich. «Ich würde gerne so schnell wie möglich meine Aussage über die Ereignisse am Sonntagabend zu Protokoll geben. Darüber hinaus werde ich keine weiteren Aussagen machen. Und jetzt möchte ich von meinem Recht Gebrauch machen, einen Anwalt anzurufen. Ich werde ihm genau das wiederholen, was ich Ihnen bereits gesagt habe, aber ich hätte ihn trotzdem gerne dabei, weil ich hoffe, daß er mich gegen Kaution freibekommen wird. Ich werde jede Strafe akzeptieren, die mir das Gericht auferlegen wird . . .» er schloß einen Moment lang die Augen und schluckte schwer bei dem Gedanken an das bevorstehende öffentliche Aufsehen, an die Schande und die Inhaftierung, «. . . aber ich würde es vorziehen, erst dann mit einer Gefängniszelle Bekanntschaft zu machen, wenn es unbedingt sein muß.»

Kevin Bedingfields Schwiegereltern lebten in einer gewerkschaftseigenen Einliegerwohnung am Pine Tree Walk, einer der neuen Straßen im Verkehrsnetz der Neustadt, die sich mit Backstein und Beton über die einst an den alten Stadtkern heranreichenden Felder ausgebreitet hatte. Als Quantrill, in Begleitung von WPC Patsy Hopkins, an der Tür zum Haus Nr. 237 klingelte, erschien ein aufgedonnerter, mittelalterlicher Drache mit pinkfarbenen Haaren und einem derart ausgeprägten Cockney-Akzent, daß er sie zunächst für eine Australierin hielt, und wollte ihn verscheuchen.

«Könn wohl nich sehn, daß Carole grad das Baby füttert, wie? Ich sag Ihn was – vor fünf Minuten ist hier doch einfach so 'ne Kuh von der Behörde reinmarschiert, um sich die zwei anzusehen. Ist vom Gesundheitsamt, hat se gesagt. Wolln Se wissen, warum die hier ist? Um zu gucken, ob's hier sauber und bequem genug is für meine Tochter und ihr Baby! Die ham vielleicht Nerven . . . ich werd's ihr geben von wegen *postnatale häusliche Umgebung* . . .»

Quantrill trat den Rückzug an und war schon im Begriff, sein Auto zu besteigen, als er plötzlich eine Radfahrerin herankommen sah, die ihm bekannt vorkam. Sie war offensichtlich jünger als die frischgebackene Großmutter, die er gerade kennengelernt hatte, aber die Kummerfalten in ihrem Gesicht und die von Sorge umschatteten Augen machten sie gut fünfzehn Jahre älter, als sie war.

Er beobachtete, wie sie vom Rad stieg, es gegen einen Laternenpfosten lehnte und das Speichenschloß einrasten ließ. Hopkins im Wagen zurücklassend, ging er auf die Frau zu und begrüßte sie: «Guten Morgen, Mrs. Ainger.»

Sie zuckte zusammen, und für einen Moment schien ihr ganzer Körper in sich zusammenzusinken. Dann hatte sie sich wieder gefaßt und nickte ihm wortlos zu.

«Die Dents haben gerade Besuch vom Gesundheitsamt», sagte er, als sich Mrs. Ainger anschickte, die Stufen zur Vordertür hochzugehen. «Ich bin auch gerade wieder weggeschickt worden.»

Sie nagte unschlüssig an ihrer Unterlippe. «Oh . . . dann werde ich später noch mal vorbeischauen, wenn ich aus der Senioren-Tagesstätte zurückkomme. Mein Mann ist heute in Yarchester, und als ich die schlimmen Neuigkeiten in der Zeitung las, dachte ich, ich sollte einmal nachsehen, ob ich nicht irgendwie helfen kann. Die Bedingfields sind zwar keine Kirchgänger, aber sie gehören immerhin zur Gemeinde.»

Ob sie wohl von dem Geständnis ihres Freundes Reynolds wußte, überlegte Quantrill. Wußte sie darüber Bescheid, daß er mit dem Tod von Kevin zu tun hatte? «Wenn Sie vielleicht warten möchten, Mrs. Ainger, könnte ich Ihnen einen Platz in meinem Wagen anbieten», schlug er vor.

Sie lächelte dünn und etwas schief. «Nein, vielen Dank, Mr. Quantrill.»

«Ich hätte mich gern nach Ihrem Vater erkundigt», meinte er, was nur am Rande der Wahrheit entsprach. «Wie geht es ihm? Ist er immer noch so schwierig?»

«Nicht mehr ganz so, danke.» Sie entriegelte das Fahrradschloß. «Im Sommer ist er viel umgänglicher, weil er nach draußen kann in den Garten. Er war nur so widerspenstig, weil er durch den vielen Schnee so lange ans Haus gefesselt war.»

«Er geht aber trotzdem nicht mehr ins *Boot*?»

«Nein. Natürlich steht es ihm frei, dahin zu gehen, wann immer er will. Er weiß das, und körperlich ist er absolut imstande dazu, aber er zieht es offenbar vor, im Garten zu werkeln.»

«Sagen Sie ihm, daß ich mich nach ihm erkundigt habe», bat Quantrill. «Ich schaue demnächst mal auf ein Schwätzchen bei ihm vorbei – Ende der Woche vielleicht.»

Sie hatte gerade losfahren wollen, hielt jedoch, den linken Fuß auf dem Pedal, noch einmal an und maß den Chief Inspector mit einem aufsässigen Blick.

«Ich hoffe sehr, Sie werden nichts dergleichen tun, obwohl mein Vater zweifellos erfreut wäre. Er mag Sie und hat wohl geglaubt, einen Freund gefunden zu haben, hat sogar von Ihnen als ‹Doug› gesprochen . . . aber er ist dreiundachtzig Jahre alt und leicht zu verwirren, und ich glaube nicht einen Augenblick, daß er sich im klaren darüber ist, daß Sie von der Polizei sind. Um offen zu sein – ich finde Ihre Taktik, einen alten Mann mit Whisky abzufüllen, um ihn über unser Privatleben auszuquetschen, äußerst widerwärtig. Guten Morgen.»

Sie hatte schon die Hälfte der Straße hinter sich, als sich Quantrill endlich soweit gefaßt hatte, den vor Staunen geöffneten Mund wieder schließen zu können.

25.

Er war nicht gerade glänzender Laune, als er ins Revier zurückfuhr, um sich mit einem frugalen Mittagessen aus Kantinen-Sandwich und Kaffee in sein Büro zurückzuziehen, aber dabei vor der Tür des Bereitschaftszimmers über Wigby zu stolpern, der – einen Pfannkuchen halb in der Hand, halb im Mund – ihn mit der Frage überfiel: «Raten Sie mal – wer war wohl gerade hier bei mir?»

«Wie zum Teufel soll ich das wissen?» schnappte Quantrill. «Wenn Sie mir etwas zu berichten haben, dann bitte in angemessener Form.»

«Sir», sagte Wigby stramm, verschluckte sich fast an der Pfannkuchenhälfte in seinem Mund und ließ den Rest des klebrigen

Gebäcks ostentativ in einen Abfalleimer fallen, aber sein Mitteilungsdrang ließ sich nicht länger zurückhalten. «Es war Mrs. Muttock – Sie wissen schon, die Großmutter von einem dieser Jungs, die Athol Garritys Leiche entdeckt haben. Sie hatten ihr doch gesagt, sich mit mir in Verbindung zu setzen, sobald den beiden noch irgendwas einfällt. Offenbar haben die beiden das Zeitungsfoto von Kevin Bedingfield gesehen und ihn als den Mann identifiziert, der sie letzten Sommer von der Pfarrwiese verscheucht hat.»

«Tatsächlich?» Quantrill winkte den Detective Constable in sein Büro. «Na schön, das interessiert mich. Erzählen Sie mir mehr darüber.»

«Nun . . . Sir . . . Mrs. Muttock hat die Jungs also befragt, und wie es aussieht, müssen sie sich im vergangenen Sommer eines schönen Abends in den Kopf gesetzt haben, nach Parson's Close zu gehen und dort zu spielen. Sie haben dann das Zelt entdeckt und ein bißchen rumgeschnüffelt. Das Ding war zwar zugezogen, aber draußen im Gras lag ein Taschenmesser, das sie sich unter den Nagel gerissen haben. Daraufhin hatten sie natürlich ein schlechtes Gewissen, sind weggerannt durch das hohe Gras und beinahe über einen Mann und ein Mädchen gestolpert. Sie haben seinerzeit angenommen, daß diesem Mann das Zelt gehört hat – und natürlich auch das Taschenmesser –, aber jetzt haben sie festgestellt, daß es Kevin Bedingfield gewesen ist.»

«Vermutlich brauchen wir uns nicht lange zu fragen, was er und das Mädchen dort getrieben haben . . .»

«Wohl kaum», stimmte Wigby zu, «und wir mußten Mrs. Muttock schon gestatten, das Ganze ein bißchen auszuschmücken. Schließlich hat sich nicht viel Aufregendes getan, seit das Skelett gefunden wurde. Wie dem auch sei, Kevin war ziemlich erbost über die Störung, hat die Jungs beschimpft und ihnen eine Tracht Prügel versprochen, wenn sie sich noch mal auf der Wiese blicken lassen. Das war's, was Mrs. Muttock zu berichten hatte – abgesehen von der Tatsache, daß sie unbedingt dieses Taschenmesser zurückgeben wollte. Aber . . .»

Quantrill hatte bereits seine eigenen Schlüsse gezogen, aber da es ihm unfair erschien, Wigby vorzugreifen, schaute er ihn erwartungsvoll an.

«. . . ich vermute, es läuft darauf hinaus, daß Kevin und dieses Mädchen sich in dem Sommer regelmäßig auf der Wiese getroffen

176

haben, wenn sie Lust hatten auf ein bißchen Sex. Kevin hat zu der Zeit bei seiner Großmutter gewohnt, genau gegenüber von der Laubenkolonie vor Parson's Close, während Carole drüben in der Neustadt, auf der anderen Seite der Umgehungsstraße, gelebt hat. Die Wiese war also ein idealer Treffpunkt, weil sie jederzeit sehen oder hören konnten, ob sich irgendwas tat, während sie selbst in dem hohen Gras versteckt waren – irgendwas, das vielleicht mit Athol Garrity zu tun hat.»

«Genau», bestätigte Quantrill. «Da haben wir das Bindeglied, nach dem wir immer gesucht haben. Sie sollten sich einen neuen Pfannkuchen gönnen, zur Feier des Tages. Ich fahr derweil noch mal rüber zum Pine Tree Walk, um zu sehen, was ich von Carole Bedingfield erfahren kann.»

Der Gedanke, mit einer frisch verwitweten jungen Frau vorehe- liche Liebesaffären besprechen zu müssen, war nicht besonders angenehm, aber die pinkhaarige Großmutter versicherte ihm schon auf der Türschwelle, ihre Tochter sei ziemlich ruhig und gefaßt.

«Liegt wohl an dem Baby. So was nimmt einen ganz schön in Anspruch für die ersten Tage. Sie ist irgendwie in 'ner anderen Welt. Klar, das mit Kevin hat sie gehört, aber wohl noch nicht ganz begriffen. Hat wohl irgendwie das Gefühl, daß er eben einen trinken ist im Pub – wo er ja sowieso die meiste Zeit war. Hätt ich gar nicht weiter schlimm gefunden, wenn's wenigstens 'n anstän- diger Laden gewesen wär wie das *Concorde*, wo er Carole hätt mitnehmen können, aber er mußte ja ständig in dieses dreckige alte *Boot* in der Stadt. Ihr Vater und ich, wir war'n beide dagegen, daß sie in dieses einheimische Pack einheiratet, aber sie wollt' ja nicht auf uns hören. Natürlich hab'n wir ihm nicht gewünscht, daß er gleich abkratzt, versteh'n Sie? Carole war völlig verschos- sen in den Jungen, und ich darf gar nich' dran denken, wie's ihr geh'n wird, wenn sie erst kapiert, daß sie ihn nie mehr zu Gesicht kriegt.»

Sie führte ihren Besuch durch eine winzige, fleckenlos reine Diele in ein überheiztes Wohnzimmer. Auf einem kleinen Sofa saß Carole Bedingfield, eine derbe, rotwangige Achtzehnjährige, hatte die Beine hochgelegt und genoß es offenbar, von ihrer Mutter umsorgt zu werden. Sie trug einen hübschen Morgenmantel und samtige Hausschuhe und verbreitete einen Dunst von warmer Milch, Stolz und Zufriedenheit. Auf ihrem Gesicht lag ein vages, sanftes Lächeln, während sie die mit einem Ehering geschmückte Hand nach einer kunstvoll mit Rüschen verzierten viktorianischen Korbwiege ausstreckte und sie gemächlich hin und her schaukelte.

Patsy Hopkins, eine große elegante Erscheinung, die Quantrill begleitete und keine besondere Vorliebe für Babys hatte, wohl aber eine erfahrene Polizeibeamtin war, lenkte geschickt Mrs. Dents Aufmerksamkeit von der bevorstehenden Befragung ab, indem sie den schlafenden Enkelsohn geziemend bewunderte. So zartfühlend wie möglich begann Quantrill der jungen Mutter seine Fragen zu stellen, die sie mit einiger Gelassenheit beantwortete. Ihre Stimme klang weniger laut als die ihrer Mutter, war allerdings bei weitem durchdringender als die einheimischer Mädchen.

Nein, sie habe keine Ahnung, wo Kevin nach seinem Besuch auf der Entbindungsstation hingegangen sei; zum *Boot* vermutlich, um die Vaterschaft zu begießen.

Ja, Kevin sei ganz krank gewesen vor Geldsorgen, als die Plastikfabrik zumachte, aber in den letzten ein oder zwei Wochen habe er wieder mit etwas mehr Hoffnung in die Zukunft gesehen. Er habe irgendwas in Aussicht gehabt, aber nicht erzählt, um was es sich dabei handelte. Als er mit ihr auf der Entbindungsstation gewesen sei, kurz vor der Geburt des Babys, habe er ihr gesagt, daß sie sich nicht mehr um Geld zu sorgen brauche, weil es ihm jetzt endgültig gelungen sei, etwas auf die Beine zu stellen.

Sie gab zu, Parson's Close zu kennen. Das sei doch die Wiese auf der anderen Seite von Duck End, wo Kevins Großmutter wohnte und wo sie beide im vergangenen Sommer immer hingegangen seien, wie sie, in Erinnerung an glücklichere Zeiten, lächelnd hinzufügte. Ja, das Zelt hätten sie gesehen und ein oder zwei Mal auch einen Mann in dessen Nähe, aber sie hätten sich nicht um ihn gekümmert und er nicht um sie. «Schätze, der hat uns nicht mal gesehen», sagte sie mit einem schwachen Kichern.

«Aber *Sie* haben doch vielleicht das eine oder andere gesehen oder gehört – irgend etwas Ungewöhnliches womöglich?»

Mit leichtem Erröten berichtete sie ihm von dem Zwischenfall mit den beiden Jungs. Quantrill bohrte weiter, und schließlich erinnerte sie sich noch an weitere Einzelheiten.

«Es war schon dunkel, aber der Mond schien. Ein schöner, warmer Abend – einen Tag nach meinem Geburtstag. Ich bin achtzehn geworden am 28. Juli, und Kevin und ich waren – na ja, Sie wissen schon –, und wir konnten hören, wie sich etwas langsam von oben herunter in unsere Richtung bewegte. Ich hatte Angst, daß es eine Kuh sein könnte, aber Kevin – er war oben, verstehen Sie, deshalb konnte er sehen, was passierte –, also Kevin sagte, das wär 'n Typ, der irgendwas Schweres und Großes auf seinem Buckel schleppt. Dann sagte Kevin, daß er umgekippt wär, und wir haben gehört, wie er geflucht hat. Wir haben uns fast totgelacht und nur gehofft, daß er uns nicht hört. Dann hat er sich wieder stöhnend und schimpfend aufgerappelt und dieses Ding, was immer das war, weitergeschleppt. Bis kurz vor die Straße hat er's gezerrt, und dann haben wir uns nicht mehr drum gekümmert.»

«War das der Mann, den Sie beim Zelt gesehen hatten?»

«O nein, der war ganz jung, und der hier ziemlich alt. Kevin hatte das Gefühl, ihm schon ein oder zwei Mal im *Boot* begegnet zu sein.»

«Und er hat gestöhnt und geflucht, wie Sie sagten. Konnten Sie irgendwas verstehen?»

«Na ja, so was wie *Oh, mein Kreuz* und so Sachen. Und dann irgendwas über verdammte Aussies oder so . . .»

Ein schwaches Maunzen, nicht lauter als bei einem Katzenbaby, drang aus der Wiege. Quantrill dankte dem Mädchen und nahm Kurs auf die Diele, gefolgt von Patsy Hopkins und Mrs. Dent.

«Ich kann einfach nicht verstehen», sagte Patsy Hopkins, als Mrs. Dent ihnen die Tür öffnete, «warum Ihre Tochter uns nicht schon früher gesagt hat, was sie auf Parson's Close erlebt hat. Wir haben erst vor wenigen Wochen einen Aufruf veröffentlicht, in dem wir genau um solche Informationen gebeten haben.»

Mrs. Dent schaute sie verständnislos an. «Nie was davon gehört – und Carole bestimmt auch nicht.»

«Es stand auf der Titelseite der Lokalzeitung.»

Ausstaffiert wie für einen Ausflug in die Stadt, stand Mrs. Dent auf der Türschwelle ihrer Einliegerwohnung und schaute auf die billigen Reihenhäuser und das Aufgebot an Läden, aus dem sich dieser Teil der Neustadt von Breckham Market zusammensetzte. Ein trostloser, eintöniger, anonymer Häuserhaufen, der nichts über den Charakter oder die Herkunft seiner Bewohner aussagte.

«Was sollen wir auch mit der Lokalzeitung?» fragte sie. «Steh'n ja doch nur Sachen über Suffolk drin.»

Die beiden Polizeibeamten gingen soeben die Betontreppe hinunter, als ein lautes Klagen und Jammern aus dem Innern des Hauses ertönte. Carole Bedingfield, zum ersten Mal alleingelassen, hatte offenbar eben begonnen, das Ungeheuerliche zu begreifen, den schweren Verlust zu empfinden.

«Mum! Oh, Mum ... oh, Kevin ...»

«Nun wissen wir also, wie Athol Garritys Leiche da unten in die Büsche gekommen ist», stellte Patsy Hopkins auf der Heimfahrt fest.

«Ja ... aber das ist auch alles, was wir wissen», meinte Quantrill, der es zu schätzen wußte, in Begleitung einer Kollegin zu sein, die sich nicht sofort in die waghalsigsten Schlußfolgerungen stürzte. «Wir wissen immer noch nicht, warum Reynolds von Kevin Bedingfield erpreßt wurde – und wir wissen schon gar nicht, wie Athol Garrity gestorben ist.»

26.

Als Quantrill das Bereitschaftszimmer durchquerte, hielt ihn der früh ergraute, wachhabende Beamte mit einer Meldung zurück.

«Eine Nachricht für Sie, Sir. Mrs. Ainger, die Frau des Pfarrers, hat vor zehn Minuten angerufen und mitgeteilt, daß ihr Vater vermißt wird. Sie hat ihn heute morgen, als sie so gegen halb elf das Haus verließ, zum letzten Mal gesehen. Um kurz vor eins war sie dann wieder zurück, hat aber eine Weile gebraucht, das Haus und den Garten abzusuchen, bevor sie sich mit uns in Verbindung setzte. Ich hab einen Streifenwagen losgeschickt, der die Stadt absucht. Der alte Mann ist immerhin über achtzig und ...»

«Ich weiß, ich kenne ihn, Larry.» In einem plötzlichen Gefühl der Vorahnung fügte Quantrill hinzu: «Heute morgen hat doch jemand hereingeschaut, als ich gerade keine Zeit hatte. So kurz

nach elf, glaube ich. Ein Herr, wie sich Phipps auszudrücken
beliebte. Haben Sie ihn vielleicht gesehen?»

«Nein, Sir. Er muß wohl gekommen sein, als ich gerade im
Vernehmungszimmer war. Ich werde sehen, ob ich den jungen
Phipps für Sie auftreiben kann.»

Phipps wurde aus dem Zellentrakt gerufen, wo er staunend den
großmäuligen Reden eines älteren Constable zum Thema *Wie
gehe ich um mit den finsteren Burschen, die hier im Loch sitzen*,
gelauscht hatte. Der junge Mann war erst neunzehn, etwas schlaksig und äußerst besorgt, sein Probejahr womöglich nicht durchzu-
stehen.

Quantrill gab eine Beschreibung von Henry Bowers.

«Das war er, Sir», stimmte Phipps nervös zu, «aber er wollte
mir seinen Namen nicht verraten. Er behauptete, es handele sich
um eine persönliche Angelegenheit. Da er offensichtlich keine
Ahnung von Ihrem Dienstrang hatte, war ich zuerst gar nicht
sicher, wen er überhaupt meinte. Er fragte einfach nur nach
Doug.»

«Warum, um alles in der Welt, haben Sie mir nicht gesagt, daß es
ein alter Mann war?» fragte Quantrill. «Wenn ich das gewußt
hätte . . .»

Phipps errötete. «Sir, das konnte ich doch nicht in seiner Gegenwart. Es wäre nicht besonders höflich gewesen.»

«Haben Sie ihn denn nicht gebeten zu warten?»

«Doch, Sir, und er hat sich auch für fünf Minuten auf die Bank
gesetzt, aber er zappelte ständig herum. Schließlich hat er erklärt,
er könne nicht mehr länger warten, möchte Ihnen aber eine
Nachricht hinterlassen.» Der junge Constable zog sein Notizbuch
hervor. «Er hat nichts davon gesagt, daß die Nachricht irgendwie
dringlich wäre», verteidigte er sich. «Er sagte nur, es wäre etwas,
das Sie vielleicht gerne wissen würden. *Sagen Sie Doug*», las er mit
offensichtlichem Befremden vor, *«daß es nicht das viele Bier war.
Ich habe ein Kissen benutzt.»*

«Oh, mein Gott . . .» sagte Quantrill. «Nein, keine Sorge,
Phipps, es ist nicht Ihre Schuld.» Er wandte sich um zu Sergeant
Lamb. «Lassen Sie die Fahndung auf den Straßen. Versuchen Sie's
lieber mit den Bäumen oben auf Parson's Close. Oder mit dem
Gebüsch am Sportplatz. Oder mit dem Mere, ja, versuchen Sie's
mit dem Fluß.»

«Mein Beileid, Mrs. Ainger.»

Sie hatte ihm den Rücken zugekehrt und schaute aus dem Fenster ihres Wohnzimmers. «Wo hat man ihn gefunden?» wollte sie wissen.

«Im Fluß, direkt unter Castle Meadow. Ich fürchte, ich muß Sie bitten, ihn zu identifizieren.»

«Hat es Zeit, bis mein Mann aus Yarchester zurück ist?»

«Selbstverständlich.»

Sie sah ihn an, mit hocherhobenem Kopf. «Mein Vater hatte Depressionen wegen seiner fortschreitenden Gebrechlichkeit», erklärte sie. «Er liebte es, im Garten zu arbeiten, aber er hat sich letztes Jahr den Rücken verrenkt und seither . . .»

Quantrill schüttelte den Kopf. «Es gibt keinen Grund, ihn weiterhin zu decken, Mrs. Ainger. Dies hier ist eine rein private Unterhaltung, also lassen Sie uns offen reden. Mir ist bekannt, auf welche Weise sich Ihr Vater den Rücken verrenkt hat, und ich weiß ebenfalls, warum er freiwillig aus dem Leben ging. Er war heute morgen bei mir, um mir alles zu erzählen.»

Sie mußte sich unvermittelt setzen und begann zu weinen. Ihre Tränen waren eine Mischung aus Kummer, Schock und plötzlicher Erleichterung nach Wochen des Lügens und der Heimlichtuerei nach allen Seiten. Quantrill trat ans Fenster und sah hinaus in den vernachlässigten Garten, um ihr Zeit zu lassen, sich wieder zu fangen.

Schließlich fragte sie: «Hat er Ihnen gesagt, wie er Athol tötete?»

«Über die Einzelheiten weiß ich nichts Genaues, aber ich glaube, er hat ihn mit einem Kissen erstickt, während der junge Mann seinen Rausch ausschlief.»

«Mit einem Kissen? Oh, ja . . . in seinem Zimmer fehlt eins seit dem letzten Sommer. Ich hatte damals den Kopf zu voll, um mir darüber Gedanken zu machen, aber ich habe es vor ein paar Wochen im Werkzeugschuppen wiedergefunden.»

«Wann haben Sie herausgefunden, daß Ihr Vater ihn getötet hat?»

«Wir wußten es eigentlich nie genau. Wir haben es vermutet, das ist alles.»

«Ich habe mir auch so meine Gedanken über ihn gemacht, aber ich konnte kein Motiv entdecken.» Quantrill nahm ihr gegenüber

Platz. «Bitte, sagen Sie mir, was sein Motiv war, Mrs. Ainger. Sie brauchen ihn jetzt nicht mehr zu schützen.»

Sie zögerte noch. «Das hängt alles so sehr mit unserem Privatleben zusammen, mit meinem und Robins Leben.»

«Auch Polizeibeamte haben ein Privatleben und persönliche Probleme. Ich kenne einen verheirateten Chief Inspector, der sich einmal hoffnungslos in eine andere Frau verliebt hat . . .»

Gillian Ainger bedachte ihn mit einem gedämpften Lächeln der Dankbarkeit und begann, ihm mit Unterbrechungen die Dinge zu erzählen, die er wissen wollte, wobei sie es vermied, die Beziehung ihres Mannes zu Janey Rolph beim Namen zu nennen; ob sie ihn damit schützen oder nur ihr Gesicht wahren wollte, konnte Quantrill nicht feststellen, aber er legte auch keinen Wert darauf, diesem Thema weiter nachzugehen. Es war ohnehin offensichtlich, daß hier stärkere Leidenschaften im Spiel gewesen waren, als sie zuzugeben bereit war.

«Und was geschah, nachdem Janey Rolph schließlich weggefahren war?»

«Wir gingen alle vier – Robin und ich, Dad und Alec Reynolds – zurück ins Haus. Alec hatte zuviel getrunken, um nach Hause fahren zu können – er hatte selbst genug Probleme, der arme Kerl –, also haben wir ihm angeboten, bei uns zu übernachten. Nachdem er oben in seinem Zimmer war, haben Robin und ich noch lange in der Küche gesessen und geredet. Wir dachten, Dad wäre hier im Wohnzimmer, um fernzusehen, aber als ich die Türen verriegeln wollte, kam er plötzlich von draußen herein. Es war eine warme Mondnacht, und er sagte, er sei ein wenig im Garten gewesen. Ich habe erst am nächsten Tag bemerkt, daß ihm der Rücken wehtat, aber ich hatte keinen Grund, ihm nicht abzunehmen, daß er sich beim Graben verrenkt hatte. Ich nehme an, er hatte wohl Probleme, Athols Körper wegzuschaffen, nicht wahr?»

«Ja, dabei wird er sich wohl verhoben haben. Und Sie hatten nicht den geringsten Verdacht, daß er Garrity umgebracht haben könnte?»

«Warum sollten wir? Wir hatten keine Ahnung, daß er tot war. Wir sind zu Bett gegangen, ganz krank vor Angst und fest davon überzeugt, daß unsere Geschichte am nächsten Tag überall bekannt sein würde. Aber alles war normal, und als ich einen Blick auf die Wiese warf und feststellte, daß das Zelt verschwunden war, haben wir angenommen, daß Athol weitergezogen ist. Bei näherer Überlegung hat es mich nicht sonderlich überrascht, denn im Grunde war er eigentlich kein unfreundlicher oder hinterhältiger Typ. Armer Athol . . . wir waren so erleichtert, daß wir einfach nur versucht haben, ihn so schnell wie möglich zu vergessen.»

«Also war es der Fund des Skeletts, der Sie zum ersten Mal auf die Idee brachte, Ihren Vater zu verdächtigen?»

«Wir stellten jedenfalls fest, daß es diese schreckliche Möglichkeit gab. Und als Sie dann anfingen, uns über Athols Zelt zu befragen, haben Robin und ich sämtliche Nebengebäude durchsucht und es im Werkzeugschuppen gefunden, unter ein paar alten Säcken, zusammen mit dem Kissen. Dad war der einzige, der diesen Schuppen überhaupt betrat, was natürlich immer noch kein eindeutiger Beweis war, aber ich konnte ihn ja schließlich nicht direkt fragen. Was hätte ich machen sollen, wenn er geantwortet hätte: Ja, ich war's . . .? Man kann doch seinen eigenen Vater nicht ans Messer liefern. Und Robin hätte es auch nicht getan, weil sonst die ganze Geschichte herausgekommen wäre.»

«Und was hat Alec Reynolds mit dem allen zu tun?»

Sie biß sich voller Schrecken in die Unterlippe. «Oh, der arme Alec – bei dem Schock über Vaters Tod hab ich ganz vergessen, was er durchgemacht hat. Heute früh, nachdem die Meldungen über Kevin Bedingfield in der Zeitung standen, kam er zu uns und erzählte uns, was am Sonntagabend passiert ist. Er sagte, daß er gleich zur Polizei gehen und sich stellen, aber uns in keiner Weise in die Sache hineinziehen würde. Ich nehme an, daß Dad das vielleicht gehört und dann beschlossen hat, selbst ein Geständnis abzulegen . . . oh, Gott, was für eine Tragödie ist das alles.»

Quantrill wartete geduldig, bis sie wieder mit dem Weinen aufgehört hatte. «Aber ich verstehe immer noch nicht, wieso man Alec Reynolds erpressen konnte», sagte er schließlich.

«Hat man gar nicht, das ist ja das Tragische. Kevin Bedingfield – damals wußte ich noch nicht seinen Namen – kam zu mir, als die Zeitungen voll waren von den Meldungen über Athol, und deutete – auf sehr zuvorkommende Art – an, daß er der Meinung sei, mein Vater wisse etwas über diesen Fall. Er erzählte mir außerdem, daß er arbeitslos sei, daß seine Frau ein Kind erwarte – und so gab ich ihm etwas Geld, ohne daß er auch nur danach gefragt hätte. Gerade fünf Pfund beim ersten Mal.»

«Und danach hat er es sich wohl zur Gewohnheit gemacht, zu Ihnen zu kommen?»

«Ja, einmal pro Woche oder alle zehn Tage. Es hatte nichts besonders Erschreckendes. Er kam einfach auf ein Schwätzchen vorbei und zeigte mir seine Hochzeitsfotos. Aber dann fing er an, mir zu erzählen, wie teuer alles sei und wieviel Probleme er hätte, wo doch das Baby unterwegs war – und da gab ich ihm etwas mehr. Aber er hat mir nicht ein einziges Mal gedroht.»

«Haben Sie es Ihrem Mann erzählt?»

«Das konnte ich nicht. Robin hatte schon so viel durchgemacht. Nach Janeys Abreise hatte er einen regelrechten Zusammenbruch, und als er feststellte, daß Sie ihn verdächtigten, einen Mord begangen zu haben, war er total am Ende. Nein, mein Problem war Kevin und nicht Robin. Aber ich mußte mich irgendwem anvertrauen, und deshalb habe ich Reynolds eingeweiht. Er machte mir klar, daß man mich erpreßte, und bot sich an, Kevin davon abzubringen.»

«Kannten Sie den Namen des jungen Mannes zu diesem Zeitpunkt?»

«Er wollte mir weder seinen Familiennamen noch seine Adresse verraten, und ich wollte nicht, daß er weiterhin ins Haus kam, damit Robin nicht argwöhnisch wurde. Also habe ich ihn gebeten, mir einen Treffpunkt vorzuschlagen, auf der anderen Seite der Umgehungsstraße, damit mich niemand erkennt. Alec ist dann an meiner Stelle hingegangen. Ich hatte ihm etwas Geld mitgegeben, als letztes Geschenk für Kevins neue Familie.»

«Man hat es bei ihm gefunden. Hundert Pfund – ist das richtig?»

«Ja, das war der Rest von meinen Ersparnissen. Nicht daß er danach gefragt hätte ... ich gab es ihm als eine Art Sühnegeld, vermute ich. Dad hatte ein schreckliches Verbrechen begangen, um mich zu beschützen, und ich wollte wohl versuchen, einen Teil meiner Schuld abzutragen.»

Sie verstummte. Nach einer Weile fuhr sie fort: «Das hat wirklich an Ihnen gehangen, Mr. Quantrill, und ich habe Ihnen unrecht getan mit dem, was ich heute morgen zu Ihnen sagte. Ich hatte nur den Wunsch, Sie von ihm fernzuhalten. Er wußte sehr gut, daß Sie ein Polizist sind – nur über Ihren Rang war er sich nicht ganz im klaren. Er hätte sich ungeheuer gefreut, wenn Sie in den vergangenen Wochen mal bei ihm vorbeigeschaut hätten, um mit ihm zu plaudern. Ich glaube, er wollte mit Ihnen über Athols Tod sprechen und suchte nach einem Weg, wie er das anfangen konnte, ohne mich mit hineinzuziehen.»

«Ich hatte auch das sichere Gefühl, daß er mir was zu sagen hatte, aber ich habe trotzdem nicht mehr mit ihm gesprochen. Aus dem einfachen Grund, Mrs. Ainger, weil ich ihn mochte, weil ich die Art mochte, in der er von Ihnen sprach. Er sagte mir, daß er Ihnen immer schon die Welt zu Füßen legen wollte und daß es nichts gäbe, was er nicht für Sie tun würde.»

«Und genau das hat er getan, der törichte, alte Mann . . .» Sie wischte eine dicke Träne von ihrer Wange. «Was geschieht jetzt?»

«Natürlich wird sein Tod untersucht werden, aber da er seinen Namen nicht angegeben hat, als er heute morgen auf dem Revier war, haben wir nichts in der Hand außer Ihrem Anruf, mit dem Sie ihn vermißt gemeldet haben.»

«Danke. Aber was werden Sie tun im Hinblick auf Athols Tod?»

«Nichts. Die gerichtliche Untersuchung hat ordnungsgemäß stattgefunden, und die Akte ist geschlossen. Es hätte keinen Zweck, den Fall neu aufzurollen. Ich werde lediglich eine Aktennotiz machen wegen Ihres Anrufs.»

Sie schneuzte sich die Nase. «Ich stehe tief in Ihrer Schuld, Mr. Quantrill.»

«Keineswegs. Tatsächlich habe ich Ihren Vater heute morgen gar nicht gesprochen. Er hatte zwar nach mir gefragt, aber ich war beschäftigt, und so hat er mir nur eine Nachricht hinterlassen und ist gegangen. Wenn ich jetzt meine Pflicht vernachlässige und diesen Zettel vergesse, dann ist das eine Art verspäteter Entschuldigung.»

Er stand auf, um zu gehen. «Was Sie und Ihr Mann jetzt unbedingt brauchen, ist ein langer Urlaub», meinte er.

«Ja, wahrscheinlich, aber wir werden ohnehin bald von Breckham Market wegziehen. Auch wenn nichts von diesen ganzen Dingen bekannt geworden ist – wir haben zu viele Vertrauensbrüche begangen, um noch länger hierbleiben zu können. Aus diesem Grund ist Robin auch heute nach Yarchester gefahren, um alles zu arrangieren für unseren Umzug in eine städtische Gemeinde. Sie ist ziemlich arm, und unsere Einkünfte werden deutlich niedriger sein als hier, aber zumindest werden wir uns ein wenig anonymer fühlen können. Für Robin ist es zwar ein Rückschritt, aber er hat ohnehin seine Hoffnungen auf höhere Ämter aufgegeben.»

«Man wird Sie vermissen in Breckham Market», sagte Quantrill und wußte, daß es stimmte. «Sie waren beide sehr angesehen in der Stadt.»

Eine plötzliche Röte übergoß ihre Wangen. «Und das ist genau der Punkt, nicht wahr? Man hat von uns erwartet, daß wir ein vorbildliches Leben führen, und nach außen ist es uns gelungen, diesen Eindruck zu vermitteln. Aber betrachten Sie einmal den Preis für diese Täuschung: Athol Garrity ist tot; Michael Dade – tot; Kevin Bedingfield – tot; seine Frau mit achtzehn schon verwitwet, sein neugeborenes Kind vaterlos; Alec Reynolds' guter Name und Karriere sind ruiniert – und mein Vater ist tot. Ich mache mir die größten Vorwürfe, Mr. Quantrill – wenn ich nicht darauf bestanden hätte, mir woanders Freunde zu suchen, wäre das alles nicht passiert.»

«Niemand von uns kann die Verantwortung für die Taten anderer übernehmen», munterte er sie auf, «und niemand kann Ihnen ernsthafterweise zum Vorwurf machen, daß Sie Ihren Bekanntenkreis erweitern wollten. Wie ich das sehe . . .», er mußte unwillkürlich an Martin Taits Beschreibung des umwerfenden, rothaarigen Mädchens denken, das in diesem Prozeß der Zerstörung die Hauptrolle gespielt hatte, «. . . bestand Ihr Fehler lediglich darin, bei der Wahl Ihrer Freunde ein wenig unvorsichtig gewesen zu sein.»

Teil IV

New Hampshire, im letzten Herbst

27.

Im Coburg College, einer hoch in den Hügeln von New Hampshire gelegenen kleinen Universität, gab der Rektor einen Empfang für die Fakultät, die bei dieser Gelegenheit um ein paar neu berufene Lehrbeauftragte erweitert werden sollte.

Eine der frischgebackenen Professorenfrauen, deren Mann soeben den Lehrstuhl für europäische Geschichte erhalten hatte, nippte an ihrem Glas Weißwein und ließ schüchtern die Blicke schweifen. Sie hieß Mary-Jo Daubeny und war das, was man in der Edwardianischen Ära als bemerkenswerte Erscheinung bezeichnet hätte: mit einem Meter siebenundsiebzig fast ebenso groß wie ihr Mann, dabei aber edler in den Proportionen wie den Gesinnungen. In dem Menschengewühl von Ohio in Amerika hatte sie sich etwas unscheinbar gefühlt, aber hier, in der vergeistigten Atmosphäre von Coburg, war sie etwas selbstbewußter geworden.

Die übrigen Professorenfrauen hatten entweder die kühle Eleganz der Ostküstenbewohner oder waren beängstigend intellektuell. Für manche traf beides zu. Mary-Jo Daubeny, die nach eigener Einschätzung weder Charme noch Intellekt hatte und auch keine Kinder, über die man sich hätte unterhalten können, fragte sich, wie es ihr je gelingen sollte, mit einer dieser Frauen in engere Beziehung zu treten. Sie wagte kaum, den Mund aufzumachen. Es war erst eine Woche her, daß ihr Mann – aus Boston stammend, vierzig Jahre alt und spezialisiert auf politische Theorien des achtzehnten Jahrhunderts – eine abfällige Bemerkung gemacht hatte über ihren Louisiana-Akzent, der ihn zu Anfang ihrer Beziehung so bezaubert hatte. Sie sei, hatte er gesagt, die einzige ihm bekannte Frau, die drei Silben brauche, um das Wort «rot» auszusprechen.

Während sie sich abseits der angeregt plaudernden Gesellschaft hielt, einer lächelnden, sich zunickenden, mit Weinglas und Canapés geschickt jonglierenden Menge, rutschte ihre Tasche weg, die sie unter den Arm geklemmt hatte. Ein Mädchen mit feurig rotem Haar fing sie geistesgegenwärtig auf und erwiderte auf Mary-Jos Dankesworte: «Kein Problem. So jämmerlich klein zu sein wie ich muß doch wenigstens manchmal zu etwas gut sein.»

Mary-Jo war sofort von ihr angetan. Das Mädchen war keine Amerikanerin, schien keine Freunde zu haben und wirkte ein wenig verloren – wenn man davon absah, daß die meisten männlichen Fakultätsangehörigen sie mit verstohlenem Interesse beobachteten.

«Sie müssen Engländerin sein», meinte Mary-Jo, weil sie glaubte, den Cockney-Akzent aus Michael-Caine-Filmen identifiziert zu haben.

«Nein Australierin. Ich bin eine von den neuen Lehrbeauftragten für Englisch. Aber ich habe tatsächlich gerade zwei Jahre in England verbracht, um meinen Doktor zu machen.»

Sie stellten sich einander vor. «Sind Sie in der Zwischenzeit einmal zu Hause gewesen?» fragte Mary-Jo.

«Nein, ich bin direkt hierher. Den August hab ich damit zugebracht, mir New York und Washington anzusehen. Ich bin fast zerflossen vor Hitze, die Luft war so schwül und drückend, daß ich mich nur nach unseren australischen Stränden gesehnt habe.»

Das Mädchen verstummte einen Moment, offensichtlich vom Heimweh überwältigt. Dann klärte sich seine Miene wieder auf. «Aber Coburg ist wundervoll. Ich wollte immer schon den Herbst in New England erleben. Wissen Sie, die meisten Bäume in Australien sind das ganze Jahr über grün; so etwas wie hier kennen wir gar nicht. Schon der englische Herbst ist etwas sehr Schönes, aber die Farben hier übersteigen alles, was ich mir je vorstellen konnte.»

«Für mich auch», beeilte sich Mary-Jo zu sagen. «Sie müssen wissen, ich bin auch fremd hier. Man hat mir übrigens von einer landschaftlich besonders reizvollen Strecke durch die Hügel erzählt, aber ich habe wenig Lust, alleine da entlangzufahren. Wie wär's, möchten Sie mich vielleicht begleiten . . .?»

«Oh, ich möchte mich nicht aufdrängen . . .»

«Aber nein, ich wäre froh über Ihre Gesellschaft. Wir – das da drüben ist mein Mann, der mit dem dunklen Schnurrbart –, wir haben gerade erst eines dieser Häuser gegenüber vom Universitätsgelände bezogen. Es muß mindestens für zehn Leute gedacht sein, aber wir sind nur zu zweit – und fühlen uns ein bißchen verloren da drin. Also, wenn Sie Lust haben, auf einen Kaffee oder ein Essen vorbeizukommen, würde ich mich sehr freuen.»

Das Mädchen strahlte. «Meinen Sie das ernst? Es wäre einfach wundervoll. Ich bin seit drei Monaten hier in den Staaten und habe noch nie ein amerikanisches Heim von innen gesehen.»

«Nun, denn, ein Grund mehr, uns zu besuchen!» Höchst befriedigt und entschlossen, notierte Mary-Jo ihre Adresse und Telefonnummer. «Nun können Sie jederzeit kommen, Janey», erklärte sie herzlich. «Wann immer Sie Lust haben . . .»

Ruth Rendell

«Mich fasziniert jedesmal wieder, wie leise-harmonisch die Romane von **Ruth Rendell** beginnen, wie verständlich und normal die ersten Schritte sind, mit denen die Figuren ins Verhängnis laufen. Ruth Rendells liebevoll-ironisch geschilderte Vorstadtidyllen sind mit einer unterschwelligen Spannung gefüllt, die atemlos macht.»
Hansjörg Martin

Eine Auswahl der thriller von Ruth Rendell:

Dämon hinter Spitzenstores
(thriller 2677)
Ausgezeichnet mit dem Gold Dagger 1975, dem begehrtesten internationalen Krimi-Preis.

Der Pakt
(thriller 2709)
Pup ist sechzehn und möchte seine Stiefmutter loswerden. Aus dem Spiel mit der Schwarzen Magie wird tödlicher Ernst...

Flucht ist kein Entkommen
(thriller 2712)
«... ein sanfter, trauriger Thriller. Mit einer Pointe wie ein Feuerwerk.»
Frankfurter Rundschau

Die Grausamkeit der Raben
(thriller 2741)
«... wieder ein Psychothriller der Sonderklasse.»
Cosmopolitan

Die Verschleierte
(thriller 3092)

Die Masken der Mütter
(thriller 2723)
Ausgezeichnet mit dem Silver Dagger 1984.

Durch Gewalt und List
(thriller 2989)

Den Wolf auf die Schlachtbank
(thriller 2996)

See der Dunkelheit
(thriller 2974)

In blinder Panik
(thriller 2798)
«Ruth Rendell hat sich mit diesem Krimi selbst übertroffen: die Meisterin der Spannung ist nie spannender zu lesen gewesen.»
Frankfurter Rundschau

Leben mit doppeltem Boden
(thriller 2898)

Mancher Traum hat kein Erwachen
(thriller 2879)

Der Herr des Moores
(thriller 3047)

«**Ruth Rendell** – die beste Kriminalschriftstellerin in Großbritannien.»
Observer Magazine

rororo thriller

«Anna Marx, 35, tizianrot und rubensdick, ist das ausgekochte Phantasiegeschöpf der Bonner Journalistin **Christine Grän**, die ihre Krimiheldin als sinnenfrohe Gerechtigkeitsfanatikerin gegen die sattsam bekannte lakonische Melancholie alter Krimihaudegen antreten läßt.»
Neue Presse Hannover

Ein Brand ist schnell gelegt...
(thriller 2901)

Weiße sterben selten in Samyana
(thriller 2777)

«Vergnüglich plaudernd begleitet Christine Grän ihre Heldin auf Mördersuche, läßt die Liebe nicht zu kurz kommen und sorgt an den richtigen Stellen für einen Schuß Spannung.»
Hamburger Abendblatt

Dead is beautiful
(thriller 2944)

Peter Münzenberg ist nicht der Mann, der sich seine Politikerkarriere von einer Frau zerstören läßt. Als er erpreßt wird, soll Anna Marx ihm helfen. Sie hätte lieber nicht zusagen sollen. Erst ein Frontalangriff auf ihre Linie, dann auf ihr Leben...

Nur eine läßliche Sünde
(thriller 2865)

Ein rotzfrecher Teenager zwingt ihre Mutter, den rechtmäßigen Vater um Geld anzugehen. Dem paßt die Sache überhaupt nicht in den Kram – er ist nämlich Bonner Politiker auf der höchsten Ebene.

Anna Marx, der Müll und der Tod
(thriller 3192)

Ein mörderischer Urlaub *Stories*
(thriller 2950)

Grenzfälle
(thriller 3031)

Als Anna Marx die Zeitungsmeldung über den Tod der dreiunddreißigjährigen Susanne Sawitzki liest, ist sie wie elektrisiert. Das ist doch der Name gewesen, den der geschwätzige Typ in der Bar so beiläufig erwähnte...

Marx ist tot
(thriller 3081)

Mit Mord beginnt ein schöner Sommer *Stories*
(thriller 3136)

Endlich Urlaubszeit. Doch 14 Tage Zusammensein kann ganz schön auf die Nerven gehen. Dann reicht schon eine Kleinigkeit, um eine Explosion auszulösen oder einen heimtückischen Mord zu planen ...

Colin Dexter

«Seit Sherlock Holmes gibt es in der englischen Kriminalliteratur keine interessantere Figur als Chief Inspector Morse ...»
Süddeutsche Zeitung

Der letzte Bus nach Woodstock
(thriller 3142)

... wurde sie zuletzt gesehen
(thriller 3156)

Die schweigende Welt des Nicholas Quinn
(thriller-Dreierband 3102 und Neuausgabe Februar 97, thriller 3263)

Eine Messe für all die Toten
(thriller 3173)
In der kleinen Gemeinde von St. Frideswide's kursieren wilde Gerüchte: Jemand stiehlt Beträge aus der Kollekte, der Pfarrer soll sich den Chorknaben zu sehr nähern, der Organist hat ein Verhältnis mit der Frau des Kirchenältesten.
Alles sehr unerfreuliche, aber nicht gerade außergewöhnliche Dinge: Doch dann geschieht etwas Ungeheuerliches: Während des Gottesdienstes wird der Kirchenälteste umgebracht ...
Ausgezeichnet mit dem Silver Dagger der britischen Crime Writers' Association.

Die Toten von Jericho
(Neuausgabe Oktober 96, thriller 3242)
Ausgezeichnet mit dem Silver Dagger der britischen Crime Writers' Association.

COLIN DEXTER
DIE TOTEN VON JERICHO

Das Rätsel der dritten Meile
(thriller 2806)
«... brillant, komisch, bizarr und glänzend geschrieben.»
Südwestpresse

rororo thriller

rororo thriller werden herausgegeben von Bernd Jost. Ein Gesamtverzeichnis der Reihe finden Sie in der *Rowohlt Revue*. Jedes Vierteljahr neu. Kostenlos in Ihrer Buchhandlung.

«Dexter ist allen anderen
Autoren meilenweit voraus.»
The Literary Review

Hüte dich vor Maskeraden
(Neuausgabe August 96,
thriller 3239)
«Ein intelligenter Krimi zum
Mit-Denken. So etwas ist
selten.»
Frankfurter Rundschau

Mord am Oxford-Kanal
(thriller 2960)
Ausgezeichnet mit dem Gold
Dagger der britischen Crime
Writers' Association.

Tod für Don Juan
(thriller 3041)
Kaum sind die amerikani-
schen Touristen in Oxford
eingetroffen, da wird Chief
Inspector Morse zu einer
Toten gerufen. Die Touristin
ist offensichtlich an Herz-
versagen gestorben, als sie den
Diebstahl einer wertvollen
antiken Brosche entdeckte.
Klarer Fall, meint Sergeant
Lewis. Ein plötzlicher Tod ist
immer mysteriös, sagt Morse.
Erst recht, wenn kurz darauf
noch ein Toter gefunden
wird.

Finstere Gründe
(thriller 3100)
Ausgezeichnet mit dem Gold
Dagger der britischen Crime
Writers' Association.

Die Leiche am Fluß
(thriller 3189)

COLIN DEXTER
**HÜTE DICH VOR
MASKERADEN**

Ihr Fall, Inspector Morse
Stories
(thriller 3148)
«Seit Sherlock Holmes gibt es
in der englischen Kriminalliteratur keine interessantere
Figur als Chief Inspector
Morse», schrieb die *Süddeutsche Zeitung*. In diesem
Storyband treten beide auf:
Morse löst – wie immer –
brillant fünf knifflige Fälle,
und Sherlock Holmes
verblüfft wieder einmal Dr.
Watson – auf sehr ungewöhn-
liche Art. Auch die übrigen
Geschichten beweisen durch
die Raffinesse ihrer Konstruk-
tion, die überraschenden
Wendungen und die total
unvorhersehbaren Lösungen
Dexters Meisterschaft.

rororo thriller werden
herausgegeben von Bernd
Jost. Ein Gesamtverzeichnis
der Reihe finden Sie in der
Rowohlt Revue. Jedes
Vierteljahr neu. Kostenlos in
Ihrer Buchhandlung.

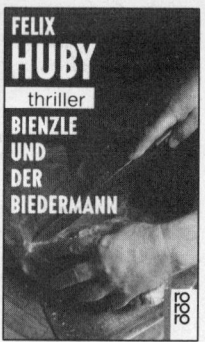
rororo thriller

Klugmann / Mathews

«Da werden endlich wieder Geschichten erzählt, die so intelligent und spannend sind, die zum Zittern und Lachen bringen. Allererste Empfehlung: die subtil anarchistischen Polizeikomödien der beiden Hamburger Norbert Klugmann&Peter Mathews.» *Lui*

Beule & Co
Beule oder Wie man einen Tresor knackt. Ein Kommissar für alle Fälle. Flieg, Adler Kühn
(thriller 3101)
Die Helden des Autorenduos scheinen auf den ersten Blick wenig perfekt. Sie haben Probleme mit Frauen, mit sich selbst und mit ihrer Kondition. Eigentlich sind sie ganz selten richtige Helden. Da kommt es schon vor, daß ein Keller in Brand gesetzt wird, weil ein geklauter Tresor sich nicht knacken läßt. Oder ein Schrebergärtner ermordet wird, weil er seinen Garten nicht verkaufen will...

Die Schädiger
(thriller 2771)
Rochus Rose wachsen die Schulden über den Kopf, und die Methoden des Geldeintreibers Sänger sind raffiniert, aber nicht ganz legal...

Vorübergehend verstorben
Roman
320 Seiten. Gebunden
Wunderlich Verlag
Die Männer sind alle Verbrecher, ihr Herz ist ein finsteres Loch... Die Anwältin Luise Rubato fährt lieber in die Grube, als der Moral der Männer zu erliegen.

Norbert Klugmann
Das Pendel des Pentagon
(thriller 2954)
«Norbert Klugmann legt ein wahnsinniges Tempo vor und ihm fließen mitunter Dialoge aus der Feder, gegen die hochgerühmte amerikanische Kollegen die reinsten Langweiler sind.» *Süddeutscher Rundfunk*

Schweinebande
(thriller 3175)

Doppelfehler *Ein Fall für den Sportreporter*
(thriller 3228)
Ein ATP-Tennisturnier in Deutschlands wildem Osten läßt sich nicht ohne weiteres vermarkten. Ein toter Tennisprofi indes belebt das Geschäft...

rororo thriller werden herausgegeben von Bernd Jost. Ein Gesamtverzeichnis der Reihe finden Sie in der *Rowohlt Revue*. Jedes Vierteljahr neu. Kostenlos in Ihrer Buchhandlung.

Sjöwall/Wahlöö

«Man konnte zwar schon 1963 die zunehmende Versumpfung der schwedischen Sozialdemokratie voraussehen, aber andere Dinge waren völlig unvorhersehbar: die Entwicklung der Polizei in Richtung auf eine paramilitärische Organisation, ihr verstärkter Schußwaffengebrauch, ihre groß angelegten und zentral gesteuerten Operationen und Manöver... Auch den Verbrechertyp mußten wir ändern, da die Gesellschaft und damit die Kriminalität sich geändert hatten: Sie waren brutaler und schneller geworden.»
Maj Sjöwall

Die Tote im Götakanal
(thriller 2139)
Nackte tragen keine Papiere. Niemand kannte die Tote, niemand vermißte sie. Schweden hatte seine Sensation...

Der Mann, der sich in Luft auflöste
(thriller 2159)
Kommissar Beck findet die Lösung in Budapest...

Der Mann auf dem Balkon
(thriller 2186)
Die Stockholmer Polizei jagt ein Phantom: einen Sexualverbrecher, von dem sie nur weiß, daß er ein Mann ist...

Endstation für neun
(thriller 2214)

Alarm in Sköldgatan
(thriller 2235)
Eine Explosion, ein Brand – und dann entdeckt die Polizei einen Zeitzünder...

Und die Großen läßt man laufen
(thriller 2264)

Das Ekel aus Säffle
(thriller 2294)
Ein Polizistenschinder bekommt die Quittung...

Verschlossen und verriegelt
(thriller 2345)

Der Polizistenmörder
(thriller 2390)

Die Terroristen
(thriller 2312)
Ihre Opfer waren Konservative, Liberale, Linke – wer aber die Auftraggeber der Terrorgruppe ULAG waren, blieb immer im dunkeln. Jetzt plant ULAG ein Attentat in Stockholm...

Die zehn Romane mit Kommissar Martin Beck
10 Bände in einer Kassette
(thriller 3177)

rororo thriller

«**Sjöwall/Wahlöös** Romane gehören zu den stärksten Werken des Genres seit Raymond Chandler.»
Zürcher Tagesanzeiger